PENNY VINCENZI

Rosenblütenträume

Buch

Vor 50 Jahren gründete Athina Farrell das Kosmetik-Label »House of Farrell«. Legendäre Produkte, ein elegantes, exklusives Ladenlokal in traumhafter Londoner Location: Das "House of Farrell" hatte eine Reputation als kleine, aber sehr feine Kosmetikmarke für die Reichen und Schönen. Doch seit einigen Jahren schreibt das Familienunternehmen rote Zahlen, und auch die eiserne Herrschaft der Athina Farrell kann daran nichts ändern. Athina ist gezwungen, einen Teil der Firma zu verkaufen. Und das ausgerechnet an eine gesichtslose Gruppe von Finanzinvestoren, die ihr eine junge, begabte Firmenretterin vor die Nase setzen: Bianca Bailey. Die erfolgreiche Geschäftsfrau – charmant, aber unbeugsam – hat bisher noch jede festgefahrene Firma wieder flottbekommen, den Kampf mit noch jeder halsstarrigen Matriarchin gewonnen. Doch an Athina droht sogar sie sich die Zähne auszubeißen. Zumal auch in Biancas bisher makellosem Privat- und Liebesleben auf einmal nichts mehr so läuft, wie es laufen sollte. Beginn eines mitreißenden Kampfes zweier großer Frauen – und einer großartigen Saga voller Intrigen und Schicksalsschläge, Liebe und Leidenschaft ...

Autorin

Penny Vincenzi zählt zu Großbritanniens erfolgreichsten und beliebtesten Autorinnen. Nach dem Collegeabschluss arbeitete sie zunächst als Journalistin, unter anderem für die Times, Vogue und Cosmopolitan, bevor sie sich der Schriftstellerei zuwandte. 1989 erschien ihr erster Roman, seitdem hat sie 20 Bücher veröffentlicht, die sich weltweit über 4 Millionen Mal verkauften. Sie gilt als »Herrin des modernen Blockbusters« (Glamour). Penny Vincenzi ist verheiratet und Mutter von vier Töchtern. Sie lebt in London und Gower, South Wales.

Penny Vincenzi
Rosenblüten-träume

Roman

Aus dem Englischen
von Sonja Hauser

GOLDMANN

Die Originalausgabe erschien 2014
unter dem Titel »A Perfect Heritage« bei Headline Review,
an imprint of Headline Publishing Group.
Für die deutsche Übersetzung wurde die Originalausgabe durchgesehen
und überarbeitet.

Der Goldmann Verlag weist ausdrücklich darauf hin, dass im Text enthaltene externe Links vom Verlag nur bis zum Zeitpunkt der Buchveröffentlichung eingesehen werden konnten. Auf spätere Veränderungen hat der Verlag keinerlei Einfluss. Eine Haftung des Verlags für externe Links ist stets ausgeschlossen.

Dieses Buch ist auch als E-Book erhältlich.

Verlagsgruppe Random House FSC® N001967

2. Auflage
Taschenbuchausgabe Mai 2016
Wilhelm Goldmann Verlag, München,
in der Verlagsgruppe Random House GmbH
Copyright © der Originalausgabe 2014 by Penny Vincenzi
Copyright © der deutschsprachigen Ausgabe 2016
by Wilhelm Goldmann Verlag, München,
in der Verlagsgruppe Random House GmbH
Umschlaggestaltung: UNO Werbeagentur, München
Umschlagmotiv: FinePic®, München
Lektorat: Ann-Catherine Geuder
Th · Herstellung: Str.
Satz: IBV Satz- und Datentechnik GmbH, Berlin
Druck und Bindung: GGP Media GmbH, Pößneck
Made in Germany
ISBN 978-3-442-48387-7
www.goldmann-verlag.de

Besuchen Sie den Goldmann Verlag im Netz

Prolog

Das war's also.

Letztlich der Abschied. Wie man es auch drehte und wendete: Das Haus Farrell, ihr Lebenswerk, ja, die Liebe ihres Lebens, würde nicht mehr in der bisherigen Form existieren.

Über dieses großartig vitale, schillernde Wesen, das im Jahr der Krönung das Licht der Welt erblickt hatte, das sie und Cornelius gemeinsam erschaffen hatten, würde sie keine Kontrolle mehr haben. Es wäre nicht mehr länger ihr Schatz, ihr Trost, ihr Halt. Vor allen Dingen das: ihr Halt, besonders in den ersten Monaten nach Cornelius' Tod. Was für eine wunderbare Frau sie doch ist, hatten die Leute gesagt, dass sie nach wie vor so viel arbeitet, schon erstaunlich, wie sie das alles schafft. Aber bedeutend erstaunlicher wäre es gewesen, wenn sie nicht gearbeitet, wenn sie aufgegeben hätte, denn dann hätten Kummer und Einsamkeit sie überwältigt und ihr den Lebensinhalt geraubt.

Sie lächelte höflich, wenn Leute bemerkten: »Gut, dass Ihre Kinder Ihnen so nahe sind«, und erwiderte: »Ja, das stimmt.« Doch verglichen mit ihrer Arbeit konnten sie ihr nichts geben. Was sie für sie empfand, ließ sich kaum als Liebe bezeichnen. Sie war als Mutter eher nachlässig gewesen, jenem langweiligen kleinen Mädchen, das Caroline früher gewesen war, und dem schüchternen kleinen Jungen Bertie gegenüber viel zu kritisch. Die beiden waren wie die meisten Kinder in glücklichen Ehen Außenseiter geblieben, Störenfriede für zwei Menschen, die ohne sie genauso zufrieden gewesen wären. Wohingegen das Haus Farrell diesem glamourösen Paar würdig war; es enttäuschte sie nicht, es war ihr ganzer Stolz.

Sie hatten von Anfang an im Mittelpunkt der Gesellschaft gestanden, sie und Cornelius. Sie galten als clever, wagemutig und einfallsreich, waren wohlhabend, stilsicher, kultiviert. Ihr Freundeskreis, der sowohl dem Establishment als auch der neuen, kreativen Aristokratie der späten fünfziger und frühen sechziger Jahre angehörte, war ein bunter, interessanter Haufen, mit dem man Spaß haben konnte. Sie besaßen ein Haus in Knightsbridge und eine Wochenendwohnung in Brighton und pendelten zwischen diesen, Paris und New York hin und her, um sich Anregungen zu holen. Um ihre Kinder kümmerten sich Kindermädchen und Internate.

Sie hatten früh geheiratet – Cornelius dreiundzwanzig, sie einundzwanzig –, und die Ehe hatte von Anfang an funktioniert. Die Gründung des Hauses Farrell war die logische, fast unvermeidliche Folge gewesen.

Das Ganze war Cornelius' Idee gewesen. Sein Interesse für die neuen Bereiche der Verkaufsförderung und Werbung, dazu das Vermögen, das er von seinem Patenonkel geerbt hatte, und die eher langweilige Arbeit in dessen Bank hatten ihn zu einem Unternehmer auf der Suche nach einem Projekt gemacht. Das ihm das Schicksal in Form einer exzentrischen Mutter bescherte, die sich als ehemalige Schauspielerin ihre Gesichtscremes selbst mischte und jeden Morgen und Abend eine volle Stunde damit zubrachte, aus einem Durchschnittsgesicht ein höchst attraktives zu machen. Und so hatte er der wunderbaren jungen Frau, mit der er den Bund der Ehe eingegangen war, vorgeschlagen, das Erbe in ein Kosmetikunternehmen zu investieren, das sie gemeinsam leiten würden.

»Du schaffst die Grundlagen, Liebes, und ich bleibe in der Bank, bis wir beide davon leben können.« Sie hatten beide keinen Moment daran gezweifelt, dass das Haus Farrell ihnen das irgendwann ermöglichen würde.

Sie hatten die Grundformel für ihre Cremes Cornelius' Mutter abgekauft, die inzwischen von ihrem Mann getrennt lebte, hatten einen genialen Chemiker angestellt, der von Monsieur Coty in Paris ausgebildet worden war, und in einem kleinen Labor mit der Produktion begonnen. Dort hatten sie nicht nur The Cream entwickelt, die (wie es in den ersten Werbekampagnen hieß) »das Einzige ist, was die Haut wirklich braucht«, sondern auch einige Lippenstifte und Nagellacke. Ein paar Monate später waren Gesichtspuder und The Foundation, eine Grundierung, dazugekommen.

Da sie wussten, dass sie die Großen, die Revlons, Cotys und Yardleys, nicht mit ihren eigenen Waffen schlagen konnten, hatten sie ein Geschäft in der Berkeley Arcade von einem einfachen Schreibwarenladen in einen der hübschesten Shops dort umgewandelt, hatten im ersten Stock einen winzigen Salon eingerichtet und schließlich schlicht seine Türen der Welt geöffnet. Glücklicherweise war die Presse auf sie aufmerksam geworden, und das Lob, mit dem sie überschüttet wurden, hatte ihre kühnsten Träume übertroffen. Der *Tatler* bezeichnete das Geschäft als »*den* Ort, an dem wahre individuelle Schönheit zu finden ist«, die *Vogue* pries es als »erste Adresse für charmante Schönheitspflege«, und *Harper's Bazaar* nannte es »den Shop, in dem Sie Ihr neues Gesicht entdecken«. Nach einem ausgesprochen kostspieligen Lunch mit der Beauty-Redakteurin von *Harper's Bazaar* im Caprice hatte Cornelius genau das als Werbeslogan für das Haus Farrell übernommen. Außerdem hatte er die Öffentlichkeit durch Plakate darauf aufmerksam gemacht und Männer mit Werbetafeln ins West End geschickt, auf denen das Geschäft als »Das schönste Juwel in Londons Krone« bezeichnet wurde, sodass die Kundinnen schon bald in Scharen herbeiströmten. Sie hatten den Optimismus und die Kreativität jenes Sommers für sich nutzen können, die die Krönung der hübschen jungen Königin sowie das ersehnte Ende der Beschränkungen nach dem Krieg mit sich brachten. DeLuscious Lipstick, wie sie ihre erste Colour-Promotion nannten, war ein paar lebhafte Monate lang in – oder auf – aller Munde gewesen, und der Rest ward bald Farrell-Geschichte.

In den achtziger Jahren hatte das Haus Farrell eine Flaute erlebt, weil es nicht mit den brillanten Make-ups und wissenschaftlich entwickelten Hautpflegeprodukten der großen, finanzstarken Häuser mithalten konnte, in den Neunzigern hatte es sich kurz wieder erholt, um allerdings im Jahr von Cornelius' Tod 2006 fast völlig von der Bildfläche zu verschwinden. Nur Athinas Beharrlichkeit hatte Farrell noch am Leben erhalten.

Nun, da sie im ausschließlich geldgetriebenen Marathon der Kosmetikindustrie weit abgeschlagen waren, erkannte auch sie, dass sie dringend Hilfe benötigten – nicht nur in finanzieller, sondern auch in kreativer Hinsicht. Denn obwohl sie sich eher zu Cornelius ins Grab gelegt als das zugegeben hätte, taugte ihre Vorstellung von der Zukunft nicht mehr. Sie mochte den pseudowissenschaftlichen Ansatz der Kosmetikgroßlabore nicht und verstand ihn auch nicht. Sie hatte das beunruhigende Gefühl, sich nicht mehr ganz auf der Höhe der Zeit zu befinden. Und obwohl sie ihren neuen Kollegen gegenüber tiefe Feindseligkeit empfand – (sie weigerte sich, sie als die künftigen Herren des Unternehmens anzuerkennen) –, musste sie doch widerwillig gestehen, dass sie über ihr Erscheinen auch ein wenig erleichtert war.

Die Umgestaltung würde schmerzhaft werden. Die Neuen würden sich nicht um die Dinge scheren, die das Haus Farrell groß gemacht hatten, wofür es stand. Für sie würden nur Gewinn und Verlust zählen. Und sie würde sich ihnen bis zu einem gewissen Punkt beugen müssen.

Doch sie würde kämpfen, würde nicht aufgeben. Sie verdankte dem Konzept des Hauses Farrell alles – und sie würde ihm so weit wie möglich treu bleiben.

Eins

Liebe auf den ersten Blick, genau das war es; berauschend, lebensverändernd, pulsbeschleunigend. Etwas Vergleichbares war ihr zuvor nur zweimal passiert, dieses Gefühl des Wiedererkennens, dass etwas so absolut richtig für sie war. Sie hatte keine Sekunde gezögert, keine Spielchen gespielt, nicht gesagt, sie würde es sich überlegen. Doch nach einem Blick auf ihre Uhr hatte sie gemerkt, dass sie zu spät zur Vorstandssitzung kommen würde, und war nach einer äußerst knappen Verabschiedung aus dem Lokal gehastet.

Im Taxi rief sie als Erstes ihren Mann an. Das tat sie immer, denn er musste Bescheid wissen, sofort davon erfahren. Sein Leben wurde von ihren Entscheidungen genauso stark beeinflusst wie das ihre. Er freute sich wie erwartet für sie und sagte, sie würden sich beim Abendessen weiter unterhalten. Es würde spät werden, erinnerte sie ihn, worauf er nur leise seufzend meinte, er freue sich trotzdem auf sie, wann immer sie käme.

Sie konnte sich glücklich schätzen, einen solchen Mann zu haben, dachte sie.

»Gut gelaufen.« Hugh Bradford lehnte sich zurück und bestellte einen Brandy. Sonst trank er mittags keinen Alkohol; er hatte sich während des Essens auf Wasser beschränkt und lediglich mit einem Glas Champagner auf den Deal angestoßen, obwohl er Lust auf mehr gehabt hätte. Und auch Bianca hatte nur ein paar Schlückchen von dem Champagner getrunken, um einen klaren Kopf zu bewahren.

Hugh fragte sich kurz, ob diese attraktive Frau sich jemals gehen ließ, und kehrte dann wieder in die Realität zurück. Solche gedanklichen Ausflüge hatten in seiner Beziehung zu Bianca keinen Platz.

»Ja, ausgezeichnet«, pflichtete ihm Mike Russell, sein langjähriger Kollege, mit einem anerkennenden Blick auf die Brandyflasche bei. »Jetzt müssen wir sie nur noch der Familie verkaufen.«

»Der bleibt keine andere Wahl«, sagte Bradford. »Aber ich glaube, sie werden sie mögen. Oder zumindest die *Vorstellung* von ihr. Bestimmt finden sie sie besser als einen Mann. Wir sollten ein Treffen für Anfang nächster Woche vereinbaren.«

»Oder noch diese? Wir haben nicht viel Zeit.«

»Ich werde die Familie und die Unternehmensleitung von Farrell am Freitag kennenlernen«, sagte Bianca an jenem Abend zu ihrem Mann. »Am Freitagnachmittag. Ich kann's kaum erwarten. Das Ganze ist einfach irre, Patrick, als hätte Hollywood die Story dazu geschrieben.«

»Tatsächlich?«

»Ja. Natürlich gibt's eine Matriarchin – in der Kosmetikbranche wirkt im Hintergrund fast immer eine Matriarchin …«

»Tatsächlich?«, fragte Patrick noch einmal.

»Ja. Elizabeth Arden, Estée Lauder, Helena Rubinstein …«

»Ich glaube nicht, dass ich interessante Gedanken zur Kosmetikindustrie beitragen kann«, bemerkte Patrick. »Da kenne ich mich nicht so gut aus. Doch vermutlich wird sich das bald ändern.«

»Könnte gut sein. In diese Branche muss man vollkommen eintauchen, um sie zu begreifen. Jedenfalls hat die Matriarchin Lady Farrell das Unternehmen 1953 mit ihrem Mann gegründet, der vor fünf Jahren gestorben ist. Schon traurig, es scheint die große Liebe gewesen zu sein; die Ehe hat fast sechzig Jahre gehalten. Dann wären da eine Tochter und ein Sohn in der Unternehmensleitung, die beide, soviel wir wissen, nicht viel zu melden haben, und noch so eine alte Dame, eine gewisse Florence Hamilton, die von Anfang an mit von der Partie ist und wahrscheinlich aus nostalgischen Gründen in der Unternehmensleitung sitzt.«

»Praktisch eine Familienangelegenheit also.«

»Jedenfalls halten sie momentan sämtliche Anteile, und Lady Farrell wird sich nicht kampflos geschlagen geben, obwohl sie muss, weil die Bank kurz davor steht, den Geldhahn zuzudrehen, so weit sind sie im Minus. Trotzdem glaube ich – nein *wir*, Hugh, Mike und ich glauben, dass die Sache Potenzial hat. Ich kann's kaum erwarten, mich an die Arbeit zu machen. Es wird eine lange Sitzung. Ist das okay für dich?«

»Klar. Ich geh mit den Kindern ins Kino, den Tim-und-Struppi-Film anschauen. Der interessiert dich sowieso nicht …«

»Stimmt«, pflichtete Bianca ihm bei, »ich kann mir kaum was Langweiligeres vorstellen.«

»Gut, dann sind wir uns ja einig«, sagte Patrick Bailey.

Bianca Bailey war in der Geschäftswelt so etwas wie ein Rockstar. Ihre Bühne war nicht die O2-Arena und auch nicht Wembley, sondern die Welt der Hochfinanz, und ihr Erfolg bemaß sich nach Umsätzen und Aktienkursen. Mit ihren achtunddreißig Jahren galt sie mit ihrer blendenden Erfolgsbilanz bei der Umstrukturierung von Unternehmen als weiblicher Midas und war aufgrund ihrer Attraktivität ein Gottesgeschenk für alle PR-Leute. Sie war groß gewachsen (barfuß fast eins achtzig), schlank, elegant und mit ihrer dunklen Haarmähne und den großen grauen Augen ausgesprochen foto- und telegen. Außerdem war sie redegewandt, charmant, glücklich verheiratet, hatte drei reizende Kinder, wohnte in einem beeindruckenden Haus in Hampstead und besaß, wie nicht anders zu erwarten, ein sehr hübsches Landhaus in Oxfordshire, das sie bescheiden als »Cottage« bezeichnete. Wie schon mehr als einer ihrer Freunde bemerkt hatte: Wenn die Baileys nicht so verdammt nett gewesen wären, hätte man sie durchaus hassen können.

Bianca hatte gerade überlegt, was sie als Nächstes tun würde, nachdem sie wichtigen Anteil am erfolgreichen Verkauf des Unternehmens, in dem sie gegenwärtig CEO war, eines bis dahin nicht groß in Erscheinung getretenen Toilettenartikelherstellers, gehabt hatte, als Mike Russell von Porter Bingham, Risikokapitalgebern, sie telefonisch zu einem Kaffee und einem Gespräch zu sich bat. Da sie schon früher mit dem Unternehmen zusammengearbeitet hatte, wusste sie, dass es wieder einmal darum gehen würde, einem erfolglosen Betrieb auf die Beine zu helfen.

Was sie ihr präsentierten, war schwierig, und schwierigen Dingen konnte Bianca einfach nicht widerstehen.

»Sie sind auf uns zugetreten«, hatte Mike Russell ihr erklärt. »Genauer gesagt der Sohn Bertram. Sieht auch aus wie ein Bertram, ist aber ganz nett. Im Moment schreiben sie jährlich fünf Millionen Verlust, doch das Unternehmen hätte Potenzial, besonders wenn Sie sich der Sache annähmen. Es bestünde die Aussicht auf einen Verkauf in fünf bis acht Jahren. Schauen Sie es sich an und sagen Sie mir, was Sie davon halten.«

Genau das hatte Bianca getan. Beim Anblick der Bilanzen waren ihr die Haare zu Berge gestanden. Trotzdem war ihr klar gewesen, was Mike Russell mit dem »Potenzial« des Unternehmens gemeint hatte, und so hatten sie sich mit seinem Partner Hugh zum Lunch im Le Caprice getroffen und sich darauf geeinigt, dass Porter Bingham dem Haus Farrell einen Investitionsvorschlag unterbreiten würde.

»Meiner Ansicht nach lassen sich die fünf Millionen Pfund Verlust innerhalb von fünf Jahren in einen jährlichen Gewinn von zehn Millionen Pfund verwandeln«, hatte Bianca Mike Russell mitgeteilt. »Aber dazu müssten Sie ungefähr dreizehn Millionen investieren, sagen wir zehn sofort und später noch mal zwei oder drei Millionen.«

Bianca hatte ihm ihr breitestes Julia-Roberts-Lächeln geschenkt. Sie mochte die beiden, und Hugh war auf konventionelle Art ziemlich attraktiv. Bianca hatte schon oft dem Schicksal dafür gedankt, dass er nicht ihr Typ war, weil sie vermutlich sonst hin und wieder weniger professionelle Entscheidungen getroffen hätte. Obwohl sie sich in ihrem erfolgreichen Berufsleben bisher niemals von persönlichen Erwägungen hatte leiten lassen. Das war einer der vielen Gründe für ihren Erfolg.

»Ich finde das ziemlich aufregend«, hatte sie Patrick mitgeteilt, nachdem sie von jener ersten Besprechung nach Hause gekommen war, »aber ich hätte gern deine Zustimmung. Das wird noch härter als bei PDN. Was sagst du dazu?«

Patrick hatte geantwortet, dass sie das Angebot selbstverständlich annehmen müsse, wenn sie das wirklich wolle. Was sie machen würde, wenn er ihr nicht seinen Segen gäbe, fragte er lieber nicht. Denn Bianca tat immer, was sie wollte.

Patrick wusste, was ihm bevorstand; wie bei jedem neuen Projekt von Bianca lagen viele einsame Abende vor ihm, denn ihr Engagement für ein neues Unternehmen geriet jedes Mal fast zur Obsession. Er fügte sich aus zwei Gründen in sein Schicksal: Erstens fand er ihre Projekte selbst ziemlich interessant, und zweitens liebte er Bianca und wollte, dass sie zufrieden war.

Er neigte nicht zu quälender Innenschau, denn als Einzelkind besaß er gesundes Selbstbewusstsein. »Wir sind nicht wie andere Leute«, sagte Patrick gern, und das entsprach der Wahrheit.

Auch Bianca hatte keine Geschwister. Darüber hatten sie in den Anfängen ihrer Beziehung oft gesprochen, es schweißte sie zusammen. Sie hatte ihm sogar eine Statistik präsentiert, die nachwies, dass Einzelkinder sich häufig von Einzelkindern angezogen fühlten – »oder von den ältesten Kindern in einer Familie, was praktisch das Gleiche ist«. Außerdem führte sie aus, dass Einzelkinder der Statistik nach für gewöhnlich ausgesprochen erfolgreich waren und zu Zwanghaftigkeit neigten. Patrick war sich nicht so sicher, ob das auch auf ihn zutraf, doch natürlich wollte er nicht, dass die dynamische Ms Wood ihn als liebenswerten Versager betrachtete.

Oder ihr Vater, der angesehene Historiker Gerald Wood, dem mittelalterliches Staatswesen und Literatur näher waren als das einundzwanzigste Jahrhundert, insbesondere seit seine geliebte Frau Pattie neunzehn Jahre zuvor das Zeitliche gesegnet hatte.

»Hallo, Mr Bailey. Hatten Sie einen guten Tag?«

»Ja, er war nicht schlecht, danke, Sonia. Und der Ihre?« Er würde der Haushälterin nicht verraten, dass er nach dem Mittagessen im Büro vor Langeweile eingenickt war.

»Sehr gut, danke. Ich habe Ihnen für heute Abend eine Sauce Bolognaise vorbereitet – Mrs Bailey kommt nicht nach Hause, sagen Sie?«

»Nein, sie hat morgen eine wichtige Besprechung und muss deswegen heute länger arbeiten. Ich esse mit den Kindern und koche uns Spaghetti, machen Sie sich keine Gedanken.«

»Gut. Dann gehe ich jetzt. Ruby ist im Bett – Karen liest ihr gerade etwas vor, wenn sie fertig ist, geht sie auch.«

Karen war das Kindermädchen. Sie betreute die achtjährige Ruby nach der Schule und blieb, bis diese im Bett war. In den Ferien war sie den ganzen Tag bei ihnen.

»Wunderbar. Danke, Sonia. Hallo, Milly, wie war dein Tag?«

»Cool.«

»Freut mich zu hören.«

»Und deiner?«

»Ach, ziemlich aufregend.«

Sie stellte sich auf die Zehenspitzen, um ihm einen Kuss zu geben.

»Du bist ulkig«, bemerkte sie schmunzelnd.

»Ich tue mein Bestes. Hast du deine Hausaufgaben gemacht?«

»Klar!«

»Bestimmt?«

»Daddy, du bist wirklich schrecklich.«

»Sie hat sie gemacht, Mr Bailey«, bestätigte Sonia mit einem Lächeln in Millys Richtung. »Gleich nach der Schule.«

»Siehst du! Danke, Sonia.«

»Hast du Klarinette geübt?«
»Auch erledigt.«
»Du bist ein Traum von einer Tochter. Wo ist Fergie?«
»Spielt Wii.«
»Na so was. Das ist doch vor sieben nicht erlaubt.«
»Daddy! Du klingst schon wie Mummy. Bis später.«

Ganz auf ihr Handy konzentriert trottete Milly davon. Patrick sah ihr lächelnd nach. Emily, die von Geburt an den Kosenamen Milly trug, war fast dreizehn, groß und schlank und hatte langes, dunkles, glattes Haar und braune Augen. Sie war hochintelligent und beliebt und gehörte zu den Mädchen, die bei allen Partys dabei waren und oft bei Freundinnen übernachteten. Milly besuchte im zweiten Jahr St. Catherine's in Chelsea, eine neue, leistungsorientierte Mädchenganztagsschule, und besaß großes musikalisches Talent – eins mit Stern für ihr Klarinettenspiel. Lediglich bei Ballspielen war sie eine Niete.

Der elfjährige Fergus besaß das gute Aussehen und den Charme der Familie, war in Ballspielen genauso gut wie Milly schlecht, spielte in seiner Schule in allen ersten Mannschaften, und dank seiner Intelligenz gelang es ihm gerade so, sich in der Stipendiengruppe zu halten.

Patrick ging in sein Arbeitszimmer im ersten Stock des viktorianischen Hauses und blickte hinaus auf den weitläufigen Garten. Die Anzahlung dafür war ein Hochzeitsgeschenk von seinem Vater gewesen; das sagte nach allgemeiner Ansicht fast alles über die Baileys aus, was man wissen musste: Sie waren wohlhabend, glücklich und großzügig, und alle verstanden sich glänzend.

Patricks Vater Guy Bailey war im Goldenen Zeitalter der Londoner City Börsenmakler gewesen, hatte ein Vermögen gemacht, sich 1985 früh auf sein Altenteil zurückgezogen, »zum Glück noch vor dem Big Bang«, wie er oft sagte, und war in ein geräumiges Haus auf dem Land mit Grund und Stallungen gezogen. Dort hatte er sich zu einem ausgezeichneten Schützen entwickelt und sein uraltes Hobby, das Handeln mit Antiquitäten, in einen, wie er es nannte, »Halbtagsjob« verwandelt.

Patrick war mit einem beachtlichen Abschluss in Philosophie, Politik und Wirtschaft von Oxford abgegangen und in die Wirtschaftsprüfungsgesellschaft seiner Onkel am Londoner Strand eingetreten. Hier hatte er ein hübsches Büro, verdiente sehr gutes Geld und war bei Kollegen und Mandanten gleichermaßen beliebt, weil er freundlich, gleichmütig und intelligent war. Wahrscheinlich hätte er sich nach ein paar Jahren wieder einen anderen Job gesucht, weil er die Arbeit nicht gerade spannend fand, aber da er Bianca Wood kennengelernt hatte und man in Patricks Welt einer jungen Frau erst dann einen Heiratsantrag machte, wenn man ihr ein hübsches Haus in einer guten Gegend sowie ein ordentliches Einkommen bieten konnte, für den Fall, dass sie nicht arbeiten wollte oder sie Kinder bekamen, war er geblieben. Patrick fühlte sich nicht unwohl bei Bailey Cotton and Bailey; seine Arbeit war nur einfach nicht sonderlich aufregend. Und so hatte er 1995 um die Hand von Ms Wood angehalten und sie 1996 geheiratet.

Er hatte sie bei einem Abendessen in der City kennengelernt und war ihr sofort verfallen. Sie war beredt und kurzweilig, fand ihn anscheinend ebenfalls interessant und stellte sich als Marketingchefin einer Toilettenartikelfirma vor.

»Zahnpasta und Deos mögen nicht sonderlich spannend klingen«, hatte sie erklärt, »aber im Jahr davor hatte ich noch mit Waschmitteln zu tun, also ist das ein großer Fortschritt. Überhaupt ist das Aufregende nicht das Produkt selbst, sondern das, was man damit machen kann. Es gibt kaum ein tolleres Gefühl, als wenn die Umsätze in die Höhe schnellen!«

Er hatte sie zum Essen eingeladen, und sie hatten sich so gut unterhalten, dass sie erst merkten, wie spät es war, als die Kellner schon die Stühle auf die Tische stellten. Danach hatten sie sich für den folgenden Freitag verabredet.

»Diesmal zahle ich. Sorry, so bin ich nun mal. Ich mag von niemandem abhängig sein.«

Obwohl es Patrick gar nicht gefallen hatte, dass sie die Rechnung übernahm, waren sie schon drei Monate später zusammengezogen.

Bei ihrer Hochzeit 1996 hatte Bianca bereits zweimal den Job gewechselt. Sie arbeitete bis eine Woche vor Millys Geburt und saß nach vier Monaten wieder am Schreibtisch. Als Fergie zwei Jahre später dazukam, war sie nur zwölf Wochen zu Hause geblieben. Was nicht bedeutete, dass sie eine schlechte Mutter war – sie liebte ihre Kinder abgöttisch, funktionierte nur einfach besser als Mutter, wenn sie noch andere Aufgaben hatte. Und als sich etwas mehr als zwei Jahre nach Fergie Ruby bemerkbar machte, hatte sie sich nicht, wie es andere Frauen vielleicht getan hätten, für einen Schwangerschaftsabbruch entschieden, sondern Ruby einfach willkommen geheißen.

Die Kinder schienen nicht unter ihrem Beruf zu leiden. Sie waren alle intelligent, reizend und selbstbewusst. Patrick hatte manchmal das Gefühl, dass Bianca sich ein wenig mehr für ihn und seine Arbeit interessieren könnte, aber, wie er selbst zugeben musste: In seinem Job gab es eben nicht allzu viel Interessantes. Mittlerweile war er zum Partner aufgestiegen, verdiente noch besser als früher und verfügte – anders als Bianca – über geregelte Arbeitszeiten. Im Großen und Ganzen hatte er nichts dagegen, für sie der Fels in der Brandung zu sein. Kurz nach Millys fünftem Geburtstag war Bianca Marketingchefin einer Stofffabrik geworden und hatte Patrick in Sachen Gehalt überrundet. Das hatte Patrick sehr zu schaffen gemacht.

»Schatz, es ist doch unser gemeinsames Geld. Damit bezahlen wir alles für die Familie, unser Leben. Was spielt es schon für eine Rolle, wer mehr verdient?«, hatte Bianca gesagt.

Einmal hatte er sie in ziemlich betrunkenem Zustand gefragt, ob sie für ihn ihre Arbeit aufgeben würde. Sie hatte sich über den

Tisch gebeugt und geantwortet: »Natürlich, Schatz, wenn du das wirklich wollen würdest. Aber das möchtest du doch nicht, oder? So bist du nicht – und genau deswegen liebe ich dich.«

Und das stimmte: Sie liebte ihn sehr. Genauso sehr wie Patrick sie.

Zwei

Bianca Bailey sagte gern, Besprechungen seien, ebenso wie das wirkliche Leben, keine Proben. Egal, wie kurz: Sie zählten, und dafür waren angemessene Aufmerksamkeit und sorgfältige Planung nötig.

Die Konferenz an jenem Nachmittag, bei der sie, Hugh Bradford und Mike Russell die Farrells zur Kooperation zu überreden versuchen würden, zählte sogar sehr, weswegen sie mehrere Tage mit der Ausarbeitung einer Strategie verbracht hatten.

Bianca trug zu dem Anlass ein schickes Kleid mit einer Strickjacke statt eines Blazers und einer Hose. Ihre Haare schwangen offen auf ihren Schultern und waren nicht wie sonst streng zurückgebunden, und sie hatte ein klein wenig mehr Make-up aufgelegt als sonst. So würde sie den Farrells als Frau gegenübertreten, die Freude an Kleidung und Kosmetik hatte und sich in ihre Welt einfühlen konnte, nicht als barsche androgyne Person, der es ausschließlich ums nackte Geschäft ging. Das wäre wichtig, damit sie wussten, dass ihr das Unternehmen und seine Produkte genauso am Herzen lagen wie die wirtschaftliche Seite, dass sie ein Gefühl dafür hatte. Sie erkannte die Magie einer Marke und begriff gleichzeitig, dass sie sich finanziell auch tragen musste. Sie konnten sich glücklich schätzen, sie zu haben, dachte Hugh.

Athina Farrell hatte sich ebenfalls mit Bedacht gekleidet. Mit ihren fünfundachtzig Jahren hielt sie nicht nur die Zügel im Haus Farrell in der Hand, sondern demonstrierte das auch durch ihre äußere Erscheinung. Sie trug ein übers Knie reichendes, marineblaues Jerseykleid von Jean Muir sowie rote Wildlederschuhe, was beides ihre nach wie vor wohlgeformten Beine bestens zur Geltung brachte. Ihr silberfarbener Bubikopf war frisch geschnitten, ihr Make-up minimalistisch, jedoch sehr geschickt aufgetragen, und auch ihren Schmuck hatte sie sorgfältig ausgewählt: die Perlenkette, die Cornelius ihr zum dreißigsten Hochzeitstag geschenkt hatte, die Perlenohrringe von Chanel, die Armbanduhr von Tiffany, ein Geschenk ihrer Eltern zu ihrem einundzwanzigsten Geburtstag, sowie ihre beiden Diamantringe – einer zur Verlobung, der andere, auf Wunsch von Cornelius äußerlich identisch, zur goldenen Hochzeit. »Diese Leute«, wie sie sie insgeheim verächtlich nannte, würden eine kultivierte Frau mit Stil kennenlernen, keine lächerliche Alte. Sie hatte das Haus Farrell fast sechzig Jahre lang geleitet, und auch nur einen Teil davon abzugeben, war ihr noch bis vor Kurzem als undenkbar erschienen.

Doch nun musste sie sich mit der Tatsache auseinandersetzen, dass das Unternehmen vor dem Bankrott stand und Hilfe benötigte. Aus diesem Grund hatte sie sich zu jenem Treffen mit den Investoren von Porter Bingham überreden lassen, dem sie mutig, mit Widerspruchsgeist und unnachgiebig entgegenblickte.

Sie hatte ihre beiden Kinder und Florence Hamilton, die alle in der Firmenleitung saßen, vor der eigentlichen Besprechung zu einem Briefing einberufen, bei dem sie ihnen letztlich erklärte, was sie zu sagen und zu tun hatten. Bertram, besser bekannt als Bertie, war Kaufmännischer Leiter, Caroline, für enge Freunde Caro und für alle anderen Mrs Johnson, Chefsekretärin und Personalchefin, und Florence, einfach nur Florence, war innerhalb der Unternehmensleitung für die Immobilien zuständig.

Athina war sich nicht so sicher, ob irgendeiner von ihnen überhaupt etwas in der Unternehmensleitung verloren hatte. Wären sie nicht ihre Kinder gewesen – oder wie Florence fast so sehr Teil des Hauses Farrell wie Athina und Cornelius –, hätten sie darin vermutlich keinen Platz gefunden. Bertie und Caro konnte man die Intelligenz nicht absprechen, doch es fehlten ihnen der Instinkt und der Stil, um das Werk von ihr und Cornelius fortzuführen, und Florence, die sowohl Instinkt als auch Stil besaß, mangelte es an Ehrgeiz. Letztlich hatte Athina Florences Berufung in die Unternehmensleitung nie gut gefunden. Sie war Cornelius' Idee gewesen; Athina selbst war seinerzeit krank gewesen und nicht in der Lage zu widersprechen.

Nun musste man das Beste aus der Situation machen, weswegen sie sie alle in ihre Wohnung in Knightsbridge beordert hatte, wo sie beim Sandwich-Lunch erklärte: »Wir müssen Einigkeit beweisen, das ist von größter Bedeutung, und dürfen ihnen keinen Einfluss gewähren. Natürlich werden auch unsere Anwälte Walter Pemberton und Bob Rushworth anwesend sein ...«

»Meinst du nicht, dass die das ein bisschen überfordert?«, fragte Caro.

Athina antwortete, sie vertraue ihnen völlig. »Die beiden regeln von Anfang an alles Juristische für uns. Cornelius hat sie ausgesucht, und er kannte sich aus mit Anwälten.«

»Ja, Mutter«, sagte Caro, »aber bei allem Respekt: Das war vor sechzig Jahren.«

»Caro«, entgegnete Athina in einem Tonfall, der keinen weiteren Widerspruch duldete, »Pemberton und Rushworth werden sich nicht übertölpeln lassen. Und nun zu dieser jungen Frau, dieser Bianca Bailey. Ich habe keine Ahnung, wie sie wirklich ist, aber sie hat einen Ruf, und sie kennt die Branche – was ihr mit PDN gelungen ist, war clever, doch sie sollte sich keine Hoffnungen machen, auch das Haus Farrell verkaufen zu können. Wir müssen die Mehrheit der Anteile behalten. Das ist nicht verhandelbar.«

»Sie dürfen auch nicht an unserem Image rumfuhrwerken«, fügte Caro hinzu. »Das Haus Farrell ist keine beliebige Billigmarke. Und The Shop zu verkaufen kommt nicht infrage. Der würde den Sparmaßnahmen bestimmt als Erstes zum Opfer fallen.«

The Shop, wie das Geschäft im Unternehmen hieß, befand sich

als exklusive Verkaufsstelle des Hauses Farrell in der viktorianischen Berkeley Arcade in der Nähe des Piccadilly Circus. Die Arkade war ein Touristenmagnet; in den Läden der exklusiven Hoflieferanten (wie sie noch immer genannt wurden) gab es Schmuck, Lederwaren, Maßhemden und ähnlich luxuriöse Dinge zu kaufen. In dem bezaubernden kleinen Farrell-Geschäft mit verglasten Türen und Fenstern konnte man nicht nur die gesamte Produktpalette von Farrell erwerben, sondern sich auch eine Gesichtsmassage gönnen, und Florence hatte in der oberen Etage ihr Büro. Den Mietvertrag hatte Cornelius von seinem Vater übernommen, und The Shop galt gemeinhin als Schatzkästchen des Unternehmens, obwohl er keinerlei Gewinn machte.

»Sie werden sich genau überlegen, was sie aus dem Haus Farrell machen können«, sagte Bertie und nahm sich Sandwich Nummer vier. »Einen gewissen Handlungsspielraum müssen wir ihnen schon lassen. Schließlich wollen sie das Unternehmen auf Vordermann bringen und nicht nur Geld reinpumpen.«

Athina und Caro sahen ihn mit offenem Mund an.

»Bertie, dessen sind wir uns durchaus bewusst«, erklärte Athina, »aber wir müssen auch von Anfang an unsere Position klarstellen. Sonst zerstören sie alles, was das Haus Farrell ausmacht. Und Bertie: Hat dein Arzt nicht gesagt, dass du abnehmen sollst?«

»Ich bin ganz Berties Meinung«, meldete sich Florence zu Wort und griff ihrerseits nach ihrem dritten Sandwich, um ihre Solidarität mit ihm zu demonstrieren und ihren gewaltigen Appetit zu stillen, der in Widerspruch zu ihrer zierlichen Gestalt zu stehen schien.

»Ich aber nicht«, entgegnete Caro. »Das ist eine Riesengelegenheit für die. Sie werden mit der Marke Farrell eine Menge Geld verdienen. Wir besitzen etwas sehr Kostbares, das dürfen wir nicht vergessen.«

»So kostbar, dass die Bank uns den Geldhahn zudrehen will«, bemerkte Bertie. »Porter Bingham wird uns davor bewahren. Ohne sie kommen wir nicht weiter.«

»Bertie hat recht«, pflichtete Florence ihm bei. »Was nicht bedeutet, dass wir uns nicht wehren sollten.«

Bertie war derjenige gewesen, der sich an Porter Bingham gewandt hatte, nachdem ein an den Finanzdirektor adressierter Brief eingetroffen war. Der Absender, ein gewisser Mike Russell von Porter Bingham Private Equity, hatte ihm mitgeteilt, dass er im Rahmen von Recherchen zu einem ähnlichen Unternehmen auf das Haus Farrell aufmerksam geworden sei und sich gefragt habe, ob Mr Farrell möglicherweise an einem Treffen interessiert sei: Porter Bingham habe gegenwärtig ein Investitionsvolumen von 367 Millionen Pfund und halte Ausschau nach gewinnträchtigen Anlagemöglichkeiten bei Unternehmen mit Wachstumspotenzial.

Da das Haus Farrell kein solches Wachstumspotenzial aufwies, hatte Bertie nicht geglaubt, dass Porter Bingham tatsächlich Interesse haben würde, das Schreiben jedoch trotzdem seiner Mutter gegenüber erwähnt.

Athina hatte abgewinkt. »Es ist immer das Gleiche mit diesen Leuten. Sie machen sich im Unternehmen breit, und ehe man sich's versieht, hat man nichts mehr zu melden. Vergiss es, Bertie, wie deine Tochter sagen würde.«

»Mutter, ich habe das Gefühl, dir ist nicht klar, in was für einem Schlamassel wir stecken. Ich glaube ...«

»Bertie. Nein.«

Zwei Tage später hatte Lady Farrell einen Brief von der Bank erhalten, in dem diese sie daran erinnerte, dass das Haus Farrell sämtliche Zahlungsfristen überschritten habe und die Bank das fällige Geld jederzeit eintreiben könne. Ob sie einen Termin zu einem Gespräch über die Situation vereinbaren wolle?

Das Treffen war unerfreulich verlaufen, und es hatte sich herausgestellt, dass das Haus Farrell kurz vor der Insolvenz stand. Auf dem Weg zurück ins Büro hatte Bertie zum ersten Mal so etwas wie Panik in Athinas Blick gesehen. Auf seinen Vorschlag, sich vielleicht doch mit den Leuten von Porter Bingham zusammenzusetzen, hatte sie nun mit einem widerwilligen Nicken reagiert.

»Na schön, Bertie, wenn du wirklich meinst, dass das etwas nützt. Obwohl ich das sehr bezweifle.«

Die erste Zusammenkunft im imposanten Hauptquartier von Porter Bingham hatte nicht gerade dazu beigetragen, Athinas Zweifel zu zerstreuen. Sie hatte den Investoren unumwunden erklärt, dass sie keinerlei Möglichkeit zu einer Zusammenarbeit sehe, und das Treffen vorzeitig verlassen. Doch nach einem erfolglosen Abklappern all ihrer Kontakte in der Bankenwelt hatte der arme Bertie doch noch einmal mit Mike Kontakt aufnehmen müssen.

»Mr Farrell«, hatte Mike gesagt, »es war mir ein großes Vergnügen, Ihre Mutter kennenzulernen, und es hat mich in meiner Überzeugung bestärkt, dass Sie etwas sehr Wertvolles besitzen. Ich würde vorschlagen, dass wir uns zu viert noch einmal in Ihrem Büro zusammensetzen.«

In ihrem eigenen Revier war Athina zugänglicher geworden, und bei der zweiten Unterredung hatten sie sich darauf geeinigt, sich im Besprechungszimmer von Porter Bingham mit Bianca zum Lunch zu treffen. Bianca war reizend gewesen und hatte angesichts des gemeinsamen Projekts gleichermaßen Zuversicht und Zurückhaltung an den Tag gelegt, was ihr, wenn schon nicht Lady Farrells Zustimmung, so doch immerhin einen geringeren Grad an Feindseligkeit einbrachte. Und so waren sie auf einem holprigen, gewundenen Pfad auf diesen Termin zugeschritten, der nun anstand und dessen Ziel es war, zu einem Vertragsabschluss zu gelangen.

Der Nachmittag zog sich dahin. Argumente wurden vorgebracht, Zugeständnisse gemacht und wieder zurückgezogen, Pemberton und Rushworth brachten unzählige Punkte vor, diskutierten über jedes winzige Detail, nahmen wiederholt auf die Vergangenheit Bezug und hielten das Prozedere im Wesentlichen nur auf.

Hugh und Mike bewahrten bewundernswerte Geduld.

Nachdem wieder eine lange Stunde vergangen war, räusperte sich Mike.

»Ich finde, es ist an der Zeit, über die Verteilung der Anteile zu sprechen«, sagte er. »Soweit ich das verstehe, ist Ihre Position unverändert, Lady Farrell: Sie bestehen nach wie vor auf der Mehrheit der Anteile?«

»Allerdings«, antwortete Athina mit eisigem Blick.

Hugh und Mike sahen einander an; Bianca kannte diesen Blick. Im Schach wäre dies das »Schach«, wenn nicht das »Schachmatt« gewesen.

»Lady Farrell«, hob Mike an und schaute sie mit bemerkenswert ausdruckslosem Gesicht an, »das Haus Farrell benötigt eine substanzielle Finanzspritze, um es vor dem Untergang zu bewahren – mindestens zehn Millionen Pfund zur Schaffung einer gesunden Basis sowie weitere bis zu drei Millionen für die Finanzierung der Veränderungen, die Bianca vermutlich vorhat. Denken Sie wirklich, dass wir Ihnen so viel Geld geben und Ihnen nach wie vor die Kontrolle über das Unternehmen überlassen können?«

»Ja«, antwortete Athina, »genau das tue ich. Denn ohne uns wird es für Mrs Bailey kein Haus Farrell zu … äh … ›verändern‹ geben.«

Nun räusperte sich Walter Pemberton; es lag auf der Hand, dass dies der Moment war, auf den er gewartet hatte. »Unsere Haltung im Hinblick auf die Mehrheit der Anteile ist nicht verhandelbar. Das ist unser letztes Wort.«

Bianca verfolgte die Verhandlungen schweigend. Sie genoss den Rhythmus, die wechselnden Machtdemonstrationen, erkannte, welche Etappensiege wichtig waren und welche nicht, und wartete auf den Todesstoß. Inzwischen war es halb neun, und sie musste Lady Farrell bewundern, die noch genauso frisch und scharfsinnig wirkte wie sieben Stunden zuvor. Auch Caro wankte nicht, obwohl sie wenig zu den Verhandlungen beitrug. Florence lauschte aufmerksam, sagte jedoch noch weniger. Bertie war innerhalb der

Familienhierarchie ganz klar das unwichtigste Mitglied: Niemand richtete das Wort an ihn, selbst seine vorsichtigsten Vorschläge wurden barsch beiseitegeschoben. Doch Bianca fiel auf, dass einige seiner Ansichten, eine über den Standort der Produktionsstätte, eine andere über die mögliche Verlegung der Verwaltung, klug waren. Er wurde unterschätzt.

»Gut«, sagte Mike Russell nach einem Teilsieg in puncto Unternehmensumstrukturierung, »ich glaube, allmählich kommen wir voran. Aber da wäre immer noch das Problem mit den Anteilen. Lady Farrell – in diesem Punkt wollen Sie nach wie vor nicht nachgeben?«

»Nein.«

»Würden Sie uns einen Augenblick entschuldigen?«, fragte Mike. »Hugh ...«

Sie verließen das Zimmer, und Bianca, die nun mit den Farrells allein war, lächelte ihnen zu.

»Hübscher Raum«, bemerkte sie mit einem Blick auf die hohen Fenster, den schönen edwardianischen Kamin und den hochglanzpolierten Boden. »Ich wünschte, alle Sitzungszimmer wären so behaglich.«

»Wir sind stolz auf unsere Gebäude«, erklärte Athina. »Vermutlich waren Sie noch nicht in unserem Geschäft in der Berkeley Arcade. Das ist etwas ganz Besonderes.«

»Doch, ich war schon dort«, entgegnete Bianca, »allerdings habe ich es mir nur von außen angesehen. Es ist wirklich reizend.«

»Und es besitzt unschätzbaren Wert für die Marke«, bemerkte Athina, »im Hinblick auf Image und Kundenbindung. Eine Journalistin der *Vogue* hat einmal geschrieben, in ihm schlage das Herz des Hauses Farrell. Würden Sie dem zustimmen?«

»Lady Farrell, es wäre dreist von mir, dem beizupflichten oder zu widersprechen«, antwortete Bianca. »Im Moment weiß ich noch nicht genug über das Haus Farrell, um mir darüber eine Meinung bilden zu können. Aber das Geschäft gefällt mir gut.« Sie nickte

Florence zu. »Soweit ich weiß, sind Sie dafür zuständig. Es macht Ihnen bestimmt große Freude.«

»Allerdings.«

In dem Augenblick kamen Mike und Hugh zurück.

»Wir würden gern folgenden Kompromissvorschlag machen«, sagte Mike. »Sie behalten Ihre einundfünfzig Prozent der Anteile, wir übernehmen vierzig und Bianca und der neue Finanzdirektor, den wir bestimmen, gemeinsam neun Prozent.«

»Mrs Bailey wird Anteile am Unternehmen halten? Warum denn das? Ich dachte, sie wird eine einfache Angestellte sein.«

»Lady Farrell, ohne Anteile würde Bianca nicht in die Unternehmensleitung berufen werden. So läuft das bei solchen Vereinbarungen immer.«

»Warum?«

»Weil sie diejenige sein wird, die das Unternehmen zurück in die Gewinnzone führen, es retten muss. Kein Gehalt könnte ihrer Arbeit oder dem damit verbundenen Risiko gerecht werden.«

»Ich weiß nicht, ob wir dem zustimmen. Ihnen einen Anteil zu überlassen ist natürlich vernünftig. Und auch dem Finanzdirektor, der, nehme ich an, von Ihnen kommen würde. Sozusagen als deutlich sichtbares Zeichen der Investition, die Sie tätigen. Aber ...« – ihre grünen Augen richteten sich aufblitzend auf Bianca – »aber was hat das mit ... *ihr* zu tun?«

Obwohl Bianca in ihrem gesamten Berufsleben noch niemals so abgekanzelt worden war, ließ sie sich nicht anmerken, wie verletzt sie war. Sie beugte sich vor, lächelte Athina zu und sagte freundlich: »Lady Farrell, wenn es uns heute gelingt, ein Arrangement zu treffen, das mich als CEO des Hauses Farrell etabliert, werde ich mich hundertprozentig in dieses Unternehmen einbringen. Mein Ruf steht dabei genauso sehr auf dem Spiel wie der des Hauses Farrell. Ich bin fest davon überzeugt, dass wir das Unternehmen gemeinsam in die Zukunft und zurück zu seinem früheren Erfolg führen können. Doch das muss miteinander geschehen. Wir sind gegenseitig auf Loyalität angewiesen. Folglich muss ich Teil des Unternehmens sein, nicht nur Angestellte. Können Sie das nachvollziehen?«

Kurzes Schweigen, dann: »Gut, wir stimmen diesem Punkt zu«, erklärte Lady Farrell. »Vorausgesetzt, alles, was Sie uns sonst noch anbieten, sagt uns zu.«

Mike nickte. »Das hoffen wir. Wir gewähren Ihnen einen Kredit und übernehmen Anteile, und wenn das Unternehmen den Erwartungen nicht entspricht, wird zuerst der Kredit getilgt, und der Restwert steht den Anteilseignern zu. Für den Kredit verlangen wir fünfzehn Prozent Zinsen, dafür behalten Sie Ihre Anteile. Wenn Sie an das Haus Farrell und seine Überlebensfähigkeit glauben, sind Sie bestimmt bereit, dieses Risiko einzugehen. Wenn Sie mehr Anteile abgeben, reduziert sich die Höhe der Zinsen. So einfach ist das.«

Erneutes Schweigen.

»Natürlich müssen wir uns darüber mit unseren Anwälten unterhalten, aber ich denke, auf dieser Basis könnten wir aufbauen«, sagte Athina nach einer Weile. »Wir setzen uns am Montag mit Ihnen in Verbindung. Danke. Ich lasse Ihnen Ihre Garderobe bringen.«

Mit diesen Worten erhob sie sich und marschierte mit ihrem Gefolge hinaus.

»Gut gemacht«, lobte Mike alle mit einem müden Grinsen, als die Tür sich hinter ihnen schloss. »Wir haben's fast geschafft. Ich hatte schon Angst, dass ihre Anwälte uns im letzten Augenblick noch Knüppel zwischen die Beine werfen.«

»Ich glaube, Pemberton und Rushworth wissen gar nicht, wie das geht«, bemerkte Hugh.

»Das Ganze ist clever eingefädelt«, meinte Bianca. »Das haben wir gut hingekriegt.«

»Das finde ich auch«, pflichtete Mike ihr bei.

»Wir haben enorm an Boden gewonnen. Die Sache mit dem Gehalt haben sie geschluckt.«

»Ja, ich hatte befürchtet, dass die Anwälte den Haken an der Sache erkennen, aber ...«

»Nein«, sagte Hugh, »die sind viel zu sehr damit beschäftigt, Ihr eigenes Verhandlungsgeschick zu bewundern.«

»Schon interessant, wie Eitelkeit den gesunden Menschenverstand trübt, was?«, stellte Bianca fest. »Der Einzige, der so etwas wie Realitätssinn zu besitzen scheint, ist Bertie. Dabei hatte ich ihn anfangs nicht für den Hellsten gehalten.«

Drei

Bianca schluchzte laut. Patrick strich ihr die zerzausten Haare aus dem Gesicht und drückte sie an sich. Schon bald würde sie mit dem Weinen aufhören und sich beruhigen, wie immer nach dem Sex.

Allmählich begann sie die Ruhe zu spüren, der sie sich mit einem leisen Seufzen hingab.

»Danke«, sagte sie, auch wie immer.

Und er antwortete, ebenfalls wie gewohnt: »Gern geschehen.«

Jedes Mal war sie aufs Neue überrascht, wie intensiv der Sex nach so vielen Jahren und so großer Vertrautheit noch sein konnte, so wild und außergewöhnlich, so lebendig und wesentlich für ihre Ehe.

Viele hielten Bianca aufgrund ihres Erfolgs in der Geschäftswelt für die Dominante in der Beziehung, doch dem war nicht so, und Patrick beherrschte sie umgekehrt ebenso wenig. Sie waren auf wunderbare Weise gleichberechtigt. Sie diskutierten, stritten sich, schlossen Kompromisse, und wichtiger: Sie achteten einander, hatten Freude aneinander und an ihren komplementären Rollen innerhalb der Familie. Letztlich war es zu schön, um wahr zu sein, das ahnte Bianca.

Sie hob den Kopf ein wenig und sah ihn lächelnd an.

»Möchtest du reden?«

Nach dem Sex waren sie beide selten erschöpft, sondern sprühten eher vor Energie, und in diesem Zustand emotionaler und intellektueller Nähe unterhielten sie sich oft über Probleme, wie sie es im Alltag nicht konnten.

Bianca wusste, dass das etwas sehr Ungewöhnliches, von all den Wundern in ihrer Ehe möglicherweise das größte war.

»Ja«, antwortete Patrick.

Bianca war frustriert. Die Leute von PDN hatten ihr mit sofortiger Wirkung Urlaub gegeben, während die Farrells oder besser gesagt Athina und Caro sich weigerten, sie ins Unternehmen zu lassen, bevor der Vertrag unter Dach und Fach war.

»Gott, sind die arrogant«, beklagte sie sich, als sie eines Morgens nach einem erfolglosen Versuch, einen Blick auf die Verkaufszahlen zu werfen, in Mike Russells Büro stürmte. »Glauben die denn, dass ich ihre Betriebsgeheimnisse an Estée Lauder verkaufen will?«

»Wahrscheinlich«, antwortete Mike. »Bianca, haben Sie Geduld. Es dauert nicht mehr lange.«

»Lass uns doch in den Ferien Skifahren gehen«, schlug Bianca Patrick an jenem Abend vor. »Bei mir steht nichts an. Das würde mir Spaß machen und mich ablenken.«

»Hm.« Patrick wirkte alles andere als begeistert. »Dir ist klar, dass ich gesagt habe, wir würden nicht fahren? Ich bin im Moment ziemlich beschäftigt und habe den Urlaub gestrichen. Außerdem haben die Rentons das Chalet inzwischen bestimmt jemand anders angeboten.«

»Schatz, du kannst dir doch immer frei nehmen«, erwiderte Bianca. »Du musst es nur sagen. Es ist ja lediglich eine Woche, und wenn die Kinder sich in den Ferien daheim langweilen und ich mich mit ihnen, kriegen wir alle einen Hüttenkoller. Ich rede mal mit Patsy und frage sie, ob noch Platz für uns ist.«

Patsy Renton, die wusste, dass es ihrem Ruf sehr guttun würde, wenn sie erzählen konnte, dass die Baileys den Urlaub mit ihnen in dem Chalet in Verbier verbringen würden, antwortete, sie seien herzlich willkommen. »Ihr müsstest euch nur um den Flug kümmern«, fügte sie hinzu.

»Das soll Patrick machen«, erklärte Bianca. »Wunderbar, Patsy, ich freu mich schon.«

Danach vereinbarte Bianca einige Extrastunden mit ihrem Personal Trainer – auf keinen Fall wollte sie schlechter sein als die anderen Skifahrerinnen in der Gruppe – und brachte einen atemberaubend teuren Vormittag bei Snow and Rock zu, wo sie alle mit neuen Skisachen ausstattete. Sie konnte sich glücklich schätzen, dass es ihr vergönnt war, das Beste aus ihren beiden Welten zu ziehen, aus der Familie und dem Beruf.

»Cool«, seufzte Milly mit einem Blick auf ihre Beute.

»Echt cool«, pflichtete Fergie ihr bei.

»Hoffentlich stelle ich mich nicht wieder so dumm an«, sagte Ruby, die im vergangenen Skiurlaub ein ums andere Mal gestürzt war.

»Ach was«, munterte Milly sie auf. »Daran war nur dieser blöde Skilehrer schuld. Ich helfe dir, versprochen.«

»Ich will bloß Snowboarden«, verkündete Fergie. »Skifahren macht mir keinen Spaß. Kannst du mir ein Snowboard besorgen, Mum?«

»Hab ich schon«, antwortete Bianca.

»Du bist die Beste!«, rief Fergie begeistert aus.

»Ich weiß«, meinte Bianca bescheiden.

Patrick fiel es gar nicht so leicht, die beiden anderen Partner davon zu überzeugen, dass die große Betriebsprüfung, die er durchführen sollte, noch eine Woche warten konnte. Außerdem musste er das Treffen mit seinem Freund Jonjo Bartlett verschieben, auf das er sich sehr gefreut hatte. Aber ein richtiger gemeinsamer Familienurlaub wäre wunderbar. Der letzte im vergangenen Sommer, im Segelboot an der türkischen Küste, hatte leider ein vorzeitiges Ende gefunden, weil Bianca nach der Hälfte der Zeit nach Hause hatte fliegen müssen.

Bertie erfuhr als Erster davon. Bertie, der somit gezwungenermaßen zum Überbringer der schlechten Botschaft wurde und in die Schusslinie geriet. Er war einfach zu anständig, um das Gespräch den eigentlich Verantwortlichen zu überlassen, Bernard Whittle and Sons, seit der Gründung des Hauses Farrell durch Cornelius und Athina Steuerberater des Unternehmens.

Es stellte sich heraus, dass versäumt worden war, die Einkünfte von The Shop für die vergangenen drei Jahre zu versteuern, was bedeutete, dass das Haus Farrell dem Finanzamt nun einschließlich Zinsen und Mehrwertsteuer eineinhalb Millionen Pfund schuldete.

»Das ist lächerlich«, lautete Athinas Kommentar. »Wir haben daran keine Schuld, höchstens du, Bertie.«

»Warum ich?«, fragte Bertie. »Ich bin nicht für die Buchhaltung zuständig.«

»Doch, das gehört in den Aufgabenbereich des Kaufmännischen Leiters«, widersprach Athina. »Obwohl ich über Bernard Whittle erstaunt bin. Vermutlich müssen wir das diesen Leuten mitteilen, weil wir solche Beträge nicht aus der Portokasse zahlen können, und eine Million mehr oder weniger spielt für die sicher keine Rolle, oder? Ruf sie mal lieber an und sag's ihnen – die werden dir schon nicht den Kopf abreißen.«

»Ich glaube, es wäre besser, wenn du das erledigst, Mutter«, entgegnete Bertie. »Oder wenn wir sie wenigstens gemeinsam aufsuchen. Es geht nicht gerade um Peanuts. Ich denke, wir schulden ihnen eine offizielle Erklärung.«

»Verstehe«, sagte Mike Russell, um Fassung bemüht angesichts von Lady Farrells Überzeugung, dass die Forderung nach weiteren eineinhalb Millionen Pfund verglichen mit der Gesamtsumme, die Porter Bingham in das Haus Farrell investieren wollte, eher nebensächlich war.

»Lady Farrell, wir sprechen von einem nicht unerheblichen Betrag. Und von einem ziemlich deutlichen Beweis für die Inkompetenz Ihrer Steuerberater. Offen gestanden bin ich entsetzt. Wir müssen die Angelegenheit mit unserer Unternehmensleitung besprechen. Das muss alles genehmigt werden, und ich hatte schon Probleme bei der Absegnung unserer letzten Beschlüsse. Möglicherweise werde ich Sie bitten müssen, das zusätzliche Geld selbst aufzutreiben.«

»Das ist lächerlich! *Wir* sind nicht in der Lage, solche Summen aus dem Ärmel zu schütteln.«

»Vielleicht könnte einer von Ihnen Geld aus seinem Privatvermögen zuschießen. Sie wohnen ja alle recht feudal und ...«

»Das halte ich für keine gute Idee«, unterbrach Athina leicht genervt. »Obwohl dein Haus natürlich viel zu groß für euch ist, Bertie, und Priscilla schon seit Jahren davon spricht, nach London zurückzuziehen. Das könnten wir überlegen.«

Bertie schwieg.

Mike erhob sich, trat ans Fenster und schaute hinaus. »Diese Mitteilung hat mein Vertrauen in die von Ihnen gelieferten Informationen erschüttert. Wie Sie wissen, werden wir künftig unsere eigenen Finanzexperten für die Zusammenarbeit mit dem Haus Farrell bestimmen, und die wollen nächste Woche mit der Prüfung der Bücher beginnen. Mir graut schon vor neuen Katastrophenmeldungen. Möglicherweise werden Sie uns als Zugeständnis Ihrerseits die Kontrolle über die Familienanwesen überlassen müssen. Ich weiß, dass Mrs Johnson ein Haus in Hampstead besitzt. Mr Farrell, wo befindet sich das Ihre?«

»In ... in Surrey«, antwortete Bertie. »In ... äh ... Esher.«

»Sehr gut. Es ist nicht mit einer Hypothek belastet?«

»Nein.«

Bertie betrachtete seine Hände, die – das fiel Mike auf – wie so oft zu Fäusten geballt waren.

»Gut, dann wäre das vielleicht ein denkbarer Weg«, sagte er. »Überdies muss Bianca ab sofort Zugang zu allen Informationen erhalten, die sie benötigt. Sie muss in der Lage sein, eigene Entscheidungen für das Unternehmen zu treffen, und zwar jederzeit. Ich möchte, dass Sie von Montag an vollständig mit Bianca kooperieren. Wenn das nicht möglich ist, muss ich unsere weitere Zusammenarbeit noch einmal überdenken.«

»Ich sehe da kein Problem«, erklärte Bertie. »Im Gegenteil: Der Vorschlag scheint mir sehr vernünftig zu sein.«

»Mir nicht«, widersprach Athina. »Aber vermutlich sollten wir darüber reden.«

Bianca war gerade dabei, die Koffer für die Kinder zu packen, als Mike anrief.

»Bianca, es geht los.«

»Wie bitte?«

»Am Montag. Die alte Hexe hat Lawrence Ford, diesem Clown von Marketing Manager, gesagt, dass er vollständig mit Ihnen kooperieren muss und dass Sie sich auch in allen Geschäften umsehen können. Okay?«

»Tja«, antwortete Bianca mit einem hektischen Blick auf die Berge von Jacken auf ihrem Bett, »eigentlich wollte ich gerade eine Woche zum Skifahren …«

»Ach.« Mikes Stimme klang plötzlich hart. »Bianca, wir stehen unter Zeitdruck, das wissen Sie doch. Sie können später im Jahr Urlaub nehmen, wenn die Sache läuft. Lassen Sie mich jetzt nicht hängen.«

»Ich … okay«, sagte Bianca, und während sie hörte, wie Fergie Patrick, der gerade vom Büro nach Hause gekommen war, erzählte, er habe am Morgen alle anderen Jungen auf der Kunstschneepiste geschlagen, spürte sie dieses vertraute Gefühl der Erregung in sich aufsteigen, weil sie sich nun endlich richtig mit dem Haus Farrell und seinen Problemen beschäftigen konnte.

»Natürlich komme ich am Montagmorgen«, versprach sie. »Danke, Mike.«

Dann bat sie Patrick, ihr ins Arbeitszimmer zu folgen.

Vier

Gott, wie schrecklich! Wenn das so weiterging, würde sie alles hinschmeißen. Es wurde mit jedem Tag schlimmer. Nicht nur der Job und das Gefühl, nicht voranzukommen, sondern auch das, was das mit ihr und ihrem Ruf in der Branche machte. Sie konnte es sich nicht leisten, als Versagerin dazustehen. Hätte sie sich nur nicht darauf eingelassen! Dabei hatte es so verführerisch geklungen.

»Mir ist klar, dass wir nicht gerade das aufregendste Unternehmen der Branche sind«, hatte Lawrence Ford, der Leiter der Marketingabteilung, gesagt, »aber genau deswegen wollen wir Sie. Um aufregender zu werden. Wir haben große Pläne und wollen Aufmerksamkeit – mit Ihrer Hilfe. Wenn Sie einschlagen, Ms Harding« – er hatte sie mit einem intensiven Blick bedacht –, »sind Ihnen keine Grenzen gesetzt.«

Leider war Susie inzwischen bereits an ihre Grenzen gestoßen. Sie hätte es wirklich besser wissen müssen, denn sonderlich sympathisch hatte sie Lawrence Ford nicht gefunden. Er war ihr zu schmierig dahergekommen, hatte aber eine Sprache gesprochen, die sie verstand, ihr fünfundzwanzig Prozent mehr Gehalt geboten als bisher, eine betriebliche Krankenversicherung, ausgesprochen großzügig bemessene Spesen und eine Firmenkreditkarte. Das ganze Drum und Dran.

Und so schön sie auch gewesen war, die Arbeit bei Brandon, dem jüngsten, coolsten Make-up-Hersteller: Sie hatte das Gefühl gehabt, dort alles erreicht zu haben und neue Herausforderungen zu brauchen. Schließlich hatte sie einen ausgezeichneten Ruf, war die PR-Frau, die alle Journalisten anriefen, wenn sie etwas benötigten, sei es eine Story oder das neueste Produkt. Sie hatte sich einige Tage lang über das Haus Farrell informiert, über seine Produktpalette und die Firmengeschichte (was für ein PR-Potenzial; die alte Lady Farrell war ja echt der Wahnsinn!), und beschlossen zuzusagen. Sie sah, wo Fehler gemacht worden waren, und hatte jede Menge Ideen, wie sie sich beheben ließen.

Sie hatte mit Henk darüber geredet; Henk war ihr neuer Freund, ein bislang eher erfolgloser Fotograf. Er hatte sie gedrängt, die Gelegenheit zu ergreifen.

»Das bringt mehr Geld, Baby, und du bist dein eigener Chef.«

Ihre innere Stimme hatte sie gewarnt, dass er ihr zuredete, weil sie dank der neuen Stelle in der Lage wäre, ihn mit durchzufüttern und ihm möglicherweise sogar Arbeit zu verschaffen, aber diesen Gedanken schob sie rasch wieder beiseite. Susie reizte die Herausforderung, und das hatte sie Lawrence Ford am Telefon gesagt.

Es war tatsächlich eine Herausforderung gewesen. Sie hatte bis tief in die Nacht gearbeitet, bei Leuten angerufen, die ihr noch einen Gefallen schuldeten, lateral agiert, sich Geschichten ausgedacht – alles völlig umsonst. Am Ende hatten Beauty-Redakteurinnen und Blogger keine Mails oder Anrufe von Susie Harding mehr beantwortet. Make-up-Artists nahmen ihr Angebot, sie mit der vollen Produktpalette des Hauses Farrell auszustatten, nicht mehr an, und die Aussicht auf ein persönliches Interview, die bei Kris Brandon noch so verlockend gewesen war, erschien bei den Farrells völlig unattraktiv – es sei denn natürlich, es handelte sich um Lady Farrell selbst, denn für die interessierten sich alle. Aber die weigerte sich, auch nur an ein solches Interview zu denken, wenn sie nicht jedes Wort des Artikels überprüfen konnte, bevor er erschien.

Und als Susie dann schließlich doch noch das Unmögliche gelang, nämlich The Cream bei *Ein Model empfiehlt* unterzubringen, einem der Top-Ten-Blogs, und zwar als »absolut super«, dankte man es ihr nicht einmal. Im Gegenteil: Am Ende beklagte sich die

Alte sogar, dass sie es lediglich geschafft hatte, »einen Blog« für das Unternehmen zu interessieren.

»Wir wollen *Vogue* und *Tatler*, Susie, bitte vergessen Sie das nicht.«

Susie fuhr seufzend den Computer herunter, schlüpfte in ihren Mantel, steckte das Handy in ihre Handtasche und machte sich mit klappernden Stöckelschuhen (Louboutins, aber wen interessierte das heutzutage noch?) auf den Weg zum Aufzug. In einer halben Stunde würde sie sich mit Henk in Soho House treffen. Er wäre bestimmt ganz ihrer Meinung, denn er sagte ihr schon seit ihrer ersten Woche beim Haus Farrell, dass sie ihre Zeit vergeudete. Nicht, dass er eine Ahnung gehabt hätte. Er wäre nur gern mitgegangen, wenn sie ihre Freunde von der Presse bespaßte, und das tat sie ja nun nicht mehr. Manchmal wünschte sich Susie, eine richtige Beziehung zu haben, in der sie das Gefühl haben konnte, dauerhaft unterstützt zu werden, in der es nicht nur ums Lachen und den Sex ging. So eine Beziehung hatte sie bisher nicht gefunden.

Immerhin hatte sie jemanden. Jemanden, der cool und sexy war. Und nur das zählte; Alleinsein schadete dem Image – ganz abgesehen von den anderen Nachteilen, die ein Singledasein mit sich brachte.

Sie musste weg vom Haus Farrell. Dort bekam sie Depressionen, und mit Depressionen konnte man sich nicht um die PR kümmern.

»Hallo, Patrick. Ich bin's, Jonjo. Wie geht's, alter Schwede? War's schön in dem Skiurlaub, für den du mir einen Korb gegeben hast? Egal, ich hätte da einen Vorschlag für dich und wollte fragen, ob du in den nächsten Tagen mal ein paar Minuten Zeit hast.«

»Klar. Gern.« Wie fühlte es sich wohl an, fragte sich Patrick, keine paar Minuten Zeit zu haben, wirklich beschäftigt zu sein, sogar gestresst, überlastet, erschöpft, und sich nach einer Pause zu sehnen? All das konnte er sich nicht vorstellen, weil er sich gemütlich von Mandant zu Mandant, von Besprechung zu Besprechung, von Lunch zu Lunch vorarbeitete.

»Wunderbar! Wie wär's mit einem Drink am Donnerstag im L'Anima, bei der Broadgate West? So gegen sechs?«

»Ist mir ein bisschen zu früh«, erklärte Patrick in dem verzweifelten Versuch, beschäftigt zu klingen. »Halb sieben wär mir lieber.«

»Gut, halb sieben. Wie geht's Bianca?«

»Danke der Nachfrage. Steht gerade vor einem neuen, sehr, sehr anstrengenden Job. Im Gegensatz zu einem nur sehr anstrengenden.«

»Warum überrascht mich das nicht?«, fragte Jonjo lachend. »Sie ist wirklich eine bemerkenswerte Frau. Bis Donnerstag.«

Patrick überlegte, worüber Jonjo wohl mit ihm sprechen wollte. Jonjo Bartlett, der coolste, witzigste, cleverste Kerl der Londoner City, der Millionen verdiente, verlor und mit einem Mausklick zurückgewann. Jonjo, von dessen Arbeit als Devisenhändler Patrick so gut wie nichts verstand. Jonjo, dessen Freunde alle ebenfalls witzig, clever und cool waren, Jungs aus der Arbeiterschicht, die es ziemlich weit nach oben geschafft hatten. Jonjo, der in ganz großem Stil in einer Wohnung in Canary Wharf residierte, ein Vermögen für Kleidung und Autos und eine endlose Reihe von supertollen Mädchen ausgab und jedes Mal, wenn er Patrick zu Hause besuchte, gestand, dass er auf ihn neidisch sei. Jonjo, der einmal verheiratet gewesen war und sich nach zwei Jahren hatte scheiden lassen. Jonjo, der zugab, dass er seitdem auf der Suche nach einer neuen Ehefrau sei.

Anders als die meisten seiner Kollegen stammte Jonjo aus einer reichen Familie. Er hatte wie Patrick eine Privatschule besucht, wo zwischen ihnen eine enge, wenn auch ein wenig merkwürdige Freundschaft entstanden war.

Als nach dem Abschluss an der Charterhouse-Schule alle an die Uni gegangen waren, hatte Jonjo, der die Lernerei satt hatte, sich sofort einen Job in der Londoner City gesucht und bereits nach zwei Jahren Aufsehen erregt. Er und Patrick trafen sich mindestens einmal im Jahr zum Essen. Dabei verwöhnte Jonjo seinen Freund mit Jahrgangschampagner von Bollinger und seit Neuestem auch mit Sushi, und am Ende des Abends erklärte er ihm immer mit zunehmend verwaschener Stimme, wie glücklich Patrick sich schätzen könne und dass er seinen neuen Ferrari dafür geben würde, an seiner Stelle zu sein. Patrick nickte jedes Mal mitfühlend und tätschelte zuerst Jonjos Hand, dann seine Schulter und schließlich seinen Kopf, der mittlerweile für gewöhnlich auf seinen Unterarmen auf dem Tisch ruhte, und versicherte ihm, dass eines Tages bestimmt alles gut werden würde.

Es wäre schön, ihn zu sehen, dachte Patrick, weil die letzten Wochen grässlich gewesen waren und die Arbeit ihm in letzter Zeit immer weniger Spaß machte. Dazu dann noch der Albtraum mit dem Skiurlaub. Die Kinder hatten alle geweint, richtig geweint, als klar geworden war, dass ihre Mutter nicht mitkommen würde, und Patrick hatte versucht, sie in Verbier zu bändigen, wenn sie hin- und herschwankten zwischen dem Kummer darüber, dass ihre Mutter nicht dabei war, und ihrem Drang, ihre Selbstständigkeit zu beweisen und auszuleben.

Noch nie war Patrick so froh gewesen, von einem Urlaub nach Hause zu kommen.

»Hallo! Hoffentlich störe ich nicht. Lady Farrell hat gesagt, ich könnte Sie besuchen und mit Ihnen sprechen, Miss Hamilton.«

Florence Hamilton bedachte Bianca über die Verkaufstheke des Geschäfts in der Berkeley Arcade hinweg mit einem Lächeln. »Immer gern.« Allerdings klang sie nicht sonderlich begeistert. Sie war felsenfest davon überzeugt, dass Bianca den Shop schließen wollte.

Bianca strahlte. »Was für ein Schmuckstück für das Haus Farrell. Das Geschäft ist reizend. Seit wann führen Sie es? Seit 1953?«

»Ja«, antwortete Florence. »Lady Farrell – damals natürlich noch Mrs Farrell – hat mich im März eingestellt, und wir haben im Mai eröffnet, gerade rechtzeitig zu den Krönungsfeierlichkeiten, zu denen so viele Touristen nach London kamen. Sie sind alle in die Arkade geströmt, und besonders den amerikanischen Damen hat es hier sehr gut gefallen. Das war damals eine sehr aufregende Zeit.«

»Das kann ich mir gut vorstellen«, sagte Bianca und nahm eine Dose von The Cream von der Verkaufstheke. »Darf ich?«

»Ja, natürlich.«

Bianca öffnete die Dose wie ein Kind ein Weihnachtsgeschenk und trug ein wenig von der Creme auf die Innenfläche ihres Handgelenks auf. »Ich liebe diese Creme.«

»Dann nehmen Sie doch eine Dose für sich mit.«

»Das ist nett, danke, aber selbstverständlich habe ich schon eine zu Hause. Schließlich wollte ich das Produkt, das dem Haus Farrell zu Ruhm verholfen hat, an mir selbst ausprobieren.«

»Und?«, erkundigte sich Florence.

»Wie gesagt: Ich liebe sie. Damit sehe ich auf einen Schlag mindestens zehn Jahre jünger aus.« Sie schmunzelte. »Die Verpackung gefällt mir auch. Aber wo sind die Body Lotions und die anderen Sachen? Ah, da, ich sehe sie schon. Und das Augen-Make-up …?«

»Hier, unter der Glastheke«, erklärte Florence.

»Gute Idee. Was für ein hübsches altmodisches Geschäft. Ich könnte mir vorstellen, dass der Umsatz saisonal schwankt. Im Sommer ist mehr los, nicht wahr?«

»Ja, aber ganz ruhig ist es hier nie«, erklärte Florence mit fester Stimme. »Darf ich Ihnen eine Tasse Tee anbieten? Ich habe oben ein kleines Zimmer, mein Boudoir. Natürlich arbeite ich dort«, fügte sie hastig hinzu, damit Bianca nicht auf die Idee kam, dass das ihr persönlicher Luxus war. »Darin erledige ich den Papierkram.«

»Gern«, sagte Bianca. »Das ist nett von Ihnen. Dann können Sie mir mehr über Ihre Jahre im Unternehmen erzählen. Warum berichten denn die Zeitschriften nicht über Ihre Geschichte? Dieses Geschäft scheint ja das Herz der Marke zu sein.«

»Miss Harding von der Presseabteilung wollte mich zu einem Interview mit Journalisten überreden, aber Lady Farrell findet das unpassend.«

»Warum denn? Ich fände das sogar sehr passend!«

»Für diese Art der Werbung hat sich das Haus Farrell nie interessiert. Miss Hardings Vorstellungen erschienen uns zu … intim. Früher haben die Leute von *Vogue* und *Tatler* hier Fotos gemacht von einem Model, das vor der Verkaufstheke einen neuen Lippenstift präsentierte. Das war wunderbar. Aber Miss Harding wollte einen Artikel über mich und meine Geschichte in The Shop. Und damit war Lady Farrell nicht einverstanden.«

»Tatsächlich?«, fragte Bianca.

»Ich soll auch nicht über berühmte Kundinnen von früher reden. Viele von ihnen leben noch, und wir geben viel auf Diskretion.«

»Verstehe«, sagte Bianca. »An welche Zeitschriften wollte Miss Harding sich denn mit dieser Idee wenden?«

»An die neueren, die mir sehr gut gefallen, zum Beispiel *Glamour* und *Red*. Das sind intelligente Hochglanzmagazine. Und ich habe auch nichts gegen diese modernen Blogs. Soweit ich das beurteilen kann, sind die heutzutage ziemlich wichtig, fast so wichtig wie die Zeitschriften.«

»Das stimmt«, pflichtete Bianca ihr bei, beeindruckt von Florences zutreffender Einschätzung der modernen Medien.

»Doch die mag Lady Farrell nicht. Sie ist der Ansicht, dass Miss Harding nicht ganz unserem Stil entspricht.«

»Und was halten Sie von ihr? Natürlich rein beruflich?«

»Mir ist sie sehr sympathisch«, antwortete Florence, »aber selbstverständlich weiß Lady Farrell viel besser als ich, was das Haus Farrell braucht.«

Ihre Miene blieb vorsichtig neutral, dachte Bianca. Interessant.

»Gehen wir doch auf ein Tässchen Tee hinauf in Ihr Boudoir und unterhalten uns weiter. Über Ihre Arbeit hier und wie Sie das Haus Farrell sehen.«

Nachdem Bianca sich verabschiedet hatte, dachte Florence über das kleine Reich nach, in dem sie einen so großen Teil ihres Lebens verbracht hatte. Anfangs war es noch ein winziger, schäbiger Laden gewesen, den Athina Farrell mit ihrer Vision verwandelte. – »Ich möchte, dass es ein richtiges Schmuckkästchen wird, mit echten Schätzen.«

Das Geschäft mit dem Bogenfenster, der verglasten Tür, der Messingklinke und dem Klopfer, den altmodischen Vitrinen und der glänzenden Mahagoniverkaufstheke sowie dem Salon im ersten Stock, wo Frauen – immer nur eine, so exklusiv war das Ganze und so wunderbar privat – eine Gesichtsreinigung vornehmen, sich massieren und dann mit The Cream verwöhnen lassen konnten, war die erste exklusive Verkaufsstelle des Hauses Farrell gewesen. Dazu das Boudoir mit dem hübschen Schreibtisch, an dem Florence tagtäglich die Buchhaltung erledigte, mit der Chaiselongue, auf der sie die Hochglanzmagazine las, um sich mit den neuen Trends in der Welt der Mode und Kosmetik vertraut zu machen, und mit der winzigen Küche, in der sie Tee kochen konnte, manchmal nur für sich selbst, bisweilen auch für wichtige Besucher wie heute für Bianca – immer in feinen Porzellantassen, die Zuckerwürfel in einer passenden Schale mit Zuckerzange, daneben Silberlöffel zum Umrühren. Und natürlich Kekse von Fortnum's gleich um die Ecke.

The Shop war für Florence genauso sehr Zuhause wie ihr Häuschen in Pimlico, das sie mit dem Erbe ihres Vaters erworben hatte. Er war der Dreh- und Angelpunkt ihres Berufslebens, welches das private ersetzte, weil ihr das zum größten Teil versagt geblieben war. Ihr junger Ehemann Duncan war gegen Ende des Krieges gefallen. Danach hatte sie keinen anderen Mann gefunden und das auch gar nicht gewollt. Sobald sie sich von ihrem Kummer erholt hatte, war ihr ein Dasein als Ehefrau und Mutter einengend und anstrengend erschienen, während sie als alleinstehende Frau ungehindert ihrem Beruf nachgehen, reisen, wohin und wann immer sie wollte, und Geld nur für sich ausgeben konnte. Inzwischen meinten viele Leute, sie sei ihrer Zeit schon immer voraus gewesen.

Plötzlich bekam Florence es mit der Angst zu tun. Trotz ihrer charmanten Würdigung von The Shop hatte Bianca das Geschäft sehr sorgfältig in Augenschein genommen. Wie sehr Florence es auch als Juwel in der Farrell-Krone preisen mochte: Die finanzielle Seite stimmte einfach nicht. Und was konnte Florence dagegen tun?

Fünf

Das Gerücht, dass das Haus Farrell übernommen oder aufgekauft werden würde, sorgte bei manchen Angestellten für Begeisterung und bei den meisten für Beklommenheit. Die Farrells schwiegen sich über das Thema aus, weswegen alle nervös waren. Sowohl die Begeisterten als auch die Beklommenen redeten unablässig über dieses Thema, an Wasserspendern, in Weinbars, ja, sogar im Aufzug und in den Toiletten.

Dass Bianca Bailey möglicherweise zum Unternehmen stoßen würde, veranlasste Susie Harding dazu, sie hektisch zu googeln; Bianca war der Star, der den Toilettenartikelhersteller PDN auf die Beine gebracht und zuvor das Gleiche bei einem Innenausstatter geschafft hatte. Die Aussicht auf eine Zusammenarbeit mit ihr ließ Susie den Verbleib bei den Farrells wieder lohnend erscheinen.

Marjorie Dawson gehörte zu den Beklommenen, die besonders gespannt auf Nachrichten warteten; in ihrer Welt der Kosmetikabteilungen in den großen Kaufhäusern verbreiteten sich Neuigkeiten wie ein Lauffeuer. Obwohl sie keine wirklich guten Freunde bei Rolfe's of Guildford hatte, wo sie im Augenblick arbeitete – früher einmal war sie Farrells Topverkaufsdame bei Selfridges gewesen –, spitzte sie die Ohren, als sie die Kantine betrat.

Marjorie war fünfundfünfzig und seit ihrem zweiundzwanzigsten Geburtstag beim Haus Farrell. Von Anfang an hatte sich ihr Wochenumsatz stets unter denen der fünf Spitzenverkäuferinnen befunden. Lady Farrell hatte sie seinerzeit gefördert, weil sie die unwiderstehliche Kombination aus hübschem Körper, angenehmer Stimme und stahlhartem Ehrgeiz zu würdigen wusste. Außerdem war sie eine unschätzbare Quelle der Information über die Marke und ihre Käuferinnen, da sie den Farrells zweimal monatlich Bericht erstattete. Marjorie konnte nicht nur sagen, welche Farben sich am besten verkauften und welche Promotions funktionierten, sondern auch, wie die Kundinnen die neueste Anzeigenkampagne und die aktuelle Verkaufsstandgestaltung aufnahmen.

Doch Ende der achtziger Jahre, als grelle Farben und intensive, synthetische Düfte den Markt eroberten, hatten die Farrell-Verkaufsdamen eine nach der anderen erleben müssen, wie sie von den Kundinnen links liegen gelassen wurden, die eher die weniger subtilen, sexy Produkte der Zeit, welche später als Ära der Schulterpolster bekannt werden sollte, interessant fanden.

Nach und nach waren die Stände in den großen Kaufhäusern dichtgemacht worden, und die erfolgreichen, cleveren Verkäuferinnen wie Marjorie mussten aus dem Luxussegment zu kleineren Geschäften wechseln, während die weniger Glücklichen ganz entlassen wurden. Im gesamten Land gab es gegenwärtig nur noch achtundzwanzig Kaufhäuser mit Farrell-Ständen, von denen sich lediglich eine Handvoll trug.

Rolfe's war gar nicht so schlecht. Marjorie hatte einen Stamm treuer Kundinnen, die seit jeher Farrell-Produkte verwendeten, doch wenn sie über die Abermillionen Pfund Jahresumsatz in den Topgeschäften las, wurde ihr manchmal richtig übel. Schließlich war sie es, die das Geld für die Familie verdiente. Ihr Mann Terry arbeitete schon seit fünfzehn Jahren nicht mehr; früher war er Gerüstbauer gewesen, ein gutaussehender Bursche, der Marjories Herz gewonnen hatte, und eine Weile hatten sie eine vielversprechende Zukunft vor sich gehabt. Doch seit einem grässlichen Sturz mit einer schweren Rückenverletzung saß er im Rollstuhl. Marjories Einkommen war lebensnotwendig, sie hatte keine Ahnung, wie sie ohne zurechtkommen sollten.

Patrick sah sich in dem unglaublich coolen, ganz in Schwarz und Weiß gehaltenen Lokal mit den unzähligen Spiegeln um, in das Jonjo ihn eingeladen hatte. Er hatte einen Gin Tonic bestellt, was Jonjo amüsierte, und lauschte nun Jonjos Berichten über seine neue Stelle. Wie üblich verstand Patrick nicht allzu viel von dem, was er sagte. Jonjo arbeitete jetzt für MPT, ein Unternehmen, das Dienstleistungen im Bereich elektronischer Devisenhandel und andere Softwareprodukte anbot und im Jahr 2010 Einnahmen von 702 Millionen Dollar erwirtschaftet hatte – immerhin das verstand Patrick. Jonjo war Devisenhändler.

»Der Job ist stressig«, sagte Jonjo gerade, »aber auch genial, die Kollegen sind cool, mit denen lässt sich richtig gut arbeiten. Macht echt Spaß. Und wie läuft's bei dir?«

»Ach, weißt du«, antwortete Patrick, bewusst vage, »ist eigentlich immer das Gleiche. Ich habe nette Mandanten, meine Kollegen sind prima, und ich kann mir die Arbeit mehr oder minder selbst einteilen.« Es wäre schön gewesen, wenn seine Antwort ein wenig aufregender geklungen hätte, fand er.

»Kann ich mir vorstellen. Eines Tages wird dir die Kanzlei sowieso gehören.«

»Möglich«, meinte Patrick.

»Ach, komm, das ist so sicher wie das Amen in der Kirche – das ist ein Familienunternehmen, und du bist der einzige Vertreter deiner Generation. Was mich zu dem Thema führt, über das ich gern mit dir reden würde.« Er schwieg verlegen.

»Raus mit der Sprache. Brauchst du für eine Affäre ein Alibi?«

»Patrick! Wofür hältst du mich?«

»Wäre nicht das erste Mal«, entgegnete Patrick grinsend.

»Ich weiß, aber ich bin nicht mehr verheiratet. Was mich dran erinnert, dass ich bald gehen muss. Ich habe eine heiße Verabredung mit einer Bildhauerin.«

»Mit einer Bildhauerin?«, wiederholte Patrick, bemüht, nicht erstaunt zu klingen.

»Ja. Ich spiele mit dem Gedanken, eins von ihren ... äh ... wie heißen die Dinger ... zu kaufen?«

»Ich wüsste da schon ein paar Bezeichnungen«, antwortete Patrick schmunzelnd, »aber ich glaube, das Wort, nach dem du suchst, ist ›Skulpturen‹. Und wie sehen die aus?«

»Keine Ahnung. Ich glaube, sie sind aus Bronze. Jedenfalls sind sie eine gute Investition. Kommst du mit? Ist eine private Vernissage in der Cork Street. Macht sicher Spaß.«

»Das würd ich gern«, antwortete Patrick, was sogar stimmte, weil er solche privaten Schauen mit ihrer faszinierenden Mischung aus attraktiven Leuten und Angeberei liebte, »aber ich kann nicht. Ich habe nämlich eine heiße Verabredung mit einem Geschichtsreferat. Also sag mir lieber, was Sache ist. Ich will dich nicht von dieser Bildhauerin mit ihren Skulpturen fernhalten.«

»Okay«, meinte Jonjo. »Keine Ahnung, ob das überhaupt für dich infrage kommt. Es geht um Folgendes ...«

»Bertie, ich finde, wir sollten umziehen.« Auf Priscilla Farrells trügerisch sanftes Gesicht trat ein höchst entschlossener Ausdruck. »Dieses Haus ist jetzt, wo die Kinder die meiste Zeit weg sind, zu groß, und ich wollte sowieso nie hier draußen wohnen. Ich bin nur ihnen zuliebe rausgezogen.«

Aus ihrem Mund klang das, als befände sich Esher auf den Äußeren Hebriden.

»Und mir zuliebe«, entgegnete Bertie vorsichtig. »Mir gefällt's hier sehr gut. Schließlich bin *ich* derjenige, der pendeln muss.«

»Aber du weißt, wie umständlich es jedes Mal ist, wenn wir ins Theater oder Konzert wollen. Nehmen wir den Wagen, wo sollen wir parken? Leute wie Margaret und Dick gehen einfach zu Fuß ins Barbican – das ist doch viel bequemer. Außerdem engagiere ich mich für dieses neue Wohltätigkeitsprojekt in London, da werde ich die ganze Zeit im Zug sitzen ...«

»Priscilla, ich möchte nicht umziehen«, erwiderte Bertie, bemüht, seinerseits entschlossen zu klingen. »Im Moment ist in unserem Leben wegen der Übernahme des Hauses Farrell genug los, und der Himmel allein weiß, was noch kommt – ich könnte durchaus meinen Job verlieren.«

»Du bist doch der Kaufmännische Leiter! Du verlierst deine Stelle auf keinen Fall. Ich habe mit Athina darüber geredet. Sie meint, dass sich an euren Positionen nichts ändert, dass ihr weiter die Mehrheit der Anteile haltet ...«

»Ich glaube, dass kein Stein auf dem anderen bleiben wird«, unterbrach Bertie sie. »Bei solchen Deals ist das nun mal so.«

»Deine Mutter kann sich jederzeit gegen einen Investor durchsetzen«, erklärte Priscilla. »Außerdem wäre mir eine Wohnung in der Nähe vom Barbican wirklich lieber. Ich dachte, dir gefällt die Idee.«

»Wie kommst du denn darauf? Und was ist mit den Kindern? Wo sollen die in den Ferien hin?«

»Wir suchen uns einfach eine Wohnung mit zwei oder drei Zimmern mehr.«

»Die so viel kostet wie dieses Haus. Priscilla, mir gefällt's hier. Ich liebe den Garten – du weißt doch, wie viel er mir bedeutet. Was hätte ich denn in der Stadt? Bestenfalls einen Blumenkasten vor dem Fenster.«

»In Blumenkästen kann man Kräuter pflanzen«, erwiderte Priscilla, die ihre Offensive wie immer gut vorbereitet hatte. »Darüber hab ich vergangenes Wochenende einen Artikel in der *Sunday Times* gelesen. Ich habe ein paar von den örtlichen Immobilienmaklern gebeten, das Haus zu schätzen. Wir würden mindestens drei Millionen dafür kriegen. Bertie, du solltest dich ernsthaft mit dem Thema auseinandersetzen.«

»Natürlich«, versprach Bertie. »Aber jetzt gehe ich erst mal mit einem Gin Tonic auf die Terrasse. Es ist so ein schöner Abend.«

Bertie mixte sich einen besonders starken Gin Tonic und trat in den milden Märzabend hinaus. Das Frühjahr war unglaublich gewesen, die Temperaturen hatten Rekordniveau erreicht. Im Garten zwitscherten die Vögel, und die Beete, die Bertie Jahre zuvor mit Narzissen bepflanzt hatte, schimmerten in der Dämmerung. Der Magnolienbaum stand bereits in voller Blüte, an den Kamelienstäuchern prangten weiße Sterne, und wie so oft hatte Bertie das Gefühl, im Garten Ruhe zu finden. Einem Großstadtbewohner mochte Esher lächerlich provinziell erscheinen, für ihn hingegen war es eine Oase der Ruhe, der Ort, an dem die Welt noch in Ordnung war.

Priscillas Wunsch umzuziehen bereitete ihm Sorge, weil sie es fast immer schaffte, ihren Kopf durchzusetzen.

Wie seine Mutter. Die beiden kannten nur einen Ausgang von Verhandlungen: den Sieg.

»Mr Russell, nein.« Athinas Stimme war eisig. »Das ist undenkbar. Das Haus Farrell lässt sich nicht von einem Büro in irgendeinem Elendsviertel in South London aus leiten. Ich kann kaum glauben, dass Sie einen solchen Vorschlag überhaupt machen. Wir *müssen* im West End präsent sein. Revlon hat seinen Firmensitz in der Brook Street, Lauder in der Grosvenor Street. Wollen Sie für das Haus Farrell wirklich eine Adresse in *Putney* vorschlagen?«

»Lady Farrell, Putney ist kein Elendsviertel, sondern sehr hübsch. Boots ist dort, in …«

»Boots!« Athinas Stimme war so schneidend, dass sie damit einen ganzen Rebstock hätte stutzen können.

»… in wunderbaren Büros am Fluss«, fuhr Mike fort, ohne sich aus der Ruhe bringen zu lassen, »vermutlich für einen Bruchteil der Miete, die wir in der Cavendish Street zahlen. Tut mir leid, Lady Farrell, aber mit dem Gedanken müssen Sie sich anfreunden. Die Suche nach einem anderen Quartier für die Unternehmensleitung ist Teil des Vertrags. Ich habe überdies vor, in den Vertrag aufzunehmen, dass wir den Mietvertrag, wenn er im Januar 2014 ausläuft, nicht verlängern, weil sich die Miete dann vermutlich vervierfacht. Sie können sich glücklich schätzen, dass sie die Büros so lange zu den jetzigen Konditionen nutzen konnten. Außerdem möchte ich Ihnen vorschlagen, auf Ihren persönlichen Chauffeur zu verzichten ...«

»Kommt gar nicht infrage! Colin Peterson chauffiert uns seit dreißig Jahren. Ich werde ihm keinesfalls kündigen.«

»Das bleibt Ihnen unbenommen, Lady Farrell, aber ich fürchte, dann werden Sie ihn aus eigener Tasche bezahlen müssen.«

»Und habe ich das richtig verstanden? Dass ich künftig Miete für meine Wohnung zahlen soll? In einem Haus, das dem Unternehmen gehört?«

»Leider ja, Lady Farrell.«

»Das ist doch wohl die Höhe!«

»Unglücklicherweise entspricht die bisherige Regelung nicht den Steuergesetzen. Sie genießen durch die Mietfreiheit einen geldwerten Vorteil. Und das geht so nicht.«

»Bernard Whittle sagt, dagegen bestünden keinerlei moralische Bedenken.«

»Lady Farrell, dies ist nicht die erste Fehleinschätzung von Mr Whittle. Entweder Sie zahlen Miete für die Wohnung, oder sie muss als geldwerter Vorteil in Ihr Einkommen einbezogen werden. Entweder oder. Tut mir leid.«

»Und was soll das mit dem neuen Mann in der Geschäftsleitung? Ich habe mit Walter Pemberton und meiner Familie gesprochen, und niemand erinnert sich an einen derartigen Vorschlag. Ich leite dieses Unternehmen und habe vor, das auch weiter zu tun.«

»Lady Farrell, der neue Mann wird eine beratende Funktion haben und keine Anteile an dem Unternehmen halten, sondern nur etwa zwei Tage im Monat anwesend sein. Er wird Erfahrung in der Kosmetikbranche haben und wissen, wovon er spricht ...«

»Soll das heißen, dass ich das nicht tue?«

»Nein, natürlich nicht. Niemand kennt sich in der Branche besser aus als Sie. Aber wir benötigen jemanden, der den Vorsitz übernimmt, besonders bei Besprechungen, die, wie Sie sich bestimmt erinnern, monatlich stattfinden werden. Er wird die Tagesordnungspunkte festlegen, die Diskussion leiten und so weiter. Mit anderen Worten: Er sorgt für Struktur.«

Athina bedachte ihn mit einem vernichtenden Blick. »Ich empfinde es als Beleidigung, darauf hinzuweisen, dass wir eine solche ... Struktuierung benötigen.«

So ging es Tag für Tag weiter, mit immer neuen Zugeständnissen. Athina erschöpften nicht nur die eigentlichen Gespräche, sondern auch die emotionalen Belastungen, weil sie spürte, wie ihr die Kontrolle über das Haus Farrell unwiderruflich entglitt.

Jene schmerzhaften Tage brachten sie fast zur Verzweiflung. Mehr als einmal spielte sie mit dem Gedanken, diese Leute, diese Quälgeister, vor die Tür zu setzen, und sich ganz fürs Aufgeben zu entscheiden, statt Verrat an ihrem Lebenswerk zu üben. In solchen Situationen war es überraschenderweise eher Bertie als Caro, der ihr beistand und ihr versicherte, dass Cornelius diesen Weg gewählt hätte, dass er die Opfer wert war, solange das Haus Farrell überhaupt weiter bestand.

»Bertie: Es wird nicht mehr das Haus Farrell sein«, entgegnete sie dann. »Sondern irgendeine beliebige Marke, nicht mehr das, was Cornelius und ich geschaffen haben.«

»Nein«, widersprach er, »wir werden immer noch das letzte Wort haben, und außerdem glaube ich, dass wir Bianca vertrauen können. Sie wird uns und Farrell durch den Sturm lotsen.«

»Hoffentlich hast du recht.«

»Das hoffe ich auch«, sagte er.

Sechs

»Ja ... natürlich interessiere ich mich dafür«, versicherte Patrick Saul Finlayson lächelnd. »Das Angebot klingt verführerisch.«

Das war eine Untertreibung, das wusste Patrick, denn Finlayson, einer der ganz Großen in der Londoner City und Manager eines ausgesprochen erfolgreichen, ziemlich neuen Hedgefonds, hatte ihm über Jonjo mitteilen lassen, dass er jemanden mit Patricks Qualifikationen und Erfahrung suche, der für ihn persönlich als Analyst arbeite.

Jonjo hatte das Treffen in der Blue Bar des Berkeley Hotels, ganz in der Nähe von Finlaysons Büro, arrangiert, damit Patrick den Mann kennenlernen und sich seinen Vorschlag anhören konnte. »Du wirst ihn mögen, er ist ein ziemlich ungewöhnlicher Mensch«, hatte Jonjo gesagt, »aber besser, du bildest dir selbst ein Urteil.«

Nun erwiderte Finlayson Patricks Lächeln, so kurz, dass der es fast nicht mitbekommen hätte. Dieses kurze Lächeln war typisch für Finlayson, stellte Patrick später fest, und konnte Leute, die ihn nicht kannten, aus dem Konzept bringen. Außerdem legte er beim Reden gern die Fingerspitzen aneinander, schaute zur Decke hinauf, aß und trank mit unglaublicher Geschwindigkeit, beugte sich vor, um unvermittelt Fragen zu stellen, auf die er sofort Antworten erwartete, und machte so ein gemeinsames Essen zu einer äußerst ungemütlichen Angelegenheit. Zu Patricks Glück saßen sie nur bei einem frühen Drink nach der Arbeit. Finlayson hatte ein Tonic-Water auf Eis bestellt und bereits in einem Zug hinuntergestürzt, als Patrick und Jonjo den ersten Schluck Martini nahmen.

»Ob's verführerisch ist, kann ich nicht beurteilen, aber die Chance bietet sich nicht jeden Tag«, meinte Finlayson. »Sie sind Wirtschaftsprüfer und als solcher gewohnt, die Bilanzen eines Unternehmens sorgfältig zu lesen. Man kann Ihnen einen zweihundert Seiten langen Jahresbericht vorlegen, den Sie zwei Tage lang durchgehen und in dem Sie Dinge finden, die anderen vermutlich nie auffallen würden. Sie haben die Fähigkeit, das, was ich das ›Dickicht eines Unternehmens‹ nenne, zu durchforsten und zu erkennen, wo etwas nicht stimmt. Meiner – *unserer* – Ansicht nach lassen sich so originäre Ideen entwickeln. Aussagen darüber, was *möglicherweise* mit diesem Unternehmen geschehen wird und was es *tatsächlich* vorhat. Stimmt's?«

»Ja, ich denke schon.« Patrick wurde immer mulmiger zumute. »Allerdings weiß ich nicht, ob ich der Richtige für Sie bin, wenn Sie Ideen brauchen.«

»Keine Sorge«, entgegnete Finlayson ungeduldig, »die Ideen würden durch Ihre Berichte und Beobachtungen entstehen, nicht von Ihnen selbst kommen. Die meisten Leute haben keine Zeit für eingehende Prüfungen und beschäftigen auch niemanden eigens dafür. Aber ich halte sie für wesentlich. Jonjo hat Sie vorgeschlagen. Glauben Sie, dass Sie geeignet sind, endlos Zahlen durchzugehen, um etwas zu entdecken, das ... nun ja, nicht so ganz koscher ist? Meiner Ansicht nach hätte ein gründlicher Wirtschaftsprüfer gemerkt, dass Enron die Bilanzen frisiert«, fügte er hinzu.

»Sie sollten wissen, dass die Dinge, mit denen ich mich momentan beschäftige, nach allgemeinem Dafürhalten eher langweilig sind. Ich weiß nicht, ob ich genug Energie habe für das, was Ihnen vorschwebt.«

»Überlassen Sie das Urteil darüber mal mir«, entgegnete Finlayson. »Wenn ich das Gefühl habe, dass Sie der Richtige für den Job sind, ist das wahrscheinlich auch so. Und deswegen würde ich jetzt gern ins Detail gehen.«

Patrick spürte, wie Panik in ihm aufstieg.

»Ich fühle mich wirklich sehr geschmeichelt, würde aber gern darüber nachdenken und mit meiner Frau reden ...«

»Ja, ja«, sagte Finlayson, den Patricks Wunsch zu irritieren schien. »Sie sollten ihr klarmachen, dass Ihr neues Arbeitsumfeld höhere Anforderungen an Sie stellen würde als das bisherige und Sie mit längeren Bürozeiten rechnen müssten. Glauben Sie, dass sie das verkraften würde?«

»Meine Frau ist in dieser Hinsicht sehr realistisch«, versicherte Patrick ihm in der Hoffnung, dass dem tatsächlich so war. »Sie ist auch ziemlich lange im Büro.«

»Das weiß ich. Ich hab sie gegoogelt. Scheint ziemlich clever zu sein. Lassen Sie sich mein Angebot durch den Kopf gehen. Ich denke, wir würden gut harmonieren, und Jonjo findet das auch. Aber jetzt muss ich los, zu einem Essen mit einem Kunden.«

Und schon war er weg. Jonjo lehnte sich auf seinem Stuhl zurück. »Ich glaube, er mag dich. Jetzt liegt's an dir.«

»Ach.«

»Ja. Überleg dir, ob du meinst, mit ihm zusammenarbeiten zu können. Es würde dir bestimmt Spaß machen. Der einzige Haken an der Sache ist, dass du länger im Büro bleiben müsstest und die Kinder nicht mehr so viel sehen würdest. Das solltest du Bianca klipp und klar sagen. Könnte gut sein, dass sie einen Schreck kriegt.«

Patrick war so gewöhnt an sein geordnetes Leben, dass es ihm schwerfiel, sich vorzustellen, wie es wäre, spät nach Hause zu kommen und nicht mehr als halber Hausmann zu fungieren. Aber irgendwie – und das schockierte ihn – gefiel ihm der Gedanke.

Lucy Farrell ging von der Universität ab, nicht glorreich, sondern mitten im Semester.

Sie hasste das Studium. Englische Literatur, jedenfalls auf die Art und Weise, wie sie ihr hier präsentiert wurde, war Scheiße. Sie hatte die Nase voll. Und genau das hatte sie ihrem Dozenten mitgeteilt. Worauf er sie höflich, ohne sich wirklich für die Antwort zu interessieren, gefragt hatte, ob sie denn irgendwelche anderen Ideen für ihre Zukunft habe.

Sie hatte mit nein geantwortet, doch das entsprach nicht der Wahrheit – sie wollte Make-up-Artist werden, seit sie im Fernsehen eine Sendung über die Pariser Modenschauen gesehen hatte, bei denen besagte Make-up-Artists inmitten des größten Chaos die Ruhe bewahrten. Das sah nach harter Arbeit, aber auch nach Mordsspaß aus. Lucy schminkte sich gern für Partys und stand in dem Ruf, das auch bei ihren Freundinnen gut zu können. Obwohl sie eigentlich nicht für Farrell arbeiten wollte, gab es dort jede Menge Leute, die ihr Ratschläge geben konnten. In einem Artikel hatte sie gelesen, dass man irgendeinen Kurs absolvieren musste, aber der würde sicher lustig werden, und wenn ihr Vater ihr den nicht finanzieren wollte, würde sie sich das Geld dafür eben mit Kellnern oder einem anderen Job verdienen.

Grandy würde sich über die Nachricht hoffentlich freuen. Lucy mochte ihre Großmutter sehr und war viel lieber mit ihr zusammen als mit ihrer Mutter. Grandy führte sie jedes Jahr an ihrem Geburtstag zum Lunch ins Ritz aus, und oft machten sie einen Schaufensterbummel durch die Bond Street.

Auch ihren Großvater hatte sie geliebt, und sie war sehr traurig gewesen, als er starb. Sein Tod bedeutete allerdings auch, dass sie sich häufiger mit Grandy treffen konnte, weil die nun an den Wochenenden viel allein war. Jetzt würde sie sie noch öfter sehen, und darauf freute sie sich schon.

Doch zuerst musste sie ihrem Vater beibringen, dass sie die Uni geschmissen hatte …

John Ripley, der als Urlaubsaushilfe für Pemberton and Rushworth arbeitete, las gerade den Vertrag zwischen dem Haus Farrell und dem Investor Porter Bingham.

»Ein interessantes Dokument«, hatte Walter Pemberton erklärt,

»dahinter steckt viel Arbeit. Bestimmt ist es sehr lehrreich für Sie, John.«

Als Ripley den Vertragsentwurf gelesen hatte, überlegte er, warum niemand die Frage nach dem Stimmrecht gestellt hatte. Er spielte mit dem Gedanken, Mr Rushworth darauf aufmerksam zu machen, fürchtete jedoch, dass dieser das als Kritik an seinen Fähigkeiten auffassen könnte, und wollte es sich nicht mit ihm verscherzen. Er machte sich Hoffnungen auf einen Ausbildungsvertrag bei der Kanzlei, und solche Verträge waren momentan rar gesät.

Am Ende gelangte er zu dem Schluss, dass sie diesen Punkt bestimmt diskutiert hatten, und ließ die Sache auf sich beruhen.

Sieben

Vor der endgültigen Unterzeichnung des Vertrags beorderte Athina alle ins Besprechungszimmer: die Familie natürlich, sämtliche wichtigen Personen aus dem Unternehmen sowie einige langjährige Verkaufsberaterinnen, um sie darüber in Kenntnis zu setzen, was geschehen würde. Sie erklärte ihnen, dass die Vereinbarung mit Porter Bingham wesentlich für das Haus Farrell und die Familie sei …

»Und auch für Sie. Ohne die Unterstützung, derer wir uns jetzt versichern, würden manche von Ihnen die Arbeit verlieren. Viele weit weniger solide Unternehmen als wir verschwinden Tag für Tag vom Markt. Ich kann nicht so tun, als würde alles beim Alten bleiben. Obwohl wir die Mehrheit an dem Unternehmen behalten werden, müssen meine Familie und ich Zugeständnisse machen und Veränderungen akzeptieren, und das Gleiche müssen wir auch von Ihnen verlangen. Aber immerhin wird das Haus Farrell so weiter existieren.

Danke für Ihre Treue, Ihr Engagement über die Jahre und dafür, dass Sie unsere Vision von diesem Unternehmen mit uns tragen. All das ist nicht selbstverständlich.«

Sie hielt inne. Susie Hardings Herz setzte einen Schlag lang aus, als Athinas klare Stimme plötzlich zu beben begann und in ihre leuchtend grünen Augen Tränen traten. Das Haus Farrell würde nicht mehr länger ihr gehören, und das würde sehr hart für sie werden, denn das Unternehmen war genauso Teil von ihr, wie sie Teil des Hauses Farrell war, und nun mussten die beiden gewaltsam getrennt werden …

Bertie Farrell hatte nie größere Bewunderung für seine Mutter empfunden.

Florence Hamilton, die neben Susie stand, dachte, was für eine Schauspielerin an Athina verloren gegangen war.

Die Prufrock-Kolumne der *Sunday Times* befasste sich mit der Geschichte:

> Bianca Bailey, Ex-CEO der Toilettenartikelfirma PDN, die unter ihr für 40 Millionen Pfund verkauft wurde, ist in der Berkeley Arcade in The Shop, dem Aushängeschild des Kosmetikunternehmens Haus Farrell, gesehen worden. Bailey (38), die gerade zur CEO von Farrell ernannt wurde, sagt, sie finde ihre neue Aufgabe »aufregend und respekteinflößend gleichermaßen«. »Das Haus Farrell ist eine wunderbare Marke, und ich kann mich glücklich schätzen, dass Lady Farrell, die es mit ihrem Ehemann 1953, dem Krönungsjahr unserer Königin, gründete, nach wie vor eine so aktive Rolle darin spielt. Sie ist im wahrsten Sinn eine lebende Legende, und ich freue mich schon auf die Zusammenarbeit mit ihr – besonders in den kommenden zwölf Monaten, in denen des diamantenen Thronjubiläums der Königin und natürlich der Olympischen Spiele wegen große Aufregung herrschen wird.«

»Von wegen lebende Legende!«, rief Athina aus und schleuderte die *Sunday Times* quer durchs Zimmer. »Warum nicht das Kind beim Namen nennen: ziemlich alt und abgetakelt? Im *Telegraph* steht auch ein Artikel, über die Leute von Porter Bingham. Der schwärmt, wie toll die sind und wie erfolgreich sie in den vergangenen zehn Jahren waren. Sollte das ein Hinweis darauf sein, wie die Dinge sich künftig gestalten werden, ist das äußerst deprimierend.«

»Nun reg dich nicht auf«, versuchte Bertie, sie zu beruhigen. »Wie heißt es so schön? Jede Werbung ist gut ...«

»Bertie«, mischte sich Caro ein, »das ist keine Werbung für das Haus Farrell, sondern für Bianca Bailey und diese Investoren. Wenigstens hätten sie ein Foto von Florence in The Shop abdrucken können ...«

Wäre Susie Harding bei ihnen gewesen, hätte sie ihnen erklärt, dass sowohl sie selbst als auch Bianca Florence zu überreden versucht hatten, sich mit Bianca vor The Shop ablichten zu lassen, dass Florence jedoch geantwortet hatte, das könne sie nicht, jedenfalls nicht ohne Lady Farrell. Außerdem hätte sie ihnen gesagt, dass immer wieder Bitten um Interviews mit Lady Farrell eingegangen waren – die diese alle mit der Begründung abgelehnt hatte, dass sie keine Lust habe, sich mit, wie sie es nannte, irrelevanter Werbung gemein zu machen.

Es war alles ziemlich anstrengend gewesen.

Patrick hatte die Zeitungsstapel auf dem Küchentisch ihres Hauses in Oxfordshire gesehen, die Bianca lesen wollte, wenn sie am Abend wieder in London wären. Ihre Fähigkeit, Arbeit und Privates voneinander zu trennen, erstaunte ihn immer wieder – die Wochenenden reservierte sie, soweit irgend möglich, für die Familie. Obwohl sie regelmäßig ihre E-Mails und SMS überprüfte, reagierte sie nur in wirklich dringenden Fällen. Alles andere musste warten, bis sie am Sonntagabend nach Hause kamen, wo sie dann sofort ins Arbeitszimmer verschwand. Das Essen und Vorbereiten der Kinder auf die Schule waren seit jeher Patricks Aufgabe.

Als Patrick die beiden obersten Zeitungen genauer in Augenschein nahm, entdeckte er auf der Titelseite der *Mail on Sunday Money* und über der Prufrock-Kolumne sehr hübsche Fotos von Bianca. Wie üblich ließen die Bildunterschriften sie wie eine unverheiratete oder geschiedene Frau erscheinen (es sei denn, es handelte sich um eine Homestory, die von ihren Kindern und ihren Häusern und ihrem »wunderbaren Mann, einem Steuerberater, ihrem Fels in der Brandung« schwärmte), doch daran hatte er sich mittlerweile gewöhnt. Es blieb ihm ja auch nichts anderes übrig.

Was ihn an das erinnerte, was er dringend mit ihr besprechen wollte. Heute Abend – nein, morgen Abend, wenn sie ganz sicher früher nach Hause käme, würde er das Thema anschneiden.

Obwohl es Patrick vor ihrer Reaktion gelinde gesagt graute.

Acht

Die Vorstellung vom Tag eins hatte keinerlei Ähnlichkeit mit der Realität.

Dass eine Art Wirbelsturm hereinfegte, Falsches korrigierte, Leute feuerte, andere einstellte, erbarmungslos Budgets kürzte, Werbekampagnen strich, Abteilungen auflöste – und das alles praktisch noch vor dem Mittagessen. Vielmehr näherte man sich dem Ganzen langsam und ruhig an, informierte sich über die tatsächlichen Gegebenheiten und darüber, wer was machte, redete mit Leuten, bat um Dinge, las Berichte und überprüfte den Status quo. Man verschaffte sich ein Gefühl für und einen Einblick in die wichtigsten Bereiche, gewann das Vertrauen der Beschäftigten und versuchte zu begreifen, wie sie die Lage beurteilten. Man musste zu einem eigenen Eindruck über die Firmenpolitik gelangen und hinter die Kulissen schauen, mit Respekt vorgehen, geduldig sein und sehr, sehr mutig.

Am Tag eins saß Bianca mit ihrer vorläufigen persönlichen Assistentin in ihrem neuen Büro, das genauso nichtssagend war wie in allen anderen Unternehmen und vor dem merkwürdige Stille herrschte. Niemand sagte etwas, lachte, schrie oder stritt; man wartete wie bei einer Belagerung ab. Und fürs Erste würde sich daran auch nichts ändern, weil nichts Greifbares geschehen würde. Ganz bestimmt nicht am Tag eins.

Das Einzige, was sie am Tag eins immer tat, war, früh nach Hause zu gehen.

Athina war vermutlich die Einzige im Unternehmen, die am Tag eins keine dramatischen Aktionen erwartete, hauptsächlich deshalb, weil sie diese nicht gestattet hätte. Sie hatte sich auf die Sache eingelassen, da ihr am Ende die Ausweglosigkeit klar geworden war, allerdings mit dem festen Entschluss, es ihren neuen Kollegen – sie wehrte sich gegen den Begriff »Chefs« – so schwer wie möglich zu machen. Wenn sie Veränderungen wollten, mussten sie sie sich erkämpfen. Denn dann waren diese Veränderungen auch tatsächlich nötig. Sobald der Deal unausweichlich geworden war, hatte sie sich gezwungen, das Haus Farrell objektiv zu betrachten, und war zu dem Schluss gekommen, dass tatsächlich vieles im Argen lag.

Sie konnte sich denken, warum: In der sich rasend schnell verändernden Kosmetikbranche fehlte es dem Haus Farrell an einer eindeutigen Ausrichtung, und außerdem wurden seine Kundinnen immer älter.

Athina mochte die neue Philosophie der Märkte und die neue Generation der Kundinnen nicht: Beide erschienen ihr entweder ziemlich gewöhnlich oder bedienten sich eines pseudowissenschaftlichen Jargons, der sie verärgerte. Als sie das Haus Farrell gegründet hatten, war Hautpflege noch Hautpflege gewesen, wichtig, aber eine klare Sache, wie Elizabeth Arden sie seinerzeit strukturiert hatte: Man reinigte und nährte, und danach trug man auf die solchermaßen gestärkte Haut Make-up auf. Mittlerweile jedoch hatte die Wissenschaft Einzug gehalten in die Kosmetik. Man sprach von der Zellebene, von freien Radikalen und Ultrahydratation. Vieles von dem, was in Illustrierten stand, klang nach Abiturprüfungsaufgaben in Biologie. Wollten Frauen das wirklich?, fragte sich Athina. Und wenn ja, warum?

Da sie auf diese Frage keine befriedigende Antwort wusste, wandte sie sich wieder ihren Ängsten um die Zukunft des Hauses Farrell zu. Würde es in der Hand der neuen Herren tatsächlich sicher sein?

Bianca war ihr nicht gänzlich unsympathisch – leider stand sie für zu viel, was ihr widerstrebte, um ihr mehr zugestehen zu können –, doch sie hatte Respekt vor ihr. Außerdem schien Bianca zu begreifen, wie wichtig Charisma in der Branche war. Eine Kosmetikmarke musste eine angenehme Aura haben. Und für die würde Bianca beim Haus Farrell immerhin sorgen, weswegen Athina sie unterstützen musste. Aber das würde nicht leicht werden. Überdies war ihr klar, dass sie das Heft keine Sekunde aus der Hand geben durfte.

»Ich würde wirklich gern über diesen Job reden«, sagte Patrick. »Können wir …?«

Seine Miene war ernst, ein wenig vorwurfsvoll, ein Gesichtsausdruck, den Bianca nur selten an ihm sah, den sie jedoch respektierte. Patrick verlor selten die Nerven. Das letzte Mal war es geschehen, als Fergie sich beim Rugbyspielen den Arm gebrochen und sie sich zunächst geweigert hatte, eine zweitägige Geschäftsreise nach Edinburgh abzusagen.

»Schatz, das ist eine wichtige Konferenz, und ich stehe auf der Rednerliste ganz oben – ich *muss* da hin.«

Doch ein paar sorgfältig gewählte Worte hatten sie umgestimmt.

»Natürlich, Schatz«, sagte sie nun. »Macht dir das Angebot eher Kopfzerbrechen als Freude? Und wenn ja: Warum?«

»Anfangs fand ich es total spannend. Vielleicht ist es unterm Strich aber auch zu spannend.«

»Die Sache ist …«

»Hi, Mum!«

»Hallo, Fergie. Wolltest du nicht ins Bett gehen?«

»Ja, aber ich muss Dad noch was fragen. Dad, könntest du beim Kricket im Elternteam mitspielen?«

»Warum nicht? Wieso fragst du mich das jetzt? Das ist doch noch lange hin.«

»Ich weiß, aber ich hätte den Zettel schon letzte Woche abgeben sollen.«

»Was für einen Zettel?«

»Den, den ich dir nicht gegeben habe. Mr Squires hat mich deswegen zur Schnecke gemacht und …«

»Fergie, so was sagt man nicht!«

»Mum, Dad sagt das auch immer!«

»Klar mache ich bei dem Kricketmatch mit«, ergriff Patrick wieder das Wort. »Und jetzt ab mit dir.«

Bianca sah Patrick hilfesuchend an.

»Worüber hatten wir gerade geredet?«

»Über meinen neuen Job.«

»Ach ja, tut mir leid. Milly, Schatz, was ist denn?«

»Mummy oder Daddy, einer von euch muss meine Hausaufgaben unterschreiben. Und Mummy: Ich brauche unbedingt eine neue Jeansjacke.«

»Milly«, fragte Patrick, »wann hast du dir die letzte gekauft?«

»Letztes Schuljahr.«

»Und aus der bist du noch nicht rausgewachsen?«

»Nein, aber es ist irgendwie nicht der richtige Stoff.«

»Milly, dann brauchst du die Jacke auch nicht, sondern *willst* sie nur.«

Milly sah genervt zur Decke und verschränkte die Arme.

»Du hast schon mindestens drei Jeansjacken«, erklärte Patrick in strengem Tonfall. »Wenn du eine neue willst, solltest du sie dir selber kaufen. Das Geld wächst nicht auf den Bäumen, und wir haben auch unsere Ausgaben.«

»Aber«, entgegnete Milly, »in einem Artikel über Mummy steht, dass sie so viel Geld verlangen kann, wie sie will. Also …«

»Milly«, stöhnte Bianca, »ich habe dir doch schon mal gesagt, dass das meiste, was die Zeitungen schreiben, Blödsinn ist. Außerdem meinen die das Geld, das ich für das Unternehmen brauche.«

Das entsprach zwar nicht ganz den Tatsachen, eignete sich jedoch für ihre Argumentation.

»Nein! In dem Artikel steht, dass dein persönliches Einkommen beträchtlich ist.«

»Schön wär's, kann ich da nur sagen! Und jetzt gib mir deine Hausaufgaben, damit ich sie unterschreiben kann. Dann ab mit dir ins Bett.«

»Aber ...«

»Milly, ab ins Bett, hab ich gesagt!«, herrschte Bianca sie an.

Milly riss ihr das Heft fast aus der Hand und verließ türenknallend das Zimmer. Bianca sah Patrick an.

»Hast du den Eindruck, dass unser Glühwürmchen allmählich erwachsen wird?«

»Sieht fast so aus.«

»War auch bis jetzt zu schön, um wahr zu sein. Entschuldige, Schatz ...«

»Schon recht, doch jetzt würde ich mich wirklich gern mit dir unterhalten. Ich weiß, dass die Sache nicht so wichtig ist wie dein Job, aber ...«

Bianca sah ihn erstaunt an. Solche Strategien setzte er nur selten ein. Und wenn, schockierte sie das jedes Mal.

»Patrick, Schatz, sei nicht albern. Du weißt ganz genau, dass unsere Jobs gleich wichtig sind.«

»Tatsächlich?«

»Klar. Im Moment stellt meiner nur ziemlich hohe Anforderungen an mich. Sorry, ich hätte dir schon früher zuhören sollen. Jetzt bin ich ganz Ohr. Ich wünsche den Kindern schnell eine gute Nacht, und währenddessen kannst du uns einen Kaffee kochen.«

Während Patrick den Kaffee aufgoss, meldete Biancas Handy, dass sie eine neue SMS erhalten hatte. Er seufzte. Sie würde ihr Handy bestimmt überprüfen; ein Blick darauf sagte ihm, dass die SMS von Mike Russell stammte.

»Das kann warten«, sagte sie entschlossen, als sie die SMS sah. »Wenden wir uns wieder deinem Jobangebot zu. Erklär mir, wie deine Aufgaben aussehen würden.«

»Ich müsste Recherchen über Unternehmen anstellen, mir ihre

Bilanzen detailliert vornehmen, sie analysieren ... Finlayson hat mir folgendes Beispiel gegeben: Angenommen es handelt sich um ein internationales Unternehmen. Wo befinden sich die Produktionsstätten, wie hoch sind die Kosten dafür, ergibt das wirtschaftlich betrachtet Sinn, oder ist es nur Camouflage für irgendwelche anderen Ausgaben, sind die Lohnkosten zu hoch oder ...«

»Aber Patrick, du prüfst doch jetzt auch Bilanzen. Es würde sich also nicht viel ändern, oder?«

»Nein, aber was, wenn mir eine wesentliche Information entgeht?«

»Das kann ich mir nicht vorstellen«, beruhigte Bianca ihn. »Du gibst doch immer erst Ruhe, wenn du dir sicher bist, dass du alles abgecheckt hast. Klar wäre das eine andere Ebene als jetzt, das sehe ich auch, aber es wäre doch eine tolle Chance für dich. Bei BCB wirst du nicht richtig gefordert. Was hast du für ein Gefühl bei der Sache? Willst du's machen?«

»Irgendwie schon«, antwortete Patrick. »Du hast recht: Ich bin tatsächlich unterfordert. Manchmal habe ich den Eindruck, dass niemand es merken würde, wenn ich tot am Schreibtisch zusammensacke.«

»Patrick!«, rief Bianca entsetzt aus. Ihr gesamtes Berufsleben basierte auf Überforderung, und plötzlich wurde ihr bewusst, dass sie das für selbstverständlich hielt. »Ist es wirklich so schlimm?«

»Nicht die ganze Zeit«, antwortete Patrick. »Aber ... Wenn du meinst, dass ich dranbleiben soll, mache ich das. Allerdings würde das Veränderungen in unserem Leben mit sich bringen. Zum Beispiel fiele die Gewissheit weg, dass die Kanzlei eines Tages mir gehören würde. Das aufzugeben ist eine schwerwiegende Entscheidung. Wir haben finanzielle Verpflichtungen. Kinder, zwei Häuser, Schulgebühren ...«

»Schatz, das weiß ich. Ich denke nur, dass deine Unterforderung auf ihre Weise gefährlich sein könnte. Erzähl mir mehr über Saul Finlayson.«

»Bisher war er für eine Genfer Großbank tätig. Er hat das Projekt nicht allein aufgezogen, so ein Hedgefonds wird nicht von einem Einzelnen gemanagt. Anscheinend können da zehn Leute auf unterschiedliche Weise mit dem Geld arbeiten.«

»Nachvollziehbar«, sagte Bianca und fügte, vorsichtig wie immer, wenn ihr Wissen das von Patrick überstieg, hinzu: »Aber bei solchen Sachen blicke ich nicht wirklich durch. Wie ist er? Ich meine, als Mensch.«

»Ein bisschen schräg, sehr direkt. Er steht im Ruf, niemals zu lügen. Was Jonjos Aussage nach schon zu manch heikler Situation geführt hat, aber auch bedeutet, dass die Leute in der Branche ihm vertrauen. Ich mag ihn irgendwie.«

»Das ist schon mal wichtig.«

»Stimmt. Das Einzige, was ich wirklich verstanden habe, ist Folgendes: Hedgefonds müssen jedes Jahr Profit machen und werden danach beurteilt, ob ihnen das gelingt. Sie müssen immerzu Geld generieren, Tag für Tag, egal, was passiert. Sie dürfen nicht verlieren. Das klingt ziemlich stressig.«

»Und wie, meinst du, würdest du damit zurechtkommen?«, erkundigte sich Bianca. Patrick fühlte sich schnell gestresst, das wussten sie beide. »Würde das auch für deine Tätigkeit gelten?«

»Gut möglich. Stress ist ansteckend, meinst du nicht?«

»Kann sein. Ich finde, du solltest dich noch mal mit ihm treffen und ihm deine Sorgen und Bedenken erläutern. Er wird ja wohl nicht erwarten, dass du den Job antrittst, ohne dir im Klaren zu sein, was er mit sich bringt. Und wie wären die Arbeitszeiten?«

Sie fragte so beiläufig wie möglich, weil sie wusste, welche Konsequenzen es für sie hätte, wenn Patrick berufsbedingt nicht mehr so oft für die Familie da sein könnte.

»Da würde sich, glaube ich, ziemlich viel ändern. Ich wäre nicht mehr mein eigener Herr wie jetzt, so viel steht fest.«

»Das würden wir schon schaffen«, versicherte sie ihm, obwohl sie wusste, dass das manchmal nicht der Fall sein würde. »Wärst du viel unterwegs?«

»Das habe ich nicht gefragt.«

»Vielleicht solltest du das, damit wir das in unsere Überlegungen einbeziehen können. Und erkundige dich eingehender über den Job, bevor du dich entscheidest.«

»Bevor *wir* uns entscheiden, hoffe ich«, korrigierte er sie.

»Patrick, es ist deine Arbeit und dein Leben.«

»Nein«, widersprach er, »es ist unser Leben.«

»Danke, das ist nett von dir. Ich würde Saul Finlayson übrigens gern kennenlernen.«

»Klar. Aber nur, wenn du das Ganze wirklich für eine gute Idee hältst.«

»Sagen wir mal so: Ich finde, es könnte sich als solche erweisen«, sagte Bianca.

Patrick beugte sich vor, um ihr einen Kuss zu geben. »Danke, Schatz.«

»Wofür?«

»Dafür, dass du mich nicht unterschätzt.«

»Das würde ich nie tun«, versicherte Bianca. Und das stimmte.

Später, allein in ihrem Arbeitszimmer, dachte sie weiter über Patricks möglichen Jobwechsel nach. Sie liebte ihn aufrichtig und von Herzen und wollte nur sein Bestes. Aber jetzt kam er jeden Abend zur gleichen Zeit nach Hause und konnte den Kindern die Aufmerksamkeit schenken, die sie benötigten. Was bei ihr nicht möglich war. Und wenn er Überstunden machen musste und einen stressigen Job hatte, konnte er es auch nicht mehr. Ihr Leben würde sich möglicherweise mit einem Schlag sehr verändern und komplizierter werden.

Außerdem machte sie sich ernsthaft Sorgen, dass er überfordert sein könnte. Er war ein sanfter Mensch und würde leiden, wenn er das Gefühl hätte, versagt zu haben.

Um mehr über Saul Finlayson zu erfahren, googelte sie ihn.

Saul Murray Finlayson, informierte Wikipedia sie, hatte in Glasgow das Licht der Welt erblickt, und seine Eltern waren nach Lancashire gezogen, als er noch ein kleiner Junge war. Vom siebten Lebensjahr an hatte er die Manchester Grammar School besucht, eine der bekanntesten Kaderschmieden für erfolgreiche Geschäftsleute. Danach war er nach Durham gewechselt, wo er seinen Abschluss in Geschichte machte und gleichzeitig mäßig erfolgreich mit alten Münzen handelte. Nach einigen Jahren bei UBS war er nach New York zu Chase Manhattan gegangen und anschließend nach Zürich, wo er die Handelsabteilung einer großen Investmentbank leitete. Und nun hatte er sich mit vier anderen zusammengetan und einen Hedgefonds gegründet.

Er war geschieden, hatte einen achtjährigen Sohn und Domizile in London und Berkshire. Sein Hobby waren Pferderennen.

Ein Interview in der *Financial Times* förderte weitere Fakten zutage: Finlaysons Aussage nach waren seine drei besten Eigenschaften Geduld, Detailbesessenheit und Entschlossenheit, die schlechtesten Jähzorn, mangelnde Toleranz und eine Neigung zu Habgier. Er behauptete, sein Telefon niemals abzustellen, gestand, seine Schwäche sei Schokolade – »Ich weiß, dass das eigentlich etwas Weibliches ist« –, und wäre er nicht Banker geworden, hätte er sein Glück gern als Hirnchirurg versucht.

Auf einem vermutlich älteren Foto von ihm waren dichtes blondes Haar, ein ziemlich schmales Gesicht sowie ein zurückhaltendes Lächeln zu erkennen.

Bianca fragte sich, ob er in Realität interessanter war als auf dem Bild.

Als Florence zu Hause Papiere durchging, fiel ihr Blick auf eine Sammlung von Zeitungsausschnitten über das Haus Farrell. Sie reichten bis 1953 zurück, als das Unternehmen gegründet worden war und Florence Athina noch nicht persönlich kannte, sondern für

Coty als Kosmetikberaterin bei Marshall and Snelgrove arbeitete. Sie hatte die damals bereits legendäre Mrs Farrell am Stand der neuen Marke kennengelernt, bei dem diese jede Woche vorbeischaute, um manchmal selbst Kundinnen zu beraten oder auch nur mit den Verkaufsdamen zu sprechen. Mrs Farrell hatte sehr elegant gewirkt in ihren Maßkostümen und hochhackigen Schuhen mit passender Handtasche, die Nägel lang und lackiert, das Make-up makellos. Die Damen am Farrell-Verkaufsstand hatten sie mit größter Ehrfurcht begrüßt.

Florence hatte sich nicht so leicht beeindrucken lassen. Bereits nach wenigen Wochen war Mrs Farrell dann auch zu ihrem Stand gekommen, hatte sie gelobt, wie hübsch alles aussah, und ihre Produkte bewundert. Ziemlich oft hatte sie sogar etwas erworben, das sie dann in der geblümten Tüte von Marshall and Snelgrove nach Hause trug. Florence war klar gewesen, warum sie das tat, denn sie kaufte nicht nur Produkte von Coty. Sie wollte alles mit der Produktpalette von Farrell vergleichen, Verpackung und Werbematerial begutachten und Dinge entdecken, die sich lohnten, kopiert zu werden.

Eines Tages hatte Mrs Farrell Florence dann gebeten, sie nach der Arbeit anzurufen, und ihr eine Visitenkarte mit ihrer Adresse und Telefonnummer gegeben. Florence hatte sich bei ihr gemeldet und war von Mrs Farrell zum Tee eingeladen worden – »oder zu einem Cocktail, wenn sich das besser mit Ihrer Arbeitszeit vereinbaren lässt. Wir könnten uns im Savoy oder im Dorchester treffen. Auch mein Mann würde Sie gern kennenlernen. Möglicherweise habe ich ein Angebot für Sie, aber zuerst müssen wir uns einmal ausführlicher unterhalten und einander kennenlernen.«

Geschmeichelt, doch auch ein wenig argwöhnisch, hatte Florence sich mit den Farrells für den folgenden Donnerstag in der Cocktailbar des Dorchester verabredet. Weil ihre Garderobe aufgrund ihres bescheidenen Gehalts beschränkt war, hatte sie für diesen wichtigen Anlass ein Frank-Usher-Kleid und eine marineblaue

Jacke mit weißem Besatz erworben. Sie hatte sich gefragt, worüber die glamourösen Farrells mit ihr reden wollten – sie konnte nur hoffen, dass es um ein Stellenangebot ging.

Während der Woche hatte sie sich über die Farrells informiert, besonders über Cornelius, der für sie eine unbekannte Größe war, und die Pressebeauftragte von Marshall and Snelgrove befragt, die ihr eine Mappe mit Zeitungsausschnitten überließ.

»Dieser Mr Farrell ist ziemlich attraktiv«, hatte die Pressefrau gemeint. »Ich wünschte, *ich* könnte einen Cocktail mit ihm trinken.«

Florence hatte sie daran erinnert, dass auch Mrs Farrell anwesend sein würde, und die Mappe mit nach Hause genommen, um sie zu studieren.

Mr Farrell, so zeigten die Fotos der Farrells bei unterschiedlichen Anlässen, sah tatsächlich ziemlich gut aus: Er war groß gewachsen, dunkel und glutäugig, hatte die Haare nach hinten gegelt und trug ausgesprochen gut geschneiderte Maßanzüge.

In einem Zeitungsinterview hatte eine Journalistin ihn gefragt, wie er mit der doch ziemlich weiblichen Welt der Kosmetik in Berührung gekommen sei. Er hatte geantwortet, seine Mutter sei Schauspielerin gewesen, und er habe ihr als Junge in ihrer Garderobe immer beim Schminken zugeschaut, was ein »großes Geschenk« gewesen sei. »Es war wunderbar, beobachten zu können, wie ihre Augen in meinem Beisein größer und ihre Lippen voller wurden. Seitdem fasziniert es mich, wie Make-up Frauen verändern kann.«

Auf die Frage der Journalistin, ob er je daran gedacht habe, selbst Schauspieler zu werden, hatte er charmant geantwortet, dazu besitze er nicht das nötige Talent. »Von der Kosmetikbranche verspreche ich mir mehr Erfolg als vom Theater. Natürlich mithilfe meiner Frau. Nein, sie ist mir sehr viel mehr als nur eine Hilfe: Sie ist Herz und Seele des Hauses Farrell. Wir sind ein Team.«

Das hatte Florence gefallen, denn diese Aussage bewies Bescheidenheit und moderne Ansichten. Während sie das Bild betrachtete und noch einmal den Artikel las, hatte sie gedacht, wie glücklich sich Mrs Farrell doch schätzen konnte, einen so ungewöhnlichen Mann für sich gewonnen zu haben.

»Daddy! Hallo, ich bin's!«
»Hallo, mein Schatz.« Berties Herz machte immer einen Sprung, wenn er Lucys Stimme hörte.
»Kann ich dieses Wochenende nach Hause kommen?«
»Natürlich. Soll ich dich abholen?«
»Ja, das wäre nett. Wenn's dir wirklich nichts ausmacht.«
»Wie kommst du denn auf die Idee? Wann?«
»Na ja ...«
»Ja?«
»Gleich.«
»Aber es ist doch erst Donnerstag. Fallen denn die Kurse an der Uni aus?«
»So könnte man es ausdrücken ...«
»Was soll das heißen?«
»Dass ich nicht mehr hingehe. Ich hör auf mit der Uni. Sofort. Daddy, ich würde gern heimkommen und es dir persönlich erklären, damit du es besser verstehst.«
»Natürlich. Ich – wir werden uns alles genau anhören. Aber Lucy, das Semester ist noch nicht zu Ende. Wär's nicht besser, wenn du es fertig machst?«
»Daddy, wozu denn das?«
»Dein Lebenslauf würde ordentlicher aussehen«, antwortete Bertie. »Solche Dinge solltest du bedenken, Lucinda. Du bist kein Kind mehr.«

Er nannte sie kaum jemals »Lucinda«. Was bedeutete, dass er es ernst meinte. Oder sogar sauer war.

»Na schön. Ich überleg's mir. Wann kann ich kommen? Ich möchte dich wirklich sehen.«
»Am Samstagvormittag.«

Bertie legte auf. Es frustrierte ihn, dass sie alles bisher Erreichte so einfach wegwerfen wollte, schmeichelte ihm jedoch auch, dass sie sich so rührend für ihn interessierte. Angesichts von Priscillas Überengagement in wohltätigen Organisationen und ihrem leicht verächtlichen Desinteresse an seiner Person war das durchaus tröstlich.

Außerdem wäre Lucy eine höchst nützliche Waffe im Kampf um das Haus. Zumindest vorübergehend würde sie ihr Zimmer benötigen, und sie liebte das Haus und wäre sicher entsetzt über den Plan ihrer Mutter. Abgesehen davon wäre es schön, sie bei sich zu haben. Bertie liebte und bewunderte seine Kinder. Sie brachten ihn zum Lachen und gaben ihm, wichtiger vielleicht noch, den Glauben an ihn selbst zurück.

Sie waren sein größter Erfolg im Leben, eigentlich, wie er in letzter Zeit immer häufiger dachte, sein einziger.

Neun

»Hätten Sie einen Moment für mich Zeit?«

Als Bianca den Blick hob, sah sie Susie Harding an der Tür. Sie war so hübsch mit ihren langen blonden Haaren, den auffälligen grauen Augen, immer gut gekleidet, meist in Wickelkleidern oder Lagen-Look, sie besaß eine wunderbare Sammlung äußerst hochhackiger Schuhe, und mit ihrer unerschütterlichen Fröhlichkeit und ihrem erstaunlichen Lächeln wirkte sie immer in hohem Maße aufmunternd. Doch nun lächelte sie nicht.

»Natürlich, Susie.«

»Tut mir leid, dass ich einfach so reinplatze, aber Ihre Sekretärin war nicht da …«

»Weil ich sie der Agentur zurückgeschickt habe«, erklärte Bianca. »Sie war deprimierend. Haben Sie nicht zufällig eine Freundin, die gern als meine persönliche Assistentin arbeiten würde? Ich würde mir eine intelligente, ruhige, stets gut gelaunte Person wünschen, der es nichts ausmacht, auch mal Überstunden zu machen, und die die gleichen Dinge lustig findet wie ich. Sie wären perfekt, aber leider sind Sie überqualifiziert und außerdem sowieso schon vergeben.« Sie lächelte Susie an.

»Danke fürs Kompliment. Genau aus dem Grund komme ich zu Ihnen. Im Moment trete ich auf der Stelle. Die Presse hat so, wie wir uns präsentieren, nicht das geringste Interesse an uns, und allmählich gehen mir die Ideen aus. Abgesehen davon, dass ich die Journalisten und Blogger nerve und sie für heiße Luft zu interessieren versuche.«

Bianca musste lachen. »Der Ausdruck gefällt mir.«

»Ich kann's gar nicht erwarten, endlich was zu tun. Ein neues Image aufzubauen macht viel Arbeit, das schon, aber es ist auch eine Riesenherausforderung.«

»Genau«, bestätigte Bianca. »Es geht darum, etwas Altes, Abgegriffenes, Schwieriges und Unordentliches in etwas Lebendiges, Begehrenswertes und gleichzeitig für alle Zugängliches zu verwandeln. Und das mit einem ziemlich begrenzten Budget. Übers Wasser zu wandeln ist vergleichsweise einfach.«

»Ja. Dazu kommt das Risiko, die alten Kunden zu verlieren und nicht genug neue für sich zu gewinnen, damit es sich lohnt. Aber wenn irgendjemand das schafft, dann Sie. Und es wird bestimmt einen Heidenspaß machen.«

»Susie, was würden Sie an meiner Stelle als Erstes anpacken?«

»Die Produkte. Die meisten sind grässlich. Es sind zu viele schlechte und zu wenige gute. Waren Sie schon im Labor?«

»Nein, das wollte ich am Donnerstag machen.«

»Die Leute da sind alle mindestens fünfzig. Sie wurden vor Urzeiten von den Farrells eingestellt und im Regelfall von Lady Farrell instruiert. Es ist völlig sinnlos, für irgendwas, das *die* sich ausdenken, eine neue Verpackung oder eine neue Werbestrategie zu kreieren. Sorry.«

»Welche Produkte gefallen Ihnen?«

»The Cream«, antwortete Susie, ohne zu zögern.

»Tatsächlich? Die findet eine junge Frau wie Sie gut?«

»Ja. The Cream ist das beste Hautpflegemittel, das ich kenne.«

»Leider hat sie keine richtige wissenschaftliche Basis. In unserer Zeit der freien Radikalen und supertiefen Vitaminbalance ...« Bianca verzog das Gesicht.

Susie schmunzelte. »Stimmt, aber möglicherweise ist ja der Zeitpunkt gekommen für ein bisschen weniger wissenschaftliches Brimborium. The Cream ist eine tolle Nachtcreme, die unglaublich schnell einzieht. Die kann man gut im Bett tragen, ohne dass man für den Freund wie eine alte Dame riecht.«

Bianca grinste. »Ich wünschte, das könnten wir in der Werbung sagen! Das würde der Marke auf die Sprünge helfen! Doch ich fürchte, Susie, Sie werden noch eine Weile auf der Stelle treten müssen. Ich bin gerade erst dabei, ein Gefühl für alles zu bekommen. Verraten Sie mir ruhig, was Ihnen durch den Kopf geht. Ich bin für jede Hilfe dankbar.«

»Danke. Ich wollte nur nicht, dass Sie mich für komplett überflüssig halten.«

»Das tue ich nicht.« Susie würde sich hervorragend für ein neues Team eignen, dachte Bianca, weil Marketing und die sozialen Netzwerke die richtigen Mittel waren, den Kundinnen das neue Haus Farrell nahezubringen. Das Werbebudget, auf das Bianca sich mit Mike geeinigt hatte, war winzig, ein flackerndes Flämmchen im Vergleich zu den strahlenden Scheinwerfern von Lauder und Chanel. Sie würde clever agieren, eher ihr Gehirn als Muskelkraft einsetzen müssen. Aber zuvor hatte sie noch einen Termin mit Caro, einem wenig vielversprechenden Mitglied der Familie ...

Caro war hochintelligent und ziemlich selbstbewusst, hatte jedoch bisher – abgesehen von ihrer Position als Personalchefin des Hauses Farrell, für die sie sich überhaupt nicht eignete – keine angemessene Karriere hingelegt. Sie hatte einen erfolgreichen Überfliegerehemann, aber keine Kinder. Sie hätte alles werden können, dachte Bianca, Anwältin, Bankerin ... Warum begnügte sie sich mit einem Job in einer Branche, mit der sie offenbar nichts anzufangen wusste? Die Antwort lag auf der Hand: Sie war Athina Farrells Tochter und tat, was man von ihr erwartete.

Bianca fragte sich, wie Cornelius gewesen war – ziemlich attraktiv, den Fotos nach zu urteilen, die nach wie vor das Sitzungszimmer zierten. Außerdem schien er bei allen beliebt gewesen zu sein.

»Hallo, Caro«, sagte sie und stand auf, als die Tür sich öffnete. »Wie geht's?«

»Gut, danke. Es sind schwierige Zeiten, alle sind nervös ...«

»Tatsächlich? Bestimmte Personen, mit denen ich reden sollte?«

»Nein, nein«, antwortete Caro, die selbst nervös wirkte. »Ich schaffe das schon. Danke.« Mit anderen Worten: Ich benötige Ihre Ratschläge nicht.

»Okay. Ich bräuchte Ihre Hilfe bei der Bewertung der Berichte und Hierarchien. Sie als Personalchefin scheinen mir da die richtige Anlaufstelle zu sein.«

»Berichte?«

»Ja«, bestätigte Bianca mit einem freundlichen Lächeln. »Sie wissen schon: Wer wem untersteht. Da blicke ich nicht so ganz durch. Die Verkaufsberaterinnen beispielsweise scheinen zum Marketing zu gehören. Warum nicht zur Verkaufsabteilung? Wir haben ja nicht mal einen Marketing Manager, dem man berichten könnte.«

»Bis letztes Jahr hatten wir den noch«, widersprach Caro.

»Und?«

»Er hatte leider öfters Meinungsverschiedenheiten mit meiner Mutter.«

»Verstehe.«

»Vielleicht nicht ganz«, entgegnete Caro kühl. »Für das Marketing, wie wir es begreifen, nämlich als Produktentwicklung, Werbung und Imagepflege, ist seit jeher meine Mutter zuständig. Gemeinsam mit meinem Vater, als der noch am Leben war. Meine Mutter wollte, dass die Verkaufsberaterinnen, also das Gesicht von Farrell, wie wir sie nennen, nach dem Tod meines Vaters direkt ihr unterstehen. In den Neunzigern haben wir eine Marketingexpertin eingestellt. Die Frau war ausgezeichnet und verantwortlich für viele Neuerungen, verließ uns aber leider kurz nach dem Tod meines Vaters. Danach hatten wir zwei Männer, doch mit denen kam meine Mutter nicht zurecht, während die Zusammenarbeit mit Lawrence Ford, dem jetzigen Marketingchef, gut funktionierte.«

»Weswegen die Verkaufsberaterinnen der Marketingabteilung unterstehen?«

»Ja.«

»Verstehe«, meinte Bianca. »Und was ist mit der IT?«

»Jede Abteilung hat ihren eigenen IT-Spezialisten.«

»Sie haben nie überlegt, eine eigene IT-Abteilung einzurichten?«

»Nein. Wir haben ja keinen ernstzunehmenden Internetauftritt.« Auf diesen Satz war Caro ziemlich stolz.

»Noch nicht«, bemerkte Bianca.

»Sie spielen doch nicht etwa mit dem Gedanken, Farrell-Produkte online zu verkaufen, oder?«, fragte Caro entsetzt. »Da würde meine Mutter niemals zustimmen.«

»Caro, im Moment spiele ich mit allen möglichen Gedanken. Außerdem haben sämtliche anderen Kosmetikfirmen einen Internetauftritt, wie Sie das ausdrücken, weil das ein essentielles Instrument der Werbung ist. Haben Sie in letzter Zeit einen Blick auf die Websites der Konkurrenz geworfen?«

»Nein ... eher nicht«, gestand Caro.

»Das sollten Sie aber. Es sind wirklich tolle dabei.«

»Ich werde versuchen, mir die Zeit dafür freizuschaufeln«, versprach Caro, die das Studieren von Websites offenbar für vergleichbar mit der Lektüre von Hochglanzmagazinen hielt. Womit sie gar nicht so unrecht hatte ...

Gott, es war der reinste Albtraum!, dachte Bianca und sank auf ihren Stuhl. Natürlich war ihr klar gewesen, dass Lady Farrell mächtig und schwierig im Umgang war, doch sie hatte nicht geahnt, wie tief diese Macht reichte und auch nicht, wie unerschütterlich der Glaube daran war. Alle, auf allen Ebenen aller Abteilungen, verstanden Lady Farrell als unbestrittene Autorität in allen Dingen und glaubten, dass der Misserfolg des Unternehmens lediglich unglücklichen Umständen geschuldet war. Wer diese Ansicht nicht teilte, täuschte sich ganz offensichtlich.

Um das Unternehmen umzustrukturieren, musste Bianca sich nicht nur gegen Athina Farrell durchsetzen, sondern auch gegen den Glauben ihrer Anhänger, und sie auf ihre Seite ziehen.

Im Vergleich dazu erschien ihr das Bemühen um Weltfrieden fast wie ein Kinderspiel.

»Du willst *was*?«

»Liebes, soll deine teure Ausbildung wirklich umsonst gewesen sein?«

»... was für Kurskosten???!!! ...«

»... schlag dir das mal aus dem Kopf, Lucy ...«

»... im Moment kann ich das Geld nicht einfach so zum Fenster rauswerfen ...«

Mit ihren grünen Augen, den Augen ihrer Großmutter, hielt Lucy ihren entsetzten Blicken stand.

»Wisst ihr was?«, fragte sie. »Ihr macht euch lächerlich. Das ist ein toller Beruf, heutzutage einer der begehrtesten überhaupt, und nach Aussagen eines wunderbaren Mädchens, mit dem ich gesprochen habe, ist man als Make-up-Artist zu mehr als fünfzig Prozent Psychiaterin, was bedeutet, dass das bisschen Gehirn, das ich mitbekommen habe, tatsächlich mal beansprucht würde. Und da die Kosmetikbranche uns ja alle ernährt und meine teure Ausbildung finanziert, von der ihr die ganze Zeit redet, finde ich euch ziemlich heuchlerisch. Eigentlich solltet ihr mir dankbar dafür sein, dass ich das Studium geschmissen habe. Nach dem Abschluss wär's noch ein ganzes Stück teurer für euch geworden. Mir erscheint eine Kursgebühr von neuntausend Pfund im Jahr ganz vernünftig.«

»Warum kratzt du das Geld dann nicht selber zusammen?«, herrschte Priscilla sie an. »Das London College of Fashion! Klingt wie ein Mädchenpensionat.«

»Hört endlich auf!«, rief Lucy mit Tränen in den Augen aus. »Ihr blickt das einfach nicht. Und es ist so was von unfair, euch über das lustig zu machen, was mir wichtig ist.«

»Lucy«, versuchte Bertie, sie zu beschwichtigen, »Liebes, bitte beruhige dich.«

»Ich will mich aber nicht beruhigen. Ihr habt mir gerade bewiesen, wie wenig ihr mich versteht. Ich mache es trotzdem; ich finde schon einen Weg. Ich rede mit Grandy. *Die* hält das bestimmt nicht für ... wie habt ihr das ausgedrückt? Sinnlos und langweilig.«

Zehn

Sie hatten sich für den folgenden Samstag zum Abendessen verabredet, eine Einladung von Jonjo. Die Bildhauerin wollte kommen, und Saul Finlayson würde sich vorher auf einen Drink zu ihnen gesellen.

»Normalerweise geht er am Wochenende nicht aus«, erklärte Jonjo Bianca am Telefon. »Das verbringt er immer mit seinem Sohn, der während der Woche bei seiner Ex ist. Du hast Glück, dieses Wochenende sind sie in London, weil der Kleine …«

»Wie heißt er?«

»Dickon.«

»Hübscher Name.«

»Ja. Jedenfalls will der unbedingt zu einer Geburtstagsfeier, und hinterher holt Saul ihn ab, weswegen er nur eine halbe Stunde Zeit hat. Aber immerhin wirst du Gelegenheit haben, dir einen ersten Eindruck von ihm zu verschaffen. Bin gespannt, was du von ihm hältst. Viele Frauen finden ihn ziemlich sexy.«

»Jonjo, mich interessiert bloß, ob er nett zu Patrick ist.«

»Soweit ich weiß, ist er nie nett«, entgegnete Jonjo. »Wenn er dem alten Knaben ein gutes Gehalt zahlt und ihm nicht zu viel Mist hinschaufelt, muss ihm das genügen.«

»Es gibt unterschiedliche Arten, jemandem Mist hinzuschaufeln«, bemerkte Bianca, »das weiß ich nur zu gut.«

»Stimmt. Wie läuft's denn bei deinem neuen Misthaufen?«

»Der stinkt. Aber erzähl mir kurz von deiner Bildhauerin. Dann muss ich los.«

»Sie ist sensationell. Unglaublich sexy, und sie hat tolle Beine …«

»Jonjo, ihr Körper interessiert mich nicht! Wie alt ist sie, wie heißt sie, worum geht's in ihrer Arbeit?«

»Sie macht Bronzeskulpturen«, erklärte Jonjo. »Irgendwie abstrakt. Die verkaufen sich für ein Heidengeld. Keine Ahnung, warum, aber egal ... Sie heißt Guinevere. Guinevere Bloch. Sie ist ne sehr, sehr clevere Lady, und ziemlich erfolgreich.«

»Der Name sagt mir was!«, rief Bianca aus. »Im *Standard* war letzte Woche ein Artikel über die neuen Größen in der Kunstszene, darin wurde sie erwähnt, allerdings ohne Foto. Wie alt ist sie – ungefähr?«

»So Mitte dreißig. Ich mail dir ein Bild von ihr. Aber jetzt muss ich los. Wir sehen uns am Samstag im Fino in der Charlotte Street. Echt cooler Spanier, jede Menge Tapas, Guinevere liebt die Kneipe.«

»Dann gefällt sie mir bestimmt auch«, sagte Bianca. »Tschüs, Jonjo.«

Sechzig Sekunden später traf die Mail mit einem Foto von Guinevere ein, auf dem sie einen Schmollmund in die Kamera machte. Sie wirkte ziemlich Upperclass, hatte eine tolle Mähne kunstvoll gelockter blonder Haare und trug ein weit ausgeschnittenes schwarzes Top mit beeindruckendem Busen sowie jede Menge Goldschmuck. Bianca, die einiges darauf verwettet hätte, dass die Frau eher Ende als Mitte dreißig war, wandte sich wieder den Umsatzberichten zu.

Da klopfte es an der Tür.

»Tschuldigung, bin bloß ich ...«

Bianca war höchst erfreut, Bertie zu sehen. Obwohl er der vermutlich schlechteste Finanzdirektor war, den sie kannte, gehörte er zu den wenigen Menschen im Haus Farrell, die sie wirklich mochte. Und wichtiger: Er schien auch bei allen anderen beliebt zu sein. Abgesehen davon gab er sich große Mühe, ihre Pläne in die Tat umzusetzen.

»Hallo, Bertie. Kommen Sie doch rein. Ich versuche gerade, mir einen Überblick über die KPIs zu verschaffen, damit ich sie an Mike weiterleiten kann.«

Bertie sah sie fragend an. »KPIs?«

»Key Performance Indicators.« Wie hatte dieses Unternehmen bis jetzt überleben können? »Die Verkaufskennzahlen. Die muss ich mir jeden Tag anschauen. Eine besonders erbauliche Lektüre sind sie nicht, aber … Egal, was kann ich für Sie tun, Bertie?«

»Ähm, Susie sagt, Sie halten Ausschau nach einer persönlichen Assistentin, und eine Freundin meines Sohnes – na ja, die ältere Schwester dieser Freundin – war gestern Abend zum Essen bei uns. Sie sucht gerade einen neuen Job, macht einen guten Eindruck und ist ziemlich groß. Nicht, dass das eine Rolle spielen würde. Ich habe ihren Lebenslauf mitgebracht, wenn Sie sich den ansehen wollen. Sie ist mit einem sehr soliden Mann verheiratet.«

Bianca schmunzelte über diese Bemerkung, die so typisch Bertie war und auf den ersten Blick so irrelevant, doch dann ging ihr auf, dass eine persönliche Assistentin, die mit einem weniger soliden Mann verheiratet wäre, durchaus problematisch werden konnte.

»Klingt gut«, bemerkte sie vorsichtig.

»Ich hatte das Gefühl, dass sie mit Ihnen harmonieren könnte. Außerdem strahlt sie Ruhe aus, was vermutlich auch gut wäre.«

»Allerdings«, pflichtete Bianca ihm höflich lächelnd bei und nahm den Lebenslauf in die Hand. Obwohl es ihr ausgesprochen unwahrscheinlich erschien, dass diese groß gewachsene junge Frau sich für den Posten eignete, wollte sie ihn nicht entmutigen. »Danke, Bertie, sehr aufmerksam.«

Sie warf einen Blick auf den Lebenslauf – und lehnte sich zurück, um ihn genauer zu studieren. Schließlich sah sie Bertie wieder an.

»Wann, glauben Sie, könnte sie sich bei mir vorstellen?«, fragte sie.

Drei Tage später bezog Jemima Pendleton in Biancas Büro Stellung. Sie war tatsächlich ziemlich groß, über eins achtzig, ruhig und effizient, auf unauffällige Weise attraktiv, hatte lange braune Haare und große graue Augen, eine tiefe, sanfte Stimme, die einen Wirbelsturm zum Stillstand gebracht hätte, sowie ein Lächeln, das Bianca sofort gute Laune machte.

Jemima war gerade mal dreißig und hatte fürs Außenministerium, eine Anwaltskanzlei und für ein IT-Unternehmen als Chefsekretärin gearbeitet. Sie tippte schnell und konnte stenografieren, und auch ihre technischen Fertigkeiten waren beeindruckend. Jemima beherrschte, wie sie Bianca mit einem bescheidenen Schmunzeln mitteilte, Tabellenkalkulation und konnte Verkaufszahlen interpretieren (schon nach einer Woche war sie zuständig für die KPIs), saugte Informationen auf wie ein Schwamm und hatte ein fast schon fotografisches Gedächtnis. Sie scheute sich nicht davor, häusliche Krisen zu bewältigen, und griff bereits in der ersten Woche kompetent Sonia unter die Arme, als Fergie von einem Kricketball am Kopf getroffen wurde, mit Verdacht auf Gehirnerschütterung ins Krankenhaus musste und eine Stunde lang weder Bianca noch Patrick zu erreichen waren.

Außerdem erklärte sie Bianca freundlich, dass sie gern als persönliche Assistentin arbeite und sich nicht zu Höherem berufen fühle. Als Bianca sie fragte, warum, antwortete sie, sie habe da ein Projekt, das an den Abenden und Wochenenden ihre ganze Aufmerksamkeit und Energie erfordere. Als sie keine weiteren Einzelheiten erzählte, hakte Bianca nicht nach, sondern dankte Gott und Bertie fast stündlich für sie.

»Lady Farrell?«

»Ja.«

»Lady Farrell, ich bin's, Marjorie, Marjorie Dawson. Tut mir leid, dass ich einfach so anrufe, doch ich mache mir große Sorgen und wollte fragen, ob sie Zeit hätten für … ein Gespräch.«

»Selbstverständlich, Marjorie.« Athina konnte Marjorie Dawson sehr gut leiden. »Kommen Sie einfach bei mir vorbei.«

»Sehr freundlich, aber ich arbeite Vollzeit bei Rolfe's, und am Abend kann ich nicht, weil ich mich um meinen Mann Terry kümmern muss.«

»Ja, der Arme.« Athinas Stimme klang nicht gerade mitfühlend. »Wie geht es ihm denn?«

»Nicht so gut. Wir haben gerade erfahren, dass die Pflegeleistungen aufgrund der Kürzungen im Gesundheitswesen reduziert werden.«

»Das tut mir leid. Doch leider sind diese Kürzungen für unser Land unumgänglich. Niemand scheint zu begreifen, dass es dazu keine Alternative gibt, dass einfach nicht genug Geld vorhanden ist ...« Hätte Bianca das Gespräch gehört, wäre sie vermutlich erstaunt darüber gewesen, dass Lady Farrell diese Erkenntnisse nicht auf ihre eigene Lage übertragen konnte. »Natürlich ist es schwierig. Wir sitzen alle im selben Boot, wie Mr Cameron so schön sagt. Nehmen Sie sich doch einfach einen Vormittag frei, Marjorie. Wie wär's mit Freitag? Sagen wir um elf? Hier in meinem Büro?«

»Vielen, vielen Dank, Lady Farrell. Da wäre noch etwas. Das Thema, über das ich mit Ihnen sprechen möchte, ist ... vertraulich. Es geht um einige neue Vorschriften.«

»Marjorie«, versicherte Athina ihr, »ich werde niemandem von Ihrem Besuch erzählen, am allerwenigsten der neuen Unternehmensleitung. Wir haben das Steuer noch nicht aus der Hand gegeben. Ohne unsere Zustimmung können sie nichts machen. Wenn Ihnen etwas ernsthaft Kopfzerbrechen macht, muss ich als Erste davon erfahren.«

»Danke, Lady Farrell. Dann also bis Freitag.«

»Jemima ...«

»Ja, Bianca?«

»Am Freitagvormittag würde ich mir gern einige der Verkaufsstellen ansehen. Zuerst Kingston und dann vielleicht Rolfe's of Guildford.«

»Gut. Ich besorge einen Wagen.«

»Schätzchen, das ist eine großartige Idee! Dein Großvater wäre entzückt gewesen! Viel vernünftiger als der andere Weg; heutzutage gibt's schon viel zu viele Akademiker.«

Lucy lächelte dankbar. »Genau. Ach, ich bin schon ganz aufgeregt. Ich habe einen richtig guten Intensivkurs bei FaceIt gefunden, der bedeutend billiger ist als die an den großen Instituten. Der dauert bloß drei Monate, und hinterher vermitteln sie einen.«

»Das klingt wunderbar, Schätzchen. Aber Lucy, wieviel kostet dieser Kurs?«

»Zweitausend Pfund.«

»Gütiger Himmel! Das ist aber viel für drei Monate. Du könntest auch von einer unserer Verkaufsberaterinnen lernen, lass dir das mal durch den Kopf gehen.«

»Kein schlechter Gedanke«, meinte Lucy diplomatisch, »aber in dem Kurs lernt man auch Schminken fürs Theater – weißt du, ich würde später gern beim Film arbeiten – und Frisieren. Das bringt mehr Jobmöglichkeiten.«

»Verstehe. Trotzdem: Am Freitag schaut eine unserer Topverkaufsberaterinnen, Marjorie Dawson, hier vorbei; ich rede mal mit ihr.«

»Danke.« Lucy konnte schlecht nein sagen, und möglicherweise lernte sie ja tatsächlich etwas von der Frau. »Ich hab auch überlegt, ob ...« Sie sahen einander an.

»Ob ich dir den Kurs finanzieren würde?«, führte Athina den Satz für sie zu Ende.

»Vielleicht könntest du mir das Geld ja leihen. Ich würde es dir zurückzahlen, in festen Raten und so.«

Langes Schweigen, dann: »Ja, Lucy. Es freut mich, dass ich die Kosten nicht übernehmen soll.«

»Wofür hältst du mich? Danke, Grandy. Vielen herzlichen Dank.«

»Keine Ursache. Außerdem könntest du samstags an einem der Farrell-Ständen arbeiten. Das würde dir ein bisschen Taschengeld bringen, und du könntest eine Menge lernen. Wie findest du die Idee?«

»Super!«, rief Lucy vorsichtig begeistert aus.

»Gut. Dann organisiere ich das für dich. Es ist gut, wenn jemand aus der jüngeren Generation sich ins Unternehmen einbringt. Im Umgang mit diesen Leuten ist mir jede Hilfe recht.«

»Wie sind die denn so?«

»Ach, die Frau, eine gewisse Bianca Bailey, ist gar nicht so übel, aber sie muss mir erst noch beweisen, dass sie was kann. Liebes, hättest du Lust, die Tage mal mit deiner alten Oma Teetrinken zu gehen? Das Wolsley soll ziemlich gut sein.«

»Gern.« Wie viele Großmütter kannten schon das Wolsley, das angesagteste Café der Stadt?

»Abgemacht. Wie wär's mit nächstem Donnerstag?«

»Kann ich Ihnen helfen, Madam?«

Bianca betrachtete mit düsterem Blick den Verkaufsstand des Hauses Farrell bei Rolfe's of Guildford. Er war ordentlich, langweilig und wenig einladend. Doch das war nicht die Schuld der Verkaufsberaterin: Die Werbemittel wurden von der Zentrale geschickt, und auch der Stand selbst, der schrecklich altmodisch wirkte, ging auf das Konto von Farrell. Die Kosten für den Aufbau und den Erhalt sowie die Miete verschlangen viel Geld.

Außerdem schien niemand das Kommando zu haben. Bianca fragte nach dem Geschäftsführer, der ihr mitteilte, Marjorie sei zu einer Besprechung in die Zentrale beordert worden. »Von Lady Farrell höchstpersönlich. Sie leitet nach wie vor das Unternehmen, müssen Sie wissen. Kann ich Ihnen irgendwie behilflich sein?«

»Nein, danke.«

»Marjorie, meine Liebe, setzen Sie sich doch. Möchten Sie Tee oder Kaffee? Wie läuft's bei Rolfe's? Was für ein schönes Geschäft.«

»Es ist ziemlich ruhig. Natürlich ist nirgends viel los, das liegt an der Rezession ...«

Marjorie versuchte, die Erinnerung an die Heerscharen, die tags zuvor bei der Abendöffnung am Brandon-Stand eingefallen waren, zu verdrängen.

»Ja, aber es wird nicht ewig so weitergehen. Nun erzählen Sie mir doch, was Sie auf dem Herzen haben.«

»Rezession hin oder her – unsere wöchentlichen Einnahmen sind besorgniserregend zurückgegangen. In den vergangenen zwölf Monaten um etwa vierzig Prozent.«

»Verstehe. Das ist in der Tat ernst. Ich habe in den letzten zwei Wochen keine Zahlen von Ihnen erhalten ...«

»Aber die müssen wir doch jetzt täglich einreichen.«

»Auf wessen Anweisung hin?«

»Wir müssen sie Mr Ford schicken.«

»Etwas Absurderes habe ich selten gehört. Was für eine Zeitverschwendung. Das werde ich sofort unterbinden. Christine ...«

»Ja, Lady Farrell?«

»Würden Sie bitte Mr Ford sagen, dass er auf der Stelle zu mir kommen soll?«

Als Lawrence Ford das Zimmer betrat, wirkte er besorgt und salbungsvoll zugleich.

»Mr Ford, was soll der Unsinn, dass die Verkaufsberaterinnen ihre Verkaufszahlen täglich einreichen müssen?«

»Ja, das ist tatsächlich der Fall. Und andere Daten, von den Vertretern und vom Lager.«

»Wer hat das angeordnet?«

»Mrs Bailey, Lady Farrell.«

»Was für eine lächerliche Zeit- und Energieverschwendung. Werden sie mit der Post verschickt?«

»Nein, per E-Mail. Das ist ziemlich aufwendig, da ich sie alle zusammentragen muss und sich von einem Tag auf den anderen natürlich nicht so viele Veränderungen ergeben. Aber sobald die neue EDV installiert ist, wird's wahrscheinlich einfacher, weil die Daten dann automatisch reinkommen.«

»Die neue EDV? Ach so, ja. Danke, Mr Ford. Bis dahin soll dieses absurde neue System erst einmal auf Eis gelegt werden. Ich spreche mit Mrs Bailey darüber.«

Lawrence Ford verabschiedete sich mit einer Art Verbeugung.

»Die Zahlen sehen tatsächlich nicht gut aus, da stimme ich Ihnen zu, Marjorie«, stellte Athina fest.

»So ein Verkaufsstand lohnt sich erst ab einem gewissen Umsatz. Ich fürchte, diesen Betrag erreiche ich bei Rolfe's nicht. Außerdem habe ich von tiefgreifenden Veränderungen gehört, die bevorstehen. Wenn ich meine Arbeit verlieren würde … Natürlich könnte ich mir eine andere suchen, aber unter den gegenwärtigen Umständen würde das dauern, weswegen es für mich umso besser ist, je früher ich Bescheid weiß …« Sie war sehr blass, und ihre Lippen bebten.

Athina sah sie mit einem beruhigenden Blick an. »Marjorie, die Verkaufsberaterinnen sind für uns sehr, sehr wichtig, schon um Informationen über den Erfolg der Produktpalette und die Kundinnen zu erhalten. Ich kann mir keine Situation vorstellen, in der das Haus Farrell Sie nicht weiter beschäftigen würde. Ich treffe mich heute mit Mrs Bailey und werde das Problem bei diesem Treffen selbstverständlich erwähnen. In der Zwischenzeit würde ich Sie bitten, sich keine Sorgen mehr zu machen und sich auf Ihre Arbeit zu konzentrieren – die darin besteht, die Produkte des Hauses Farrell zu verkaufen.«

»Ja, Lady Farrell.«

»Außerdem möchte ich Sie um einen Gefallen bitten. Meine Enkelin Lucy würde gern samstags an Ihrem Stand arbeiten. Sie hat ihr Interesse daran bekundet, eines Tages ins Unternehmen einzusteigen, möchte jedoch zuerst eine Ausbildung als Make-up-Artist machen. Ich glaube, Sie könnten ihr behilflich sein. Und sie würde umgekehrt natürlich Ihnen helfen.«

Bianca betrat das Besprechungszimmer, in dem sie mit den Farrells die Mittagspause verbringen wollte, überpünktlich, weil sie es als Vorteil erachtete, sich als Erste in dem Raum aufzuhalten. Sie hatte bereits ihren Laptop aufgeklappt und hielt den Blick auf den Monitor gerichtet, als die Farrells wie immer alle gemeinsam hereinkamen.

»Hallo«, begrüßte sie sie und erhob sich. »Was kann ich Ihnen anbieten? Saft, Wasser mit Holunderblütensirup? Die Sandwiches werden gleich gebracht. Und Lady Farrell: Darf ich Sie, bevor wir anfangen, fragen, ob heute Vormittag eine Verkaufsberaterin namens Marjorie Dawson bei Ihnen war?«

»Ja«, antwortete Athina, »auf meine Einladung hin.«

»Und warum?«

»Sie hat sich Sorgen über etwas gemacht, und ich hatte das Gefühl, sie beruhigen zu können.«

»Verstehe. Ging es um eine private Angelegenheit?«

»Nicht ausschließlich. Obwohl ihr privater Hintergrund das Ganze praktisch dazu macht.«

»Sie haben mit dem Geschäftsführer von Rolfe's besprochen, dass sie heute Vormittag nicht an ihrem Stand sein würde?«

»Ja.«

»Und wer sollte Ihrer Ansicht nach in ihrer Abwesenheit ihre Arbeit verrichten?«

»Eine Kollegin. Mrs Bailey, ich weiß wirklich nicht …«

»Ich war heute Vormittag bei Rolfe's, um eine Standüberprüfung vorzunehmen. Und der Farrell-Stand war verwaist. Das macht keinen guten Eindruck. Darüber wäre ich gern informiert gewesen.«

»Mrs Bailey«, sagte Athina, »wenn ich eine Angestellte zu mir bitten möchte, werde ich das auch in Zukunft tun. Mrs Dawson ist seinerzeit von meinem Mann höchstpersönlich eingestellt worden, wie übrigens die meisten unserer Verkaufsberaterinnen, und wenn sich eine von ihnen Sorgen macht, will ich mich persönlich darum kümmern. Ich nenne das Personalpflege.«

»Ich fürchte, es steht Ihnen nicht länger zu, eine der Frauen von der Arbeit wegzubeordern, ohne jemanden darüber zu informieren. Und wenn die besagte Frau ein berufliches Problem hat, bin *ich* dafür zuständig.«

»Ich dachte, Sie müssten sich um wichtigere Dinge kümmern«, bemerkte Athina.

»Lady Farrell, ich muss mich um *alles* kümmern. Solange ich nicht davon ausgehen kann, dass die Berichte zuverlässig eintreffen, und ...«

»Die Berichte? Würden Sie mir bitte erklären, was das für ein Unsinn ist, dass alle täglich über ihre Verkaufszahlen Rechenschaft ablegen müssen?«

»Das ist kein Unsinn, Lady Farrell. Diese täglichen Berichte sind für mich unerlässlich, damit ich beurteilen kann, wie das Geschäft läuft. Jedes moderne Unternehmen benötigt solche Informationen. Haben Sie schon einmal etwas von Key Performance Indicators gehört?«

»Nein. Ich weiß nur, dass ihr Zusammentragen eine beträchtliche zusätzliche Arbeitsbelastung in mehreren Abteilungen verursacht.«

»Sobald wir einen Leiter der EDV-Abteilung haben, wird dieser unter anderem auch ein System zur Erfassung der Verkaufszahlen installieren. Das wird das Sammeln von Informationen deutlich beschleunigen und vereinfachen.«

»Verstehe. Und warum hat uns darüber niemand in Kenntnis gesetzt?«

»Der Punkt steht heute auf der Tagesordnung. Ich werde vorschlagen, eine Agentur mit der Suche nach einem Fachmann zu beauftragen.«

»Warum eine Agentur?«, erkundigte sich Caro. »Ich bin verantwortlich für die Einstellung von neuem Personal.«

»Mit Verlaub, Caro: Ich glaube nicht, dass Sie die Art von Person kennen, die wir brauchen, oder auch nur wissen, wo Sie suchen müssten. Mir ist das ja selbst nicht klar. Abgesehen davon möchte ich Ihnen, Lady Farrell, meine Enttäuschung darüber aussprechen, dass Sie meinen, Leute einfach von ihrem Arbeitsplatz abziehen zu können, ohne jemandem Bescheid zu sagen …«

»Mrs Bailey, ich bin mit Mrs Dawson befreundet. Sie hat einen behinderten Mann, fürchtet, dass unter der neuen Unternehmensleitung ihre Stelle in Gefahr sein könnte, und wollte wissen, ob ihre Angst begründet ist. Also habe ich ihr versichert, dass sie sich keine Gedanken machen muss. Darüber schien sie sehr froh zu sein.«

Biancas Gesichtsausdruck veränderte sich. »Lady Farrell, Sie haben keine Befugnis, solche Zusicherungen zu geben. Niemand kann Mrs Dawson so etwas versprechen. Sie nicht, ich nicht, niemand. Die Verkaufsberaterinnen, ihre Kosten und ihre Effizienz, stehen im Moment wie alles andere auf dem Prüfstand. Sie stellen einen extrem hohen Kostenfaktor dar und müssen rentabel sein. Und genau das scheinen sie im Augenblick nicht zu sein. Mehr habe ich zu diesem Thema nicht zu sagen.«

»Verstehe ich das richtig? Wollen Sie andeuten, dass all diese wunderbaren Frauen, die dem Haus Farrell so viele Jahre treu gedient haben, möglicherweise auf dem Abstellgleis landen werden?«

»Sie greifen vor. Ich weigere mich lediglich, Garantien zu geben. Das ist nicht möglich. Das Unternehmen arbeitet nicht rentabel, und ich bin hier, um es rentabel zu machen.«

»Und was soll ich der armen Marjorie Dawson sagen?«

»Im Augenblick gar nichts. Ich hoffe, dass wir sie weiter beschäftigen können, vielleicht in anderer Funktion. Wann wollen Sie wieder mit ihr sprechen?«

Athina zögerte kurz. »Nächsten Samstag. Ich habe organisiert, dass meine Enkelin am Stand von Mrs Dawson arbeitet, damit sie

Berufserfahrung sammelt. Ich werde die beiden persönlich miteinander bekannt machen.«

»Mutter, was hast du da gerade gesagt?«, fragte Bertie.

»Lucy hat mich besucht und mir von ihrer Absicht, Make-up-Artist zu werden, erzählt. Ich halte das für eine großartige Idee und habe sie ermutigt ...«

»Mutter, das hättest du nicht tun sollen! Priscilla und ich finden es gar nicht gut, dass sie von der Uni abgehen will.«

»Das hat sie mir gesagt. Meiner Meinung nach täuscht ihr euch. Ich habe mich bereit erklärt, ihr das Geld für den Kurs zu leihen, den sie absolvieren möchte.«

»Mutter!« Völlig überraschend sprang Caro ihrem Bruder bei. »Das ist Bertie und Priscilla gegenüber unfair. Lucy ist ihre Tochter.«

»Und meine Enkelin, und ich möchte ihr helfen. So kann sie Geld verdienen und etwas dazulernen.«

»Und wer soll sie bezahlen?«, erkundigte sich Bianca.

»Das Haus Farrell. Schließlich wird sie arbeiten und nicht nur den lieben langen Tag Däumchen drehen.«

»Nein, Lady Farrell, das Haus Farrell wird sie *nicht* bezahlen. Wie Sie sehr wohl wissen, besteht ein absoluter Einstellungsstopp«, erklärte Bianca mit ruhiger Stimme.

»Aber sie gehört zur Familie!«

»Dann würde ich vorschlagen, dass die Familie ihr Gehalt bezahlt. Da sind ja die Sandwiches! Die kommen gerade recht. Hier habe ich die Tagesordnungspunkte für den Rest der Besprechung. Dürfte ich Sie bitten, beim Lunch einen Blick darauf zu werfen?«

Athina erhob sich. »Tut mir leid, ich kann dieser Besprechung nicht weiter beiwohnen. Mrs Bailey, ich bin schockiert; ich habe Sie für menschlicher gehalten. Anscheinend habe ich mich getäuscht. Bertie, Caro, ihr könnt bleiben, wenn ihr wollt, aber ich gehe.«

»Und dann ist sie abgedampft«, erzählte Bianca Patrick beim Abendessen. »Caro und Bertie sind geblieben. Wahrscheinlich hatten sie das Gefühl, bleiben zu müssen, weil es sonst ausgesehen hätte, als stünden sie vollkommen unter dem Pantoffel, was natürlich der Fall ist. Caro ist zu überhaupt nichts zu gebrauchen, aber ihn kann ich von Tag zu Tag besser leiden. Ich wünschte, ich wüsste irgendeinen Job für ihn ... Gott, Patrick, das wird hart! Keine guten Leute, keine Struktur, nichts, worauf man aufbauen könnte. Wie aus dem Lehrbuch.«

»Ein paar gute Leute muss es doch geben.«

»Susie und Jemima natürlich, aber die habe ich eingestellt. Lady Farrell ist auch ein Positivposten oder könnte es zumindest sein. Im Moment ist sie allerdings der reine Albtraum, wir befinden uns offen im Krieg, was bedeutet, dass es noch schwieriger wird ...«

»Irgendwas Gutes wird an dem Unternehmen doch dran sein«, meinte Patrick. »Du hast selbst gesagt, dass es etwas Magisches besitzt.«

»Ja, das habe ich. Wahrscheinlich hat das mit dem Namen, dem Mythos zu tun. Bestimmt nicht mit den Produkten, denn die sind grässlich, bis auf The Cream. Die ist ein kleiner Schatz, sie und der Laden in der Berkeley Arcade, aber ich weiß noch nicht, wie wir aus den beiden das Optimale herausholen können. Ich bin die Zahlen durchgegangen, bis mir schwarz vor Augen wurde, ohne Erfolg. Allmählich habe ich das Gefühl, mit einem riesigen Mühlstein um den Hals herumzulaufen. Ich finde rein gar nichts Positives. Es ist einfach schrecklich! Entschuldige, ich hör schon auf. Ich freue mich auf das Abendessen morgen, das wird mich auf andere Gedanken bringen ...«

Elf

Caro würde kündigen, das war die einzige Lösung. Sie hasste ihre Arbeit, weil sie bei jeder Besprechung dumm dastand. Sie wusste, dass sie dem Job nicht mehr gewachsen war, und das Verhalten ihrer Mutter ließ sich nur als schwierig bezeichnen. Caro mochte Bianca Bailey nicht und konnte mit ihrer Vorgehensweise nichts anfangen, aber da sie sich notgedrungen auf die Sache eingelassen hatten, mussten sie jetzt bei der Stange bleiben.

Bertie, der keinen Biss hatte, würde natürlich auf der Straße landen. Und das mit gerade mal siebenundfünfzig, viel zu jung für den Ruhestand und ohne jegliche Begabung, nicht nur fürs Geschäftliche, sondern auch für alles andere.

Caro lebte fast permanent in einem Zustand der Frustration. An der Universität hatte sie Jura studiert und von einer Karriere als Anwältin geträumt, doch von ihrer Mutter war ihr klargemacht worden, dass ihre Zukunft im Haus Farrell lag.

»Unter uns, Caro: Mit Bertie ist nichts anzufangen. Es könnte gut sein, dass du eines Tages in meine Fußstapfen treten und das Unternehmen leiten musst. Mir tut es weh, dass du daran denkst, die Familientradition nicht weiterzuführen.«

Zum Teil um des lieben Friedens willen, zum Teil jedoch auch, weil die Aussicht, einmal das Haus Farrell zu erben, unbestreitbar attraktiv war, hatte Caro sich gefügt. Und hasste nun jeden Tag ihres Lebens.

Ein Jahr nach diesem Gespräch mit Athina hatte sie Martin Johnson kennengelernt und geheiratet. Sie liebte ihn nicht, sah in ihm aber die Chance, dem Haus Farrell zu entkommen, wenigstens die fünf oder zehn Jahre lang, in denen sie als gute Ehefrau eines erfolgreichen Geschäftsmannes seine Kinder großzog. Doch es hatten sich keine Kinder eingestellt, und als man ihr sagte, dass sie keine bekommen könne, war sie eher einem Fluchtinstinkt folgend als aus echtem Interesse zum Haus Farrell zurückgekehrt. Sie hatte es als schrecklich demütigend empfunden, dass sie nicht einmal in der Lage war, ihre biologische Funktion als Mutter zu erfüllen. Und ihr Mann, der wusste, dass sie ihn nicht liebte, hatte immer wieder Affären begonnen, die er nicht einmal geheim zu halten versuchte.

»Schönes Lokal!«, lobte Bianca Jonjo. »Gute Wahl.«

»Freut mich, dass es dir gefällt.« Er wirkte weniger gelassen als sonst. »Lass uns was zu trinken bestellen. Sollen wir am Tisch oder an der Bar auf die andern warten?«

»Lieber an der Bar.«

»Gut. Wollen wir uns ein Gläschen Champagner gönnen?«

Er winkte ab, als man ihm den Hauschampagner anbot, und bestand auf Roederer. Bianca und Patrick lächelten sich kurz zu; sie kannten Jonjos Schrullen, fanden sie amüsant und liebenswert.

Als sein Handy klingelte und er einen Blick aufs Display warf, schien er sich ein wenig zu entspannen.

»Noch fünf Minuten.«

»Wer? Saul Finlayson?«

»Nein, nein, Guinevere. Sie steht im Stau.« Da trat der Kellner mit dem Champagner und Gläsern zu ihnen.

»Sollen wir den schon aufmachen?«, fragte Jonjo, wieder ein wenig nervös.

»Klar«, antwortete Bianca.

»Aber ich möchte nicht, dass er schal wird, bis sie da ist …«

»Jonjo, innerhalb von fünf Minuten wird er nicht schal. Und jetzt setz dich bitte«, forderte Bianca ihn auf, die sich fragte, ob der Champagner die fünfzig Pfund wert war. »Ich fühle mich schrecklich, wenn du so rumhampelst.«

»Sorry. Es ist nur … Ah, da ist sie ja!« Er hastete hinaus und winkte einem großen schwarzen Mercedes zu, der gerade vor dem Lokal gehalten hatte.

»Den hat's aber schwer erwischt«, bemerkte Patrick.

»Hm. Ein allzu gutes Gefühl habe ich im Hinblick auf diese Ms Bloch nicht. Ich glaube, er hat eher Angst vor ihr, als dass er sie liebt. Wow! Patrick, schau.«

Eine atemberaubende Frau betrat in Begleitung von Jonjo den Raum. Die Fotos wurden Guinevere nicht gerecht. Mit ihren Louboutins war sie über eins achtzig groß, das Haar fiel ihr in prächtigen güldenen Locken über die Schultern, und sie hatte ein perfekt geschminktes Puppengesicht mit blauen Augen, die fast ein wenig zu groß dafür waren, eine winzige gerade Nase und einen Schmollmund mit sexy vollen Lippen. Ms Bloch trug ein weißes Wickelkleid in genau der richtigen Länge, ihre schlanken, wohlgeformten Arme waren sehnig, und auf ihren unglaublichen goldbraunen Beinen bewegte sie sich geschmeidigen und sehr gemächlichen Schrittes zur Bar. Alle Gäste verstummten, und Patrick, der genauso fasziniert war wie die anderen anwesenden Männer, erhob sich und streckte ihr die Hand hin.

»Hallo, ich bin Patrick Bailey.«

»Hallo, Patrick.« Ihre Stimme klang tief und kehlig, und sie hatte einen leichten euroamerikanischen Akzent.

»Und das ist Bianca, Patricks Frau«, meldete sich Jonjo wenig später zu Wort. »Die beiden sind sehr alte Freunde von mir.«

»Wirklich?« Guinevere richtete den Blick auf Patrick. »Sie wirken zu jung für einen ›sehr alten Freund‹.«

Bitte, Patrick, dachte Bianca, fall nicht auf den billigen Schmäh rein, sonst muss ich mich für dich schämen … Doch Patrick fiel darauf herein.

»Leider nicht mehr ganz so jung«, entgegnete er und wurde rot.

»Guinevere, ein Glas Schampus …« Jonjo rückte ihr einen Hocker heran, setzte sich neben sie und schenkte ihr ein.

»Danke. Ich bin völlig erledigt, hab den ganzen Tag im Atelier gearbeitet.«

»Ach«, sagte Bianca. Ihr gefielen die abstrakten Bronzefiguren nicht, die sie von Ms Bloch im Internet gesehen hatte, die meisten davon ziemlich phallischer Natur. Auch die Preise erschienen ihr völlig überzogen; sie bewegten sich zwischen zwanzig- und fünfzigtausend Pfund. Biancas (zugegebenermaßen uninformierten) Meinung nach war ihre Kunst ziemlich heiße Luft. »Sehr löblich, dass sie an einem Samstag arbeiten.«

»Wenn einen die Muse küsst, muss man das ausnutzen. Finden Sie nicht auch?«

»Da kenne ich mich nicht aus«, antwortete Bianca. »Ich fürchte, meine Tätigkeit ist sehr viel prosaischer. Aber die Ihre macht sicher Spaß.«

»Natürlich. Ich fühle mich ausgesprochen privilegiert. Und was machen Sie?«

»Ach, ich bin im Management«, erklärte Bianca eher vage.

»Tatsächlich?« Guinevere klimperte kurz mit den Wimpern, bevor sich ihre blauen Augen auf Patrick richteten. »Und Sie?«

»Ich bin im Finanzwesen.«

»Im Finanzwesen wie Jonjo? Aufregend, diese Branche. Tschuldigung« – sie zog ihr iPhone heraus –, »ich muss nur kurz twittern, wo ich bin und mit wem. Ist ganz schön stressig, auf Twitter auf dem Laufenden zu bleiben. O mein Gott, Joan ist in der Stadt. Das hatte ich völlig vergessen.«

»Joan?«

»Joan Collins. Sie twittert gerade ausgesprochen amüsant über die langen Schlangen am Flughafen. Joan war bei meiner Ausstellung in Saint-Tropez, ist eine ganz Nette.« Langes Schweigen. »Ha, Stephen ist so was von lustig!«

Für die reale Welt verloren, im Twitter-Universum gefangen.

»Jonjo! Sorry, bin im Stau gestanden.« Saul.

»Hallo, Kumpel.« Bianca fiel auf, dass bei Jonjo immer ein Cockney-Akzent durchkam, wenn er mit jemandem aus der Finanzbranche zusammen war. »Patrick kennst du ja, das ist seine Frau Bianca, und das ist Guinevere Bloch. Du hast vermutlich schon von ihr gehört.«

Saul Finlayson ließ den Blick über die Anwesenden wandern.

»Kann mich nicht erinnern. Hallo, Guinevere, hi, Patrick. Erfreut, Sie kennenzulernen, Bianca. Wenn Sie gestatten, setze ich mich neben Sie. Jonjo sagt, Sie wollen sich ein Bild von mir machen. Hoffentlich komme ich gut dabei weg.«

Er sagte das in ernstem Tonfall und bedachte sie mit einem kurzen Lächeln, das sofort wieder verschwand. Kein Foto hätte ihm gerecht werden können. Saul war nicht nur gutaussehend, sondern atemberaubend attraktiv mit seinen tiefgrünen Augen, den dunklen Brauen und Wimpern, die im Widerspruch zu seinem blonden Haar standen, mit dem breiten Gesicht und der hohen Stirn. Irgendwie schien alles nicht so recht zusammenzupassen. Er war sehr schlank, ziemlich groß und hektisch und trat schon bei der Begrüßung ständig von einem Fuß auf den anderen. Saul trug Jeans, ein weißes, zerknittertes Hemd und ziemlich abgewetzte Timberlands. Seine Millionen gab er mit Sicherheit nicht für Kleidung aus, dachte Bianca.

»Nein, danke, Jonjo.« Er schüttelte den Kopf, als man ihm ein Glas Champagner anbot. »Ein Tonicwater wäre mir lieber.«

»Saul, ich habe gerade getwittert, dass wir alle hier sind.« Guinevere beugte sich so weit vor, dass Saul gut in ihren golden gebräunten Ausschnitt blicken konnte. »Darf ich Sie auch erwähnen?«

»Wenn Sie das machen«, antwortete Saul mit einem Blick auf ihr Handy, »landet das Ding im Klo.« Dann wandte er sich wieder Bianca zu.

»Wie ich gelesen habe, sind Sie gerade mit einem neuen Projekt beschäftigt.«

»Ja.« Bianca fühlte sich geschmeichelt, dass er davon wusste.

»Und, wie läuft's?«

»Es ist noch zu früh, als dass ich etwas darüber sagen könnte.« Auch sie konnte wortkarg sein.

»Klar. Dumme Frage.«

Schweigen.

»Ich glaube, ich hätte gern einen Sherry«, bemerkte Guinevere unvermittelt. »Wir sind doch beim Spanier, warum trinken wir da Champagner aus Frankreich? Jonjo, können wir einen Sherry bestellen? Und – o mein Gott! Da drüben sind Leon und Mardy, die müssen rüberkommen!« Sie sprang auf und segelte in Richtung Tür. Ihr Hinterteil, stellte Bianca voller Befriedigung fest, war ein klein wenig zu üppig für das Kleid.

»Was für eine schreckliche Frau«, flüsterte Saul Bianca zu. »Gott sei Dank habe ich nicht viel Zeit.«

Als Bianca sich ihm zuwandte, stellte sie fest, dass sein Gesicht kaum zwanzig Zentimeter von dem ihren entfernt war und er sie intensiv musterte. Sie spürte einen Anflug von … was? Verärgerung und Verwirrung gleichermaßen. Wenn er sie mit seinem Charme becircen wollte, stellte er sich nicht gerade geschickt an.

»Sie ist ganz in Ordnung«, entgegnete sie.

»Tatsächlich? Sind Sie mit ihr befreundet?«

»Nein, aber Jonjo hat uns eingeladen, und sie ist …«

»Sie haben recht«, fiel er ihr zu ihrer Überraschung ins Wort. »Das war unhöflich von mir. Aber nun zu den eigentlich wichtigen Fragen: Was halten Sie von den Plänen Ihres Mannes, für mich zu arbeiten?«

»Ich weiß nicht so recht«, antwortete sie und lächelte ihn zum ersten Mal an. »Er hat sich ja auch noch nicht entschieden.«

»Ich rechne damit, dass er ja sagt. Hören Sie … Ich habe nur noch zehn Minuten … Ich mag Ihren Mann, bin mir sicher, dass er ein Gewinn für mein Unternehmen wäre, und weiß, dass ich gut mit ihm zusammenarbeiten könnte. Ich würde ihn anständig entlohnen. Soweit ich das beurteilen kann, ist er ein Familienmensch. Genau wie ich.« (Ja, und ich bin Angelina Jolie, dachte Bianca.)

»Sie brauchen keine Angst zu haben, dass er immerzu verfügbar sein müsste. Er wird sein Arbeitstempo selbst bestimmen können. Jonjo muss ständig in Bereitschaft sein, vierundzwanzig Stunden am Tag, und bei mir ist das natürlich auch so. Bei Patrick wird es anders sein. Sie müssen sich also keine Gedanken machen.«

»Saul«, sagte sie, darauf bedacht, dass er nicht meinte, Patrick stehe unter dem Pantoffel, »im Moment bereitet mir das am allerwenigsten Kopfschmerzen, das können Sie mir glauben.«

»Gut. Dann hätten wir das also geklärt. Und was ist Ihre größte Sorge?«

»Wahrscheinlich, dass es ihm Spaß machen könnte. Ihre Branche ist knüppelhart, oder?«

»Ja, aber ihn würde das nicht betreffen. Wissen Sie was? Ich rede nächste Woche noch mal mit ihm. Oje!«

»Saul ...« Guinevere schlängelte sich, ein Glas Sherry in der einen Hand, an der anderen einen kleingewachsenen Mann mit beginnender Glatze, in seine Richtung. »Ihr Sherry – El Maestro Sierra Extra Viejo Oloroso. Ich habe mir den besten Oloroso geben lassen, den sie haben.«

»Der ist bestimmt sehr, sehr gut, aber leider muss ich jetzt gehen. Ich werde zu Hause gebraucht – gerade habe ich mit Bianca darüber gesprochen.« Und wieder bedachte er sie mit diesem extrem kurzen Lächeln.

»Wie schade. Geben Sie mir Ihre E-Mail-Adresse? Ich würde Sie gern zu meiner nächsten Vernissage in sechs Wochen in Paris einladen. Das wird eine tolle Party.«

Durch nichts zu erschüttern, dachte Bianca.

»Tut mir leid, ich bin ein Kunstbanause«, antwortete Finlayson. »Eine Einladung wäre die reinste Verschwendung. Aber danke«, rang er sich ab. »Auf Wiedersehen, Patrick, wir unterhalten uns. Jonjo, bis Montag. Bianca ...« Diesmal verharrte das Lächeln ein wenig länger auf seinen Lippen. »Hat mich sehr gefreut, Sie kennenzulernen.«

»Die Freude war ganz meinerseits«, sagte sie, erwiderte sein Lächeln und streckte ihm die Hand hin. Er sah sie an, als wäre das das Letzte, womit er gerechnet hatte, ergriff sie und umfasste sie eher, als dass er sie schüttelte. Sein Händedruck war warm und kräftig. Als Bianca ihn spürte, hatte sie plötzlich das Gefühl, vollkommen allein mit ihm zu sein, nicht mit ihrem Mann und Freunden an der Bar eines Londoner Restaurants.

Wenig später war er verschwunden. Obwohl es Bianca schwerfiel, nicht weiter über ihn nachzudenken, riss sie sich zusammen und wandte sich Patrick zu, der so wunderbar charmant und beruhigend normal war. Und trank einen großen Schluck Roederer, um zur Normalität zurückzufinden.

Florence aß mit Athina in deren Wohnung zu Mittag. Das taten sie gelegentlich am Samstag, wenn sie beide nichts anderes vorhatten. Was bei Florence öfter der Fall war als bei Athina, auch wenn sie im Vorstand eines kleinen örtlichen Theaters saß und versuchte, sich alles anzusehen, was dort gespielt wurde. Sie hatte Athina zahllose Male dazu eingeladen, doch diese schlug ihr Angebot stets aus. »Das ist wirklich nett von Ihnen, meine Liebe, und natürlich finde ich es prima, wie Sie sich dafür einsetzen, aber ich kann einfach nichts mit so kleinen Bühnen anfangen.«

An diesem Abend drehte sich das Gespräch wieder einmal ums Theater. Athina hatte *Der nackte Wahnsinn* gesehen, die vielgelobte Neuinszenierung eines Stücks von Michael Frayn.

»Es war ausgezeichnet, sehr komisch. Ich liebe Komödien. Das habe ich von Cornelius gelernt. Großes Theater muss nicht unbedingt Tragödie sein. Finden Sie nicht auch? Noch ein Gläschen Champagner?«

»Absolut«, antwortete Florence. »Gern.«

»Das war ja auch eine der Gemeinsamkeiten von Ihnen und Cornelius. Ich weiß noch gut, wie Sie bei unserer ersten Begegnung die ganze Zeit darüber geredet haben. Sie hatten beide irgendein

Stück von Rattigan gesehen. Hinterher hat er gesagt, wir müssten Sie unbedingt einstellen, weil Sie so klug sind. Ich ... oh, Entschuldigung«, sagte Athina, als das Telefon klingelte, »ich muss ran. Das ist bestimmt Margaret Potterton, die mir wegen einer Essenseinladung nächste Woche Bescheid geben will. Ich gehe ins andere Zimmer, schenken Sie sich ruhig noch ein Glas Champagner ein, meine Liebe.«

Florence genehmigte sich ein ziemlich großes Glas, nippte daran und erinnerte sich an ihre erste Begegnung mit Cornelius in der Cocktailbar des Dorchester.

Er war sehr groß gewesen, weit über eins achtzig, und hatte einen ziemlich auffälligen Prince-of-Wales-Anzug und eine Garrick-Krawatte getragen. Cornelius hatte ihre Hand in die seine genommen und sie sehr sanft gedrückt, als fürchtete er, sie zu zerquetschen, und dennoch war es kein schwacher Händedruck. Auch sein Blick war intensiv gewesen, Cornelius hatte sich auf sie konzentriert, sich nicht nach interessanteren oder wichtigeren Leuten umgesehen.

Cornelius führte sie zu einem Tisch und fragte sie, was sie trinken wolle: »Sherry? Gin Tonic?« Seine Stimme erinnerte sie ein wenig an die eines Schauspielers. Sie antwortete ihm lächelnd, sie hätte gern einen Gin Fizz.

»Wie ungewöhnlich. Und du, Schatz, was möchtest du?«

»Nur einen Sherry«, sagte Athina, sichtbar überrascht über den Wunsch von Florence (gut, dachte Florence, eins zu null für mich), »einen sehr trockenen, auf Eis.«

»Und ich nehme einen Gin Fizz wie Miss Hamilton. Ein tolles Getränk. Ich habe schon lange keinen mehr getrunken.«

Florence schenkte ihm ein Lächeln, und er winkte den Kellner herbei, um zu bestellen.

»Gut«, hob Athina an, »wenn wir uns nun dem Geschäftlichen zuwenden würden ...«

»Das hat keine Eile, Schatz«, meinte Cornelius. »Ich finde, wir sollten Miss Hamilton zuerst ein bisschen besser kennenlernen.«

Wieder dieses Lächeln. »Erzählen Sie uns doch von sich. Wofür interessieren Sie sich, was machen Sie gern?«

»Ach, ich habe viele Interessen«, antwortete Florence und nahm eine Zigarette aus dem Silberetui, das er ihr hinhielt. »Musik, Tennis, Theater ...«

»Theater! Und was gefällt Ihnen am besten? Ernste Stücke oder lieber Musicals?«

»Mir sind klassische Dramen am liebsten«, erklärte Florence, »Shakespeare, Shaw, Oscar Wilde. Am liebsten mit ein bisschen Humor.«

»Geht mir genauso«, sagte Cornelius Farrell. »Meiner Ansicht nach ist *Bunbury oder Die Bedeutung ernst zu sein* das beste Stück, das je geschrieben wurde.«

»Cornelius!«, rief Athina aus. »Besser als *Hamlet* oder *Romeo und Julia*?«

»Ich finde es nur einfach amüsanter«, meinte Cornelius. »Und was ist Ihr Lieblingsstück, Miss Hamilton?«

»Ich glaube, *She Stoops to Conquer* von Oliver Goldsmith. Die Handlung lässt sich nicht verbessern.«

»Gute Wahl! Ah, da kommen ja unsere Drinks.« Er hob sein Glas. »Prost. Freut mich, Sie kennenzulernen. Athina, das war eine gute Idee. Schmeckt dein Sherry, Schatz?«

»Ja, danke«, antwortete Athina.

»Gut. Und nun zum Thema Literatur, Miss Hamilton. Nennen Sie mir doch Ihre Lieblingsautoren.«

»Oh – Galsworthy. Trollope. Ich liebe Familiensagas sehr. Und im Moment Somerset Maugham.«

»Ja, ist der nicht toll? Ich lese jeden Sonntag eine seiner Kurzgeschichten.«

»Lieber als die Bibel?«, erkundigte sich Florence.

»Natürlich!«

»Obwohl es auch in der ein paar ziemlich interessante Geschichten gibt. Kain und Abel, Lot und seine Frau. Adam und Eva ...«

»Stimmt. David und Goliath, Samson und sein unglückseliger Haarschnitt ...«

Florence lachte.

»Vielleicht sollten wir jetzt mit Miss Hamilton über unseren Vorschlag sprechen, Cornelius«, meldete Athina sich frostig zu Wort. »Bestimmt hat sie nicht den ganzen Abend Zeit. Und wir haben auch noch etwas vor.«

»Ja, du hast recht. Obwohl mir unsere Unterhaltung Spaß macht. Gut, Schatz, dann übernimm du.«

»Einverstanden. Miss Hamilton, ich habe Sie im Geschäft beobachtet und war sehr beeindruckt von Ihnen.«

Florence bedankte sich mit leiser Stimme und dachte: Was für eine kluge Frau. Mein Mann mag ja mit dir flirten, hatte Athina ihr in wenigen Worten mitgeteilt, aber das Sagen habe hier immer noch ich.

»Und auch von der Geschäftsleitung höre ich nur Gutes über Sie. Sie scheinen ... intelligenter zu sein als die meisten anderen jungen Frauen.«

»Von denen sehen sich bestimmt nicht viele Stücke von Goldsmith an«, bemerkte Cornelius.

»Das können wir nicht beurteilen«, wies Athina ihn in die Schranken, »aber es ist eher unwahrscheinlich, da stimme ich dir zu. Jedenfalls hätten wir eine Idee, im Augenblick ist es tatsächlich noch nicht viel mehr als das: Wir haben da einen kleinen Laden in der Berkeley Arcade. Die Arcade kennen Sie doch, oder?«

»Natürlich«, antwortete Florence.

»Wir verstehen ihn als eine Art Flaggschiff für die Marke Farrell, mit der geeigneten Atmosphäre für Frauen, die sich mit den neuen Farben der Saison sowie unseren Produkten vertraut machen und gleichzeitig eine Gesichtsbehandlung genießen wollen.«

»Ich glaube, Gesichtsbehandlungen kann ich nicht«, wandte Florence ein.

»Dafür würden wir eine Kosmetikerin einstellen. Wir suchen jemanden, der das Geschäft stilsicher und effizient führt, eine Frau, bei der sich die Kundinnen verstanden fühlen. Eine Frau, die eher ihrer Schicht entspricht«, fügte Athina mit Betonung auf »eher« hinzu.

Florence sah sie mit großen Augen an, zu aufgeregt, um sich über die Stichelei zu ärgern.

»Sie meinen, Sie könnten sich mich für die Stelle vorstellen?«

»Ja«, antwortete Cornelius.

»*Vorstellen*, ja«, betonte Athina.

»Ich fühle mich geehrt.« Florence lächelte Athina erwartungsvoll an. Ihr Bauchgefühl warnte sie, das nicht auch bei Cornelius zu tun.

»Wunderbar«, bemerkte Athina, »doch jetzt, denke ich, wäre es an der Zeit, mehr über Ihr Privatleben zu erfahren. Sie tragen keinen Ring. Sie verstehen sicher, dass wir niemanden beschäftigen wollen, der bald heiraten und Kinder haben möchte.«

»Ich war verheiratet«, erklärte Florence, »aber mein Mann ist im Krieg gefallen.«

»Oh, wie traurig.« Aus Athinas Mund klang das, als hätte Florence ihr erzählt, dass sie ihren Hund hatte einschläfern lassen müssen.

»Danke, das ist schon acht Jahre her. Die Zeit heilt auch die tiefsten Wunden, und ich muss gestehen, dass ich das Leben als alleinstehende Frau durchaus genieße. Jedenfalls habe ich nicht die Absicht, wieder zu heiraten. Ich kenne niemanden, der meinem Mann das Wasser reichen könnte.«

»Ausgezeichnet«, sagte Athina und fügte, als sie merkte, dass das keine angemessene Reaktion war, hastig hinzu: »Ich meine, dass der Mann, für den Sie sich entschieden haben, so wunderbar war.«

»Ja, das war er«, bestätigte Florence. »Doch nun hat für mich der Beruf Vorrang. Ich wäre sehr stolz, für das Haus Farrell arbeiten zu dürfen, das meiner Ansicht nach die gegenwärtig bei weitem interessanteste Marke ist. Die Farben sind ein Traum.«

»Danke«, meldete sich Cornelius zu Wort, »genau das wollen wir hören, nicht wahr, Schatz?«

»Ja«, pflichtete Athina ihm bei. »Sie verstehen sicher, dass wir das untereinander besprechen und uns Gedanken über ein oder zwei andere infrage kommende Kandidatinnen machen müssen, Miss Hamilton. Aber …«

»Aber«, führte Cornelius den Satz fort und sah Florence mit seinen dunklen Augen nachdenklich an, »nehmen Sie bitte in den nächsten Tagen kein anderes Angebot an. Du bist doch auch meiner Meinung, Schatz, oder?«

»Ich denke schon«, antwortete Athina. »Ja, bitte nehmen Sie nichts anderes an, Miss Hamilton. Und jetzt dürfen wir Miss Hamilton nicht länger aufhalten, Cornelius. Bestimmt hat sie zu tun, und wir gehen zu einer Abendeinladung.«

»Ja, ich muss los«, sagte Florence. »Ich bin mit Freunden ins Kino verabredet.« Das stimmte zwar nicht, aber sie wollte nicht, dass die Farrells glaubten, sie kehre einsam in ihre Wohnung zurück.

»Tatsächlich? Was schauen Sie sich denn an?«, erkundigte sich Cornelius.

»*Ein Herz und eine Krone*«, flunkerte Florence, ohne mit der Wimper zu zucken. »Kennen Sie den?«

»Oh, der ist toll«, schwärmte Cornelius. »Diese neue junge Schauspielerin Audrey Hepburn, sie ist umwerfend. Und so attraktiv. Viel Vergnügen, Miss Hamilton. Wir melden uns. Es war mir eine große Freude, Sie kennenzulernen. Ich hoffe, dass wir zusammenarbeiten werden.«

Dann hatte er sich mit einem sanften, aber herzlichen Händedruck von ihr verabschiedet.

»Das hoffe ich auch«, hatte sie lächelnd gesagt.

Zwölf

Lawrence Ford war seit achtzehn Jahren Leiter der Marketingabteilung im Haus Farrell, und das gern. Athina schätzte ihn, er verfügte über ein ansehnliches Spesenkonto sowie über einen vorzeigbaren Wagen, konnte alle aus der Branche zum Essen einladen und nahm pflichtbewusst an sämtlichen Feiern der großen Kaufhäuser teil. Egal, welche Schwächen er auch auf anderen Gebieten haben mochte: Er besaß die Fähigkeit, neue wichtige Entwicklungen bei anderen Marken sofort zu erkennen und so über sie zu reden, als wären sie auf seinem Mist gewachsen. Besagte Schwächen waren beträchtlich, doch er selbst war sich ihrer nicht bewusst, weil er letztlich keinerlei Ahnung von Werbung hatte. Seine Briefings über Werbemittel waren alles andere als originell, und mit seinen altmodischen Anzügen und seinen stets hochglanzpolierten Schnürschuhen wirkte er wie aus der Zeit gefallen. Außerdem bestand er darauf, von allen im Unternehmen mit »Mr Ford« angesprochen zu werden.

Seine Frau Annie war die perfekte Gattin: loyal, voller Bewunderung, immer adrett gekleidet und frisiert, und mit fast zu vielen Farrell-Produkten gepflegt. Seit der Geburt ihres Sohnes arbeitete sie nicht mehr – ihrer Ansicht nach war es die Pflicht einer Frau, ihren Mann in jeder erdenklichen Hinsicht zu unterstützen, und Ehefrau ein Beruf.

Lawrence Ford ließ sich anders als die meisten Beschäftigten des Unternehmens durch die Übernahme nicht aus der Ruhe bringen, denn er kannte seinen Wert und war sich sicher, dass er nichts zu befürchten hatte.

Athina wusste nichts Rechtes mit sich anzufangen. Das war eine neue Erfahrung, die sie verstörend und sogar ein wenig beängstigend fand. Bisher hatte sie jede Minute ihres Lebens zu tun gehabt, ihre Anwesenheit war permanent erforderlich gewesen. Plötzlich fühlte sie sich beinahe überflüssig, weil ihre Strukturen nicht mehr zählten, ihre Macht beschnitten wurde und sie ihre Fähigkeiten nicht nutzen konnte.

In den ersten Wochen hatte sie weiterhin Konferenzen einberufen, Produkte diskutiert und Werbekampagnen abgesegnet, doch dann hatte man ihr langsam, aber sicher die Zügel aus der Hand genommen.

Anfangs hieß es noch: »Lady Farrell, darf ich bei der Besprechung dabei sein?«, dann: »Lady Farrell, ich finde, wir sollten erst einmal ein paar Wochen lang keine neuen Produkte mehr entwickeln«, und schließlich: »Lady Farrell, während das Budget überprüft wird, können wir keine Werbekampagne in Auftrag geben.«

Das alles erfolgte in sehr höflichem Tonfall und immer durch Bianca Bailey persönlich, aber am Ende musste Athina feststellen, dass sie praktisch nichts mehr zu tun hatte. Wenn sie jetzt abends in ihre Wohnung zurückkehrte, dann immer in dem Bewusstsein, dass sie seit dem Morgen nichts geleistet hatte. Sie hatte nur wenige Freunde und kaum Hobbys, weswegen sie sich langweilte und einsam war – obwohl sie das natürlich niemals zugegeben hätte. Zum ersten Mal im Leben empfand sie so etwas wie Unsicherheit. Und noch schlimmer: Sie wusste nicht, was sie dagegen unternehmen sollte.

Miss Blackman, die Leiterin der Schule, nahm nicht gern Mädchen mitten im Schuljahr auf, doch Carey Mapleton war die Tochter eines geadelten Schauspielers, eines Oscar-Gewinners, und einer Mutter, die früher Supermodel gewesen war. Außerdem hätte das Gutachten ihrer früheren Schule, der International Academy in Paris, jede Lehrkraft zu Begeisterungsstürmen hingerissen: allerbeste Noten, obendrein erstaunliche Leistungen im Sport und auf der Flöte. Dazu die Ankündigung von Sir Andrew, für die Schauspielgruppe der Schule zu spenden. All das machte Carey zu einer Schülerin, die man sich nicht entgehen lassen durfte.

Folglich einigte man sich darauf, dass sie nach den Osterferien mit dem Unterricht beginnen solle, und zwar in der Klasse von Milly Bailey.

»Das ist eine sehr gute Klasse«, erklärte Miss Blackman. »Ich glaube, Carey wird prima hineinpassen.«

Sir Andrew und Lady Mapleton bedankten sich artig und dachten, nicht zum ersten Mal, dass es sich ausgezahlt hatte, der Academy genug für ein neues Theater und ein Schauspielstipendium gespendet zu haben, weil sie sich deshalb keine Gedanken mehr darüber machen mussten, dass Careys leichte Verhaltensauffälligkeiten in ihrem Zeugnis erwähnt werden könnten ...

»Mrs Bailey ...«

»Bertie, sagen Sie doch bitte Bianca zu mir.«

»Entschuldigung. Bianca, hätten Sie einen Moment für mich Zeit?«

»Natürlich.« Sie genoss diese Gespräche mit Bertie zunehmend; er hatte eine beruhigende Wirkung auf sie, wirkte so vernünftig und nett. »Kommen Sie rein und setzen Sie sich. Jemima, könnten wir ... Bertie, was möchten Sie? Kaffee? Tee?«

»Kaffee, bitte.«

Als Jemima sich entfernt hatte, fragte Bianca Bertie lächelnd: »Was kann ich für Sie tun?«

»Ich habe da zufällig etwas gehört, bei einem kleinen Umtrunk gestern Abend, von dem ich glaube, dass es nützlich sein könnte. Die Leiterin der Marketingabteilung von Persephone möchte sich verändern, weil sie mit der gegenwärtigen Unternehmensführung nicht zurechtkommt. Angenehme Frau, kennen Sie sie?«

»Nur oberflächlich. Wie heißt sie, Lara irgendwie?«

»Lara Clements. Soweit ich weiß, suchen Sie nach jemandem für die Verkaufsförderung.«

»Ja«, bestätigte Bianca. »Das wäre eine Schlüsselposition. Lawrence Ford ist nicht so ganz auf der Höhe der Zeit, wie mein Großvater gesagt hätte. Es wäre also sinnvoll, sich mit Lara Clements in Verbindung zu setzen, natürlich streng vertraulich.«

»Selbstredend. Ich könnte …« Als Jemima den Raum mit dem Kaffee betrat, verstummte Bertie schlagartig.

Bianca lächelte. »Jemima ist die Verschwiegenheit in Person. Bertie, ich wüsste nicht, was ich tun würde, wenn Sie sie nicht vermittelt hätten. Das sage ich fast jeden Tag, nicht wahr, Jemima?«

Jemima lächelte verlegen, schenkte den Kaffee ein und entfernte sich wieder.

»Zurück zu Ms Clements.«

»Ich hatte sofort das Gefühl, dass sie zu Ihnen passen könnte. Sie ist geschieden«, fügte er hinzu, »und Ende dreißig. Ich mag sie … obwohl das natürlich nichts zur Sache tut.«

»Es könnte sogar *sehr* wichtig sein«, erwiderte Bianca. »Danke, Bertie. Ich setze mich mit ihr in Verbindung. Haben Sie ihre Kontaktdaten?«

»Sie hat gesagt, sie würde sich in den nächsten Tagen an Meredith Cole, die Headhunter, wenden. Wenn Sie sich also die Vermittlungsgebühr sparen wollen, sollten Sie gleich zuschlagen. Ich habe mir erlaubt, mir ihre E-Mail-Adresse zu notieren. Ich hoffe, das war in Ordnung.«

»Sogar sehr, Bertie. Vielen herzlichen Dank. Könnten Sie ihr eine Mail schicken? Es sieht besser aus, wenn die von Ihnen kommt, weil Sie ja mit ihr gesprochen haben. Bitten Sie sie zu einem Gespräch zu mir.«

»Gern.«

»Wunderbar«, sagte Bianca.

Am folgenden Abend suchte Lara Clements Bianca auf. Sie war klein, blond und voller Energie und sprach mit leichtem, aber unverkennbarem Birminghamer Akzent. Ihre Referenzen waren fantastisch: Sie hatte an der Universität von Manchester BWL studiert, mit einem Master (mit Auszeichnung) abgeschlossen, war anschließend Marketingleiterin bei zwei großen Nahrungsmittelherstellern und dann bei Persephone gewesen, einem ehemals sagenhaft erfolgreichen Parfümhersteller, der sich inzwischen allerdings auf dem absteigenden Ast befand – nicht zuletzt wegen einer inkompetenten Geschäftsführung, die Lara als Marketingchefin eingestellt hatte, nun jedoch ihre Ratschläge nicht befolgte.

»Natürlich würde ich gern für Sie arbeiten«, sagte Lara. »Ich hätte da auch ein paar Ideen für das Haus Farrell, die ich Ihnen jetzt nicht erläutern will, das wäre dreist …«

»Seien Sie so dreist, wie Sie wollen«, ermutigte Bianca sie.

»Gut. Ich würde die Marke schrumpfen. Sie ist zu unübersichtlich und bietet jede Menge altmodisches Zeug, an das sich kaum noch jemand erinnert. Außerdem ist die Präsentation nicht gut, obwohl durchaus ein paar großartige Produkte dabei sind. Ich meine The Cream, die ist ein richtiger Goldschatz.«

»Stimmt.«

»Ich vermute mal, dass Ihnen keine unbegrenzten Mittel zur Verfügung stehen, um mit den wirklich Großen der Branche konkurrieren zu können. Weswegen meiner Meinung nach die Reduktion der einzig gangbare Weg ist. Und dabei würde ich gern mithelfen. Aber offen gestanden fürchte ich, dass mir hier wieder das Gleiche passiert wie in meiner jetzigen Firma, wo mir niemand zuhört. Die Farrells haben nach wie vor das Sagen …«

»Glauben Sie mir«, beruhigte Bianca sie, »das würde Ihnen hier nicht passieren. Ich höre immer zu, alles andere ist Zeit- und Geldverschwendung. Danke, dass Sie gekommen sind. Bitte unterschreiben Sie die nächsten ein, zwei Tage bei niemand anders. Ich muss noch mit der Geschäftsleitung sprechen, ein paar Dinge klären.«

»Natürlich. Ihr Personalchef ist nicht zufällig da?«

»Nein«, antwortete Bianca, »das ist auch eines unserer Probleme. Ich melde mich innerhalb der nächsten vierundzwanzig Stunden bei Ihnen.«

Nachdem Lara Clements sich verabschiedet hatte, schaute Bianca zum Fenster hinaus und dachte über die Position des Personalchefs nach. Obwohl diese Lösung absurd war, bot sie sich an. Und sie passte zu ihrer Philosophie, Potenzial zu nutzen, egal, wie abwegig. Damit würden sich etliche Probleme lösen lassen, auch wenn sich mindestens ein neues großes ergäbe. Gott, war das alles kompliziert!

Es war schrecklich gewesen, richtig schrecklich, dachte Lucy, die längsten vier Stunden ihres Lebens. Sie hatte nichts anderes tun können, als zu lächeln und interessiert dreinzusehen und einige bereits sehr ordentlich präsentierte Lippenstifte noch einmal zu ordnen. Dabei wusste sie von Mrs Dawson, dass der Stand bei Rolfe's zu den wichtigsten gehörte. Wenn die Zukunft des Hauses Farrell so aussah, war sie nicht gerade rosig.

Doch wenn die langweiligen Samstage der Preis für die Ermutigung und das Interesse ihrer Großmutter waren, lohnte es sich. Obwohl es grässlich war, bei den Eltern zu wohnen. Ihre Mutter war eklig zu ihrem Vater, der sich trotzdem redlich bemühte, seiner Frau alles recht zu machen. Er hatte sich sogar zu dieser albernen Diät überreden lassen, und Lucy hatte den Eindruck, dass sie tatsächlich anschlug: Als junger Mann hatte er gar nicht schlecht ausgesehen, ähnlich wie sein Vater, nur nicht ganz so attraktiv. Großvater Cornelius hatte etwas von einem Filmstar gehabt, und sein Tod hatte Lucy sehr mitgenommen. Die Trauerfeier für ihn würde sie nie vergessen; die Kirche war bis zum letzten Platz gefüllt gewesen, nicht nur mit Familienangehörigen, Freunden und Leuten, die Lucy vom Unternehmen kannte, sondern auch mit zahlreichen vornehmen älteren Herrschaften. Ein bekannter Schauspieler hatte etwas vorgelesen, und Grandy war ausgesprochen elegant von einem zum anderen geflattert und hatte alle bezaubert.

Bei diesem Anlass war Lucy das erste Mal bewusst geworden, dass sie zu einer bekannteren und wichtigeren Familie gehörte als die meisten anderen. Als sie sich daran erinnerte, dachte sie traurig, dass dem nicht mehr so war und ihre Familie vermutlich bald völlig in Vergessenheit geraten würde.

Dreizehn

Dies würde zweifelsohne die härteste Präsentation in Biancas Leben werden. Die Konferenz würde den ganzen Vormittag dauern; es gab eine Menge aufzuzeigen, ihre Sicht des Unternehmens, was damit nicht stimmte und was man ins Lot rücken konnte. Inzwischen hatte sie eine klare Vorstellung vom Haus Farrell, davon, was sie tun musste, wohin sie es führen konnte; ihre Vision.

Bianca würde ihnen heute allen – mit ihren unterschiedlichen Forderungen und Erwartungen – ihren Plan verkaufen. Sie würde sie davon überzeugen müssen, dass er richtig und durchführbar war, und dafür mussten die Zahlen stimmen. Sie machte sich keine Illusionen; die genialste Marketingstrategie der Welt hätte keine Bedeutung für ihre Zuhörer, wenn das finanzielle Ergebnis sie nicht überzeugte. Das allein würde die Leute von Porter Bingham interessieren.

Bianca wartete ruhig im Besprechungszimmer, während Jemima Kopien der Tagesordnung auslegte. Kurz darauf verkündete Liz von der Rezeption zuerst das Eintreffen von Hugh und Mike, dann von Peter Warren, der beratender Teil der Unternehmensleitung sein, jedoch nicht ins operative Geschäft eingreifen würde, ein Mann, der immer sehr charmant und ruhig wirkte, anschließend von Caro und Bertie und Florence, die entschlossen beherrscht aussah, und schließlich, fast fünfzehn Minuten zu spät, von Lady Farrell, ganz in Schwarz mit dreireihiger Perlenkette und großer Gold-Smaragdbrosche am Revers. Damit meine Einstellung für heute klar ist, schien ihre Kleidung zu sagen: Ich habe das Gefühl, das Haus Farrell wird Opfer einer großen Tragödie …

»Entschuldigen Sie vielmals«, sagte sie mit einem freundlichen Lächeln, »es war schrecklich viel Verkehr. Bestimmt bin ich nicht als Einzige aufgehalten worden.«

»Merkwürdigerweise schon.« Bianca erwiderte ihr Lächeln. »Aber wir wussten natürlich, dass Sie kommen würden. Und ohne Sie hätten wir schlecht anfangen können.«

Bianca präsentierte ihre Bewertung des Hauses Farrell, wie sie es im Augenblick sah, »früher eine Luxusmarke, die auf Make-up-Produkten basierte, jedoch auch eine solide Basis in der Hautpflege besaß, und die sich in den Mastige-Markt bewegt hatte – das heißt, in den Massenmarkt mit Prestige –, aber das wissen Sie ja alles selbst. Leider wurde sie von der Konkurrenz überholt und konnte nicht mit den Trends mithalten.

Doch wir haben auch Stärken«, fuhr sie fort. »Wir können auf eine wunderbare Tradition zurückblicken, was wir leider bisher nicht ausreichend genutzt haben, auf eine Tradition von sechzig Jahren – ich brauche Ihnen nicht zu erklären, wie wichtig das im kommenden Jahr, dem Jahr des diamantenen Thronjubiläums der Königin, sein wird –, eine Tradition voll von erstaunlichen Geschichten und beeindruckenden Kontakten. Auf eine Tradition der Qualität, die wir ebenfalls nicht nutzen. Und wir haben einige wunderbare Produkte, deren Krönung The Cream ist.

Überdies steht uns ein Archiv zur Verfügung, für das unsere neueren Konkurrenten viel geben würden, Fotos der elegantesten Damen der Gesellschaft in unserem Geschäft in der Berkeley Arcade, Dankesbriefe von Models und Schauspielerinnen sowie eben jenen Damen, eine Gründerin, die noch immer aufs Wunderbarste mit und für uns arbeitet und die besten Kontakte und viele Auszeichnungen vorzuweisen hat, darunter einen MBE, und nicht zu vergessen The Shop. Ich glaube, nein, ich *weiß*, dass wir all das und noch viel mehr nutzen können, um das Haus Farrell wieder an seinen angestammten Platz zurückzuführen.«

Sie schenkte den Anwesenden ein Lächeln. Die Mitglieder der Familie nickten herablassend und halbwegs wohlwollend; fürs Erste schien sie sie auf ihrer Seite zu haben. Doch ...

»Allerdings muss ich Ihnen auch die negativen Seiten präsentieren«, verkündete Bianca und stürzte sich auf die Zahlen, die rückläufigen Umsätze, die steigenden Kosten, die Verschwendung, den Mangel an kompetentem Personal.

»Und nun möchte ich die Organisation des neuen Unternehmens vorstellen.« Dies war eine der Situationen, in denen sie spürte, wie abhängig der Erfolg von ihr und ihren Fähigkeiten war. Sie spürte, wie die Furcht sie zu übermannen drohte, doch dann war das Adrenalin stärker. Nun kam ihre große Stunde.

»Mrs Bailey ...«

»Ja, Lady Farrell?«

»Dies ist *kein* neues Unternehmen, darauf bestehen wir, die Familie.«

»Sie müssen entschuldigen, Lady Farrell. Vielleicht hätte ich ›des neu *strukturierten* Unternehmens‹ sagen sollen.«

»Vielleicht.«

»Tut mir leid. Ich würde nun gern die Organisation des ... neu strukturierten Unternehmens präsentieren. Jede Vision basiert auf den bestmöglichen Mitarbeitern, besonders auf der Ebene des Managements, und auf den Berichten.«

»Berichte? Was für Berichte?«, fragte Athina.

»Einfach ausgedrückt geht es dabei darum, wer wem Rechenschaft schuldig ist.«

»Verstehe. Fahren Sie fort.«

»Danke, Lady Farrell. Wir benötigen eine neue Marketingleitung – ich habe da eine exzellente Kandidatin, der Sie hoffentlich zustimmen werden –, außerdem einen Verkaufsleiter, der mit dem der Marketingabteilung Hand in Hand arbeitet, welche beide direkt mir unterstehen. Außerdem erachte ich einen Wechsel der Werbeagentur als dringend erforderlich ...«

»Mrs Bailey?«

»Ja, Lady Farrell?«

»Langland Dennis & Colborne arbeiten seit der Gründung des Hauses Farrell ausgesprochen effizient und loyal für uns. Warum wollen Sie sie durch eine unerprobte Agentur ersetzen?«

»Lady Farrell, die Marke muss einer drastischen Veränderung unterzogen werden, und das sollte die Werbeagentur begreifen. Ich habe nicht den Eindruck, dass die gegenwärtige in puncto moderne Medien auf dem Laufenden ist, aber selbstverständlich würde ich sie bitten, sich genauso zu bewerben wie alle anderen Agenturen, die wir in Betracht ziehen. Wenn ich nun fortfahren dürfte?

Im Wesentlichen brauchen wir einen neuen Personalchef, da Caroline Johnson ja gekündigt hat. Meine Ideen dazu werde ich bei anderer Gelegenheit vorstellen. Und selbstverständlich benötigen wir einen Leiter der EDV-Abteilung. Außerdem spiele ich mit dem Gedanken, die Produktentwicklung extern zu vergeben. Auf das Labor können wir möglicherweise verzichten, sobald wir einen Organisator der Produktentwicklung gefunden haben.«

Papiergeraschel von Lady Farrell, bevor sie über die Probleme zu sprechen begann, die sich ihrer Ansicht nach durch eine Überwachung aus der Distanz ergaben. Bianca entkräftete ihre Einwände elegant. Daraufhin kramte Lady Farrell ein Notizbuch und einen goldenen Drehbleistift aus ihrer Handtasche und machte sich eine ausführliche Notiz, die sie Bertie über den Tisch hinschob. Ein meisterliches Beispiel dafür, wie man die Aufmerksamkeit auf sich zog. Bianca wartete, bis sie fertig war, und lächelte sie an, bevor sie sich räusperte.

»Außerdem schlage ich vor, der Stellung der PR-Chefin größere Bedeutung beizumessen und Susie Harding zur Leiterin der PR-Abteilung zu ernennen.«

»Tut mir leid, aber da kann ich nicht zustimmen«, erklärte Athina und erhob sich. »Miss Hardings Arbeit lässt zu wünschen übrig, sie hat keinerlei Qualitäts- oder Klassenbewusstsein und pflegt beruflich Umgang mit seltsamen Leuten – diesen *Bloggern* –, und außerdem fehlt ihr jede Achtung vor unserer Tradition.«

»Lady Farrell, wenn ich mich dem Punkt zuwende, wie ich das Haus Farrell sehe und wie es sich künftig präsentieren soll, wird hoffentlich klar werden, dass Susie durchaus vertraut ist mit dem hochklassigen, prestigeträchtigen Haus Farrell und dass sie genauso hohe Ziele dafür anstrebt wie Sie. Ich hätte noch andere Vorschläge hinsichtlich des Personals, die ich Ihnen gern unterbreiten würde, aber dabei handelt es sich nur um Grundzüge, die noch detaillierter diskutiert werden müssten. Besonders geht es um die Zukunft der Verkaufsberaterinnen.«

»Wir sind schon sehr gespannt auf Ihre Ideen«, sagte Athina so unhöflich, dass sogar Bianca zusammenzuckte.

Peter Warren schaltete sich ein: »Lady Farrell, ich würde vorschlagen, dass wir uns ohne weitere Unterbrechungen anhören, was Bianca zu sagen hat. Ich kann gut nachvollziehen, dass Sie einige ihrer Ausführungen unangenehm finden, aber ihr liegt die Weiterentwicklung des Unternehmens am Herzen, das darf ich Ihnen im Namen der gesamten Geschäftsleitung versichern.«

Er bedachte zuerst die anderen Anwesenden, dann Athina mit einem Lächeln. Sein Charme schien sie zu besänftigen. Dies war einmal ein richtiger Mann, der sich auskannte und sich zu benehmen wusste, sagte ihr frostiges Lächeln in seine Richtung und das kurze Nicken in die von Bianca.

Bianca holte tief Luft und fuhr fort. Nun war sie an dem Punkt ihrer Präsentation angelangt, an dem sie die Familie überzeugen musste. Dies war der Teil, gegen den sie die stärksten Einwände haben würde; hier musste sie sie für sich gewinnen, sonst würde sie sie für immer verlieren, und damit auch die Hoffnung auf eine gedeihliche Zusammenarbeit.

»Es gibt so viel Gutes im Haus Farrell«, hob sie an, »und meine Vision für die Zukunft beruht genau darauf.

Als Erstes würde ich gern aufzählen, was wir nicht können. Wir können uns nicht mit Mac, Brandon oder Bobbie Brown messen. Dafür besitzen wir weder das Budget noch die Fähigkeit. Neue Make-up-Produkte auf den Markt zu bringen, ist heutzutage sehr komplex. Es geht nicht mehr nur um die Farbe allein, sie muss auch noch anderes bewirken: Lippenstifte müssen die Lippen voller erscheinen lassen, Lidschatten müssen zarte Haut pflegen – Sie wissen das alles. In der Hautpflege hingegen haben wir nach wie vor ein Wörtchen mitzureden, hauptsächlich dank The Cream, und darauf, denke ich, sollten wir aufbauen. Ich hätte da einige Ideen für ein neues Konzept ...«

»Mrs Bailey«, fiel Athina ihr ins Wort und stand erneut auf, »The Cream ist unser bestes Produkt. Daran etwas zu verändern, wäre Wahnsinn.«

»Lady Farrell, ich habe nicht die Absicht, etwas an The Cream zu verändern, ich möchte lediglich die Produktpalette erweitern. Natürlich haben wir keine Forschungseinrichtungen, die sich mit denen von L'Oréal oder Lauder messen könnten ...«

»Und Ihre Lösung für das Problem ist, unser Labor ganz zu schließen?«, fragte Athina mit bebender Stimme. »Ich muss wirklich sagen, einen Großteil dessen, was Sie da vorschlagen, halte ich für kompletten Irrsinn.«

»Lady Farrell, bitte lassen Sie mich ausreden. Selbstverständlich werden wir nach wie vor ein Labor haben, und zwar ein sehr viel kreativeres als das gegenwärtige.«

Sie sahen einander an, Athina mit funkelnden Augen und geröteten Wangen, Bianca mit kühler Geduld darauf wartend, dass sie fortfahren konnte. Am Ende setzte Athina sich wieder.

»Danke«, sagte Bianca. »Was also bleibt uns?«

Lady Farrell murmelte »Ja, was?«, während Caroline Johnson seufzend die Augenbrauen in Richtung ihrer Mutter hob und Bertie

Farrell verlegen Bianca zulächelte, worauf er sich einen mörderischen Blick von seiner Mutter einhandelte.

Hugh Bradford und Mike Russell verfolgten das Ganze gelassen.

Bianca Bailey nahm einen großen Schluck Wasser, ging ans andere Ende des Tischs und begann ohne technische Hilfsmittel leidenschaftlicher als zuvor zu sprechen.

Denn da war der Gesamtplan, der detaillierte Plan, der Finanzplan – und der tatsächliche Plan. Der Schlüsselgedanke, der allem einen Sinn gab, es zum Leben erweckte, ihm Form verlieh. Jedes Mal fürchtete sie, dass dieser Schlüsselgedanke sich nicht einstellen würde, obwohl sie wusste, dass er immer irgendwann auftauchte. Und wieder einmal fand sie ihre Alchemie, wie eine Journalistin es einmal genannt hatte. Was für ein hochtrabendes Wort für diese so wichtige pragmatische Fähigkeit, die sie besaß. Diese Alchemie musste eine Menge können: Sie musste die Fantasie anregen, Vertrauen und Achtung erwecken, die Belegschaft einen, Investoren überzeugen – und vor allen Dingen: Geld generieren.

Bianca holte tief Luft. »Das führt mich zu dem, was wir meiner Meinung nach tun müssen, und was ich ziemlich aufregend finde.«

Sie präsentierte ihnen das Bild einer Marke, die sich aus sich selbst heraus erneuerte – einer kleinen, exklusiven Produktpalette mit jüngerem, modernerem Image, jedoch nach wie vor mit der Klasse, Qualität und Eleganz, die seit jeher ihre größte Stärken waren.

»Diese Produktpalette soll parallel zu der ursprünglichen an den Ständen angeboten werden. Sie wird die Werbung beherrschen und sozusagen als Botschafterin für alles andere fungieren. Neue Kundinnen werden sie entdecken, ausprobieren, Kundinnen, die zuvor nicht beim Haus Farrell gelandet wären oder sich davon abgewandt hatten. Die Verpackung wird im vertrauten Stil gehalten sein, jedoch klarer, moderner und luxuriöser. Ich hatte gehofft, Ihnen heute bereits eine Lösung präsentieren zu können, aber im Moment bin ich mit den Vorschlägen noch nicht zufrieden. Sobald ich einen befriedigenden Entwurf habe, zeige ich ihn Ihnen.

Doch da ist mehr, viel mehr. Wir können uns glücklich schätzen, dass das Luxussegment in dieser Zeit der immer schneller wechselnden Moden sich nach wie vor an der Vergangenheit orientiert. Noch nie hat Nostalgie eine wichtigere Rolle gespielt, weil sie in einer unsicheren Welt ein Gefühl der Sicherheit und Qualität vermittelt. Und neben den Diors und Chanels und Ralph Laurens gibt es durchaus auch große englische Klassiker, die es in die Gegenwart geschafft haben und sich auf ihren früheren Ruhm berufen: die Modehäuser: Burberry, Mulberry, Pringle; die Kaufhäuser: Selfridges, Harvey Nichols; die Hotels: Savoy, Claridges und Ritz. Ich habe Ähnliches für das Haus Farrell vor; es wird eine Marke für heute und morgen sein, deren Stärke sich aus der Tradition speist.

Extrem teure Werbekampagnen können wir uns nicht leisten, aber die neuen Waffen, die uns zur Verfügung stehen, die sozialen Medien, besitzen unglaubliche Macht. Vorausgesetzt, wir haben genug Interessantes und Neues zu sagen – und das haben wir –, glaube ich, dass sich unser neuer Marktauftritt mit einer Geschwindigkeit herumsprechen wird, von der wir bisher nur träumen konnten.

Und nun möchte ich mich The Shop zuwenden ...« Sie hielt inne, sah Florence an, die sich ganz offensichtlich auf den Todesstoß vorbereitete, und nickte ihr zu. »The Shop ist unser Juwel in der Berkeley Arcade, im Herzen des eleganten, exklusiven London, nur einen Katzensprung von der Bond Street entfernt.« Sie blickte sich lächelnd um. »Ich habe beschlossen, weitere dieser kleinen Juwelen in anderen großen Shoppingcentren der Welt einzurichten, Ebenbilder des ersten in der Berkeley Arcade. Wir müssten sie behutsam aufbauen – so etwas ist nicht billig –, zuerst in Paris und dann möglicherweise in Mailand. Diese winzigen Schmuckstücke werden der Welt zeigen, wer wir sind. Exklusiv, wunderschön, luxuriös – und einzigartig. Sie werden unser Gegenstück zu Elizabeth Ardens Salons mit den roten Türen sein. Sie können durchaus klein sein, sollten es sogar, edel und intim, Orte, an denen man die Produkte nicht nur kauft, sondern sich auch eine exklusive, luxuriöse

Behandlung gönnen kann. Sie werden unser Markenzeichen sein, die Richtung vorgeben. Ich möchte, dass die Verpackung, die Werbung, einfach alles, ihren Stil spiegelt.«

Sie sah, dass sich die Wangen von Florence gerötet hatten und ihre Augen glänzten, und das Lächeln, mit dem sie Bianca bedachte, zeugte von Erregung und Erleichterung gleichermaßen.

»Schließlich«, sagte Bianca und erwiderte ihr Lächeln, »haben wir nächstes Jahr zwei große nationale Ereignisse, die wir für uns nutzen können: die Olympischen Spiele, die dafür sorgen werden, dass die Welt auf dieses Land blickt, und, noch wichtiger, das diamantene Thronjubiläum. Das Haus Farrell wurde im Krönungsjahr der Königin gegründet. Wie gut trifft es sich da, dass es sich pünktlich zu ihrem diamantenen Thronjubiläum neu erfinden kann, im Geist der Freude und des Stolzes auf unser Land und seine Tradition. Die gesamte Kosmetikwelt wird voller Neid auf uns blicken.« Sie schwieg eine Weile, bevor sie schloss: »Das wäre fürs Erste alles, was ich sagen wollte.«

Schweigen. Doch Bianca wusste, dass sie es geschafft hatte. Sie hatte ihre Begeisterung geweckt, ihnen ihre Vision nahegebracht und sie davon überzeugt. Sogar Athinas Blick war aufmerksam und fasziniert auf sie gerichtet. Und auf Mikes und Hughs Gesicht sah sie den leicht selbstgefälligen Ausdruck, den sie von anderen Präsentationen kannte, wenn sie ihre Ideen packend vorgetragen hatte: Wir haben sie gut ausgesucht, sagte dieser Ausdruck, wir haben sie entdeckt.

Die Idee mit The Shop, das wusste Bianca, war genial. Als ihr dieser Geistesblitz gekommen war, hatte sie sich fast an ihrer abendlichen heißen Schokolade verschluckt. Und danach hatte sie nicht schlafen können, weil sie sich eine ganze Reihe von solchen Geschäften vorstellte, sozusagen einen Juwelengürtel um die Welt, in den großen Städten, die das neue Image des Hauses Farrell prägten und im Bewusstsein der Kundinnen verankerten und es in seiner einzigartigen Qualität repräsentierten …

Vierzehn

»Wow!«, rief Susie Harding am Montagmorgen aus, als sie Biancas Pläne für die künftige Gestaltung der Marke Farrell hörte. »Das klingt toll. Genau das, was ich auch machen würde. Geniales Konzept, Bianca, die Presse wird ganz heiß drauf sein! Diese Sache mit der englischen Tradition und der Marke innerhalb der Marke, nicht nur wieder ein x-beliebiger Relaunch vom alten Kram. Gott, ist das aufregend! Und die Shops, und das alles im Jahr der Jahre ...«

»Ja, das passt gerade gut«, pflichtete Bianca ihr schmunzelnd bei. »Dafür habe ich natürlich nicht persönlich gesorgt. Aber es freut mich, dass Sie glauben, es könnte funktionieren, zumindest bei der Presse.«

»Bestimmt. Allerdings müssen wir in die Gänge kommen: Bis zum Thronjubiläum sind's nur noch fünfzehn Monate.«

»Ja, und in der Zeit muss ich so schnell wie möglich einen genialen Chemiker und einen ebenso genialen Typen für die Verpackungsentwürfe finden, eine Marketing- und Werbekampagne mit durchschlagender Wirkung auf die Beine stellen und einen Verkaufsleiter aus dem Hut zaubern, der Eskimos nicht nur Kühlschränke, sondern sogar Tiefkühltruhen andrehen könnte.«

»Dazu vielleicht noch eine Palette Sonnenschutzmittel?«, fügte Susie hinzu. »Ich kann's gar nicht erwarten, dass wir anfangen.«

»Gut«, sagte Bianca. »Deshalb habe ich jetzt noch eine andere Neuigkeit für Sie ...«

Wahnsinn!, simste Susie an Henk, *sie hat mich grade zur sch...ß PR-Chefin ernannt!*

Am Montagvormittag erhielt Lara Clements eine E-Mail, in der man ihr die Stelle als Leiterin der Marketingabteilung im Haus Farrell anbot. Lawrence Ford wurde ins Büro von Bianca beordert, Florence Hamilton gefragt, ob es ihr passen würde, wenn Mrs Bailey um vier Uhr nachmittags in die Arkade kommen würde, und Lady Farrell verließ Mrs Baileys Büro wutschnaubend, nachdem man ihr gesagt hatte, dass man Marjorie Dawson keinesfalls weiter beschäftigen könne. Langland Dennis & Colborne wurden informiert, dass sie sich nicht als einzige Agentur um die neue Werbekampagne bewerben würden, Mike Russell schlug eine Reihe von Personalagenturen vor, die möglicherweise in der Lage waren, den neuen Finanzdirektor für das Haus Farrell zu finden, und gerade wurde Bertie von Jemima in Biancas Büro geführt …

»Mädchen, wie ich euch bereits vor den Ferien mitgeteilt habe, bekommt ihr eine neue Klassenkameradin – sie heißt Carey Mapleton.« Gillian Sutherlands ungeschminktes Gesicht hellte sich vorübergehend auf, als sie ihre Schutzbefohlene nach vorn schob. »Bestimmt werdet ihr euch bemühen, Carey freundlich zu empfangen – es ist nicht leicht, mitten im Jahr in einer neuen Schule anzufangen. Carey, du wirst dir nicht gleich alle Namen merken können, also lassen wir es langsam angehen. Ich vertraue dich erst einmal Emily Bailey und Grace Donaldson an. Sie zeigen dir, wo alles ist, und stellen dich den anderen in der Klasse vor. Emily und Grace, würdet ihr Carey jetzt bitte in die Aula begleiten?«

Milly begrüßte Carey mit einem Lächeln und trat mit Grace vor, um ihr und der Klasse in die Aula voranzugehen. Carey war sehr hübsch, klein, aber mit schönen Rundungen ausgestattet, hatte kastanienbraunes Haar und riesige braune Augen, und sie wirkte nervös. Als sie ihre Plätze in der Aula einnahmen, spürte Milly sie neben sich zittern. Die Arme, dachte sie und lächelte ihr noch einmal aufmunternd zu. Sie schien sehr schüchtern zu sein. Milly nahm sich vor, sie bald zum Tee einzuladen.

»Also«, sagte Bianca und sah Bertie über den Schreibtisch hinweg an. »Ich will gleich zur Sache kommen. Wir wissen beide, dass die Stelle des Finanzdirektors für Sie nicht ideal ist.«

»Ja … ja, das stimmt wohl.«

»Ich habe bereits mit einer Reihe von Headhuntern gesprochen.«

Das war's also. Er würde die Arbeit verlieren, die er die vergangenen zwanzig Jahre verrichtet hatte, den Job, den er, das wurde ihm bei jeder Konferenz der Geschäftsleitung klar, nur mangelhaft bewältigte.

»Aber Sie möchte ich behalten.«

»Wie bitte?«

»Ich habe gesagt, Sie wollen wir behalten. Ich bin der Ansicht, dass Sie diesem Unternehmen ziemlich viel zu bieten haben, weswegen ich Sie fragen möchte, ob Sie bereit wären, ein Angebot anzunehmen, das auf den ersten Blick wie eine Zurückstufung wirken könnte.«

O Gott. Sie würde ihm irgendeinen grässlichen Alibijob geben. Würde er damit zurechtkommen? Damit, dass alle ihn wie ein rohes Ei behandeln würden?

»Das hängt natürlich davon ab, worum es sich handelt«, antwortete er. »Selbstverständlich würde ich versuchen, das Positive daran zu sehen.«

»Bertie, könnten Sie sich vorstellen, Personalchef zu werden? Ich könnte das Gehalt Ihrem gegenwärtigen angleichen.«

Bertie sah sie mit großen Augen an. »Bianca, ich habe keine Ahnung vom Personalwesen. Das ist sehr freundlich von Ihnen, aber …«

»Bertie, Freundlichkeit kann ich mir nicht leisten, und mir ist klar, dass Sie nichts über die *Theorie* des Personalwesens wissen, aber Sie haben ein Händchen dafür, wer sich für welche Tätigkeit eignet. Natürlich genügt das allein nicht, doch es wäre die Grundlage.«

»Ja, aber …«

»Wer hat mir Jemima empfohlen, die Person, die mir das Leben hier erleichtert? Und wer wusste, dass sie das können würde? Wer hat Lara Clements an Land gezogen und wusste, dass sie ins Team passen, die Richtige für den Job sein und dass ich mit ihr harmonieren würde? *Sie*, Bertie. Ich finde, Sie haben einen sehr guten Instinkt für Menschen. Ich habe beobachtet, dass alle sich immer freuen, Sie zu sehen, und Ihnen gern Dinge erzählen, dass sogar die Sekretärinnen und die Marketingassistenten mit ihren Problemen zu Ihnen kommen – ich weiß einfach, dass es einen Versuch wert ist.«

Bertie fragte sich, warum Biancas Gesicht plötzlich verschwamm, bis er voller Schrecken merkte, dass er ob des Lobs zu weinen begonnen hatte. Anerkennung war er nicht gewöhnt. Er zog ein Taschentuch heraus und putzte sich die Nase.

Bianca, die seine Verlegenheit bemerkte, begann, in einer Mappe auf ihrem Schreibtisch zu blättern.

»Uns stehen ein paar sehr heikle Personalentscheidungen ins Haus«, bemerkte sie schließlich, »zum Beispiel die Sache mit Marjorie Dawson, der Ihre Mutter leider übereilt Zusicherungen gemacht hat und deren Mann behindert ist. Was soll ich nur mit ihr machen? Ich habe wirklich Mitleid mit ihr, doch wir werden die Verkaufsberaterinnen in der gegenwärtigen Form nicht mehr brauchen, und offen gestanden sehe ich auch bei den wenigsten einen Verlust.«

»Da stimme ich Ihnen zu, aber Marjorie ist besser als die anderen. Ich hätte da eine Idee ...«

»Und die wäre?«

»Francine de la Croix, unsere Kosmetikerin in der Arkade, ist schon ein bisschen über dem Verfallsdatum ...«

»Tut mir leid, Bertie, doch diejenige, die Francine ablösen soll, wird unsere Hauptrepräsentantin sein. Sie muss jung, elegant und stilsicher sein – und all das ist Marjorie nicht, auch wenn ich sie sehr nett finde.«

»Verstehe. Und wie wär's mit Florence?«

»Florence ist ein Geschenk des Himmels. Sie ist unser Bindeglied zwischen Vergangenheit und Zukunft, und obwohl sie nicht mehr ganz jung ist, wirkt sie doch nicht alt. Außerdem hat sie Eleganz und Stil. Wie Ihre Mutter. Die beiden haben so viel zu bieten, sie sind unschätzbare Quellen des Wissens, der Erfahrung, sie besitzen Instinkt und Glamour. Ich hoffe nur, dass ...« Bianca verstummte.

Bertie sah sie an. »Man kann nie wissen, wie meine Mutter reagiert. Darf ich offen sein?«

»Bertie, wir haben keine Zeit für Heimlichtuerei. Raus mit der Sprache.«

»Ich frage mich, ob es klug ist, mit so wenigen Verkaufsberaterinnen zu arbeiten. Sie geben uns wertvolle Informationen über unsere Kundinnen.«

»Leider können wir sie uns schlichtweg nicht leisten. Wir werden eine vernünftige Lösung finden müssen. Vielleicht können Sie uns auch dabei helfen. Und würden Sie mich bitte nicht länger auf die Folter spannen und mein Jobangebot annehmen?«

»Mrs Bailey« – Bertie erhob sich lächelnd und streckte ihr die Hand hin –, »mit Vergnügen. Ich werde mein Möglichstes tun, um Ihr Vertrauen, das meiner Ansicht nach jeder Grundlage entbehrt, zu rechtfertigen.«

»Das freut mich sehr.«

Erst in seinem eigenen Büro wurde Bertie bewusst, dass er die frühere Stelle von Caro übernehmen und welche Folgen das für ihn haben würde.

»Hallo, Florence. Darf ich reinkommen?«

»Bitte gern«, antwortete Florence, die hinter der Verkaufstheke stand, Bianca lächelnd. »Darf ich Ihnen eine Tasse Tee anbieten? Wir haben gerade nicht allzu viel zu tun, und außerdem ist Francine ja da. Sie hat nur wenige Kundinnen und kommt herunter, wenn Not am Mann ist. Ich kann Ihnen gar nicht sagen, wie aufregend ich Ihre Pläne für den Shop finde.« Sie schwieg kurz. Athina war nicht die Einzige, die sich Gedanken machte, ob sie ersetzt werden würde. Schließlich ging es bei Tradition nicht nur um die Vergangenheit, sondern auch um die Zukunft. Und nicht einmal der größte Optimist würde jemanden ihres Alters damit in Verbindung bringen.

Florence war entschlossen, ruhig zu bleiben. Wenn sie ihren Job verlor, war das schrecklich, das Ende einer Ära und eines ganzen Lebens, doch sie hatte dieses Leben immer nach ihren eigenen strengen Regeln geführt, und eine davon lautete, niemals viel Aufhebens um irgendetwas zu machen.

»Setzen Sie sich doch«, sagte sie zu Bianca und führte sie in den Salon.

Florence bereitete den Tee zu, goss ihn in die feinen Porzellantassen, die Cornelius unbedingt für die Küche gewollt hatte, und setzte sich kerzengerade auf ihren Stuhl.

Sie sah Bianca in die Augen. »Sie sind vermutlich nicht hier, um sich mit mir übers Wetter zu unterhalten.«

»Ich hab mich noch mal mit Saul Finlayson getroffen«, erzählte Patrick.

Bianca klappte ihren iPad zu. Das bevorstehende Gespräch würde ihre volle Aufmerksamkeit erfordern.

»Und?«

»Er hat sich meine Fragen und Bedenken geduldig angehört. Ich glaube, ich möchte sein Angebot annehmen.«

Ihr Herz setzte einen Schlag aus. Bis zu diesem Moment war ihr nicht bewusst gewesen, wie sehr die Sache mit Finlayson sie beschäftigte.

»Er schwört Stein und Bein, dass ich keine mörderischen Arbeitszeiten haben werde wie er. Ich kann allein und in meinem eigenen Tempo arbeiten und muss ihm erst Bericht erstatten, wenn ich fertig bin.«

»Gut.« Gleichzeitig dachte sie: Können Schweine fliegen? Kann Wasser bergan fließen?

»Und er ist ein richtig netter Kerl, trotz seines Erfolgs. Du bist ihm nur kurz begegnet, aber mit der Zeit wirst du ihn bestimmt mögen.«

»Schatz, ich habe nichts gegen ihn. Ich will nur sicher sein, dass dir klar ist, worauf du dich einlässt.«

»Ich glaube, das weiß ich. So eine Chance kriege ich nie wieder. Also – wenn du mir deinen Segen gibst, sage ich ihm zu.«

Sie hatte immer noch Bedenken, sah jedoch, dass es sinnlos und auch unklug gewesen wäre, ihn von seinem Vorhaben abbringen zu wollen. Er wünschte sich diesen Job so sehr, dass er zutiefst unglücklich werden würde, wenn er ihn nicht annähme. Allerdings ging er ein großes Risiko ein. Seine Selbstachtung, ja, seine ganze Zukunft, standen auf dem Spiel. Und – nein, mit dem »und« setzte sie sich lieber nicht auseinander. Sie würden die Sache gemeinsam angehen.

Trotzdem beschlich sie, während sie Patrick anlächelte und ihm erklärte, dass er natürlich zusagen müsse, dass sie sich sehr für ihn freue, ein ungutes Gefühl, wie sie es sonst kaum kannte.

»Du hast das Angebot angenommen?«

»Ja.«

»Etwas Absurderes habe ich noch nie gehört. Wie kommst du darauf, du könntest das schaffen?«

»Keine Ahnung. Aber es war auch nicht meine Idee, sondern ihre.«

»Hast du es Caro schon gesagt?«

»Nein. Ich wollte zuerst mit dir darüber reden. Sie hat den Job freiwillig aufgegeben. Bianca hat sie nicht meinetwegen gefeuert.«

Athina dachte über seine Worte nach. »Das stimmt. Bertie, ich weiß wirklich nicht, was gerade mit diesem Unternehmen geschieht. Es scheint in die Fänge einer Wahnsinnigen geraten zu sein.«

»Danke, Mutter«, sagte Bertie in einem seltenen Anflug von Aufmüpfigkeit, »danke für dein Vertrauen.«

Am Ende entschied Bertie sich für den feigen Weg und rief Caro an. Wie nicht anders zu erwarten schwieg sie eine ganze Weile, bevor sie mit eisiger Stimme sagte: »Gratuliere, Bertie. Es ist ein grässlicher Job, deswegen habe ich ihn ja hingeschmissen. Ich wünsche dir viel Glück dabei, auch wenn ich nicht glaube, dass er dir viel Spaß machen wird. Außerdem wirst du unter Bianca Bailey kaum Entscheidungsfreiheit haben. Sie muss in allem ihren Kopf durchsetzen.«

»Das kann ich so nicht bestätigen«, widersprach Bertie.

»Weil du noch nie unter ihr gearbeitet hast … Und wer übernimmt deine bisherigen Aufgaben? Vermutlich jemand, der in puncto moderne Buchhaltung auf dem Laufenden ist.«

»Ja, vermutlich«, pflichtete Bertie ihr bei.

Nach dem Telefonat verließ er, weil er frische Luft brauchte, sein Büro und ging die Treppe hinunter. Lara Clements kam ihm entgegen.

»Hallo, Bertie. Ich wollte Sie schon anrufen, um mich bei Ihnen zu bedanken, dass ich den Job bekommen habe. Mit Sicherheit hatten Sie da Ihre Finger im Spiel. Ich bin ganz aus dem Häuschen.«

»Keine Ursache. Das war keine große Sache«, versicherte Bertie ihr, der spürte, wie er rot wurde. »Ich freue mich sehr, dass Sie bei uns anfangen.«

»Ich auch. Zum Dank würde ich Sie gerne irgendwann mal auf einen Drink einladen. Ich schicke Ihnen eine Mail mit Terminvorschlägen.«

Sie verabschiedete sich mit einem Lächeln von ihm und setzte ihren Weg nach oben fort. Bertie gingen zwei Gedanken durch den Kopf: Erstens, dass er sie mit ihrer zierlichen Figur und der erstaunlichen Haarfarbe – erdbeerblond nannte man das wohl – ziemlich attraktiv fand. Zweitens fragte er sich, wie jemand auf so schwindelerregend hohen Pfennigabsätzen laufen konnte. Er sah ihr schmunzelnd und erfreut darüber nach, dass sein Leben Tag für Tag besser zu werden schien.

Fünfzehn

Milly starrte sie wieder und wieder ungläubig an. Sie war mit der Post gekommen, eine richtig tolle Einladung, eine weiße Karte mit einer kleinen goldenen Krone und schwarz-weißer verschlungener Schrift: *Einladung zur Hochzeit von Prinz William von Wales und Miss Catherine Middleton am 29. April 2011.* Als ihr Blick weiter nach unten wanderte, entdeckte sie in etwas kleinerer Schrift: *Auf dem privaten Flachbildschirm von Miss Carey Mapleton, The Boltons, London, SW3 um 10:30 Uhr. Nach der Trauung wird ein Hochzeitsessen serviert, danach Zusammenfassung der Highlights sowie Disco. Elegante Kleidung. U. A. w. g.*

In der Schule traf sie die halbe Klasse in ähnlicher Erregung an. Alle diskutierten aufgeregt, was sie anziehen sollten, ob ihre Mütter ihnen erlauben würden, sich etwas Neues zu kaufen, und wie gemein es wäre, wenn nicht. Die Mädchen, die keine Karte erhalten hatten, taten niedergeschlagen so, als wären sie mit anderen Dingen beschäftigt.

Obwohl Milly stolz war, sich in der richtigen Gruppe zu befinden, sagte eine innere Stimme ihr, dass sie, wenn sie neu in der Klasse gewesen wäre wie Carey, entweder alle oder nur die zwei oder drei Mädchen eingeladen hätte, mit denen sie tatsächlich befreundet war. Die Auswahl erschien ihr etwas willkürlich.

Susie hatte vorgehabt, an jenem Tag richtig glamourös auszusehen und sich wahnsinnig cool zu geben. Bianca hatte sie gebeten, bei der Auswahl einer neuen Werbeagentur mitzuhelfen.

»Ich fände es unsinnig, PR und Werbekampagne nicht gemeinsam anzuleiern. Lara Clements wird auch da sein.«

Was Susie zu besonderem Ehrgeiz hinsichtlich ihres Auftritts anspornte.

Dies war das erste Treffen mit einer der Agenturen auf Biancas Liste, es handelte sich sozusagen um eine Wild Card: Flynn Marchant bestand aus einer Gruppe von zwanzig jungen Werbeleuten, die Bianca durch eine ausgesprochen clevere Kampagne für Haarpflegeprodukte aufgefallen waren. Sie hatten sich sehr über ihre E-Mail gefreut und geantwortet, dass sie gern bei ihr vorbeischauen würden, um, wie Tod Marchant es ausdrückte, »festzustellen, ob die Chemie stimmt«. Denn sonst, so seine Worte, »brauchen wir gar nicht anzufangen«.

Bianca hatte der Gedanke gefallen.

Am Tag des Treffens stand Susie früh auf, zum Teil, um genug Zeit für Haare und Make-up zu haben, zum Teil jedoch auch, um noch Radio hören zu können – Bianca legte Wert darauf, dass ihre Mitarbeiter über die aktuellen Ereignisse, besonders über Politik, informiert waren, und sagte, sie seien genauso wichtig wie die Mode, wenn es darum gehe, etwas zu verkaufen.

Als Susie leise aus dem Bett kroch, versuchte Henk verschlafen, sie zurückzuziehen.

»Baby, was ist denn los? Es ist doch erst sechs.«

»Nein, halb sieben«, widersprach Susie. »Ich habe heute früh eine Besprechung.«

»Scheiß drauf. Ich hasse es, allein im Bett zu liegen. Und weißt du was? Wenn ich mich ein bisschen anstrenge, könnte ich durchaus auf Touren kommen ...«

»Freut mich zu hören, Henk, doch das muss warten«, entgegnete Susie.

»Das hast du gestern Abend auch gesagt«, quengelte er.

»Tut mir leid, aber es gibt noch andere Dinge im Leben, und

heute ist ein ganz normaler Arbeitstag. Ich habe einen Job, muss Geld verdienen, okay?«

»Wie könnte ich das vergessen? Du erinnerst mich doch jeden Tag daran, dass du die Kohle verdienst, dass ich dir auf der Tasche liege und den ganzen Tag bloß Däumchen drehe.«

»Soll ich dich an noch mehr Dinge erinnern? Im letzten Monat hast du mindestens drei Jobangebote ausgeschlagen, die deiner Ansicht nach scheiße waren. Es wundert mich, dass die Agentur dich noch behält. Meinst du, mir macht meine Arbeit immer Spaß? Schlaf weiter oder steh auf, aber lass mich in Ruhe. Okay?«

Er setzte sich im Bett auf und sah sie wütend an.

»Geht in deinen dummen Schädel eigentlich rein, dass ich mich die meisten Tage abmühe, die richtige Arbeit zu finden, den perfekten Moment zu erwischen, dass ich mich weiterbilde und meine Qualifikationen ausbaue? Und ermutigst du mich? Nein. Ich hör dich bloß jammern, ich hätte einkaufen oder das Bett machen können ...«

»Henk, ich hab dir doch gesagt, dass ich jetzt keine Zeit für solche Diskussionen habe!«

Doch wieder einmal spürte sie diese nur zu vertraute Panik in sich aufsteigen. Es war immer das Gleiche: Sie war wütend auf Henk, ärgerte sich über ihn, und dann, wenn sie ihn zu verlieren fürchtete, bekam sie Panik, ohne zu wissen, warum. Sie liebte ihn nicht, da war sie sich sicher, manchmal war sie sich nicht einmal im Klaren, ob sie ihn überhaupt *mochte*. Wahrscheinlich lag es daran, dass sie zu lange allein gewesen war und wusste, wie düster und freudlos das sein konnte. Aber es war absurd, sich so tyrannisieren zu lassen. Und tyrannisiert wurde sie, daran bestand kein Zweifel.

»Tut mir leid, Henk«, sagte sie und schob die Hand weg, die er wieder nach ihr ausstreckte, um ihre Brüste unterm Morgenmantel zu streicheln, »aber ich hab wirklich keine Zeit dafür. Wir sehen uns heute Abend.«

»Frigide Schlampe«, beschimpfte er sie und sah sie so hasserfüllt an, dass es ihr kalt den Rücken hinunterlief. »So kann das nicht weitergehen. Das ist für mich echt keine Beziehung, Susie.«

»Henk, bitte. Versteh doch …«

»Nein«, erwiderte er, »ich verstehe nicht. Du solltest dir endlich klar darüber werden, was dir wichtig ist …«

»Henk, wenn du nur …«

Noch einmal versuchte sie halbherzig, sich von ihm zu lösen, doch er hatte ihr Zögern gespürt und den Zweifel in ihrem Blick gesehen.

»Schon besser«, sagte er grinsend, drückte sie auf den Boden, sodass sie vor dem Bett kniete, und zwang sie, ihn mit dem Mund zu befriedigen. »Ja, Baby, so ist's gut …«

Jemima war allein im Büro, als Susie mit zerzausten Haaren und verschmierter Wimperntusche, die sie im Bus aufgetragen hatte, hereinhastete.

»Entschuldigen Sie, Jemima, ich …«

»Keine Sorge, sie haben grade erst angefangen. Ich sage Bianca, dass Sie da sind.« Jemima stand auf, streckte den Kopf in Biancas Zimmer und drehte sich zu Susie um. »Sie sollen reingehen.«

Bianca begrüßte sie mit einem kühlen Nicken. »Hallo, Susie. Tut mir leid, wir konnten nicht warten. Das ist Susie Harding, unsere PR-Chefin«, stellte sie sie den beiden anwesenden Männern vor. »Susie – Tod Marchant und Jack Flynn. Sie haben mir gerade ihre Arbeitsweise erklärt. Susie, Sie werden sich jetzt einfach selber zurechtfinden müssen.«

»Ja, natürlich, Bianca, tut mir leid, ich …«

Bianca wandte sich verstimmt ab.

So abserviert hatte Susie sich noch nie zuvor im Leben gefühlt.

Athina bereitete sich widerwillig auf den Lunch mit Bianca Bailey vor. Ein Tisch im Dorchester Grill sei reserviert, hatte Jemima Pendleton ihr am Tag zuvor mitgeteilt.

Bianca erwartete sie bereits. »Ich war den ganzen Vormittag unterwegs, sonst hätten wir uns ein Taxi teilen können. Möchten Sie ein Glas Wein? Oder vielleicht einen Aperitif? Ich trinke mittags nicht, aber das muss Sie nicht stören.«

»Wein«, sagte Athina, »und vielleicht einen trockenen Sherry?«

»Gern.«

Athina wartete schweigend, während Bianca das Essen, den Wein und, zu ihrer Belustigung, Wasser bestellte. Von all den neuen Moden fand sie die, Geld für Wasser in der Flasche auszugeben, am verwunderlichsten.

Bianca hob ihr Glas mit San Pellegrino. »Natürlich gibt es einen Grund, warum ich mich zum Lunch mit Ihnen treffen wollte. Meine erste Frage lautet: Was halten Sie von Berties Ernennung zum Personalchef?«

»Ich halte sie für einen großen Fehler. Es erscheint mir merkwürdig, ihn mit einer Position zu betrauen, von der er so wenig Ahnung hat.«

»Ich finde, Bertie hat ein sehr gutes Händchen für Menschen und erkennt ihr Potenzial. Außerdem besitzt er ein untrügliches Gefühl dafür, wer am besten mit wem harmoniert.«

»Wenn Sie meinen«, sagte Athina.

»Ja. Ich hoffe, Sie sind mit den bisherigen Plänen für unseren neuen Marktauftritt einverstanden.«

»Mit manchen«, antwortete Athina.

»Gut. Und wo haben Sie Bedenken?«

»Ich bin nicht einverstanden damit, dass wir uns aus den Kaufhäusern zurückziehen sollen. Und ich habe Bertie gesagt, dass wir irgendeine Beschäftigung für Marjorie Dawson finden müssen. Ich vermute, das ist nun sein Aufgabengebiet.«

»Ja«, bestätigte Bianca. »Mir ist klar, wie wichtig es ist, Arbeit für Marjorie Dawson zu finden, und weiß Bescheid über ihren privaten Hintergrund. Ich verspreche Ihnen, mein Bestes für sie zu tun. Aber ...«

»Mrs Bailey, Marjorie braucht *feste Zusagen*, und die möchte ich ihr geben können.«

»Lady Farrell, ich habe Ihnen gerade erklärt, dass ich mein Möglichstes tun werde. Wenn nötig, setzen wir das auf die Tagesordnung der nächsten Konferenz. Einverstanden?«

»Das ist eine akzeptable Lösung«, gestand Athina ihr gnädig zu. Schließlich hielt die Familie nach wie vor die Mehrheit der Anteile, und somit war Marjories Zukunft gesichert. Was sie ihr am Nachmittag auch mitteilen würde.

Beim Dessert meinte Bianca: »Das Timing ist wegen der Bedeutung der Markentradition ungeheuer wichtig. Wir haben eine wunderbare Geschichte: Die Firmengründung in dem Sommer, als die Königin gekrönt wurde, und nun die Umstrukturierung zum diamantenen Thronjubiläum – ich werde dafür sorgen, dass wir das schaffen. Auf einigen Gebieten möchte ich eng mit Ihnen zusammenarbeiten.«

»Das überrascht mich«, entgegnete Athina. »Wo Sie doch gerade dabei sind, alles auf den Kopf zu stellen, was wir jemals gemacht haben.«

»Lady Farrell, wir verändern nicht alles. Wir modernisieren und machen einen Neuanfang, aber auf der Grundlage des früheren Ruhms von Farrell. Das Haus Farrell besitzt immer noch einen gewissen Zauber; wir müssen es nur ein wenig entstauben und in die neue Zeit führen, ohne die Dinge zu zerstören, die gut daran sind.«

»Freut mich zu hören.« Athina, die merkte, wie ihre Stimme bebte, räusperte sich.

»Ist das ein Ja? Sie werden mit uns – mit mir – zusammenarbeiten?«

»Natürlich. Allerdings kann ich Ihnen nicht versprechen, dass ich mit allen Ihren Vorschlägen einverstanden sein werde …«

»Das erwarte ich auch gar nicht«, sagte Bianca. »Unterschiedliche Meinungen können einen durchaus voranbringen.« Sie bedachte Athina mit einem Lächeln.

»Ich gehe davon aus, dass ich an der Produktentwicklung beteiligt sein werde. Die ist immer meine Stärke gewesen. Und natürlich an den Werbekampagnen.«

Bianca holte kaum wahrnehmbar Luft. »Vielleicht nicht direkt an der Produktentwicklung, Lady Farrell.«

Athinas grüne Augen nahmen einen stählernen Ausdruck an.

»Würden Sie mir verraten, warum?«

»Weil …« Nun holte Bianca tief Luft. »Weil ich mich um Produktentwicklung und Marketing lieber selbst kümmere. So lassen sich Produktkonzepte, Werbekampagnen und Promotions rationalisieren. Natürlich in Zusammenarbeit mit dem Labor.«

»Sie haben doch keinerlei Erfahrung mit Kosmetik!«

»Dem muss ich widersprechen.«

Schweigen, bis Athina fragte: »Wo soll ich mich dann einbringen?«

»In der Öffentlichkeitsarbeit«, antwortete Bianca. »Natürlich werden wir erst in vielen Monaten mit der Presse über unsere neue Produktpalette und unsere Pläne für die Shops sprechen können, aber auch zuvor wollen wir die Marke Farrell im Bewusstsein der Leute halten. Susie Harding hat dafür einen Vorschlag gemacht, den ich ausgezeichnet finde: Wir werden personalisierte Publicity machen. Ich würde gern Artikel in den besseren Zeitschriften, zum Beispiel in der *Vogue*, und in den Hochglanzbeilagen der Zeitungen sehen, über die Geschichte des Hauses Farrell, wie Sie und Ihr Mann damals begonnen haben, über die frühen Kämpfe und Erfolge, die Berkeley Arcade und die Rolle, die sie in der Entwicklung gespielt hat, vielleicht auch über einige berühmte Kundinnen.«

»So etwas finde ich sehr gewöhnlich. Wie Sie bestimmt wissen, haben auch schon Angehörige des Königshauses in der Berkeley Arcade eingekauft.«

»Möglicherweise könnten wir eine Geschichte darüber in der Presse unterbringen.«

»Keinesfalls! Das wäre ein schwerwiegender Vertrauensbruch.«

»Verstehe. Aber wir könnten etwas andeuten von High Society und so.«

»Es wäre mir lieber, wenn wir das nicht täten.«

»Könnten Sie sich dann vorstellen, mit einer Journalistin über Ihre Familie, Ihre Geschichte, möglicherweise sogar Ihren Mann, zu reden?«

»Nein, eigentlich nicht.« Athina bedachte sie mit ihrem typischen kühlen Lächeln.

»Schade. Vielleicht sollten wir zu einem späteren Zeitpunkt noch einmal darauf zurückkommen.«

»Das können *Sie* gern tun«, sagte Athina, »aber ich glaube nicht, dass ich meine Meinung ändern werde.«

»Gut. Florence könnte uns helfen. Sie ist ja von Anfang an bei Ihnen.«

»Nein, die Marke war bereits ausgesprochen erfolgreich, als sie zu uns gestoßen ist. Und ihre Ansichten über Öffentlichkeitsarbeit entsprechen den meinen.«

»Tatsächlich? Ich hatte da einen etwas anderen Eindruck. Nun, wir werden sehen. Da wäre noch etwas, wozu ich Ihre Meinung erfahren möchte und in das ich Sie gern einbinden würde. Ich spiele mit dem Gedanken, ein Parfüm in die Produktpalette aufzunehmen. Mir ist klar, dass das teuer wird, aber ein Duft ließe uns exklusiver erscheinen, und wenn er exklusiv genug ist, rechtfertigt es die Kosten. Was halten Sie von der Idee?«

»Schlagen Sie sich das aus dem Kopf«, antwortete Athina, »da können Sie das Geld gleich die Toilette runterspülen. Ein Parfüm lässt sich nicht mit einem Minibudget lancieren. Wir haben das auch schon einmal angedacht, aber dann verworfen. Damals, als wir noch ganz oben mitmischten. Cornelius ist seinerzeit zu dem Schluss gekommen, dass es eine Vergeudung von Zeit und Mitteln wäre, und er hatte recht.«

»Verstehe. Sie haben damals nicht zufällig mit der Entwicklung begonnen?«

»Mrs Bailey, beim Lancieren eines Parfüms geht es zu neunundneunzig Prozent ums Geld, das können Sie mir glauben. Ich weiß, wovon ich spreche.«

Sie würde Bianca Bailey keinesfalls irgendetwas verraten, das ihr helfen konnte, dachte Athina voller Wut im Wagen. Am allerwenigsten jetzt, wo sie sie aus der Produktentwicklung verbannt hatte.

Wieder im Büro, rief Bianca Lara an.

»Lara, kennen Sie Leute, die Parfüms entwickeln und eines für uns kreieren könnten? – Natürlich kennen Sie welche. Was? Sagen wir mal, ich liebäugle mit dem Gedanken. Natürlich ist das streng geheim. Wenn Sie mir eine Liste zusammenstellen würden ...«

Sechzehn

Lawrence Ford verfolgte im Fernsehen die Königliche Hochzeit mit seiner Frau und seinem neunjährigen Sohn Nicholas, der seinen Freunden per SMS mitteilte, wie öde alles sei.

Später wollten sie mit Nachbarn feiern, und am folgenden Tag veranstaltete jemand ein Grillfest. Lawrence freute sich auf keine der Einladungen. Plötzlich empfand er jedes Treffen mit anderen als grässliche Herausforderung.

Eigentlich hätte er Annie gleich gestehen sollen, dass man ihn auf die Straße gesetzt hatte und sich alles ändern würde, doch das hatte er nicht geschafft. Es war ein Riesenschock für ihn gewesen, als Bianca Bailey und Bertie Farrell es ihm mitteilten. Er wäre niemals auf die Idee gekommen, dass er plötzlich ohne Arbeit dastehen würde. Wenigstens hatte man ihm eine steuerfreie Abfindung von zwei Jahresgehältern und den Firmenwagen zugesichert.

»Sie werden uns fehlen«, hatte Bianca gesagt, »und wir hoffen, dass Sie schon bald eine neue Stelle finden. Ich verspreche Ihnen, dass Sie ein sehr gutes Zeugnis von uns bekommen.«

Warum konnte er nicht die Stelle behalten, wenn sie ihm so ein gutes Zeugnis ausstellen wollten?, fragte sich Lawrence. Man hatte sich darauf geeinigt, dass er ab sofort nicht mehr arbeiten würde. Lawrence überlegte, ob er sich überwinden könnte, es Annie noch vor dem Grillfest am folgenden Tag zu beichten ...

Florence, die zugesagt hatte, die Hochzeitsfeierlichkeiten gemeinsam mit Athina zu verfolgen, bereute es nun. Zum einen hatte Athinas Fernseher nur einen sehr kleinen Bildschirm – große fand sie gewöhnlich –, und zum anderen gingen ihr Athinas Sticheleien gegen Bianca allmählich auf die Nerven.

Florence konnte Bianca gut leiden. Sie hielt sie für geradeheraus und fand es rührend, dass Bianca sich die Zeit genommen hatte, in The Shop vorbeizuschauen und die Pläne dafür mit ihr persönlich zu besprechen. Bianca hatte gelacht, als Florence sie vorsichtig fragte, ob sie sie wirklich behalten wolle.

»Aber natürlich, Florence! Es ist absolut unerlässlich, dass Sie bleiben. Ich kann keine junge Geschäftsführerin gebrauchen, die keine Ahnung von der Tradition dieses Ortes hat. Ich will *Sie* dort – vorausgesetzt natürlich, Sie wollen das auch. Möglicherweise werde ich die Sache mit der Schönheitspflege verändern, ja, ich bin mir sogar ziemlich sicher. Francines Gesichtsbehandlungen sind sehr angenehm, aber eher altmodisch. Außerdem hat sie mir gegenüber angedeutet, dass die Arbeit sie anstrengt. Mich würde interessieren, welche neuen Behandlungsmethoden Ihrer Meinung nach zu uns passen würden. Glauben Sie, wir könnten auch Massagen und Ähnliches anbieten?«

Als Florence antwortete, den Gedanken hege sie schon seit einiger Zeit, doch Lady Farrell sei dagegen, hatte Bianca gesagt: »Dann werden wir sie zu überzeugen versuchen.« Und sie hatte Florence gebeten, eine Liste geeigneter Behandlungsmethoden zu erstellen.

Am Ende hatte Florence sich sogar nicht mehr so heftig gegen die personalisierte Werbung gesträubt.

»Viele unserer Kundinnen der ersten Stunde sind lange tot, weswegen wir keine Geheimnisse verraten. Wir hatten wirklich große Namen zu bieten – die Duchess of Wiltshire, Lady Aberconway, die Countess of Jedburgh –, und sie stehen alle in unserem Gästebuch.«

Im Großen und Ganzen hatte Florence das Gefühl, dass sich ihr Leben durch das Auftauchen von Bianca Bailey deutlich verbesserte.

Weswegen es ihr nicht gefiel, dass Athina kein gutes Haar an Bianca ließ. Sie hätte lieber gehört, wie William und Kate einander ewige Treue schworen, nicht wieder eine Suada gegen Bianca Baileys Vorschläge für die PR.

Als Florence sagte, sie halte es für eine gute Idee, mit Geschichten über Kundinnen an die Öffentlichkeit zu gehen, vorausgesetzt, man beschränke sich darauf, nur die zu erwähnen, die schon lange das Zeitliche gesegnet hatten, bedachte Athina sie mit einem vernichtenden Blick und entgegnete, Florence lasse die Belange und Gefühle der Nachkommen besagter Kundinnen außer Acht.

»Am Ende ziehen sie vielleicht sogar gegen uns vor Gericht.«

Florence erwiderte, sie halte es für sehr unwahrscheinlich, dass irgendjemand einen Prozess anstrengen würde, nur weil er einen Artikel über seine attraktive Großmutter lese.

»Natürlich könnten sie klagen, Florence«, widersprach Athina. »Aber Sie denken die Dinge ja nie zu Ende.«

Nun hatte Florence genug.

Sie stand auf; Athina redete immer noch so laut, dass die Worte des Erzbischofs nicht zu verstehen waren.

»Athina, ich dachte, wir wollten uns gemeinsam die Hochzeit anschauen. Wenn Sie dazu keine Lust haben, fahre ich jetzt mit dem Taxi nach Hause. Natürlich wäre es schade, wenn ich den Rest der Live-Übertragung verpasse, aber ich habe meinen DVD-Rekorder programmiert, und das Ganze dann allein zu sehen, wäre mir, glaube ich, lieber.«

Worauf Athina sie höchst erstaunt ansah und sich entschuldigte, allerdings in einem Tonfall, dem deutlich anzumerken war, dass es ihr überhaupt nicht leidtat. Immerhin hörte sie mit dem Reden auf und holte eine Flasche Champagner, die sie dann bei einem köstlichen Lunch zur Versöhnung leerten.

Susie sah sich die Hochzeit allein an, weil Henk arbeitete. Natürlich, so Henk, sei das nicht das, was *sie* unter Arbeit verstehe, da er damit kein Geld verdiene, aber er wolle die Stimmung des Tages mit der Kamera einfangen, und dafür müsse er allein sein.

Am Tag der Konferenz war sie mit dem festen Vorsatz nach Hause gegangen, mit ihm Schluss zu machen und ihm zu sagen, dass er sich eine andere Bleibe suchen solle, doch als sie die Tür geöffnet hatte, waren ihr köstliche Düfte in die Nase gestiegen, und er hatte sie mit zwei Gläsern Sekt in der Hand und einem reumütigen Lächeln auf den Lippen begrüßt.

»Du hast recht: Ich sollte wirklich ein bisschen mehr für Kost und Logis tun«, hatte er erklärt und sie auf die Wange geküsst.

Einige Tage lang hatte er sich große Mühe gegeben, doch allmählich war er zu seinen alten Gewohnheiten zurückgekehrt und wieder faul und gereizt geworden ... Und er war gegangen, ohne ihr zum Abschied einen Kuss zu geben. Auch gut. Es war gar nicht so übel, ihn mal aus der Wohnung zu haben – jedenfalls vorübergehend.

Marjorie schenkte sich ein zweites Glas Sekt ein und lehnte sich auf dem Sofa zurück; was für ein wunderbarer Tag. Sie war ein großer Fan des Königshauses. Kate wirkte entzückend und William ausgesprochen charmant, genau wie früher seine Mutter, und die beiden schienen einander wirklich zu lieben. Außerdem war Marjorie beruhigt, weil sie sich ihrer Zukunft beim Haus Farrell nun sicher sein konnte. Offenbar hatte Bianca Bailey es ebenso wenig geschafft, sich gegen Lady Farrell durchzusetzen, wie alle anderen.

Siebzehn

»Das war Carey«, sagte Milly und schaltete mit leuchtenden Augen ihr Handy aus. »Sie fragt, ob ich nächstes Wochenende mit ihr und ihren Eltern nach Paris fahren darf.«

»Ich weiß nicht so recht«, antwortete Bianca. »Ich meine ...«

Irgendwie hatte sie ein ungutes Gefühl, ohne zu wissen, warum. Milly war ziemlich beeindruckt von Carey, ihrem Haus und der Größe ihres begehbaren Kleiderschranks von der Hochzeitsparty zurückgekommen. Seitdem hatte Carey einmal bei ihnen übernachtet und sehr gute Manieren bewiesen ...

»Mummy, das erlaubst du mir doch, oder?«

»Ich würde gern ein bisschen mehr darüber erfahren.«

»Da gibt's nicht mehr zu erfahren«, erklärte Milly genervt. »Sie fährt mit ihren Eltern nach Paris, und Carey würde gern eine Freundin dabeihaben. Sie sagt, wir könnten dort shoppen!«

»Verstehe. Äh ... Patrick, hast du das mitgekriegt?«

»Halb. Carey möchte Milly nach Paris mitnehmen. Toll. Und wie lange, Milly?«

»Nur übers Wochenende. Bitte sagt nicht nein, *bitte*!«

»Nun, ich denke, wir sollten ein wenig mehr über das Ganze wissen, und wir kennen Careys Eltern auch noch gar nicht richtig. Ich finde das ein bisschen – na ja, übertrieben.«

»Was soll daran übertrieben sein? Wir fahren mit ihren Eltern im Eurostar. Das ist keine große Sache.«

»Nein, natürlich nicht. Aber ...«

»Gott, seid ihr kompliziert! Ihr wollt bloß nicht, dass ich Spaß habe. Ich fahre auf jeden Fall, damit ihr's wisst!«

Und schon knallte sie die Tür hinter sich zu. Bianca und Patrick sahen einander an.

»Was haben wir jetzt wieder verbrochen?«, fragte Patrick.

Zehn Minuten später kehrte Milly mit verheulten Augen zurück.

»Ihr seid einfach schrecklich«, jammerte sie. »Carey sagt, wenn ich mich nicht gleich entscheide, nehmen sie jemand anders mit.«

»Milly«, bat Bianca sie, »sag Carey, sie soll mit ihrer Mutter reden.«

»Warum?«

»Weil ich gerade mit ihr gesprochen habe. Natürlich wollte sie uns anrufen, und Carey sollte dich erst einladen, wenn sie das getan hätte.«

»Ach. Ich darf also mit?«

»Ja, Liebes. Aber bitte merk dir fürs nächste Mal: Warte immer ein paar Minuten, bevor du in den Angriffsmodus gehst. Das ist eine gute Strategie für dein weiteres Leben.«

»Okay. Sorry.« Sie drückte ihnen beiden mit einem verlegenen Lächeln einen Kuss auf die Wange und verließ das Zimmer fröhlich hüpfend.

»Ich finde, wir sollten diese merkwürdige Freundschaft im Auge behalten«, meinte Bianca. »Ganz geheuer ist mir diese Carey Mapleton nicht.«

»Bertie, ich muss mit dir über Marjorie reden. Wir haben uns darauf geeinigt, bei der nächsten Konferenz der Geschäftsleitung darüber zu beraten, was mit ihr geschehen soll ...«

»Caro, ich bin mir nicht so sicher, ob das eine Angelegenheit der Geschäftsleitung ist. Aber ...«

»Na, du hast ja schnell die Seiten gewechselt. Bist jetzt wohl Biancas kleiner Liebling, was? Nur, weil sie dir einen Job gegeben hat. *Meinen* Job. Würdest du bitte dafür sorgen, dass die Sache mit Marjorie auf die Tagesordnung für nächsten Donnerstag gesetzt wird? Vorausgesetzt du kriegst das bei deinem vollen Zeitplan unter ...«

»Tschüs, Caro.« Bertie legte den Hörer auf die Gabel und starrte ihn an. Seine gesamte Familie mit Ausnahme seiner Kinder schien darauf aus zu sein, ihn niederzumachen. Plötzlich bekam er Heißhunger auf Schokolade. Nur eine kleine Tafel. Die würde er sich holen, dann ginge es ihm bestimmt gleich besser. Es war sowieso bald Mittag.

Bertie trat auf den Flur und machte sich auf den Weg zur Treppe.

»Hallo, Bertie!« Lara Clements. »Wäre jetzt der richtige Zeitpunkt, Ihnen den versprochenen Drink auszugeben? Oder haben Sie gerade was Wichtiges vor?«

»Äh … nein«, antwortete Bertie. »Nein, ich wollte nur kurz frische Luft schnappen.«

»Gut. Lange haben wir ohnehin nicht Zeit, weil heute Nachmittag die Bewerbungsgespräche anstehen, aber vielleicht ist es gar nicht schlecht, wenn wir uns kurz außerhalb des Büros darüber unterhalten.«

Ihm gefiel ihr Lächeln, das irgendwie verschwörerisch wirkte, als wollte sie sagen: »Finden Sie das Leben nicht auch schön?«

Er erwiderte ihr Lächeln. »Das wäre …«

»Prima. Wo wollen wir hingehen?«

»Gleich die Straße runter gibt's ein sehr nettes Pub. Oder mögen Sie Pubs nicht?«

»Ich liebe Pubs. Offen gestanden sind mir die viel lieber als protzige Bars. Zeigen Sie mir den Weg.«

Im Pub war an diesem strahlenden Tag nicht viel los.

»Setzen wir uns doch draußen hin. Was darf ich Ihnen bringen, Bertie? Was ist Ihr Suchtmittel der Wahl?«

»Schokolade«, antwortete er und lachte. »Ich wollte mir gerade eine Tafel kaufen. Meine Frau hat mich auf strenge Diät gesetzt und …«

»Wie wär's stattdessen mit einem schönen Glas Rotwein? Oder noch besser, einer Schorle. Mit Diäten kenne ich mich aus.«

»Tatsächlich? Sie sind doch so schlank.«
»Nur, weil ich ständig Kalorien zähle. Also: rot oder weiß?«
»Ich muss gestehen, dass ich Schorle hasse.«
»Dann hole ich uns zwei Gläser Roten, ja?«
»Gern«, sagte Bertie. »Danke.«

Kurze Zeit später kehrte sie mit den beiden Gläsern zurück, setzte sich ihm gegenüber hin und hob das ihre. »Prost, Bertie. Vielen herzlichen Dank, dass Sie mich für diesen Job empfohlen haben. Ohne Ihre Hilfe hätte Bianca nie von mir erfahren.«

»Ich glaube doch, aber egal ... Wie läuft's?«

»Toll. Ich arbeite wahnsinnig gern für Bianca, sie ist echt eine Inspiration. Wenn irgendjemand es schafft, das Haus Farrell auf Vordermann zu bringen, dann sie. Mir gefallen ihre Ideen. Aber für Sie muss es schwierig sein; Sie sitzen ja zwischen allen Stühlen.«

»Hm, schon«, gab Bertie vorsichtig zu.

Schweigen, dann: »Sie haben also eine Frau, die Sie auf Diät gesetzt hat. Wie sieht's mit Kindern aus?«

»Zwei. Meine Tochter Lucy, die Freude ihres alten Vaters, und mein Sohn Rob. Er studiert Medizin.«

»Und was macht Lucy?«

»Sie hat englische Literatur studiert. Aber jetzt will sie eine Ausbildung zur Make-up-Artistin machen.«

»Wie schön für sie. Und warum sagen Sie das mit gedämpfter Stimme?«

»Wie bitte?«

»Bertie! Sie haben das erzählt, als wäre sie eine Prostituierte. Was ist so schlimm an einer Make-up-Artistin? Das ist doch viel besser, als nach dem Uniabschluss arbeitslos zu sein.«

»Das sagt sie auch.«

»Sehen Sie, sie ist clever. Make-up-Artists können heutzutage viel Geld verdienen. Jedenfalls wenn sie zu den Besten gehören und in der Modebranche arbeiten will. Und es ist schon toll, so von einer Modenschau ins Fotostudio zu jetten, von London nach New York.

Ich finde, Sie sollten stolz auf Ihre Lucy sein. Scheint ein interessantes Mädchen zu sein. Wer weiß, was passiert, wenn sie fertig ist? Am Ende arbeitet sie vielleicht sogar für uns. Aber jetzt sollten wir uns über die Bewerber unterhalten.«

»Ja«, pflichtete Bertie ihr bei und prostete ihr zu. »Danke, Lara.«

»Keine Ursache. Ich … hoppla! O Gott, Bertie, das tut mir ja so leid.«

Ein Passant war gegen ihren Arm gestoßen, sodass sich ihr Rotwein über Berties Leinensakko ergossen hatte. Der Mann sagte lediglich: »Sorry, Kumpel!«, und verschwand im Pub.

Lara tupfte das Jackett ab, ohne großen Erfolg. »Ausgerechnet so ein schönes Sakko. Scheiße! Und das Hemd ist auch versaut. Mann, hab ich ein schlechtes Gewissen. Und gleich beginnen die Bewerbungsgespräche …«

»Ach, das ist nicht so wichtig«, versuchte Bertie, sie zu beruhigen. »Wer schaut mich schon an?, wie mein Kindermädchen immer zu sagen pflegte.«

»Das Kindermädchen hat sich getäuscht. Sogar sehr viele Leute werden Sie ansehen. Sechs, um genau zu sein. Kommen Sie mit. Wir können es grade so schaffen.« Lara winkte ein Taxi herbei.

»Zu Marks and Spencer am Oxford Circus, bitte. Und zwar schnell!«

Um Punkt zwei Uhr vierzig wurde die erste junge Bewerberin, die ihren Abschluss in Manchester gemacht hatte, in Lara Clements' Büro geführt und auf Herz und Nieren geprüft. Nicht nur von der intelligenten, toughen und zupackenden Frau, die sich besagte Bewerberin sofort als Chefin wünschte, sondern auch vom Personalchef, einem netten, sanften und offenbar sehr klugen Mann mittleren Alters, der ihr die deutlich schwierigeren Fragen stellte. Ihr fiel auf, dass die beiden gut harmonierten, und außerdem, dass sein Hemd und sein Sakko ziemlich schick waren, er dazu jedoch eine ausgebeulte, viel zu weite Hose trug.

»Florence, meine Liebe, Sie müssen entschuldigen, aber mir geht es nicht sonderlich gut.« Athinas Stimme klang tatsächlich schwach, obwohl sie, wie Florence wusste, durchaus eine Meisterin der strategisch eingesetzten Krankheit war ...

»Das tut mir leid. Athina, was ist los?«

»Ich habe eine grässliche Migräne und kann mich deshalb heute Abend leider nicht mit Ihnen treffen.«

»Kein Problem. Lassen Sie es mich wissen, wenn ich etwas für Sie tun kann, ja?«

»Ja, ja.«

Athina legte auf. Sie hatte keine Lust auf eine weitere Begegnung mit Florence, bei der diese ihr mitteilte, wie beschäftigt sie sei und wie sehr sie die Arbeit mit Bianca genieße, während sie selbst Däumchen drehte.

Florence, die über Athinas Absage letztlich erleichtert war, erinnerte sich an all die Migräneattacken, die sie bereits miterlebt hatte ...

Beim ersten Mal war sie noch überrascht gewesen, denn Athina war ihr alles andere als zerbrechlich erschienen.

Doch ihre Stimme hatte tatsächlich leidend geklungen.

»Florence, meine Liebe, würden Sie wohl heute Abend für mich gehen? Wir wollten mit Freunden zu einem Konzert in der Wigmore Hall, aber daran ist nicht zu denken. Cornelius sagt, allein hätte er keine Freude daran, ob Sie mitkommen wollen? So kurz davor wäre es bei den meisten Leuten unhöflich zu fragen, aber Sie haben bestimmt nichts vor und freuen sich vielleicht über die Einladung.«

»Ja, gern«, hatte Florence geantwortet und Athinas Herablassung ignoriert. »Ich habe tatsächlich nichts vor.«

»Das hatten wir uns schon gedacht.«

Ein wenig erstaunt darüber, als geeignet erachtet zu werden – die Farrells hatten doch bestimmt vorzeigbarere Freunde –, ging Florence ihre karge Garderobe durch. Allmählich, dachte sie, wurde es

Zeit, dass die Farrells ihr mehr Gehalt zahlten, denn das Geschäft in der Berkeley Arcade lief ausgesprochen gut.

Sie wählte ein schwarzes Cocktailkleid ganz ähnlich dem, das Audrey Hepburn im Jahr zuvor in *Sabrina* getragen hatte und das nach wie vor modern war. Es bestand aus schwarzem Taft, hatte einen weiten Rock und eine schmale Taille und wurde an den Schultern mit aparten Schleifen geschlossen.

Das Schwarz brachte ihre helle Haut, der Schnitt des Kleides ihre Figur gut zur Geltung. Florence steckte die Haare nach der französischen Mode hoch und schminkte ihre Augen im gewagten Stil der Saison, den das Haus Farrell propagierte, parfümierte sich großzügig mit *Diorling*, das eine Freundin bei Marshall and Snelgrove ihr zum Einkaufspreis besorgt hatte, und ging, als es an der Tür klingelte, mit einer schwarzen Mohairstola um die Schultern und den hochhackigsten Schuhen, die sie besaß, zum wartenden Wagen hinaus.

Cornelius machte große Augen.

»Sie sehen fantastisch aus«, sagte er, nahm ihre Hand und küsste sie.

»Danke, Cornelius. Es freut mich sehr, dass ich Sie begleiten darf.«

»Nein, nein, mich freut es, dass Sie mitkommen. Bestimmt hätten Sie Wichtigeres zu tun gehabt.«

»Eigentlich nicht«, erwiderte sie lachend, »es sei denn, Sie bezeichnen es als etwas Wichtigeres, sich einen Paul-Temple-Krimi im Radio anzuhören.« Sie nahm eine Zigarette aus dem Silberetui, das er ihr hinhielt. »Erzählen Sie mir von Ihren Freunden. Ich möchte sie nicht unvorbereitet kennenlernen.«

»Gern. Gillian und Geoffrey Millard. Geoffrey und ich haben uns in Malvern angefreundet, weil wir beide Rugby nicht leiden konnten. Er leitet ein großes Börsenmaklerbüro in der City. Ich glaube, er wird Ihnen gefallen.«

»Und Mrs Millard?«

»Jennifer ist sehr nett. Eine patente Frau, die sich stark sozial engagiert.«

Wahrscheinlich brachte sie ein paar Pfund zu viel auf die Waage, dachte Florence ...

Wie sich herausstellte, brachten beide Millards ein paar Pfund zu viel auf die Waage. Sie waren freundlich und höflich – und ausgesprochen langweilig.

Das Händel-Konzert war schön und so kurz, dass sie den Saal bereits um Viertel vor neun verließen. Jennifer verschwand kurz zu dem Telefon im Foyer, und als sie zurückkam, wirkte sie besorgt.

»Sylvia, unsere Jüngste, hat Windpocken. Ihr geht es ziemlich schlecht. Ich finde, wir sollten nach Hause gehen. Vorausgesetzt, Cornelius und ... äh ... Florence haben nichts dagegen.« Das kurze Zögern vor Florences Namen machte klar, dass sie diese nicht als ihrer eigenen Klasse zugehörig erachtete.

»Natürlich. Hoffentlich wird sie bald wieder gesund, die Arme.«

Florence hätte keinem Kind irgendeine Krankheit gewünscht, aber weil die arme kleine Sylvia ohnehin schon leidend war, schickte sie ein stummes Dankgebet zum Himmel.

Als sie sich von den Millards verabschiedeten, sah Cornelius auf seine Uhr.

»Es ist noch früh am Abend, und eigentlich würde ich gern etwas unternehmen. Ein Freund von mir, Leonard Trentham, ein Maler, zeigt heute im kleinen Kreis seine Bilder. Ich habe ihm wegen des Konzerts abgesagt, aber ich wette, dass die Schau noch nicht zu Ende ist. Hätten Sie Lust, schnell in die Cork Street zu fahren?«

Florence, die hoffte, dass Leonard Trentham sich als interessanter als die Millards erweisen würde, nickte und erkundigte sich, welche Art von Bildern er male.

»Landschaften, Seestücke, solche Sachen. Sie verkaufen sich gut. Bei dieser Ausstellung zeigt er Gemälde, die in Frankreich entstanden sind. Es scheinen auch ein paar von Paris dabei zu sein.«

»Ach, wie schön«, seufzte Florence.

»Sind Sie schon mal in Paris gewesen?«

»Nein«, antwortete sie, »aber ich würde gern hinfahren.«

»Das ist ja eine Tragödie! Jeder sollte einmal in Paris gewesen sein. Man sollte das zur Pflicht machen.«

»Leider kann das aus Zeit- und Geldgründen nicht jeder.«

Er sah sie an. »Natürlich, wie dumm von mir. Tut mir leid. Ich meine, es sollte Teil der Ausbildung sein. Man sollte mit der Schule hinfahren.«

»Mit der Schule, die ich besucht habe, ist man nirgendwohin gefahren«, entgegnete Florence. »Doch selbstverständlich haben Sie recht, und ich würde wirklich gern einmal nach Paris reisen.«

»Ich hoffe für Sie, dass Sie das schaffen. Vielleicht finden wir bei der Ausstellung ein kleines Bild, das fürs Erste als Ersatz dienen kann.«

»Vielleicht«, sagte sie und dachte, dass sie sich höchstwahrscheinlich nicht einmal einen der Rahmen von Mr Trenthams Gemälden würde leisten können.

»Die Schau findet im Medici in der Cork Street statt«, erklärte Cornelius, als der Wagen die Bond Street entlangfuhr. »Eine sehr hübsche Galerie. Athina und ich gehen ziemlich oft hin. Leonard wird Ihnen gefallen, er ist ein famoser Kerl. Und er wird Sie mögen, da bin ich mir sicher. Er hat einen Blick für schöne Frauen. Keine Ahnung, warum er sie nicht malt. Wenn ich Künstler wäre, würde ich das machen.«

»Das tun Sie doch in gewisser Hinsicht«, meinte Florence. »Sie kreieren Make-up für uns.«

Cornelius schmunzelte. »Der Gedanke gefällt mir, Florence. Danke. Sie bringen mich damit sogar auf eine Idee.«

Die Schau war noch in vollem Gange. Florence hatte Angst gehabt, dass Cornelius sofort nach ihrem Eintreffen von seinen Freunden mit Beschlag belegt werden würde und sie allein zurechtkommen müsste, doch zu ihrem Erstaunen war er höchst aufmerksam und schob sie auf einen Kellner mit einem Tablett voller Drinks zu. Sie nahm ein Glas Champagner und nippte daran.

»Ist das nicht schön?«, flüsterte er ihr ins Ohr.

»Ja, sehr schön. Aber ich vertrage Alkohol nicht sonderlich gut. Ich muss aufpassen.«

Sie hatte erwartet, dass er sie auslachen würde, aber er sah sie mit ernster Miene an. »Wie gut Sie sich selbst kennen, Florence, das gefällt mir. Unter uns: Das ist eine Eigenschaft, die Athina fehlt.«

Florence wusste nicht so recht, wie sie darauf reagieren sollte; es schien ihr von einem Mangel an Loyalität zu zeugen.

»Da ist ja Leonard. Leonard, gratuliere, mein Guter. Fantastische Schau, unglaublicher Erfolg. Sind auch Kritiker da?«

»Ja, ein paar«, antwortete Leonard Trentham. »Schön, dass du doch noch gekommen bist, Cornelius.«

Trentham war groß gewachsen und sehr schlank und wirkte mit seinem Leinenanzug und dem locker gebundenen Halstuch wie die Karikatur eines Künstlers.

Er nahm lächelnd Florences Hand in die seine. »Und Sie sind?«

»Florence, das ist Leonard Trentham, der Maler. Leonard: Florence Hamilton. Florence arbeitet für uns«, beantwortete Cornelius seine Frage.

»Wie schön für das Unternehmen. Und für dich«, fügte Leonard hinzu und bedachte Florence mit einem breiten Kinderlachen. Seine Wimpern waren sehr lang und machten verdächtig den Eindruck, als wären sie getuscht. Florence hielt ihn für homosexuell.

»Es freut mich, dass Sie kommen konnten, Miss Hamilton«, sagte er. »Sie sind die Zierde dieses Abends. Und wo steckt unsere hohe Göttin?«

»Sie fühlt sich nicht gut. Das ist Leonards Spitzname für Athina«, erklärte Cornelius Florence. »Nach Pallas Athene, der Göttin der Weisheit.«

»Ja«, sagte Florence, ein wenig kühl, »und die Schutzgöttin von

Athen. Aber ihren Namen schreibt man ein wenig anders, nicht wahr?«

»Sie sind also nicht nur attraktiv, sondern auch gebildet«, bemerkte Leonard. »Und vertreten Athina mit ›I‹?«

»Nur heute Abend«, antwortete Florence.

»Du Glücklicher, Cornelius«, meinte Leonard, »du kannst dir die schönen Frauen aussuchen. Arme Athina. Aber schaut euch doch die Bilder an. Ich hoffe, sie gefallen euch.«

»Bestimmt«, versicherte Cornelius ihm.

Die Gemälde waren tatsächlich wunderbar, in gegenständlichem Stil gemalt, aber impressionistisch angehaucht. Trentham gelang es meisterhaft, das Licht einzufangen: Man wusste sofort, zu welcher Tageszeit jedes Werk entstanden war, dachte Florence.

»Sie sind fantastisch«, sagte sie.

»Ja. Hier wäre Ihr Paris.«

Florence betrachtete die Sammlung verzückt: eine Ansicht von Sacré Cœur, von unten dargestellt, in der Abenddämmerung; ein goldenes Farbband, die Seine in der Morgendämmerung; Tische mit plaudernden Menschen auf dem Gehsteig vor der Closerie des Lilas am Mittag; einige kleinere Bilder von winzigen Gassen, einem Blumenmarkt, einer halb offenen Tür am Spätnachmittag, die auf einen gefliesten Hof voller Bäume und Blumen ging.

»Das ist besonders schön«, seufzte sie.

»Ja, finde ich auch. Einfach perfekt. Es ist in … ah, bei der Rue de Buci, in Saint-Germain, meinem Pariser Lieblingsviertel.«

»Ich habe fast das Gefühl, die Tür öffnen und einfach hineingehen zu können«, schwärmte Florence.

»Stimmt. Gefällt Ihnen dieses Bild am besten?«

»Ja«, antwortete Florence. »Es vermittelt so ein warmes Gefühl des Glücks.« Als sie sah, dass er sich im Katalog über den Preis informierte, sagte sie entsetzt: »Cornelius, das kann ich mir nicht leisten.«

»Das hatte ich auch gar nicht erwartet«, entgegnete Cornelius schmunzelnd. »Denn wenn, würden wir Ihnen eindeutig zu viel

Gehalt zahlen. Aber es ist wirklich sehr, sehr schön. Und noch nicht verkauft. Es hat keinen roten Punkt.«

Er musterte zuerst das Gemälde und dann sie, blickte mit seinen leuchtend blauen Augen zwischen ihnen hin und her.

»Ja«, sagte er schließlich, »Sie passen gut zueinander, Sie und das Bild. Sie sollten zusammenkommen.«

»Ich …« Es fiel ihr schwer, sich von seinem Blick zu lösen. Plötzlich nahm sie ihn als Mann wahr, als attraktiven, amüsanten, charmanten Mann, nicht als Kollegen und nicht als Ehemann ihrer Chefin. Sie spürte, wie sich ihr dieser gefährliche Moment unauslöschlich einprägte, als hätte eine Kamera ihn eingefangen. Sie trat einen Schritt zurück, stieß mit Leonard Trentham zusammen, entschuldigte sich.

»Kein Problem«, sagte dieser. »Ich wollte mich nur vergewissern, dass Sie die Paris-Bilder gefunden haben.«

»Ja, danke, das haben wir. Sie sind wunderbar.«

Florence lächelte zuerst ihn, dann Cornelius an, der sie anstarrte, als sähe er sie zum ersten Mal.

»Florence gefällt der Hof in Saint-Germain besonders«, sagte er schließlich in die merkwürdige Stille hinein. Plötzlich wirkte er angespannt.

»Ja?«

»Ja«, bestätigte sie, genauso angespannt und ein wenig errötend. »Er versetzt einen in höhere Sphären.«

»Ihr seht auch beide aus, als wärt ihr in höheren Sphären«, bemerkte Leonard. »Das bringt mich auf die Idee für ein anderes Bild. Würde ich Personen malen, könnte ich euch darstellen, wie ihr mein Gemälde anschaut.«

»Warum malen Sie keine Personen?«, fragte Florence.

»Hauptsächlich deshalb, weil man, wenn man jemanden malt, viele, viele Stunden mit der Person allein ist und sich mit ihr unterhalten muss. Und ich bin schrecklich schüchtern, das wäre mir einfach zu viel.«

Cornelius lachte laut.

»Du und schüchtern! Leonard, das Wort kennst du doch gar nicht.«

»Das meinst du«, widersprach Leonard. »Aber nun zu einem anderen Thema: Wie wär's mit Abendessen? Ein paar Leute kommen noch mit zu mir.«

Cornelius sah Florence an. »Florence, was halten Sie von dem Vorschlag? Müssen Sie nach Hause?«

Langes Schweigen. Plötzlich hatte sie das Gefühl, sich etwas Gefährlichem zu nähern …

»Ich glaube, ich sollte nach Hause gehen«, antwortete sie zögernd. »Aber bleiben Sie ruhig, Cornelius.«

»Nein, nein«, sagte er sofort, und sie hörte die Enttäuschung in seiner Stimme. »Ich sollte auch nach Hause. Die Pflicht ruft. Die arme Athina fragt sich sicher schon, wo ich bin.«

»*Quel dommage*«, meinte Leonard. »Gut, dass mich die Pflicht nie ruft. Aber ich kann dich verstehen.«

Er nahm Florences Hand und küsste sie.

»Es war mir ein großes Vergnügen, Sie in der Galerie begrüßen zu dürfen«, erklärte er, »und ich hoffe, Sie bald wieder hier zu sehen.«

»Das hat Spaß gemacht«, sagte Cornelius, als sie Florences Haus erreichten. »Vielen herzlichen Dank, dass Sie mitgekommen sind.« Er sprang aus dem Wagen, öffnete die Tür für sie und küsste sie ein klein wenig zu lange auf die Wange.

»Das Vergnügen war ganz meinerseits.« Sie schenkte ihm ein Lächeln. »Danke, Cornelius. Ich … ich bitte Sie nicht herein«, fügte sie hinzu, und in ihren Ohren klangen diese unschuldigen Worte ziemlich herausfordernd.

»Nein, das sollten Sie tatsächlich nicht.«

Und schon war er verschwunden.

Zehn Tage später brachte ein junger Mann ein großes, flaches, in braunes Papier eingewickeltes Paket.

Das Bild, mit einem Kärtchen von Leonard Trentham.

»Man hat mich beauftragt, Ihnen dieses Gemälde zu schicken«, stand darauf, »ein Geschenk von einem Verehrer, der nicht genannt werden möchte. Viel Vergnügen damit. Es freut mich, dass es nun Ihnen gehört.«

Darunter eine große, extravagante Unterschrift.

Natürlich wusste sie genau, von wem es kam. Doch sie konnte sich nicht bei ihm bedanken, weil sie ihn sonst kompromittiert hätte. Und sich selbst auch.

Achtzehn

»Es war echt geil!« Millys große dunkle Augen glänzten vor Begeisterung. »Ihre Wohnung ist so was von cool. Durch einen Hof geht's ins eigentliche Gebäude, und dann fährt man mit dem Lift ganz hoch. Oben gibt's eine Art Dachgarten mit einem Superblick über Paris. Der Wahnsinn.«

»Und wo genau liegt sie?«, erkundigte sich Bianca.

»In Saint-Germain«, antwortete Milly.

»Ach, schön! Mein Lieblingsviertel in Paris. Ihr seid bestimmt im Café de Flore gewesen, oder?«

»Ja, klar. Jeden Tag zum Frühstück. Und im Les Deux Magots. Und am Samstagabend waren wir zum Essen in der Brasserie Lipp und zu Cocktails im Crillon.« Das französische »R« kam ihr schon ziemlich perfekt über die Lippen. »Carey sagt, das gehört zu den Dingen, die man in Paris gemacht haben *muss*.«

»Verstehe. Und du durftest in dem Lokal einen Cocktail trinken?«

»Nein, aber wir sind raus in den Garten, Andrew hat ihn uns gebracht.«

»Nicht *Sir* Andrew? Du scheinst ja schon richtig Teil der Familie zu sein«, meldete sich Patrick zum ersten Mal zu Wort.

»Daddy, sei nicht albern. Ich konnte doch nicht die ganze Zeit Sir Andrew zu ihm sagen!«

»Zurück zu dem Cocktail. Was für einer war's?«

»Ein Bellini.«

»Milly!«, rief Bianca entsetzt aus. »Andrew Mapleton hat dir einen Bellini spendiert?«

»Ja.«

»Das finde ich nicht gut.«

»Mu-um! Gott, bist du altmodisch.«

»Milly, Alkohol ist nichts für Kinder. Wie hast du dich danach gefühlt?«

»Gut. Mir war ein bisschen schwindlig. Aber es war bloß ein winziger Schluck Sekt drin, hat er gesagt, ansonsten fast nur Pfirsichsaft. Daraus besteht ein Bellini«, erklärte sie ihrer Mutter ein wenig herablassend, »aus Pfirsichsaft und Sekt.«

»Danke, das weiß ich.« Darüber würde Bianca mit Nicky Mapleton reden müssen.

»Tschüs, Schatz. Ich wünsch dir einen schönen Tag. Vergiss die Drinks bei den Cussons heute Abend nicht. Wird's spät?«

»Nein, ich glaube nicht.«

Lawrence Ford schloss die Tür hinter sich, stieg in seinen Wagen, fuhr zum Bahnhof und kletterte in den Zug. Ihm war ziemlich flau im Magen.

Von wegen spät. Die Tage zogen sich endlos dahin, wenn er von der Leihbibliothek ins Café wanderte, in Gegenden, in denen er hoffte, keinem Bekannten zu begegnen … Er hatte immer geglaubt, er würde etwas Nützliches tun, wenn er seinen Job verlöre, vielleicht noch einmal studieren, einen Schreinerkurs machen. Von einer gutbezahlten, sicheren Arbeitsstelle aus, in einer Atmosphäre behaglichen Selbstbewusstseins, hatte das leicht ausgesehen – aber woher sollte er jetzt die Motivation für so etwas nehmen? Wo ihm doch sogar der Mut fehlte, seiner Frau zu gestehen, dass er gefeuert worden war.

Morgen. Heute würde er noch die Drinks mit den Cussons hinter sich bringen, und morgen Abend würde er es Anne sagen. Und so tun, als wäre es gerade eben passiert. Dann hätte er es hinter sich. Mehr oder minder.

Sie hatte ihn kaum jemals anders als fröhlich erlebt, das wurde ihr jetzt bewusst. Sein Lebensmut hatte ihnen in all den Jahren Zuversicht gegeben. Aber ...

»Was ist?« Marjorie setzte sich aufs Bett und nahm seine Hand.

»Es muss weg«, antwortete Terry.

»Was?«, fragte sie. Die Angst machte sie begriffsstutzig.

»Mein verdammtes Bein! Was denkst du denn?«

Terry drehte das Gesicht von ihr weg, und Marjorie fielen in ihrer Furcht vor der Zukunft keine passenden Worte ein.

Trina Forster arbeitete erst seit einer Woche für die Personalabteilung. Eine der Aufgaben, die sie noch vor dem Wochenende erledigen musste, bestand darin, die Kündigung für alle Farrell-Verkaufsberaterinnen auf den Weg zu bringen. Doch Mr Farrell hatte ihr am Donnerstagabend mitgeteilt, dass er am folgenden Tag nicht im Büro und somit nicht in der Lage sein würde, die Briefe persönlich zu unterzeichnen, weswegen sie erst einmal liegen bleiben würden.

Immerhin konnte sie sie bis auf die Unterschrift fertig machen. Trina brachte einen Teil des Vormittags damit zu, sie auszudrucken, sodass sie auf einem ordentlichen Stapel auf ihrem Schreibtisch lagen, als Bianca Bailey am Nachmittag das Büro betrat.

»Ist Mr Farrell nicht da?«

»Nein, Mrs Bailey, er besucht einen Kurs. Er hat gesagt, er würde sich bemühen, noch einmal herzukommen, aber allzu große Hoffnungen soll ich mir nicht machen.«

»Aha.« Bianca sah die Briefe an. »Muss er die noch unterschreiben?«

»Ja. Er hat gemeint, sie seien dringend, wollte sie aber selbst unterzeichnen. Das sind die Begleitschreiben zu den Kündigungen der Verkaufsberaterinnen.«

»Verstehe. Wissen Sie was? Die unterschreibe ich. Überprüft hat er sie ja vermutlich, oder?«

»Ja.«

»Gut. Geben Sie sie mir, dann unterzeichne ich sie, und Jemima bringt sie zur Post. Keine Sorge, ich erkläre Mr Farrell alles am Montag. Er sagt, Sie hätten diese Woche gute Arbeit geleistet. Weiter so.«

Bianca schenkte Trina dieses bezaubernde Lächeln – sie war so nett, dachte Trina, so freundlich – und entfernte sich mit den Briefen.

Den Rest des Nachmittags brachte Trina damit zu, Mails abzuarbeiten. Erst als sie sich daran machte, Mr Farrells Schreibtisch aufzuräumen, entdeckte sie die Postkarte, halb von einem Stapel Notizen verdeckt, in Berties krakeliger Handschrift, mit einem Post-it-Zettel daran, auf dem stand: *Bitte dem Brief an Marjorie Dawson beilegen.*

Mit einem leichten Gefühl der Panik zog Trina den Post-it-Zettel ab und las die Karte.

Meine liebe Marjorie,
es tut mir sehr leid, dass wir uns von Ihnen verabschieden müssen. Ich hoffe, Sie verstehen die Gründe, und möchte Ihnen für Ihre jahrelangen treuen Dienste danken. Ich hoffe des Weiteren, dass es Ihrem Mann gut geht, und weiß, dass Sie sich wie bisher auf Ihre unvergleichliche aufopfernde Weise um ihn kümmern werden. Falls in der nahen Zukunft eine Stelle bei uns frei werden sollte, denken wir zuerst an Sie. Wenn Sie mit mir persönlich über alles sprechen möchten, zögern Sie bitte nicht, mich anzurufen oder einen Termin mit meiner Sekretärin zu vereinbaren.

»Du meine Güte!«, rief Trina aus, nahm die Karte und rannte zu Jemimas Büro.

Doch Jemima war verschwunden, genau wie Bianca, und mit ihnen die Post.

Als Lucy am Samstag bei Rolfe's eintraf, fand sie den Stand verwaist vor. Das überraschte sie; normalerweise war Marjorie schon lange, bevor das Kaufhaus öffnete, da. Lucy konnte Marjorie gut leiden, weil diese sich große Mühe gab, Lucy alles zu erklären, und weil sie bei den anderen Verkaufsberaterinnen sehr beliebt war. Gerade hatte Lucy begonnen, die Ware ein wenig anders zu arrangieren, als der Geschäftsführer zu ihr trat.

»Heute werden Sie allein zurechtkommen müssen, Lucy. Marjorie hat sich gerade krankgemeldet.«

»Okay.« Natürlich tat es Lucy leid, dass es der armen Marjorie nicht gut ging, aber es würde ihr Spaß machen, sich ohne sie zurechtzufinden. Endlich hätte sie einmal etwas zu tun.

Marjorie saß am Küchentisch und starrte ungläubig den Brief an, der am Morgen eingetroffen war. Ein kurzes, höfliches Schreiben informierte sie, dass sie ihre Stelle Ende August verlieren würde.

Wie konnten sie ihr das antun, sie einfach wegwerfen wie ein benutztes Taschentuch? Wo war Lady Farrell jetzt mit ihren leeren Versprechungen?

Marjorie wählte ihre Nummer, doch das Telefon klingelte ziemlich lange durch, ohne dass jemand rangegangen wäre. Nun, sie würde es einfach weiter versuchen. Doch zuvor fuhr sie ins Krankenhaus, wo sie bald darauf an Terrys Bett saß, den Blick auf all die Schläuche gerichtet, an denen er hing. Sie konnte nur hoffen, dass die Infusionen es schaffen würden, die lebensgefährliche Infektion in den Griff zu bekommen.

»Hallo, Looby Loo«, begrüßte Bertie Lucy, als diese eintrat. Das war sein Kosename für sie. Sie selbst mochte ihn, doch Priscilla hasste ihn, was ihn dazu brachte, ihn öfter zu benutzen, als er es sonst getan hätte. »Wie viele Millionen Damen hast du heute bedient?«

»Keine Millionen«, antwortete Lucy. »Nicht einmal zehn.«

»Oje.«

»Und Marjorie war nicht da. Sie ist krank, sagt der Geschäftsführer.«

»Die arme Marjorie. Ach, das Telefon klingelt. Hoffentlich ist das nicht Mummy, der ich beim Flohmarkt helfen soll.«

»Ich geh schon ran«, erbot sich Lucy, »und erkläre ihr, dass du nicht da bist.«

Kurz darauf kam sie schmunzelnd ins Zimmer zurück.

»Grandy. Sie will mit dir reden. Ich hab ihr gesagt, ich schau mal nach, ob du da bist. Darauf hat sie gemeint, ich soll nicht albern sein, natürlich bist du da. Sorry, Daddy.«

»Schon okay«, seufzte Bertie. »Der Himmel allein weiß, was sie will, aber schlimmer als der Flohmarkt kann's nicht sein.«

Neunzehn

»Ich bin entsetzt. Und enttäuscht. Ehrlich gesagt kann ich es kaum glauben. Könnt ihr mir eine Erklärung für euer Verhalten geben?«

Schweigen.

»Ich bin bestürzt über euch beide, aber besonders über dich, Emily. Carey hat immerhin die Ausrede, dass sie vielleicht noch nicht mit dem hohen Standard der Schule vertraut ist. Du hingegen genießt bereits seit fast zwei Jahren das Privileg, bei uns zu sein. Von dir hätte ich Intelligenteres erwartet. Natürlich muss ich eure Eltern in Kenntnis setzen. Und mir eine angemessene Bestrafung für euch beide ausdenken. Geht jetzt zurück in euer Klassenzimmer und entschuldigt euch bei Miss Sutherland für eure Abwesenheit.«

Draußen auf dem Flur blinzelte Milly ihre Tränen weg. Carey sah sie an und lächelte, nicht unbedingt freundlich.

»Mills, das ist nicht das Ende der Welt. Wir sind ausgebüxt, na und? Das haben wir in Paris doch die ganze Zeit gemacht.«

»Aber hier sind wir nicht in Paris«, erwiderte Milly. »Und St. Catherine's ist in dieser Hinsicht sehr streng.«

»Warum hast du dich dann drauf eingelassen? Du warst doch ganz begeistert von meinem Vorschlag.«

»Ich weiß ...« Milly kaute an ihrer Lippe. Schwer zu erklären, dass sie den Plan, den sie nachts in Careys Zimmer kichernd ausgeheckt hatten, gar nicht mehr so cool und toll fand, als sie in der Mittagspause mit Carey zum Tor von St. Catherine's hinausgeschlichen war. Im Bus Richtung Westfield hatte sich dann natürlich das

Adrenalin bemerkbar gemacht, und sie waren sich unglaublich clever und erwachsen vorgekommen. Carey hatte ihre Schulkrawatte abgenommen, mehrere Knöpfe an ihrer Bluse geöffnet und sich geschminkt.

»Wir haben's geschafft«, hatte sie gesagt.

»Ja«, hatte Milly ihr grinsend beigepflichtet, und sie hatten einander abgeklatscht.

»Wissen Sie eigentlich, was Sie getan haben?«

»Nein, Lady Farrell, bitte erklären Sie es mir. Wenn es sich um etwas Schlimmes handelt ...«

»Etwas Schlimmes! Ich schäme mich zutiefst für das Haus Farrell und meine Familie. Nicht zu fassen, wie herzlos Sie vorgegangen sind!«

»Lady Farrell, bitte verraten Sie mir, was los ist.«

»Was los ist? Mrs Bailey, Marjorie Dawsons Mann steht eine lebensbedrohliche Operation bevor. Das hat sie Samstagmorgen erfahren – gerade, als Ihr Brief eintraf.«

»Oh. Das tut mir sehr leid, aber ...«

»Der Schock über den Brief hätte, wie von meinem Sohn vorgesehen, ein wenig gemildert werden können durch die persönlichen Worte, die er ihr geschrieben hatte. Er war genauso entsetzt wie ich, dass sie der Kündigung nicht beilagen.«

»Verstehe. Es tut mir wirklich sehr leid. Welcher Operation muss Marjories Mann sich denn unterziehen? Wissen Sie etwas Genaueres?«

»Nur, dass ihm ein Bein abgenommen wird.«

»O nein!« Bianca war schockiert. »Das ist ja entsetzlich.«

»Jetzt ist es ein bisschen spät für Bedauern. Zu allem Überfluss hat er sich eine schwere Infektion zugezogen. Es könnte gut sein, dass er die Operation nicht überlebt. Dass die arme Marjorie am selben Morgen eine solch brutale Entlassung von ihrem langjährigen Arbeitgeber erhalten hat, finde ich einfach unerträglich.«

»Ich kann mich nur für diesen unglücklichen Zufall entschuldigen«, sagte Bianca.

»Ein unglücklicher Zufall! Mehr fällt Ihnen dazu nicht ein?«

»Ich habe aufrichtiges Mitleid mit ihr, aber ich wusste nichts von diesem Begleitbrief, den Ber... Mr Farrell geschrieben hat.«

»Wenn das so ist«, meinte Athina, »muss die Sekretärin entlassen werden. Was für eine schockierende Achtlosigkeit. Ich habe meinen Sohn bereits informiert.«

»Sie wird *nicht* entlassen! Es war ein Irrtum, Lady Farrell. Ich übernehme die Verantwortung dafür, dass die Briefe verschickt wurden, und entschuldige mich noch einmal.«

»Mrs Bailey ...« Athina erhob sich. »Bitte gehen Sie. Ich habe vor, die arme Marjorie heute Nachmittag zu besuchen, und versichere Ihnen, dass Sie in Zukunft große Probleme haben werden, sich meiner Hilfe in diesem Unternehmen zu versichern. Ihre Methoden widern mich an. Mir wäre es lieber gewesen, wenn das Haus Farrell untergegangen wäre, als Ihnen in die Hände zu fallen.«

Bianca verließ den Raum.

»Sie sehen blass aus.« Laras leicht kehlige Stimme riss Bertie aus seinen Selbstvorwürfen. Er hatte achtundvierzig Stunden in der Hölle hinter sich, zwei Attacken von seiner Mutter und eine Strafpredigt von seiner Frau (»Ich hab's gleich gewusst, dass der Job nichts für dich ist ...«), und dann hatte er am Morgen auch noch von Terrys Operation erfahren. Bertie hatte zu arbeiten versucht, war jedoch bis mittags nicht einmal in der Lage gewesen zu entscheiden, ob sich die Bewerber um die freie Stelle des Marketingassistenten in seinem eigenen oder in Laras Büro einfinden sollten.

Aus diesem Grund suchte Lara ihn auf. Es tue ihr leid, wenn sie ihn störe, sagte sie, aber sie brauche eine Entscheidung. »Damit ich noch ein paar Dinge organisieren kann, bevor sie kommen.«

Er versuchte, sie anzulächeln, und antwortete, seiner Ansicht nach sei ihr Büro besser. »Weil es aufgeräumter ist.«

»Gut.« Sie sah ihn mit ihren leuchtend blauen Augen nachdenklich an. »Sollten wir zuerst noch über etwas reden?«

»Was? Nein, nein, ich glaube nicht. Bitte entschuldigen Sie.«

Sie schlug vor, rauszugehen und irgendwo ein Sandwich zu essen.

Als Lara mit dem Essen fertig war, sah sie Bertie mit einer Mischung aus Sorge und Ungeduld an. »Bertie, Sie sollten sich keine Vorwürfe machen. Das war ein unglücklicher Zufall, und von allen Beteiligten haben Sie nun wirklich am wenigsten Schuld.«

»Meinen Sie?«, fragte Bertie.

»Ja. Schließlich hatten Sie sich die Mühe gemacht, die Karte zu schreiben. Trina hätte in Ihrer Abwesenheit auf Ihrem Schreibtisch nachsehen und sich vergewissern sollen, dass nichts Wichtiges draufliegt, aber in dem Chaos etwas zu finden, käme ja einem Wunder gleich. Es war ein bisschen voreilig von Bianca, die Briefe abzuzeichnen, doch auch sie hat in bestem Glauben gehandelt. Sie haben sich absolut nichts vorzuwerfen.

Natürlich haben Sie ein schlechtes Gewissen, und die arme Mrs Dawson durchlebt eine schreckliche Zeit, aber wissen Sie was? Wenn meinem Mann ein Bein abgenommen werden müsste, wäre die Kündigung nicht meine größte Sorge. Sie wird einen anderen Job finden, während ihm kein neues Bein mehr wächst. Bitte, Bertie, ich weiß, wovon ich spreche. Na ja, ganz so war es bei mir nicht ...« Sie zögerte kurz, bevor sie fortfuhr. »... Ich habe in derselben Woche, in der ich eine neue, ziemlich gute Arbeitsstelle gefunden hatte, gemerkt, dass mein Mann fremdgeht. Was, glauben Sie, war mir in dem Moment wichtiger?«

»Ich vermute mal das Fremdgehen«, antwortete Bertie.

»Klar. Die meisten Personalchefs hätten die Sache in Ihrer Situation vermutlich mit einem Achselzucken abgetan und Mrs Dawson einen Blumenstrauß geschickt ...«

»O Gott, hätte ich das tun sollen?«, rief Bertie entsetzt aus. »Daran habe ich nicht gedacht.«

»Natürlich nicht. Das würde doch bloß heißen: ›Tut mir leid, hier sind ein paar Blumen zur Aufmunterung‹. Krass. Ich wollte nur erklären, dass das die übliche Vorgehensweise wäre. Nichts und niemand kann der armen Frau im Moment helfen, also hören Sie bitte auf mit den Selbstvorwürfen. Sie machen diesen Job richtig gut, aber Sie müssen sich ein dickeres Fell zulegen. Schon zum Schutz gegen Ihre Mutter. Oje, das hätte ich nicht sagen sollen. Sorry.«

»Doch, doch«, widersprach Bertie und lächelte nun tatsächlich. »Jetzt geht's mir gleich viel besser. Sie haben mir geholfen, die Sache ein bisschen realistischer zu sehen. Vielleicht war es doch nicht allein meine Schuld.«

»Nicht weinen. Das nützt auch nichts, oder? Setz dich, dann unterhalten wir uns. Das sieht dir überhaupt nicht ähnlich. Ich möchte wissen, warum und wie es passiert ist. War es deine Idee?«

»Nein!«

»Die von Carey?«

Milly zögerte, bevor sie bejahte. »Aber ich war einverstanden«, fügte sie hinzu, um nicht als Petze dazustehen.

»Warum?«

»Weil ... weil ...«

»Weil das, was Carey sagt, gemacht wird?«

»Nein! Nein, wirklich nicht«, wehrte sich Milly.

»Gut, warum dann? Weil es aufregend erschien?«, fragte Patrick mit nachdenklichem Blick.

»Ja, wahrscheinlich. Es war aufregend.«

»Was, in Westfield rumzulaufen? Das tust du doch öfter.«

»Ja, aber nicht, wenn's verboten ist. Das verstehst du nicht, ich mach nie was Unerlaubtes! Ich meine ...«

»Doch, das verstehe ich sehr wohl, Milly. Und du hast recht: Sonst bist du wirklich sehr artig. Du machst deine Hausaufgaben, schreibst gute Noten, bestehst alle Prüfungen, übst Musik. Du bist fast schon zu brav, um wahr zu sein.«

»Na ja …«

»Früher war ich wie du«, gestand Patrick nach kurzem Schweigen, »immer Klassenbester oder ganz oben. Ich wurde in alle Mannschaften gewählt, war Kapitän des Kricketteams, hab nie was falsch gemacht. Das Schlimmste war mal, dass ich eine Zigarette hinter dem Kunstraum geraucht habe.«

»Daddy!«

»Ja, ja. Dann ist ein interessanter neuer Junge in unsere Klasse gekommen, sein Dad war Maharadscha oder so was Ähnliches, alle fanden ihn toll. War wahrscheinlich ein bisschen wie deine Carey. Jedenfalls kam der an Stoff ran. Ich denke, ihr würdet das heute Gras nennen. Haschisch. Oder Marihuana. Er hat's verkauft, und wenn man es nicht kaufte und mit ihm rauchte, hatte man verschissen. Er war ein durchtriebenes kleines Ekel.«

»Klingt schrecklich. Carey ist nicht so«, versicherte Milly hastig.

»Vermutlich nicht. Jedenfalls hab ich das Hasch probiert, aber mir ist schlecht davon geworden, und ich hab schreckliche Kopfschmerzen gekriegt. Als ich ihm gesagt habe, dass ich keins mehr will, hat mir seine kleine Gang eine Abreibung verpasst. Und dann ist er erwischt worden.«

»Echt?«

»Ja. Du siehst also, dass ich nachvollziehen kann, wie solche Dinge passieren. Trotzdem ist es nicht richtig, Milly. Und wichtiger: Es ist nicht klug. Du kannst dich glücklich schätzen, privilegiert zu sein. Allerdings könntest du, wenn du diesen Weg weitergehen würdest, auch jederzeit böse abrutschen. Aber was ich dir eigentlich sagen will: Mummy und ich sind immer für dich da. Egal, was passiert, du kannst jederzeit damit zu uns kommen, und wir versuchen dir dann zu helfen. Doch das heißt nicht, dass wir auch alles, was du anstellst, für richtig halten. Und wenn so etwas noch einmal passiert, könnte es gut sein, dass wir nicht mehr so viel Verständnis aufbringen. Begreifst du das?«

»Ja. Und Mummy, was denkt die?«

»Ich hatte noch keine Gelegenheit, mich ausführlich mit ihr darüber zu unterhalten, weil sie bis morgen Abend weg ist.«

Das klang lahm, dachte er. Plötzlich wirkte Millys Verhalten wie etwas, womit man sich nicht sofort auseinandersetzen musste. »Sie wird selbst mit dir darüber reden wollen.«

»Ist sie sehr sauer?«

»Eher enttäuscht.«

Das war eine Übertreibung; Bianca hatte auf die Nachricht in einer kurzen Pause zwischen Besprechungen eher geistesabwesend reagiert.

»Sie hat die Schule geschwänzt? Na ja, ein großes Verbrechen ist das nicht gerade, aber wir werden die Sache im Auge behalten müssen. Diese Carey ist schuld, die macht nur Probleme. Patrick, ich muss jetzt leider los. Ich rufe dich später noch mal an, dann sprechen wir ausführlicher darüber.«

Doch später hatte ein Abendessen stattgefunden, und sie hatte gefragt, ob die Angelegenheit warten könne, bis sie wieder zu Hause sei.

Nachdem Milly sich mit einem Kuss und einem »Danke, Daddy, ich tu's nicht wieder, versprochen« verabschiedet hatte, war er spazieren gegangen und hatte über sein eigenes langweiliges Leben nachgedacht, seine vorhersehbare berufliche Zukunft und die Chance auf mehr Aufregung und Erfolg, die der neue Job ihm möglicherweise bringen würde. Saul Finlayson war so etwas wie seine Carey Mapleton. Er bot ihm Glanz, vielleicht sogar ein wenig Risiko. Und danach sehnte er sich, stärker, als er sich jemals nach etwas gesehnt hatte. Außer natürlich nach Bianca, und die war ziemlich aufregend gewesen.

Sehr viel länger würde es nicht so weitergehen. Zum Glück war dieser kleine Zwischenfall mit Milly passiert, solange er noch bei BCB war, dachte Patrick.

Zwanzig

Susie warf, so verstohlen es ging, einen Blick auf die SMS, die gerade hereingekommen war: *Wo bist du?*

Nicht verstohlen genug; Bianca hatte es gemerkt und runzelte leicht die Stirn, woraufhin Susie das Handy sofort ausschaltete und sich wieder voll und ganz auf die Diskussion konzentrierte.

Bianca, Lara und Susie warteten auf den Parfümeur, und auch Florence war mit von der Partie. Darüber wäre Susie möglicherweise weniger erstaunt gewesen, hätte sie gewusst, dass Lady Farrell zwar sehr dagegen war, ein neues Parfüm herauszubringen, Florence hingegen sehr dafür. Das hatte sie Bianca bei einem ihrer Besuche im Shop mitgeteilt.

»Wie gesagt, Mrs Bailey: Viele unserer Kundinnen wollen schon sehr lange wissen, ob wir denn auch einmal ein Parfüm kreieren. In letzter Zeit besteht außerdem Nachfrage nach Duftkerzen und ähnlichen Dingen. Ich finde die Idee gut, aber natürlich ist ihre Verwirklichung kostspielig. Parfüms lassen sich nicht mit kleinem Budget lancieren.«

»Das stimmt. Es freut mich, dass Ihnen der Gedanke gefällt, Florence. Nächste Woche werde ich mit einem Parfümeur sprechen, um verschiedene Konzepte zu diskutieren. Hätten Sie möglicherweise Zeit, sich dazuzugesellen? Mich würden Ihre Gedanken dazu interessieren. Und Florence: Sagen Sie doch Bianca zu mir.« Mit einem kurzen Lächeln hatte sie den Shop verlassen und war in die Arkade hinausgegangen. Florence hatte sich geschmeichelt, wenn auch ein wenig verunsichert gefühlt. Bis sie nach der gnädigen Erlaubnis von Lady Farrell ihre Chefs mit »Cornelius« und »Athina«

anreden hatte dürfen, waren viele Jahre vergangen. Obwohl sich die Dinge außerhalb des Geschäfts natürlich manchmal etwas anders verhielten.

Der Parfümeur Ralph Goodwin war Bianca von Maurice Foulds, dem Chefchemiker des Labours, den Bianca nicht sonderlich mochte, empfohlen worden. Auch Lara hatte einige Leute ins Gespräch gebracht, von denen Bianca einen sehr gut fand, doch der verfügte leider nicht über die nötigen Kapazitäten. Maurice Foulds hatte ihr versichert, dass Ralph Goodwin genau der Richtige für das Projekt sei: Er arbeitete für ein großes Unternehmen in Sussex, nicht nur für die Kosmetikbranche, sondern für alle Bereiche, in denen Duftstoffe benötigt wurden, wie zum Beispiel bei Wasch- und Reinigungsmitteln und natürlich bei Toilettenartikeln.

Goodwin sah nicht aus wie ein Parfümeur: Er war Anfang fünfzig, glatt, fast schon schmierig, dachte Susie, bekleidet mit einem Nadelstreifenanzug, hochglanzpolierten Loafers, und er hatte einen BBC-Akzent. Offenbar ging es bei Parfümeuren mittlerweile eher ums Handwerk als um die Kunst.

Er setzte sich neben Susie.

»Vielen Dank für die Einladung an mich – uns«, hob er an. »Wie Sie wissen, sind wir ein großes Unternehmen, und ich bin nur einer von sechs Parfümeuren. Wo wollen wir anfangen?«

»Wir sollten feststellen, ob wir zusammenpassen«, antwortete Bianca. »Schildern Sie uns doch Ihre Erwartungen, zum Beispiel wie viel Zeit die Entwicklung Ihrer Meinung nach beanspruchen würde. Angenommen, Sie würden den Auftrag bekommen – welche Informationen müsste Ihnen das heutige Treffen bringen?«

»Vor allen Dingen«, antwortete Goodwin, »eine Geschichte. Ich brauche eine Vision, eine Story von Ihnen, worum es bei diesem Parfüm geht, was es ausdrücken und bewirken soll. Wir könnten mit einem Bild Ihrer idealen Kundin beginnen, wie sie sich kleidet und ernährt, was sie arbeitet, welche Möbel sie kauft, welche Blumen sie mag. Außerdem hätte ich gern eine Stimmung: Ist Ihre Kundin exzentrisch, intelligent, glücklich, traurig?«

»Auf keinen Fall wollen wir ein Parfüm für eine traurige Frau«, erklärte Florence sofort. »Mrs ... Bianca, was halten Sie von einer ein wenig rebellischen Dame? Zumindest unter der Oberfläche.«

»Gute Idee«, antwortete Bianca.

»Eine Frage, Mr Goodwin«, fuhr Florence fort, »sitzen Sie nach wie vor an einer Duftorgel? In meiner Zeit saßen Parfümeure an einem hohen Tisch, Dutzende von Fläschchen mit Blumen-, Moschus- und Sandelholzdüften vor sich, die sie mit der Hand zusammenmischten.«

»Leider nicht mehr. Heutzutage wird die Formel von einem Computer erstellt ... Obwohl ich zur ersten Besprechung mehrere Duftproben mitbringen würde, mit denen wir herumexperimentieren könnten. Wir würden die fruchtigen mit den Vanille- und den Patschulitönen, die ins Holzige gehen, vermischen, dazu vielleicht noch einen pudrig-süßen Rosenduft, damit ich das erkenne, was ich Ihre Duftsprache nennen möchte. Anschließend würde ich Ihnen, basierend auf dieser ersten Orientierung, drei oder vier Düfte vorstellen.«

»Das klingt ziemlich aufregend«, bemerkte Lara.

»Mrs Clements – Lara, wenn ich darf –, Parfüm gehört zu den aufregendsten Dingen überhaupt. Es kann anarchisch, aber auch unterwürfig wirken. Sie müssen nur wählen, dann kann ich es für Sie entdecken.«

»Wunderbar«, sagte Bianca.

Francine war gerade mit einer Kundin beschäftigt, als Florence zu The Shop zurückkehrte, wo Athina sie mit wütendem Blick empfing.

»Nur gut, dass ich hier war, um den Laden zu schmeißen«, begrüßte sie sie, als wartete vor der Tür eine Schlange bis zum Piccadilly Circus. »Wo waren Sie?«

»In einer Besprechung«, antwortete Florence und nahm den Hut ab, sodass sich ihre Haare in wilden Locken über ihre Schultern ergossen.

»In was für einer Besprechung? Und mit wem?«

»Mit Bianca Bailey. Und Lara Clements und Susie Harding«, erklärte Florence, ihre Stimme genauso zuckersüß wie ihr Lächeln.

»Worüber?«

»Parfüm.«

»Parfüm? Soll das heißen, sie will das tatsächlich durchziehen? Ist das zu fassen? Ich habe ihr gesagt, dass sie die Finger davon lassen soll. Warum?«

»Vermutlich, weil sie anderer Meinung ist als Sie«, sagte Florence. »Möchten Sie einen Tee, Athina?«

»Nein, danke. Dazu habe ich nicht die Zeit. Ich muss zurück ins Büro, eine Menge Dinge erledigen.«

Eine halbe Stunde später, als sie gelangweilt in ihrem Büro saß, begann sie, über Parfüm nachzudenken. Über ein Parfüm, von dem sie vier Jahrzehnte zuvor geträumt hatte …

Wieder in ihrem Büro, schaltete Susie ihr Handy ein: drei SMS und zwei Nachrichten auf der Mailbox, alle einsilbig und aggressiv. Scheiße! Der verdammte Henk. Während der Arbeitszeit durfte er das nicht mit ihr machen. Und sie durfte sich nicht von ihm aus der Fassung bringen lassen.

Bleib ruhig, Susie, dachte sie, du hast alle Trümpfe in der Hand.

Er wirkte verärgert. Das kam selten vor; normalerweise hatte er Verständnis für solche Probleme.

»Ich kann wirklich nicht anders«, beteuerte sie.

»Natürlich kannst du. Es ist eine Besprechung. Sag sie ab.«

»Das ist nicht möglich.«

»Herrgott!« Er fluchte auch nur selten. »Ich weiß ja nicht, worum sich deine Besprechung dreht, aber hier geht es um die Zukunft unserer Tochter. Mir fällt es schwer zu glauben, dass dir die nicht wichtiger ist.«

»Patrick, es ist ein Elternsprechtag. Früher bist du doch auch für uns beide hingegangen. Ich …«

»Mrs Blackman hat uns eigens gebeten, zu ihr zu kommen.«

»Patrick, tut mir leid, ich kann echt nicht. Die Besprechung ist wichtig, ich treffe mich mit Lara und den Leuten vom Labor. Mrs Blackman will doch sicher nur über diese Schulschwänzerei reden, und über die haben wir schon mit Milly gesprochen …«

»*Ich* habe mit Milly gesprochen. Soweit ich weiß, bist du noch nicht dazugekommen.«

»Doch! Ich habe mich sogar ziemlich lange mit ihr darüber unterhalten …«

»Am Telefon! Wie kommt das deiner Meinung nach für sie rüber? Dass dir dein Job wichtiger ist als sie? Es handelt sich um eine potenziell gefährliche Situation, die unsere ganze Aufmerksamkeit erfordert.«

Sie wusste, dass er recht hatte. Wie immer, wenn sie sich in die Ecke gedrängt fühlte, lenkte sie ein.

»Es tut mir wirklich leid. Sie scheint doch eingesehen zu haben, dass sie etwas falsch gemacht hat, und warum es falsch war. Außerdem hat sie mir gesagt, dass ihr lange darüber geredet habt. Was sollen wir weiter darauf herumreiten, Patrick? Bestimmt kannst du Mrs Blackman davon überzeugen, dass wir die Sache ernst nehmen. Außerdem mag sie dich viel lieber als mich«, fügte sie schmunzelnd hinzu. »Es war immer klar, dass du für solche Dinge zuständig bist, es sei denn, es handelt sich um etwas wirklich Wichtiges.«

»Bianca, es *ist* wirklich wichtig. Aber schön, wenn das dein letztes Wort ist. Allerdings muss ich schon sagen, dass ich ziemlich schockiert bin. Wenn du mich jetzt bitte entschuldigen würdest. Ich habe noch eine Menge zu tun.«

Als er den Raum verließ, war Bianca verunsichert. Und das war ein unbekanntes Gefühl für sie.

»Susie, ich will mich ja nicht einmischen, und Sie müssen auch nichts sagen, aber Sie sehen schrecklich blass aus.« Jemima blickte sie besorgt an. Susie war so gerührt, dass sie wieder feuchte Augen bekam. Wie zuvor, als sie sich bemüht hatte, die verräterischen Tränen vor Henk zu verbergen, als er sie angebrüllt und ihr vorgeworfen hatte, seine Anrufe zu ignorieren und ihn niedermachen zu wollen.

Natürlich hatte sie sich durch ihre Tränen in die schwächere Position manövriert. Er hatte ihre Schwäche sofort erkannt, war in den Modus verletzte Diva gegangen und hatte gesagt, er habe gedacht, sie liebe ihn, und bevor sie sich's versah, hatte er sie auf den Küchenboden gedrückt und ihr den Slip heruntergezogen.

»Henk, bitte, nein, nicht hier!«, hatte sie gefleht.

»Warum nicht? Nun stell dich nicht so an. Früher hat dir das doch auch gefallen.«

»Ich ... ich weiß.« Aber du tust mir weh, hatte sie gerade sagen wollen, als er schon in sie hineinzustoßen begann, seinen Mund auf den ihren gepresst, die Hände hart wie Schraubenzwingen um ihren Po. Weil sie nicht bereit war, hatte es tatsächlich wehgetan, und seine Aggressivität schmerzte sie auch emotional. Also hatte sie ihm Erregung vorgespielt, damit das Ganze so schnell wie möglich vorbei war.

Leider hatte sie das zu gut gemacht, denn als er fertig war, hatte er triumphierend gelächelt und gemeint: »Schon besser, Baby. Lust auf eine zweite Runde im Bett?«

Endlich, nach gefühlten Stunden des Schmerzes und Kummers, hatte sie ihn neben sich zusammensinken und wie immer sofort einschlafen sehen. Sie war vorsichtig aus dem Bett gekrochen, ins Bad geschlichen und hatte sich ziemlich lange in eine Wanne mit heißem Wasser gelegt, weil ihr alles wehtat. An ihren Brüsten, die er mit Bissen traktiert hatte, wie auch an ihren Oberschenkeln zeichneten sich bereits blaue Flecken ab.

»Nein, nein, alles in Ordnung«, versicherte sie Jemima nun mit matter Stimme, obwohl sie ihr liebend gern von der Tortur erzählt hätte. Doch sie wusste, dass das nicht ging. »Ich hab nur gerade meine Periode und mies geschlafen. Aber danke. Ich komme schon zurecht.«

»Sie Arme«, sagte Jemima. »Vielleicht ein Tässchen Tee? Und ich habe echt gute Tabletten in meiner Handtasche.«

Susie war Jemima dankbar dafür, dass sie nicht nachhakte, obwohl auf der Hand lag, dass sie Susie kein Wort glaubte. »Gern«, antwortete sie. »Danke.«

»Bianca wollte Sie sprechen«, teilte Jemima ihr mit, »aber das kann bestimmt warten, bis die Tabletten wirken.«

»Ja, das wäre schön«, meinte Susie. »Bitte verraten Sie ihr nicht, dass es mir nicht so gut geht, Jemima. Meine Entschuldigung klingt ziemlich lahm.«

»Ich erkläre ihr, dass Sie mit Anna Wintour über einen Exklusivbericht in der amerikanischen *Vogue* verhandeln«, meinte Jemima grinsend, und, als sie Susies Gesichtsausdruck sah: »Keine Sorge, Susie, ich kümmere mich schon darum.«

Am Ende sagte Jemima Bianca doch, dass sie sich Sorgen um Susie mache, weil diese offensichtlich ein Problem habe, dass man das aber tolerieren und sie eine Weile schonen müsse. Als Jemima hinzufügte, sie habe einige ziemlich üble blaue Flecken an Susies Hals gesehen, die trotz ihrer hohen Spitzenbluse zu erkennen gewesen seien, nickte Bianca und meinte: »Behalten Sie sie im Auge, Jemima.«

Jemima, die Biancas Ungeduld gegenüber jeglicher Schwäche bei sich selbst und ihren Mitarbeitern kannte, wusste, was für ein großes Zugeständnis das war.

Einundzwanzig

Hattie Richards sah nicht unbedingt so aus, wie man sich eine Chemikerin in der Kosmetikbranche vorstellt. Sie war groß und ungeschminkt, hatte mausfarbene Haare und trug einen hellbraunen Hosenanzug, bei dem weder Farbe noch Schnitt vorteilhaft war. Bianca begrüßte sie mit einem Lächeln und signalisierte ihr und Lara, dass sie sich setzen sollten.

»Vielen Dank«, sagte Hattie Richards, deren Stimme überraschend angenehm klang. »Dann erklären Sie mir doch bitte, was Sie sich vorstellen.«

»Nun«, antwortete Bianca, ein wenig aus dem Konzept gebracht, weil sie sich plötzlich in der Rolle der Interviewten befand, »natürlich eine Chemikerin. Und Lara ist der Ansicht …«

»Nein, nein«, fiel Hattie ihr ins Wort. »Ich meine im Hinblick auf die Produktpalette.«

»Es handelt sich nicht wirklich um eine ganze Palette, sondern eher um eine Palette innerhalb der Palette, die parallel zur bereits vorhandenen angeboten werden soll, zur Vorbereitung auf unseren neuen Marktauftritt nächsten Sommer. Selbstverständlich ist das streng vertraulich.«

»Ja, natürlich«, meinte Hattie Richards. »Auf dem Mastige-Markt oder eher in Richtung Prestige?«

»Eindeutig in die Prestigerichtung. Ich brauche einen Produktvorteil für The Cream und möchte eine veränderte Version davon entwickeln, passend zur neuen Produktpalette.«

»Das halte ich für keine gute Idee«, widersprach Hattie Richards. »Ihr Spitzenprodukt verändern? Das wäre Wahnsinn.«

An Selbstbewusstsein mangelte es ihr nicht, so viel stand fest. Bianca wusste nicht, ob ihr das gefallen oder ob es sie ärgern sollte.

»Vielleicht haben Sie recht«, meinte sie schließlich, um Höflichkeit bemüht. »Aber wie Sie ganz richtig sagen, handelt es sich um unser stärkstes Produkt, um etwas, auf dem wir aufbauen können. Ich finde, wir sollten Neues darum herum gruppieren.«

»Ja«, pflichtete Hattie ihr bei, »aber nicht The Cream verändern, okay? Sie ist einfach wunderbar. Ich würde mir etwa fünf Ergänzungsprodukte vorstellen. Zum Beispiel Tages- und Nährcreme, Reinigungsmilch, Gesichtsmaske und natürlich The Cream selbst. Für den Anfang würde das reichen. Es sei denn natürlich, Sie wollen eine zusätzliche Version von The Cream auf den Markt bringen, aber ich glaube, das würde den Wert des Originals mindern und implizieren, dass ihm etwas fehlt.«

»Tja.« Was sollte das? Wer wollte hier wen einstellen?

»Sie könnten eine SuperCream lancieren. Für besondere Gelegenheiten – Sie wissen schon, eisiges Winterwetter, Flugreisen, Aufenthalte im Hotel ...«

»Wieso braucht man denn im Hotel etwas Besonderes für die Haut?«, erkundigte sich Bianca.

»Zentralheizung, geschlossene Fenster, Klimaanlagen ... aber möglicherweise wäre auch das nicht die Antwort. Wenn Sie wollen, denke ich weiter darüber nach.«

»Vielleicht.« Bianca war sich nicht sicher, ob sie mit Hattie Richards zusammenarbeiten konnte. »Außerdem, denke ich, sollten wir uns in den Make-up-Bereich vorwagen.«

»Nur ein paar Make-up-Produkte, das reicht nicht. Entweder oder, alles oder nichts. Davon würde ich Ihnen abraten.«

»Ich finde Ihre Ansichten als Firmenfremde interessant«, sagte Bianca, bemüht, die Situation im Griff zu behalten.

»Ich würde Folgendes vorschlagen«, meinte Hattie: »Eine besondere Lippenpflege, so etwas wie eine Feuchtigkeitscreme für die Lippen, dazu fünf Glosses und eine Wimperntusche. Wimperntusche hat auch mit Hautpflege zu tun. Finden Sie nicht?«, fragte sie Lara, weil sie offenbar davon ausging, dass Bianca ohnehin ihrer Meinung war.

»Ja, doch«, antwortete Lara. »Obwohl mir das noch gar nicht in den Sinn gekommen war. Ihnen, Bianca?«

»Ich weiß nicht so recht …«

»Sie würden Ihren Augen doch keine schlechte Wimperntusche zumuten, oder?«, fragte Hattie Richards. »Die Augen muss man schützen. Man könnte das Produkt sogar schützende Wimperntusche nennen. Vorausgesetzt, das ist juristisch möglich. Warum eigentlich nicht? Guter Gedanke. Der Schutz der Augen … ein absolutes Plus fürs Produkt.«

»Stimmt«, pflichtete Bianca ihr bei, die die Genialität dieses Gedankens erkannte, »aber wie sehr mir Ihre Ideen auch gefallen, Hattie: Es gibt da einige Probleme. Ich bin gerade dabei, ein völlig neues Team aufzubauen …«

»Warum?«, fiel Hattie ihr ins Wort.

»Weil … Weil ich das Gefühl habe, dass wir einen Neuanfang machen müssen.«

»Warum?«, wiederholte Hattie.

»Ich glaube«, mischte sich Lara ein, »weil die Chemiker, die wir im Moment haben, nicht ganz das Niveau besitzen, das wir uns vorstellen.«

»Aber warum?«, fragte Hattie noch einmal. »Schließlich sind sie für The Cream verantwortlich. Ich weiß, dass sie in den letzten fünf Jahren modernisiert wurde. Sie ist leichter geworden, aber immer noch so reichhaltig wie früher.«

»Es handelt sich um eine ziemlich alte Formel.«

»Aber sie machen sie immer noch. Und das finde ich ziemlich clever. Außerdem gibt es keinen schlechten Chemiker. Schlecht sind nur die Informationen. Die Informationen und die Standards.«

»Sie meinen, Sie könnten mit unserem komischen alten Team zusammenarbeiten?«, fragte Lara erstaunt.

»Natürlich. Vorausgesetzt die Kollegen sind willig, und dafür müssten Sie sorgen. Ich würde die Ideen liefern, sie briefen, die Standards festlegen. Wie viele Leute haben Sie überhaupt?«

»Äh ... insgesamt drei, bald nur noch zwei«, antwortete Bianca.

»Das klingt doch nicht schlecht. Solange die einigermaßen kompetent sind, könnte ich Ihnen fast garantieren, dass ich in der Lage wäre, mit ihnen etwas auf die Beine zu stellen. In Ihrem Programm befinden sich einige gute Make-up-Produkte, zum Beispiel die Smudgeys – die sind toll. Manche der Farben sind ein bisschen daneben, aber das Konzept und die Formel funktionieren. Die müssen Ihre Chemiker ja entwickelt haben.«

»Äh ... ja.«

»Das Labor befindet sich hier? Wo ist die Fabrik?«

»In Islington.«

»Das klingt doch gut.«

»Gut, aber teuer«, erwiderte Bianca. »Deswegen ...«

»Sie könnten die Büros verlegen. Wäre nicht schlecht, wenn sich alles am selben Ort befände ...«

»Hattie«, mischte sich Lara ein, die merkte, dass Bianca immer verärgerter wurde über Hatties Vorschläge zur Umstrukturierung des gesamten Unternehmens, »würden Sie uns fünf Minuten geben? Wir müssten dringend etwas besprechen. Hat nichts mit Ihnen zu tun. Ich habe gerade eine SMS vom Vertrieb bekommen. Wir sind gleich wieder da.«

»Kein Problem«, antwortete Hattie. »Heute holt mein Mann den Nachwuchs aus dem Kindergarten ab. Ich habe alle Zeit der Welt.«

»Sie haben Kinder?«, fragte Bianca, bemüht, eher interessiert als erstaunt zu klingen.

»Ja, Zwillinge. Mädchen, die werden in zwei Monaten drei. Das ist doch kein Problem, oder?«

»Nein«, sagte Bianca. »Natürlich nicht. Ich habe selbst drei Kinder.«

»Gut.« Hattie lächelte anerkennend. »Ich warte hier, ja?«

»Wenn es Ihnen nichts ausmacht. Möchten Sie etwas trinken? Jemima ...«

Eine Woche später wurde Hattie Richards im Beisein von Bertie einem weiteren Bewerbungsgespräch unterzogen, und am folgenden Tag stand ihre Einstellung fest. Maurice Foulds teilte man mit, er könne, wenn er wolle, frühzeitig in den Ruhestand gehen und würde eine hohe Abfindung erhalten. Er stimmte widerwillig zu. Den anderen beiden Chemikern sagte man, dass sie vom folgenden Montag an unter ihrer neuen Chefin arbeiten würden.

Bertie hatte bei Hattie eine Liebe zur Gartenarbeit entdeckt. Auf dem Weg hinaus bat er sie um Ideen zur Bekämpfung eines Honigpilzes, der seine Ligusterhecke befallen habe, ein Thema, über das sie, erklärte sie ihm, nach dem Studium in Oxford einen Artikel verfasst habe.

»Oxford?«, fragte Bianca erstaunt, als Hattie außer Hörweite war. »Ist das zu fassen?«

»Bianca Bailey«, sagte Lara lachend, »Sie sind wirklich ein Snob.«

Es war der letzte Tag des Kurses, und das stimmte Lucy traurig. Sie hatte großen Spaß daran gehabt, eine Menge gelernt und sich mit einigen Leuten angefreundet.

Beim Mittagessen redeten sie alle über ihre Zukunft, die plötzlich ziemlich real und furchteinflößend wirkte.

Fenella, die gut und gern Model hätte werden können, hatte einen Studienplatz im Fach Fotografie bei Central St. Martins ergattert, inzwischen jedoch einen örtlichen Fotografen kennengelernt, der ihr eine feste Stelle anbot. Für ihn sollte sie die Damen schminken, die sich von ihm porträtieren lassen wollten. Und Lucy sollte für eine junge Frau und ihre Brautjungfern das Hochzeits-Make-up machen. Das war ihr bislang einziger Auftrag, aber sie wusste, dass solche Jobs oft zu Folgeaufträgen führten.

Sie würde auch bei Rolfe's weiterarbeiten. Marjorie würde noch zwei Monate bleiben können, weil ein neuer Plan ihres Vaters umgesetzt wurde, den er die »Mobilen Verkaufsberaterinnen« nannte: Frisch angeheuerte Frauen würden im Rahmen spezieller Werbekampagnen von Geschäft zu Geschäft wechseln, Produkte vorstellen, die Stände des Hauses Farrell sichern und die Kommunikation mit den Kundinnen fortführen. Beim eigentlichen Neustart würde man dann in weitere junge Damen investieren. So ließen sich viele Probleme umgehen, die ein vollkommener Verlust der Verkaufsberaterinnen aufgeworfen hätte.

»Florence, das ist genial!«
Florence lächelte über Biancas Begeisterung am anderen Ende der Leitung. »Ja, ich dachte mir, das könnte funktionieren.«
»Es könnte? Florence, es wird funktionieren, da bin ich mir sicher. Sie sind ein Genie. Danke.«

Genau das hatte er auch gesagt. Und sie hatte gewusst, dass sie das nie vergessen würde. Florence erinnerte sich noch über fünfzig Jahre später daran. »Sie sind ein Genie. Danke.«
Cornelius hatte darauf bestanden, sie nachmittags ins Ritz einzuladen. »Um alles genauer zu besprechen.«
Dort hatten sie unter Palmen Champagner getrunken, weil Cornelius darauf bestand, und dazu Earl-Grey-Tee – erstaunlicherweise passte das zusammen –, Räucherlachssandwiches, Scones, Sahne und Petits Fours. Sie unterhielten sich sehr lange, zuerst über ihre Idee, dass treue Kundinnen jedes Mal, wenn ein neues Produkt auf den Markt kam, eine kleine Probe erhalten sollten, dann darüber, wie das Unternehmen wuchs, was für einen guten Ruf es genoss. Schließlich sagte Cornelius, er hoffe, dass Florence glücklich sei, wie wunderbar er es finde, sie an Bord zu haben, wie sehr er und Athina sie schätzten. Irgendwann trat der Kellner an ihren Tisch, um sie taktvoll darauf hinzuweisen, dass die Zeit für den Nachmittagstee vorüber sei. Erst da merkten sie, dass sie allein waren, und

entschuldigten sich lachend. Worauf der Kellner sie bat, an die Bar zu wechseln.

Florence sagte, eigentlich könne sie nicht, und Cornelius fragte, warum nicht? Und plötzlich dachte sie, warum eigentlich nicht, auf ein letztes Glas Champagner?

»Oder hätten Sie lieber einen Cocktail?«, erkundigte sich Cornelius, und sie antwortete, vielleicht einen Champagnercocktail. Er bestellte ihn, sie trank ihn und war schon einigermaßen beschwipst, als Cornelius ihr gestand, wie gern er mit ihr zusammen sei, weil sie so gut Bescheid über alles wisse. Was halte sie denn von der vieldiskutierten Affäre zwischen Prinzessin Margaret und Fliegeroberst Peter Townsend?

Florence erklärte, wenn Prinzessin Margaret wirklich eine Affäre mit einem geschiedenen Mann wolle, solle sie die ihretwegen haben, allerdings vielleicht ein wenig diskreter. »Ob sie ihn tatsächlich heiraten soll, ist eine völlig andere Frage. Ich weiß nicht, ob das gut für das Land wäre. Oder für ihre Schwester als Oberhaupt der Anglikanischen Kirche.«

»Verstehe«, sagte Cornelius. »Dann stehen Sie außerehelichen Verhältnissen also tolerant gegenüber, Florence? Wie emanzipiert.«

»Jedenfalls hoffe ich, emanzipiert zu sein. Einer ehrgeizigen berufstätigen Frau würde es doch sicher schaden, nicht emanzipiert zu sein, oder?«

»Sie sind ehrgeizig?«, fragte Cornelius.

»Natürlich.«

»Und in welche Richtung geht Ihr Ehrgeiz? Wenn es um einen Platz in der Unternehmensleitung ginge – und ich möchte Ihnen sagen, dass ich dagegen zu einem späteren Zeitpunkt nichts hätte –, würden sich die Machtverhältnisse innerhalb des Hauses Farrell verschieben. Aber vielleicht richtet sich Ihr Interesse ja auf ein anderes Unternehmen und dessen Leitung.«

»Langfristig gesehen wohl schon. Ja.«

»Warum?«

»Wenn es mir tatsächlich gelingen würde, innerhalb des Hauses Farrell eine höhere Position zu erlangen, wäre es nicht zu vermeiden, dass ich Ihnen und Athina gelegentlich widersprechen müsste. Was nicht ginge. Wogegen das bei Yardley oder Coty keine Rolle spielen würde. Außerdem glaube ich, dass es Ihnen schwerfallen würde, mich wirklich ernst zu nehmen.«

»Ich finde, wir nehmen Sie sehr ernst. Und ich könnte den Gedanken nicht ertragen, dass Sie uns verlassen.«

»Ach, tatsächlich?« Mittlerweile hatte sie genug Champagner getrunken, um in Flirtlaune zu sein. »Warum das?«

»Warum? Weil Ihre Ideen, Ihre Vision für den Shop sowie Ihre gesamte Unternehmensphilosophie sich mit den unseren decken.«

»Verstehe«, meinte sie ein wenig enttäuscht.

»Und«, fügte er mit seiner sonoren Stimme hinzu, beugte sich vor und schaute ihr tief in die Augen, »Sie würden mir persönlich fehlen. Sogar sehr. Denn Sie sind mir ans Herz gewachsen, Florence.«

Er beugte sich noch weiter vor, streckte die Hand aus und begann, die ihre zärtlich zu streicheln.

Sie saß lange einfach nur da, ihre großen dunklen Augen auf die seinen gerichtet, und ließ ihre Hand, wo sie war.

Ein zufälliger Beobachter hätte dieses Tableau mit einer hübschen, elegant gekleideten Frau, der ein ausgesprochen attraktiver Mann vorsichtig Avancen machte, vermutlich charmant gefunden. Und er hätte sich vielleicht Gedanken über die Umstände und die Zukunft der beiden gemacht.

Was der Beobachter nicht hätte sehen können, war das fast nicht wahrnehmbare Verschränken ihrer Finger, bevor die Frau sich zurücklehnte, ihr Cocktailglas noch einmal zum Mund führte und mit dem Hauch eines Lächelns daran nippte. Auch hätte er, nachdem sie bald darauf gegangen waren, nicht gesehen, wie sie ziemlich hastig ins Taxi stiegen, wo sie einen Moment lang so weit entfernt voneinander wie möglich saßen und sich noch immer ruhig anlächelten, bevor sie sich buchstäblich aufeinander stürzten und einander leidenschaftlich küssten.

Zweiundzwanzig

»Das ist eine sehr gute Idee. Danke.«

Bianca lächelte Saul Finlayson bei Tisch etwas unsicher an und fragte sich, ob er auf alle Leute diese verwirrende Wirkung hatte. Sie kannte niemanden sonst, der so selbstbewusst war wie er. Patrick hatte vorsichtig vorgeschlagen, dass er mit Dickon zum sonntäglichen Lunch kommen solle, und Saul hatte die Einladung dafür, dass er normalerweise keine solchen gesellschaftlichen Aktivitäten pflegte, mit erstaunlicher Begeisterung angenommen.

»Sehr gut« war ein hohes Lob für einen so wortkargen Menschen wie ihn. Nun schenkte er Bianca tatsächlich ein Lächeln, nur ein ganz kurzes, wie immer.

»Ja, sehr gute Idee«, sagte er noch einmal.

Sie hingegen hielt es für gar keine gute Idee, dass Dickon möglicherweise Spaß an dem Judokurs haben könnte, den Fergie montags nach dem Unterricht besuchte. Saul hatte sich beklagt, dass sein Sohn außerhalb der Schule nicht genug unternehme.

»Soweit ich das beurteilen kann, hängt er bloß zu Hause rum.«

»Ich finde, das hat durchaus seine guten Seiten«, bemerkte Patrick. »Die Kinder heutzutage sind zu stark in Strukturen eingebunden, sie haben nicht genug Zeit, sich zu langweilen. Und man muss sich langweilen, um innere Ressourcen zu aktivieren. Ich habe mich als Kind oft gelangweilt und dabei entdeckt, wie gern ich lese.«

»Eigentlich möchte ich nicht, dass Dickon sich an den Abenden in Büchern vergräbt«, erklärte Saul.

»Saul! Was sagen Sie da?«, mischte Bianca sich ein.

»Warum? Er muss sich körperlich austoben. Er hat zu viel überschüssige Energie.«

»Und woran hatten Sie gedacht?«, erkundigte sich Patrick. »Zum Beispiel an Schwimmen?«

»Nein, er hasst Schwimmen«, antwortete Saul, ohne die Juchzer zu beachten, die vom Poolbereich herüberdrangen. »Außerdem macht er das schon in der Schule.«

Worauf Bianca widerwillig die Sache mit dem Judokurs vorgeschlagen hatte, weil der in Hampstead stattfand und Dickons Mutter Janey Finlayson, bei der er unter der Woche wohnte, ganz in der Nähe in Highgate lebte.

»Gut. Dann sage ich ihr, dass sie das anleiern soll.«

Sollte Janey ihr leidtun?, fragte Bianca sich.

»Ich glaube, ich würde jetzt selbst gern eine Runde schwimmen«, meinte Patrick. »Leisten Sie mir Gesellschaft, Saul?«

»Nein, danke. Aber lassen Sie sich nicht abhalten. Ich lese in der Zwischenzeit Zeitung. Habe eine Menge nachzuholen.«

»Okay. Bianca, was willst du machen?«

»Vielleicht einen Spaziergang. Ich hab mich das ganze Wochenende kaum bewegt.«

»Ich begleite Sie«, sagte Saul. »Natürlich nur, wenn Ihnen das recht ist.«

»Klar«, antwortete Bianca lächelnd, obwohl die Aussicht auf einen Spaziergang mit ihm sie nicht gerade euphorisch stimmte.

»Dann mal viel Vergnügen«, wünschte ihnen Patrick. »Wir sehen uns zum Tee.«

»Behalt die Kinder im Auge, ja?«, bat Bianca ihn.

»Selbstverständlich«, antwortete Patrick. »Tu ich das nicht immer?« Als sie seinen vorwurfsvollen Tonfall hörte, bedachte sie ihn mit einem scharfen Blick.

»Ja, natürlich. Danke.«

Sie ging Saul Finlayson voran in den Wald, in dem es angenehm kühl und dunkel war.

»Hier gefällt es mir«, bemerkte er. »Ich mag die Sonne nicht sonderlich. Ich versuch's immer wieder, aber es klappt einfach nicht.«

Sie musste lachen. »Es besteht kein Grund, warum Sie's versuchen müssten. Schließlich sind Sie erwachsen, wie man so schön sagt.«

»Stimmt. Nur finden leider viele von den Dingen, die ich gern mache, in der Sonne statt.«

»Als da wären? Ich schätze mal, Sie mögen das englische Wetter. Und für das eignet sich Laufen, weil das in der Hitze nicht ideal ist. Und Arbeiten. Ihre anderen Leidenschaften kenne ich nicht.«

»Da gibt es nicht so viele. Die meiste Zeit arbeite ich. Wie Sie, könnte ich mir vorstellen«, fügte er in einem Versuch, höfliche Konversation zu machen, hinzu.

»Ja. Und einen großen Teil dessen, was man ›Freizeit‹ nennt, widme ich den Kindern. Ich unternehme gern etwas mit ihnen.«

»Das überrascht mich.«

»Warum?«, fragte sie, sofort in der Defensive. »Hoffentlich komme ich nicht wie ein machtgeiler Workaholic rüber.«

»Nein.« Er bedachte sie mit einem ernsten Blick. »Aber mir ist nicht klar, wie Sie das alles schaffen, ohne einer zu sein.«

»Ich kann sehr gut delegieren«, erklärte sie.

»Sagt wer?«

»Ich. Und alle, die für mich arbeiten. Und auch alle Journalisten, die mich interviewen.« Sie schmunzelte. »Wieso also sollte ich widersprechen?«

»Ich kann das gar nicht«, gestand er. »Doch es wäre gar nicht so leicht, das, was ich tue, zu delegieren. Wenn ein Kunde mich um drei Uhr morgens anruft, muss ich für ihn da sein. Zwar nicht körperlich, aber geistig – und zwar ganz. Allerdings macht mir das auch Spaß. Ich möchte es gar nicht anders.«

»Dann geht es Ihnen nicht ums Geld?«, fragte sie.

»Nein. Mir geht es um die Tätigkeit an sich und das Wissen, dass ich es gut mache. Das ist doch immer der springende Punkt. Bestimmt ist Ihnen das genauso klar wie mir.«

»Ich ... Ja.«

»In meiner Branche verdient man Geld mit Intelligenz und Wissen«, erklärte er nach längerem Schweigen. »Das zehrt an den Nerven. Wenn man einen Hedgefonds managt, tritt man gegen die ganze Welt an. Das kann man aus keinem Buch lernen, es gibt keine Garantien. Egal, was andere tun, wichtig ist nur, dass man es selbst richtig macht.« Er hielt inne. »Sorry, normalerweise rede ich nicht so viel.«

»Stimmt«, sagte sie mit einem Lächeln, »das ist mir schon aufgefallen.«

»Aber mit Ihnen redet man gern.« Wieder dieses kurze Lächeln. »Vermutlich ist das einer der Gründe für Ihren Erfolg. Ich mag Sie«, gestand er völlig unerwartet. »Ich bin gern in Ihrer Gesellschaft.«

Sie lächelte stumm.

»Und Ihre Kinder sind gut geraten. Darauf können Sie stolz sein. Ich mache mir Sorgen wegen Dickon«, fügte er hinzu.

»Klar tun Sie das. Doch er ist ein lieber kleiner Junge. Überhaupt nicht verwöhnt, soweit ich das beurteilen kann.«

»Natürlich ist er verwöhnt!«, widersprach Saul. »Wie sollte es auch anders sein?«

»Selbstverständlich kann er viele Vorzüge des Lebens genießen, aber er ist kein verzogener Fratz. Er steht mit beiden Beinen auf der Erde.«

»Den Ausdruck hasse ich«, entgegnete er. »Mit beiden Beinen auf der Erde. Was bedeutet das?«

»Tut mir leid.« Sie ging schweigend weiter.

Er sah sie an. »Nein, mir tut es leid«, sagte er nach einer langen Pause. »Das war unhöflich. Wie haben Sie das gemeint?«

»Ich meine, dass er fest verankert ist, zufrieden und selbstbewusst. Und er hat gute Manieren.«

»Die guten Manieren haben wir seiner Mutter zu verdanken. Obwohl ich mich auch anstrenge. Heute zum Beispiel.«

»Und Sie schlagen sich gut«, lobte Bianca ihn lachend. »Wieso ist Dickon Ihrer Meinung nach verwöhnt?«

»Bianca! Er hat zwei Eltern, die um seine Gunst buhlen, und er ist nicht dumm. In ein paar Jahren wird er anfangen, uns gegeneinander auszuspielen ...«

»Nicht unbedingt.«

»O doch. Zum Glück ist seine Mutter fair. Sie macht keine ›Daddy ist gemein zu Mommy‹-Sachen. Sie ist ein sehr netter Mensch. Oft wünsche ich mir, dass wir noch zusammen wären«, fügte er hinzu.

»Und warum sind Sie es nicht?«, erkundigte sie sich.

»Ein Zusammenleben mit mir ist unmöglich. Aber wenden wir uns einem anderen Thema zu. Ich finde es schön, dass Sie Dickon mögen.«

»Ja, sogar sehr.«

»Und Ihr Mann fängt nächste Woche in meinem Unternehmen an. Wie stehen Sie dazu?«

»Selbstverständlich freue ich mich.«

»Nein, im Ernst: Was halten Sie wirklich davon?«

»Ich freue mich«, wiederholte sie. »Natürlich mache ich mir auch Gedanken. Nicht, dass er es nicht schaffen würde. Er ist ziemlich clever. Aber ich habe Angst, dass es ihm nicht gefallen wird. Er ist ein geselliger Mensch, und das, was er für Sie tun soll, klingt nach einer eher einsamen Tätigkeit.«

»Haben Sie ihn ermutigt?«

»Ja«, antwortete sie. »Ich denke, es würde ... ihm guttun.«

Plötzlich lachte er, ein kindliches, spontanes Lachen.

»Und mir auch, hoffe ich.«

»Das hoffe ich ebenfalls.«

Mittlerweile hatten sie einen See erreicht. Saul bückte sich, nahm einige Kieselsteine in die Hand und warf einen. Er hüpfte fünfmal übers Wasser.

»Sehr gut«, lobte Bianca ihn.

»Ja«, pflichtete er ihr bei. »Als kleiner Junge habe ich geübt, wieder und wieder, und mir dabei gedacht: Bei drei Hüpfern wählen sie mich ins Kricketteam, bei fünfmal schaffe ich's nach Oxford, bei sechsmal ...« Er verstummte.

»Sechsmal?«, fragte sie. »Was wäre bei sechsmal passiert?«

»Da hatte ich mich schon auf die Damenwelt verlegt.«

»Verstehe. Also: Siebenmal, und Sie hätten das Mädel erobert?«

»So ähnlich.«

Sie musste lachen. »Was war das höchste? Acht? Und was hätte das für Sie bedeutet?«

»So viel habe ich nie geschafft«, antwortete er und musterte sie mit einem intensiven Blick.

Verlegen bückte sie sich und hob selbst einen Kieselstein auf. »Ich versuch's mal«, verkündete sie. »Von der Theorie her weiß ich, wie's geht. Mein Vater wollte es mir beibringen. Er hat meistens dreimal geschafft. Ich hab's nie hingekriegt.«

»Probieren Sie's. So schwierig ist es nicht.«

Sie schaffte kein einziges Mal – alle Steine gingen sofort unter.

»Offenbar war Ihr Vater ein schlechter Lehrer.«

»Nein«, widersprach sie. »Er war wunderbar.«

»Was hat er Ihnen sonst noch beigebracht?«

»Lass dich nicht abwimmeln, lauf nicht mit der Masse mit. Und das Wichtigste: Mach nur Dinge, die du gut kannst, vergeude deine Zeit nicht mit anderen.«

»Das ist ein sehr guter Rat. Lebt er noch?«

»Ja. Meine Mutter ist gestorben, als ich neunzehn war. Er ist Professor für mittelalterliche Geschichte, lebt in seiner eigenen Welt. Was in einer Hinsicht gut ist, weil ihm Mummy dann nicht so sehr fehlt, wie es sonst vielleicht der Fall wäre, aber mich begreift er überhaupt nicht. Manchmal tut mir das ziemlich weh.« Sie verstummte, bückte sich, hob ein weiteres Steinchen auf. »Ich versuch's noch mal ...«

»Nein, beherzigen Sie den Rat Ihres Vaters. Überlassen Sie es denen, die es können. Los geht's.« Er warf das Steinchen. »Eine perfekte Sechs. Mit Ihnen macht das Spaß. Wie gesagt: Ich rede nicht oft. Glauben Sie, es ist wichtig, mit Frauen zu sprechen? Sie glücklich zu machen, meine ich? Reden Sie oft mit Patrick?«

»O ja«, antwortete sie, »auf beide Fragen.«

»Verstehe. Und ... hat es Ihnen Spaß gemacht, mit mir zu reden?«

Die Frage war so kindlich, dass sie lachen musste.

»Ja, natürlich. Und ich fühle mich geschmeichelt, dass Sie sich mit mir unterhalten haben.«

Er schwieg kurz. »Ich glaube, es wird Zeit, dass wir umkehren.«

»Okay«, sagte sie, überrascht über seinen Stimmungswechsel.

Saul sah sie schweigend an. Erst nach einer ganzen Weile sagte er: »Sie sind sehr attraktiv, Bianca. Patrick kann sich glücklich schätzen.«

Mit diesen Worten machte er sich auf den Weg zum Haus.

»Kommst du nun oder was?«

»Ich bin mir noch nicht sicher.«

»Herrgott! Warum nicht? Ich will das jetzt geregelt haben.«

Milly versuchte, nicht in Panik zu geraten. Sie hatte keine Angst davor, ihre Eltern zu fragen oder ein Nein von ihnen zu hören, sondern eher davor, dass sie ja sagen würden.

Anfangs hatte es wunderbar geklungen. Zwei Wochen auf einer Jacht, ein Segeltörn um die griechischen Inseln. Doch dann hatte Carey ihr von den anderen erzählt, die dabei sein würden. »Die besten Freunde meiner Eltern und ihre beiden Söhne. Einer von ihnen ist einfach göttlich. Sechzehn, auf den fahre ich total ab.«

»Klingt aufregend.« Milly konnte sich vorstellen, wie es laufen würde: Carey würde die ganze Zeit dem Göttlichen nachstiegen, während sie selbst ... »Und der andere?«

»Ach, der ist noch ein Kind. Er ist dreizehn.«

»Cool«, hatte Milly gesagt.

Milly hatte Carey schon mehrfach bei der Verfolgung von Jungs erlebt; sie war geradezu besessen. Und ein Wochenende in Paris war die eine Sache, vierzehn Tage auf einem Segelboot eine ganz andere.

»Ich sehe zu, dass ich heute Abend eine Antwort kriege«, versprach sie.

»Mach das. Ich hab keine Lust, von dir hängen gelassen zu werden. Deine Eltern sind richtige Kontrollfreaks. Denk nur an die Aufregung mit dem Cocktail. Dass deine Mum meine wegen so was anruft ... Wie alt bist du denn? Zehn? Morgen ist Deadline, okay? Wenn ich bis dahin nichts gehört habe, frage ich jemand anders.«

Das gab den Ausschlag. Die Vorstellung, dass jemand anders ihren Platz in diesen Luxusferien einnehmen würde, war noch viel schlimmer als ihre Bedenken dagegen.

»Mummy, Carey hat mich gefragt, ob ich mit ihnen in den Urlaub fahre. Zwei Wochen.«

»Ach, tatsächlich? Wohin denn?«

»Nach Griechenland. Sie mieten eine Jacht.«

»Klingt spannend. Hast du Lust darauf?«

»Klar«, antwortete Milly, alle Zweifel unterdrückend.

»Ich rufe ihre Mutter an und bespreche das mit ihr.«

»Wann? Carey möchte es so bald wie möglich wissen.«

»Gleich.«

Die Mapletons seien nicht da, teilte die Filipina-Haushälterin Bianca mit.

»Mummy, das ist schrecklich. Was soll ich Carey jetzt sagen?«

»Dass ich mit ihrer Mutter reden werde.«

»Glaubst du, das ist in Ordnung?«

»Ja, Milly.«

Also teilte sie Carey am Morgen mit: »Alles gebongt. Meine Mum ist einverstanden. Sie ruft deine Mutter an.«

»Cool«, meinte Carey. »Ich kann's kaum noch erwarten, dass du Ad siehst. Der ist große Klasse.«

»Cool«, sagte Milly artig.

Sie konnte nur hoffen, dass alles gut gehen würde.

Dreiundzwanzig

Bertie warf einen Blick auf die E-Mail, die gerade von Lara eingetroffen war.

Rufen Sie mich an, wenn Sie noch da sind, stand da.

Er rief sie an. »Hallo, ich bin's.«

Eigentlich war Bertie nicht so sicher, ob er mit jemandem sprechen wollte, weil er sich gerade mit seinen, wie er es nannte, juristischen Hausaufgaben, Spezialgebiet Arbeitsrecht, beschäftigte – das Thema war kompliziert, und er vertiefte sich lieber im Büro darin, weil Priscilla ihn daheim ständig mit Fragen über das Haus und den möglichen Umzug bombardierte. Außerdem zankten sie und Lucy sich die ganze Zeit.

»Ich habe einen mörderischen Tag hinter mir und vermute, dass es Ihnen genauso geht. Wir könnten was essen und dabei die Verträge für die beiden neuen Marketingleute besprechen. Ich hole Sie in fünf Minuten ab. Ich würde gern das neue Lokal in der Marylebone High Street ausprobieren – ist eher eine Weinbar, aber die kleinen Gerichte, die sie dort haben, sehen gut aus. Bis dann.«

Bertie klappte die Akten zu. Mit Lara essen zu gehen würde Spaß machen, und bestimmt wäre es angenehm, zur Abwechslung mal nicht wie zu Hause mit Verachtung behandelt zu werden …

Laras fröhliche, freundliche Art hatte etwas Aufmunterndes. Sie lobte ihn, sagte ihm, er mache seine Arbeit toll, im Unternehmen herrsche bereits ein völlig anderes Klima als zu ihren Anfängen, und das neue Marketingteam – sie und ihre beiden Assistenten – harmonierten wunderbar. »Sie hatten recht mit dem komischen kleinen Typen, und ich habe mich getäuscht. Er ist tatsächlich ein

Quell der Inspiration. Wollen wir ein Fläschchen Weißwein trinken? Oder lieber Roten? Und ... Ja, ich hätte gern den Fisch, und Sie?«

Bertie entschied sich für die *puttanesca*. »Nuttenspaghetti, heißt das, glaube ich.«

»Bertie, das ist die pikanteste Bemerkung, die ich je aus Ihrem Mund gehört habe!« Sie lachte. »Und wissen Sie was? Ihre Diät scheint anzuschlagen. Seit ich im Haus Farrell bin, hat Ihr Gesicht eine völlig andere Form angenommen.«

»Ist das positiv?«, fragte Bertie unsicher.

»Natürlich. Sonst hätte ich es nicht erwähnt.«

»Gott sei Dank«, sagte er so erleichtert, dass sie noch einmal lachen musste.

»Sie sind wirklich erstaunlich, Bertie. Warum nur haben Sie so wenig Selbstbewusstsein?«

»Wahrscheinlich weil nie Grund zu mehr bestand. Bei Eltern wie den meinen muss man sich nach der Decke strecken. Meine Mutter ist ziemlich kritisch.«

»Und Ihr Vater?«

»Der war ein bisschen nachsichtiger, aber so attraktiv, charmant und clever, dass meine Mutter ständig für mich unvorteilhafte Vergleiche gezogen hat.«

»Ich finde, Sie ähneln dem Bild von Ihrem Vater, das Ihre Mutter unbedingt im Konferenzzimmer hängen haben möchte, von Tag zu Tag mehr.«

Bertie war hin und her gerissen zwischen Verwunderung und dem Drang, seine Mutter zu verteidigen.

»Dieses Bild ist ihr wichtig. Wie sie immer sagt: Ohne ihn würde das Unternehmen nicht existieren.«

»Entschuldigung.«

»Schon gut. Ich glaube nicht, dass ich auch nur die geringste Ähnlichkeit mit ihm habe.«

»Doch. Mein Dad war Bankmanager, ausgesprochen gutaussehend und charmant, die Damen in Edgbaston haben ihn alle angehimmelt. Wir haben uns sehr gut verstanden. Er hat mir immer gesagt, wie glücklich ich mich schätzen kann, dass ich jung bin und mir die Welt zu Füßen liegt. Und er war sehr stolz auf mich und hat mich ermutigt, auf die Uni zu gehen, weil er es immer bedauert hat, selber nicht studiert zu haben.«

»Sie können sich tatsächlich glücklich schätzen«, bemerkte Bertie.

»Ich weiß«, pflichtete Lara ihm bei. »Sehr glücklich.«

»Und Ihr Mann?« Dass Lara anders als er mit so viel Liebe und Unterstützung aufgewachsen war, faszinierte Bertie.

»Mein Mann? Der war ein richtiges Arschloch. Hat mir einzureden versucht, dass ich keinen Stil habe. Er war im Internat, ich nur auf der Gesamtschule, und er hat mich ständig wegen meinem Akzent aufgezogen. Aber er war ziemlich sexy.«

»Verstehe«, sagte Bertie und nahm einen großen Schluck Wein.

»Anfangs hat er alles richtig gemacht, mir Blumen geschickt, mich zum Sekt eingeladen, hat tolle Reisen für mich organisiert – ein Wochenende in Paris, zu meinem Geburtstag dann Südfrankreich, in den Flitterwochen die Malediven. Das war wirklich was.«

Sie betrachtete nachdenklich ihren Wein. »Doch als wir verheiratet waren, musste er sich nicht mehr anstrengen und ist dann ständig mit Kumpeln auf Sauftour gegangen. Wir haben für dieselbe Firma gearbeitet. Dort hat er alle jungen Frauen angemacht. Als ich ihm gesagt habe, dass ich das nicht mag, hat er gemeint, ich bin eben doch bloß eine Vorstadtpflanze, und er will kein Vorortehemann sein. Also hab ich ihn verlassen. Ich war gut im Job, hab nach ihm einen richtig netten Typen kennengelernt und war sehr glücklich mit ihm. Wir wollten heiraten. Sie haben Prostatakrebs bei ihm festgestellt, einfach so. Sechs Monate später war er tot.«

»O Gott, Lara!«, rief Bertie aus. »Das ist ja schrecklich.« Im Vergleich dazu schien es das Schicksal mit ihm gut zu meinen.

»Ach, ist schon in Ordnung. Ehrlich. Wie Sie sehen, hab ich überlebt.«

Sein Handy klingelte. »Tschuldigung«, sagte er und schaute aufs Display. »Meine Frau. Ich muss rangehen.«

Er wandte sich vom Tisch ab.

»Hallo, Priscilla. Was gibt's? Aha, verstehe. Tut mir leid, aber ich musste noch länger arbeiten. Hatte ich dir das nicht gesagt? Im Moment esse ich einen Happen mit einer Kollegin. Was? Ach so. Na ja, vielleicht morgen ... Nein, du brauchst nicht auf mich zu warten, wir gehen hier gerade ein paar Verträge durch – ja, gut. Ja, tut mir leid. Hab ich dir doch schon mehrfach erklärt. Tschüs, Priscilla.«

Er beendete das Gespräch und sah Lara verlegen an.

»Sorry. Jetzt ist sie sauer. Sie hat das Essen für mich warmgestellt.«

»Oje«, sagte Lara. »Wollen wir schnell die Verträge durchgehen, bevor wir beide zu betrunken dazu sind, und uns dann anderen Themen zuwenden? Zum Beispiel ... Ihrer Ehe?« Sie sah ihn mit blitzenden blauen Augen an.

»Da gibt's nicht viel zu reden«, meinte Bertie. »Es ist eine vollkommen normale, glückliche Ehe. Das übliche Auf und Ab, nichts, was man groß diskutieren müsste.«

»Tatsächlich?«, fragte Lara. »Dann ist es ja gut.«

Sie verließen das Lokal erst spät, nachdem sie mehr als die Hälfte einer zweiten Flasche Wein getrunken hatten. Bertie half Lara gerade an der Tür in den Mantel, als sie sich zu ihm umwandte und lächelnd bemerkte: »Es war ein sehr schöner Abend. Danke, Bertie. Und Sie sehen Ihrem Dad wirklich immer ähnlicher.«

Plötzlich – der alte Bertie, nicht einmal der nüchterne Bertie, hätte so etwas nie getan – fühlte er sich so glücklich, dass er ihr Lächeln erwiderte und sie sehr sanft auf den Mund küsste.

»Mir hat's auch gefallen«, sagte er. »Danke für den Vorschlag.«

Sie sah ihn erstaunt an, bevor sie ihn umarmte, alles ganz unschuldig. Natürlich.

Es fühlte sich sehr, sehr angenehm an.

Es war berauschend. Fast, als wäre er verliebt. Erster-Gedanke-beim-Aufstehen-letzter-Gedanke-vor-dem-Einschlafen-Stoff. Appetitlosigkeit, Schlaflosigkeit, völlige Konzentration auf das Objekt der Begierde. Er erkannte sich selbst kaum wieder.

Und das alles eines Jobs wegen. Absurd. Aber nicht wegzudiskutieren. Es machte ihn glücklich.

»Hallo, Kumpel! Kommst du mit auf einen Drink?«

Patrick grinste Jonjo verlegen an.

»Geht nicht. Zu viel zu tun. Muss das bis heute Abend fertigkriegen.«

»Herrgott! Dich hat's aber echt erwischt.«

»Ja, das stimmt«, pflichtete Patrick ihm bei. »Es ist total faszinierend. Ich vergrabe mich so tief in die Materie, dass ich kaum noch weiß, ob es morgens oder abends ist.«

»Wunderbar. Und was ist mit deinen elterlichen Pflichten?«

Patrick grinste. »Die hab ich fürs Erste abgegeben. Jetzt ist mal jemand anders dran.«

Über dieses Thema hatte er mehrere nicht gerade Auseinandersetzungen, aber immerhin Missstimmigkeiten mit Bianca gehabt, erst neulich wegen eines Vortrags in Millys Schule, der in der Einladung mit dem Vermerk »wichtig« versehen war. Bianca hatte gesagt, sie könne nicht hingehen, das müsse er erledigen. Patrick hatte erwidert, er könne auch nicht, und so war keiner von ihnen dort gewesen. Kurz darauf war es bei einem Schwimmwettbewerb von Fergie ganz ähnlich gelaufen. So etwas hatte es bis dahin nie gegeben. Milly war schockiert, und sogar Ruby wurde von ihr angesteckt und weinte während der ganzen Gutenachtgeschichte. Fergie hatte seine Medaille für den Sieg im Freistil der unter Zwölfjährigen in den Mülleimer geworfen und war heulend in sein Zimmer verschwunden; auch das war äußerst ungewöhnlich. Später war Bianca zu ihm hinaufgegangen, doch er hatte sich geweigert, mit ihr zu reden. Beim Abräumen des Tischs war Bianca von Milly, die die Medaille aus dem Müll geholt hatte, zur Rede gestellt worden. »Du hättest hingehen müssen!«, hatte sie ihr vorgeworfen und war aus der Küche marschiert. Als Patrick wenig später nach Hause gekommen war, hatte er Bianca ihrerseits in Tränen aufgelöst vorgefunden.

»Alles läuft schief«, hatte sie geschnieft, sich die Tränen mit dem Handrücken weggewischt und dabei die Wimperntusche verschmiert. »Es ist nicht ihre Schuld, sie haben etwas Besseres verdient.«

»Da pflichte ich dir bei«, hatte Patrick gesagt.

»Und was wollen wir jetzt machen?«

»Bianca, tut mir leid, aber ich habe mich mindestens zwölf Jahre lang darum gekümmert. Ich war immer zur Stelle, wenn *wir* gefragt waren.«

»Das ist nicht fair. Ich habe meinen Teil erledigt, wann immer ich konnte.«

»Ja, und wenn du nicht konntest, musstest du dir keine Gedanken machen. Patrick kann ja hingehen, hast du gedacht, das ist in Ordnung so, und schon warst du weg, in New York oder Edinburgh oder Manchester. Für dich war es sehr, sehr leicht.«

»Das ist wirklich unfair! Wir hatten uns darauf geeinigt, dass wir es so handhaben würden. Es ist nicht meine Schuld, dass du beruflich flexibel warst und ich nicht.«

»Korrekt, aber dir ist es zupassgekommen.«

»Patrick, ich finde dieses Gespräch absurd. Unser gesamtes Familienleben basiert auf dieser Übereinkunft.«

»Meinst du nicht, dass solche Dinge sich auch ändern können? Damals war ich mit meiner Arbeit zufrieden. Aber irgendwann wurde ich ziemlich unglücklich …«

»Ach was! Du warst nicht *ziemlich* unglücklich.«

»Woher willst du das wissen? Hast du eigentlich, wenn du von einem schrecklich wichtigen Termin zum nächsten gehetzt bist, auch nur einmal gedacht: ›Sollte ich vielleicht zuerst Patrick fragen, ob das für ihn okay ist?‹?«

»Das habe ich«, erwiderte sie verletzt. »Bevor ich zum Haus Farrell gegangen bin, habe ich dich gefragt. Ich habe dir gesagt, dass es stressiger werden würde als bei PDN, und wollte deine Zustimmung. Du hast geantwortet, wenn ich es wirklich möchte, soll ich es machen.«

»Du drehst es dir hin, wie du's brauchst. Bin ich froh, dass ich nicht für dich arbeite.«

»Ach, mach dich doch nicht lächerlich!«, herrschte sie ihn an.

»Weißt du was?« Sein Blick wurde feindseliger, als sie ihn je gesehen hatte. »Manchmal fühlt es sich so an, als wäre ich Teil von deinem Team.«

»Patrick Bailey, was für eine abstruse Behauptung.«

»Meinst du? Ich muss alles, was ich mache, zuerst mit dir absprechen.«

»Nun hör aber auf!«

»Doch. Außerdem erinnere ich mich, dass ich ein ganz ähnliches Gespräch mit dir hatte, als ich zu Finlayson gegangen bin. Du hast gesagt – leider hab ich kein so gutes Gedächtnis wie du –, ich soll ruhig machen.«

»Bloß weil du behauptet hast, du würdest in deinem Job vor Langeweile umkommen und das würde niemandem auffallen. Es war nie die Rede davon, dass du nicht mehr so viel Zeit für die Kinder hättest.«

Patrick verstummte. Das war genau das Problem: Beide Seiten waren im Recht. Er hielt sich nicht an die Abmachung mit Bianca, und sie nutzte ihn weidlich aus, blieb oft länger im Büro, wenn sie leicht einen Schul- oder Arzttermin mit den Kindern hätte wahrnehmen können, und arbeitete selbst zu Hause noch.

»Irgendetwas muss jedenfalls geschehen«, sagte er schließlich. »So kann es nicht weitergehen. Wir werden beide Zugeständnisse machen müssen, du wirst ein bisschen ...«

»Ein bisschen was?«, fragte sie argwöhnisch.

»Ein bisschen flexibler sein müssen«, führte er den Satz zu Ende.

»Und ich werde mich bemühen, wenn möglich, Arbeit mit nach Hause zu nehmen. Saul sagt, er hat nichts dagegen. Aber Bianca, ich habe die Stelle noch nicht lange und muss mich bewähren. Gerade du solltest das begreifen.«

»Das tue ich«, lenkte sie ein. »Natürlich tue ich das. Patrick, ich … entschuldige. Ich weiß, dass ich mich glücklich schätzen kann, und bin dir wirklich dankbar. Jetzt, wo ich allmählich wieder den Wald, nicht mehr nur die Bäume sehe, werde ich mich anstrengen, es besser hinzukriegen.«

»Gut«, sagte Patrick, der das Friedensangebot eher kühl annahm, »freut mich zu hören. Wir scheinen so etwas wie eine halbe Lösung zu haben, jedenfalls in der Theorie.«

»Ja, sieht so aus.«

Bianca hätte sich gewünscht, wenigstens an diese halbe Lösung glauben zu können. In der Theorie war alles so einfach; nur in der Praxis wurde es schwierig.

Vierundzwanzig

Florence wusste genau, was für sie ausschlaggebend gewesen war. Athina hatte gesagt: »Nimm Florence mit, die kann dir bestimmt helfen. Sie sprechen doch Französisch, nicht wahr, Florence? Ich selbst habe einfach zu viel zu tun, um mitzukommen.«

Das Fatale daran war nicht, dass Athina so deutlich ihre beruflichen Fähigkeiten abgetan hatte, sondern dass sie so offensichtlich überzeugt gewesen war, es könne nicht gefährlich werden, wenn sie ihren Gatten mit Florence nach Paris, ausgerechnet Paris, schickte. Dass sie nicht im Traum daran gedacht hatte, er könne Florence attraktiv finden und deshalb in eine kompromittierende oder verführerische Situation geraten.

Florence hatte diese Gedanken beiseitegeschoben und sich einfach nur auf drei Tage Paris gefreut – welch herrlicher Luxus, selbst wenn sie die meiste Zeit über arbeiten würden! Es war ihr sogar gelungen, ihre Verärgerung nicht zu zeigen, als Athina gesagt hatte, Cornelius müsse Florence eine Unterkunft in der Nähe seines Hotels suchen. Und als Cornelius erwidert hatte, sie solle vielleicht lieber im selben Hotel wie er nächtigen, hatte sie so etwas wie Erregung verspürt und war fast erleichtert gewesen, als Athina entgegnete: »Das halte ich nicht für angemessen, Cornelius. Ich denke, eine nette kleine Pension in der Nähe würde sich besser eignen.«

Die Reise, die dazu dienen sollte, die Möglichkeiten für das Haus Farrell in Paris auszuloten, war schon einige Zeit geplant gewesen, doch im letzten Augenblick hatte man Athina angeboten, an einer exklusiven Werbekampagne für Harrods mitzuwirken, und ein solches Angebot schlug man natürlich nicht aus. Weil sich die Reise nach Paris nicht verlegen ließ, hatten Cornelius und Florence in der letzten Maiwoche des Jahres 1957 den Golden Arrow in der Victoria Station bestiegen, um über Folkstone und die Kanalfähre den Gare du Nord in Paris anzusteuern.

Florence war trotz der rauen See als eine der wenigen an Deck geblieben und hatte das Heben und Senken des Schiffs und den Wind in ihren Haaren genossen.

»Wie mutig Sie sind, Florence«, sagte Cornelius. »Ich hatte schon befürchtet, dass Sie seekrank werden würden.«

»Aber nein«, entgegnete Florence. »Ich liebe das Meer. Mein Patenonkel besaß früher eine kleine Jacht und hat mich öfters zum Segeln mitgenommen. Je rauer die See, desto besser. Das ist fast wie Fliegen, wenn man zum Himmel hinaufschaut. Er hatte eine Art Sitz aus Segeltuch am Deck befestigt, mit dem man übers Wasser hinausschwingen konnte, seine ›Wiege‹ nannte er das. In der saß ich gern und tat so, als wäre ich eine der Möwen, die über uns kreischten. ›Halt dich fest, kleine Flo!‹, hat er mir immer zugerufen. ›Ich hol dich nicht aus dem Wasser, wenn du reinfällst!‹«

»Sie überraschen mich immer wieder aufs Neue«, meinte Cornelius. »Und der Spitzname ›Kleine Flo‹ gefällt mir.«

»Den dürfen nur ganz besondere Menschen verwenden.«

»Verstehe. Und zu denen gehöre ich vermutlich nicht, oder?«

»Nein, Cornelius.«

Sie erreichten den Gare du Nord um fünf Uhr nachmittags und fuhren mit dem Taxi in die Rue Jacob zum Hotel d'Angleterre. Florences bescheidene Pension war in der Rue de Seine, zu Fuß nur eine Minute entfernt.

»Können Sie in einer Stunde bereit sein?«, fragte Cornelius, nachdem er sie hingebracht hatte. »Für einen Aperitif vor dem Essen?«

»Natürlich. Hoffentlich nicht in einem zu schicken Lokal. Ich habe nichts wirklich Elegantes dabei.«

»Nicht zu schick, eigentlich eher ein Café, das aber Stil hat. Wir essen in einem Restaurant auf ähnlichem Niveau. Ich hole Sie um sechs ab.«

Was er dann auch tat, in dunklem Anzug, mit seiner rosa-grünen Garrick-Krawatte, einen Regenmantel lässig über der Schulter.

»Perfekt«, stellte er mit einem Blick auf ihr schwarzes Wollkleid mit dem geschlitzten Ausschnitt, dem weiten Rock und dem breiten roten Gürtel fest. »Einfach perfekt. Wir gehen ins berühmte Café de Flore, das zum Glück ganz nah liegt.«

»Das weiß ich, und ich weiß auch, dass es berühmt ist«, erklärte Florence.

»Entschuldigung, liebste Florence. Natürlich. Das hätte mir klar sein sollen.«

Das »liebste« stimmte sie milder und ließ sie vergessen, dass er sie für ein dummes Mädchen aus London hielt, das nichts über die schicken Pariser Cafés wusste.

»Was wollen Sie trinken?«, erkundigte er sich, sobald sie saßen.

»Ich weiß es nicht. Was würden Sie mir empfehlen?«

»Einen Kir. Nicht mit Champagner, sondern mit weißem Burgunder, wie es sich gehört. Ich nehme auch einen.«

Er zündete sich eine Zigarette an und bot ihr eine an. Sie zögerte kurz, bevor sie sie nahm, dann lehnten sie sich zurück und beobachteten das Pariser Straßenleben, Paare, die plaudernd und lachend den Boulevard Saint-Germain entlangflanierten, Arm in Arm, manche mit kleinen Hunden. Die jüngeren blieben hin und wieder stehen, um sich zu küssen, die älteren, um ihre Kinder herbeizurufen, einige sehr alte rührend Hand in Hand, alle modisch schick gekleidet und eins mit sich und dem Ort, an dem sie sich aufhielten.

»Erkennen Sie Leonard Trenthams Paris wieder?«, fragte er nach einer Weile. »Hier in der Nähe befindet sich unser Hof, der uns beiden so gut gefallen hat.«

»An den hatte ich gar nicht mehr gedacht«, gestand sie.

Sie verstummte und wich seinem Blick aus, als sie sich an den

Abend in der Galerie erinnerte und an den Moment gefährlicher Vertrautheit zwischen ihnen.

»Morgen machen wir uns auf die Suche nach unserem Hof. Haben Sie Lust?«

»Ja, sogar große«, antwortete sie, »doch wir sind zum Arbeiten hier, Cornelius. Was würde Athina sagen, wenn sie wüsste, dass wir auf den Straßen herumschlendern und es uns gut gehen lassen?«

»Das wage ich mir nicht vorzustellen.« Er lachte. »Aber sie wird nichts davon erfahren, weil wir es ihr nicht verraten. Natürlich werden wir arbeiten, doch ein Aufenthalt in Paris ohne Spaß ist undenkbar.«

Am Ende gab sie sich tatsächlich dem Vergnügen hin. In London war sie Cornelius in letzter Zeit aus dem Weg gegangen, entschlossen, den Zwischenfall im Taxi als das stehen zu lassen, was er gewesen war, als eine gewagte Episode, die eine Episode bleiben würde, weil sie sich nicht nur zwischen ihr und einem verheirateten Mann abgespielt hatte, sondern zwischen ihr und einem verheirateten Mann, der obendrein noch der Gatte ihrer Arbeitgeberin war. Aber nun war sie in Paris, mit besagtem verheiratetem Mann, auf den Vorschlag seiner Frau hin. Da durfte sie sich doch sicher etwas Spaß gönnen, oder?

»Ich würde vorschlagen, dass wir hier in der Nähe zu Abend essen, in einem kleinen, sehr französischen Bistro, wo es einfache, ausgesprochen schmackhafte Gerichte gibt. Möchten Sie noch ein Glas?«

»Nein, ich halte mich lieber zurück. Ich bin das gute Leben nicht gewöhnt.«

»Das werden wir in den nächsten Tagen ändern. Doch heute Abend lassen wir es ruhig angehen.«

Das Essen war tatsächlich einfach, eine Zwiebelsuppe, danach Hühnchen und zum Schluss Käse, alles sehr typisch pariserisch. Um zehn Uhr trennten sie sich mit einem kurzen Kuss an der Schwelle zu ihrer Pension.

Sie frühstückten – falls man einen Café au lait und ein Croissant als Frühstück bezeichnen konnte – im Deux Magots gleich neben dem Flore und planten den Tag.

»Wir fangen da drüben an«, verkündete Cornelius und deutete auf die andere Straßenseite, »im Bon Marché – dort haben wir um zehn einen Termin. Mein Französisch ist nicht sonderlich gut, also werde ich mich mit der bewährten englischen Methode behelfen, immer lauter zu brüllen, wenn nötig, in meiner Muttersprache. Wie ist Ihr Französisch?«

»Ach, passabel.«

»*Bon*. Ich habe vor, Geschäftliches mit Vergnüglichem abzuwechseln. Den ganzen Tag über.«

»Cornelius ...«

»Nein, nein, ich bestehe darauf. Es gibt so vieles zu entdecken, das können wir nicht alles in den letzten Stunden erledigen. Paris ist die schönste Stadt der Welt. Leider müssen wir eine Auswahl treffen: Natürlich sollten Sie den Louvre und Notre Dame besuchen, und wir müssen die Rue de Rivoli entlangschlendern. Die Champs-Élysées sind ein fester Programmpunkt; Sie werden in Ihrem ganzen Leben keine schönere Straße sehen. Zum Mittagessen gehen wir dorthin ins Fouquet, das ist eine Legende, und hinterher zu Cocktails ins Ritz.«

»Das Ritz! Cornelius, ich habe dafür keine geeignete Garderobe.«

»Unsinn. Sie besitzen natürlichen Stil, Florence, und müssen sich über solche Dinge keine Gedanken machen. Sind Sie fertig mit dem Kaffee?«

»Ja, danke«, antwortete Florence. »Das Fouquet klingt wunderbar, aber ziemlich teuer, und ...«

»Liebste Florence, wir reisen auf Spesen und müssen uns darüber keine Gedanken machen. An die Arbeit. Zuerst gehen wir in die Galeries Lafayette, ins Printemps und ins Bon Marché, dann ins Fouquet. Und anschließend in die Sacré Cœur.«

Sie schüttelte den Kopf.

Das Gespräch mit der Kosmetikeinkäuferin des Printemps am Boulevard Haussmann verlief erfolgreich, und als Cornelius die Buchhaltung aufsuchte, ließ er Florence in der Modeabteilung zurück. Sie schlenderte umher und hob den Blick zu der beeindruckenden Glaskuppel, die sich über das gesamte Kaufhaus spannte. Florence probierte gerade ein Paar spitze Pumps aus Eidechsenleder mit den neuen schmalen Absätzen, als Cornelius sich zu ihr gesellte.

»Sehr hübsch, Florence.« Er sprach ihren Namen französisch aus. »*Très chic*! Wollen Sie sie kaufen?«

»Nein. Cornelius, ich bin nur eine arme Verkäuferin, so etwas kann ich mir nicht leisten.«

»Aber Sie sollten sie haben. Sie umschmeicheln Ihre hübschen Knöchel. Sie müssen sie kaufen. Ich bestehe darauf.«

»Dann werde ich wohl zuerst eine Gehaltserhöhung kriegen müssen«, murmelte sie, worauf er sofort seine Brieftasche zückte, einen Fünfzig-Francs-Schein herausnahm und der Verkäuferin reichte, bevor Florence ihn daran hindern konnte.

»Cornelius, nicht! Ich will keine Almosen.«

»Das sind keine Almosen, denn Sie kaufen die Schuhe ja selbst. Das ist der Vorschuss auf Ihr neues, höheres Gehalt.«

»Cornelius, nein!«

»Doch, Florence. Nun machen Sie schon. Ich möchte, dass Sie die zum Mittagessen im Fouquet tragen. Wo Sie und diese Schuhe sich bestimmt wie zu Hause fühlen werden.«

Sie verließen das Fouquet um drei. Florence fühlte sich glücklich, ein wenig schwindlig und gefährlich entspannt. Irgendwie hatten der Wein, das Sonnenlicht, das durch die Kastanienbäume schimmerte, und Cornelius' dunkle Augen, die unentwegt auf sie gerichtet waren, ihr Gewissen, das sie noch zwei Stunden zuvor geplagt hatte, beruhigt.

Im Spiegel der Damentoilette sah sie das leicht gerötete Gesicht einer Frau mit dunklen Augen.

»*Bonne chance*«, sagte sie laut und sprühte sich großzügig mit Parfüm ein.

Cornelius hatte recht, dachte Florence: Sacré Cœur war genauso beeindruckend wie auf dem Gemälde. Hoch auf dem Montmartre, weiß leuchtend in der Abendsonne, erschien sie ihr fast wie eine Fata Morgana.

»Wie wunderschön sie ist«, schwärmte sie. »Kaum zu glauben. Vielen herzlichen Dank, dass Sie mich hierhergebracht haben, Cornelius.«

»Es ist mir ein Vergnügen«, murmelte er und sah sie nachdenklich an. Plötzlich streckte er eine Hand aus, schob eine ihrer wilden Locken hinter ihr Ohr, nahm ihr den Hut vom Kopf und trat einen Schritt zurück.

»Viel, viel besser. Der Hut ist hübsch, aber die Haare darunter sind noch viel schöner. Sie sollten sie unbedeckt lassen. Besonders wenn Sie mit mir zusammen sind. All diese wunderbaren Locken und Löckchen, die nur darauf warten, befreit zu werden. Warum verbergen Sie sie?«

»Wenn Sie meinen.« Florence lachte. »Aber in der Kirche sollte ich den Hut doch wohl tragen, oder?«

»In der Kirche vielleicht schon. Sie werden froh sein, dass wir etwas gegessen haben, denn es sind ziemlich viele Stufen hinauf. Oder sollen wir für einen Teil der Strecke lieber die *funiculaire* nehmen?«

»Nein«, antwortete sie. »Ich würde gern laufen, denn im Moment fühle ich mich so energiegeladen.«

»Gut, aber sparen Sie sich noch ein bisschen für später auf, ja?«

Sie versuchte, nicht über den tieferen Sinn seiner Worte nachzudenken.

»Nur noch zwei Wochen, Mills. Das ist ja sooo aufregend. Hast du schon Klamotten?«

»Äh, nein«, antwortete Milly. »Wir gehen am Samstag einkaufen. Was nimmst du mit?«

»Ace-Bikinis. Jede Menge weiße Shorts mit Rissen, die sind ja so cool, und ein paar Superkleider. Denk nur an die Bilder, die wir auf Facebook posten müssen.«

»Ja ...«

Careys blaue Augen schienen Milly zu durchbohren, ein Blick, vor dem sie sich allmählich zu fürchten begann.

»Sonderlich begeistert klingst du ja nicht, Mills. Willst du wirklich mitkommen? Bea ist so was von neidisch auf dich. Sie sagt, sie würde alles dafür geben, wenn sie mitdürfte. Wenn du dir's anders überlegen möchtest ...«

»Nein«, sagte Milly. »Natürlich nicht. Ich freu mich schon ganz doll.«

Fünfundzwanzig

Sie durfte sich nicht darauf einlassen und wusste doch, dass sie es tun würde. Es war, als hätte sie sich in zwei Menschen aufgespalten, der eine besonnen, der andere wagemutig, der eine zaudernd, der andere zupackend, der eine damenhaft, der andere sinnlich selbstbewusst. Diese beiden Florences warteten vor ihrer Pension auf Cornelius. Und die eine Florence blieb zurück, während die andere sich bei ihm unterhakte und mit ihm zum Lutetia ging.

Das mit seiner prächtig verzierten Stuckfassade zum Boulevard Raspail und seinem Namen in riesigen, golden in der Abendsonne schimmernden Art-déco-Buchstaben großen Eindruck machte.

»Ist es nicht schön? Sie passen perfekt hierher.«

Florence trug ihr bestes Stück, das schwarze Taftcocktailkleid, das sie auch am Abend der Vernissage angehabt hatte, und konnte nur hoffen, dass er das nicht mehr wusste.

Doch er sagte: »Ich liebe dieses Kleid. Es erinnert mich an unseren wunderbaren Abend mit Leonard. Kommen Sie.«

Als Florence ihm ins Lokal folgte, blieb ihr der Mund offen stehen.

Die Bar mit den lebensgroßen nackten Bronzefiguren, den Fransenhängelampen und den Spiegelwänden wirkte auf absurde Weise exotisch. Cornelius führte sie zu einem tiefen Sessel mit gebogener Rückenlehne, der zu groß für sie wirkte, und bestellte zwei Grands Royales.

»Cornelius, was ist ein Grand Royale? Und woher wissen Sie, dass er mir schmecken wird?«

»Das weiß ich einfach. Es ist Champagner mit Grand Marnier. Ziemlich ungewöhnlich. Die Spezialität dieses Lokals.«

Sie sah sich schweigend um.

Er schmunzelte.

»Sie sind sehr still.«

»So fühle ich mich auch. Tut mir leid.«

»Kein Problem. Herrlich, nicht? Das Lutetia beugt sich nicht dem Diktat der Moderne und ist, wie es immer war, ein schlichter Zeuge seiner Zeit.«

»Und die war wann?«

»Das Gebäude wurde 1910 errichtet, am Ende der Belle Époque. Damals galt es als schrecklich gewagt. Im Krieg wurde es vom Militär requiriert und während der Besatzung als Unterkunft und Vergnügungsort für Offiziere genutzt. Später war es Krankenhaus für Flüchtlinge aus den Lagern und Kriegsgefangene. Wie Sie sehen, erstrahlt es jetzt wieder in alter Pracht. Natürlich geht's dabei nur um die Liebe.«

»Tatsächlich?«

»Ja. Spüren Sie es nicht? Es ist ein sehr sinnlicher Ort. Oder rede ich Unsinn?«

»Egal, ob Unsinn oder nicht, Cornelius: Das ist genau die Art Unterhaltung, die wir nicht führen wollten.«

»Florence, in Paris muss man einfach über Liebe reden. Wir haben uns lediglich darauf geeinigt, dass es zwischen uns zu keinerlei Unschicklichkeiten kommen soll. Das ist etwas völlig anderes.« Er seufzte. »Leider.«

»Nun …«

»Ach, Florence«, sagte er in ernstem, merkwürdig sanftem Tonfall, »es war so ein schöner, besonderer Tag.«

»Ja, ein ganz besonderer Tag. Vielen herzlichen Dank.«

»Es war mir ein großes Vergnügen. Und jetzt gehen wir zum Abendessen in die Brasserie Lipp. Die ist ganz in der Nähe. Ich hoffe sehr, dass wir dort einen Tisch ergattern.«

Und wieder hakte sich die eine Florence bei ihm unter und brach mit ihm in den Abend auf.

Die Brasserie Lipp lag in der Tat nur ein paar Schritte entfernt, und auch dort gab es bemalte Decken, Lampen, Belle-Époque-Blumenornamente und geschmückte Spiegel, die kunstvoll schräggestellt waren, damit man aus jedem Teil des Raums alle anderen sehen konnte, erklärte Cornelius Florence. *Le tout Paris* traf sich hier. Nicht das Glitzer-Paris des Ritz oder Crillon, sondern das schicke, intellektuelle Paris der Schriftsteller, Künstler und Musiker, die im Lipp alle darauf warten mussten, einen Tisch zu erhalten. Hier konnte man nicht vorbestellen; man musste persönlich erscheinen und bekam entweder gesagt, dass man zwanzig Minuten warten müsse – in dem Fall nahm man einen Drink auf der Terrasse – oder eine Stunde »*au moins*« –, was bedeutete, dass man sich ein anderes Lokal suchte. Doch Cornelius wurde mit einem Lächeln begrüßt und erhielt einen Tisch auf der Terrasse, von dem aus Florence verzückt die Menschen beobachtete, die kamen und gingen. Zu festlich und zu wenig festlich gekleidete Leute, alleinstehende Männer und Frauenpaare. »Meine Güte, Cornelius, ist das wirklich … ja, das ist tatsächlich Yves Montand! Und Simone Signoret und …«

»Still«, sagte Cornelius lachend, »sonst werfen sie uns raus. Hier herrscht Diskretion. Aber das sind tatsächlich Yves Montand und die Signoret. Wir haben Glück. Und ich habe besonders großes Glück, mit Ihnen hier zu sein.«

Nun gab es nur noch die eine Florence, die das Gefühl hatte, sich außerhalb von Zeit und Raum zu bewegen, auch außerhalb ihres Gewissens. Dies war ein Abend mit Klasse und Stil. In Paris wäre es ein Verbrechen gewesen, auf ein erotisches Abenteuer zu verzichten.

Und so begaben sie sich auf eine vielversprechende Reise, denn Cornelius interpretierte es ganz richtig, als Florence mit einem unmissverständlichen Blick die Haarnadeln herauszog, die ihre wilde Mähne bändigten, und diese ausschüttelte.

»Gib mir deine Hände«, forderte er sie auf, nahm ihre kleinen, schmalen Finger in die seinen, drehte sie um, sodass die Handflächen nach oben zeigten, und küsste sie einen nach dem anderen. Mit einem Gefühl übermächtiger Erregung, das alle Gewissensbisse und Ängste überdeckte, küsste sie ihrerseits seine Hände.

»Gut«, meinte er nur und bedachte sie mit einem intensiven Blick, und sie spürte die körperliche Anziehung, das Versprechen dessen, was noch kommen würde, wenn sie getrunken, gegessen, geredet und gelacht hätten.

»Und jetzt«, sagte er, als sie schließlich hinaus in die Nacht traten, ihr Kopf an seiner Schulter, »jetzt müssen wir einen sicheren Hafen finden, Kleine Flo.« Beschwingt stimmte sie ihm zu, dass sie weder in das Hotel von Cornelius noch in ihre Pension gehen konnten, denn das seine wäre zu riskant und die ihre zu unwürdig für das gewesen, was nun folgen würde.

Am Ende suchten sie ein kleines Hotel, wenig mehr als eine Pension, auf, dessen Inhaber Cornelius zu kennen schien. Nachdem man ihnen ein reizendes kleines Zimmer mit einem großen Messingbett zugewiesen hatte, legte sie sich ohne Umschweife mit Cornelius darauf und bot ihm ihren Mund zum Kuss.

»Ich frage mich, meine liebste Kleine Flo« – er beugte sich über sie und spielte mit ihren Haaren, streichelte ihr Gesicht und küsste ihren Hals –, »ob du mit deinem Mann Vergnügen daran hattest.«

»Ja, sehr großes. Ich habe jedes, sogar das erste Mal unglaublich genossen.«

»Verstehe«, sagte er, »dann werde ich an einem großen Vorbild gemessen.«

»Ja. Aber ich glaube, es wird gut gehen.«

Es ging sogar ziemlich gut. Sie zeigte ihm ihre Lust und lachte, als er sein Erstaunen über ihre Hemmungslosigkeit ausdrückte.

»Cornelius, wofür hältst du mich?«

»Ich halte dich«, sagte er und küsste zuerst ihre eine, dann ihre andere Brust, »für genau das, was du bist: für die erotischste Frau, die ich kenne.«

»Das kann ich nicht glauben«, stöhnte sie erregt, und er erwiderte: »Kein Wort mehr, ich will dich haben.«

Und er bekam sie, mehr als nur einmal, das erste Mal sehr schnell und gierig; und wieder und wieder, von Mal zu Mal intensiver und hemmungsloser. Florence hatte die Lust nicht vergessen, die Zeit hatte die Erinnerung nur abgeschwächt, und sie war überrascht, fast erschreckt, über die wilde Begierde, mit der ihr Körper sein Recht forderte, und über die Erlösung, als sie sich endlich einstellte, Welle um Welle.

»Miss Hamilton«, seufzte Cornelius schließlich, als die mittsommerliche Morgendämmerung über Paris hereinbrach, »Sie haben mir alle Kraft geraubt.«

»Und Sie mir«, entgegnete sie und lehnte sich mit einem Lächeln in die spitzenverzierten Kissen zurück.

»Aber vermutlich nicht lange«, meinte er.

»Fürs Erste schon. Jetzt ruh dich ein wenig aus. Und dann solltest du ins Hotel d'Angleterre zurückkehren, und ich gehe in meine Pension, und wir werden beide wieder die, die wir sind.«

»Müssen wir das?«

»Ja, das müssen wir.«

Natürlich wusste er, dass sie recht hatte.

Sie hatten noch zwei Tage in Paris, und in denen verbrachten sie so wenig Zeit wie möglich mit der Arbeit.

Am letzten Abend, es war noch hell, machten sie sich auf die Suche nach ihrem Hof, schlenderten die Straßen auf und ab, schauten in Gassen und drückten halb offene Türen auf.

Nach zahlreichen Fehlversuchen rief Florence aus: »Schau! Da ist er, Cornelius!«

Sie blickten hinein in ihren kleinen, grünen Hof. »Bleib da stehen«, forderte Cornelius sie auf und fotografierte sie, wie sie ihm lachend eine Kusshand zuwarf. Dann machte sie ein Bild von ihm, wie er ihr ebenfalls eine Kusshand zuwarf. Wenig später fragte ein Passant, ob er sie zusammen aufnehmen solle, und sie bedankten sich und posierten lächelnd, sein Arm um ihre Schultern.

»Diese Fotos sollten nicht in falsche Hände geraten«, sagte Florence, plötzlich ernst, als der Fremde sich entfernt hatte. »Gib mir den Film, ich lasse ihn entwickeln. Das ist sicherer.«

An ihrem letzten Abend aßen sie im Café de Flore. »Von nun an wird es für mich immer das Café de Flo sein«, erklärte Cornelius, und sie blickten einander verwundert darüber an, dass sie in so kurzer Zeit ein so großes Stück des Weges gemeinsam gegangen waren.

»Ich weiß nicht, wie ich wieder Mr Farrell sein soll, der Mann der berühmten Mrs Farrell«, gestand Cornelius.

»Du bist doch selbst ziemlich berühmt«, entgegnete Florence, »und du musst zurück, wie ich auch, jeder in sein anderes Leben. Es ist real und wichtig und …«

»Auch diese paar Tage hier waren real, und auch sie sind wichtig, wir dürfen sie nicht einfach so hergeben, sie sind zu kostbar. Dein Einverständnis vorausgesetzt sehe ich keinen Grund, warum wir künftig auf ähnliche Tage verzichten sollten.«

»Ich sehe sogar viele Gründe«, erwiderte Florence, »aber du kannst gerne versuchen, mich zu überreden.«

»Ich werde es versuchen und schaffen. Sei gewarnt: Ich bin nicht an Misserfolge gewöhnt«, erklärte Cornelius mit einem ausgesprochen selbstbewussten Lächeln.

Sechsundzwanzig

»Hallo, Lawrence. Was machst du denn hier?«

Lawrence zuckte zusammen, als hätte er etwas verbrochen, und klappte hastig seinen Laptop zu. Als er den Blick hob, sah er Isobel Baines, eine Nachbarin.

»Ach, du bist's, Isobel«, sagte er. »Wie geht's?«

»Gut. Ich bin in der Stadt, weil ich ein Kleid für Teresas Verlobungsfeier brauche.«

Teresa war ihre Tochter. Isobels Stolz auf und ihre Befriedigung über Teresas Verlobung mit einem wohlhabenden jungen Banker kannten keine Grenzen. Dass Banker mittlerweile im Ruf standen, die Geißel der Menschheit zu sein, schien sie nicht zu kümmern.

»Freut mich, dich zu sehen. Darf ich mich zu dir setzen?«

Lawrence verfluchte sich innerlich dafür, dass er in einen Starbucks in Knightsbridge gegangen war, aber er hatte soeben sein erstes Vorstellungsgespräch absolviert und hinterher unbedingt einen Kaffee gebraucht. »Ich wollte gerade gehen«, antwortete er. »Ich muss gleich zu einem Termin und hab nur die kurze Pause für einen Kaffee genutzt.«

»Verstehe. Wir sehen uns am Samstag bei den Davies?«

O Gott, es wurde immer schlimmer. Bestimmt würde sie ihre Begegnung erwähnen, und …

»Ja. Dann mal tschüs, Isobel. Viel Spaß beim Shoppen.«

Es hatte keinen Zweck, dachte er, er musste es Annie beichten. Sobald er wüsste, ob das Bewerbungsgespräch positiv ausgegangen war. Er hatte ein gutes Gefühl; eine Zusage würde das Geständnis ein wenig abmildern.

Zwei Stunden später erhielt er eine E-Mail: *Lieber Lawrence, danke, dass Sie sich die Mühe gemacht haben, heute Morgen zu uns zu kommen. Es war schön, Sie kennenzulernen, aber leider sind Sie für die Stelle überqualifiziert. Viel Glück bei der weiteren Suche.*

Tja, das war's dann wohl. Gott, er war ein Versager. Er musste nach Hause gehen und es Annie sagen. Es hinter sich bringen. Allmählich fühlte er sich wie ein Gejagter.

Er verließ gerade den Bahnhof in Tunbridge Wells, in Überlegungen darüber vertieft, wie er es Annie beibringen würde, als ein großer weißer Van herangebraust kam. Es regnete, und Lawrence war damit beschäftigt, seinen Schirm aufzuspannen, weswegen er nicht richtig auf den Verkehr achtete. Wie eine Frau, die auf ein Taxi wartete, später sagte: Es war vorherzusehen gewesen. Obwohl der Fahrer des Lieferwagens zu bremsen versuchte, als Lawrence direkt vor ihm auf die Straße trat, erfasste er ihn, sodass er zwanzig Meter weit geschleudert wurde.

Lawrence wurde in die Intensivstation des nächstgelegenen Krankenhauses gebracht, wo er das Bewusstsein nicht mehr erlangte. Als Annie, die ihm in seinen letzten Stunden nicht von der Seite wich, am Morgen im Haus Farrell anrief, um Bescheid zu geben, dass er nicht kommen würde, meinte die entsetzte Sekretärin, der nicht bewusst war, was sie da sagte, es tue ihr sehr leid, aber Mr Ford habe das Unternehmen bereits einen Monat zuvor verlassen.

Bei der Trauerfeier für Lawrence Ford im Krematorium fühlte sich Bianca so elend wie nie zuvor. Und sie schämte sich.

Lawrence Ford war ein freundlicher, wenn auch ein wenig aufgeblasener Mann gewesen, der seine Familie geliebt und für sie gesorgt hatte, und nun war er tot, weil sie in das Unternehmen gekommen war, in dem er arbeitete, und ihm und anderen gekündigt und ihm Würde und Selbstachtung geraubt hatte.

Patrick hatte ihr geraten, nicht zu der Beisetzung zu gehen, weil sie Lawrence kaum kannte, und Mike und Hugh hatten ihr den gleichen Rat gegeben, doch ihr war klar, dass ihre Abwesenheit auf einen Mangel an emotionaler Beteiligung hingedeutet hätte. Sie hatte mit Bertie darüber gesprochen, und er hatte ihr, ohne ihr in die Augen zu sehen, erklärt, dass er es nett fände, wenn sie käme. Das hatte sie in ihrem Entschluss bestärkt. Sie hatte ihn gefragt, ob sie im Krematorium bei ihm sitzen könne, und er hatte verlegen geantwortet, dass er sich in Begleitung seiner Mutter und Schwester befinden werde.

Bianca wusste, dass viele Leute im Unternehmen, samt und sonders von der alten Garde, ihr die Schuld gaben, auch wenn das alles andere als logisch war. Als sie Athina in ihrem Büro aufgesucht hatte, um ihr mitzuteilen, dass sie beabsichtige, an der Trauerfeier teilzunehmen, hatte diese sie mit deutlichem Widerwillen angesehen und erklärt: »Ich weiß ja nicht, was für einen Nutzen das haben soll.«

»Ich habe an keinen Nutzen gedacht, nur, dass es die richtige Geste wäre.« Es war Bianca schwergefallen, das mit ruhiger Stimme zu sagen.

Am Ende hatte Susie Bianca eingeladen, sie zu begleiten.

»Ich habe mit ihm zusammengearbeitet, also muss ich hin. Und ich finde das wirklich sehr mutig von Ihnen, Bianca.«

Bianca hatte sie erstaunt angesehen, sich von ihrem Schreibtisch erhoben und sie umarmt.

»Sie sind die Rettung. Vielen herzlichen Dank, Susie.«

»Keine Ursache«, hatte Susie gesagt, »und machen Sie sich keine Vorwürfe. Er war für diesen Job nicht geeignet. Wie hätten Sie ahnen sollen, dass er mit der Kündigung nicht fertigwird? Natürlich würde es mir an Ihrer Stelle ähnlich ergehen. Ich grüble ja auch darüber nach, dass ich netter zu ihm hätte sein sollen, aber ich war es nun mal nicht. Außerdem sind Sie hier, um das Unternehmen auf Vordermann zu bringen, nicht um allen ein schönes Leben zu ermöglichen.«

»Und zu was für einem Menschen macht mich das?«, hatte Bianca gefragt. »Warum habe ich keinen Job, bei dem keine Leute zu Schaden kommen? Warum kann ich nicht ganz ohne Arbeit zufrieden sein? Einfach mit meinen Kindern und Patrick ...«

Susie war ob Biancas bebender Stimme verlegen geworden.

»Entschuldigung, Susie. Ich jammere Ihnen was vor. Sie haben recht. Ich tue nun mal, was ich tue, und wir sind, wo wir sind, und ... ach, lassen Sie uns was trinken gehen.«

»Gute Idee«, hatte Susie gesagt.

Im vollbesetzten Krematorium zerbrach Susie sich neben Bianca den Kopf über Henk. Es wurde immer schlimmer mit ihm. Er war permanent aggressiv, und wenn er etwas getrunken hatte ... Warum konnte sie die Sache mit ihm nicht wie alles andere in ihrem Leben rational und logisch anpacken?

Sie zwang sich, nicht mehr an ihn zu denken, und versuchte, sich auf die Feier zu konzentrieren.

Vom Haus Farrell waren ziemlich viele Leute da. Natürlich die Familie, Lady Farrell von Kopf bis Fuß in Schwarz, wie für eine Trauerfeier in St Paul's, in einem knöchellangen Kleid und mit einem großen schwarzen Seidenhut. Caro und ihr Ehemann standen auf der einen Seite und Bertie und seine Frau auf der anderen.

Bertie schien ziemlich durch den Wind zu sein. Bestimmt litt er mit seiner Sanftmut und seinem übertriebenen Schuldbewusstsein Höllenqualen. Der arme Bertie, er war das geborene Opfer. Priscillas Miene wirkte unter der schwarzen Baskenmütze bemüht bekümmert. Aber warum um Himmels willen hatten sie ihre arme Tochter dabei? Ihr hatte Lawrence doch sicher nichts bedeutet. Die Menschen waren schon seltsam.

Florence stand ein wenig abseits. Allmählich begann Susie, Florence ehrlich zu mögen. Sie war so attraktiv, so clever und voller Ideen. In jungen Jahren musste sie atemberaubend schön gewesen sein. Wie traurig, dass sie nie mehr geheiratet hatte – nur die eine große Liebe zu ihrem Mann und dann ein Leben lang allein. Wie hatte sie das ausgehalten?

Susie schob den Gedanken ans Alleinsein beiseite und versuchte erneut, sich auf die Worte des Geistlichen zu konzentrieren.

Draußen ging Bertie mit ein wenig Abstand zu Mutter und Schwester an den Blumen vorbei. Ihm waren der riesige Kranz und der Text von seiner Familie, die seine Mutter höchstpersönlich in Auftrag gegeben hatte, peinlich (*Mit tiefstem Mitgefühl und in großer Bewunderung für einen guten Menschen. Athina, Caroline und Bertram Farrell*), weil er beides für stark übertrieben hielt.

»Hallo, Bertie.« Die gute Florence. Er begrüßte sie mit einem Wangenküsschen.

»Hallo, Florence. Wie geht's? Schön, dass Sie gekommen sind.«

»Keine Ursache. Das Haus Farrell muss gut vertreten sein – obwohl dafür ja schon Ihre Mutter sorgt!«

Ihre braunen Augen blitzten spöttisch auf. Bertie gestattete sich zur Erwiderung ein kurzes Schmunzeln.

Annie Ford trat blass, aber gefasst auf Athina zu und streckte ihr die Hand hin. Athina umschloss sie mit den ihren.

»Es ist sehr nett, dass Sie gekommen sind, Lady Farrell. Das weiß ich zu schätzen.«

»Das ist doch das Mindeste, meine Liebe. Cornelius wäre entsetzt gewesen über das, was geschehen ist.«

Sie meint, er hätte ihn nie gefeuert, das hier wäre nie geschehen, dachte Florence, und wahrscheinlich möchte die arme Frau genau das hören.

Doch es stimmte nicht. Cornelius, das wusste Florence, hatte es für einen Fehler gehalten, Lawrence einzustellen, und das Athina auch gesagt, diese jedoch war angetan gewesen von Lawrences leicht kriecherischem Charme.

Nun ging Florence selbst zu Annie. »Mein Beileid, Mrs Ford. Ich bin Florence Hamilton, ich führe das Geschäft in der Berkeley

Arcade, das Ihr Mann oft aufgesucht hat. Ich habe mich immer gefreut, ihn zu sehen.«

»Er hat von The Shop geschwärmt«, sagte Annie. »Danke, dass Sie gekommen sind.«

Und dann erstarrte Annie, als sich Bianca, gefolgt von Susie, ihnen näherte.

»Mrs Ford. Wie geht es Ihnen? Ich bin Bianca Bailey. Das mit Ihrem Mann tut mir sehr leid.«

»Ja«, sagte Annie Ford, urplötzlich wie ausgewechselt. »Das kann ich mir vorstellen.« Sie musterte Bianca mit feindseligem, hartem Blick.

Bianca wich diesem Blick nicht aus. »Ich bin gekommen, um Ihnen das persönlich zu sagen.«

»Das wäre nicht nötig gewesen. Wenn Sie mich jetzt bitte entschuldigen würden.«

»Es tut mir leid …«, begann Bianca noch einmal, doch Annie hatte sich bereits abgewandt.

Bianca zuckte zusammen. Susie nahm ihren Arm. »Gehen wir.«

Susie begleitete Bianca zum wartenden Wagen. Bertie, der sie beobachtete, sah, wie Bianca auf den Rücksitz sank und das Gesicht in den Händen vergrub. Susie legte den Arm um sie.

»Arme Frau«, sagte Florence, die selbst nicht so genau wusste, ob sie damit Annie Ford oder Bianca Bailey meinte.

Siebenundzwanzig

»Das ist echt geil, oder? Einfach perfekt.«

»Ja, perfekt.«

»Wie viele Kids haben schon einen solchen Urlaub?«

Milly merkte, dass Carey sie von oben bis unten musterte. Das konnte sie nicht leiden, es machte ihr Angst. Trotzdem lächelte sie Carey an und sagte: »Kaum welche. Wir Glücklichen!«

»Eher *du* Glückliche. Ich meine, ich wär sowieso dabei.«

Ganz logisch war das nicht, aber Milly wusste, dass es keinen Sinn hatte zu streiten.

»Ja. Ich Glückliche.«

»Hast du Ad heute Morgen schon gesehen?«

»Nein.«

Milly konnte Ad nicht leiden. Er war ein verzogener Angeber. Ein sexistischer, verzogener Angeber.

»Reib mir den Rücken ein, Carey«, sagte er, und sie nahm die Sonnenmilch und tat ihm den Gefallen.

»Hol mir was zu trinken, Carey.« Wenn sie das erledigt hatte: »Bring mir Eis.« Und auch das holte sie ihm.

Ad konnte Milly seinerseits nicht leiden. Milly machte das nichts aus, weil sie nichts dagegen hatte, mit Toby Karten zu spielen, der irgendwie süß war, aber Angst vor seinem großen Bruder hatte.

Der Urlaub war halb vorbei, und Milly freute sich schon auf das Ende. Carey wurde ihr gegenüber immer zickiger, himmelte Ad an und ließ ihre schlechte Laune an Milly aus, wenn er nicht begeistert genug reagierte. Was oft der Fall war.

An jenem Abend wollten die Erwachsenen Freunde auf einer

anderen Jacht besuchen, während die Jugendlichen an Bord bleiben würden, unter der halbherzigen Aufsicht von Daisy, die kochte und die Kajüten putzte, einen Großteil der Zeit jedoch faul in der Sonne lag und mit Antoine, dem Mann, der für den Wassersport zuständig war, flirtete.

»Hör zu«, wisperte Carey Milly zu, nachdem Nicky Mapleton ins Wasser gesprungen war, »nach dem Abendessen, wenn Daisy weg ist, verschwindest du auch, kapiert? Und nimm Toby mit. Ad und ich wollen in Ruhe Musik hören und vielleicht kiffen.«

»Kiffen?«, wiederholte Milly.

»Ja, kiffen. Dope, Hasch, einen Joint, du weißt schon. Ad hat tollen Stoff, und er sagt, es wird Zeit, dass ich ihn probiere.«

»Okay, cool«, sagte Milly, die gelernt hatte, Carey nicht zu widersprechen. Aber als Carey später am Nachmittag ihr Bikinioberteil auszog, konnte sie dann doch nicht an sich halten.

»Carey!«, rief Milly aus. »Ad könnte dich sehen. Oder Antoine.«

»Sei nicht so prüde. Wir sind im Jahr 2011, Mills, nicht im neunzehnten Jahrhundert. Ich will nicht mit weißen Titten heimfahren.«

»Okay.« Milly zuckte mit den Achseln.

»O Gott, da kommt Mummy! Milly, zieh dein Oberteil auch aus.«

»Nein! Carey, ich will nicht …«

»Mills! Hätt ich dich bloß nicht mitgenommen. Was bist du nur für ein Baby. Nun mach schon, runter mit dem Ding!«

Sie zog so fest an Millys Oberteil, dass es herunterrutschte. Milly drehte sich entsetzt auf den Bauch, als Nicky Mapleton sich ihnen näherte.

»Streifenfreie Bräune, was, Mädels? Gute Idee. Aber passt auf, dass Ad nichts mitkriegt. Wir gehen jetzt. Viel Spaß, bis morgen. Ach, und Milly: Deine Mum hat mir eine SMS geschickt. Sie will dich nächste Woche abholen. Wir haben dir einen Flug von Athen gebucht. Ich soll dir liebe Grüße ausrichten und dir sagen, sie hofft, dass dir nach diesen Ferien euer Familienurlaub nicht langweilig wird!«

Milly bedankte sich. Plötzlich erschienen ihr Ferien mit ihren Eltern, Fergie und Ruby äußerst verlockend.

Als Nicky weg war, sah Carey Milly nachdenklich an. »Machst du ein Foto von mir?« Sie reichte Milly ihr Handy.

»Was, ohne Oberteil?«

»Klar, ohne Oberteil, Miss Verklemmt.«

»Okay«, sagte Milly widerstrebend, drückte ein paar Mal auf den Auslöser und gab Carey das Handy zurück.

»Und jetzt du.«

»Carey, nein!«

»Doch, Mills. Nun sei nicht so zickig. Wenn du möchtest, mach ich auch eins von uns zusammen.«

»Na ja ...« Milly wusste, dass sie sich fügen musste, weil Carey sonst keine Ruhe gab. »Okay.«

Milly war sich schrecklich bewusst, dass ihre Brüste nur halb so groß wie die von Carey waren und sehr, sehr weiß.

»Also: Was ist passiert?«

»Ach ... nichts.«

»Liebes, natürlich war was. Das sehe ich doch.«

»Mummy, nichts war.«

»Na schön«, seufzte Bianca. »Wenn du es dir anders überlegen solltest ...«

»Das werde ich nicht! Ich meine, da war nichts. Hey, Ruby, Lust auf ne Tauchstunde? Komm. Und Fergie, dass du ja keine Wasserbombe machst!«

»Es scheint ihr gut zu gehen«, meinte Patrick, als er Milly glatt ins Wasser des Pools eintauchen und Ruby mit einem ziemlich lauten Platscher folgen sah.

»Es geht ihr *nicht* gut. Ich hab dir doch erzählt, dass sie gestern Abend geweint hat. Als ich sie gefragt habe, warum, hat sie geantwortet, dass sie es mir heute sagt, also muss irgendwas gewesen sein. Sie ist ... Patrick, *bitte*.«

»Sorry. Bin gleich wieder da.«

Er entfernte sich mit seinem Handy. Saul. Der verdammte Saul. Immer wieder rief er sie in den Ferien an. Bianca war entsetzt über Patrick. Sie selbst überprüfte im Urlaub die Nachrichten auf ihrem Handy dreimal täglich und schaltete es dann aus. Das war eine feste Regel. Mit wenigen Ausnahmen.

»Was war diesmal?«, fragte sie Patrick, als er zurückkam.

»Nur ein paar Fragen. Werde ich mir das anschauen, habe ich mich damit schon beschäftigt. Ich … es macht mir nichts aus«, versicherte er ihr.

»Sollte es aber.«

»Ich glaube, du verstehst das nicht. Saul arbeitet wie ein Besessener. So funktioniert er nun mal. Er ist eben ein bisschen … schräg.«

»Tatsächlich?«, fragte sie, nicht uninteressiert.

»Ja. Dahin, wo er ist, kommt man sonst nicht. Im Grunde genommen darf man in seinem Job überhaupt keine Gefühle haben.«

»Im Hinblick auf Dickon ist er aber ziemlich emotional, würde ich sagen.«

»Ich sehe das als zwanghafte Emotionalität ohne Urteilsvermögen. Dickon ist für ihn der einzige Mensch, der zählt. Er sieht ihn nicht als Teil eines Ganzen, einer Familie. Saul behandelt Dickons Mutter wie eine Bedienstete. Sie ist nur insofern wichtig, als sie sich um Dickon kümmert.«

»Kein Wunder, dass sie geschieden sind.«

»Jonjo sagt, sie hätte sich wirklich bemüht, Saul eine gute Frau zu sein.«

»Und?«

»Das schafft niemand. Er will ausschließlich Leute um sich haben, die machen, was er für richtig hält. Letztlich ist ihm nur das Geld wichtig, das er verdient. Nicht, weil er es unbedingt haben will, sondern eher auf abstrakter Ebene. Das ist schwierig zu erklären. Andere Dinge interessieren ihn nicht, er fragt sich nicht, ob er irgendwem auf den Schlips tritt oder ihn aus der Fassung bringt.«

»Oje. Pass mal auf, dass du nicht auch so wirst, Schatz. Und erinnere ihn daran, dass du Urlaub hast. Sonst tue ich das.«

»Bianca ...« Plötzlich wurde Patrick ernst. »Bitte nicht. Vergiss nicht: Das ist *mein* Job, und er ist *mein* Chef. Ich regle das, wie ich es für richtig halte.«

»War ein Scherz«, sagte sie verblüfft.

Plötzlich wurde ihr klar, was Patrick in Saul sah: nicht nur den Erfolg, sondern auch die Chance, Selbstachtung zu gewinnen und eigenständig etwas auf die Beine zu stellen, nicht von seinem Vater abhängig zu sein. Wenn Bianca sich einmischte, war das ihr Risiko.

»Schön, dich auch mal zu sehen.« Henks Stimme klang gefährlich. In der lauten, stickigen Kneipe machte ihr sein blasses, angespanntes Gesicht, das Einzige, das sie bei den vielen Menschen richtig wahrnahm, Angst.

»Es tut mir leid. War ... war alles in Ordnung? Alles Gute zum Geburtstag«, fügte sie hinzu und wollte ihm einen Kuss geben, doch er wich zurück.

»So la la. Scheißessen und nicht genug Alk; für ne Geburtstagsparty ne ziemlich traurige Veranstaltung.«

»Henk, es tut mir leid. Ich hatte dir doch gesagt, dass es später werden würde. Und ... hast du mein Geschenk gefunden?«

Es war nicht zu übersehen gewesen, denn sie hatte es beim Hinausschleichen auf den Küchentisch gelegt, mit einer riesigen roten Schleife verziert, das neue, höllisch teure Objektiv, das er sich so sehr wünschte.

»Ja, hab ich.«

»Und, ist es das Richtige?«

»Ja. Nur die Präsentation war ein bisschen unpersönlich, aber ja. Danke.«

»Ah ... gut.« Sie hätte sich etwas mehr Begeisterung gewünscht.

»Willst du mir keinen Drink ausgeben?«

»Sag an der Theke, dass du was willst, die schreiben's auf meine Rechnung.« Mit diesen Worten wandte er sich ab und begann, sich mit jemand anders zu unterhalten. Den Tränen nahe, ging Susie zur Toilette. Als sie zurückkam, lächelte sie, auf alles vorbereitet.

Doch auf das, was einige Stunden später folgte, war sie nicht vorbereitet: In der Wohnung drückte er die Tür hinter ihr zu und schlug ihr ins Gesicht.

»Du Miststück«, beschimpfte er sie, »du egoistische Schlampe. Dir ist bloß noch dieser Scheißjob wichtig, sogar an meinem Geburtstag.«

Sie wagte es nicht, ihm zu widersprechen oder sich zu wehren.

»Henk, es tut mir leid, wirklich. Ich hatte es dir doch erklärt, es ging nicht anders, deswegen habe ich das Essen und alles organisiert ...«

»Jetzt zeige ich dir mal, was ich von dem Essen halte«, brüllte er, nahm einen halbleeren Teller mit Kanapees in die Hand und schleuderte ihn gegen die Wand.

»Henk, hör auf! Hör auf! Hast du den Verstand verloren?« Als er sich mit funkelnden Augen wieder ihr zuwandte, sagte sie voller Angst: »Entschuldige, dass ich dich verletzt habe, ich hätte da sein sollen ...«

»Ja, allerdings«, knurrte er und schlug sie noch einmal ins Gesicht. Sie stolperte, fiel beinahe hin, schaffte es irgendwie ins Bad und sperrte sich dort ein. Wenig später hörte sie, wie die Wohnungstür ins Schloss fiel. Susie wagte sich nur vorsichtig hinaus, hatte Angst, dass er ihr auflauerte, doch er war tatsächlich weg. Sie legte die Kette vor und begann, das Chaos aufzuräumen. Noch die schlimmste Einsamkeit wäre besser als das, was sie in den vergangenen Wochen durchgemacht hatte, dachte sie.

Als sie aufwachte, taten ihr alle Knochen weh. Sie warf einen Blick auf ihr Handy. Es war nach neun. Zum Glück hatte sie keine Besprechungen. Sie konnte bis zehn im Büro sein, den Tag ruhig verbringen ... Da klingelte das Telefon; Henk. Sie ging nicht ran. Kurze Zeit später klingelte der Festnetzapparat. Als der Anrufbeantworter das Gespräch aufzeichnete, hörte sie seine Stimme: »Baby, es tut mir so leid. Bitte vergib mir. Ich liebe dich, ich liebe dich so sehr. Ich kann nicht ohne dich leben. Es wird nicht wieder vorkommen, das schwöre ich dir. Bitte, bitte, sag mir, dass ich heimkommen kann.«

Sie ging ins Bad und betrachtete sich im Spiegel. Ein blaues Auge, eine hässlich geschwollene Wange, ein Bluterguss seitlich vom Mund, eine aufgeplatzte Lippe. So konnte sie nicht zur Arbeit gehen. Sie würde Jemima anrufen, sich krankmelden. Zum Glück war Bianca nicht da. Susie stellte sich ziemlich lange unter die Dusche, um den Kummer, die Scham und den Schmerz wegzuwaschen, und zwang sich, der Wahrheit ins Auge zu blicken. Dann schlüpfte sie in ihren Bademantel und setzte sich bei ausgeschaltetem Handy aufs Sofa. Henks zahllose Anrufe über den Festnetzanschluss, bei denen er ihr erklärte, wie sehr er sie liebe, dass alles nur passiert sei, weil er so verletzt gewesen sei, ignorierte sie. Wenn sie ihn dazu bringen könnte, dachte sie nach einer Weile, mit dem Trinken aufzuhören, würde sich vielleicht etwas ändern, und schon bekam sie ein schlechtes Gewissen. Immerhin war es sein Geburtstag gewesen, sein dreißigster, sogar ein runder ... Nein, Susie, hör auf! Er ist gewalttätig, gefährlich ...

»Ich brauche dich«, sagte Henks Stimme gerade, »ich brauche dich so sehr ...«

»Ist sie da?«, fragte Athina verärgert.

»Äh ... nein«, antwortete Jemima. »Leider nicht, Lady Farrell. Aber sie kommt bald – Sie sind ein bisschen zu früh dran. Darf ich Ihnen einen Tee oder etwas Kaltes zu trinken bringen, während Sie warten?«

»Der Tee aus dem Automaten ist abscheulich. Vielleicht ein Glas Wasser, da kann man nichts falsch machen.«

»Gern, Lady Farrell«, sagte Jemima, und Athina marschierte an ihr vorbei in Biancas Büro.

Bianca steckte in einem Stau am Piccadilly. Ein wenig erinnerte sie das an die Lage im Haus Farrell. Alles stand still, obwohl die teure Maschinerie unerbittlich weiterlief und Energie verbrauchte, ohne irgendetwas zu bewirken, während Lady Farrell, das Äquivalent des Mannes in dem weißen Lieferwagen neben ihr, ihr ständig den Stinkefinger zeigte und jedes Mal auf ihre Spur zu wechseln versuchte, wenn sie weiterfahren wollte. Wie neulich die Sache mit Hattie. Athina Farrell hatte alle Muster aus dem Labor kritisiert und verlangt, dass man sie zurückschicken und eine neue Formel anfordern solle. Bianca hatte ihre Anweisungen rückgängig machen müssen, was viel Zeit und Geld kostete.

Mark Rawlins, der neue Finanzdirektor, hatte Bianca bereits erklärt, dass sie nicht hoffen konnte, ihre Ziele für das folgende Jahr zu erreichen, nicht einmal dann, wenn die Kampagne für das neue Image unglaublich gut ankam. »Wenn es nicht unglaublich gut läuft, müssen Sie sich auf sehr viel schlechtere Ergebnisse als bisher gefasst machen. Und wenn's überhaupt nicht funktioniert ...«

»Mark, ersparen Sie mir das Szenario bitte? Das ist keine Option.«

»Freut mich zu hören«, lautete sein Kommentar.

Mark hatte Bianca am Morgen eine Mail geschickt, in der er die Situation zusammenfasste. Jemima hatte sie ausgedruckt und in einer Mappe auf Biancas Schreibtisch gelegt, zusammen mit einem Bericht Hatties über die Beschäftigten im Labor – *Marge ziemlich gut, Jackie ehrlich gesagt enttäuschend und pampig, man sollte sie loswerden* – sowie einer Erinnerung von Lara, die Form und den genauen Zeitpunkt der alles entscheidenden Verkaufskonferenz vor der großen Imagekampagne zu besprechen. *Das muss wie eine Bombe einschlagen, Bianca. Sorgen Sie dafür, dass die Moral der Truppe sich verbessert, denn die ist, wie Sie wissen, im Moment am Boden.*

Jemima, der klar war, dass sie Lady Farrell nicht gefahrlos in Biancas Büro allein lassen konnte, eilte ihr nach, bot ihr einen der niedrigen Sessel neben dem Beistelltischchen an und fragte sie, ob sie eine Zeitschrift lesen wolle, während sie warte.

»Eigentlich eher nicht«, antwortete Athina. »Die meisten heutigen Illustrierten finde ich ziemlich deprimierend. Aber ich hätte gern das Wasser. Mit ein bisschen Eis, wenn Ihnen das nicht zu viele Umstände macht.«

»Natürlich«, meinte Jemima. »Ich muss nur noch ...« Sie ließ den Satz unvollendet und wandte sich dem Schreibtisch zu, vorgeblich, um die Papiere darauf zu ordnen, jedoch in Wirklichkeit, um alle Mappen wegzuräumen, die Lady Farrell nicht zu Gesicht bekommen sollte. Da streckte Lara den Kopf zur Tür herein und verkündete, sie müsse Bianca unbedingt so bald wie möglich sehen, ob es eine Lücke in ihrem Terminkalender gebe.

»Tut mir leid, wenn ich Sie dränge, Jemima, aber ich habe den Einkäufer von Debenham an der Strippe.«

»Kein Problem«, sagte Jemima. »Werfen wir mal einen Blick in ihren Kalender. Ich glaube, am Nachmittag hätte sie ein paar Stunden. Wenn Sie mich entschuldigen würden, Lady Farrell.«

Athina, die Jemima genau beobachtet hatte, schloss die Tür und nahm sich die Ordner auf dem Schreibtisch vor. Als Jemima zurückkam, saß Athina neben dem Beistelltischchen und legte die aktuellste Ausgabe der *Vogue* weg. »Tut mir leid, aber ich kann jetzt wirklich nicht mehr warten. Es wundert mich, dass Mrs Bailey nicht besser organisiert ist.«

Wieder in ihrem eigenen Büro, bat Athina Christine nachzusehen, für wann die nächste Konferenz der Unternehmensleitung anberaumt war. Und als sie am Abend nach Hause kam, rief sie, nachdem sie sich einen ziemlich starken Gin Tonic eingeschenkt hatte, Caro an.

Achtundzwanzig

»Patrick«, sagte Bianca ein wenig verstimmt, »es ist fast elf. Was wollte Saul um diese Uhrzeit noch von dir?«

»Mit mir über dieses deutsche Unternehmen sprechen.«

»Und warum kann er das nicht im Büro tun?«

»Weil er sich im Büro für gewöhnlich mit den Märkten beschäftigt. Zum Nachdenken hat er nur an den Abenden Zeit. Und natürlich an den Wochenenden.«

»Was bedeutet, dass er allen anderen die Abende und Wochenenden verdirbt.«

»Er verdirbt sie nicht. Herrgott, Bianca, mir macht das nichts aus. Warum sollte es dich dann stören?«

»Keine Ahnung«, antwortete sie in ungewöhnlich sarkastischem Tonfall. »Warum möchte ich am Abend mit dir zusammensitzen und reden? Oder in unserem einzigen Urlaub einmal länger als zehn Minuten am Stück ungestört mit dir und den Kindern spielen?«

»Bianca«, antwortete Patrick mit ziemlich leiser Stimme, »darf ich dich an einen anderen Urlaub erinnern? An die Skiferien Anfang dieses Jahres? Die du *ganz* abgeblasen hast.«

»Das war ... was anderes.«

»Ach, tatsächlich?«

»Ja. Das Timing war schlecht, es ging nicht anders.«

»Und bei mir spielt das Timing keine Rolle?«

»Patrick, bitte. Das war eine Ausnahme, ein einziges Mal. Ich weiß, dass deine Tätigkeit für Saul anspruchsvoll ist, aber es gibt noch jede Menge andere Leute, die auch für ihn arbeiten. Es muss nicht alles an dir hängen ...« Als sie merkte, dass sie sich auf gefährliches Terrain begab, verstummte sie.

»Soll das heißen, dass du unersetzlich bist und ich nicht? Dass ich Urlaube nicht absagen kann, du aber schon? Nun, vielleicht befindest du dich da ja auf dem Holzweg. Ich bin zufällig Sauls einziger Analyst; er verlässt sich auf mich. Und ich will ihn nicht enttäuschen. Nein: Ich *werde* ihn nicht enttäuschen.«

»Schon gut, schon gut«, versuchte Bianca, ihn zu beschwichtigen. »Das verlangt ja auch niemand von dir. Ich möchte doch nur, dass du eine gesunde Balance findest.«

»Was dir immer gelingt?«

»Immerhin gebe ich mir Mühe«, antwortete sie, stand auf und verließ das Zimmer.

»Das kann ich nicht machen«, erklärte Bertie.
»Warum nicht?«
»Weil ich gänzlich anderer Meinung bin als du.«
»Bertie, wir müssen eine geschlossene Front bilden, sonst bleibt nichts vom Haus Farrell übrig. Ich hoffe, du wirst nicht alles verraten, wofür das Unternehmen steht, das dein Vater und ich aufgebaut haben. Und nun hör mir zu ...«
Bertie lauschte.

»Guten Tag, Jackie. Kommen Sie doch rein und setzen Sie sich, meine Liebe. Was für ein hübsches Kleid. Sonst sehe ich Sie ja nur im Laborkittel. Ich würde gern wissen, wie Sie die neue Unternehmensleitung finden. Bestimmt fehlt Ihnen Maurice, an dessen Arbeitsweise Sie gewöhnt waren. Sie können ganz offen zu mir sein, dies ist ein vertrauliches Gespräch. Mich interessiert immer, was die Menschen, die für uns arbeiten, denken und wie sie mit schwierigen Umständen zurechtkommen.«

»Seit sie wieder daheim ist, weint Milly ständig«, verkündete Ruby besorgt. »Du musst mit ihr reden, Mummy. Sie ist in ihrem Zimmer und kommt nicht raus. Nicht mal zum Essen. Dabei hat's Fleischklößchen gegeben«, fügte sie hinzu, als wollte sie den letzten Zweifel Biancas zerstreuen, dass es sich um etwas Ernstes handelte.

»Ich gehe gleich hinauf. Daddy ist noch nicht zu Hause?«

»Nein, er hat angerufen und Sonia gesagt, dass es später wird.«

»Okay.« Bianca holte tief Luft. Patrick hatte versprochen, bis sieben Uhr zu Hause zu sein, damit sie sich auf die Besprechung am folgenden Tag vorbereiten konnte, und inzwischen war es bereits halb acht.

»Ist Karen noch da?«

»Nein. Ich hab mir gerade mit Sonia *Shrek* angeschaut, kann ich das jetzt bitte wieder? Und du kümmerst dich um Milly?«

»Ja. Aber zuerst muss ich, glaube ich, mit Sonia reden.«

Auch Sonia wirkte besorgt.

»Sie ist ziemlich durch den Wind, Bianca. Und sofort in ihr Zimmer raufgerannt.«

»Wo ist Fergie?«

»In seinem Zimmer. Er macht Hausaufgaben. Ihm geht's gut.«

»Prima. Könnten Sie ein bisschen länger bleiben, Sonia? Bis ich mit Milly geredet habe? Oder bis Patrick daheim ist, was jede Minute sein sollte. Ruby macht sich Sorgen, und ich will sie nicht allein lassen.«

»Höchstens noch eine Viertelstunde.«

»Okay. Es dauert nicht lange.«

Bianca eilte nach oben und lauschte an Millys Tür, ohne etwas zu hören. Nach einer Weile klopfte sie.

»Wer da?«

»Mummy. Darf ich reinkommen?«

»Na schön.«

Bianca trat ein. Milly lag mit gerötetem Gesicht und verquollenen Augen auf dem Bett, das Handy an die Brust gedrückt wie früher ihren Teddy.

Bianca setzte sich zu ihr und strich ihr die Haare zurück.

»Liebes, was ist denn? Bitte erzähl es mir.«

»Ich … Ich will nicht.«

»Wie soll ich dir helfen, wenn du es mir nicht sagst?«

»Mir kann niemand helfen. Das verstehst du nicht!«

Bianca erinnerte sich an eine ähnliche Situation in ihrer eigenen Kindheit, daran, wie sie damals ebenfalls geglaubt hatte, niemand könne sie verstehen oder ihr bei der Lösung ihrer Probleme beistehen. »Vielleicht kann ich das tatsächlich nicht, aber manchmal hilft schon Reden. In der Arbeit geht mir das oft so.«

»Wirklich?«

»Ja.«

Milly überlegte lange, bevor sie sagte: »Nein, es geht echt nicht.«

»Milly …« Bianca zögerte. »Hat es mit Carey zu tun? Hat sie irgendwas Komisches gemacht?«

Milly schüttelte matt den Kopf.

»Nein.«

»Liebes, ich habe schon den Eindruck. Hast du dich in den Ferien mit ihr gestritten? Milly, bitte sag's mir. *Bitte*. Ich verspreche dir, nichts zu unternehmen, was du nicht möchtest, aber hilf mir, es zu verstehen.«

»Ich hab dir doch gesagt: Es geht nicht.« Milly verzog das Gesicht und wiederholte in verzweifeltem Tonfall: »Es geht nicht.« Und begann erneut zu weinen.

»Gut, das muss ich respektieren. Kommst du wenigstens mit runter und isst was mit mir? Wir könnten uns ein Omelett machen und im Wohnzimmer fernsehen. Ruby geht gleich ins Bett. Heute Abend gibt's *Waterloo Road*, oder?«

»Okay. Danke, Mummy.«

Das Dankeschön galt sowohl dafür, dass Bianca sie nicht weiter mit Fragen bedrängte, als auch für die Aussicht auf ein Erwachsenenabendessen.

»Komm in fünfzehn Minuten runter, ja? Ich kümmere mich in der Zwischenzeit um Ruby.«

Als Bianca an Fergies Zimmer vorbeiging, hörte sie, wie er nach ihr rief, und sie trat ein.

»Hallo.«

»Mum«, meinte er, »ich weiß ja nicht, was los ist, aber dieses Mädchen ist die Pest. Ich hab Milly mit ihr telefonieren hören. Sie hat die ganze Zeit ›Das hab ich nicht, Carey‹ gesagt. Und dann hat Carey anscheinend aufgelegt, weil Milly ständig ihren Namen wiederholt hat.«

»Hmm. Danke, dass du mir das erzählt hast, Fergie. Ich weiß nicht, wie ich Milly helfen soll.«

»Ich auch nicht. Vielleicht fällt Dad ja was ein.«

Fergie war der festen Überzeugung, dass sein Vater jederzeit mühelos noch vor dem Frühstück den Weltfrieden herstellen konnte.

Bianca sah auf ihre Uhr; es war bereits nach acht. Wo steckte Patrick? Verdammt. Er hatte versprochen, früher nach Hause zu kommen. Sie mussten über dieses Problem reden, denn es schien sich um etwas Ernstes zu handeln.

Doch es wurde neun und dann zehn, und noch immer keine Spur von Patrick, abgesehen von zwei SMS, in denen er ihr mitteilte, dass es später werden würde. Was geschah nur mit ihnen? Die Familie schien vor Biancas Augen zu zerfallen.

»Mrs Bailey ...«

Athinas Stimme klang trügerisch freundlich.

»Ja, Lady Farrell?«

Bis dahin war die Besprechung ziemlich gut gelaufen. Sie hatten die einzelnen Punkte der Tagesordnung abgehakt, und Bianca war es gelungen, die Zahlen in einem ziemlich positiven Licht dastehen zu lassen. Ein neues Gebäude in Hammersmith sah vielversprechend aus und würde ihnen eine Menge Geld sparen, und sie hatte es geschafft, begeistert über die neue Produktpalette und ihre Entwicklung zu sprechen, was bedeutete, dass die alte Hexe, wenn sie jetzt versuchte, ihr Knüppel zwischen die Beine zu werfen, nicht mehr viel ausrichten konnte.

»Dürfte ich Sie bitten, den Raum zu verlassen?«

»Wie bitte?«, fragte Bianca verblüfft Athina, deren Miene genauso freundlich war wie ihre Stimme.

»Offenbar habe ich mich nicht klar ausgedrückt. Dürfte ich Sie bitten, den Raum zu verlassen?«

»Ja.«

»Danke.«

Bianca wartete einige Minuten im Flur, weil sie glaubte, bald wieder hineingerufen zu werden, doch als das nicht geschah, ging sie in ihr Büro.

»Ich mache eine kleine Pause«, erklärte sie, als sie Jemimas fragenden Blick sah. »Dauert nicht lange.«

»Vielleicht könnten Sie sich diese Briefe ansehen. Und Ihr Mann hat angerufen und gesagt, er würde sich aus München melden.«

Bianca fiel ein, wie wütend und frustriert sie am Abend zuvor gewesen war, als Patrick endlich um Mitternacht nach Hause gekommen war, zu müde, um noch über irgendetwas zu reden. Er hatte sich entschuldigt und sie auf den folgenden Morgen vertröstet.

»Ich muss sehr früh ins Büro, Patrick, mich auf eine wichtige Besprechung vorbereiten. Könntest du nicht …?«

»Nein, es geht wirklich nicht. Ich muss jetzt schlafen, mir fallen schon die Augen zu.«

»Patrick, es ist wichtig. Es geht um Milly.«

»Aber es ist nicht so wichtig, dass du deine Besprechung verschieben kannst?«

»Natürlich kann ich das nicht!«

»Dann werden Milly und deine Sorge um sie warten müssen. Möglicherweise ist es ja doch nicht so dringend.«

»Das ist nicht fair! Sie ist wegen irgendwas ziemlich aus der Fassung, und ...«

»Wenn sie so aus der Fassung ist, dürfte das doch ein zwingender Grund für dich sein, die Besprechung zu verschieben, oder?«

»Oder für dich, noch eine halbe Stunde wach zu bleiben?«

»Schatz«, hatte er gesagt, und nie hatte das Wort aus seinem Mund unaufrichtiger geklungen, »tut mir leid, ich kann mich nicht mehr konzentrieren.«

»Gut, dann lassen wir's«, hatte Bianca gesagt und das Zimmer verlassen.

»Ich möchte ein Misstrauensvotum gegen Bianca Bailey anregen«, erklärte Athina.

Hughs Sekretärin, die das Protokoll führte, blickte sich im Raum um. Die Reaktion auf diese Ankündigung fiel ziemlich unterschiedlich aus.

Mike und Hugh wirkten überrascht; Peter Warrens Gesicht hatte den glatten, gelassenen Ausdruck, den es in Lichtgeschwindigkeit annehmen konnte; Florence war verblüfft; Caro sah ihre Mutter voller Bewunderung an, und Bertie wand sich.

»Darf ich fragen, warum?«, erkundigte sich Hugh.

»Ja, Sie dürfen. Seit Mrs Bailey das Unternehmen leitet, herrscht hier kein Ethos mehr. Wir wissen alle von der schrecklichen Tragödie mit Lawrence Ford, die ein Leben gekostet und eine Familie ruiniert hat, weil es an Geduld mangelte.«

»Selbstverständlich handelt es sich um eine Tragödie, aber es war ein schrecklicher Unfall ...«

»Ein Unfall, der sich nicht ereignet hätte, wenn Lawrence Ford weiter bei uns beschäftigt gewesen wäre.«

»Lady Farrell, er war für diesen Job nicht geeignet.«

»Unsinn. Er war loyal, klug und charmant. Möglicherweise hätte er eine kurze Unterweisung in die neuen Gepflogenheiten des Unternehmens gebraucht. Es gibt ja auch noch andere Opfer zu beklagen: die arme Marjorie Dawson zum Beispiel, der just an dem Tag, an dem ihr Mann erfuhr, dass er sich einer gefährlichen Operation unterziehen muss, herzlos gekündigt wurde; Jackie Pearson vom Labor, die die Arbeit unter Mrs Richards ausgesprochen schwierig findet, weil diese offenbar sehr dominant und kritisch ist und der alten Belegschaft keine Zeit lässt, sich mit ihren Methoden vertraut zu machen. Meine Sekretärin berichtet über einen ernsthaften Mangel an Arbeitsmoral bei den meisten ursprünglichen Beschäftigten. Sie haben das Gefühl, nicht mehr geschätzt zu werden. Außerdem finde ich Mrs Bailey arrogant. Sie ist nicht bereit, Ratschläge anzunehmen oder sich die Meinung anderer anzuhören, die durchaus in der Lage wären, die Dinge ein wenig geschickter zu gestalten.«

»Lady Farrell …«

»Ich habe Unterlagen zu Gesicht bekommen, die verdeutlichen, dass sich die finanzielle Situation nicht verbessert hat. Ganz im Gegenteil. Mrs Bailey rettet das Haus Farrell nicht, sondern macht es kaputt. Deshalb schlage ich dieses Misstrauensvotum vor. Mrs Johnson und Mr Farrell unterstützen mich dabei.«

Bertie holte tief Luft, als wollte er etwas sagen. Doch ein Blick seiner Mutter brachte ihn zum Schweigen, bevor er den Mund aufgemacht hatte.

»Das ist alles höchst interessant«, bemerkte Hugh Bradford.

»Lady Farrell«, hob Mike wie immer mit vorsichtig höflicher Miene an, »wir wissen Ihre Meinung sehr zu schätzen. Doch eine Trennung von Mrs Bailey kommt nicht infrage. Unserer Ansicht nach leistet sie hervorragende Arbeit.«

»Da stehen Sie leider ziemlich allein da«, widersprach Athina. »Außerdem werden Ihre Ansichten nicht viel Gewicht haben, weil ich auf einer Abstimmung bestehe. Und wir haben drei Stimmen gegen Ihre zwei …«

»Darf ich etwas sagen?«, fragte Bertie.

»Nein, Bertie, jetzt nicht.«

Hugh Bradford räusperte sich. »Lady Farrell, ich fürchte, das stimmt so nicht.«

»Wie meinen Sie das?«

»In dieser Frage stehen drei Stimmen gegen drei.«

»Soll das heißen, dass Mrs Bailey ebenfalls eine Stimme hat? Das würde von einer ernsthaften Unkenntnis des Unternehmensrechts zeugen.«

»Nein, natürlich nicht.« Hugh sah sie an. »Aber Mr Warren hat eine.«

»Mr Warren hat eine Stimme?« Athina bedachte Peter Warren mit einem Blick, der bestenfalls dem Putzpersonal würdig gewesen wäre.

»Ja. Und er ist im Hinblick auf Mrs Bailey ganz unserer Meinung und würde mit uns stimmen.«

»Sie hatten mir doch versichert, dass er innerhalb der Unternehmensleitung lediglich beratende Funktion hat!«

»Was auch so ist. Doch er besitzt das Stimmrecht.«

Langes Schweigen, dann: »So wurde mir das nicht erklärt. Ich erachte das als betrügerisches Verhalten.«

Warren schenkte ihr ein charmant bedauerndes Lächeln.

»Das tut mir sehr leid. Offenbar haben Ihre Anwälte Ihnen die neue Unternehmensstruktur vor der Vertragsunterzeichnung nicht ausreichend erläutert. Natürlich können einem solche Dinge sehr leicht entgehen.«

»Mr Warren, Rushworth und Pemberton sind höchst angesehene Anwälte!«

»Das glaube ich Ihnen gern. Trotzdem bleibt die Tatsache bestehen, dass ich das Stimmrecht besitze.«

»Und Sie würden gegen *mich* und uns stimmen?«

»Ich fürchte ja, Lady Farrell.«

Die Sekretärin, die den Blick noch einmal schweifen ließ, erkannte bei Bertie einen höchst interessanten Gesichtsausdruck: allmählich einsetzende Erleichterung.

Athina erhob sich noch einmal mit einem zutiefst verächtlichen Blick und sagte: »Letztlich spielt das alles trotz dieses verwerflichen neuerlichen Betrugs keine Rolle. Am Ende entscheiden die Anteilseigner, und wir halten einundfünfzig Prozent dieses Unternehmens, daran führt kein Weg vorbei.«

Milly saß, den Rücken an der Wand, in einer der Toilettenkabinen. Sie hörte Mädchen kommen und gehen und wartete, dass es still wurde, weil das bedeutete, dass endlich der Unterricht begonnen hatte. Was sollte sie nur tun? Ihr war tatsächlich übel gewesen, und sie konnte Schwester Winter bitten zu organisieren, dass sie von der Schule abgeholt wurde. Doch Sonia würde erst mittags heimkommen, weil sie beim Zahnarzt war, und Mädchen, die in der Schule krank wurden, durften nicht ohne Begleitung nach Hause. Folglich bestand die einzige Lösung darin zu sagen, sie habe sich übergeben müssen und sehe sich nicht imstande, dem Unterricht beizuwohnen. Nach einer Weile verließ sie vorsichtig die Kabine und betrachtete sich im Spiegel. Sie sah schrecklich aus mit den dunklen Ringen unter den Augen. Bestimmt würden sie ihr glauben. Milly holte tief Luft und öffnete die Toilettentür.

Vor der sie lächelnd Carey erwartete.

Neunundzwanzig

Es war der reinste Albtraum. Um Mitternacht grübelte Walter Pemberton noch immer über den Vertrag zwischen dem Haus Farrell und Porter Bingham nach, an dessen Formulierung er einige Monate zuvor so großen Anteil gehabt hatte. Und es stimmte: Er hatte diesen gefährlichen Punkt mit dem Stimmrecht übersehen und Lady Farrell und ihre Familie einem unbestreitbaren Machtverlust innerhalb des Unternehmens ausgeliefert.

Wie nur hatte er so unachtsam sein können? Undenkbar.

Genau das Wort, das er verwendet hatte, als Lady Farrell ihn mit kaum verhohlener Wut fragte, ob es möglich sei, dass die Familie nun tatsächlich nicht mehr die Kontrolle über das Unternehmen besitze.

»Meine gute Lady Farrell«, hatte er ein wenig belustigt geantwortet, »das ist undenkbar. Ihnen gehören einundfünfzig Prozent des Unternehmens. Ihre Kontrolle darüber ist vom englischen Gesetz festgeschrieben. Natürlich gehe ich den Vertrag gern noch einmal durch, aber ich bin mir ganz sicher.«

Dann hatte sie angefangen, vom Stimmrecht zu sprechen, und zum ersten Mal hatte sich Unsicherheit in dem Anwalt geregt. Das Stimmrecht und seine Relevanz waren Dinge, über die er, soweit er sich erinnerte, nicht detailliert gesprochen hatte.

Bianca lauschte in ihrem Arbeitszimmer den Klängen von *La Bohème* – in Krisensituationen wandte sie sich gern der Oper zu –, um ihre Wut und Verletztheit sowie den Eindruck, betrogen worden zu sein, zu lindern. Und das starke Gefühl, allein zu sein, das sich in ihrem

Job leider nicht vermeiden ließ. Leute, die sich in der Hierarchie weiter unten befanden, konnten miteinander reden und sagen: Ist das nicht schrecklich, das oder das ist doch nicht zu fassen. Sie konnten auf Mitgefühl und Rat hoffen. Nur ihr ganz oben auf der Spitze des Berges war das nicht möglich. Das war der Preis für den Erfolg, für ihre berufliche Befriedigung, ihr Gehalt und ihren Ruhm.

Es bedurfte einer ordentlichen Portion Selbstbewusstsein, um damit fertigzuwerden, und das entzog Athina ihr langsam und unerbittlich. Allmählich bekam Bianca es mit der Angst zu tun.

Mike und Hugh hatten ihr beim Lunch eine bereinigte Version der Ereignisse gegeben. Lady Farrell habe ihre Unzufriedenheit über vieles, was Bianca tue, ausgesprochen und wolle dem offiziell Ausdruck verleihen, hatten sie ihr mitgeteilt.

»Reden Sie nicht um den heißen Brei herum«, hatte Bianca die beiden aufgefordert. »Sie hat also ein Misstrauensvotum angeregt?«

»Ja.«

»Mit welcher Begründung?«

»Dass die Unternehmensmoral am Boden liege, die Umsätze niederschmetternd seien und immer schlechter würden.«

»Wie hat sie das herausgefunden?«

»Das wissen wir nicht. Aber egal, sie kann nicht gewinnen. Dank ihren Anwaltsdinosauriern hat sie keinerlei Ahnung von der Struktur der Unternehmensleitung und den Stimmrechten. Als wir ihr klargemacht haben, dass wir sehr zufrieden mit Ihnen sind und Sie unterstützen, ist sie empört abgezogen. Wir setzen uns morgen früh noch einmal zusammen. Bis dahin, könnte ich mir vorstellen, werden die Herren Pemberton und Rushworth ihre Nachlässigkeit begriffen und sich vom Balkon gestürzt haben.«

»O Gott«, hatte Bianca gestöhnt, »was für ein Durcheinander.«

»Nein«, hatte Hugh widersprochen. »Alles läuft gut.«

»Hugh, sie hat gar nicht so unrecht, und jetzt wird es noch um einiges schwieriger werden. Allmählich frage ich mich, was ich da tue …«

»Bianca! Reißen Sie sich zusammen.«

Hugh hatte ihr ein Lächeln geschenkt, dem Bianca aber seine Verärgerung ansah. Genug: Sie konnte es sich nicht leisten, Selbstzweifel oder Schwäche zu zeigen.

Also hatte sie sich erhoben und Hughs Lächeln erwidert. »Okay. Sie haben recht. Wir dürfen nicht zulassen, dass sie das Boot zum Kentern bringt, gerade jetzt, wo wir es fast wieder flott haben.«

»Genau«, hatte Mike ihr beigepflichtet. »Klingt doch schon viel besser. Und vergessen Sie nicht, Bianca: Wir stehen hinter Ihnen.«

»Das weiß ich«, hatte sie gesagt. »Danke.«

Doch nun, so ganz allein, ohne Patrick, die Kinder im Bett, war sie sich nicht mehr so sicher.

Patrick wartete gerade in München auf seinen Flug, als Bianca ihn erreichte.

»Hallo, Schatz, wie geht's?«

»Ach, ganz gut. Ich hatte gestern Abend gehofft, du würdest noch anrufen.«

»Tut mir leid. Wir hatten eine Besprechung nach der anderen, dann hat Saul mich wegen ein paar neuen Ideen angerufen, und plötzlich war's Mitternacht. So spät konnte ich mich nicht mehr bei dir melden. Alles in Ordnung?«

»Ja, ja, danke.«

»Zu Hause auch?«

»Milly musste gestern von der Schule abgeholt werden, ihr war übel, und Ruby hat wahrscheinlich Windpocken, aber sonst ist alles im grünen Bereich. Und ich habe eine Konferenz der Unternehmensleitung vor mir, die angesetzt wurde, weil Lady Farrell gestern einen Misstrauensantrag gegen mich gestellt hat.«

»Ach. Damit wird sie nicht durchkommen.«

»Nein«, antwortete Bianca, um Beherrschung bemüht. »Es ist also nicht wirklich wichtig.«

»Schatz, ich weiß, es ist Scheiße, aber ich bin heute Abend wieder da. Und die Sache mit Milly habe ich nicht vergessen.« Er klang vorsichtig einlenkend; offenbar hatte er ein schlechtes Gewissen. »Lass dir nicht die Windpocken anhängen – das wäre ungünstig wegen Paris. Übrigens: Saul ist nächste Woche auch in Paris, eins seiner Pferde tritt bei einem Rennen in Longchamp an. Vielleicht könntet ihr zwei miteinander Abend essen.«

»Patrick«, sagte Bianca, der es nur mit größter Anstrengung gelang, ruhig zu bleiben, »ich nehme Florence mit. Es wäre sehr unhöflich, sie einen Abend allein zu lassen. Und ich kann mir nicht vorstellen, dass Saul allzu erfreut darüber wäre, uns beide am Hals zu haben.«

»War ja nur so eine Idee. Ich schlag's ihm trotzdem mal vor. Und wenn er ...«

»Gut, Patrick. Wenn er mir unter meinem Hotelzimmer ein Ständchen singt, gehe ich mit ihm zum Essen.«

»Sei nicht albern, Bianca. Ich bitte dich doch nur, zu meinem Chef höflich zu sein, das ist alles. Gerade wird mein Flug aufgerufen, ich muss los. Bis später, Schatz.«

Bianca knallte den Hörer unsanft auf die Gabel und streckte ihm die Zunge heraus. Dann musste sie lachen. Das war absurd! Patrick versuchte, sie in die Arme eines anderen Mannes zu treiben, und das ausgerechnet in Paris! Angenommen, sie fand ihn attraktiv? Wie würde das denn vor dem Scheidungsrichter aussehen?

»Euer Ehren, ich habe nur getan, was mein Mann wollte, und versucht, eine gute Ehefrau zu sein, der an seinem beruflichen Fortkommen liegt.«

Doch sie brauchte keine Angst zu haben, dass Saul mit ihr zu Abend essen würde, da fielen eher Ostern und Weihnachten zusammen.

»Hallo!«
»Hallo. Ich hoffe, ich störe nicht. Wie geht es Ihnen?«
»Danke, gut.«

»Hatten Sie einen angenehmen Flug?«

»Wir sind mit dem Zug gekommen.«

»Gute Idee. Ist viel kultivierter.«

»Das finde ich auch. Und Sie?«

»Ich bin mit George Barnes, meinem Trainer, im Auto da, wie meine Pferde, allerdings waren die in einem anderen Fahrzeug. Zwei von ihnen gehen morgen in Longchamp an den Start. Wollen Sie sich das Rennen ansehen?«

»Saul, ich bin zum Arbeiten hier. Obwohl ich natürlich gern kommen würde«, fügte sie hastig hinzu, um nicht unhöflich zu wirken.

»Sie sollten sich hin und wieder einen Tag frei nehmen. Das tut sehr gut. Ich mache das auch.«

»Das hätte ich jetzt nicht vermutet«, erwiderte sie.

»Tatsächlich? Warum nicht?«

»Dass Sie meinen Mann jeden Abend mindestens dreimal und an den Wochenenden noch öfter anrufen, könnte ein Hinweis sein.«

»Ich zähle meine Anrufe nicht, sondern erledige sie einfach. Sie haben doch nichts dagegen, oder?«, fügte er eher interessiert als zerknirscht hinzu.

»Nein, natürlich nicht. Allerdings würde ich Ihnen gern unsere Essenszeiten mitteilen und Sie bitten, diese, wenn möglich, zu meiden.«

»Gut.«

»Saul«, meinte Bianca, halb amüsiert, halb ungläubig, »das war ein Scherz.«

»Verstehe. Jedenfalls hat Ihr Mann mir gesagt, dass Sie in Paris sind und wir vielleicht einmal miteinander Abendessen gehen sollten.«

Waren das Avancen? Wie sollte sie darauf reagieren?

»Sie müssen nicht. Es war seine Idee.«

»Aha. Nun …«

Es lag auf der Hand, dass Saul nicht im Traum daran dachte, mit ihr auszugehen. Außerdem hatten sie und Florence sich bereits darauf geeinigt, miteinander im Hotel zu Abend zu essen.

»Saul«, hob sie noch einmal an, »wenn Sie mir nicht böse sind ... Ich bin ziemlich müde ...«

»Kein Problem«, sagte er. »Das kann ich verstehen.«

Langes Schweigen.

»Mir ist klar, dass der Vorschlag überraschend kommt«, meinte er schließlich. »Aber ich dachte mir, einen Versuch ist es wert.«

Was sollte das wieder heißen? Dass er tatsächlich wollte? Saul musste Patrick jedenfalls keinen Gefallen tun. Und Bianca hatte Patrick versprochen, es zu machen, wenn Saul sich bei ihr meldete.

»Solange es nicht zu spät wird ...«, rang sie sich schließlich ab.

»Gut. Sagen Sie, wo ist das Hotel d'Angleterre? Das kenne ich nicht.«

Natürlich nicht, dachte Bianca, dieses Hotel war nicht seine Sorte Unterkunft.

»In Saint-Germain. Es ist hübsch. Klein, war früher ein Wohnhaus, sehr ruhig. Dort gibt es keine Bar, wer nicht dort wohnt, darf nicht hinein.«

»Sehr schön. Ich glaube, dort quartiere ich mich ein.«

»Es ist ausgebucht«, antwortete Bianca voller Panik, und wieder herrschte Schweigen.

Dann: »Bianca, das war ein Scherz.«

»Ach!«

»Ich bin im Crillon. Der Service dort ist gut.«

Ein merkwürdiger Grund, in einem Fünf-Sterne-Hotel zu logieren, dachte sie. Aber Saul war nun mal merkwürdig. »Wir könnten da essen ...«

Sie legte auf und ging hinunter, um es Florence zu sagen.

»Tut mir leid. Er ist Patricks Chef und ...«

»Kein Problem, Bianca.« Florence klang belustigt. »Ich komme schon zurecht, mache einen kleinen Spaziergang und gönne mir dann vielleicht ein Omelett in meinem Zimmer. Dieses Viertel liebe ich. Wo wollen Sie essen?«

»Ich weiß es nicht. Er hat das Crillon vorgeschlagen, aber ich hasse Hotelrestaurants.«

»Darf ich Ihnen Le Petit Zinc gleich hier um die Ecke vorschlagen? Das ist reizend und hat eine wunderbare Küche.«

»Vielen Dank. Ich sage es ihm. Sie könnten mitkommen, das würde mich freuen …«

»Lieber nicht«, entgegnete Florence. »Ihr Mr Finlayson wäre sicher entsetzt, von einer alten Frau zu einem flotten Dreier gezwungen zu werden.«

»Das glaube ich nicht, Florence«, widersprach Bianca lachend, »aber wenn Sie meinen …«

Sie sah Florence an, die in dem reizenden grünen Gartenhof des Hotels saß und an dem Kir nippte, den ihr der Kellner auf ihren Wunsch, in fließendem Französisch vorgetragen, mit weißem Burgunder, nicht mit Champagner, serviert hatte.

»Das ist die klassische Art«, erklärte sie Bianca, die einen Pastis trank.

Bianca war beeindruckt. Wie hatte Florence, die immer für ein eher geringes Gehalt gearbeitet hatte, sich eine solche Weltläufigkeit erworben? Es wäre unhöflich gewesen, sie direkt danach zu fragen, aber vielleicht konnte sie in den folgenden beiden Tagen mehr darüber herausfinden. Der verdammte Saul Finlayson! Wie viel lieber es ihr doch gewesen wäre, mit dieser interessanten Frau zu speisen, die in dem schlichten marineblauen Jerseykostüm (konnte das Chanel sein?) dezent schick wie eine Pariserin wirkte. Neben ihr fühlte Bianca sich in ihrem weiten weißen Kleid auffällig fremd.

»Machen Sie sich meinetwegen bitte keine Gedanken, Bianca. Lassen Sie es sich schmecken.«

»Ich versuche es«, sagte Bianca, nach dem Misstrauensvotum immer noch verletzt und verunsichert. Die neuerliche Konferenz der Unternehmensleitung war vergleichsweise freundlich verlaufen. Peter Warren hatte Athina davor beiseitegenommen, um ihr nahezulegen, dass sie nicht die Konfrontation suchen solle, sie habe ja inzwischen vermutlich mit ihren Anwälten geredet.

Danach hatte er sich im Besprechungszimmer mit breitem Grinsen zu Mike und Hugh gesellt.

»Was für eine Frau! Sie hat mir das Gefühl gegeben, dass es eine Gnade ist, wenn sie den Misstrauensantrag zurückzieht. Fangen wir an, bevor ihr noch was anderes einfällt, mit dem sie uns aufhalten kann.«

Ausnahmsweise war Lady Farrell tatsächlich ziemlich ruhig gewesen.

Bianca lächelte Saul über den Tisch hinweg an. Er hatte Florences Vorschlag zugestimmt, und sie saßen nun im Le Petit Zinc, einem reizenden Jugendstillokal mit herrlichen Lampen, Spiegeln, Bronzeverzierungen, Buntglasfenstern und Kellnern in den für Paris so typischen langen weißen Schürzen und schwarzen Jacken. Nach einem Blick rundherum nickte Saul kurz und meinte: »Schön. Wollen Sie einen Drink?«

»Nein, danke. Mir ist Mineralwasser lieber.«

»Gut. Dann nehme ich das auch.«

»Der Sommelier wird enttäuscht sein.«

»Ist das wichtig?«, fragte Saul, ohne das Gesicht zu verziehen. »Das hätte ich nicht gedacht.«

»Nein, Saul. Natürlich ist es nicht wichtig. Es war ...«

»Ein Scherz?«

»Ja, so ähnlich.«

»Sorry, ich hab nicht viel Humor«, erklärte er mit diesem kurzen Lächeln. »Lassen Sie uns bestellen, ja? Was hätten Sie gern?« Langes Zaudern schien ihm nicht zu liegen.

»Ich mag Fisch«, antwortete sie. »Eine der Spezialitäten des Lokals ist der Wolfsbarsch aus der Tonform, sagt Florence.«

»Sie scheint sich hier gut auszukennen«, bemerkte er.

»Ja. Sie kennt sich überhaupt gut in Paris aus, weswegen ich sie mitgenommen habe. Aber damit möchte ich Sie nicht langweilen.«

»Sie langweilen mich nicht«, entgegnete er. »Meinen Sie, mir würde der Wolfsbarsch auch schmecken?«

»Wie soll ich das wissen, Saul? Mögen Sie Fisch?«

»Nicht sehr.«

»Und was mögen Sie?«

»Essen interessiert mich nicht sonderlich. Ich esse eigentlich nur, weil ich muss.«

»Aber manche Gerichte sind Ihnen doch bestimmt lieber als andere.«

»Na ja, ich mag Steak. Ziemlich roh.«

»Dann bestellen Sie das. Wollen Sie eine Vorspeise?«

»Nein. Lieber eine Nachspeise. Ich mag Süßes.«

»Gut. Hier gibt es die besten Windbeutel der Welt.«

»Woher wollen Sie wissen, dass das die besten der Welt sind?«, erkundigte er sich. »Das dürfte ziemlich sicher eine unrichtige Feststellung sein.«

»Möglich.« Sie merkte, dass er grinste. »Scherz?«, fragte sie.

»Ja, so was Ähnliches. Wollen wir bestellen?«

Wenig später orderte er in fließendem Französisch. Bianca sah ihn überrascht an.

»Aha«, meinte er, »Sie dachten, ich würde einfach ganz laut auf Englisch reden, stimmt's?«

Als sie auf das Essen warteten, klingelte sein Handy. Saul nahm es aus der Tasche, warf einen Blick darauf, sagte »Entschuldigung«, stand vom Tisch auf und trat hinaus auf die Straße. Er blieb fast zehn Minuten weg. Bei seiner Rückkehr wirkte er verlegen.

»Sorry. Das war Dickon. Er ruft mich jeden Abend an, um mir eine gute Nacht zu wünschen und mir von seinem Tag zu erzählen. Ich musste rangehen.«

»Natürlich.« Bianca fand das rührend. »Ich habe auch vor meinem Treffen mit Ihnen mit meinen Kindern gesprochen.«

Langes Schweigen, dann: »Wie läuft's? Ich meine, im Job?«
»Ganz gut.«
»Wirklich?«, fragte er.
»Nicht ganz so gut«, gab sie zu.
»Erzählen Sie mir mehr davon.«
»Sie wollen doch jetzt bestimmt nichts von meiner Arbeit hören, oder?«

»Doch. Und«, fügte er hinzu, als er ihr Zögern bemerkte, »ich bin bekannt für meine Diskretion. Außerdem würde ich es als Beleidigung auffassen, wenn Sie mir nicht davon erzählen. Raus mit der Sprache, Bianca. Vielleicht hilft es Ihnen.«

Möglicherweise hatte er recht, dachte sie, und es half, über die Situation zu reden, ohne sich verstellen zu müssen. Der einzige andere Mensch, mit dem sie das tun konnte, war Patrick. Und der hörte ihr momentan nicht gerade aufmerksam zu.

Also schilderte sie Saul die Lage, und als sie fertig war, sagte er: »Ich hätte da einige Anmerkungen. Die Idee mit dem Shop gefällt mir. Aber mir ist nicht klar, warum Sie selbst danach suchen. Das kann doch sicher jemand anders für Sie erledigen, oder?«

»Nein. Dazu braucht man ein Bauchgefühl, es ist wichtig, dass alles bis ins kleinste Detail stimmt. Estée Lauder zum Beispiel hat trotz ihrer zahllosen Beschäftigten jede Verpackung und jede Lippenstiftfarbe persönlich abgesegnet.«

»Okay, vermutlich kenne ich mich in Ihrer Branche nicht gut genug aus. Aber zurück zu den Shops. Sie müssten sich überall dort befinden, wo Touristen viel Geld in Läden lassen, in Dubai, Sydney, Singapur, New York, LA – besonders wichtig: in LA.«

»Saul, das können wir uns nicht leisten! Ich hoffe, mit einer kleinen Dependance in Frankreich Fuß zu fassen ...«

»Dann funktioniert die Sache mit den Shops nicht. Sie wollen doch das Ass mit der englischen Tradition ausspielen, oder? Wie Burberry?«

»Ja.«

»Im Moment, wo alle die Engländer so toll finden und wo es nächstes Jahr wegen dem diamantenen Thronjubiläum und den Olympischen Spielen noch interessanter wird, sollten Sie global denken.«

»Aber die Shops brauchen Personal, man muss sich drum kümmern. Und an den von Ihnen erwähnten Orten sind die Mieten astronomisch.«

»Die Investition lohnt sich. Bianca, es ist eine clevere Idee. Sagen Sie Ihren Kapitalgebern, dass Sie mehr Geld brauchen. Dass sie, wenn sie es Ihnen nicht zur Verfügung stellen, ihre bisherige Investition verlieren und vermutlich sogar noch mehr. Sie werden sehen: Die lassen sich umstimmen. Ich kenne diese Leute, ich verbringe eine Menge Zeit mit ihnen. Sie hätten sich mehr Unterstützung zusichern lassen sollen.«

»Also ist es meine Schuld?«

»In gewisser Hinsicht ja. Aber auf jeden Fall müssen Sie weitermachen und dürfen nicht zurückblicken. Zerbrechen Sie sich nicht den Kopf über Lady wie sie auch immer heißen mag und den verstorbenen Leiter der Marketingabteilung. Das Ganze klingt sowieso wie ein schlechter Krimi«, fügte er grinsend hinzu. »Dafür können Sie nichts.«

»Das Gefühl habe ich aber. So unsicher war ich noch nie und so …« Sie verstummte.

»Und?«

»Sogar ein bisschen ängstlich.«

»Sie dürfen keine Angst haben«, sagte er. »Daran sollten Sie nicht einmal denken.«

»Haben Sie denn niemals Angst?«, erkundigte sie sich.

»Doch, manchmal schon. Aber die kämpfe ich nieder. Ich fasse Beschlüsse und setze sie in die Tat um.«

»Täuschen Sie sich nie?«

»Das kann vorkommen. Niederlagen sind schlimm, aber meistens gewinne ich, also ist es okay. Und was haben Sie morgen vor?«

»Ich mache mich auf die Suche nach Locations für die Shops.«

»Dafür wünsche ich Ihnen viel Glück. Für das ganze Projekt. Haben Sie keine Angst, Bianca. Und blicken Sie nicht zurück.«

Auf dem Weg zum Hotel hielt er spürbar Distanz, und als sie es erreichten, küsste er sie nicht einmal auf die Wange, sondern meinte nur: »Es war ein sehr schöner Abend.« Dann wandte er sich ab und entfernte sich mit großen Schritten. Er war seltsam, ein besseres Adjektiv fiel ihr zu ihm nicht ein.

Trotzdem fühlte sie sich bedeutend besser als vor dem Essen. Auf ganz eigene, merkwürdige Weise war der Abend tatsächlich sehr schön gewesen. Bianca war froh, dass sie ja gesagt hatte. Und Patrick hatte sie auch einen Gefallen getan.

Als sie diese Überlegung weiterverfolgte, stellte sie fest, dass es ihr völlig egal war, was Patrick davon hielt. Bei dem Abend war es um sie gegangen. Um sie und Saul.

Auch Athina empfand in diesem Moment so etwas wie Angst. Wenn sie ehrlich war, hatte sie sogar große Angst. Kurz, sehr kurz, hatte sie mit dem Gedanken gespielt, das Handtuch zu werfen, doch dieser Gedanke hatte sich verflüchtigt, bevor er sich verfestigen konnte. Ein Rückzug wäre feige gewesen, und außerdem wollte sie nach wie vor das Haus Farrell als ihr eigenes Werk erhalten, auch wenn ihr immer weniger Waffen zur Verfügung standen. Einer der Leitsprüche von Cornelius fiel ihr ein: »Wenn du sie nicht schlagen kannst, schlag dich auf ihre Seite. Und dann schlag zu.«

Das schien die Lösung zu sein. Vielleicht sollte sie ihre offene Feindseligkeit durch eine Charmeoffensive ersetzen. Das konnte sie schaffen, darin war sie ziemlich gut.

Statt zu schlafen machte sie sich daran, einige Dinge sehr eingehend zu überlegen.

Dreißig

»Entschuldigung, dürfte ich kurz meine E-Mails überprüfen?«

»Natürlich. Dann kann ich die Zeitung lesen, ohne unhöflich zu wirken. Ist übrigens ein ausgezeichnetes Blatt, dieser *Figaro*.«

»Ihr Französisch ist sehr gut«, bemerkte Bianca, die eine Chance witterte, mehr herauszufinden.

Florence bedankte sich für das Kompliment. »Im Lauf der Jahre hat es sich verbessert. Ich liebe Paris und war hier, sooft ich konnte. Immer mal wieder eine Woche.«

Was nicht erklärte, wie sie sich das hatte leisten können, dachte Bianca, als ihr Blick auf eine E-Mail von Athina Farrell fiel. Darüber stand »Vertraulich«, obwohl sie an praktisch das gesamte Unternehmen ergangen war.

Ich möchte einen Namen für die neue Farrell-Produktpalette vorschlagen, las Bianca. Sehr gut, Lady Farrell, so weiß jeder, der zufällig über die Mail stolpert, was wir vorhaben. Das Projekt war so vertraulich, dass es sogar einen Codenamen hatte: TC2, wie in The Cream 2, darauf war Athina ziemlich stolz.

Er lautet The Collection.

Dieser Name scheint mir alles zu beinhalten, was uns für die Produktpalette vorschwebt: Er erinnert an Mode und an unsere anderen Produkte, natürlich besonders an The Cream. Er definiert und beschreibt die neue Palette perfekt. Natürlich wäre ich für Kommentare sehr dankbar, obwohl ich glaube, dass der Name sich kaum noch verbessern lässt.

Alte Hexe. In England war es erst sieben Uhr. Wie hatte sie das hingekriegt? Normalerweise verwendete sie keine E-Mails, sondern sandte altmodische, getippte Notizen, die von Christine persönlich von Büro zu Büro ausgeliefert wurden.

Bianca hatte das Gefühl, ausgetrickst worden zu sein. Sie hatte Sauls Stimme im Ohr, die sagte: »Nicht zurückblicken«, aber der Abgrund, über dem sie sich nun festklammerte, erschien ihr plötzlich noch viel tiefer als zuvor.

Doch es war ein richtig guter Name. Bianca wandte sich Florence zu.

»Tut mir leid, wenn ich Sie beim Lesen störe«, sagte sie, »aber dürfte ich Sie etwas fragen?«

»Natürlich.«

»Ich habe gerade eine E-Mail von Lady Farrell erhalten. Über die neue Produktpalette.«

»Ach, tatsächlich? Ob sie die mir auch geschickt hat?«

Florence nahm das iPhone in die Hand, mit dem sie Bianca tags zuvor im Zug überrascht hatte. »Man muss auf dem Laufenden bleiben«, hatte sie erklärt. »Und nichts macht älter, als sich nicht richtig verständigen zu können.« Sie betrachtete das Display.

»Es ist ein sehr guter Name«, sagte sie nach einer Weile. »Was halten Sie davon, Bianca?«

»Ich finde ihn ausgezeichnet«, antwortete Bianca, der selten ein Kommentar schwerer gefallen war. »Aber ich bin verblüfft. Ich dachte, Lady Farrell hätte nichts am Hut mit E-Mails.«

»Lady Farrell hat mit allem etwas am Hut, das sie interessiert«, erklärte Florence mit einem freundlichen Lächeln. »Sicher sind Sie verstimmt, denn sie hätte Sie vorab informieren müssen. Das wäre professioneller gewesen.«

»Ja«, pflichtete Bianca ihr vorsichtig bei, »aber es freut mich auch, dass sie eine Lösung gefunden hat.«

»Vermutlich hat Christine die E-Mail für sie geschrieben«, erklärte Florence. »Athina holt sie oft um sieben Uhr morgens aus dem Bett, manchmal sogar noch früher, damit sie Dinge für sie erledigt. Die arme Christine, sie nimmt sie wirklich hart ran.«

»Den Eindruck habe ich auch. Gütiger Himmel, Susie hat schon darauf reagiert. Und Lara. Der Name gefällt allen. Und Mark Rawlins. Ach, und Jonathan Tucker.«

All diese Speichellecker, dachte Bianca ein wenig verärgert, die nur beweisen wollten, wie früh sie schon ihre Mails überprüften. Jonathan Tucker, der neue Verkaufsleiter, hatte erst in dieser Woche bei ihnen angefangen.

»Gut. Noch eine Tasse Kaffee? Oder sollen wir uns auf den Weg machen?«

»Ich denke, wir sollten gehen«, antwortete Florence. »Wir haben viel zu erledigen. Wie war übrigens das Abendessen?«, erkundigte sie sich.

»Wunderbar. Das Lokal und das Essen. Herzlichen Dank für den Tipp!«

»Und die Gesellschaft?«

»Die war angenehmer als erwartet.«

»Grandy, hallo. Wie geht's dir?«

»Sehr gut, Liebes. Diesen Samstag arbeiten wir zusammen bei Rolfe's. Ich muss mich über unsere Kundinnen informieren.«

»Grandy, wir haben keine richtige Basis mehr dort, nur noch einen sehr kleinen Stand.«

»Ja, ja, ich weiß. Aber dieser Samstag wird anders. Ich habe das persönlich mit dem Manager besprochen. Er fand die Idee herrlich. Ich werde schon vor neun dort sein und erwarte das auch von dir. Und ich möchte den Mädchen am Stand von Brandon's vorgestellt werden.«

Bianca und Florence gingen die hübschen kleinen Straßen von Saint-Germain entlang. »Die Gegend ist genau richtig«, schwärmte Bianca.

Sie entdeckten zahllose Orte, die sich bestens für ihren Zweck eigneten. Das Viertel war mit seinen bunten Galerien, den winzigen Buchläden und den noch winzigeren Antiquitätengeschäften das reinste Paradies.

»Der hier ist perfekt!«, rief Bianca aus, doch schon kurz darauf meinte Florence: »Nein, der hier ist noch besser!«

Wie durch ein Wunder waren zwei der Läden tatsächlich zu vermieten, zu hohen, aber nicht astronomischen Preisen.

»Ich hatte mir schon gedacht, dass wir ihn hier finden«, sagte Florence auf dem Weg zum Wagen.

Hi, Milly! Was ziehst du zu Careys Halloween-Party an? Oder kommst du nicht?

Milly starrte den Text von Sarajane auf ihrem Handy an. War die nun auch zu Carey übergelaufen? Sarajane war doch ihre Freundin. Ihre *beste* Freundin. Vermutlich hatte Sarajane Milly fallen gelassen wie eine heiße Kartoffel. Was nicht sehr nett war, aber so lief das nun mal in einer Freundschaft mit Carey: Sie musste an erster Stelle stehen.

Schon seit Tagen redete – oder eher flüsterte – man über diese Halloween-Party. Reich verzierte Einladungen waren auf die jeweiligen Pulte gelegt worden. Nicht auf alle. Drei Mädchen hatten keine erhalten.

Die ziemlich dicke Rose. Lottie, die unter grässlicher Akne litt. Und Milly, die die SMS mit Tränen in den Augen las.

Sie hätte nie gedacht, dass sich ihr Leben innerhalb von drei Monaten so ändern könnte. Zu Beginn der Ferien war sie beliebt, glücklich und erfolgreich gewesen, was ihre Selfies auf Facebook bewiesen.

Jetzt wagte sie es kaum noch, auf Facebook zu gehen oder ihr Handy einzuschalten.

Das Schlimmste war, dass alle sich gegen sie verschworen hatten. Wie sie vor ihren Augen miteinander flüsterten und einander Zettel zusteckten, schmerzte Milly.

Manchmal glaubte Milly fast, dass Carey magische Kräfte besaß.

Sie war einfach schrecklich, immer schon gewesen, doch Sarajane und Annabel waren nette, freundliche und großzügige Mädchen. Und jetzt führten sie sich auf wie Klone von Carey.

Am meisten Angst hatte Milly natürlich wegen des Oben-ohne-Fotos auf dem Boot, das sich auf Careys Handy befand. Anfang des Schuljahres hatte sie gedroht, es auf ihre Facebook-Seite zu setzen.

»Carey, das kannst du nicht machen!«, hatte Milly protestiert und vor Entsetzen ein flaues Gefühl im Magen bekommen. »Das geht nicht, das sehen doch dann alle.«

»Was denn? Deine winzigen Titten? Hätte nicht gedacht, dass dir das was ausmacht.«

»Doch, es macht mir was aus«, hatte Milly mit Tränen in den Augen erwidert. »Das ist unfair von dir. Ich wollte nicht, dass du mich fotografierst!«

»Und ich hab's unfair von dir gefunden, dass du dich mit Ad weggeschlichen hast.«

»Ich hab mich nicht mit ihm weggeschlichen! Er hat mich dazu gezwungen, das weißt du genau. Er hat mich in seine Kabine gerufen, und ich ...«

»Nein, das weiß ich nicht. Ad behauptet, du hättest dich auf ihn gestürzt, es wär ihm richtig peinlich gewesen.«

»Er lügt!«, rief Milly aus. »Ich hab versucht rauszukommen, ich ...«

»Mills, *du* lügst, und ich werde dafür sorgen, dass alle das erfahren. Wenn du zu deinen Eltern, diesen Kontrollfreaks, läufst, landet das Foto auf Facebook, ist das klar? Und auf YouTube.«

So hatten Millys Qualen begonnen. Es gab einfach keine Möglichkeit, ihnen zu entfliehen ...

»Deine Oma ist echt cool.« Jade Harper blickte über die Kosmetikabteilung von Rolfe's auf den vorübergehend eingerichteten Stand von Farrell, wo Athina gerade einer Frau erklärte, dass sie es den Rest ihres Lebens bereuen würde, wenn sie nicht sofort damit anfange, The Cream zu benutzen.

»Ich weiß«, sagte Lucy.

»Dass sie das Unternehmen gegründet hat und sechzig Jahre später immer noch an den Produkten arbeitet ...«

Es war ein ungewöhnlicher Morgen gewesen. Als Lucy um halb neun eingetroffen war, hatte ihre Großmutter bereits den zurückgewonnenen Stand hergerichtet und der Verkaufsberaterin freundlich lächelnd erklärt, wie sehr sie es zu schätzen wisse, dass sie an diesem Vormittag ihren Raum nutzen könne, während sie sich mit den Werbemitteln und Produkten von Farrell ausbreitete. Eine Stunde später hatte Athina dann drei Verkäufe getätigt, mehr, als die arme Marjorie manchmal an einem ganzen Morgen schaffte, und Lucy angewiesen, eine vierte Kundin zu schminken.

»Lucy ist meine Enkelin«, hatte sie erklärt. »Sie wurde an einer bekannten Kosmetikschule ausgebildet. Als kleines Mädchen hat sie stundenlang mit meinem Make-up gespielt. ›Ich möchte auch mal eine Make-up-Dame werden wie du, Grandy‹, hat sie gesagt, und jetzt hat sie es geschafft. Probier's mal mit dem Transparentpuder, Lucy ...«

Lucy, die sich nicht erinnerte, ihrer Großmutter als kleines Mädchen gesagt zu haben, dass sie später einmal eine Make-up-Dame werden wolle, griff artig nach dem Puder.

Ihr hatte davor gegraut, Athina den Brandon-Mädchen vorzustellen, die Grandy vermutlich für sehr gewöhnlich halten würde, doch schon nach wenigen Minuten hingen diese an ihren Lippen, weil sie sie für ihre Kundenbetreuung lobte, eine ihrer Farbpaletten für sich selbst erwarb und sich erkundigte, wie viel sie mit der Produktentwicklung zu tun hätten.

»Überhaupt nichts«, antwortete Jade. »Aber es ist nett, dass Sie fragen. Schließlich sind wir es, die mit den Kundinnen Kontakt haben, und wir wissen, was sie wollen. Mr Brandon macht allerdings nicht viele Fehler.«

»Er hat ein Gespür für die Trends der Zeit«, sagte Athina. »Mein Gatte, Sir Cornelius Farrell, besaß dieses Gespür ebenfalls. Auch ich habe es. Trotzdem haben wir die Verkaufsdamen immer nach ihrer Meinung gefragt, weil wir das Gefühl hatten, dass der tagtägliche Kontakt mit den Kundinnen ihnen tiefe Einblicke gewährt. Aber sagen Sie: Diese Lippenstifte verkaufen sich bestimmt ausgesprochen gut, oder? Und haben Sie auch Parfüms im Angebot?«

»Fahren wir morgen nach Grasse?«, fragte Florence und lehnte sich im Autositz zurück.

»Sie sind nicht zu müde? Es war ein wunderbarer Tag, vielen Dank.«

»Wieso sollte ich müde sein? Ich liebe Grasse. Das dortige Museum beherbergt viel Anregendes.«

»Wunderbar. Wissen Sie was? Ich möchte mich noch in den Luxusstraßen umsehen. In der Rue Cambon und so. Besonders bei Chanel. Ich hätte große Lust, mir eine Tasche zu kaufen ...«

»Ach. Darf ich mitkommen?«

»Natürlich gern, Florence.«

Auf dem Weg zur Rue Cambon kamen sie am Hotel Crillon vorbei. Bianca fragte sich, ob Saul gerade dort war. Nein, er war ja in Longchamp. Schade, dachte sie, sie hätte ihn Florence gern vorgestellt. Sie hätten Tee im Garten des Crillon trinken können und ... Bianca Bailey, warum denkst du plötzlich an Saul Finlayson und daran, dass er Florence kennenlernen könnte?

»*Le voilà.*« Der Chauffeur hielt vor dem Chanel-Geschäft.

»Wunderbar. *Merci*. Wieso stehe ich nur so auf Chanel?«, fragte Bianca. »Kommen Sie, Florence, gehen wir rein.«

In dem in Schwarz und Weiß gehaltenen Laden mit den verspiegelten Wänden blickten sich schicke Französinnen, manche von ihnen noch sehr jung, ehrfürchtig um, als befänden sie sich in einer Kirche.

»Vermutlich wissen Sie, dass Coco Chanel hier eine Wohnung

im dritten Stock hatte«, bemerkte Bianca. »Die Fotos davon kennen Sie bestimmt auch.«

»Ja, natürlich.«

»Das Apartment hat kein Schlafzimmer, weil sie im Ritz auf der anderen Straßenseite residierte. Ich bewundere sie sehr«, gestand Bianca. »Und wenn ich mir unsere neue Produktpalette vorstelle, denke ich immer an sie.«

»Sie eignet sich gut als stilistisches Vorbild«, sagte Florence. »Leider können wir unsere Verpackung nicht in Schwarz und Weiß halten, weil es in dieser Richtung schon zu viel gibt: Chanel, Quant und Jo Malone. Aber wie wär's mit Marineblau und Weiß?«

»Perfekt«, antwortete Bianca. »Toller Gedanke. Das sage ich den Designleuten sofort, wenn wir wieder in London sind.«

Florence folgte Bianca zu den Handtaschen. Bianca ließ sich mehrere zeigen, begutachtete sie und entschied sich schließlich für eine große cremefarbene Umhängetasche.

»Ich weiß, das ist nicht der ursprüngliche Stil von Chanel, und ich bin mir auch nicht sicher, ob sie ihr gefallen hätte, aber ich finde sie toll«, schwärmte Bianca.

»Sie ist sehr hübsch«, pflichtete Florence ihr bei. »Und ich glaube, Sie täuschen sich: Coco Chanel *hätte* sie gefallen. Ihr war immer wichtig, dass Mode praktisch und tragbar ist. Diese Tasche wird sehr gut zu Ihnen und Ihrem Leben passen.«

»Entschuldigen Sie, Madame ...«, sprach die Verkäuferin Florence an. »Ist das nicht eine echte Vintage-Chanel-Jacke?«

»Oh ...« Florence blickte an ihrer marineblauen Jerseyjacke herunter, als wäre sie selbst ein wenig erstaunt über das, was sie da trug. »Ja, das stimmt.«

»Wunderschön. Sie kleidet Sie sehr, Madame. Darf ich raten, von wann? So um 1970?«

»Ja, das könnte hinkommen«, antwortete Florence, zum ersten Mal ein wenig nervös, dachte Bianca. »Manchmal führe ich sie nach Paris aus.«

»Sie ist wirklich hübsch.« Die Verkäuferin packte Biancas Handtasche ein. »*Le voici*, Madame. Sie haben gut gewählt. Viel Vergnügen damit.«

»Danke«, sagte Bianca.

Auf dem Weg zum Wagen wandte sich Bianca lächelnd Florence zu: »Eine echte Chanel-Jacke. Sie Glückliche!«

»Ja. Aus einem Second-Hand-Laden, ein Glücksfund.«

Bianca glaubte ihr kein Wort.

Vor dem Abendessen erklärte Florence, dass sie gern einen Spaziergang machen würde, und entfernte sich für eine über Achtzigjährige, die einen großen Teil des Tages auf den Beinen gewesen war, ziemlich forschen Schrittes. Bianca blickte ihr nachdenklich nach.

Als sie eine halbe Stunde später noch nicht wieder da war, beschloss Bianca, nach ihr zu suchen, und fand sie kurz darauf nur zwei Straßen weiter vor einem Holztor zu einem großen Hof mit Laubbäumen. Florence schaute mit einem merkwürdigen Gesichtsausdruck hinein, einer kuriosen Mischung aus Freude und Trauer. Sie begrüßte Bianca mit einem Lächeln.

»Entschuldigung. Ich war ganz in Gedanken versunken. Eigentlich wollte ich zur Pont les Arts gehen, zur Brücke der Liebenden mit den Vorhängeschlössern, weil die Aussicht von dort fantastisch ist.«

Auch das kaufte Bianca ihr nicht ab.

Einunddreißig

Die beiden Tage in Grasse waren einfach wunderbar gewesen, vielleicht die schönsten überhaupt. Was für ein hübscher Ort, terrassenförmig angelegt, in satten Farben, alle möglichen Schattierungen von Creme- und Terrakottatönen, die Gehsteige mit Rosen und Glyzinien, die Häuser mit Stukkaturen verziert, die winzigen mäandernden Straßen und Stufen, die atemberaubende Kathedrale.

Dort hatte er ihr versprochen, dass sie sich nie wieder Sorgen machen müsse.

Nach selbstverständlich getrennter Anreise trafen sie sich am Flughafen von Nizza, wo er einen Wagen mietete, einen schicken Mercedes 300SL mit den markanten Flügeltüren. »Cornelius, ich bin beeindruckt«, schwärmte sie, als besagte Türen sich langsam senkten.

»Es sind außergewöhnliche drei Tage, und dafür brauchen wir einen außergewöhnlichen Wagen.«

Florence übernachtete in einer reizenden *auberge* in Pont du Loup. Das Zimmer hatte sie über ein kleines Reisebüro in Ealing selbst gebucht, während Cornelius in einem der besten Hotels von Grasse residierte, in dem seine Sekretärin für ihn reserviert hatte. Athina hatte sich über die Reise geärgert.

»Ich begreife nicht, was du dort willst. Im Moment haben wir wegen den Sommer-Promotions so viel zu tun, und zwar bei nicht unbeträchtlicher Konkurrenz, wenn ich das hinzufügen darf. Revlon, Rubinstein, Arden, und nun kommt auch noch diese Lauder hoch. Die Geschäfte sind angetan von ihr und ihren exorbitant teuren Cremes.«

»Warum machst du dir Sorgen, wenn sie so exorbitant teuer sind?«, fragte Cornelius sanft.

»Cornelius, hast du das noch immer nicht begriffen? Jede Marke muss ein besonderes Profil besitzen, ein Konzept, so etwas wie einen Mythos. Miss Arden hat ihre roten Türen und ihr Cleanse-Tone-Nourish-Programm, Revson seine Make-up-Promotions – wer wird jemals ›Cherries in the snow‹, die ›Kirschen im Schnee‹ vergessen? Das Interessante an der Re-Nutriv-Creme ist ja gerade der Preis. ›Für eine Dose Creme würde ich nie dreißig Pfund ausgeben‹, sagen die Frauen. Oder ›Das ist doch absurd!‹ – und dann kaufen sie sie.«

»Und was hat unser Programm Außergewöhnliches zu bieten, das sich damit vergleichen ließe?«, fragte Cornelius mit Unschuldsmiene.

Athina bedachte ihn mit einem vernichtenden Blick.

»Wir haben die englische Tradition«, antwortete sie. »Und kennen uns aus mit Engländerinnen und der englischen Haut. Das ist unser Pfund, mit dem wir wuchern können. Obwohl ich manchmal das Gefühl habe, dass wir diese Botschaft nicht nachdrücklich genug präsentieren. Ich finde, in der Hinsicht könntest du mehr tun. Wenn du wolltest, könntest du der englische Charles Revson sein. Du hast Stil und Klasse, darauf, finde ich, sollten wir stärker bauen. Der Kult um die Persönlichkeit besitzt große Macht. Darauf solltest du dich konzentrieren, Cornelius, statt Zeit zu vergeuden mit unsinnigen Reisen nach Grasse.«

»Da muss ich dir leider widersprechen. Meiner Ansicht nach wäre es eine wunderbare Geschichte, wenn wir erzählen, dass ich mich ins Zentrum der Weltparfümherstellung begeben habe, um Madame Farrell oder Farrell Dew, oder wie du deinen Duft auch immer nennen möchtest, zu entdecken.«

»Vermutlich hast du recht …«

Nachdem Florence und er an jenem ersten Tag ziemlich lange durch Grasse geschlendert waren, hatten sie noch immer das Gefühl, kaum die Hälfte gesehen zu haben. Sie blieben auf einem hübschen alten Platz mit einem dreistufigen Springbrunnen und einem Markt stehen, wo er ihr einen Arm voll Blumen kaufte, sie sich jedoch weigerte, sie zum Wagen zu bringen, wo sie verwelken würden. Am Ende hatte der Verkäufer Mitleid mit ihnen und erbot sich, die Blumen bis zum Abend für sie aufzubewahren.

»Das kann er schon machen«, meinte Cornelius lachend. »Einen größeren Strauß hat er wahrscheinlich lange nicht verkauft.«

Florence suchte die Parfümeure nicht mit ihm auf, das wäre zu indiskret gewesen. Stattdessen ging sie zur Fragonard-Parfümerie, wo sie eine Tour buchte und sich anhörte, wie Parfüms hergestellt wurden.

»Hast du gewusst«, fragte sie Cornelius später, »dass Jasminblüten ganz früh morgens gepflückt werden müssen, weil sie da am intensivsten duften? Ist das nicht eine hübsche Geschichte? Hier, an meinem Handgelenk, ist ein Parfüm, das ich heute selbst kreiert habe. Warum du einen kostspieligen Parfümeur beschäftigst, weiß ich wirklich nicht. Was hältst du davon?«

Er nahm ihr schmales Handgelenk, hob es an seine Nase, roch daran und küsste es zärtlich.

»Nicht schlecht«, meinte er, »aber längst nicht gut genug für dich.«

Später, in ihrem Bett in dem kleinen, hübschen Zimmer mit den Spitzenvorhängen, den feinen Glaslichtern an der Wand und dem großen Krug mit Blumen auf der Kommode, wandte er sich ihr seufzend zu. »Meine liebe, liebe Kleine Flo, ich möchte dir etwas sagen.«

»Du willst Schluss machen?«, fragte sie ruhig, weil sie seit dem ersten Mal in Paris damit rechnete.

»Schluss machen? Gütiger Himmel, niemals! Das, was wir haben, ist jedes Risiko und jeden Kummer wert. Allerdings verstehe ich nicht ganz, warum du dich damit begnügst. Du könntest dir doch einen richtigen Geliebten suchen, der dich heiraten und für dich sorgen würde ...«

»Den ich dann die ganze Zeit mit dir vergleichen würde«, erwiderte sie. »Cornelius, ich war noch nie so glücklich wie mit dir. Jedenfalls nicht seit Duncan. Mit ihm habe ich – wie soll ich es ausdrücken? – ebenfalls große Erfüllung gefunden.«

Mit diesen Worten beugte sie sich über ihn, um ihn zu küssen.

»Über deine Erfüllung mit ihm denke ich oft nach«, gestand er.

»Ja, die hatten wir. Ich habe ihn geliebt, und er hat mir beigebracht, die körperliche Seite zu genießen.«

»Das hat er ziemlich gut hingekriegt«, sagte Cornelius schmunzelnd.

»Stimmt. Aber wir hatten so wenig Zeit, einander kennenzulernen. Deshalb war es anders. Mit dir ist mehr möglich. Ich meine, im Bett«, fügte sie lachend hinzu.

»Und außerhalb? Wie viel ist da möglich?«

»Viel. Ich bin sehr, sehr gern mit dir zusammen. Du interessierst und fasziniert mich, du bringst mich zum Lachen ...«

»Und zum Weinen? Manchmal? Wenn wir uns trennen müssen?«

»Nein«, antwortete sie ernst. »Deinetwegen habe ich noch nie geweint. Um Duncan habe ich viel geweint, weil es mit ihm keine Zukunft mehr geben konnte. Mit dir habe ich so etwas wie eine Zukunft. Du fehlst mir, aber ich kann auch immer an unser nächstes Treffen denken.«

»Trotzdem dachtest du, ich würde Schluss machen wollen.«

»Ja. Darauf muss ich immer vorbereitet sein. Aber momentan ist mir das, was wir miteinander haben, genug, wirklich. Ich liebe meine Arbeit, und ich liebe meine Freiheit. Wie du siehst, bin ich die perfekte Geliebte.«

»Plagen dich keine Schuldgefühle?«

»Ja und nein. Ich hintergehe Athina nur ungern. Doch wenn sie mich wieder einmal herablassend behandelt, tröstet mich der Gedanke an uns. Was einigermaßen durchtrieben von mir ist.«

»Und von mir.« Er küsste lachend ihre Schulter. »Zu mir ist sie auch nicht immer freundlich.«

»Aber welchen Schaden richten wir schon an, solange sie nichts davon weiß und es sie nicht verletzt? Außerdem habe ich zwei Patenkinder, die meine mütterlichen Instinkte befriedigen. Also: Was wolltest du mir sagen?«

»Ach, nichts Großartiges. Jetzt ist auch nicht der richtige Zeitpunkt. Plötzlich finde ich andere Dinge sehr viel dringender.«

»Tatsächlich?«, fragte sie und lehnte sich zurück. »Was könnte das wohl sein? Oh, oh, verstehe ... O mein Gott, bitte hör nicht auf damit, Cornelius, das ist so gut, ja ... O Gott ...«

»Doch, ganz kurz«, meinte Cornelius lachend. »Morgen fahre ich mit dir zu einem ganz besonderen Ort und sage dir dort, was ich für dich tun möchte. Ich glaube, es wird dir gefallen. Aber jetzt ... o Gott, ich liebe dich. Ich liebe dich so sehr, Florence, und ich wünschte, wir könnten die ganze Zeit zusammen sein. Obwohl ich das Gefühl habe, dass du gar nicht mit mir verheiratet sein wolltest.«

»Leider nein«, pflichtete Florence ihm bei. »Ich möchte genau das, was wir haben. Nur noch ein bisschen mehr.« Und sie zog ihn zu sich heran.

Unten dachte *Madame la proprietresse*, wie schön es war, dass die nette Mlle Hamilton, die so attraktiv und ziemlich schick gekleidet war, doch nicht die einsame alte Jungfer zu sein schien, für die sie sie zuerst gehalten hatte.

Der ganz besondere Ort, zu dem Cornelius sie am folgenden Tag brachte, war das Colombe-d'Or-Restaurant in Saint Paul de Vence, von dem Florence geglaubt hatte, dass sie es nie mit eigenen Augen sehen würde, da dort die Berühmten, die Begabten, die Kreativen, die Schauspieler, die Sänger und Maler (sogar Picasso) verkehrten.

Sie genossen ein köstliches Mahl. »Ach, ich liebe Essen«, seufzte Florence glücklich, nachdem sie zuerst eine Bouillabaisse, dann Kalbfleisch und schließlich Crêpes Suzette verspeist hatte.

Zum Kaffee gingen sie auf die Terrasse.

»Hier tanzen die Gäste am Abend, es ist sehr elegant«, erklärte er.

»Könnten wir noch mal herkommen? Ich tanze so gern. Und es ist unser letzter Abend.«

»Natürlich. Allerdings treffe ich mich zuerst mit dem Parfümeur, also müssen wir nach Grasse zurück.«

»Dann lass uns keine Zeit vergeuden.«

»Florence, mit dir ist das Fahren keine Zeitverschwendung, sondern ein sehr sinnliches Erlebnis.«

»Ich hätte da noch ein anderes sinnliches Vergnügen im Sinn und finde, dafür sollten wir genug Zeit einrechnen.«

»Darauf stoßen wir an«, sagte er und hob seine Kaffeetasse. »Und jetzt hör mir gut zu, meine Kleine Flo. Ich habe Vorkehrungen für dich getroffen, die dafür sorgen, dass es dir niemals schlecht gehen wird, falls ich plötzlich das Zeitliche segnen sollte. Ich liebe dich und mache mir deinetwegen Gedanken, und deshalb habe ich Folgendes veranlasst …«

Als er fertig war, sah sie ihn erstaunt an, verblüfft über seine Großzügigkeit und seinen Weitblick.

»Das kannst du nicht tun, Cornelius.«

»O doch«, widersprach er. »Ich habe es bereits getan.«

Zweiunddreißig

Nichts klappte. Es hatte mit Athinas Namen für die neue Produktpalette begonnen, der allen gefiel, und nun schien Athina mit ihrer absurden Tour die Kosmetikabteilungen sämtlicher Hauptgeschäfte im Land persönlich zu übernehmen. Die neuen Produkte fand Bianca geglückt, aber sie war nach wie vor unzufrieden mit der Verpackung und spürte, wie Hugh und Mike allmählich ungeduldig wurden. Patrick meinte nicht wirklich interessiert, dass sie mitten in einem Auftrag meistens unzufrieden war, doch Bianca wusste, dass das nicht stimmte. Zweifel hatte sie immer, aber nicht wochenlang. Außerdem machte sie sich weiter Sorgen um Milly, die sich weigerte, ihr zu verraten, warum sie so unglücklich war.

Und Patrick schien Saul Finlayson zu vergöttern. Sie hatten seit Wochen nicht mehr miteinander geschlafen, hauptsächlich deswegen, weil Patrick entweder erst sehr spät nach Hause kam oder sich sogar an den Wochenenden durch dicke Ordner wühlte. Dass er ihre Annäherungsversuche abblockte, war ihrem Selbstbewusstsein nicht gerade zuträglich.

Obwohl sie den Shop in Paris entdeckt hatte, wollten Mike und Hugh nicht über weitere Geschäfte nachdenken.

Eines dunklen Dezembermorgens versuchte Bianca, an ihrem Schreibtisch sitzend Begeisterung für die Vertretertagung Ende Januar aufzubringen, als ihr Telefon klingelte.

»Mrs Bailey? Lady Farrell hier. Ich würde gern bei der Vertretertagung sprechen. Viele der Anwesenden erwarten, etwas von mir zu hören, und den Neuen muss klargemacht werden, wie sehr ich noch im Haus Farrell engagiert bin und an unserem neuen Marktauftritt mitarbeite.«

»Dessen sind sie sich sicher bewusst, Lady Farrell«, erwiderte Bianca, »aber selbstverständlich haben Sie recht. Die Leute würden Sie gern hören. Worüber wollten Sie reden?«

»Das habe ich Ihnen doch gerade erklärt«, antwortete Athina. »Über unseren neuen Marktauftritt und …«

»Das ist der Kern meiner eigenen Präsentation, und wir wollen ja keine Überschneidungen.«

»Das stimmt«, pflichtete Athina ihr bei, »aber die kann ich, glaube ich, vermeiden. Ich hätte weitreichendere Dinge zu sagen, über die große Farrell-Tradition zum Beispiel.«

»Das wäre sicher sehr interessant.«

»Natürlich. Viel interessanter, als nur über eine Produktserie zu sprechen.«

Alte Hexe, dachte Bianca beim Auflegen.

Und dann …

»Susie?«

Als Susie den Blick hob, sah sie Bianca in der Tür zu ihrem Büro stehen.

»Ja, Bianca?«

»Haben Sie schon die heutige *News* gesehen?«

»Nein, noch nicht.«

»Dann hören Sie sich das an: ›Athina Farrell, nach wie vor eine der großen Matriarchinnen der Kosmetikindustrie, hat sich gestern mit mir über ihr Comeback unterhalten.‹«

»Wie bitte?« Susie streckte die Hand nach der Zeitung aus, doch Bianca gab sie ihr nicht. Ihre Miene war alles andere als freundlich.

»Und es kommt noch schlimmer. ›In ihrem eleganten Salon mit Art-déco-Einrichtung erzählte sie mit großer Begeisterung von ihrer Arbeit. "Ich habe das Gefühl, noch so viel bieten zu können", sagte sie, "obwohl es inzwischen neue, jüngere Leute im Unternehmen gibt. Ich nehme gern an Konferenzen teil und mache Vorschläge für Werbekampagnen, die fast immer angenommen werden. Es stimmt mich sehr froh, dass ich in meinem Alter nach wie vor eine wesentliche Rolle in dem Unternehmen spielen kann."‹ Wann hat sie dieses verdammte Interview gegeben, wann wurde das ausgemacht?«

»Bianca, ich habe keine Ahnung.«

»Sollten Sie aber. Schließlich sind Sie die PR-Chefin. Eine derart chaotische Vorgehensweise hat keinen Sinn.«

»Ja, aber ...«

»Und hören Sie sich das an: ›Mit meinem Mann hat mir die Leitung des Unternehmens großen Spaß gemacht, und wir waren ausgesprochen erfolgreich, aber seit seinem Tod fällt mir die Arbeit schwer, und darunter hat die Marke gelitten. Nun jedoch spüre ich neue Kraft in mir. Erst neulich habe ich ein Problem gelöst, mit dem nicht einmal unsere dynamische CEO Bianca Bailey zurechtgekommen ist. Wir wollen die Marke nächstes Jahr neu aufstellen, und es freut mich zu wissen, dass ich wesentlichen Anteil daran haben werde.‹ Warum hat die Journalistin sich nicht vor diesem Interview mit Ihnen abgesprochen, Susie?«

»Bianca, Lord Fearon, der Vorstandsvorsitzende dieser Zeitungsgruppe, ist ein alter Freund von Lady Farrell. Sie muss ihn um einen Gefallen gebeten haben.«

Bianca wirkte sehr müde, dachte Susie.

»Die alte Hexe! Ich könnte sie erwürgen. Dann noch ziemlich viel Zeug über ihre Zeit mit Cornelius, genau das, was wir von ihr wollten, wogegen sie sich aber immer gesträubt hat. Und mich hat sie negativ dargestellt. Ich kann ihr nicht mal widersprechen, weil das wirken würde, als wäre ich eingeschnappt. Sie hat alles verdorben, unser Timing, unsere Geschichte ... Das muss aufhören. Können Sie irgendwas dagegen unternehmen, über Twitter oder Facebook zum Beispiel?«

»Ja, klar. Ich setze mich sofort dran. Allerdings ...«

»Allerdings was?«

»Allerdings können wir, abgesehen davon, dass wir sie als Lügnerin bezeichnen, nicht viel tun. Wir haben den Relaunch ja tatsächlich vor, und wir wollen ...«

»Susie«, sagte Bianca, »irgendetwas muss geschehen, ja?«

Mit diesen Worten schlug sie die Tür hinter sich zu.

Susie spürte Panik in sich aufsteigen. Gerade als es ihr endlich zu gelingen schien, sich in Biancas Augen zu rehabilitieren, indem sie früher ins Büro kam, Überstunden machte und neue Ideen für den Relaunch einbrachte, musste so etwas passieren. Wenn ihr nicht rasch etwas einfiel, war sie den Job los.

Scheiße. Scheiße, Scheiße, Scheiße! Gott, war das Leben kompliziert. Und Henk bombardierte sie mit E-Mails, in denen er ihr versicherte, dass ihm alles so leidtue und wie sehr sie ihm fehle und ...

Ihr Telefon klingelte. Sadie Bishop, die Assistentin von Elise Jordan, der legendären Beauty-Redakteurin von *Tomorrow*, dem ultracoolen Lifestylemagazin.

»Hi, Susie. Wie geht's? Lange nichts voneinander gehört.«

Ja, und wer ist daran schuld?, dachte Susie, deren Mails und Anrufe monatelang unbeantwortet geblieben waren.

»Gut, danke. Freut mich, dass du anrufst. Wie geht's selber?«

»Auch gut, danke. Elise hat heute Morgen diesen Artikel über Eure Chefin in der *News* gelesen.«

»Über meine Chefin? Ach, du meinst Lady Farrell. Sie ist nicht wirklich meine Chefin, eigentlich ist sie ziemlich weit weg von den wichtigen Entscheidungen. Meine Chefin ist Bianca Bailey.«

»In dem Artikel klingt das aber anders. Lady F. hört sich ziemlich zupackend an. Und ausgesprochen cool. Jedenfalls würde Elise gern mit ihr ein Exklusivinterview über die neue Produktpalette machen und lässt fragen, ob sie sich nächste Woche mit ihr zum Lunch im Ritz treffen kann.«

»Äh ... Das ist ein bisschen früh. Wir sind noch nicht so weit mit dem Relaunch.«

»Für ein Exklusivinterview ist es nie zu früh, Susie. Und mit Exklusivinterview meine ich die ganz große Sache, eine Doppelseite ...«

Ein garantierter Exklusivbericht im *Tomorrow*-Magazin – unglaublich! Das war der Heilige Gral der PR. Aber alle anderen wären verärgert. *Vogue*, *Tatler*, *Elle*, *Red*, das *Style*-Magazin in der *Sunday Times*, das *You*-Magazin ... und die auflagenstarken Zeitschriften, *Grazia*, *Woman's Way* ... Sie brauchte sie alle. Es war schrecklich, sie steckte in der Zwickmühle.

»Das klingt toll, Sadie, aber es ist wirklich zu früh, es gibt noch nicht viel, worüber man reden könnte. Lady Farrell war da ein bisschen voreilig.«

»Ach. Du willst also nicht, dass Elise sich mit Lady Farrell trifft?«

»Noch nicht. Ich muss zuerst Bianca fragen.«

»Bianca?«

»Ja, Bianca Bailey, die CEO des Unternehmens.«

»Verstehe.« Sadies Tonfall wurde deutlich kühler. »Da wird Elise aber sehr enttäuscht sein. Ich fände es ausgesprochen unklug, das Angebot abzulehnen. Zumindest der Lunch mit Lady Farrell sollte stattfinden.«

»Ja, klar. Natürlich ist Elises Interesse supertoll. Sadie, ich melde mich. Schon sehr bald.«

Zögernd ging Susie den Flur entlang, um Jemima zu fragen, ob sie mit Bianca sprechen könne.

»Hallo, Bertie. Haben Sie einen Moment für mich Zeit?«

Lara mit ihrem effizienten, entschlossenen Gesichtsausdruck. Nicht mit dem, der fragte: »Wollen wir was trinken gehen?« Schade, das letzte Mal war nun schon ein paar Wochen her. Und Bertie hatte nicht genug Selbstvertrauen besessen, um selbst etwas anzuleiern.

Natürlich habe er einen Moment Zeit, antwortete er und bot ihr einen Stuhl an.

»Ich möchte mit Ihnen über die Vertretertagung in zwei Monaten sprechen und Ihre Meinung zu ein paar Dingen hören. Und Sie werden einen Vortrag halten müssen.«

»Ich!«, rief Bertie entsetzt aus. »Lara, das kann ich nicht. Außerdem würde meine Mutter das sowieso nicht zulassen.«

»Bertie«, erwiderte Lara, aufrichtig schockiert, »Ihre Mutter hat keinen Einfluss darauf, wer bei der Vertretertagung spricht.«

»Wollen wir wetten?«, entgegnete Bertie.

»Bertie, tut mir leid, aber ich möchte, dass Sie das machen und heute noch anfangen, sich damit zu beschäftigen.«

Als sie weg war, betrachtete Bertie die geschlossene Tür. Lara war wirklich attraktiv. Viel zu attraktiv für ihn, selbst wenn er nicht gebunden gewesen wäre. Überdies war er mindestens fünfzehn Jahre älter als Lara und somit ein alter Mann für sie. Oder jedenfalls nicht mehr ganz taufrisch. Sie war sehr freundlich zu ihm, und sein Kuss nach dem Essen schien ihr auch nicht wirklich etwas ausgemacht zu haben. Der war ziemlich dreist gewesen – welcher Teufel hatte ihn da geritten? Doch sie hatte den Kuss nicht erwidert, was sie bestimmt getan hätte, wenn Bertie ihr Typ gewesen wäre.

Lara starrte zum Fenster ihres Büros hinaus und dachte an Bertie. Er war irgendwie süß und charmant, ein richtiger Gentleman. Sein Kuss hatte ihr gefallen; gern hätte sie ihn erwidert, aber dann hätte sie ihn verschreckt. Wahrscheinlich war er auch nur eine freundliche Geste gewesen.

Er war nicht frei, und bestimmt fand er sie nicht attraktiv. Der Gedanke war absurd.

Die Einladung machte ihr klar, dass es so nicht weitergehen konnte.

Einladungen waren schrecklich. Sie hielten einem vor Augen, dass man ein Versager war, sein Leben nicht im Griff hatte, und noch schlimmer: Dass alle das wussten. Sie starrte den Brief auf dem Schreibtisch an – *Susie und Begleitung* – und brach in Tränen aus.

Es stimmte einfach nicht, dass das Leben mehr zu bieten hatte als Männer. Die waren sogar sehr wichtig.

Was für ein Tag! Eine Werbesitzung hatte stattgefunden, zu der Susie nicht eingeladen worden war, und Sadie Bishop hatte ihr eine Mail geschickt, in der sie ihr mitteilte, dass Elise nicht mehr warten könne mit der Organisation ihrer Frühjahrspläne, weswegen sie den Lunch mit Bianca Bailey absage. Susie war klar, dass Elise Bianca nun überhaupt nicht mehr treffen würde, weil sie verärgert war über das, was sie als Brüskierung empfand. So sprang man mit Elise Jordan nicht um.

Susie räumte ihre Sachen zusammen. Dabei fiel ihr Blick auf die Einladung, und sie begann erneut zu weinen. Eigentlich war es gar nicht so schlecht, sich auf das Selbstmitleid einzulassen. Sie würde nach Hause gehen, sich ein heißes Bad gönnen, sich in Selbstmitleid suhlen, und dann – ja, was dann? Dann wäre es immer noch erst neun Uhr. Wieder eine DVD? Oder früh ins Bett ...

Eine SMS kam herein. Henk.

Hi, Baby. Wie wär's mit einem kurzen Drink? Nur einer. Ich muss mit dir reden. Bitte!

Nein, das ging einfach nicht. Sie durfte sich nicht weichklopfen lassen, musste bei ihrem Entschluss bleiben. Und ...

Es war, als würde sie auf das Display eines fremden Telefons blicken, auf die Worte, die darauf erschienen.

Ihre Mutter machte sich Sorgen und versuchte ihr zu entlocken, was los war. Doch wenn sie das erfuhr, würde sie in die Schule gehen, verlangen, dass die Mädchen, die Milly quälten, ihrer gerechten Strafe zugeführt wurden, und das würde alles nur noch schlimmer machen. In der Jugend ihrer Mutter waren solche Mädchen einfach bestraft und der Schule verwiesen worden, und dann hatte man nie wieder etwas von ihnen gehört. Heutzutage konnten sie einen immer noch online attackieren, über Facebook und Ask.fm, und Carey würde bestimmt dieses Foto von ihr ins Internet stellen. Also musste sie schweigen, und wenn sie es bis zu den Ferien schaffte, hätte sie endlich eine Pause.

Gleich nach Weihnachten würde Carey Skifahren gehen und Sarajane und Annabel mitnehmen. Sie redeten die ganze Zeit ziemlich laut darüber. Immerhin war der Rest der Klasse nicht dabei. Am letzten Tag vor den Weihnachtsferien brachte Carey einen ganzen Berg Einladungen zum Schlittschuhlaufen mit anschließendem Tee in Hampton Court mit.

»Als Trost dafür, dass ich euch nicht alle zum Skifahren mitnehmen kann. Sorry! Ich wünschte, es ginge.«

Nur ein einziges Mädchen bekam keine Einladung. Milly.

Dann wurde der Briefkasten der Klasse geleert; alle erhielten einen dicken Stapel Postkarten. Außer Milly. Sie bekam keine einzige.

Milly starrte mit gesenktem Kopf, geballten Fäusten und weit geöffneten Augen ihren Tisch an, um nicht zu weinen. Sie konnte es nicht glauben: Warum hatte Carey ihr das angetan?

Später trafen ziemlich viele SMS ein, alle ähnlichen Wortlauts.

Wie schade, keine Karten für dich. Tut mir leid für dich. Mach dir nichts draus.

Und dann der nächste Schwung: *Schade, dass du nicht zu der Schlittschuhparty kommen kannst.*

Nun saß sie in ihrem Zimmer vor dem Telefon und ließ endlich ihren Tränen freien Lauf. Noch nie hatte sie sich so einsam gefühlt. Was konnte sie tun?

Nichts. Absolut nichts.

Sie musste aus dem Haus heraus, in dem sie zu ersticken drohte, ging zum O2 Centre beim Swiss Cottage, setzte sich auf den Platz davor und fing wieder stumm zu weinen an.

»Alles in Ordnung?«, fragte ein Mädchen, etwa in ihrem Alter, nicht sonderlich hübsch, nicht gerade dünn (Milly war eingeschärft worden, dass man über das Gewicht anderer nicht sprach), mit ziemlich fettigen Haaren und Pickeln, aber freundlichem Blick. Milly rang sich ein Lächeln ab.

»Ja, danke.«

»Du siehst aber nicht so aus.«

»Ich hab ein schlechtes Zeugnis gekriegt«, log Milly. »Meine Eltern sind ziemlich sauer.«

»Scheiße. Bist du allein unterwegs?«

»Ja.« Da diese Frage Milly daran erinnerte, dass sie nun immer allein sein würde, begann sie erneut zu weinen.

»So schlimm wird's schon nicht sein. Das renkt sich wieder ein. Magst du ein Donut?«

Sie hielt ihr sechs Donuts mit buntem Zuckerguss in einer Schachtel hin. Von allen Dingen, die dieses arme übergewichtige Mädchen mit den Pickeln nicht essen sollte, dachte Milly, waren Donuts vermutlich mit die schlimmsten. Sie schüttelte den Kopf.

»Nein, danke.«

»Möchtest du sonst irgendwas?«

»Nein. Oder doch ... Vielleicht einen Tee.«

»Gut. Dann lass uns zu Mäcki gehen. Ich hab nichts Besseres vor.«

Im vertrauten Ambiente des McDonald's und nicht mehr allein fühlte Milly sich ein wenig besser.

»Willst du auch einen Tee?«

»Eine Cola, bitte. Und Pommes.«

»Gut, ich hol sie. Beleg du schon mal einen Tisch.«

Milly gesellte sich mit den Getränken und den Pommes zu dem Mädchen am Tisch.

»Danke. Wie viel kriegst du?«

»Lass mal. Du bist so nett zu mir – wie heißt du überhaupt?«

»Jacintha«, antwortete das Mädchen. »Aber alle sagen Jayce zu mir. Und du?«

»Emily, mich nennen alle Milly.«

»Cheers!« Jayce prostete Milly zu. »Möchtest du ein paar von meinen Pommes?«

»Nein, danke.« Aber die Dinger sahen gar nicht so schlecht aus. »Vielleicht doch.«

»In welche Schule gehst du?«

»In die St Catherine's. Die ist nicht hier in der Nähe.«

»Ist das eine Privatschule?«

»Ja«, antwortete Milly zögernd.

»Hab mir schon gedacht, dass du was Besseres bist«, meinte Jayce. »Gefällt's dir da?«

»Nein, ich *hasse* es«, antwortete Milly.

»Ich hasse meine Schule auch. Gibt's bei dir Zickenkrieg?«

»Na ja …« Milly hatte von den Kämpfen auf Schulhöfen gehört, davon, dass die Mädchen einander anspuckten, sich das Gesicht zerkratzten, sich die Haare ausrissen. Doch das, was sie gerade durchmachte, war bestimmt genauso schlimm. Wenn nicht schlimmer.

Zu ihrem Entsetzen begann sie wieder zu weinen. Jayce sah sie nachdenklich und voller Mitleid an.

»Wirst du gemobbt?«

»Ja«, antwortete Milly ehrlich. »Aber nicht so.«

»Mit dem Handy und so?«

»Ja.«

»Das ist schrecklich. Das kenn ich. Letztes Jahr war's besonders schlimm, aber dann ist eine Neue mit grausigen Pickeln in die Klasse gekommen, die ein bisschen komisch geredet hat wie du, auf die haben sie sich gleich gestürzt. Zu allem Unglück war sie noch ziemlich dick«, fügte sie hinzu. »Das ist echt krass. Ich wär nicht gern so fett.«

Da wurde Milly klar, dass Jayce sich selbst nicht als dick erachtete.

»Hast du's jemandem erzählt?«, fragte Milly. »Solange es passiert ist, meine ich?«

»Nein!«, rief Jayce entsetzt aus. »Natürlich nicht. Dann wird's bloß noch schlimmer. Am Ende hat das Mädchen Bleichmittel getrunken. Nicht genug, um sie umzubringen, aber sie haben sie mit Blaulicht ins Krankenhaus gebracht.«

»Und was ist dann passiert?«

»Es ist schlimmer geworden. Sie hat gepetzt, und die Schuldigen haben richtig eins vor den Latz gekriegt. Hat leider nichts genützt; eine von denen hat ihr ne SMS geschickt, in der stand: *Das nächste Mal kommst du nicht so glimpflich davon.*«

»O Gott!«, rief Milly aus.

»Ja. Danach hatten sämtliche Mädchen eine Woche lang Schulverbot. Und sie ist auf eine andere Schule gewechselt.«

»Der Gedanke ist mir noch gar nicht gekommen«, sagte Milly.

»Die finden dich trotzdem, und wenn die irgendjemanden in der neuen Schule kennen, geht's da so weiter wie bisher.«

Plötzlich hörten sie jemanden laut rufen: »Milly! Hallo. Ach, du hast eine neue Freundin. Willst du uns nicht vorstellen?«

Carey mit Annabel und einem anderen Mädchen, das Milly nicht kannte. Die drei kicherten und flüsterten miteinander. Carey zückte ihr Handy.

»Lasst euch fotografieren, ihr zwei Hübschen. Lächeln, Mädels!« Sie machte ein Bild nach dem anderen. »Schön. Noch eins, zur Sicherheit.« Und dann verschwanden sie, immer noch kichernd.

Später ging Milly vor Furcht bebend auf Careys Facebook-Seite. Da war es, das Foto von ihr und Jayce. Jayce sah riesig darauf aus, sie selbst wie ein Kaninchen vor der Schlange.

Milly hat eine neue Freundin, stand dabei. *Süß! Sie teilen sich gerade eine Packung Donuts. Nicht so viele, Milly, sonst wirst du zu fett! Frohe Weihnachten euch beiden.*

Milly legte sich auf ihr Bett, zog die Decke über den Kopf und fing wieder zu weinen an.

Dreiunddreißig

Wow! Das war mal ein richtig gutaussehender Mann. Und ziemlich cool. Tolle Klamotten – schwarzes Hemd, modisch geschnittene dunkelgraue Hose und kurze dunkle Haare, dazu schokoladenbraune Augen. Und er kam auf sie zu …

»Hi! Ich bin Jonjo Bartlett. Und Sie …?«

»Susie Harding.« Schade, dass er vergeben war. »Ich arbeite für Bianca.«

»Ach, Sie sind die PR-Frau. Nett, dass Sie gekommen sind. Sekt?« Er nahm ein Glas von einem Tablett.

»Danke. So nett auch wieder nicht. Die Alternative wäre eine DVD *Mad Men* gewesen.«

»Dann kann ich nur hoffen, dass das hier interessanter ist.«

Bestimmt. Eine Party mit jeder Menge Sekt, in einem Penthouse in Chelsea, direkt an der Themse, und sie musste sich nur lächelnd ein paar Skulpturen anschauen.

Susie war gerade ihre E-Mails durchgegangen, als Bianca sie gefragt hatte, ob sie am Abend schon etwas vorhabe.

»Nichts, was sich nicht absagen ließe.«

»Hätten Sie Lust, mich zu einer Vernissage zu begleiten? Patrick hat diesen alten Schulfreund, Jonjo Bartlett, der arbeitet in der City, sieht gut aus, hat Kohle, der würde Ihnen gefallen.« Susie wusste nicht, warum Bianca ihr das mitteilte. War sie wirklich so oberflächlich? »Jonjos Freundin ist Bildhauerin, es ist ihre Ausstellung. Heute Abend veranstaltet irgendein anderer Künstler auch eine Vernissage, und zu der wollen alle möglichen Kritiker, mindestens die Hälfte der A-Promis und ziemlich viele B-Promis. Deswegen hat sie Angst vor einer Blamage. Jonjo soll Leute für ihre Ausstellung auftreiben, damit's da nicht so leer ist. Er hat mich angerufen und gefragt, ob ich jemanden mitbringen könnte, der passt. Und da hab ich an Sie gedacht.«

»Bianca, ich bin nicht gerade ein B-Promi. Wenn überhaupt, spiele ich in der D-Klasse.«

»Ich auch, aber Sie kennen jede Menge Journalisten, Sie können so tun, als ob. Ich habe Sie vorgeschlagen, und Jonjo hat sofort ja gesagt. Jemima nehme ich auch mit, einerseits, weil sie gut aussieht, andererseits, weil ihr Vater ein bekannter Experte auf dem Gebiet der präraphaelitischen Malerei ist und sie über ihn reden kann. Falls die Bildhauerin mit Ihnen sprechen sollte, sagen Sie einfach, wie toll ihre Werke sind, den Rest erledigt sie dann schon. Sie ist nicht gerade auf den Mund gefallen. Natürlich müssen Sie nicht mitkommen, aber ich wäre sehr dankbar, wenn Sie es täten.«

»Gern«, hatte Susie geantwortet, und nun nippte sie an ihrem Sekt und sah sich in dem Raum um. Guinevere Bloch stand hysterisch lachend neben einem phallisch anmutenden, über einen Meter hohen Marmorobjekt mit einem steifen Tutu um die Mitte und ließ den Blick ihrer riesigen blauen Augen über den Raum schweifen.

Die Gäste waren sehr unterschiedlich angezogen. Die Kleidung reichte von superschick – eine Frau trug ein schwarzes Etuikleid, dessen Kragen sich in ihre Haare schlängelte und sich in ein Goldkrönchen verwandelte – bis fast zur Kostümierung. Im Vergleich dazu wirkte Susies altrosafarbener Smoking eher langweilig.

Da traf Bianca in einem sehr eleganten, langen schwarzen Seidenkleid ein. Als Susie auf sie zugehen wollte, tauchte Jonjo wieder neben ihr auf.

»Hallo. Guinevere hat mich gebeten, Sie zu ihr zu bringen.«
Susie folgte Jonjo.

»Guinevere, das ist Susie. Sie arbeitet für Bianca, in der PR, sie kennt alle Leute von der Presse, die ganzen Kritiker ...«

»Super«, sagte Guinevere. »Könnten Sie ein Interview für heute Abend arrangieren? Hier in meiner Wohnung würde sich das gut machen, vielleicht mit ein paar Fotos ... schau mal, Jonjo, was für ein netter Tweet von Graham. Er schreibt, er wär gern gekommen, musste aber noch ins Studio. Und, was halten Sie von dem Vorschlag, Susie?«

»Ja, äh, gute Idee«, antwortete Susie, »doch möglicherweise nicht heute Abend. Bei all den Leuten wäre es schwierig für Sie und den Journalisten, sich auf das Gespräch zu konzentrieren ...«

»Ach was. Ich kann überall über meine Arbeit reden. Wen kennen Sie denn hier?«

Susie sah sich verzweifelt um. »Im Moment niemanden. Aber Ihre Skulpturen gefallen mir sehr gut. Sie sind toll.«

»Ja, nicht wahr?«, erklang da Biancas Stimme. »Hi, Susie. Hallo, Guinevere, was für ein wunderbarer Abend. Patrick kommt auch bald.«

»Gut. Jonjo, die Leute da drüben sehen ein bisschen verloren aus. Geh doch mal zu ihnen rüber. O mein Gott, Marcus! Schön, dass du gekommen bist.«

Susie und Bianca, denen soeben die kalte Schulter gezeigt worden war, entfernten sich mit einem verschwörerischen Grinsen.

»Sorry«, sagte Bianca, »ich hätte Sie warnen sollen.«

»Das haben Sie«, meinte Susie. »Aber mir gefällt's hier. Wirklich. Es ist faszinierend. Da drüben ist doch tatsächlich jemand, den ich kenne! Wie aufregend!«

»Und wer ist das?«

»Caitlin Meredith, die Beauty-Redakteurin von *In Fashion*. Sie würde Sie gern kennenlernen. Sie ist echt nett.«

»Solange sie kein Interview mit Athina Farrell möchte, ist alles in Ordnung«, erklärte Bianca lachend.

Caitlin, die sich darüber zu freuen schien, dass sie Bianca kennenlernte, sagte, ein Relaunch bringe immer Auflage, und fügte hinzu, dass sie The Cream liebe. Es hätte nicht besser laufen können, wenn Susie das Gespräch zwischen den beiden vereinbart hätte.

»Ich muss versuchen, mit dieser Bildhauerin zu reden«, meinte Caitlin, »ihr ein Interview abluchsen. Ich schreibe gerade für die Klatschkolumne von *Sketch*. Kennt einer von Ihnen sie?«

Susie und Bianca wechselten einen vielsagenden Blick. »Susie kennt sie«, antwortete Bianca, »sie stellt sie Ihnen vor.«

»Das war toll«, schwärmte Susie am folgenden Tag. »Schauen Sie, Bianca, hier ist es: Das große Foto im Tagebuch. Und das, was Guinevere über ihr Hauptwerk sagt: ›Der Phallus der Haute Couture. Darum geht's im Leben, um Kleidung und Sex. Und ich liebe beides.‹ Es gehört schon was dazu, sich einen solchen Satz auszudenken.«

»Allerdings«, pflichtete Bianca ihr lachend bei. »Jonjo hat gerade eine SMS geschickt: Er lädt uns alle auf einen Drink im Shoreditch House morgen Abend ein, als Dankeschön an Sie. Ich kann nicht, aber wenn Sie Lust haben …«

Susie dachte an den faszinierenden Jonjo Bartlett und dass Shoreditch House eine Möglichkeit war, weiter ins Gespräch miteinander zu kommen, und sagte, ja, darauf habe sie durchaus Lust.

»Kommen Sie zu der Vertretertagung?«, fragte Bianca bei einem Weihnachtsdrink mit Mike und Hugh. »Das wird interessant.«

»Auf jeden Fall«, antwortete Mike.

Bianca hoffte, dass es tatsächlich interessant werden würde. Doch zuvor war noch viel Arbeit nötig.

Sie freute sich nicht sonderlich auf Weihnachten: Dieses Jahr brachen sie mit der Tradition und blieben in London. Das lag zum Teil an Patrick, der das überraschenderweise vorgeschlagen hatte. Sonst war er so gern auf dem Land. Das Rätsel klärte sich, als er ihr mitteilte, dass er Saul und Dickon zum Abendessen am zweiten Weihnachtsfeiertag eingeladen habe.

»Das ist dir doch recht, Schatz? Weihnachten wird trist für ihn, weil Dickon den ersten Tag bei seiner Mutter verbringt. Am zweiten Feiertag möchten sie nach Kempton Park, und du weißt ja, dass ich das auch immer mal machen wollte. Er hat vorgeschlagen, wir könnten doch alle zusammen hingehen.«

»Patrick«, entgegnete Bianca, »ich will den zweiten Feiertag nicht bei einem Rennen verbringen, okay? Milly und Ruby würde das gar nicht gefallen!«

»Vielleicht doch – Fergie findet die Idee toll, und ...«

»Was? Du hast mit Fergie gesprochen, bevor du mich fragst?«

»Er und Dickon haben sich nach dem Judo darüber unterhalten. Und Milly hat erst letztes Jahr gesagt, dass sie Weihnachten gern mal in London verbringen würde, damit sie ihre Freundinnen treffen kann.«

»Im Moment scheint Milly keine Freundinnen zu haben«, erwiderte Bianca. »Das versuche ich dir schon die ganze Zeit zu sagen! Dieses Jahr hat sie keine einzige Weihnachtskarte aus der Schule bekommen. Sie hat so getan, als hätte sie die Karten dort vergessen, aber ich weiß, dass das nicht stimmt.«

»Das hast du mir erzählt? Daran kann ich mich nicht erinnern.«

»Wahrscheinlich hast du gerade wieder an deinen Freund Saul gedacht.«

»Unsinn. Wenn du das erwähnt hättest, wüsste ich's. Es sei denn natürlich, du hast es mir am Ende eines langen Vortrags darüber mitgeteilt, dass deine Investoren dir kein Geld mehr geben. Nach einer halben Stunde davon schlafe ich für gewöhnlich ein ...«

»Halt verdammt noch mal den Mund!«, herrschte Bianca ihn an.

Daraufhin verließ Patrick das Zimmer und schloss die Tür sehr leise hinter sich. Bianca hob verblüfft den Blick. Sie fluchte nie, schon gar nicht Patrick gegenüber. Was passierte da gerade mit ihnen?

»Ich wollte mich für die Einladung bedanken«, erklärte Saul am Telefon. »Dickon ist ganz aus dem Häuschen.«

»Gern geschehen.«

»Das hoffe ich.« Langes Schweigen.

»Allerdings werde ich wohl kaum zu dem Rennen kommen«, sagte Bianca. »Und die Mädchen auch nicht.«

»Ach, wirklich? Das ist schade.«

Saul legte wie immer ziemlich unvermittelt auf. Bianca seufzte. Zur Verbesserung der Weihnachtsstimmung würde er wohl kaum beitragen.

Allmählich begann sie den Leuten aufzufallen. Es gab wirklich nichts Schlimmeres, dachte sie, als in einem öffentlichen Raum versetzt zu werden. Besonders an einem Ort, an dem der äußere Schein so wichtig war.

Susie war früh dran gewesen und hatte es sich auf einem tiefen Sofa in der Square Bar im Shoreditch House bequem gemacht. Noch herrschte nicht viel Betrieb, und auch andere Leute warteten auf Freunde. Sie nahm ihr Handy aus der Tasche, überprüfte ihre E-Mails und ging dann auf Twitter.

Anschließend bestellte sie einen Apple Cooler und nippte daran, bemüht, entspannt zu wirken. Susie hatte sich mit Bedacht gekleidet, schick, aber nicht zu auffällig, und sich für eine Bluse entschieden, die der Welt sagte, dass die Trägerin wusste, was sie wollte, ohne das zu deutlich kundzutun. Nun brauchte sie nur noch jemanden, der sich zu ihr aufs Sofa setzte ...

Die Bar füllte sich, hauptsächlich mit Zeitungsleuten aus Wapping.

Da kam eine SMS von Jonjo herein: *Sorry, wird später, halb sieben. Bitte bestellen Sie sich einen Drink.* Sie simste *Gut* zurück und griff nach einem *Evening Standard*, den jemand liegen gelassen hatte.

»Susie, hi. Schön, dich zu sehen.« Flo Brown, die nette Redakteurin der Frauenseite in der *News*. Sie setzte sich fünf Minuten zu ihr, unterhielt sich mit ihr und erkundigte sich, wie es lief. Am liebsten wäre Susie ihr um den Hals gefallen. Kurz gesellte sich Flos Schauspielerfreund zu ihnen, und dann trafen zwei weitere Freunde ein, und Susie dachte: Bitte, Jonjo, komm jetzt, wo ich gerade so cool und beliebt aussehe. Doch er kam nicht. Flo und ihre Freunde gingen zum Essen nach oben. Bitte, bitte, Jonjo komm nicht jetzt, wo ich so allein dasitze. Er kam auch jetzt nicht.

Mittlerweile war es fast sieben Uhr. Scheiß Guinevere. Bestimmt war sie schuld.

Sie würde zur Toilette gehen. Damit ließen sich fünf Minuten totschlagen. Susie steckte ihr Handy in die Handtasche und stand auf: In dem Moment hörte sie, dass eine weitere SMS eintraf. Sicher wieder eine Verspätungsmeldung. Sie war gerade dabei, das Handy aus der Tasche zu kramen, als sie Jonjo rufen hörte: »Susie! Sorry, ich bin im Stau gestanden und die letzten fünfhundert Meter gelaufen.« Er hatte tatsächlich einen roten Kopf und atmete schwer. »Guinevere muss sich mit einem Kritiker treffen und lässt sich entschuldigen. Tut mir wirklich leid. Was trinken Sie?«

Heute sah er noch fantastischer aus. Glückliche Guinevere!

»Kein Problem«, sagte sie und begrüßte ihn mit einem Wangenküsschen. Dabei fragte sie sich, welcher wohlgesonnene Gott ihr Guinevere erspart hatte. »Ich habe mich gut mit den Leuten hier unterhalten.«

»Nein, es ist schrecklich unhöflich«, widersprach er, »nach allem, was Sie für Guinevere getan haben. Was trinken Sie?« wiederholte er.

»Ich hatte einen Apple Cooler. Aber ich möchte keinen zweiten.«

»Wie wär's mit einem Champagnercocktail?«

»Ich liebe Champagnercocktails«, antwortete Susie lachend.

»Ich auch. Belegen Sie doch mal die zwei Sitze da drüben für uns. Ich hole unterdessen die Drinks.«

»Wie läuft's mit Bianca?«, erkundigte sich Jonjo, sobald sie Platz genommen hatten. »Sie und Patrick sind meine besten Freunde. Ich mag sie sehr.«

»Sie ist toll, ich arbeite gern für sie.«

»Mit Kosmetik kenne ich mich nicht aus«, erklärte Jonjo. »Ich weiß nur, dass das ein Riesenmarkt ist. Mega sozusagen.«

»Ja, größer als die Autoindustrie, glaube ich. Frauen zahlen fast jeden Preis für die Verwirklichung ihrer Träume. Für Träume und Versprechungen. Und womit verdienen Sie Ihr Geld? Ich weiß, dass Sie irgendwas an der Börse machen, aber …«

»Ich bin Devisenhändler und liebe meinen Beruf. Da herrscht Hochdruck, es gibt kaum eine Pause, manchmal wird's richtig aufregend. Wir haben Spaß dabei, lachen viel, ist so eine Männersache und politisch total inkorrekt. Sind Sie Feministin?«

»Klar«, antwortete Susie.

»Sie sehen aber nicht so aus«, entgegnete Jonjo.

»Soll das ein Kompliment sein?«

»Ja.« Er grinste.

»Danke.«

»Guinevere ist Feministin. Oder glaubt zumindest, es zu sein. Sie redet so, doch ob sie auch so handelt, weiß ich nicht. Wollen Sie noch einen?«

Susies Glas war halb voll, und ihr wurde bereits ein wenig schwummrig, weil sie den ganzen Tag nur ein Gebäckstück auf dem Weg zum Büro gegessen hatte.

»Nein, danke«, sagte sie, »aber könnten Sie mir ein bisschen Knabberzeug, Nüsse oder so was organisieren?«

»Natürlich.« Er warf einen Blick auf sein Handy. »Guinevere. Wahrscheinlich sollte ich gerade irgendwo sein. Sie schreibt, dass der Kritiker sie zum Essen ausführt. Da störe ich nur.«

»Warum?«

»Weil ich ein Kunstbanause bin. Neulich Abend hätte ich mich fast um Kopf und Kragen geredet. Sie haben sich über den Prado unterhalten, und ich hab gesagt, dass ich echt coole Sneakers von denen habe, America Cups aus Lackleder. Da haben mich alle groß angeschaut.«

»Oje.« Susie schmunzelte. »Sie dachten, die meinen Prada?« Sie fand das ziemlich witzig.

»Genau. Man hätte meinen können, dass ich einem kleinen Hund den Hals umgedreht habe, so entsetzt waren die. Von denen hat den ganzen Abend keiner mehr mit mir geredet.«

»Snobismus ist dumm«, sagte Susie. »In meiner Branche ist es das Gleiche. Die Mädels von den Hochglanzmagazinen lassen sich kaum mal dazu herab, mit denen von den Boulevardblättern zu sprechen, und die Kluft zwischen den Zeitschriftenjournalistinnen und den Bloggern ist unüberbrückbar. Von denen hat doch nun wirklich keine ein Mittel gegen Krebs gefunden, oder?«

»Eher nicht. Ich bin froh, dass Sie über meinen Fauxpas nicht schockiert sind. Guinevere war's schon. Fast hätte sie mich nicht zu der Vernissage mitgenommen. Sie hat mir verboten, über irgendwas anderes zu reden als über den Sekt und darüber, wo die Leute ihre Mäntel hinhängen sollen. Freut mich, dass Sie das Ganze witzig finden.« Und dann lächelte er, und dabei bildeten sich um seine dunklen Augen Lachfältchen wie bei George Clooney – er hatte tatsächlich ein wenig Ähnlichkeit mit dem jungen George Clooney … Reiß dich zusammen, Susie, was denkst du da?

»Wissen Sie was? Ich hab einen Bärenhunger«, bemerkte er plötzlich. »Würden Sie was mit mir essen? Wo ich Sie nun schon so lange habe warten lassen.«

Sie wollte sofort ja sagen, doch dann überlegte sie, ob es nicht traurig wirken würde, wenn sie eine Woche vor Weihnachten nichts vorhatte.

»Wenn's nicht zu lange dauert«, meinte sie vorsichtig. Das war immer eine passende Antwort, denn späte Verabredungen machten einen guten Eindruck.

»Prima. Wir könnten gleich hier was essen oder mit dem Taxi ins West End fahren. Wo müssen Sie nachher hin?«

»In Richtung Chelsea.«

»Okay. Dann fahren wir lieber gleich da hin. Ich lasse uns ein Taxi rufen.«

Während sie auf das Taxi warteten, ging sie zur Toilette und überprüfte die Nachrichten auf ihrem Handy. *Klappt 8?* Nein, das würde nicht mehr gehen; acht war es schon fast. Also schrieb sie zurück: *Sorry, Termin dauert noch. Vielleicht 9:30-10.*

Dann konnte sie, falls nötig, später eine weitere SMS schicken ...

Henk, der ganz allein in einer Kneipe saß, ging zur Toilette und schlug voller Wut mit der Faust gegen die Tür.

Als Susie lächelnd zu Jonjo zurückkehrte, hielt dieser den Blick auf sein Handy gerichtet. »Alles okay. Sie ist mit diesen Idioten im Bluebird. Oh, hab ich das wirklich gesagt?«

»Ja.«

Er wirkte zerknirscht.

»Ich wollte sagen ›mit diesen Kritikern‹. Das Taxi ist da. Nach Ihnen.«

Als sie sich setzte, glitt ihr Mantel, den sie über die Schulter geschlungen hatte, herunter. Jonjo wollte ihn ihr wieder darum legen, doch sein Versuch missglückte. Am Ende blieb sein Arm lässig um ihre Schulter. Sie schenkte ihm ein Lächeln, ebenfalls lässig ...

Susie, überleg dir gut, was du tust. Er gehört nicht dir, er wird dir nie gehören. Er ist mit einer ziemlich wichtigen Persönlichkeit des öffentlichen Lebens zusammen und außerdem der beste Freund vom Mann deiner Chefin.

Plötzlich sah er sie grinsend an und küsste sie auf die Wange.

»Das entwickelt sich zu einem sehr kurzweiligen Abend.«

»Ja«, pflichtete sie ihm bei.

Er musterte ihr Gesicht, begann bei ihrem Mund, wanderte hoch zu ihren Augen und dann zu ihren Haaren.

»Sie sind toll«, bemerkte er. »Ich ...«

Da klingelte sein Handy. Er suchte in seiner Tasche danach.

»Entschuldigung. Guinevere! Hi. Ja. Ja, verstehe. Aber jetzt habe ich für heute Abend schon was ausgemacht. Was? Ach, nur ...«

Nur ich, dachte Susie, die PR-Frau, die seiner Freundin einen Gefallen getan hat.

»Ist schon okay«, formte sie mit den Lippen.

»Na schön. Ja, ich komme rüber ins Bluebird. Könnte allerdings ein bisschen dauern. Okay, okay. Tschüs.«

Er beendete das Gespräch und bedachte Susie mit einem bedauernden Blick.

»Tut mir leid, aber ...«

»Kein Problem, Jonjo«, sagte sie, »ich bin sowieso noch mit jemand anders verabredet.«

»Ich weiß. Trotzdem hatte ich mich auf unser kleines Essen gefreut. Wo soll ich Sie rauslassen? Wo wohnen Sie?«

Susie schaute hinaus. Sie waren bereits am Holborn Viaduct. Verdammt. Es ging alles zu schnell. »Ich wohne in Fulham. Aber da will ich nicht hin. Lassen Sie mich einfach am Sloane Square raus. In die Richtung müssen Sie doch, oder?«

»Ja.«

Sie schwiegen, plötzlich war die gute Stimmung dahin, und sie waren beide traurig, dass sie sich trennen mussten.

»Okay«, sagte Jonjo schließlich, als sie Eaton Place erreichten. »Noch mal Entschuldigung. Und danke. Es war wirklich ein schöner Abend. Ich ...« Und dann küsste er sie auf den Mund. Das überraschte sie. Aber es war schön. Und sehr, sehr sexy. Dazu kam noch etwas anderes, das nichts mit Sex zu tun hatte, das Gefühl, etwas zu spüren, das sie immer gewollt hatte, etwas Warmes und Ruhiges, das mit ihr, ihrem echten Ich, im Einklang war und nichts mit dem flirtbereiten Ich zu tun hatte, das sie nach außen präsentierte.

Kurz darauf löste er sich von ihr und sagte mit leiser Stimme: »Wahrscheinlich ist es besser, dass das mit dem Essen nichts wird. Das wäre ziemlich gefährlich geworden.« Und er küsste sie noch einmal, mit mehr Gefühl, erforschte ihren Mund, die eine Hand in ihren Haaren, die andere wanderte ihr Bein hinauf, streichelte sie, drückte gegen sie, und sie spürte, wie ihre Erregung wuchs. In dem Moment war sie so erfüllt von Begierde, dass sie sich auf alles eingelassen, sich ausgezogen und es im Taxi getan hätte, mitten auf dem Sloane Square. In ihrem ganzen Leben hatte sie noch nie jemanden so begehrt.

»Du bist toll«, seufzte er. »Einfach toll. Das Schönste, was mir seit langem passiert ist. Ich ... Oje!«

»Sloane Square, Kumpel«, sagte der Taxifahrer und öffnete das Fenster zum Fahrgastraum mit einem sadistischen Grinsen.

Susie rückte ihre Kleidung zurecht, hob ihren Mantel vom Boden auf, schüttelte ihr Haar nach hinten, stieg aus und sagte: »Tschüs, Jonjo, und danke ...«

»Es war ...«, begann er, und da beugte sie sich in den Wagen und küsste ihn, kühl und höflich, bevor sie die Tür zuschlug und sich ziemlich wackelig in Richtung U-Bahn entfernte.

Vierunddreißig

Sie hatte ihm immer viel verschwiegen, das war ein wesentlicher Teil ihrer Beziehung. Wenn er auch nur eines ihrer Geheimnisse gekannt hätte, wäre er unter Druck geraten und gereizt, diesmal vermutlich sogar am Boden zerstört gewesen. Wenn er davon erfuhr oder es auch nur ahnte, würde ihrer beider Leben unverhältnismäßig kompliziert und für immer verändert sein, und so durfte er nichts davon erfahren, obwohl sie Freude über das Baby, das in ihr heranwuchs, empfand.

Einen oder zwei Tage lang ließ sie diese Freude und den Gedanken daran, was sein könnte, zu, bevor sie beides brutal erstickte. Denn schon bald wäre es keine Freude mehr, es würde Kummer und Not bringen und wäre ein Verrat an allem, woran sie aufrichtig glaubte, an allem, was diese Beziehung rechtfertigte, an Cornelius, den sie liebte, und an Athina, der sie so vieles verdankte und die sie trotz allem ebenfalls mochte.

Nein, es durfte kein Baby geben, kein Kind aus dieser Verbindung, Florence musste mit der Situation auf ihre pragmatische Weise umgehen.

Sie war zweiundvierzig und hatte nicht mehr damit gerechnet, weswegen sie ein bisschen achtloser geworden war und ihre Pillen, diese wunderbaren Pillen, die moderne junge Frauen für selbstverständlich hielten und ihre Generation als fast magisch erachtete, nicht nur einmal, sondern zweimal nicht genommen hatte.

Natürlich waren sie in Paris gewesen – wo sonst wäre der Sex so wunderbar, wo sonst wäre Cornelius so sehr der ihre gewesen, wo sonst hätte sie sich körperlich und emotional so sicher gefühlt?

Die Nächte, die sie in kleinen Hotels auf dem englischen Land verbrachten, niemals in Städten, weil es dort immer jemanden gab, der Cornelius und Athina kannte, waren oft sehr schön, doch in Paris gehörte ihnen die Welt, dort konnten sie sich frei bewegen. Cornelius, der mittlerweile ziemlich wohlhabend war, hatte in Paris eine kleine Wohnung mit getäfelten Türen, hohen Fenstern und einem winzigen Balkon in der obersten Etage eines prächtigen alten Gebäudes erworben. Dort trafen sie sich, redeten, aßen und liebten sich. Manchmal war es für Cornelius lediglich ein Vierundzwanzigstundenabstecher, für Florence etwas länger, weil die Abwesenheiten sich nicht hundertprozentig decken durften. Dabei lernten sie Paris kennen und erkundeten gemeinsam die Viertel.

Bei diesen Gelegenheiten kaufte Cornelius ihr hin und wieder, denn öfter ließ sie es nicht zu, ein elegantes Kleid, einen Mantel oder ein Paar Schuhe.

Florence war an einem langen, düsteren Wochenende Anfang November schwanger geworden, als sie und Cornelius sich kaum hinauswagten, so neblig war es auf den Pariser Straßen. Trotz des kleinen Kamins und der zahlreichen Elektroöfen war es in der Wohnung eisig kalt. Allerdings hatte sich Cornelius einen ziemlich schicken langen Pelzmantel à la Doktor Schiwago gekauft, den er übers Bett breitete und auf dem sie fast die gesamten zwei Tage verbrachten.

»Jetzt werde ich diesen Mantel nie mehr tragen können, ohne an dich zu denken, meine Kleine Flo«, erklärte er und schob ihn sanft über sie, als sie sich mit einem Glas Champagner zu ihm legte. »Wenn ich ihn anziehe, werde ich dich sehen, dich spüren und vor allen Dingen hören, diese wunderbaren Geräusche, die du bei der Liebe machst. Ach, Florence, wie schön du bist.«

Er sagte ihr fast nie, dass er sie liebe, und umgekehrt war es genauso. Es war Teil ihres Pakts, dass sie Athina nicht mit Worten hintergehen würden, auch wenn sie es in jeder anderen Hinsicht taten. Manchmal, wenn Florence vor Lust aufschrie, musste sie sich genau diese Worte verkneifen, denn sie liebte Cornelius tatsächlich, sogar sehr, und das sollte er auch wissen. Aber es gelang ihr, sie nicht auszusprechen, denn es reichte, wenn sie ihm beim Orgasmus in die Augen blickte, dann brauchte es keine Worte mehr. Und auch über dieses Baby waren keine Worte nötig.

Ihre Gynäkologin Jacqueline Wentworth bestätigte in ihrer feudalen Praxis in der Harley Street die Schwangerschaft, beriet sie ausführlich und sagte ihr, sie sei absolut sicher, dass Florence das Richtige tue.

»Bitte keine dummen Schuldgefühle. Abgesehen davon, dass ziemlich viele Menschen unglücklich wären, wenn Sie das Kind bekommen würden, hätte das Kleine mit Sicherheit nicht das allerbeste Leben.« Zweitausend Pfund würden dafür sorgen, dass Florence in einer Klinik im ländlichen Kent diskret und gut versorgt würde.

Florences anfängliche Erleichterung wurde ein wenig getrübt durch die Tatsache, dass sie diese zweitausend Pfund nicht besaß.

Als sie überlegte, woher sie das Geld nehmen sollte, fiel ihr Blick auf Leonard Trenthams Bild von dem Pariser Hof. Das konnte sie verkaufen, wenn es sich als ausreichend wertvoll erwies, und sich eine Kopie davon anfertigen lassen. Cornelius, der nur selten zu ihr kam, würde den Betrug nie bemerken, wenn es sich um eine gute Fälschung handelte. Sie schlug das Gemälde in braunes Packpapier ein und machte sich auf den Weg zu einer Kunstgalerie in St. James's, wo sie oft Ausstellungen besuchte. Der Inhaber Jasper Stuart, der wusste, dass sie ein Bild von Leonard Trentham ihr eigen nannte, hatte ihr schon vor langer Zeit angeboten, es zu erwerben, falls sie es jemals verkaufen wolle.

Eine Woche später kehrte sie – sie hatte sich mit einer Grippe krankgemeldet – charmant wie eh und je zur Arbeit zurück. Doch als sie Cornelius nach der Abtreibung das erste Mal wiedersah, hätte sie sich am liebsten auf ihn gestürzt, ihn gebissen, gekratzt und ihm jeden nur erdenklichen körperlichen Schmerz zugefügt. Niemand würde je erfahren, wie schwer ihr das freundliche Lächeln fiel, das sie ihm schenkte, als er den Laden mit Athina betrat und ihr Frohe Weihnachten wünschte. Und bei der Christmette weinte sie trotz ihrer guten Vorsätze leise in ihr Taschentuch, weil ihre Schuldgefühle übermächtig wurden, als die Schäfer und die drei Könige vor dem Jesuskind niederknieten und ihm ihre Geschenke und ihre Liebe darbrachten.

Nach zwei langen Tagen voller Hoffnung und Frustration, in denen sie alle fünf Minuten auf ihr Telefon schaute, hatte er endlich angerufen, als sie nicht mehr damit rechnete.

Es hatte geklingelt oder eher vibriert. Eine SMS. Susie war sich sicher gewesen, dass sie von Henk stammte, und hatte sie eine ganze Weile nicht angesehen, weil sie mit ihrem Vortrag für die Vertretertagung beschäftigt war und nicht aus ihren Gedanken gerissen werden wollte.

Doch die SMS konnte auch von Bianca oder von dem guten Bertie sein, der sie für seinen Vortrag bei der Tagung um eine Art Lebenslauf gebeten hatte, und den hatte sie noch nicht fertig. Also nahm sie das Handy, das mit dem Display nach unten auf dem Schreibtisch lag, in die Hand und machte große Augen: Die Nachricht kam von Jonjo Bartlett.

Heute Abend Zeit auf einen Drink?

An jenem ersten Abend war sie benommen nach Hause gewankt, von ihm und dem schönen Treffen erfüllt, in einem Leben, in dem es nicht allzu viele schöne Ereignisse gab, und traurig darüber gewesen, dass er zu Guinevere zurückkehrte.

Und sie musste zurück zu Henk, der sich vor ihr erniedrigt und beteuert hatte, wie sehr er sie liebe, wie sehr sie ihm fehle. Er werde zu einem Seelenklempner gehen, ihr beweisen, dass er sich verändert habe, wenn sie ihm nur eine Chance gebe, hatte er versprochen.

Wie sollte sie auf diese wunderbare Einladung von Jonjo reagieren? Zuerst schrieb sie *Ja, cool*, aber weil sie das nichtssagend fand, veränderte sie es zu *Ja, toll*, doch das klang zu eifrig, und so schrieb sie *Ja, denke schon*. Da sich das jedoch zu wenig begeistert anhörte, änderte sie es zu *Klingt gut, wann?* Da kam Bertie herein und fragte, ob er störe.

»Nein, nein, Bertie, alles gut.« Und mit diesen Worten schickte sie die SMS.

Jonjo führte sie zu ihrem Tisch, zog einen Stuhl für sie heraus und erkundigte sich, was sie trinken wolle. Sie entschied sich für Wein, weil sie den für weniger gefährlich hielt als Cocktails. Er bestellte einen Pinot grigio für sie und ein Bier für sich.

»Du bist wunderschön«, bemerkte er. »War viel los heute?«

»Ja, ziemlich. Und bei dir?«

»Nein, nicht wirklich.«

Schweigen, dann: »Hast du an Weihnachten schon was vor?«

»Ich fahre heim zu meinen Eltern. Und du?«

»Dito. Zu meiner Mum.« Weihnachten also nicht mit Guinevere, dachte Susie. Das war gut. Nein, großartig. »Das machen wir jedes Jahr so«, fuhr er fort. »Wenn ich Glück habe, kommen meine Schwester und ihr Mann und ihre Kinder dazu, und dieses Jahr ist es so. Meine Eltern sind geschieden.«

»Hat deine Mum wieder geheiratet?«

War das eine zu intime Frage?

»Nein. Mein Dad leider schon. Eine Frau, die ich nicht ausstehen kann. Aber egal, so ist das Leben nun mal. Und Mum ist toll.«

»Was macht sie? Oder arbeitet sie nicht?«

»Sie ist Inneneinrichterin.«

»Cool«, sagte Susie.

»Ja, das macht sie sehr gut. Sie wohnt in Cheltenham, da gibt's eine Menge schöne Häuser, in denen sie sich betätigen kann. Mein Dad ist Immobilienmakler, so haben sie sich kennengelernt. Aber die Ehe hat nicht gehalten. Sie ist einfach zu nett für ihn«, fügte er hinzu. »Und deine Eltern?«

»Mein Dad ist Anwalt. Nicht einer von denen, die mit Scheidungen viel Geld verdienen, sondern Familienanwalt. Sie leben in Bath, ganz gemütlich.«

»Du Glückliche. Und deine Mum?«

»Sie unterrichtet Erdkunde an einer Mädchenschule.«

»Hast du Geschwister?«

»Einen Bruder und eine Schwester. Beide sind verheiratet, beide leben in London. Meine Schwester kriegt bald ein Kind.«

»Und du wirst Tante. Cool.«

»Ja, ich freue mich schon drauf.«

»Ich war verheiratet«, bemerkte er plötzlich.

»Ach. Wirklich?« Was sollte man darauf auch sagen? Plötzlich wurde Susie nervös.

»Ja. Schrecklicher Fehler. Ihrerseits.« Er grinste, und dabei bildeten sich wieder diese Lachfältchen à la Clooney um seine Augen. »Hat ungefähr ein Jahr gehalten. Zum Glück haben wir keine Kinder.« Jonjo sah sie nachdenklich an. »Und was ist mit dir? Gibt es in Ihrem Leben eine bessere Hälfte, Miss Harding?«

»Dieser französische Fahrradhersteller, an dem Sie interessiert sind …«, begann Patrick vorsichtig.

»Was ist mit dem?«, fragte Saul.

»Ich habe den Eindruck, dass der nicht ganz koscher ist. Die Leute behaupten, dass sie Geld auf dem Konto haben, doch wenn man genauer hinschaut, merkt man, dass das Außenstände sind. Sie haben es noch nicht. Der Kurs ihrer Aktien steigt stetig, und Fahrräder sind im Kommen, aber …«

Wie konnte diese auf den ersten Blick knochentrockene Materie nur so faszinierend sein?, fragte sich Patrick. Doch sie war es. Sein neuer Job faszinierte ihn jeden Tag aufs Neue.

»Gut. Ich muss los. Bleiben Sie dran, Patrick.«

»Ja. Wir sehen uns in Kempton. George VI wird sich dieses Jahr bestimmt gut machen.«
»Das glaube ich auch. Schade, dass Bianca nicht mitkommt.«
»Ach.«
»Sie hat nein gesagt.«
Patrick kehrte stirnrunzelnd in sein Büro zurück.

Beim Gedanken daran, die Weihnachtsgeschenke wie sonst sorgfältig auszuwählen, wurde Milly übel. Sie schaffte es gerade so, etwas für Ruby und Fergie auszusuchen, die beide nett zu ihr zu sein versuchten, aber ihre Eltern hatten einfach nichts verdient. Sie merkten nicht, wie schlecht es ihr ging und welche Probleme sie hatte – sie hätte ja schwanger sein oder Drogen nehmen können. Sie waren nicht mal in der Schule gewesen, um sich zu erkundigen.

Die Einzige, der sie ein richtiges Geschenk machen wollte, war Jayce, an deren Schulter sie sich in den beiden Wochen, die sie sie mittlerweile kannte, hatte ausweinen können, die zu ihrer Vertrauten geworden war. Milly hatte ihr ein Freundschaftsband von Links gekauft, das Jayce jedes Mal, wenn sie durch die Läden schlenderten, bestaunte. Das Stück hatte sie über einhundert Pfund gekostet, mehr als zwei Drittel des Gelds für die Weihnachtsgeschenke, das ihre Mutter auf ihr Bankkonto überwiesen hatte.

Milly traf sich jeden Tag mit Jayce im Shoppingcenter, wo sie sich stundenlang unterhielten, bei McDonald's (Jayces Lieblingsort) oder, wenn Milly sie dazu überreden konnte, auf einen Spaziergang. Einmal, an einem strahlend schönen Tag, brachte sie sie sogar dazu, mit dem Bus zum Primrose Hill zu fahren.

Jayce keuchte neben ihr her und sank oben dankbar auf eine Bank, um von dort die Aussicht zu genießen.

»An einem Tag wie heute ist es hier wirklich schön, das muss ich zugeben«, sagte sie. »Ich bin noch nie auf dem Hügel gewesen.«

»Ich liebe den Ausblick«, erklärte Milly. »Oder eher: Ich habe ihn früher mal geliebt. Als Fergie und ich klein waren, sind wir öfters zum Picknicken hergekommen und mit dem Rad herumgefahren.«

»Jetzt nicht mehr?«

»Nein. Jetzt haben wir dieses Haus auf dem Land …« Sie verstummte, als sie merkte, wie taktlos das klang.

Jayce sah sie mit großen Augen an. »Ich dachte, du wohnst hier in der Gegend?«

»Ja, tu ich auch. Aber wir haben noch dieses andere Haus. Ist eher so was wie ein Cottage …«

»Ihr habt zwei Häuser? Deine Familie? Da wohnt außer euch niemand drin?«

»Nein. Aber ehrlich, Jayce, es ist wirklich keine große Sache. Es ist nur … für die … die …«

Sie verstummte erneut. »Nur für die Wochenenden« zu sagen, hätte alles noch schlimmer gemacht. »Das ist nur so eine komische Idee von meinen Eltern«, beendete sie den Satz. »Da würde ich sonst nie hinfahren.«

»Ich schon«, meinte Jayce. »Du kannst dich glücklich schätzen, Milly.«

Sie schenkte Milly ein Lächeln, und Milly dachte: Wie nett sie ist, überhaupt nicht neidisch oder eingeschnappt. Obwohl ihre eigene Familie klang, als wäre sie dem Reality-TV entsprungen. Sie waren fünf Kinder, Jayce war das mittlere. »Stash ist der älteste Sohn von meiner Mum, er ist siebzehn und ganz okay, dann gibt's noch meinen anderen Halbbruder Zak, der ist total übel. Und nach mir kommen Paris, die ist neun, und Cherice ist zwei.«

»Sind das deine echten Schwestern?«, erkundigte sich Milly vorsichtig.

»Nein, die hat meine Mum mit ihrem neuesten Freund, der ist ein ziemlicher Tyrann. Zum Glück wohnt er nicht bei uns. Wenn er da ist, müssen wir alle aufpassen. Paris kommt gut mit ihm zurecht, weil sie sein Liebling ist, aber Cherice kann er nicht leiden.«

Milly lauschte fasziniert. Das klang alles sehr viel interessanter als ihre eigene Familie.

Jayce holte eine Packung Hobnobs aus ihrer Tasche; die hatte sie für den Notfall immer dabei.

»Möchtest du?«

Milly schüttelte den Kopf.

»Wie ist's heute mit den anderen Mädels gelaufen? Hast du wieder was von ihnen gehört?«

»Nicht viel«, antwortete Milly.

Lediglich eine SMS folgenden Wortlauts: *Hoffe, du hast viel Spaß beim Shoppen mit deiner hübschen neuen Freundin. Wir finden alle, dass sie* SUPER *aussieht. Sie hat eine Wahnsinnshaut.*

»Milly! Hallo!«

Ruby und eine Freundin, beide auf Rollern, und die Mutter dieser Freundin. Milly blickte sie entsetzt an.

»Hallo, Milly«, begrüßte die Mutter sie, der deutlich anzusehen war, dass sie sich fragte, was Milly mit Jayce zu schaffen hatte. »Schön, dich zu treffen. Wir wollen uns den neuen Shrek-Film anschauen. Ich würde dich ja dazubitten, aber der ist dir wahrscheinlich zu kindisch.«

»Bitte, Milly!«, bettelte Ruby, die stolz auf ihre große, coole Schwester war. »Bitte komm doch mit!«

»Nein, nein«, antwortete Milly, der nicht entging, dass die Mutter besorgt Jayce betrachtete, weil sie wohl fürchtete, sie ebenfalls einladen zu müssen. Milly war klar, dass sie Jayce den beiden hätte vorstellen sollen, doch damit wollte sie sich nicht belasten. »Nein, danke, wir wollen noch was essen gehen«, erklärte sie. »Komm, Jayce.«

Mit diesen Worten zog sie Jayce von der Bank hoch und den Hügel hinunter.

»Du hättest es wenigstens mir überlassen können, Saul zu sagen, dass du am zweiten Weihnachtsfeiertag nicht mit nach Kempton kommst«, beklagte sich Patrick und sah Bianca verärgert über das Omelett hinweg an, das sie zum Abendessen gebraten hatte, bevor sie zur Aufführung von Fergies Krippenspiel gingen.

»Was macht das schon für einen Unterschied?«, fragte Bianca. »Er hat's erwähnt, ich hab's ihm gesagt.«

»Es sieht nicht gut aus. Er hat die Einladung mir gegenüber ausgesprochen, und ich hätte ihm gern in der richtigen Form für uns beide geantwortet.«

»Patrick Bailey, du bist verrückt«, versuchte Bianca, das Ganze ins Lächerliche zu ziehen. »Du führst dich auf, als wärst du in ihn verliebt.«

»Sei nicht albern. Wann hast du's ihm überhaupt gesagt?«

»Als er angerufen hat, um sich bei mir zu bedanken, dass er am zweiten Weihnachtsfeiertag mit Dickon zu uns kommen kann. Es hat sich so ergeben. Er hat gemeint, wie schön das ist, und ...«

»Und du verdirbst ihm die Freude. Er ist mein Chef, Bianca, nicht irgendein alter Bekannter.«

»Ich ...«

Da klingelte es an der Tür, und Bianca ging hin. Sie unterhielt sich eine Weile im Flur mit jemandem, bevor sie stirnrunzelnd zurückkehrte.

»Wer war denn das?«

»Joanna Richards. Sie hat Ruby heimgebracht und mir erzählt, dass sie Milly am Primrose Hill gesehen hat, mit ... mit einem übergewichtigen Mädchen, das sehr nach Arbeiterschicht aussah.«

»Bitte erinnere mich daran, dass ich Leute wie die Richards, die so etwas für erwähnenswert halten, nicht mehr zu uns einlade«, sagte Patrick.

»Patrick, bitte. Du weißt doch, wie seltsam Milly in letzter Zeit ist. Ich frage mich ... In dem Alter gerät man leicht in schlechte Gesellschaft. Und sie hat uns nie von diesem Mädchen erzählt.«

»Was sollte sie auch darüber sagen? Mummy und Daddy, ich hab da eine neue Freundin, die ist ein bisschen gewöhnlich und wiegt zu viel, die gefällt euch bestimmt. Milly ist dreizehn, da lernt sie nun mal neue Leute kennen.«

»Sonderlich interessant klang dieses neue Mädchen nicht gerade«, stellte Bianca fest.

»Woher will die gute Mrs Richards das wissen? Hat sie versucht, mit dem Mädchen über Politik zu reden? Vielleicht hat sie ihr ja eine Diät vorgeschlagen ...«

»Ach, hör auf«, sagte Bianca müde, »und mach mir bitte später keine Vorwürfe, sollte Milly ins Drogenmilieu abrutschen.«

»Wo sich alle jungen Leute aus der Arbeiterschicht, besonders die übergewichtigen, tummeln. Ich bin enttäuscht von dir, Bianca, wirklich.«

»Meinst du nicht, dass wir Milly auf dieses Mädchen ansprechen sollten? Dass wir sie fragen sollten, wer sie ist?«

»Mach das ruhig, wenn es dir wichtig ist. Aber lass mich aus dem Spiel. Egal, wir müssen jetzt los, sonst kommen wir zu spät. Geht Milly mit?«

»Sie hat ja gesagt, ist aber noch in ihrem Zimmer.«

Da trat Milly wie aufs Stichwort ein. Sie hatte sich herausgeputzt und stärker geschminkt als sonst.

»Sollten wir uns nicht allmählich auf den Weg machen? Wir wollen doch nicht zu spät kommen.«

»Natürlich nicht. Äh ... hattest du einen schönen Tag, Liebes?«

»Ja, danke.«

»Was hast du getrieben?«

»Nichts Besonderes. Bin einkaufen gewesen und so.«

»Allein oder mit Freundinnen?«

»Hauptsächlich allein. Nun macht endlich. Ihr wisst doch, dass man da keinen Parkplatz kriegt. Und Fergie wird bestimmt nervös, wenn wir zu spät kommen. Aber das ist euch wahrscheinlich egal«, fügte sie leise hinzu.

»Milly, was hast du gerade gesagt?«

»Nichts. Seid ihr nun endlich fertig?«

Fünfunddreißig

Warum hatte sie behauptet, sie habe keine bessere Hälfte? Sie wusste genau, warum: Weil sie wollte, dass die Dinge sich in die bestmögliche Richtung entwickelten. Und irgendwie stimmte es ja auch. Sie konnte ganz einfach dafür sorgen, dass es der Wahrheit entsprach ...

Über ihre Antwort hatte er sich unheimlich gefreut. Er selbst lebe nicht mit Guinevere zusammen, sagte er, aber es gab Zusammenleben und Zusammenleben, das wusste Susie von sich selbst und Henk. Dass er wieder bei ihr einzog, hatte sie nicht zugelassen, obwohl er die meisten Nächte bei ihr blieb. Was hätte sie also antworten sollen? »Eigentlich nicht. Ich hab ihn rausgeworfen, weil er mich verprügelt hat, aber jetzt ist er sozusagen wieder da, auch wenn wir nicht wirklich zusammenleben und nicht mehr miteinander schlafen.« Das wäre die ehrliche Antwort gewesen, doch die hätte Jonjo vertrieben. Aber vermutlich schlief er ja mit Guinevere, also ...

»O Gott«, stöhnte Susie, während sie ihrer Mutter half, den Mittagstisch abzuräumen.

»Was sagst du, Liebes?«

»Nichts. Mir ist nur grade eingefallen, dass ich vergessen habe, jemanden anzurufen. Das muss ich später noch machen.«

»Gut, Liebes. Schaust du heute Abend auf einen Drink mit den Raymonds vorbei? Die würden dich gern mal wieder sehen.«

Und um ihren Eltern eine Freude zu machen, vielleicht auch, um ihr schlechtes Gewissen zu beruhigen, antwortete Susie ja, natürlich. Da hörte sie ihr Handy auf der Anrichte klingeln.

Frohe Weihnachten!, las sie auf dem Display. *Wie läuft's bei dir? Wünschte, du wärst hier. Jonjo.* Und dann ein Kuss. Sie konnte diesen Kuss richtig spüren, wenn sie das Symbol dafür auf dem Display sah. Er küsste einfach toll, das hatte er ihr an dem Abend im Ivy noch einmal bewiesen. Sie waren stundenlang dort gesessen, beschwipster und beschwipster, und am Ende hatte er vorgeschlagen, dass sie etwas aßen: »Zum Ausgleich für das missglückte Essen neulich.« Das hatten sie dann gemacht, und irgendwann hatte er auf seine Uhr geschaut und ausgerufen: »O nein, es ist schon eins! Sorry, ich muss dich jetzt leider nach Hause bringen, ich muss morgen früh um fünf im Büro sein.«

»Jonjo, das ist nicht nötig. Ich nehme ein Taxi.«

»Sicher? Ich ruf dir eins. Ich hab ein schlechtes Gewissen, aber ...«

»Nein, nein, schon in Ordnung.« Doch als sie ihn zum Abschied leicht auf den Mund geküsst hatte und eingestiegen war, hatte er »Ach, was soll's« geseufzt und sich zu ihr gesetzt.

»Tut mir leid«, hatte er gesagt und sie an sich herangezogen, »aber ich will einfach nicht auf die halbe Stunde mit dir im Taxi verzichten.«

Die halbe Stunde hatte sich als erstaunliche Achterbahnfahrt mit Küssen und Liebkosungen voller Begierde und Lust entpuppt.

»Wow«, hatte er gestöhnt. »Susie, du bist einfach der Wahnsinn. Ich kann dir gar nicht sagen, wie gern ich ... Quatsch, das hast du wahrscheinlich schon gemerkt. Aber ich muss jetzt wirklich nach Hause.«

Was ihr nur recht war, weil in der Wohnung mit Sicherheit Sachen von Henk herumlagen.

»Nächstes Mal kommst du zu mir«, hatte Jonjo vorgeschlagen. »Ich kann zwar nicht kochen, aber in meiner Gegend gibt's ein paar richtig gute Takeaways. Ich ruf dich an. Gute Nacht. Danke für einen wunderschönen Abend.«

Bevor das Taxi weggefahren war, hatte er noch gegen die Scheibe geklopft.

Vor Weihnachten war dann nur noch Zeit für einen kurzen Drink und ein bisschen Knutschen gewesen, und er hatte versprochen: »Wir sehen uns bald wieder, nach Neujahr, denn da bin ich belegt, und du hast sicher auch schon was vor.« Und sie hatte genickt, obwohl das nicht stimmte, abgesehen davon, dass Henk ihr eine Verabredung aus dem Kreuz geleiert hatte, wozu, wusste sie nicht, und die hätte sie, ohne mit der Wimper zu zucken, absagen können. Vielleicht konnte sie sie dazu nutzen, endlich mit ihm Schluss zu machen …

»Kaffee, Liebes?«, fragte ihre Mutter.

»Dad, du hast eine SMS gekriegt. Cool.« Lucy beugte sich mitten im schönsten weihnachtlichen Knallbonbonziehen zu Bertie hinüber, um ihrem Vater einen Kuss zu geben.

»Eine SMS?«, fragte Priscilla. »Wer um Himmels willen schickt dir denn während des Weihnachtsessens eine SMS?«

»Keine Ahnung«, antwortete Bertie, dankbar dafür, dass sein Handy in seiner Hosentasche steckte und nicht auf dem Tischchen im Flur lag. »Wahrscheinlich ein Bettelanruf. Oder von der Telefongesellschaft. Die schreiben mir ständig, dass ich meine Rechnungen auch online begleichen kann.«

Er entschuldigte sich, verließ das Zimmer und warf einen Blick auf die SMS. Sie war von Lara.

Frohe Weihnachten, Bertie. Hoffe, Sie haben eine gute Zeit. LG, Lara.
Und dann jede Menge Küsse. Obwohl er vermutete, dass sie etwas getrunken hatte und jeder per SMS »LG« verschickte, erschienen ihm die Küsse doch als etwas Besonderes. Er lächelte, und eine Wärme erfüllte ihn, die nichts mit dem Geist der Weihnacht zu tun hatte, sondern mit echtem Glück und mit Vorfreude, ganz anders als Priscillas Weihnachtshektik. Vorfreude worauf, wusste er allerdings nicht zu sagen.

Der erste Weihnachtsfeiertag war in Ordnung gewesen, dachte Bianca. Besser als befürchtet. Sie fragte sich, ob das Berauschende, Magische von einst jemals wiederkehren würde, und versuchte, sich zusammenzureißen und das Ganze wie eine Erwachsene zu sehen.

Milly hatte es geschafft, kühl zu schmollen, bis sie ihr Hauptgeschenk, einen iPad, auswickelte. Bianca war erschüttert über die bescheidenen Geschenke, die Milly ihr und Patrick machte, eine DVD von *Downton Abbey* für sie und eine von *The Killing* für Patrick. Immerhin bekamen ihre Geschwister schöne Sachen, Ruby eine neue Reitgerte und Fergie zwei Computerspiele.

Am ersten Weihnachtsfeiertag rief Saul nur zweimal an; Patrick und Bianca einigten sich auf einen Waffenstillstand und hatten sogar spät am Weihnachtsabend, als die Kinder im Bett waren, einer langen Tradition folgend ziemlich guten Sex. Das erste Mal seit Wochen. Hinterher, als Bianca mit dem Weinen fertig war, erklärte Patrick ihr, wie sehr er sie liebe, und überreichte ihr ein weiteres Geschenk – ebenfalls Teil der Tradition –, ein wunderschönes Tuch von Alexander McQueen in herrlichen gedämpften Farben.

Auch der zweite Feiertag verlief harmonisch. Saul, Patrick, Fergie und Dickon trafen kurz nach fünf ein, und Saul gab sich Mühe und redete beim Abendessen für seine Verhältnisse ziemlich viel.

Er hatte zwei Flaschen hervorragenden Bordeaux für Patrick und einen Jahrgangschampagner Bollinger für sie mitgebracht, und Dickon war supernett und hing an Fergie, dem diese Bewunderung nicht unrecht war, und am Abend spielten sie alle mit den Kindern Scharade.

Beim Abschied küsste Saul Bianca auf die Wange und erklärte, dies sei eines der schönsten Weihnachtsfeste gewesen, an die er sich erinnere, worauf sie dachte, dass die anderen ziemlich traurig gewesen sein mussten. Außerdem habe er ihr Problem mit den Shops nicht vergessen, wie laufe es denn damit?

Sehr gut, antwortete sie, und er erkundigte sich, ob die Investoren ihr nun mehr Geld für die Shops zugesagt hätten. Als sie verneinte, meinte er, dann seien sie ziemlich dumm.

Patrick bedankte sich bei Bianca dafür, dass sie Saul und Dickon einen so schönen Abend bereitet hatte, und sie setzten sich aufs Sofa, hielten Händchen und sahen die *Downton-Abbey*-DVD an. Fergie und Milly kamen dazu, Milly sagte, sie sollten zusammenrücken, und am Ende schaute sie die DVD mit ihnen an, kuschelte sich an ihren Vater und griff über ihn hinweg nach der Hand ihrer Mutter. Das war für Bianca der schönste Moment der beiden Tage.

Vielleicht, dachte sie, würde doch noch alles in Ordnung kommen.

Athina hatte Weihnachten mit Caro und Martin in deren neuem Kutscherhäuschen in Knightsbridge verbracht.

Caro hatte ihrer Mutter Noten von »Let's Fall in Love« mit einem Autogramm von Cole Porter geschenkt, und auch das Geschenk von Martin war gut angekommen, ein gerahmtes Cover der *Vogue* vom Juni 1953, dem Jahr der Krönung und der Gründung des Hauses Farrell. In dem Heft befand sich ein begeisterter Artikel über die neue Marke. Athina hatte fast zu weinen begonnen über diese Geschenke, worauf Caro ihrer Mutter den Arm um die Schulter legte, was bis dahin noch nie vorgekommen war, und schwärmte, wie tapfer und wunderbar Athina bei der Übernahme gewesen sei, dass die Marke ohne den Stil und den Instinkt ihrer Mutter nicht überleben könne. Martin war irgendwann eingedöst, und Caro und Athina hatten alte Presseberichte hervorgeholt und zwei sehr schöne Stunden lang in Erinnerungen geschwelgt.

Sie entdeckten ein reizendes Foto von Athina und Cornelius, wie sie eine riesige rote Weihnachtsschleife an der Tür des Shops in der Berkeley Arcade anbrachten, und ein weiteres von Cornelius als Weihnachtsmann verkleidet mit Florence, die auf seinem Schoß saß und ihm kokett einen Kuss auf die Wange drückte.

»Ach, wie nett!«, rief Caro aus.

»Ja, manchmal hatte ich den Verdacht, dass sie ein bisschen in ihn verschossen ist«, bemerkte Athina.

»Sie war sehr hübsch, was?«, meinte Caro nachdenklich. »Hast du dir nie Gedanken gemacht, dass sie es tatsächlich auf ihn abgesehen haben könnte?«

»Gütiger Himmel, nein!«, rief Athina aus. »Und selbst wenn: Sie war nicht sein Typ. Er hat Florence als das gesehen, was sie war, als eine kleine Verkäuferin. Die arme Florence, was für ein trauriges, unerfülltes Leben.«

Sie hätte nicht erwarten dürfen, dass es einfach so funktionieren würde. Das war fatal.

Doch sie hatte sämtliche Punkte mehrfach überprüft, sich intensiv vorbereitet, alle gebrieft, mögliche Probleme beseitigt, und sogar Athina wirkte freundlich. Bianca sah auf ihre Uhr: noch achtundvierzig Stunden bis zum Beginn der Vertretertagung. Alles schien gut zu laufen. Abgesehen davon, dass sie noch keine Parfümproben hatte. Sie versuchte, sich nicht den Kopf darüber zu zerbrechen; es würde schon irgendwie klappen.

Das Hotel, ein früherer viktorianischer Herrensitz mit ausgedehnten Ländereien, war bereit, der Ballsaal in einen Konferenzraum umgewandelt, der Eingang (für beträchtliches Geld) wie der zum Shop in der Berkeley Arcade gestaltet. Jemima überwachte gemeinsam mit Jonathan Tucker alles.

Viele neue Leute würden da sein, clevere Verkäuferinnen, frisch eingestellte, kecke junge Kosmetikerinnen, smarte IT-Leute. Dies wäre der erste Eindruck, den sie von dem Unternehmen als Ganzem erhalten würden. Man musste ihnen imponieren. Auf sehr unterschiedliche Weise, je nachdem, ob es sich um den Bailey- oder den Farrell-Standpunkt handelte, und der erste Eindruck zählte.

Caros Mann Martin, der immer Spaß an einer guten Vertretertagung hatte, sagte, er freue sich schon darauf, doch Priscilla meinte, sie habe viel zu viel zu tun, um zwei ganze Tage zu opfern, sie würde am zweiten Tag gleich nach dem Frühstück abreisen.

Bianca wollte die Tagung am Morgen mit einer kurzen Einführung eröffnen und dann das Staffelholz mithilfe von Bertie an die verschiedenen Abteilungen weiterreichen.

Natürlich sollte auch Susie einen Vortrag halten. »Ich werde ein bisschen Schaumschlägerei betreiben müssen«, erklärte sie, »aber PR ist nun mal ein Wolkenkuckucksheim, und die Leute hören immer gern über Beauty-Redakteurinnen und Blogger. Wir können jede Menge Cover und Seiten an die Wand projizieren, während ich rede.«

Sie strahlte Bianca an, die dachte: Wie sehr sie sich doch von der Susie von ein paar Wochen zuvor unterschied. Nun wirkte Susie selbstbewusst und sexy und würde, zumindest für die Männer, eines der Highlights der Tagung werden. Bianca vermutete, dass ein neuer Freund im Spiel war. Fast hätte sie sich gewünscht, für ihre eigenen Probleme eine ebenso simple Lösung zu haben, doch im Moment fühlte sie sich weder sexy noch selbstbewusst, und das gefiel ihr überhaupt nicht.

Natürlich wurden Tod Marchant und Jack Flynn erwartet. Sie würden über die Kampagne reden, sich besonders dem Parfümlaunch widmen.

Lara machte sich Sorgen, weil Ralph Goodwin keine Parfümproben beibrachte. Die einzige, die er bisher präsentiert hatte, war überhaupt nicht so gewesen, wie sie es sich vorstellten. Trotzdem vertraute sie darauf, dass er ordentliche Arbeit abliefern würde. Der Flakon, der sich ästhetisch an einem von Arpège aus den fünfziger Jahren orientierte, würde fast schon der Endfassung gleichen.

Goodwin traf nervös und mit rotem Kopf nach dem Lunch ein. Viel von seinem überglatten Charme war verflogen.

»Tut mir leid, dass es so spät geworden ist. Aber jetzt haben wir es.«

»Das hoffe ich«, entgegnete Bianca kühl.

»Bianca, es wird Ihnen gefallen. Das ist Billie Holiday im Flakon, verrauchter Nachtklub mit allem Drum und Dran.«

Er nahm ein Fläschchen aus seiner Aktentasche. »Nicht vergessen: Es muss sich erst einmal eine Weile entfalten, bevor man es wirklich beurteilen kann. Ein so schweres Parfüm braucht ein bisschen Zeit.«

Goodwin öffnete eine der Phiolen und tupfte ihr ein paar Tropfen aufs Handgelenk. Bianca schnupperte daran. Noch einmal. Und ein weiteres Mal. Ihr wurde übel, heiß und kalt. Panik stieg in ihr auf.

»Und? Wie finden Sie's?«, erkundigte sich Goodwin mit einem breiten, glatten Lächeln.

Bianca fiel es schwer, überhaupt etwas zu sagen. »Ich finde es grässlich. Absolut grässlich. Das riecht eher nach Nuttenklo als nach Billie Holiday in einem Nachtklub. Es ist widerwärtig!«

Mit diesen Worten schickte sie ihn weg. Sie hatte keine Lust, sich irgendwelche Erklärungen, Rechtfertigungen oder Bitten um mehr Zeit anzuhören.

»Ich will diesem Geruch keine Zeit geben! Ich möchte ihn so schnell wie möglich loswerden! Er ist grauenhaft billig. Ich bin enttäuscht von Ihnen.«

Bianca saß mit dem Kopf in den Händen da und überlegte, was sie nun tun sollte, als Lara hereinkam.

»Alles in Ordnung?«

»Nein, überhaupt nicht. Dieses Parfüm ist ekelhaft, Lara. Grundton Woolworth, Katzenpisse im Abgang. O Gott, was soll ich nur machen?«

»Darf ich mal riechen?«

Bianca hielt ihr das Handgelenk hin.

»Oje. Bianca, das tut mir wirklich leid.«

»Lara, es nützt überhaupt nichts, wenn es uns beiden leidtut. Wir haben kein Parfüm, das wir morgen präsentieren können. Wenn Sie mich jetzt bitte allein lassen würden. Ich muss nachdenken.«

»Mrs Clements, ich würde gern mit Mrs Bailey sprechen. Wissen Sie, wo sie ist?«

»Leider nein«, antwortete Lara, bemüht, Athina anzulächeln. »Sie ist unterwegs.«

»Und Mrs Pendleton?«

»Jemima ist im Tagungshotel, Lady Farrell. Wenn es nicht sehr dringend ist, wäre morgen, glaube ich, ein besserer Zeitpunkt. Bianca kommt heute möglicherweise gar nicht mehr her, und ...«

»Sie will nicht zurückkommen? Aber es ist doch erst fünf. Früher, als ich noch das Sagen in diesem Unternehmen hatte, war ich immer bis mindestens sieben im Haus.«

Zur gleichen Zeit weinte Bianca in der Damentoilette des John-Lewis-Kaufhauses in der Oxford Street stumm vor sich hin. Ohne so genau zu wissen, warum, war sie in die Kosmetikabteilung dieses völlig neu mit für jede Marke individuell gestylten Boutiquen gestalteten Warenhauses gegangen, hatte Parfüms aufgesprüht – so viele tolle Düfte –, sich die Präsentationen der Verkäuferinnen angehört und dabei nach einer Lösung für ihr eigenes Problem gesucht, ohne eine zu finden.

Sie war schockiert, nicht nur über die Situation, in der sie sich befand, sondern auch über ihre Panik. In einem so verzweifelten Zustand, in dem sich ihre Gedanken überschlugen, in alle Richtungen zerstoben, entsetzt über ihre eigene Dummheit, hatte sie sich noch nie befunden.

Sie war in Zeitnot gewesen, hatte dieses Parfümprojekt unbedingt selbst stemmen, wenigstens die Lorbeeren dafür ernten wollen, und sich von Athina und ihren Machtspielchen in eine unsichere Lage manövrieren lassen. Und nun hatte sie rein gar nichts in der Hand und konnte kein einziges Machtspielchen mehr gewinnen.

Denn egal, wie gut die Produkte von The Collection waren, wie exklusiv die Verpackung wirkte und wie genial die Vermarktung gelang, was sie brauchten, war das Parfüm, um die Kampagne abzurunden. Doch das existierte leider nicht. Und die Schuld lag ausschließlich bei ihr. Sie hatte es verbockt. Einhundert Prozent. Es war, als wollte man ein Ballett ohne Tänzer aufführen …

Athina wartete auf den Aufzug, als sie hörte, wie Jemima »Bianca« sagte. Sie schlich den Flur zurück und blieb vor Jemimas halb offener Tür stehen.

»Hallo, Bianca. Können Sie mich jetzt besser verstehen? Gut. Ich bin wieder im Büro. Alles in Ordnung? Wie bitte? Das Parfüm? O nein, das ist ja schrecklich, ein Albtraum. Kann ich irgendetwas tun? Wahrscheinlich haben Sie recht. Dabei hatte alles so vielversprechend ausgesehen. Wir haben doch die Flakons und Verpackungen, könnten Sie den Duft nicht einfach beschreiben …? Okay, nein. Was? Die Fläschchen? Die sind in einem Schrank im Labor. Ich kann Ihre Wut verstehen. Immerhin sind das Parfümeure, da könnte man schon erwarten, dass sie etwas halbwegs Vernünftiges präsentieren. Ja, natürlich bringe ich sie mit. Nein, kommen Sie jetzt nicht zurück, es sind schon alle weg. Nein, sie ist nicht mehr da. Christine sagt, sie ist beim Friseur. Mmm. Okay, Bianca. Wir werden nach einem anderen Parfümeur suchen müssen. Gut. Wir sehen uns morgen im Hotel, so zwischen zehn und halb elf. Ja. Versuchen Sie, sich nicht zu viele Gedanken zu machen.«

Jemima beendete das Gespräch und ging ins Labor. Es war verschlossen. Merkwürdig. Offenbar hatte Hattie so etwas wie Sicherheitsbewusstsein entwickelt. Also würde sie die Fläschchen am folgenden Morgen holen. Der Himmel allein wusste, womit Bianca sie befüllen wollte. Jemima schickte Hattie eine SMS, ohne eine Antwort zu erhalten, und kehrte in ihr Büro zurück.

Athina klopfte in ihrem Wagen auf den großen wattierten Umschlag mit den Phiolen, der auf ihrem Schoß lag, und schaute lächelnd zum Fenster hinaus.

Sechsunddreißig

Es war wunderbar. Sie hatte ganz vergessen, wie schön, wie schwer, wie sexy es war.

Athina betrachtete das Fläschchen, das in ein cremefarbenes Spitzenbettjäckchen gehüllt in ihrer blauen Satinhülle für das Nachthemd lag. Zehn Jahre war es her, dass sie es das letzte Mal ausgewickelt hatte.

Natürlich war es gefährlich, was sie getan hatte: im wörtlichen Sinn die Büchse der Pandora zu öffnen. Es hätte alles dahin sein können. Leider gab es den guten Daniel nicht mehr, den sie hätte fragen können. Aber sie hatte seinen Sohn angerufen, und er hatte ihr geantwortet, dass es vermutlich keinen Schaden nehmen würde, wenn sie es nur ganz kurz aufmachte, ein Tröpfchen auf ihr Handgelenk gab und dann sofort wieder verschloss.

Verschlossen und dunkel lagern, so hatte Daniels Anweisung seinerzeit gelautet. Und in ihrem Schlafzimmer war es kühl, weil sie beheizte Schlafzimmer hasste. Das andere Fläschchen hatte sie, genauso sorgfältig verpackt, in Caros Taufkleidchen in der Schublade unten in ihrem Schrank aufbewahrt.

Athina hatte dieses Parfüm mit Daniel kreiert, der aussah wie ein Poet und auch so schwärmte, über die Emotionen eines Dufts und seinen heiligen, unantastbaren Kern. Was für ein Unsinn! Doch er hatte es so schön gesagt und ihr dabei so tief in die Augen geblickt. Natürlich war sie ein wenig in ihn verliebt gewesen. Die Sitzungen mit ihm waren ein körperliches Vergnügen gewesen, wenn er die kostbaren Öle auf ihr Handgelenk, auf ihren Nacken, auf ihr Dekolleté auftrug. Er hatte gesagt, er stimme Coco Chanel zu, die meine, man solle Parfüm an den Stellen tragen, an denen man geküsst werden wolle. Und dann hatte er genau die Stellen ihres Körpers geküsst, um es ihr zu beweisen.

Cornelius hatte ihn gehasst und gesagt, er würde die Düfte, die Daniel kreierte, niemals auf den Markt bringen, egal, wie gut sie seien.

»Die Parfümbranche ist gefährliches Terrain. Dort hat schon mancher ein Vermögen verloren. Und wir haben kein Vermögen, das wir verspielen können.«

»Aber eines Tages werden wir eines haben, und dann bringen wir mein Parfüm heraus, und wir nennen es Athina, und es wird ganz das meine sein.«

Denn das Parfüm war ihre Idee gewesen, sie erachtete es als Eintrittskarte zu einem luxuriöseren Image. Das war Ende der Sechziger gewesen, als sie seit fast fünfzehn Jahren Erfolg hatten. Cornelius hatte sich breitschlagen lassen, gesagt, sie solle etwas kreieren, und ihr versprochen, sich ernsthaft damit auseinanderzusetzen, wenn es gut genug wäre. Und es war einfach wunderbar gewesen. Sie hatte ihm nie verziehen, dass er es nicht der Welt präsentieren wollte.

Sie hatte Daniel bei einer weihnachtlichen Handelsmesse kennengelernt, wo seine Duftorgel stand, mit seiner Visitenkarte obenauf: Daniel Chagard, Parfümeur. Er hatte bescheidenen Erfolg vorzuweisen gehabt, Parfüms für einige der kleineren Häuser geschaffen, gewusst, was er tat, und sie in sein Atelier in Hampstead eingeladen.

Einen ganzen Nachmittag lang hatte er voller Leidenschaft von den verschiedenen Duftnoten und Mischungen geschwärmt: dass die Kopfnote, die sich als Erste entwickelte, für gewöhnlich Zitrus war, die Herznote etwas Blumiges, die sich nach einer Stunde entfaltete, und die Basisnote bis zu acht Stunden anhalten konnte. Bei Beginn der Dunkelheit hatte sie ihn verlassen, halb in ihn verliebt, mit einer Vorstellung von etwas, das sie ein leidenschaftliches Parfüm nannte. Er hatte gesagt, sie müsse in ein paar Wochen wiederkommen, um den Duft kennenzulernen, den er für sie komponieren würde.

Das leidenschaftliche Parfüm war unglaublich gewesen. Sie hatte es Cornelius präsentiert und ihn angefleht, es auf den Markt zu bringen. Doch er war längst nicht so begeistert von dem Duft gewesen wie Athina. *Passion* hatte sie ihn getauft. Immerhin hatte Cornelius ihr zugestimmt, dass er vielversprechend war. Er hatte immer wieder neue Proben verlangt, und irgendwann war Athina klar geworden, dass er es Daniel so schwer wie möglich machen wollte, damit er irgendwann aufgab. Aber natürlich war das nicht geschehen, weil Athina ihn wieder und wieder aufsuchte, mit ihm flirtete, ihm den ultimativen Duft entlockte. Am Ende hatte er ihn tatsächlich kreiert. Und sie an einem dunklen Nachmittag im November damit bekannt gemacht.

»Das ist sie, Ihre Leidenschaft, Ihre *Passion*«, hatte er gesagt. »Tragen Sie sie auf. Und warten Sie, wie ich es Ihnen erklärt habe. Hier, meine wunderschöne Athina, hier, wo dieser Duft hingehört.«

Er hatte es ihr in den Nacken getupft, sich darüber gebeugt und sie geküsst, und dann das Gleiche mit ihren Brüsten gemacht.

»Noch bestreitet es das Vorspiel, unser Parfüm«, hatte er lächelnd gesagt, »doch schon bald wird es die richtige Liebe sein, und dann haben wir ... *l'orgasme*. Wie lautet das englische Wort dafür?«

»Orgasmus«, hatte Athina hervorgepresst.

Im Bett war Daniel ganz anders gewesen als Cornelius, schnell, fast ungeduldig, aber auch geschickt. An jenem ersten Nachmittag hatte er sie mit einem Selbstbewusstsein zum Höhepunkt gebracht, das sie erstaunte und erfreute. Er war erst der zweite Mann, mit dem sie schlief. Als sie Cornelius kennengelernt hatte, war sie noch Jungfrau gewesen.

Letztlich hatte sie den Sex immer für überbewertet gehalten. Wenn sie in der Stimmung war, empfand sie ihn als angenehm, und natürlich musste man die Bedürfnisse des Ehemannes befriedigen, denn wenn man es nicht tat, bestand die Gefahr, dass er fremdging. Und manchmal, wenn Cornelius ihr höchste Lust verschaffte, dachte sie, wie glücklich sie sich schätzen konnte. Doch im Lauf der Jahre, als ihre eigene Leidenschaft nachließ und auch Cornelius zum Glück im Bett nicht mehr so viel erwartete, hatte sie geglaubt, diese intensive Körperlichkeit niemals mehr zu erleben. Bis Daniel sie für sie und mit ihr wiederentdeckte.

Sie war nie wirklich in Daniel verliebt, nur in die Vorstellung von ihm, davon, eine Affäre zu haben.

Cornelius schien nichts davon zu ahnen, was sie bei seiner Weltläufigkeit wunderte. Natürlich war er eifersüchtig auf Daniel, allerdings eher auf seine professionelle Seite, auf seine romantische Aura, sein Aussehen, den Unsinn, den er redete. Doch er schien nicht zu merken, dass Daniel Athina verführte. Außerdem wusste er so gut wie sie selbst, wie viel von ihrer Beziehung abhing, der weitere Erfolg des Hauses Farrell, der ihr wichtiger war als alles andere.

Männer, Sex, Leidenschaft – was war das alles im Vergleich zu Erfolg und Ruhm?

Daniel tat so, als würde er nach wie vor an dem Parfüm arbeiten, sodass sie Cornelius neue Proben bringen und ihn um Rat fragen konnte, aber sie wussten beide, dass er ihn gefunden hatte, den heiligen Gral, ihre *Passion*, und wann immer Athina ihn besuchte, trug sie seinen Duft.

Eines Nachmittags beklagte Daniel sich dann über Magenschmerzen.

»Du isst zu viel *foie gras*«, schalt Athina ihn, »das ist nicht gut für dich.«

Bei ihm wartete stets ein Picknick auf sie, mit dem baguetteähnlichsten Brot, das er auftreiben konnte, mit Käse, Obst und *foie gras*.

Doch die Magenschmerzen verschwanden nicht, und so unterzog er sich Bluttests, ließ sich mit bariumhaltigem Kontrastmittel röntgen und brauchte am Ende immer stärkere Schmerztabletten.

Athina fuhr mit Suppe und mit Marihuana, dem Einzigen, was seinen Schmerz noch linderte, nach Hampstead. Zu ihrem Erstaunen, denn sie war keine sonderlich fürsorgliche Frau, machte ihr das fast Spaß, weil sie das erste Mal im Leben das Gefühl hatte, eine Aufgabe zu haben. Als Mutter hatte sie nicht so empfunden. Außerdem konnte sie nun Cornelius gegenüber ehrlich sein, ihm sagen, dass Daniel krank sei und sie sich als seine einzige Freundin in London um ihn kümmern müsse. Wer konnte da schon eifersüchtig sein und sich eine Affäre mit einem kranken Mann vorstellen?

Genau drei Monate nach den ersten Magenschmerzen wurde ihm mitgeteilt, dass er sich operieren lassen müsse. Sie verbrachten noch einen letzten wundervollen Nachmittag miteinander, und er schenkte ihr zwei Fläschchen des Parfüms, das er zu seinem Meisterwerk erklärte.

»Hier ist sie, meine Liebste, unsere *Passion*. Bewahre und trage sie für mich. Nicht für deinen Mann, niemals, bitte versprich mir das.«

Und sie versprach es.

Er überlebte die Operation nicht.

Fünfunddreißig Jahre später erhielt sie einen Brief von seinem Sohn Claude Chagard. Er sei in Paris aufgewachsen, schrieb er. Seine Mutter sei Näherin gewesen, sein Vater habe sie nie geheiratet, obwohl er ihr bis zu seinem Tod Geld geschickt habe. Claude hatte vom Haus Farrell gelesen und wusste aus den Unterlagen seines Vaters, die dieser offenbar sorgfältig aufbewahrte, dass er dafür gearbeitet hatte. Dürfe er sie aufsuchen? Er sei Parfümeur.

Claude sah seinem Vater mit seinen wilden Haaren, den dunklen Augen und der Samtstimme auf geradezu unheimliche Weise ähnlich.

Er legte ihr die Formeln für das Parfüm, für ihre *Passion*, vor, und sie betrachtete sie voller Ehrfurcht. Alles war in alten Apothekermaßen notiert.

»Wunderbar«, sagte sie, »Danke. Könnte man das für eine moderne Formel benutzen, die Maße übertragen?«

»Möglich. Man müsste sie umrechnen. Viele verstehe ich allerdings nicht. Außerdem sind deutlich mehr natürliche Inhaltsstoffe drin, als wir heute verwenden. Das macht den Duft sehr teuer, und manche der tierischen wie Moschus oder Zibet sind inzwischen verboten. Aber so etwas überhaupt zu besitzen ist erstaunlich.«

»Ich freue mich sehr darüber. Vielen Dank.«

Sie legte die Formel mit dem Fläschchen in die Hülle für das Nachthemd, und gelegentlich holte sie beides hervor, um es zu betrachten. Die Verlockung, das Fläschchen zu öffnen und daran zu schnuppern, war groß. Doch sie tat es nicht, aus Angst davor, ihre *Passion* zu zerstören, ganz zu verlieren. Eines Tages, eines Tages …

Nun schien dieser Tag gekommen zu sein.

Der Raum sah toll aus, dachte Bertie. Noch am Abend zuvor hatte Chaos geherrscht, doch heute wirkte alles elegant und glamourös. Auf einer riesigen Leinwand hinter dem Rednerpult und auf zwei kleineren zu beiden Seiten des Podiums wurden abwechselnd Fotos von der Berkeley Arcade und den Produkten aus The Collection gezeigt. Dazu sang Carly Simon sich über Lautsprecher die Seele aus dem Leib.

»Ist das nicht super?«, fragte Lara, die in einem rot-weiß-karierten Kostüm und noch höheren Absätzen als sonst atemberaubend aussah, und gab ihm einen Kuss auf die Wange.

»Ja. Ganz anders als gestern. Ihre Leute haben hervorragende Arbeit geleistet.«

»Ich bin auch ganz angetan. Wie geht's Ihnen?«

»Mir ist flau im Magen. Das ist das erste Mal, dass ich so was machen muss.«

»Ist Ihre Frau schon gegangen?«

»Ja, sie hat sich früh verabschiedet.«

»Schade, dass sie nicht dabei ist, wenn Sie Ihren Vortrag halten.«

»Tja, ja.«

In Wahrheit war Bertie froh, dass Priscilla nicht anwesend sein würde. Beim Stehempfang mit Drinks hatte sie, bekleidet mit einem ziemlich nichtssagenden Tweedkostüm, Distanz zu allen gehalten und sich lieber mit ihrem Handy beschäftigt.

Später war sie dann ziemlich unfreundlich zu Bianca gewesen, als diese ihr erklärte, wie wunderbar Bertie sei.

»Ich bin froh, dass Sie eine Beschäftigung für ihn gefunden haben«, hatte sie gesagt. »Zuvor schien er nie was zu tun zu haben.«

Ihr Hauptziel den ganzen Abend über war es offenbar gewesen, Bertie und seine Stellung im Unternehmen schlechtzumachen.

»Jetzt wird alles gut«, sagte Lara gerade, »auch ohne das Parfüm. Schauen Sie, da ist Ihre Mutter. Sieht sie nicht toll aus?«

Athina betrat den Raum, ganz in Weiß. Bei Tagungen trug sie immer Weiß, das war eine lange Tradition.

So weit, so gut, dachte Bianca und legte ein letztes Mal Lipgloss auf. Der Stehempfang war gut gelaufen, Bianca hatte eine kurze Rede gehalten, und das Büffet war überaus geglückt. Athina hatte sich ordentlich betragen, mit allen geplaudert und sah fantastisch aus. Auch Florence wirkte in ihrem marineblauen Crêpekostüm ausgesprochen adrett. Die Einzige, die Bianca enttäuscht hatte, war Priscilla. Bianca konnte über manche der Dinge, die Priscilla über Bertie sagte, nur staunen. Was hatte sie bloß? Verglichen mit ihr war Athina fast eine Heilige.

Bianca sah auf ihre Uhr: Zeit hinunterzugehen. Mike und Hugh würden jeden Moment eintreffen. Gott, hatte sie Herzklopfen! Ihr Handy klingelte. Wahrscheinlich Patrick, der ihr viel Glück wünschen wollte. Nein, Saul.

»Hallo«, sagte er, »ich wollte Ihnen viel Glück wünschen.«

Bianca war verblüfft.

»Das ist sehr nett«, sagte sie.

»Ich weiß ja, wie wichtig das für Sie ist. Wie läuft's?«
»Oh, unglaublich gut. Nein, eher nicht.«
»Das tut mir leid. Was ist los?«
»Das wollen Sie lieber nicht wissen.«
»Doch, aber ich habe nicht viel Zeit. Was ist das Schlimmste?«
»Dass das Parfüm, um das wir so ein Bohei machen und das erst gestern geliefert wurde, völlige Scheiße ist. Nuttendiesel ist ein Dreck dagegen. Ohne Parfüm kein Hype.«
»Klingt tatsächlich nicht gut. Aber Sie kriegen das schon hin.«
»Meinen Sie?«
»Klar. Viel Glück, Bianca. Kopf hoch.«
Saul war wirklich ein außergewöhnlicher Mensch, dachte sie nicht zum ersten Mal, als sie das Gespräch beendete. Mit seinem Anruf hatte sie nun wirklich nicht gerechnet. Mit dem von Patrick allerdings schon.

Athina trug, wie immer bei Vertretertagungen, ihr weißes Wollkostüm von Chanel, dazu die Perlenohrringe, die Halskette und natürlich die beiden Brillantringe von Cornelius. Sie würde ihnen zeigen, was Stil war. Als sie sich im Raum umblickte, konnte sie davon nicht allzu viel entdecken. Diese Lara Clements trug doch glatt rot. Wie gewöhnlich, dachte Athina, dazu der tiefe Ausschnitt und die viel zu hohen Absätze.

Bianca Bailey hingegen sah gut aus, wie meistens, das musste Athina zugeben. Sie trug ein cremefarbenes Seidenkleid mit dezentem Ausschnitt, einen blauen Gürtel und sehr teure Schuhe. Und sie wirkte sehr ruhig und kontrolliert, für Athinas Geschmack viel zu selbstsicher. Athina würde ihr eine Lektion über die Kosmetikindustrie und die Führung von Konferenzen erteilen, die sie so schnell nicht vergessen würde ...

Lara machte solche Präsentationen gern, stand gern da oben, spürte gern die Aufmerksamkeit, spann ein Netz aus Erregung und Vorfreude, spürte, wie die Anwesenden an ihren Lippen hingen, spielte mit ihnen, lockte sie.

Sie beschrieb The Collection in groben Zügen und bat Hattie, die Details zu schildern. Hattie, die fantastisch aussah. Alle blickten sie mit offenem Mund an. Ihr Kleid war hoch geschlitzt und hatte einen tiefen Ausschnitt, und das stand ihr. So attraktiv hatte Susie sie noch nie erlebt. Ihr Make-up war super, plötzlich wirkten ihre Augen riesig, ihre Lippen glänzend und sexy. Sexy? Bei der rechthaberischen, arroganten Hattie, die sonst eher an ein Kindermädchen erinnerte? Erstaunlich. Und wie sie über die Produkte redete! Man spürte förmlich die Feuchtigkeitscreme und ihre Wirkung. Sie war einfach genial. Es war genial gewesen, sie ins Team zu holen.

Und nun Tamsin Brownley, die Designerin. Sie wirkte wunderbar jung und frisch und hüpfte förmlich in ihren Doc-Martens-Schuhen auf und ab, während sie voller Begeisterung über ihre Entwürfe sprach, über die Farben, den Stil und die Schrift, die sie entworfen hatte. Sie erhielt den lautesten Applaus von allen, und sämtliche Anwesenden lächelten, als sie das Podium verließ.

Fast geschafft, dachte Bianca. Nur noch Susie und ihre Schaumschlägerei mit jeder Menge Hochglanzfotos aus den Illustrierten, vielen berühmten Namen, einer Diskussion über die Macht der Blogger, und dann wäre Bianca selbst an der Reihe. Die feuchte Lunte am Ende des großen Feuerwerks. Nein, Bianca, lass diese Gedanken! Als Applaus für Susie erklang, dachte sie, mach, Bertie, kündige mich an, bringen wir's hinter uns. Verdammter Ralph Goodwin, dass du mir das angetan hast! Aber sie würde es schaffen. Sie stand auf, ging zum Podium ...

Der Augenblick war gekommen, die reine Hochspannung, bestes Theater, reinste Show. Genau ihr Metier.

Athina strich sich die Haare zurück, überprüfte den Sitz ihrer Ohrringe und erhob sich.

Irgendetwas stimmte nicht, dachte Bianca. Bertie schwieg, den Blick auf eine andere Frau gerichtet, die die Stufen zum Podium hinaufschritt, eine Frau, die gebieterisch die Hand hob, eine ganz in Weiß gekleidete Frau mit silbernem Haar. Alle wandten sich ihr zu.

Athina Farrell hielt auf dem Weg zum Rednerpult inne, sah sich um, genoss den Moment. Und sagte lächelnd: »Sie müssen entschuldigen, meine Rede steht nicht auf der Tagesordnung, ich bin sozusagen ein Sonderpunkt ...«

Scheiße!, dachte Bianca. Verdammt!, dachte Lara. O nein, dachte Susie, sie nimmt das Heft in die Hand. O Gott, dachte Bertie, was mache ich nur, was kann ich überhaupt machen? Wow, dachten alle neuen Leute, das war sicher wieder einer von Berties Geistesblitzen, diese schöne, kluge Frau mit sechzig Jahren Erfahrung in der Kosmetikindustrie, mit so vielen Geschichten im Repertoire, aufs Podium zu bitten. Eine Frau, die die Königin von England persönlich kennengelernt und das Haus Farrell jahrzehntelang geleitet hatte – was würde sie ihnen sagen?

»Was ich Ihnen nun erzählen werde, ist eine wahre Geschichte, obwohl sie manchmal fast zu romantisch klingt, um wahr zu sein. Es ist die Geschichte eines Dufts, der, wie wir alle hoffen«, sie bedachte Bianca mit einem Lächeln, »nicht nur Teil von The Collection sein wird, wie ich selbst sie genannt habe, sondern ihr Herz.«

Sie hielt ein Fläschchen hoch.

»Hier drin ist ein Parfüm, das vor vielen Jahren von meinem Mann und mir kreiert wurde, als wir das Haus Farrell noch leiteten. Es sollte unser Spitzenprodukt werden, Kind meines Ehemannes Sir Cornelius Farrell, der das Wesen der Kosmetik begriff, wie nur wenige es tun, und dessen untrüglicher Instinkt ihm sagte, was das Richtige für das Haus Farrell war.

›Wir müssen ein Parfüm schaffen‹, hat er eines Tages verkündet, ›und mit wir meine ich dich. Finde einen Parfümeur und erkläre ihm, was wir brauchen.‹

Ich habe tatsächlich einen genialen Parfümeur gefunden, natürlich einen Franzosen. Sein Name war Daniel Chagard, und wir haben viele Stunden, Tage und Wochen zu dritt verbracht, um unsere Vision zum Leben zu erwecken.

Wir wussten, was wir wollten: einen Duft, der Leidenschaft, der *Passion* weckt. Das war der Name, den wir ihm gaben. Am Ende hat Monsieur Chagard, ein wahrer Künstler, uns ein Parfüm präsentiert, von dem wir begeistert waren ...«

Du alte Hexe, dachte Florence, wie kannst du da oben stehen und lügen wie gedruckt? Wie kannst du Cornelius noch einmal betrügen und Daniel obendrein, der dich vergöttert hat, wie kannst du nur?

Denn natürlich hatte Cornelius über Daniel Bescheid gewusst. Er war froh über Athinas Affäre gewesen.

»Das verschafft uns größere Freiräume, meine Kleine Flo, unserer eigenen Leidenschaft zu frönen, meinst du nicht?«, hatte er gesagt und hinzugefügt, dass der Mann ein Scharlatan sei und er nicht verstehe, wieso Athina ihn nicht durchschaue.

Im Saal hätte man eine Stecknadel fallen hören können.

»Wir wollten also unser Parfüm, unsere *Passion*, Anfang der siebziger Jahre auf den Markt bringen, doch das war eine schlimme Zeit für dieses Land und sämtliche Branchen, die ums Überleben kämpften. Damals stand das Haus Farrell mehr als einmal am Rande des Abgrunds.

Cornelius war darüber genauso betrübt wie ich. Er wusste, was für einen Schatz wir da in Händen hielten, aber unsere *Passion* musste warten. Ich habe sie so aufbewahrt, wie Monsieur Chagard es mir geraten hat, in einem verschlossenen Fläschchen an einem dunklen Ort, wo sie auf den richtigen Moment für die Wiederentdeckung wartete, wenn es dem Land wieder besser ginge.

Doch als der Wohlstand zurückkehrte, hatte sich der Parfümgeschmack gewandelt. Nun waren intensive synthetische Düfte wie

Youth Dew oder *Eternity* modern, und wir wussten, dass wir den unseren wieder nicht auf den Markt bringen konnten.

Tragischerweise ist Monsieur Chagard kurz, nachdem er diesen Duft kreiert hatte, verstorben. Seine letzten Worte an mich waren: ›Bewahren Sie unseren Duft.‹ Und so hat er fast fünfzig Jahre lang gewartet. Als Mrs Bailey mit mir über ein Parfüm für die neue Produktpalette gesprochen hat, war mir klar, dass nun der richtige Augenblick gekommen war.

Neulich Abend habe ich das erste Mal seit Jahrzehnten an unserer *Passion* geschnuppert. Sie ist nach wie vor unglaublich. Ich habe hier einige wenige kostbare Tropfen davon für Sie, damit Sie ihre Magie spüren, leider keine Proben zum Mitnehmen. Lucy, meine Liebe …« Sie trat an den Rand des Podiums und gab Lucy die Fläschchen, »reich sie herum, sorg dafür, dass die Anwesenden ihrem Zauber verfallen. Lucy ist meine Enkelin«, erklärte sie, »sie arbeitet für das Haus Farrell. Das ist die nächste Generation, ich bin sehr stolz auf sie.«

Sie ist wirklich erstaunlich, dachte Lucy, obwohl ihr klar war, dass ihre Großmutter Bianca die Schau stahl, und sie empfand Stolz darüber, dass sie sozusagen das Staffelholz der Familie überreicht bekam.

Bianca hatte sich wieder gesetzt; etwas anderes war ihr nicht übriggeblieben. Athina Farrell würde sie nicht zu sich aufs Podium bitten, um diesen Augenblick mit ihr zu teilen.

»Und das Wunderbarste ist«, sagte Athina gerade, während sich anerkennendes Gemurmel ob des Dufts, der die Runde machte, erhob, »dass ich die Formel für dieses Parfüm habe, sodass wir es in großer Menge herstellen können. Sie ist handschriftlich in alten Apothekermaßen notiert, fast unleserlich. Doch noch wunderbarer: Es ist mir gelungen, Monsieur Chagards Sohn aufzuspüren, der ebenfalls als Parfümeur in Paris arbeitet und die Formel für uns umrechnen kann. Das wird nicht einfach, weil inzwischen viele synthetische Stoffe die damals gängigen Duftstoffe von Tieren ersetzt haben und folglich einige Angleichungen vorgenommen werden müssen. Aber ich bin mir sicher, dass wir den Duft originalgetreu rekonstruieren können. Was für eine Geschichte! Ein Duft, der wie Dornröschen viele Jahre lang schlummerte und erst jetzt wieder erweckt wird, so herrlich wie eh und je, um Frauen – und natürlich auch Männer – zu erfreuen.

Herzlichen Dank fürs Zuhören«, schloss sie. »Es hat mir großes Vergnügen bereitet, Ihnen meine kleine Geschichte zu erzählen. Und es wird mir noch mehr Freude machen, unsere *Passion* wieder zum Leben zu erwecken.«

Als sie sich verbeugte, brach tosender Applaus aus. Alle klatschten begeistert, manche sprangen auf. Es war ein ganz und gar außergewöhnlicher Moment. Trotz ihrer Wut und ihres Gefühls, hintergangen worden zu sein, wurde Bianca fast selbst von der Euphorie erfasst. Athina hatte nicht die geringste Merkhilfe benötigt, keinen einzigen Zettel.

Athina sah Bianca an und genoss ihren Triumph, diesen Moment der ultimativen Rache, die böse Hexe, die böse Stiefmutter, die Eiskönigin. Doch das merkten nur wenige. Für alle anderen war sie der Star des Tages, sie hatte ein wunderschönes Märchen erzählt, das die Anwesenden in eine Erfolgsstory verwandeln konnten.

Was einer offenen Kampfansage an Bianca gleichkam, die sich nun eine Strategie zurechtlegen musste.

Siebenunddreißig

Lügen über Lügen. Wie konnte sie bloß so lügen, ohne mit der Wimper zu zucken? Sie hätte die Wahrheit sagen sollen. Mit Wut oder Gewalt konfrontiert hätte sie das gekonnt. Doch sie hatte es mit Verwirrung, Verletzung, sogar Tränen zu tun gehabt.

Wie hätte Susie da sagen können: »Tut mir leid, Henk, aber diesmal ist wirklich Schluss. Da ist jemand anders.«

Zu so viel Grausamkeit war sie nicht in der Lage. Sie musste abwarten, den passenden Zeitpunkt wählen. Das war der einzig richtige Weg.

Henk würde nie erfahren, dass sie an jenem wunderbar sonnigen frostigen Morgen mit singendem Herzen nach London zurückgefahren war, dass sie jedes Mal, wenn der Verkehr es zuließ, einen Blick auf das Handy auf dem Beifahrersitz geworfen hatte, auf Jonjos SMS: *Ich will dich sehen, komm, wann immer du kannst.* Und dass sie in ihrem Kopf immer wieder seine Stimme gehört hatte: »Du hast mir gefehlt, Susie. Ich hab heute frei, kannst du zu mir kommen?«

Wunderbarerweise hatte sie gekonnt. Es war Freitag gewesen, die Tagung vorbei. Bianca hatte sich mit einer Rundmail für die gute Arbeit bedankt und ihnen den Tag frei gegeben.

Natürlich hatte Susie sich in Canary Wharf verirrt, sie war immer wieder im Kreis herumgekurvt. Dann hatte sie entnervt den Wagen abgestellt, war ausgestiegen, mit dem Taxi zu einem der Hochhäuser und dort mit dem Lift in den zwanzigsten Stock gefahren. Oben hatte er sie bereits erwartet, ihre Hand genommen, sie auf die Wange geküsst und gesagt: »Schön dich zu sehen, komm rein.«

Von seinem riesigen Wohnzimmer mit den großen Fenstern, den weißen Sofas und dem hellen Holzfußboden aus hatte sie die schimmernde Umgebung aus Himmel, Glas und Wasser betrachtet und sich lächelnd ihm zugewandt. Er hatte ihr Lächeln erwidert, und dann waren keine Worte mehr nötig gewesen.

Der Sex war atemberaubend gewesen. Sie hatten einander vorsichtig erkundet, es war eine schnelle und gleichzeitig langsame Reise in die Lust gewesen, so intensiv, so richtig, so sicher, so zärtlich. Es war, als hätten sie ihr ganzes Leben lang darauf gewartet, als hätte jede andere Erfahrung sie nur auf diese zugeführt.

Er war mit einem lauten Stöhnen gekommen, sie mit einem spitzen Schrei der Lust. »Mein Gott!«, hatte er gesagt, sie zu sich herangezogen, den Mund in ihren zerzausten Haaren vergraben. Und sie hatte sich seufzend an ihn geschmiegt, Kopf und Körper in einem Zustand vollkommenen Glücks.

Am Abend hatte er sie gefragt, ob sie etwas essen wolle. Sie hatte mit ja geantwortet, und sie waren aufgestanden, um etwas anzuziehen. Dabei hatte sie nach einer Ewigkeit wieder das Handy aus ihrer Tasche gekramt und war mit einem Schlag in der harten Realität gelandet. Fünf Anrufe in Abwesenheit und sechs SMS, alle von Henk, aus der Weinbar, in der sie nach der Arbeit verabredet gewesen wären.

Sie hatte voller Panik auf ihre Uhr gesehen: Schon sieben, und sie hätten sich um sechs treffen wollen. *Sorry, sorry, sorry! Bin aufgehalten worden, schaffe es nicht, ewige Sitzungen*, hatte sie ihm gesimst und gehofft, so Distanz zur Realität schaffen zu können. Doch es hatte nicht funktioniert. Der Tag war verdorben.

Bianca stieg die Treppe hinauf. Es war früher Nachmittag. Am Morgen hatte sie im Büro versucht, sich über das, was geschehen war, und über ihre Reaktion darauf klar zu werden. Sie hatte das

Gefühl, wie aus dem Nichts wieder und wieder mit Schlägen in die Magengrube traktiert zu werden.

Der Lunch nach der vormittäglichen Sitzung war der reinste Albtraum gewesen. Sie hatte an ihrem Tisch gesessen, sich lebhaft mit allen, die zu ihr kamen, unterhalten und Athina beobachtet, den strahlenden Star des Tages, der mit Küsschen und Komplimenten beglückwünscht wurde. Gelegentlich hatten sich ihre Blicke getroffen, und Athina hatte gnädig gelächelt und leicht genickt. »Ich bin auf der Gewinnerstraße«, sollte das heißen. »Versuch gar nicht erst, wieder Boden zu gewinnen.«

Irgendwann war Florence zu Bianca getreten, hatte einfach nur »Es tut mir so leid« gesagt und ihre Hand getätschelt. Mehr war auch nicht nötig gewesen. Bianca hatte sich gefragt, wie die freundliche, sanfte Florence fünfzig Jahre solcher Behandlung unbeschadet überstanden hatte. Sie war wirklich eine bemerkenswerte Frau.

Die Nachmittagssitzung war durch die Idee mit The Shop, seiner Tradition und den geplanten Pendants in anderen Städten befeuert worden. Natürlich passte das wunderbar zu der Geschichte mit dem Parfüm.

Biancas Rede war ausgezeichnet gewesen, das wusste sie, und mithilfe dieser Rede hatte sie ein wenig Boden wettgemacht. Sie hatte über die Shops gesprochen, den Anwesenden ein Bild gezeichnet von diesen kostbaren Markenbotschafterinnen in London und Paris, die von der Geschichte des Hauses Farrell kündeten, von seiner englischen Tradition, zu einer Zeit, in der die Augen des Auslandes bewundernd und neidisch auf London gerichtet waren. Es war einfach perfekt.

Nur eine Frage von einem der neuen Vertreter hatte Bianca aus dem Konzept gebracht: Wie viele von diesen kleinen Shops würde es geben, wären zwei wirklich genug, um ihre Geschichte zu erzählen?

»Lassen Sie es mich so sagen«, hatte sie ihm lächelnd geantwortet, »der eine im Herzen Londons ist von unschätzbarem Wert für uns, das wissen wir bereits. Gleiches gilt für den in Paris. Im Lauf der Zeit würde ich mir natürlich noch viel mehr solcher Geschäfte wünschen, einen Gürtel um die Welt sozusagen.«

So richtig überzeugend hatte das nicht geklungen, das war ihr klar.

»Großartige Konferenz«, sagte Hugh und prostete Bianca zu, als sie sich nach dem Dinner zusammen an die Bar setzten, während die Gäste zu tanzen begannen. »Sie haben fantastische Arbeit geleistet. Die alte Lady Farrell aus dem Hut zu zaubern war ein genialer Schachzug. Durch ihren Auftritt hat die Sache mit der Tradition an Glaubwürdigkeit gewonnen. Echt, Bianca, das war super.«

»Wenn man sie nicht besiegen kann, muss man sie ins Boot holen«, sagte Bianca bescheiden.

Diesen Kurs würde sie weiterverfolgen müssen. Irgendwie war es Athina, indem sie die Initiative ergriffen hatte, gelungen, die Vertretertagung zu einem Riesenerfolg zu machen. Außer bei den wenigen, die wussten, dass das nicht so vorgesehen gewesen war. Und selbst die schienen sehr zufrieden mit dem Ergebnis zu sein.

Als Bianca ihre ausgepackte Reisetasche in den Schrank mit den Koffern schob, hörte sie, dass jemand das Haus betrat. Sie rannte nach unten und rief: »Hallo!« Es war Milly, die im Flur ihre Schultasche fallen ließ, ihr Handy herausholte und mit derselben Bewegung ihr dichtes dunkles Haar zurückschob.

»Hallo.«

Ihre Stimme klang flach und matt, und sie sah ihre Mutter mit leerem Blick an.

»Hattest du eine gute Woche? Entschuldige, dass ich dich nicht öfter angerufen habe.«

Achselzucken.

»Aber jetzt bin ich wieder da und habe frei wie du. Möchtest du was unternehmen, shoppen, ins Kino?«

»Nein, danke. Ich gehe aus.«

»Mit wem?«

»Mit Freunden.«

»Kenn ich die?«

Wieder Achselzucken. »Glaub ich nicht. Tschuldige. Ich muss mich umziehen.« Als sie ihre Tasche aufheben wollte, kippte sie um, und ein ganzer Stapel Bücher und Zeitschriften ergoss sich auf den Boden. Milly betrachtete den Haufen, als hätte er nichts mit ihr zu tun, und trottete zur Treppe.

»Milly, Liebes, räum das bitte auf, ja?«

»Nicht jetzt«, antwortete sie. »Das mache ich, wenn ich runterkomme.«

»Milly!«

»Ja, was?« Sie sah ihre Mutter herausfordernd an.

Bianca zuckte die Schultern. »Nichts.«

»Okay.«

Milly stapfte die Treppe hinauf und knallte ihre Zimmertür hinter sich zu.

Wieder öffnete sich die Haustür. Fergie.

»Hi.«

»Hi, Mum.«

»Alles in Ordnung?«

»Ja, danke. Ollie hat gefragt, ob ich bei ihm übernachten darf. Ist das okay?«

»Ja, klar. Wo ist Sonia?«

»Die stellt den Wagen ab. Ich will nur meine Sachen holen.«

»Gut. Lass dich nicht aufhalten.« Bianca bedachte ihn mit einem liebevollen Lächeln.

»Ja.«

Und schon war auch er verschwunden.

Bianca ging in die Küche, machte sich einen Tee. Sonia trat ein.

»Hallo, Bianca. Sie sind schon da? Wie ist es gelaufen?«

»Die Tagung? Sehr gut, danke. Äh ... Karen und Ruby? Wo stecken die?«

»Ruby ist bei einer Freundin zum Spielen und kommt erst kurz vor dem Schlafengehen nach Hause, und Karen ist bei ihrer Schwester, das neue Baby anschauen.«

»Verstehe.«

Ein Baby! All diese Leute, die sich nun nicht mehr für Bianca zu interessieren schienen und sie nicht mehr brauchten, waren einmal hilflose, bedürftige Neugeborene gewesen.

Milly war weg; Fergie war weg; Sonia war weg.

Bianca nahm das Handy in die Hand und schickte Patrick eine SMS. Nach fast zehn Minuten antwortete er: *Sorry, bin gerade in einer Konferenzschaltung, rufe dich später zurück. Hoffe, bei dir ist alles in Ordnung.*

»Nein, Patrick!«, brüllte sie das Handy an. »Nichts ist in Ordnung.« Und schon zum zweiten Mal in dieser Woche fing sie zu weinen an. Da wurde ihr klar, dass sie noch nie zuvor wirklich unglücklich gewesen war.

Lara war enttäuscht, denn sie hatte insgeheim gehofft, dass die Sache mit ihr und Bertie in der allgemeinen Aufregung der Tagung einen Schritt vorankommen würde, dass sie sich endlich ihr gegenseitiges Interesse eingestehen könnten. Sie hatte sich vorgestellt, wie sie Bertie zum Tanzen auffordern, dass er zuerst nein, dann ja sagen würde, dass sie mit ihm reden, ihm gestehen könnte, wie wunderbar sie ihn fand und wie gern sie mit ihm zusammen war.

Und was war passiert? Nichts von alledem! Deprimiert, demoralisiert, zuerst von seiner Frau, dann von seiner Mutter, hatte er sie kaum eines Blickes gewürdigt und von sich aus nicht mit ihr gesprochen. Er hatte sich von allen ferngehalten.

Lara hatte ihm etwas zu trinken gebracht, geschertzt, seinen Vortrag gelobt, seine Kleidung bewundert – ohne jegliche Reaktion.

Am Ende hatte sie hemmungslos mit einem der Organisatoren der Tagung geflirtet und mit sämtlichen Männern im Raum getanzt.

Der Einzige, der sie nicht aufgefordert und mit traurigem Blick versucht hatte, sie nicht anzusehen, war Bertram Farrell gewesen, genau der Mann, mit dem sie eigentlich hätte tanzen wollen.

Gott, wie schrecklich! Am Wochenende ließ Bertie die Konferenz noch einmal vor seinem geistigen Auge Revue passieren.

Er war noch nie im Leben so schockiert gewesen wie zu dem Zeitpunkt, als seine Mutter sich völlig unangekündigt erhoben und das Heft an sich gerissen hatte. Und er hatte auch noch niemals so großes Mitleid gehabt wie mit Bianca. Seine Mutter war wirklich ein Albtraum, ein genialer, skrupelloser Albtraum.

Bertie hatte hilflos mitansehen müssen, wie seine Chefin, eine Frau, die er gut leiden konnte und die sich unter beträchtlichem Risiko für ihn eingesetzt hatte, öffentlich von seiner Mutter gedemütigt wurde.

Auch Priscilla war unerträglich gewesen.

Und Lara. Lara, von der er fälschlicherweise angenommen hatte, dass sie ihn mochte, hatte den ganzen Abend mit diesem schrecklichen Typen von der Organisation geflirtet und getanzt. Am Anfang hatte sie Bertie noch wie üblich mit einem Küsschen begrüßt und seine Präsentation gelobt, doch er war zu niedergeschlagen und benommen gewesen, um zu reagieren, und so hatte sie ihre Bemühungen aufgegeben und sich unters Volk gemischt. Er war den Tränen nahe gewesen.

Doch hauptsächlich hatte er sich geschämt, und nun wusste er endlich, was zu tun war. In der zweiten durchwachten Nacht erhärtete sich sein Beschluss. Für ihn war kein Platz mehr im Haus Farrell; er musste einen neuen Weg einschlagen.

Später fragte Bianca sich, was passiert wäre, wenn die Zeitschriften nicht aus Millys Schultasche gefallen wären und wenn sie sich nicht geweigert hätte, sie aufzuheben. Was, wenn Biancas Blick nicht darauf gefallen, wenn sie nicht damit aufs Sofa gesunken wäre? Das Heft war obenauf gelegen, sie hatte danach gegriffen und interessiert den Artikel über Jay-Z gelesen, den erfolgreichsten Rapper aller Zeiten, millionenschwer, mit einer der schönsten und berühmtesten Musicalsängerinnen der Welt verheiratet. Dabei war sie auf seine Idee aufmerksam geworden, die sie nur kopieren musste. Jay-Z hatte ein Buch über seine Stellung in der Musikindustrie geschrieben und selbst herausgebracht, auf ziemlich ungewöhnliche Weise: Er hatte alle Seiten einzeln, aber zeitgleich auf Plakaten und Werbeflächen von Lastwagen und Gebäuden lanciert, sodass seine treuen Fans sie online, mithilfe von etwas Ähnlichem wie Google Maps, aufspüren und herunterladen konnten …

»Wow!«, rief Bianca aus. »Das ist es!«

Achtunddreißig

Tod Marchant, der gerade beim zweiten Bier saß, hätte gute Lust gehabt, Biancas Anruf der Mailbox zu überlassen. Aber weil sie eine wichtige Kundin war, ging er ran, und als er merkte, wie aufgeregt sie sich anhörte, stellte er das Bier weg und setzte sich kerzengerade hin. »Ja, natürlich kenne ich Jay-Z. Klar erinnere ich mich daran. Aber was ...« Dann endlich ging ihm ein Licht auf: »Heilige Scheiße! Wow, Bianca, das ist eine Superidee! Kann ich zu Ihnen kommen? Gleich? Wunderbar. Ja, bin in einer Dreiviertelstunde bei Ihnen.«

Als Bianca ihm die Tür öffnete, wirkte sie nicht so kühl und beherrscht wie sonst, sondern lebhaft und euphorisch. Mit funkelnden Augen erklärte sie ihm ihre Idee.

Diese Idee war einfach genial, daran bestand kein Zweifel. Ein Geistesblitz, wie man ihn nur selten hatte.

Sie redeten stundenlang, tranken zuerst Kaffee, dann Cola und schließlich Wein. »Aber eins muss klar sein« – er nahm einen Schluck Wein zu der Pizza, die sie für ihn aufgebacken hatte –: »Mit zwei oder drei lächerlichen kleinen Shops funktioniert das nicht. Das muss global laufen. Dubai, Hongkong, Tokio, New York und LA. Sonst pissen wir gegen den Wind.«

»Das weiß ich«, sagte Bianca. »Es übersteigt mein Budget um ein Vielfaches, aber irgendwo werde ich schon Geld auftreiben ...«

»Prima.« Er zweifelte keinen Augenblick daran, dass ihr das gelingen würde.

»Bianca, nein. Das ist mein letztes Wort.«

»Aber ...«

»Bianca«, Hughs Gesicht wirkte weniger abweisend als das von Mike, doch es lag auf der Hand, auf wessen Seite er stand, »das Geld haben wir nicht. Sie haben schon zu viel ausgegeben, der Cashflow ist mau, und es wird noch ziemlich lange dauern, bis sich weitere Investitionen rechtfertigen.«

Sie merkte, dass sie ihnen auf die Nerven ging, weil sie nicht wie die Bianca agierte, die sie kannten, und verstummte.

Susie war begeistert. »Bianca, das ist der Wahnsinn.«

»Absolutes Stillschweigen darüber. Wenn irgendeiner unserer Konkurrenten das mitkriegt, können wir einpacken. Und Lady Farrell darf auf keinen Fall Wind davon bekommen.«

»Klar.«

»Tod meint, wir müssen uns mit den Bloggern absprechen, jedoch erst in allerletzter Minute. Und mit einer, höchstens zwei von den wirklich wichtigen Journalistinnen.«

»Er hat recht. Das muss generalstabsmäßig geplant werden. Die Idee ist genial. *Sie* sind genial. Einen Haken hat die Sache allerdings: Das funktioniert nicht mit drei Shops. Wir müssen global denken.«

»Ich weiß«, seufzte Bianca.

Euphorisch wegen Biancas Einfall, jedoch auch mit ihren eigenen Problemen beschäftigt kehrte Susie in ihr Büro zurück.

Sie und Jonjo waren am Samstagabend im Kino und hinterher essen gewesen.

»Schade, dass wir uns nicht früher kennengelernt haben«, hatte er geseufzt. »Ich kann's gar nicht erwarten, Patrick und Bianca von uns zu erzählen. Sie werden sich für mich freuen.«

»Tatsächlich? Warum?«

Die Aussicht, in die Gruppe eingeführt zu werden, der ihre Chefin angehörte, machte Susie Angst.

»Weil wir Spaß miteinander haben.« Nach kurzem Zögern hatte er gefragt: »Kommst du noch mit zu mir?«

»Heute eher nicht.«

»Oh ... okay.«

Das war die erste kleine Wolke am ansonsten blauen Himmel gewesen. Susie merkte, dass sie ihm wehgetan hatte. Sie hatte immer geglaubt, dass diese City-Jungs toughe Machos waren. Was für ein Irrtum!

»Gibt's einen bestimmten Grund?«

Was sollte sie sagen? Dass sie versprochen hatte, den folgenden Tag mit Henk zu verbringen, und mit ihm Schluss machen musste? Das konnte sie Jonjo nicht erklären. Schließlich hatte sie ihm versichert, dass es niemand anders in ihrem Leben gab.

»Ich habe jede Menge Arbeit und muss früh ins Büro, sonst schaffe ich das nicht.«

»Was, am Sonntag? Klingt verdächtig nach einer Ausrede.«

»Nein.« Sie wusste, dass sie nicht überzeugend klang. »Das hat mit der Tagung zu tun. Bianca hat für den Montagmorgen eine große Nachbesprechung angesetzt.«

»Sie scheint ja eine richtige Sklaventreiberin zu sein.«

»Könnte ich am Abend vorbeischauen?«

Sofort hellte sich seine Miene auf; die Wolken hatten sich verzogen.

»Gern.«

»Abgemacht.«

»Susie, ich muss dir was sagen. Ich hab mit Guinevere Schluss gemacht. Nicht nur deinetwegen. Sie ist mir zunehmend auf die Nerven gegangen. Ich hab ihr erklärt, dass das mit uns nicht funktioniert und ich mich von ihr trennen will. Ta-ta-ta-taa, ich bin wieder frei!«

Susie hatte so zuversichtlich gelächelt, wie sie konnte.

Susie wollte in der Wohnung mit Henk reden. Die Sache würde emotional werden, und es erschien ihr unfair, sich mit ihm in der Öffentlichkeit auseinanderzusetzen, wenn er weinte, aus der Haut fuhr oder beides.

Er stand wie verabredet um zehn Uhr mit Blumen und Croissants vor ihrer Tür.

Sie kochte Kaffee, presste frischen Orangensaft, setzte sich mit ihm an den Tisch. Ihre Hand zitterte, als sie ihr Croissant in den Kaffee tunkte.

»Hey, Baby, warum so nervös?«

»Ach, nichts. Ich …«

Mach, Susie, sag's ihm. Aber er kaute bereits an seinem Croissant. Es war besser, mit ihrer Eröffnung zu warten, bis er fertig gegessen hatte. Susie leerte ihr Glas mit Orangensaft.

Ihr Handy klingelte. Ein Blick aufs Display sagte ihr, dass es Jonjo war.

Sie würde nicht rangehen und ihm später erklären, dass sie unter der Dusche gewesen sei.

»Wer war das?«

»Ach, nur Mum.«

»Ich hab Neuigkeiten«, verkündete Henk. »Ich soll Fotos für *Sketch* machen.«

»Henk, das ist ja toll! Freut mich für dich.« Und das stimmte, denn es war auch gut für sie, wenn irgendetwas in seinem Leben nach Plan lief.

»Könnte ich noch ein Tässchen Kaffee haben? Und wie wär's anschließend mit einem kleinen Spaziergang? Heute ist so ein schöner Tag. Später könnten wir ins Kino gehen. Oder … was anderes machen«, meinte Henk.

Sie erschauderte. Seit den Schlägen hatten sie nicht mehr miteinander geschlafen, merkwürdigerweise hatte er sie nicht gedrängt. Er strengte sich wirklich an, ihr zu zeigen, dass er sich geändert hatte.

»Schauen wir mal«, sagte sie. »Henk, ich muss mit dir reden.«
»Ja? Worüber?«
»Gleich. Ich will nur vorher kurz aufs Klo.«

Sie ging ins Bad, setzte sich auf die Toilette und schrieb Jonjo eine SMS, weil sie plötzlich das Gefühl hatte, der Kontakt mit ihm könnte ihr Mut machen. *Sorry, war unter der Dusche. Ich ruf dich bald an.*

Als sie ins Wohnzimmer zurückkehrte, lümmelte Henk auf dem Sofa und winkte sie zu sich heran. Sie setzte sich zögernd zu ihm, holte tief Luft und zählte bis fünf. »Henk, wir müssen … *ich* muss Schluss machen. Es funktioniert einfach nicht.«

Langes Schweigen, dann: »O nein. Nein. Das ist Unsinn. Grade läuft's doch besser. Du kannst jetzt nicht einfach einen Schlussstrich ziehen.« Er bedachte sie mit einem seltsamen Blick.

»Doch, ich kann, Henk.« Warum fühlte sie sich nicht stärker und sicherer?

»Nein, Susie, das kannst du nicht. Schließlich tue ich alles, was du willst. Ich gehe zum Therapeuten und so und lasse dich in Ruhe.«

»Henk, das weiß ich, aber es funktioniert trotzdem nicht. Ich vertraue dir einfach nicht mehr.«

»Das ist doch genau der Sinn der Therapie: Dass ich mich ändere. Natürlich kannst du mir vertrauen. Ich kapier das alles nicht!«

Er wurde wütend. Sie bekam Angst.

»Ich kann's nicht glauben, dass du mir das antun willst.«

»Ich tu dir überhaupt nichts an«, entgegnete sie. »Ich versuche nur, es dir zu erklären. Es ist nicht deine Schuld, Henk. Das mit uns hat einfach keine Zukunft.«

»Scheiße!«, fluchte er und vergrub das Gesicht in den Händen. Als er sie wieder ansah, hatte er Tränen in den Augen. Eine lief ganz langsam seine Wange herunter.

Von allen Reaktionen, mit denen sie gerechnet hatte, waren Tränen die schlimmste.

»Susie – *bitte*. Bitte tu mir das nicht an. Ich liebe dich so sehr. Gib mir noch eine Chance. Ich beweise dir, dass ich es schaffe. Bitte lass mich's versuchen.«

»Henk, ich kann nicht. Sorry.«

Er begann zu schluchzen. »Ich halte das nicht aus«, murmelte er. »Du hast ja keine Ahnung, was das mit mir macht. Du liebst mich also nicht?«

Langes, quälendes Schweigen, dann griff er nach ihrer Hand. Sie überließ sie ihm zögernd.

»Nein, Henk, ich liebe dich nicht. Es tut mir leid.«

Er wischte sich die Nase mit dem Arm ab und sah sie an wie ein waidwundes Tier. Schließlich fragte er: »Gibt's einen andern? Bitte sag es mir, Susie. Ich muss es wissen.«

Um ihn vor weiterem Schmerz zu bewahren, machte sie den fatalen Fehler zu antworten: »Könnte sein ...«

Kurz danach verabschiedete er sich mit den Worten, er müsse nachdenken. Sie küsste ihn auf die Wange und sagte noch einmal, es tue ihr leid, sie hoffe, dass er zurechtkomme, sie würde ihn nie vergessen, er sei etwas ganz Besonderes für sie gewesen.

Danach legte sie sich erschöpft aufs Bett. Ein Blick auf die Uhr sagte ihr, dass es elf war. Wie konnte es sein, dass der Vormittag nach diesen einschneidenden Veränderungen in ihrem Leben erst halb vorbei war?

Als sie das nächste Mal auf die Uhr sah, war es nach eins. Unglaublich, dass sie in einer solchen Situation wegdösen konnte, dachte sie. Wahrscheinlich war das so etwas wie eine Flucht gewesen. Sie blickte auf ihr Handy: keine Nachricht von Jonjo. Susie holte tief Luft und schickte ihm eine SMS. *Es läuft gut. Möglich, dass ich früher kommen kann. Ist dir das recht?*

Darauf würde er bestimmt antworten. Doch er tat es nicht.

Jonjo ging spazieren, weil er verwirrt war. Da hatte das Schicksal diese erotische Wahnsinnsfrau in sein Leben geführt, aber irgendetwas stimmte nicht. Er hatte keine Ahnung, was, merkte jedoch, dass sie nicht ganz ehrlich zu ihm war. Und wenn er eines nicht leiden konnte, dann war es Unehrlichkeit. In der einen Sekunde hatte Susie noch aufrichtig gewirkt, in der anderen hatte etwas Unaufrichtiges in ihrem Blick gelegen. Es war das Beste, gleich Schluss zu machen, statt sich falschen Hoffnungen hinzugeben: lieber ein Ende mit Schrecken als ein Schrecken ohne Ende. Jonjo hatte sie am Morgen angerufen, und sie hatte nicht reagiert. Das war merkwürdig für eine Frau, die behauptete, vor ihrem Laptop zu sitzen. Ihre SMS, dass sie unter der Dusche gewesen sei, hatte seltsam geklungen. Er hatte nicht darauf geantwortet und war spazieren gegangen, um einen klaren Kopf zu bekommen. Vielleicht, dachte er, täuschte er sich, und zog das Handy hervor, doch das hatte fast keinen Saft mehr.

Also kaufte er sich einen Kaffee, ein Croissant und eine Zeitung und kehrte nach Hause zurück, um das Handy aufzuladen und sie anzurufen, doch es ging niemand ran.

Susie versuchte zu arbeiten, als jemand gegen ihre Tür hämmerte.

»Susie!« Henk. »Susie, ich bin's. Lass mich rein, ich muss mit dir reden.«

Sie stand auf, sperrte die Tür ein zweites Mal zu, hoffte, dass Henk das nicht hörte, und setzte sich aufs Sofa. Wenn sie nur lange genug wartete, würde er bestimmt annehmen, dass sie nicht da war, und wieder verschwinden. Doch ...

»Susie, wir müssen reden. Ich weiß, dass du da bist. Lass mich rein.«

Die Sekunden verrannen. Das Hämmern und Rufen hörte nicht auf. Noch nie im Leben hatte sie solche Angst gehabt.

Ihr Telefon klingelte. Sie sah aufs Display. Scheiße, Scheiße, Scheiße! Jonjo, und sie konnte nicht rangehen, weil Henk sie sonst hörte. Sie schlich ins Bad, verschloss die Tür, um Jonjo eine SMS zu schicken, doch dann wurde ihr klar, dass sie ihm nichts schreiben konnte, was irgendeinen Sinn ergeben hätte.

Sie fing zu weinen an. Kurz darauf hörte sie, wie ihre unteren Nachbarn, ein nettes Paar mittleren Alters, Henk baten, keinen solchen Lärm zu machen, und ihm mitteilten, sie hätten keine Ahnung, wo Susie sei.

Das Hämmern und Rufen hörte auf. Susie wartete mit wild pochendem Herzen fünfzehn Minuten lang und wagte nicht, die Tür zu öffnen.

Da kam ihr der Gedanke, die unteren Nachbarn anzurufen. Sie hatten ihr ihre Nummer gegeben für den Fall, dass sie einmal ein Problem hätte oder sich aussperrte. Sie entschuldigte sich für den Lärm, den Henk gemacht hatte, sie hätten sich gestritten. Könnten sie nachsehen, ob er noch da sei? Sie habe Angst, die Tür aufzumachen.

Dreißig Sekunden später waren sie bei ihr und versicherten ihr, dass er gegangen sei. Sie hätte sie schon früher anrufen sollen. Wolle sie eine Tasse Tee? Sollten sie die Polizei holen?

Sie dankte ihnen und erklärte, sie komme fürs Erste zurecht. Sie würde die Polizei rufen, falls er wieder auftauche. Damit konnte sie Henk immerhin drohen, dachte sie.

Als die Nachbarn weg waren, rief Susie Jonjo zurück, und es gelang ihr sogar, ein halbwegs vernünftiges Gespräch mit ihm zu führen. Er sagte, es tue ihm leid, er habe ihre SMS nicht erhalten, natürlich könne sie früher zu ihm kommen, oder solle er zu ihr fahren? Was verlockend war, weil sie dann nicht aus dem Haus müsste, aber was würde passieren, wenn Henk wieder auftauchte und Jonjo da wäre? Also antwortete sie, sie würde zu ihm kommen, so gegen vier?

Vier wäre super, meinte Jonjo, woraufhin Susie sich ein Bad einließ und eine ganze Weile in der Wanne entspannte. Danach stylte sie sich die Haare, kleidete sich leger mit Jeans, Pullover und Parka im Stil von Kate Moss und bestellte ein Taxi. Als der Fahrer bei ihr klingelte, schoss sie hinaus, versperrte die Tür zweimal, rannte die Treppe hinunter, setzte sich in den Wagen und schaute bis Waterloo immer wieder nervös zum Rückfenster hinaus. Auf der Rolltreppe zur Jubilee Line erwartete sie immer noch fast, ihn hinter sich zu sehen, und bei jeder Station, an der sie hielten, ließ sie den Blick über die Einsteigenden wandern, als könnte Henk wissen, wohin sie wollte. Als sie dann schließlich in Canary Wharf ankam, rannte sie die lange Rolltreppe in die Dunkelheit hoch, wo Jonjo sie wie versprochen bereits erwartete. Sie warf sich schluchzend in seine Arme, erzählte, sie habe ein schreckliches Erlebnis mit einem Nachbarn hinter sich, worauf er meinte, das hätte sie ihm schon früher sagen sollen, sie müsse zur Polizei gehen, sie sollten das gleich machen, doch irgendwie gelang es ihr mit dem Versprechen, das am folgenden Morgen zu erledigen, ihn davon abzubringen. Und er sagte, komm, ich hab Kuchen gekauft und Wasser für den Tee aufgesetzt, und plötzlich war das Leben wieder in Ordnung.

Das Schlimmste hatte sie geschafft; nun konnte sie sich auf die Zukunft konzentrieren.

Doch da fing die Sache mit den SMS an.

Neununddreißig

Er hatte ihr einen Heiratsantrag gemacht, auf den Knien, mit allem Drum und Dran, mit Ring in der Tasche und unsicherem Blick.

Und sie war ernsthaft versucht, ihn anzunehmen. Natürlich liebte sie ihn nicht, aber sie mochte ihn sehr, und sie hatten viele Gemeinsamkeiten: Musik, Bücher, Wandern. Von Sex war nicht die Rede, dazu war er zu sehr Gentleman, aber sein Körper fühlte sich angenehm an, und er liebte es, wenn sie sich bei ihm unterhakte, griff im Kino oder in Konzerten oft nach ihrer Hand und küsste sie zum Abschied zärtlich. Sie war sich sicher, dass es funktionieren würde.

Florence erbat sich Bedenkzeit, sagte, sie wolle weiter arbeiten. Käme er damit zurecht? Er sei im Ruhestand und erwarte vielleicht, dass sie den ganzen Tag bei ihm wäre. Doch er antwortete, das sei schon in Ordnung, ihre Professionalität gehöre zu den Dingen, die er an ihr am meisten bewundere. Außerdem spiele er Golf und sitze in zahlreichen Ausschüssen und wolle ihr nichts nehmen, was ihr so wichtig sei.

Timothy Benning war seit fünf Jahren Witwer.

»Es war eine glückliche Ehe«, erklärte er Florence. »Ich weiß, dass Barbara mir ein neues Glück gönnen würde, wenn es sich ergäbe.«

Timothy war groß und attraktiv, fünfundsechzig Jahre alt, ein früherer Anwalt, und hatte zwei reizende erwachsene Kinder, die ihn vergötterten und Florence mit offenen Armen in die Familie aufnahmen.

Florence hatte Timothy bei einem Abendessen gemeinsamer Bekannter kennengelernt, nach dem er sie um ihre Telefonnummer bat und sagte, er würde sie gern zu einem Konzert einladen. In der Wigmore Hall gebe es ein Programm, das ihr bestimmt gefallen würde.

Da die Wigmore Hall für Florence untrennbar mit ihrem allerersten Abend mit Cornelius verbunden war, hatte sie vorsichtig eine Alternative in der Festival Hall vorgeschlagen.

»Ich hoffe, es macht Ihnen nichts aus, aber mir sind große Orchester lieber als Kammermusik.« Timothy hatte ihr beigepflichtet, und dies war der Beginn einer wunderbaren Freundschaft gewesen.

Wenn es doch nur dabei geblieben wäre, dachte Florence. Aber irgendwie gelang es der Romantik immer, sich einen Weg zu bahnen, und nach drei Monaten gemeinsamer Wanderungen und Besuchen in Konzerten und Kunstgalerien hatte Timothy sie eines Abends in ein einfaches kleines Lokal in Victoria ausgeführt, verlegen ihre Hand ergriffen, während sie aufs Dessert warteten, und gesagt, sie habe sicher gemerkt, dass er tiefere als rein freundschaftliche Gefühle für sie hege. Florence hatte sich geschmeichelt vorgebeugt, um ihn auf die Wange zu küssen und sich zu bedanken, ihn jedoch gebeten, es langsam angehen zu lassen, worauf er nickte. Doch einige Wochen später hatte er ihr dann den Heiratsantrag gemacht, und sie hatte den größten Teil der Nacht wach gelegen, weil sein Vorschlag durchaus verführerisch war.

Sie liebte Cornelius und wusste, dass sich daran auch nichts ändern würde, aber sie war es müde, die ewige Geliebte zu sein, im Vergleich zu der bösen Athina immer die Gute spielen, freundlich, mitfühlend, aufgeweckt und sexy sein zu müssen. Sie hatte die Wochenenden, Urlaube, Weihnachts- und oft auch Geburtstage allein satt.

Die Farrells waren inzwischen nicht mehr Senkrechtstarter, sondern mussten sich mit neuen Namen messen. Sogar Revlon und die anderen Großen wie Arden, Rubinstein oder Coty hinkten Lauder, L'Oréal und Clinique hinterher. Yardley hatte zu kämpfen, und Goya röchelte nur noch.

Marken wie Clarins konzentrierten sich nun auf Hautpflege und konnten dabei auf einem scheinbar unangreifbaren Image von Qualität und Reinheit aufbauen. Es wurde viel vom ganzheitlichen Ansatz geredet, bei dem Gesundheit und Fitness eine weit wichtigere Rolle spielten als die Farbe eines Lidschattens. Selbst bei Parfüms ging es nicht mehr so sehr um den Duft selbst, sondern eher um die schwer zu greifende Größe Lifestyle. Jetzt besuchten alle das Fitnessstudio und Kurse à la Jane Fonda. Die Forschung richtete ihr Hauptaugenmerk auf Haut- und Haarpflegeprodukte; Anfang der achtziger Jahre beschäftigte L'Oréal angeblich mehr als eintausend Chemiker.

Es war die Ära von Prinzessin Diana mit ihrem immer ein wenig traurigen Lächeln, das man auf den Titelblättern sämtlicher Zeitschriften und Zeitungen der Welt sehen konnte.

Natürlich gab es auch noch erfolgreiche Häuser, die primär auf Make-up setzten, an vorderster Front Mary Quant und einige der Teenagermarken wie Boots Seventeen, Rimmel oder Maybelline, doch mit Ausnahme von Mary Quant standen sie samt und sonders im Ruf, gewöhnlich zu sein, weswegen Athina Farrell sie mit Herablassung betrachtete. Überhaupt war sie im Lauf der Jahre mehr mit dem Verachten beschäftigt als mit dem Bewundern – für einen kreativen Geist eine gefährliche Einstellung.

»Ich fürchte, wir geraten ins Trudeln«, gestand Cornelius eines Tages Florence. »Wir brauchen eine neue Ausrichtung, und wenn Athina weiter in dieser Stimmung bleibt, finden wir die nicht.«

»Vielleicht könntest du dich selbst auf die Suche danach machen?«, schlug Florence ihm vor.

»Meine liebe Kleine Flo, Kreativität war nie meine Stärke. Allerdings erkenne ich sie, wenn ich sie sehe. Und momentan sehe ich sie nicht.«

Am Ende kam Athina dann eine eher clevere als brillante Idee, die jedoch den Zeitgeist traf. Sie entwickelte die Skin Breathing Collection: »Alle Produkte so leicht, dass Ihre Haut Tag und Nacht atmen kann!«

Wissenschaftlich gesehen völliger Unsinn. »Welches Produkt könnte die Luft daran hindern, an die Haut zu gelangen?«, fragte Francine Florence genervt. Doch sie kamen damit durch, weil bei den Beauty-Redakteurinnen gerade Saure-Gurken-Zeit herrschte und die Verkaufsberaterinnen ein Thema brauchten, und auch die Kundinnen sprangen darauf an. Die Werbekampagne zeigte eine junge Frau, die mit langem, im Wind flatterndem Haar einen Feldweg entlangfuhr. Florence war ziemlich verärgert über Cornelius' unverhohlenen Flirt mit besagter dunkeläugiger, dunkelhaariger jungen Frau namens Gilly Gould. Er hatte darauf bestanden, bei dem Fotoshooting anwesend zu sein, sie bei der Launch-Party umschwärmt, ihr einen großen Strauß roter Rosen geschenkt und sie mit Athina zum Abendessen ins Ritz eingeladen, die genauso verärgert war wie Florence, es aber immerhin zeigen durfte. Florence hingegen musste so tun, als würde sie das nicht betreffen. Doch als Cornelius eine Woche später bei einer Promotion bei Selfridges, wo Gilly Gould für die neue Produktpalette warb, über kaum etwas anderes als Gilly redete, erklärte sie ihm, dass sie das Gespräch langweilig finde, und verabschiedete sich.

»Schatz, ich dachte, wir gehen alle hinterher noch ins Connaught.«

»Ihr alle. Ich habe Besseres zu tun.«

»Das könnte unhöflich erscheinen.«

»Wem gegenüber?«

»Gilly, Athina und mir gegenüber.«

»Cornelius, Athina ist es völlig egal, ob ich bei solchen Gelegenheiten dabei bin oder nicht. Und für Miss Gould bin ich eine bessere Dienstbotin. Sie hat noch nie mehr als zwei Worte am Stück mit mir geredet. Ich glaube, ich habe mir das Recht erworben, dir gegenüber hin und wieder unhöflich zu sein.«

Er begriff sofort. »Tut mir leid, Schatz, das war taktlos von mir. Darf ich später bei dir vorbeischauen? Athina isst mit Caro und Martin, und ich habe ihnen gesagt, dass ich viel zu tun habe.«

»Wenn du meinst.«

»Klingt nicht gerade begeistert. Miss Hamilton, bitte gestatten Sie mir das Vergnügen eines Besuchs.«

»Na schön.«

Er entschuldigte sich mit einem großen Strauß weißer Rosen und sagte, es tue ihm leid.

»Ich bin ein alter Mann, hingerissen von einer jungen Schönheit. Es ist erbärmlich. Aber so etwas passiert nun einmal, meine Liebe. Dagegen können wir alten Käuze uns einfach nicht wehren.«

»Natürlich«, meinte sie lächelnd, trank zwei Gläser Champagner und erklärte, dafür habe sie Verständnis, machte jedoch auch klar, dass sie nicht den Wunsch verspürte, nach oben zu gehen.

»Ich bin müde, Cornelius, es war ein langer Tag. Und wir alten Damen brauchen ein bisschen mehr Ruhe als früher.«

Sonst hätte sie nicht im Traum daran gedacht anzudeuten, dass sie ihn nicht mehr so sexy fand wie einst, doch an jenem Tag hatte sie das Gefühl, das zu dürfen. Das war der Unterschied, dachte sie: Er konnte für sich das Recht beanspruchen, sich zu einer jungen Schönheit hingezogen zu fühlen, um seine Männlichkeit unter Beweis zu stellen, und sie musste das hinnehmen. Was in Ordnung sein mochte, wenn man mit besagtem Mann verheiratet war, doch wenn es sich um den langjährigen Geliebten handelte ...

In dem Moment beschloss sie, Timothys Antrag anzunehmen. Cornelius würde einen Tobsuchtsanfall bekommen und vielleicht sogar weinen, aber am Ende würde er ihre Entscheidung akzeptieren müssen. Es wurde Zeit, einen gewissen Egoismus an den Tag zu legen.

Er erhob sich ächzend. »Ich muss gehen. Wenn du nichts dagegen hast, würde ich gern den Trentham mitnehmen.«

»Wie bitte?«

»Ich will ihn mir nur ausleihen. Leonard braucht ihn.«

»Das Bild kann er aber nicht haben!«, rief sie voller Panik aus. Cornelius hatte die Fälschung nie bemerkt, aber Leonard würde sie sofort erkennen.

»Schatz, es ist doch nur für ein paar Wochen!«

»Trotzdem. Und wozu?«

»Bei ihm läuft's im Moment ziemlich gut, er möchte eine Ausstellung veranstalten. Dazu braucht er so viele Werke wie möglich. Keine Sorge, er verkauft das Bild nicht, du bekommst es zurück. Na ja, vielleicht bietet ihm ja jemand so viel dafür, dass er nicht nein sagen kann ...«

»Sei nicht albern«, erwiderte sie verärgert. »Dieses Gemälde ist für mich unbezahlbar, das weißt du genau!«

»Freut mich zu hören. Wie gesagt: Du bekommst es zurück.«

»Cornelius, ich will es ihm nicht geben.«

»Jetzt bist du albern«, erklärte er und nahm das Bild von der Wand. Es war nicht sehr groß, lediglich fünfundvierzig mal dreißig Zentimeter mit Rahmen. Florence sah ihn entsetzt an, wehrte sich jedoch nicht mehr, weil das keinen Sinn hatte. Sie würde es aussitzen müssen.

Später rief Timothy an und fragte, ob sie den Samstag bei ihm verbringen wolle. Sie könnten in den Downs wandern, anschließend würde er für sie kochen und ihr das neue hypermoderne Hi-Fi-System zeigen, das er erworben habe. »Und du musst natürlich über Nacht bleiben, damit wir am nächsten Morgen ins örtliche Pub gehen können. Zwar muss ich als Gemeindevorsteher in die Kirche, aber danach habe ich frei.«

Weil alles so angenehm klang, nahm sie sein Angebot an. Doch als sie am Samstagmorgen ihre Sachen packte, fühlte sie sich alles andere als entspannt, da sie jeden Augenblick mit einem Anruf von Cornelius rechnete.

Als der nicht kam, machte sie sich in optimistischer Stimmung mit dem Zug auf den Weg nach Guildford. Vielleicht würde Leonard Trentham das Bild einfach im Originalrahmen aufhängen, ohne es einer eingehenden Prüfung zu unterziehen.

Das Wochenende war das reine Vergnügen. Timothy erzählte warmherzig von seiner Frau, lächelte dabei sogar.

»Barbara war ein guter Mensch, sie hätte dir gefallen. Sie war freundlich und großzügig und tapfer. Lange Zeit dachte ich, ich könnte ein Leben ohne sie nicht ertragen, weil es mir sinnlos erschien. Aber nun hat es sich anders erwiesen. Es heißt, Menschen, die schon einmal in einer glücklichen, stabilen Beziehung gelebt haben, tun sich leichter, eine neue einzugehen. Bist du auch der Meinung?«

»Ich weiß es nicht«, antwortete sie vorsichtig. Ließ sich ihr Verhältnis mit Cornelius mit all seinen Komplikationen und Täuschungsmanövern, mit seinen wilden Höhen und einsamen Tiefen als glücklich und stabil bezeichnen?

»Das kann ich nachvollziehen. Deine Ehe war so kurz, dass du vermutlich keine Gelegenheit hattest, wahre Erfüllung zu erleben. Das finde ich schade.«

Sie fragte sich, was er sagen würde, wenn er von Cornelius wüsste. Bestimmt wäre er schockiert, doch wäre er auch in der Lage, diese Beziehung zu akzeptieren und zu verstehen? Aber da Florence ihm ohnehin nie davon erzählen würde, war egal, was er dachte. So ein großer Teil ihres Lebens spielte sich im Verborgenen ab. Wenn sie seinen Antrag annahm, würde sie ein großes Risiko eingehen, auf mehr als einer Ebene. Konnte, *sollte* sie das tun? Sollte sie dieser süßen, unkomplizierten Versuchung erliegen?

Das Essen schmeckte köstlich, sie verspeisten es an seinem Küchentisch: ein ausgezeichneter Cottage Pie, gefolgt von einem Rhabarberstreuselkuchen. »Nach einer langen Wanderung tut Essen wie bei Muttern richtig gut«, erklärte er.

Während sie vor dem Kamin Musik von Händel lauschten, machte sie sich wieder Gedanken darüber, was sich gerade in London abspielte, welche wütenden oder entrüsteten Nachrichten sich möglicherweise auf ihrem Anrufbeantworter befanden.

Als die CD zu Ende war, fragte Timothy: »Lust auf einen Schlummertrunk?«

»Eine heiße Schokolade wäre schön«, antwortete sie.

»Ich hatte an etwas Exotischeres gedacht. Aber du kannst gern auch eine heiße Schokolade haben.«

Er brachte zwei große Becher und stellte sie auf das Tischchen vor ihnen.

Dann sah er sie an.

»Du bist mir ans Herz gewachsen, Florence«, sagte er, »und ich hoffe, die Antwort von dir zu erhalten, die ich mir so sehr wünsche.«

»Timothy ...«

»Aber ich will dich nicht drängen. Mir ist klar, dass du Zeit brauchst. Für dich würden sich viele Dinge ändern. Plötzlich würdest du die ganze Zeit über mit jemandem zusammenleben, und das bist du nicht gewöhnt.«

»Ich weiß dein Verständnis zu schätzen, Timothy.«

Am Morgen begleitete sie ihn in die Kirche, und anschließend gingen sie ins Pub, wo sie sich einen Drink genehmigten und sich zu einem ziemlich schlechten Essen überreden ließen. Nach einem kurzen Spaziergang kehrte Florence widerstrebend nach London zurück.

Auf ihrem Anrufbeantworter befanden sich acht Nachrichten: drei von Leonard Trentham, der bekümmert klang und sie bat, sich mit ihm in Verbindung zu setzen, und fünf von Cornelius mit der gleichen Bitte.

Sie rief keinen von beiden an, sondern teilte Timothy mit, dass sie gut nach Hause gekommen sei, und setzte sich vor den Fernseher, um irgendeine alberne Sonntagsserie anzusehen.

Florence schlief unruhig und träumte schlecht. Am folgenden Tag betrat Cornelius den Shop kurz nach zwei Uhr.

»Bist du allein?«

Sie nickte.

»Gut.« Seine Stimme klang kalt, seine Miene war abweisend. Er versperrte die Tür und hängte das Schild mit der Aufschrift *Geschlossen* auf.

»Was ist los, Florence? Leonard sagt, das Bild ist eine Fälschung.«

Natürlich verriet sie ihm den wahren Grund nicht, denn das konnte sie nicht. Sie sagte ihm, dass sie dringend Geld benötigt habe.

»Aber wofür? Und warum hast du nicht mich darum gebeten?«

»Cornelius, ich empfinde es als erniedrigend, von dir abhängig zu sein. Ich hatte ... finanzielle Probleme und brauchte das Geld.«

»Wieso?«

Es wunderte sie, wie flüssig ihr die Lügen von den Lippen kamen.

»Nun, ich hatte die Pflegekosten für Duncans Mutter übernommen – oh, nicht vollständig, nur einen Teil, für die Familie.«

»Florence! Wo du selbst so wenig hast? Das war freundlich und großzügig, aber unbedacht.«

»Ich weiß. Jedenfalls musste ich meinen Verpflichtungen nachkommen. Duncans Mutter ist sehr alt und gebrechlich. Deshalb beschloss ich, das Bild zu verkaufen.«

»Unser Bild.«

»Nein, Cornelius, *das* Bild. Genauer gesagt, meines. Du hast es mir geschenkt.«

»Neulich hast du mir noch erklärt, dass es unbezahlbar für dich ist.«

»Ich weiß. Es tut mir leid. Ich dachte, ich könnte es eines Tages vielleicht wieder zurückbekommen.«

»Wer hat's gekauft?«

»Die Stuart-Galerie.«

»Der Blödmann! Weißt du, wohin es von dort aus gegangen ist?«
»Ich fürchte, ins Ausland. Cornelius, es hat keinen Sinn. Es ist weg.«
»Tja, das lässt sich wohl nicht rückgängig machen. Immerhin verstehe ich jetzt, warum. Möchtest du das andere Bild zurück?«
»Natürlich! Es bedeutet mir viel, egal, ob echt oder Fälschung. Cornelius«, sagte sie, und ihre Stimme klang verzweifelt, »bitte, bitte versuch, dich in meine Lage zu versetzen. Ich muss immer die zweite Geige spielen ...«
»Das ist doch lächerlich!«
»Nein, es stimmt. Athina ist deine Frau, sie genießt gesellschaftliche Anerkennung, ich habe nichts ...«
»Du hast mich. Und meine Liebe.«
»Nein, Cornelius, ich habe dich nicht. Ich führe seit fast dreißig Jahren ein Leben im Verborgenen. Es ist schön, und ich habe mich sehenden Auges darauf eingelassen, doch manchmal sehne ich mich nach Sicherheit und Normalität. Ich muss die meiste Zeit allein zurechtkommen.« Sie war blass, weinte nicht. »Das ist nicht leicht, wenn ich gleichzeitig Athinas Herablassung ertragen muss. Ich habe keinerlei Sicherheit ...«
»O doch«, widersprach er. »Wie du weißt, besitzt du sogar große Sicherheit. Du musst, wenn nötig, nur darauf zurückgreifen.«
»Ja, und dafür bin ich dankbar. Obwohl ich mir kaum vorstellen kann, dass ich jemals darauf zurückgreifen werde. Trotzdem muss ich alles allein regeln. Ich möchte, dass du begreifst, wie schwierig das ist.«
Langes Schweigen, dann: »Komm, Kleine Flo.« Er zog sie zu sich heran. »Ich liebe dich. Ich liebe dich so sehr. Welch großes Glück, dich in meinem Leben zu haben. Ich habe dich nicht verdient.«
»Nein«, sagte sie, plötzlich schmunzelnd, »das stimmt allerdings. Aber ...«
»Ich kann mir ein Leben ohne dich nicht vorstellen. Mir ist klar, dass irgendwann ein anständiger Mann kommen und dir einen Hei-

ratsantrag machen wird. Und du hättest jedes Recht der Welt, mich für ihn zu verlassen.«

Da wurde ihr mit einem Schlag klar, dass Timothy Benning nicht die Lösung war. Timothy war viel zu gut für sie, eine Ehebrecherin. Sie hatte die Frau betrogen, der sie alles verdankte, rücksichtslos und ohne Skrupel. Hätte Reue die Sache leichter gemacht? Vielleicht ein wenig; doch die empfand sie nun einmal nicht. Nein, stattdessen hatte sie sich, wenn Athina sie wieder einmal herablassend behandelte und erniedrigte, mit dem Gedanken getröstet, das Herz und ziemlich häufig auch den Körper ihres Mannes zu besitzen,.

Eine solche Frau durfte nicht in das Leben eines Mannes wie Timothy Benning treten. Außerdem würde das neue Heimlichtuerei mit sich bringen. Sie hatte ihren Geliebten angelogen, ohne mit der Wimper zu zucken, hatte ihm die Abtreibung seines Kindes verschwiegen, sich einen fadenscheinigen Grund für ihr Handeln ausgedacht. Timothy hätte es unverzeihlich gefunden, dass sie ein Kind abtrieb, ohne andere Optionen in Betracht zu ziehen, und den Vater nicht einmal über die Schwangerschaft informierte.

Abgesehen davon hätte Florence ihm gar nicht alles verheimlichen können. Eine Ehe mit einem guten, offenen Menschen wie Timothy hatte mit Wahrheit und Vertrauen zu tun; man konnte sie nicht auf Lügen und Argwohn aufbauen. Ganz allmählich hätte sie das zerstört, wofür Timothy Benning stand, sie hätte seine Güte beschmutzt. Er hätte sie mit diesem liebevollen Blick angelächelt, und irgendwann hätte er ihre Durchtriebenheit durchschaut. Das konnte sie ihm nicht antun, sie durfte ihn und sein zufriedenes, unkompliziertes Leben nicht zerstören. Das wäre das ultimative Verbrechen, viel schlimmer als der Verrat an Athina, die immerhin selbst nicht die ehrlichste war.

Also schrieb sie Timothy unter Tränen einen Brief.

Ich denke, wir sollten uns nicht wiedersehen, denn ich habe meine Entscheidung getroffen, und ein Treffen mit Dir könnte sie ins Wanken bringen. Danke für die glücklichsten drei Monate meines Lebens und neulich die glücklichsten beiden Tage dieser Monate. Weil Du ein ganz besonderer Mensch bist und mir am Herzen liegst, würde ich Deinen Antrag sehr gern annehmen. Doch wenn ich es täte, würde ich Dich verletzen.

Danke für alles. Bitte vergib mir und versuch, mich so liebevoll in Erinnerung zu behalten wie ich Dich.

Florence.

Florence adressierte einen Umschlag, las den Brief noch dreimal, ging zum Briefkasten und zwang sich, ihn einzuwerfen. Sie hielt ihn bis zuletzt mit den Fingerspitzen fest, bevor sie ihn laut weinend losließ, durch die dunklen, kalten Straßen zu ihrem kleinen Haus zurückkehrte, in ihr einsames, schwieriges, manchmal düsteres Leben, aus dem sie kurz entfliehen zu können geglaubt hatte, in die Wärme, ins Licht und Glück. Nun wusste sie, dass das niemals mehr möglich sein würde.

Vierzig

Es war schrecklich, eine völlig neue Dimension. Nach der Mittagspause, in der Milly sich nun immer in der Toilette versteckte, fand sie auf ihrem Tisch im Klassenzimmer einen Umschlag. *Milly*, stand darauf, darunter ein kleiner Kuss. Da es sich um kunstvoll verzierte Großbuchstaben handelte, erkannte sie die Handschrift nicht. Etwas so hübsch Gestaltetes konnte doch nicht gemein sein, oder? Milly riss das Kuvert mit einem Gefühl auf, als würde sie ins eiskalte Wasser springen. Die Nachricht stammte von Carey.

> Hi, Mills,
> Du fehlst mir. Uns allen. Wird Zeit, dass wir uns wieder vertragen. Gehen wir doch nach der Schule eine heiße Schokolade trinken. Große Versöhnung, okay? Tut mir leid, wenn ich fies zu dir war.

Als Carey und die anderen hereinkamen und sie anlächelten, lächelte sie zurück. Es war, als hätten die Wochen des Kummers und der Einsamkeit nie stattgefunden.

»Nach der Schule im Starbucks, ja?«, sagte Carey. »Erst um halb fünf, wir müssen zuvor noch was erledigen. Wir kommen alle.«

»Cool«, meinte Milly.

Um halb fünf war das Starbucks so gut wie leer. Milly durchquerte einmal den Raum, um sicher zu sein, dass sie sich nicht unter irgendeinem Tisch versteckten, um »Überraschung! Überraschung!« zu rufen. Aber abgesehen von ein paar Müttern mit kleinen Kindern war niemand da. Milly verließ das Starbucks, wartete lange zehn Minuten, und noch immer kam niemand. Da sie vermutete, dass Carey aufgehalten worden war, ging sie wieder hinein und setzte sich an einen der Tische. Eine der Angestellten trat zu ihr und fragte: »Bist du Milly?«

Milly nickte.

»Deine Freunde haben mich gebeten, dir das zu geben. Sie haben gesagt, sie müssten los.«

Milly riss den Umschlag auf.

Hi, Mills,
Du bist also drauf reingefallen. Meinst du wirklich, wir würden uns im Starbucks mit dir blicken lassen? Am Ende hättest du noch deine fette Freundin mitgebracht, das wär echt krass gewesen. Geh heim und mach brav deine Hausaufgaben.

Es war so brutal, dass Milly in Tränen ausbrach und die junge Frau, die ihr den Brief gegeben hatte, sich erkundigte: »Alles in Ordnung? Tut mir leid, wenn's eine schlechte Nachricht war. Magst du eine heiße Schokolade oder sonst irgendwas?«

Milly, die nicht einmal mehr diese kleine menschliche Geste ertrug, schüttelte den Kopf, rannte hinaus und kam so bleich und erschöpft zu Hause an, dass Sonia sie ins Bett steckte und Bianca informieren wollte.

Doch bei Bianca meldete sich nur die Mailbox. Als Sonia die Büronummer wählte, erklärte Jemima ihr, Bianca sei nicht da, und fügte verlegen hinzu, auch Patrick komme erst in zwei Tagen zurück, er sei in New York aufgehalten worden.

Worauf Sonia kühl erwiderte, dass ihr das niemand gesagt habe und sie nicht ewig bleiben könne. Wenn Jemima von Bianca höre, solle sie sie bitten, sofort anzurufen, weil Milly ziemlich durch den Wind sei.

Bianca hatte sich darauf gefreut, Patrick zu sehen. Er war über eine Woche weg gewesen, die sich ziemlich stressig gestaltet hatte. Er hatte ihr auch emotional gefehlt, doch das verdrängte sie, als er ihr mitteilte, dass Saul ihn gebeten habe, sich weiter in die Bilanzen eines von ihm anvisierten Unternehmens zu vertiefen. »Er ist ganz heiß drauf, Bianca, ich muss bleiben.«

Wenn man sie gebeten hätte, ihre Gefühle der Intensität nach aufzulisten, hätte sie Wut, Entrüstung und Frustration erst nach ihrer Feindseligkeit Saul Finlayson gegenüber aufgeschrieben. Diese Feindseligkeit war so stark, dass sie ihm, wäre er bei ihr im Büro gewesen, das ziemlich große Blumengesteck, das sich auf ihrem Schreibtisch befand, an den Kopf geworfen hätte, in der Hoffnung, ihn damit tödlich zu treffen.

Als sie den Hörer auf die Gabel knallte, klingelte ihr Handy. Es war Saul Finlayson.

»Das mit Patrick tut mir leid«, sagte er und betrat ihr Büro fünf Minuten später. »Sehr leid. Ich kann verstehen, wie ärgerlich das für Sie ist ...«

»Es ist mehr als ärgerlich«, entgegnete sie mit einem Blick auf die Blumen. »Ich hatte mich darauf verlassen, dass er heute Abend da sein würde. Ich habe eine Besprechung mit den Investoren, Sonia hat keine Zeit, auf die Kinder aufzupassen, er hat sowieso schon zwei Tage überzogen, und ...«

Sie verstummte, als ihr klar wurde, dass sie Patrick seinem Chef gegenüber hauptsächlich als Hüter ihrer Kinder präsentierte.

»Tut mir leid«, wiederholte er.

»Und warum sind Sie hier?«

»Um mich zu entschuldigen. Sie haben ziemlich ... sauer geklungen. Ich war gerade in der Nähe, also war's kein großer Umstand, bei Ihnen vorbeizuschauen.«

»Das freut mich aber«, meinte sie.

»Sonst wäre ich natürlich nicht gekommen. Was er eben für mich recherchiert, könnte Millionen bringen. Das wollte ich Ihnen erklären.«

»Ich kann ja nachvollziehen, wie wichtig es ist, aber er hatte mir versprochen zurückzukommen ...« Hör auf mit dem Gejammere, Bianca!

»Bianca, ich hatte Sie vor solchen Unwägbarkeiten gewarnt. Sie sollten aufhören, sich in häuslichen Dingen auf Patricks Unterstützung zu verlassen. Er arbeitet nicht mehr für ein Familienunternehmen.«

»Danke für den Rat. Vielleicht könnten Sie mir auch bei anderen Problemen meines Privatlebens beistehen.«

»Das würde ich mir nie anmaßen«, erklärte er, so ernst, dass sie lachen musste. »Sorry, das war nicht witzig gemeint.«

»Ich weiß, war es aber.«

»Müssen Sie jetzt wirklich die Besprechung mit den Investoren absagen?«, erkundigte er sich.

»Ja. Ist nicht so wichtig. Es geht nur um ein paar Millionen. Längst nicht so wichtig wie Ihr Deal.«

»Hätte die Besprechung lange gedauert?«

»Wahrscheinlich den ganzen Abend, und jetzt habe ich nur eine halbe Stunde.«

»Verstehe. Wäre das genug Zeit, um mit mir einen Kaffee zu trinken?«

»Nein.«

»Schade. Mich hätte interessiert, ob es Ihnen gelungen ist, das Problem mit dem Parfüm zu lösen.«

»Nicht völlig«, antwortete sie, den Tränen nahe.

»Was ist passiert?«

»Ach, das muss Sie nicht interessieren.«

»Doch. Ich finde Sie und das, was Sie machen, ausgesprochen interessant. Sind Sie sicher, dass Sie keine Zeit auf einen Kaffee haben, bevor Sie nach Hause gehen und nachdem Sie Ihre Besprechung abgesagt haben?«

»Gott, sind Sie hartnäckig«, meinte sie schmunzelnd.

»Das hab ich schon öfter gehört. Obwohl ich nicht verstehe, was das damit zu tun hat.«

Als sie zusammen im Starbucks saßen – nicht in der coolen Lounge eines coolen Hotels –, nippte sie an ihrem doppelten Espresso und erzählte Saul nicht nur von der Konferenz und Lady Farrells Intervention, sondern auch von ihrer Idee. Bianca wunderte sich über sich selbst, dass sie ihm die verriet, doch irgendwie tröstete sie das und gab ihr Sicherheit. Außerdem wusste sie, dass er mit niemandem darüber reden würde.

»Clever«, bemerkte er. »Ich bin beeindruckt. Sie haben Grips, das muss man Ihnen lassen.«

»Danke. In letzter Zeit hatte ich weniger das Gefühl.«

»Kann ich mir vorstellen.«

Schweigen, dann meinte er: »Hoffentlich wollen Sie diese geniale Idee nicht nur für ein oder zwei Shops verpulvern.«

»Könnte gut sein, dass ich das muss.«

»Das wäre eine große Dummheit.«

»Die Alternative wäre, weitere Millionen aufzutreiben. Leider liegen die nicht einfach so auf der Straße.«

»Natürlich nicht«, erklärte er ein wenig ungeduldig. »Ich dachte, das wüssten Sie.«

Sie seufzte. »Ihr Sinn für Humor ist nicht sonderlich stark ausgeprägt, was?«

»Das sagen alle.« Nach einer Pause fügte er hinzu: »Wäre es in Ihrer Besprechung darum gegangen?«

»Ja. Alle, die Bescheid wissen, und das sind nur drei Leute …«

»Gut«, meinte er.

»Ja. Alle sagen das Gleiche. Ich soll global denken. Unglücklicherweise geht das nur mit mehr Geld. Mit viel mehr Geld.«

»Und die Investoren sagen nein?«

»Ja.«

»Diese Idioten«, seufzte er. »Tut mir leid, ich würde gern noch bleiben, aber ich muss los. Und Sie müssen sich das Geld besorgen. Sie müssen.«

»Danke für den Rat.«

»Gern geschehen. Rufen Sie einfach an, wenn Sie wieder einen brauchen sollten.«

Als sie draußen auf Taxis warteten, passierte etwas Überraschendes. Saul trat einen Schritt auf sie zu und umarmte sie, zögernd und kurz, aber es war definitiv eine Umarmung. Und statt sich dagegen zu wehren, schmiegte sie sich an ihn und legte den Kopf an seine Brust. Dabei verspürte sie weniger erotische als emotionale Erregung und hatte das Gefühl, dass gerade etwas Wichtiges geschehen war.

Während sie noch auf sanfte, vielleicht sogar zärtliche Worte hoffte, spürte sie schon, wie er sie losließ, den Arm hob und »Taxi!« rief. Sie lachte verblüfft.

»Warum lachen Sie?«, erkundigte er sich, ein wenig verletzt. »Ich dachte, Sie sind in Eile.«

»Bin ich auch«, bestätigte sie. »Und danke.«

Dann küsste sie ihn ganz leicht auf den Mund, und bevor er reagieren konnte, stieg sie ins Taxi und winkte ihm zum Abschied zu.

Eine Minute später erhielt sie eine SMS von ihm: *Versuchen Sie, sich keine Gedanken zu machen. Es klappt schon. Rufen Sie mich an, wenn Sie wollen.*

Sie hätte sich gern eingeredet, dass dahinter ein romantischer oder erotischer Gedanke steckte, wusste jedoch, dass dem nicht so war. Trotzdem lehnte sie sich lächelnd auf dem Sitz zurück und blickte zum Fenster hinaus.

Es musste gesagt und getan werden. Über ein halbes Jahrhundert lang hatte er den Mund gehalten, sich nicht gewehrt, die andere Wange hingehalten, wenn man sich über ihn lustig machte, und ihre Unhöflichkeit anderen gegenüber hingenommen, weil er sich wünschte, dass sein Vater endlich gegen sie aufbegehren würde. Doch der hatte das nie getan, und am Ende war Bertie zu dem Schluss gelangt, dass sein Vater ein Feigling war. Ein charmanter, gutaussehender, fauler Feigling. Bisweilen war es ziemlich unschön mit ansehen zu müssen, wie er zuließ, dass sie Menschen beleidigte und erniedrigte.

Niemand hatte Athina je Kontra gegeben.

Erst jetzt hatte Bertie das Gefühl, das zu können.

Er rief sie an, um sich mit ihr für einen Abend zu verabreden, an dem sie allein in ihrer Wohnung wäre, und machte sich in der Zwischenzeit auf die Suche nach einem anderen Job und einem Anwalt, der ihn bei der Scheidung vertreten würde.

Abgesehen davon verhielt er sich unauffällig, blieb in seinem Büro und ging allen aus dem Weg, besonders Lara, weil er wusste, dass schon eine einzige Frage nach seinem Befinden ihn dazu gebracht hätte, sein Schweigen zu brechen. Und nachdem Lara sich mit ihren Vorschlägen, sich zum Essen, auf einen Drink oder einen Kaffee zu treffen, immer wieder einen Korb eingehandelt hatte, gab sie es schließlich auf.

Natürlich war es nicht sein Ernst. Menschen, die es ankündigten, taten es am Ende nie. Es war ein Hilferuf und sollte ihr einen Schrecken einjagen. Henk war verrückt oder zumindest ziemlich neben der Spur.

Es hatte einen Tag, nachdem sie mit Bianca über deren Idee gesprochen hatte, angefangen.

Im Büro hatte eine SMS auf sie gewartet: *Wenn du mir jetzt den Laufpass gibst, bringe ich mich um. Es ist mein Ernst.*

Als sie diese Nachricht las, wurde ihr buchstäblich übel: Sie rannte zur Toilette und übergab sich. Es war schrecklich und jagte ihr Angst ein. Sie hörte, wie eine weitere SMS hereinkam, und zuckte zusammen. Doch diese war von Jonjo.

Hi. Heute Abend schon was vor?

Sie simste zurück: *Sorry, ja. Morgen?*

Sie konnte einfach nicht. Nicht, wenn sie sich mit diesem Albtraum auseinandersetzen musste.

Wieder in ihrem Büro, warf sie bang einen Blick auf ihren Bildschirm, wo gerade eine Mail eintraf.

Plötzlich wusste sie, wie es war, wenn man gestalkt wurde …

Milly kam schrecklich blass und dünn und mit dunklen Ringen unter den Augen in die Küche. Zum ersten Mal fiel Bianca auf, wie locker ihr Schulblazer saß. Hoffentlich wurde Milly nicht magersüchtig.

»Liebes, iss doch was zum Frühstück.«

»Ich will kein Frühstück.«

»Du musst aber was essen. Wie wär's mit Waffeln und Ahornsirup?«

»Ich hab gesagt, ich will nichts. Muss ich's noch mal sagen?« Sie erhob ihre Stimme: »Ich will nichts, okay? Ich gehe jetzt. Tschüs.«

Als die Haustür mit einem lauten Knall hinter ihr ins Schloss fiel, sprang Bianca auf, um sie zurückzurufen, doch sie wusste, dass das keinen Sinn hatte, und schaute durchs Fenster hinaus. Es versetzte ihr einen Stich: Draußen trottete Milly mit hängenden Schultern die Straße entlang. Sie musste ihr irgendwie helfen, dachte Bianca mit schlechtem Gewissen.

Wenn Milly gemobbt wurde, wusste die Schule mit Sicherheit Bescheid, denn das war ein heißes Thema. Man versicherte den Eltern, dass man in solchen Fällen hart durchgreife. Vielleicht hätte sie selbst Nachforschungen anstellen sollen, aber sie hatte so viel zu tun. Sie würde Miss Sutherland später eine Mail schicken und um einen Termin mit ihr bitten, doch jetzt musste sie ins Büro …

Milly konnte sich keinen weiteren Tag, keine weitere Stunde, nicht einmal eine weitere Minute in St Catherine's vorstellen. Sie hatten sie kaputt gemacht, sie hatten gewonnen.

Sie ging über Haverstock Hill und Adelaide Road nach Swiss Cottage in die Einkaufspassage, in der sie und Jayce so viele Stunden verbrachten, und nahm in einem Coffeeshop Platz.

»Die sind toll, Lady Farrell, wirklich wunderschön.«

Der Himmel allein würde je erfahren, wie viel es Bianca kostete, die Prototypen der Parfümverpackung zu bewundern, die Athina ihr vorlegte. Sie waren tatsächlich sehr elegant: dunkelrote Lettern auf Weiß, das Wort *Passion* in dramatischer Schrift quer über der Packung.

»Ich bin froh, dass sie Ihnen gefallen. Den Flakon haben ja *Sie* ins Spiel gebracht. Er erinnert an Arpège. Ich finde, wir brauchen etwas Originelles, weil die Aktion sonst billig wirken könnte.«

»Leider würde das die Kosten verdreifachen.«

»In unserer Blütezeit hätten wir das als gute Investition gesehen. Aber egal … Wenn Sie mich entschuldigen würden. Ich habe noch einen Termin mit dem Labor.«

Wo du eigentlich nichts zu suchen hast, du alte Hexe, dachte Bianca matt lächelnd und kehrte in ihr Büro zurück. Susie wollte ebenfalls mit ihr sprechen, und Mike und Hugh würden in fünfzehn Minuten eintreffen.

»Lucy! Hallo. Was machen Sie denn da auf dem Flur? Suchen Sie nach Ihrem Dad?«

Bianca konnte Lucy gut leiden, die ihre Sache als Make-up-Artist wirklich prima machte. Außerdem fand sie Lucys Zuneigung und Loyalität ihrem Vater gegenüber rührend. Zwar liebte sie auch ihre Großmutter, aber wer war schon perfekt?

»Guten Morgen, Mrs Bailey.«

»Sagen Sie doch Bianca zu mir. Mrs Bailey klingt sehr alt. Wofür Sie mich vermutlich halten.«

»Ach was! Hoffentlich störe ich Sie nicht. Ich suche tatsächlich nach Dad, aber ich warte auch auf Grandy. Sie scheint in einer

Besprechung zu sein, ihr Büro ist zugesperrt. Sie will mit mir Mittagessen gehen, feiern. Ich habe gerade einen Auftrag an Land gezogen: Zwei Tage Make-up bei der London Fashion Week im April. Ich kann's kaum glauben! Bin über eine große Wohltätigkeitsveranstaltung drangekommen, war vermutlich Mundpropaganda.«

»Lucy, das ist ja fantastisch! Manche Leute würden für einen solchen Auftrag einen Mord begehen! Gratuliere! Setzen Sie sich doch in Jemimas Büro und trinken Sie einen Kaffee, wenn Sie Ihren Vater nicht finden können.«

»Cool. Danke.«

Bianca kehrte lächelnd in ihr Büro zurück. Sie konnte nur hoffen, dass Milly später genauso charmant und freundlich werden würde wie Lucy.

Jemima streckte den Kopf zur Tür herein; sie wirkte für ihre Verhältnisse ziemlich hektisch. »Bianca, könnten Sie bitte herauskommen? Es ist wichtig.«

»Jemima, was ist denn los? Ist Lady Farrell wieder da?«

»Nein. Es ist ... privat.«

»Gut, ich komme. Würden Sie mich bitte entschuldigen?«, sagte Bianca zu Hugh und Mike.

Als sie das Vorzimmer betrat, hatte sie das Gefühl, den Boden unter den Füßen zu verlieren. Vor ihr stand mit verheultem Gesicht und trotzigem Blick Milly, neben ihr eine Polizistin.

Wie hatte das passieren können?, fragte sich Bianca. Wie hatte es dazu kommen können, dass ihre Tochter nicht nur die Schule schwänzte und von einer Polizistin zu ihr ins Büro gebracht wurde, sondern sie jetzt auch noch anbrüllte wie eine Wahnsinnige?

Ihr vorwarf, sie sei eine dumme, egoistische Kuh, die sich nichts aus ihr mache, denn wenn Milly ihr wichtig wäre, hätte sie gemerkt, dass etwas nicht stimmte, wäre in die Schule gegangen, hätte versucht, die Sache zu regeln, aber sie dachte ja nur an ihren Scheißjob und kriege deswegen nicht mit, wie Milly leide.

»Es ist mir sehr wohl aufgefallen«, widersprach Bianca ein ums andere Mal. »Ich hab dich wieder und wieder gebeten, es mir zu erklären, aber du wolltest ja nicht …«

»Hast du nicht selber gemerkt, dass ich mich überhaupt nicht mehr mit Freundinnen treffe, dass mich niemand mehr einlädt, dass ich nicht mehr ausgehe? Daddy ist inzwischen genauso schlimm wie du, der redet auch nicht mehr mit mir. Er ist besessen von diesem dämlichen Typen und seinem dämlichen Job. Ich hasse euch beide, mit eurem ständigen Schatz hier und Schatz da! Die Mom von Jayce ist trotz ihrer ganzen Männer eine bessere Mutter als du!«

»Wer ist Jayce?«

»Meine Freundin. Meine einzige Freundin.«

»Ist das das Mädchen, mit dem Ruby dich am Primrose Hill gesehen hat?«

»Ja. Das fette, picklige Mädchen, von dem du bestimmt nichts halten würdest. Sie ist nett und großzügig und macht sich wirklich was aus mir. Die würdest du niemals zu uns einladen, weil du nicht möchtest, dass deine Freunde und die anderen Mütter über dich tuscheln, Careys Mutter und die von Sarajane und Annabel, die Mütter von allen diesen süßen Mädchen, die so geziert reden, sich so artig für alles bedanken, wenn sie bei uns sind, und mir ansonsten das Leben zur Hölle machen, und … dein Snobismus widert mich an!«

Dieser Monolog wurde nur hie und da von ein paar Zwischenfragen der Polizistin unterbrochen, die ein Formular ausfüllte, Bianca bat, es zu unterzeichnen, und sich entfernte.

Irgendwann hörte Milly zu kreischen auf.

Erneut streckte Jemima den Kopf zur Tür herein.

»Tut mir leid, Bianca, aber Mike möchte kurz mit Ihnen sprechen, bevor die beiden wieder gehen. Irgendein Vertrag muss noch unterzeichnet werden, das scheint nicht warten zu können ...«

»O Gott!« Der Vertrag war schrecklich wichtig. »Milly, kann ich dich bitte fünf Minuten allein lassen?«

Milly zuckte mit den Achseln. »Ist mir egal«, brummte sie.

Da mischte sich Lucy ein, die nach wie vor auf dem Flur herumstand. »Hey, ich muss noch eine gute halbe Stunde auf meine Großmutter warten. Was meinst du, hättest du Lust, solange mit mir eine heiße Schokolade trinken zu gehen?«, fragte sie Milly. »Wäre Ihnen das recht, Mrs Bailey?«

»Lucy, das ist ein guter Vorschlag. Das würde dir doch gefallen, oder, Liebes?«

Wieder zuckte Milly mit den Achseln.

»Okay.«

Als Milly Lucy aus dem Büro folgte, fühlte sie sich irgendwie besser. Vermutlich lag das daran, dass sie ihre Mutter öffentlich bloßgestellt hatte. Das war sozusagen ihre Rache gewesen. Fast hätte sie sich gewünscht, dass sie rauchte. Oder dass man sie mit einem Joint aufgegriffen hätte ...

»Ich frag dich jetzt nicht, worum's da gerade ging«, sagte Lucy, als sie mit Milly im Starbucks war. »Ich kann's mir vorstellen. Trotzdem ist deine Mum ziemlich cool. Das kriegt ihr beide sicher wieder hin.«

»Findest du sie wirklich cool?«

»Klar. Meine Mutter ist leider gar nicht cool«, fügte Lucy hinzu. »Mein Dad ist okay. Er arbeitet für Farrell; er saß gerade in dem Büro, als du hingebracht worden bist.«

»Er arbeitet auch dort?«

»Ja. Wir sind alle Farrells. Meine Großmutter hat das Unternehmen mit meinem Großvater gegründet.«

»Wow!« Milly vergaß, dass sie eigentlich mürrisch aussehen wollte. »Dann ist deine Großmutter Lady Farrell? Ich hab meine Mutter schon von ihr reden hören.«

»Ja. Und die ist mit ihren über achtzig echt cool.«

»Arbeitest du auch für Farrell?«

»Ja. Nicht Vollzeit, ich beschäftige mich nur mit Make-up, kreiere Looks. Hab bei der Vertretertagung mitgeholfen und so. Ich bin Make-up-Artist. Heute Vormittag habe ich einen Superauftrag an Land gezogen: Ich mache das Make-up für die London Fashion Week.«

»Davon hab ich schon gehört«, erklärte Milly. »Megageil.« Make-up-Artist: Das war genau die Sorte Job, die sie interessierte. Viel besser als Jura, was ihr Vater sich vorstellte.

»Ja. Ist harte Arbeit, aber es macht mir Spaß. Ich hab das Studium für die Ausbildung zur Make-up-Artist geschmissen.« Lucy grinste. »Meine Eltern haben reagiert, als wollte ich auf den Strich gehen.«

»Ach nee. Das ist echt bescheuert«, meinte Milly.

»Ja. So sind Eltern nun mal.«

»Das kannst du laut sagen.«

»Willst du wirklich kein Muffin?«

»Na ja …«

»Nun nimm schon eins.« Lucy sah Milly an. »Wie läuft's in der Schule?«

»Scheiße«, antwortete Milly. »Absolut scheiße.« Und brach in Tränen aus.

Einundvierzig

Zu Hause, inzwischen war auch Patrick da, erzählte Milly ihnen mit ausdruckslosem Gesicht, fast sachlich, alles – mit sämtlichen grässlichen Einzelheiten. Danach hatten Bianca und Patrick ein so schlechtes Gewissen, dass sie einander nicht in die Augen sehen konnten. Nachdem Milly erschöpft zu Bett gegangen war, redeten sie noch lange und diskutierten mögliche Lösungen.

Sie einigten sich darauf, dass die Rahmenbedingungen geändert werden müssten, versuchten, eine Basis dafür zu erarbeiten, doch dieses Thema war inzwischen so emotional aufgeladen, es hatte so viel mit Schuldzuweisungen, Schuldgefühlen und beruflichem Ehrgeiz zu tun, dass sie es irgendwann lieber ließen.

Wieder einmal fragte Bianca sich, ob es eine Lösung geben konnte, die nicht erforderte, dass Patrick in das Familienunternehmen zurückkehrte, wo er sich langweilte, oder dass sie ihre Arbeit aufgab, die sie liebte.

Seit dem Essen füllte Patrick sein Whiskyglas schon zum dritten Mal neu. »Jedenfalls müssen wir in die Schule gehen und Mrs Blackman klarmachen, was für üble Geschichten vor ihrer Nase ablaufen, ohne dass sie etwas mitkriegt.«

Bianca nickte. »Ich rufe sie gleich morgen an und sage ihr, dass Milly fürs Erste zu Hause bleibt.«

»Bleibst du bei ihr?«, fragte Patrick gefährlich leise.

Sie sah ihn an. »So gut ich kann.«

Sie führten die Diskussion nicht weiter.

Sie vereinbarten mit Mrs Blackman einen Termin für den folgenden Montag. Bis dahin wurden Milly die Schulaufgaben nach Hause geschickt. Sie blieb in ihrem Zimmer und verließ es nur am Samstag, um sich mit Jayce zu treffen. Bianca schlug vor, Jayce mit nach Hause zu bringen.

»Nein, Mummy«, entgegnete Milly. »Schon unsere Haustür würde ihr Angst machen. Es ist schwierig genug für sie, dass sie weiß, in welchem Viertel ich wohne und wo meine Schule ist.«

Bianca widersprach ihr nicht, obwohl sie sich sicher war, dass Jayce schon zurechtkommen würde.

Am Sonntag bat Milly ihre Eltern nach dem Tee, nicht zu Mrs Blackman zu gehen.

»Ich habe nachgedacht«, sagte Milly. »Es hat keinen Sinn. Carey und die andern gewinnen trotzdem.«

»Milly! Man sollte sie der Schule verweisen.«

»Werden sie aber nicht. Sie können nicht eine ganze Klasse rauswerfen. Es machen ja alle mit.«

»Sie können die Rädelsführerinnen rauswerfen, allen voran Carey.«

»Carey ist eine Superschauspielerin. Sie wird lügen, dass sich die Balken biegen, und ihr Wort wird gegen meins stehen. Außerdem geht die Mobberei heutzutage außerhalb der Schule weiter, auf Facebook, Ask.fm, per SMS. Ihr könnt das nicht verhindern. Man kann sich nicht verstecken. Nicht einmal, wenn man die Schule wechselt. Und niemand wird Carey dazu bringen, dass sie ein schlechtes Gewissen kriegt. Sie ist ein schrecklicher Mensch. Ich will nicht, dass ihr zu Mrs Blackman geht.«

»Milly, irgendetwas muss geschehen. Du musst in die Schule, und unter den gegebenen Umständen schaffst du das nicht, da kannst du noch so mutig sein.«

»Vielleicht doch, in einer Woche oder zwei. Am Ende möchte ich als Sieger dastehen. Und wenn ich die Schule verlasse, haben *sie* gewonnen.«

»Schau doch nur, was aus deinem Leben geworden ist. Du packst das nicht allein. Ich sage das nur ungern: Du brauchst die Hilfe von Erwachsenen.«

Milly sah Patrick an.

»Ich weiß. Aber es müssen die richtigen Erwachsenen sein.«

Das muss Liebe sein, dachte Susie verwirrt, als sie Jonjo zu sich heranzog und ihn wieder und wieder küsste, und fast hätte sie es ausgesprochen, doch dann tat sie es nicht, und auch er schwieg.

»Was denkst du?«, fragte er schließlich.

»Worüber?«

»Über uns.« Er sah sie von der anderen Seite des Betts aus an. »Ist dir das mit uns wichtig?«

»Natürlich«, antwortete sie, »sogar sehr wichtig. Und es ist wunderschön.«

»Du bist etwas ganz Besonderes …«

Sie schliefen aneinandergekuschelt ein. Susie wachte auf, als sein Handy-Wecker klingelte und er fluchend aufschreckte. »Schon der zweite Weckanruf! Verdammt, der erste ist nicht losgegangen. Ich mach dir einen Kaffee, wenn ich aus der Dusche bin.«

In der Zeit holte sie das Handy aus ihrer Handtasche und warf einen Blick aufs Display. O nein, ungefähr ein Dutzend SMS, alle von Henk, alle mehr oder minder mit dem gleichen Wortlaut, dass er es ernst meine, dass er sich umbringen werde, wenn er nichts von ihr höre. Er könne sich ein Leben ohne sie nicht vorstellen, er liebe sie und wisse, dass sie ihn ebenfalls liebe. Am Ende wählte sie mit einem flauen Gefühl im Magen seine Nummer. »Henk? Ich bin's, Susie. Alles in Ordnung?«

Da hörte sie Jonjo fragen: »Was ist los? Was ist passiert?«

»Das kann ich dir nicht erklären«, antwortete sie nervös. »Tut mir leid, ich muss dieses Gespräch führen.«

»Mach ruhig«, sagte Jonjo mit rauer Stimme, »lass dich von mir nicht stören. Ich wollte sowieso in fünf Minuten gehen. Aber vielleicht könntest du das Telefonat erledigen, wenn ich weg bin.«

»Ja ... nein ... ja, natürlich.« Sie hätte ihm so gern alles erklärt, doch wie sollte sie das? Was würde er von ihr halten, wenn sie es tat? Was würde das mit ihm und ihnen machen?

In der WG, in der er inzwischen wohnte, brühte Henk sich einen starken Kaffee auf, während er geduldig auf Susies nächsten Anruf wartete. Er wusste, dass er sie am Wickel hatte.

»Ich weiß nicht, wie oft ich es Ihnen noch sagen soll, Bianca. *Wir können Ihnen kein Geld mehr geben.* Und wenn der Erfolg des Hauses Farrell tatsächlich so sehr davon abhängt, wie Sie behaupten, sollten Sie möglicherweise Ihre Strategie überdenken. Es könnte gut sein, dass sie auf wackeligen Beinen steht. Wir müssen jetzt in eine andere Besprechung, wenn Sie so freundlich wären ...«

Bianca erhob sich und griff nach ihrem Mantel. Dass weder Hugh noch Mike ihr hineinhalf, bewies, wie sehr sie ihnen auf die Nerven ging.

Susie hatte sich bereit erklärt, Henk in einer Kneipe in ihrem Viertel zu treffen. Einerseits war das gefährlich, andererseits konnte sie schnell nach Hause, wenn er wieder aggressiv wurde.

Sie hatte sich über Google und verschiedene Websites über das Thema »Selbstmord« informiert, sich jedoch nur gemerkt, dass sich immer mehr junge Leute umbrachten und es eine Telefonhotline gab. Das tröstete sie, denn Hilfe konnte sie gebrauchen.

Noch mehr Angst als vor Henks Selbstmorddrohungen hatte Susie davor, Jonjo zu verlieren, weil der den ganzen Tag über stumm geblieben war, keine SMS, keine E-Mails, bis auf eine, in der er ihre Verabredung für den folgenden Abend ohne Erklärung absagte.

Susie wollte sich um halb sieben mit Henk treffen. Um halb fünf ging sie auf die Damentoilette, um sich vorzubereiten. Weil sie auf keinen Fall sexy aussehen wollte, entfernte sie den größten Teil ihrer Schminke und band sich die Haare zurück.

Da öffnete sich die Tür, und Jemima betrat die Toilette. Sie lächelte Susie im Spiegel zu.

»Sie sehen müde aus. Zu viel Action in letzter Zeit?«

»Ja, kann sein.«

»Sie Glückliche. Ich wünschte, ich könnte das auch behaupten.«

»Wünschen Sie sich das lieber nicht«, entgegnete Susie und begann zu weinen.

»Susie, was ist denn? Sie waren doch in letzter Zeit so fröhlich – sind Sie am Ende wieder bei Ihrem Freund? Bei dem, der Sie verprügelt hat?«

Susie sah sie mit großen Augen an. »Ich ... nein, nicht wirklich. Aber woher ...?«

Jemima legte einen Arm um Susies Schulter. »Ich bin nicht blind. Außer Bianca ist niemand mehr hier. Gehen wir in mein Büro, und ich hole uns einen Kaffee.«

»Nein, nein«, erwiderte Susie. »Ich muss mich um halb sieben mit jemandem treffen.«

»Dann schicken Sie diesem Jemand einfach eine SMS, und schreiben Sie, dass es eine halbe Stunde später wird. In dem Zustand können Sie nicht raus. Mit wem wollen Sie sich denn treffen? Mit Ihrem neuen Freund?«

»Nein«, antwortete Susie und weinte wieder. »Ach, Jemima, es ist alles ein solches Durcheinander.«

Jemima schob sie sanft in Richtung ihres Büros. »Setzen Sie sich, ich hole den Kaffee.«

Jonjo, der den ganzen Tag um das trauerte, was anfangs so vielversprechend ausgesehen hatte, begegnete am Aufzug Patrick.

»Hi«, sagte er niedergeschlagen.

»Hallo«, begrüßte Patrick ihn seinerseits. »Wie geht's?«

»Schlecht. Kommst du oder gehst du?«

»Ich bin gerade gekommen und wollte zu Saul. Aber er ist aufgehalten worden, also muss ich ein paar Stunden Däumchen drehen.«

»Hättest du Zeit auf einen Drink?«

»Warum nicht? Die Alternative ist georgianische Architektur. Ruby arbeitet gerade an einem Schulprojekt zu dem Thema.«

Jonjo lächelte matt. »Ich dachte, Saul hätte dich von solchen Projekten befreit. Komm, ein schneller Drink kann nicht schaden.«

»Das ist ja grässlich«, meinte Jemima, die sich mittlerweile mit Susie duzte. »Du Arme. Versuch, ihn zu einem Besuch bei einem Psychiater oder Therapeuten zu überreden. Was er in dieser Richtung macht, genügt offensichtlich nicht. Und biete ihm an, ihn zu begleiten, wenn er das möchte.« Zögernd fügte sie hinzu: »Selbstmord ist die aggressivste denkbare Handlung überhaupt. Sie zwingt alle andern, den Rest ihres Lebens an den Menschen zu denken, der sich umgebracht hat. Da steckt folgende Logik dahinter: Ich ertrage es nicht mehr, also musst du es von nun an ertragen. Er ist neidisch auf dich, weil du dein Leben seiner Ansicht nach im Griff hast, und richtet seine Aggression auf dich, weil er sich von dir angegriffen fühlt.«

Susie sah Jemima verwundert an. »Du scheinst ganz schön viel über das Thema zu wissen.«

»Sollte ich auch«, meinte Jemima. »Ich mache schon seit einiger Zeit eine Ausbildung zur Psychotherapeutin, falle aber immer wieder durch die Prüfung.«

»Nein!«, rief Susie aus. »Das ist ja höchst interessant. Warum hast du das nie erwähnt?«

»Ich wollte nicht, dass Bianca das erfährt, weil sie sonst vielleicht denkt, dass ich mich nicht genug im Unternehmen engagiere. Ich würde dich also bitten, nichts zu verraten.«

»Natürlich nicht. Du wärst bestimmt eine tolle Psychotherapeutin. Ich wünschte, ich könnte zu dir gehen!«

»Ich habe leider keine offizielle Qualifikation. Aber ich weiß ziemlich viel über das Thema Selbstmord, weil ich mich mit Fallstudien beschäftigt habe.«

»Ich bin jedenfalls froh, dass du meinst, ich würde richtig handeln.«

»Ja. Ich halte das Ganze jedoch auch für ziemlich gefährlich. Soll ich dich heute Abend begleiten?«

»Nein, dann flippt er total aus.«

»Ruf mich an, wenn du das Gefühl hast, nicht mehr allein zurechtzukommen. Er kann gewalttätig werden, vergiss das nicht, Susie.«

»Er behauptet, dass er deswegen in Therapie ist. Und seit damals ist in dieser Richtung nichts mehr vorgefallen. Abgesehen davon, dass er mir einmal fast die Tür eingeschlagen hätte, als ich ihm erklärt habe, dass es einen andern in meinem Leben gibt.«

»Wie bitte? Du hättest zur Polizei gehen sollen.«

»Ich weiß. Aber irgendwie ... Jedenfalls haben die Nachbarn unter mir ihm gesagt, dass er verschwinden soll, und das hat er getan.«

»Interessant, dass er sich so leicht von seinem Ziel hat abbringen lassen. Und wer ist dieser andere?«

»Niemand mehr.« Wieder brach Susie in Tränen aus.

»Ich hab geglaubt – na ja, fast hätte ich geglaubt, ich hätte die Richtige gefunden«, erzählte Jonjo. »Eine Wahnsinnsfrau, Patrick, du kennst sie. Sie war bei Guineveres Vernissage. Wir passen so gut zusammen ... Aber sie betrügt mich. Sie hat einen andern.«

»Woher weißt du das?«

»Ich hab sie mit ihm reden hören. In meinem Bett hat sie ihm gesagt, wie erleichtert sie ist, seine Stimme zu hören.«

»Du kennst die Hintergründe nicht«, meinte Patrick. »Hast du sie danach gefragt?«

»Natürlich nicht! Ich wollte keine peinlichen Ausreden hören und bin ins Büro gegangen. Sie hat mir einen Zettel hingelegt, auf dem stand, dass sie es mir erklären will, aber das dürfte ziemlich schwierig sein!«

»Es könnte doch zum Beispiel ihr Dad gewesen sein. Ich finde, solange nichts bewiesen ist, solltest du von ihrer Unschuld ausgehen. Ich gebe zu, dass das alles ein bisschen merkwürdig klingt, aber du weißt nicht, was los ist. Ich an deiner Stelle würde mich mit ihr verabreden und mit ihr sprechen.«

»Patrick, ich kann das nicht. Ich würde mir vorkommen wie der totale Versager ...«

Er sah erholt aus, nicht abgemagert und mit tiefliegenden Augen, wie Susie es erwartet hätte.

»Hi.« Henk stand auf, küsste sie auf die Wange, bot ihr einen Platz an.

»Tut mir leid, dass ich so spät dran bin. Ich hoffe, du hast meine SMS gekriegt.«

»Ja.«

»Ich musste ...«

»Überstunden machen.« Er grinste. »Was möchtest du trinken?«

»Eine Weißweinschorle, bitte.«

Daran konnte sie lange trinken, ohne betrunken zu werden.

»Wie geht's?«

»Gut, danke. In der Arbeit läuft's. Und bei dir?«

»Prima. Ich habe einen Job als Assistent eines Studiofotografen.«

»Tatsächlich? Das ist ja wunderbar! Wie war der Auftrag für den *Sketch*?«

»Daran erinnerst du dich? Super. Ich soll noch mal was für sie machen.«

»Henk, das freut mich für dich.«

»Danke.«

»Henk ... wir müssen uns richtig unterhalten.«

»Worüber?«

»Du weißt genau, worüber. Über deine SMS. Die haben mir einen ganz schönen Schreck eingejagt. Hör mal, ich hab nachgedacht …«

»Du machst Schluss mit dem Typen?«

»Das habe ich nicht gesagt! Ich glaube, du brauchst Hilfe, Henk. Professionelle Hilfe.«

»Nein, ich brauche nur dich. Dann geht's mir wieder gut.«

Gott, dachte Susie, er hat sie wirklich nicht mehr alle. Sie musste sehr vorsichtig sein.

»Es war schön mit dir«, jammerte er. »Wir passen so gut zusammen. Ich begreife einfach nicht, was schiefgelaufen ist.«

Susie witterte ihre Chance. »Ja, am Anfang war es schön«, sagte sie. »Doch die Dinge haben sich geändert.«

»Aber warum? Und wie? Ich verstehe das nicht.«

»Deswegen glaube ich ja, dass du Hilfe brauchst. Weil du es nicht verstehst. Ich finde, wir sollten zu einem Therapeuten, darüber reden, damit du es begreifst.«

»Meinst du, Baby? Glaubst du, das würde helfen?«

»Ja. Soll ich uns jemanden suchen?«

Langes Schweigen. »Ja«, antwortete er schließlich. »Vielleicht hast du recht.«

Möglicherweise sollte er Patricks Rat befolgen und Susie Gelegenheit geben, ihm die Lage zu erklären. Das wäre selbst dann kein Nachteil, wenn sich herausstellte, dass sie ihn tatsächlich betrog. Dann wüsste er es immerhin. Er würde mit dem Taxi zu ihr fahren und mit ihr reden. Allerdings ohne vorherige Anmeldung, damit sie keine eventuellen Spuren von einem anderen Typen beseitigen konnte …

»Und die Bude, in der du jetzt wohnst, Henk, wie ist die?«

»Ziemlich klein, aber sie helfen alle sehr.«

»Sie helfen dir?«

»Ja, natürlich. Was denkst du?«

Da war sie wieder, diese Aggressivität.

Susie sah auf ihre Uhr.

»Henk, tut mir leid, ich muss los.«

»Ich dachte, du würdest ... wir hätten länger.«

»Nein, ich hab das, woran ich gerade gesessen bin, nur unterbrochen. Ich bin noch lange nicht fertig.«

»Okay. Dann muss ich mich also mit den Brocken zufriedengeben, die du mir hinwirfst?«

»Henk, bitte verdirb nicht alles. Es hat mich gefreut, dich über deine Arbeit reden zu hören und zu sehen, dass du besser ausschaust, als ich dachte ... Ich hatte mir solche Sorgen um dich gemacht.«

»Das ist ja schon mal was. Dass es dich interessiert, ob ich lebe oder tot bin.«

»Henk, natürlich ist mir das wichtig, sei nicht albern!«

»Gut«, sagte er. »Und was machen wir jetzt?«

Plötzlich wurde ihr klar, dass sie ihn loswerden musste.

Es kostete sie viel, ruhig zu bleiben. »Jetzt muss ich gehen. Sorry.«

»Okay.« Das klang aufrichtig bedauernd. »Aber wir können wieder miteinander reden?«

»Natürlich.«

»Gut. Danke, dass du gekommen bist. Ich begleite dich nach Hause wie ein Gentleman. Keine Sorge, ich werde nicht versuchen, mir gewaltsam Zutritt zu verschaffen.« Er bedachte sie mit einem reumütigen Lächeln.

Jonjo, dessen Taxi die Straße sehr langsam entlangfuhr, damit er nach der Nummer 82 Ausschau halten konnte, sah Susie mit einem Mann aus einer Kneipe kommen. Er sagte dem Taxifahrer, dass er stehenbleiben solle, und beobachtete, wie der Mann Susies Arm nahm, wie die beiden plaudernd und lächelnd weitergingen. Und dann, wie der Mann Susie auf den Mund küsste, worauf Jonjo dem

Fahrer ziemlich unwirsch erklärte, er solle ihn auf schnellstem Weg zurück nach Canary Wharf bringen.

Henk schmunzelte. Gott, war die Kleine dämlich.
   Das konnte eine Weile so gehen.

Zweiundvierzig

Sie stritten heftig, jeden Tag aufs Neue, und sagten scheußliche, brutale Dinge zueinander. Cornelius fühlte sich schlechter denn je, verachtet, ausgemustert, unterschätzt.

Es lag daran, dass das Haus Farrell immer mehr an Bedeutung verlor. Früher war es bewundert und kopiert worden, nun lächelte man fast verächtlich darüber. Sämtliche Verkaufsflächen waren reduziert worden, es stand weniger Geld für die Werbung zur Verfügung, die Beschäftigten waren demoralisiert, Athina wirkte permanent genervt.

Florence war der einzige Lichtblick in Cornelius' Leben, doch leider fand er noch weniger Zeit als sonst, sich mit ihr zu treffen. Wenn sie es dann schafften, war sie fröhlich und liebevoll und ermutigte ihn. Ohne sie, dachte er oft, wäre er längst von Athina fortgegangen. Dass Florence als Kitt seiner Ehe fungierte, konnte man durchaus als Ironie des Schicksals betrachten, das war ihm bewusst.

Florence war überdies ziemlich klug: Eine der wenigen erfolgreichen Promotions, die das Haus Farrell in diesem schrecklichen Jahrzehnt durchführte, für einen Lippenstift, bei dem eine härtere äußere Hülle einen weicheren glänzenden Kern umgab, war ihre Idee gewesen. Sie hatte sie bei einer Besprechung vorgestellt und war von Athina niedergemacht worden, die die Idee später als ihre eigene ausgab. Als Cornelius daraufhin ziemlich mutig feststellte, dass der Einfall seiner Ansicht nach von Florence stamme, hatte Athina widersprochen, natürlich sei dem nicht so, doch überraschenderweise war Florence aufgestanden und hatte gesagt, sie erinnere sich deutlich, dass sie den Lippenstift vorgeschlagen habe, der mittlerweile »Soft-Hearted Lipstick« hieß, woraufhin sogar der Verkaufsleiter sich auf ihre Seite schlug.

Auch im Privatleben der Farrells hinterließ der drohende Niedergang seine Spuren: Die Brightoner Wohnung wurde mitsamt den wertvollen Gemälden und Möbeln verkauft, Athinas Kleidung war nicht mehr Haute Couture, sondern von der Stange.

Und dann entdeckte Athina eines Abends, als sie in der Badewanne lag, einen Knoten in ihrer Brust. Anstrengende Monate folgten, in denen sie sich einer Strahlentherapie unterziehen musste, gefolgt von einer teilweisen Abnahme der Brust sowie einer Chemotherapie. Athina zeigte große Tapferkeit, was ihre Behandlung anging, aber anderen gegenüber verhielt sie sich schlicht unmöglich; sie wütete, verfluchte ihr Schicksal. Vor allem Cornelius hatte unter ihren Ausbrüchen zu leiden.

Florence war die meiste Zeit über geduldig und verständnisvoll, doch eines besonders grässlichen Abends sagte sie Cornelius, wenn er weiter nur über Athina rede, darüber, wie tapfer und unmöglich sie sei, würde sie ihn bitten zu gehen und nicht wiederzukommen.

Sie stritten sich, er verließ sie und lief verärgert und verzweifelt stundenlang auf den Straßen herum, weil er weder nach Hause noch zurück zu ihr konnte. Es dauerte Wochen, bis sie zu einem Waffenstillstand gelangten, hauptsächlich deshalb, weil er sie nicht nur anbettelte, ihm zu verzeihen, sondern einer Journalistin erzählte, dass die Idee mit dem Soft-Hearted Lipstick von Florence stamme. Darüber berichteten die Beauty-Seiten der Zeitschriften, zum Glück in einer Phase, in der Athina so von ihrer Chemotherapie geschwächt war, dass sie fast nichts las. Das besänftigte Florences Zorn, wie kaum etwas anderes es getan hätte. Florence war selbst überrascht über ihren Ehrgeiz ihr Konkurrenzdenken, suchte Cornelius in seinem Büro auf, bedankte sich bei ihm und entschuldigte sich für ihre Feindseligkeit.

Daraufhin verließ er Athinas Krankenbett in der Klinik früher als sonst und verbrachte den Rest des Abends mit Florence. Es handelte sich nicht nur um eine emotionale, sondern auch um eine höchst befriedigende physische Wiedervereinigung, nach der sie beide zugaben, dass sie den ganzen Abend über nicht nur nicht an Athina gedacht, sondern auch nicht das geringste schlechte Gewissen gehabt hatten.

Athinas Abwesenheit brachte Probleme mit sich: Produkte mussten abgesegnet, Werbetexte verfasst, Werbemittel hergestellt werden. Cornelius gab sein Bestes, hatte jedoch mit vielen Dingen Mühe. Am Ende fragte er Florence, ob es ihr etwas ausmachen würde, einen Teil der Arbeit zu übernehmen. Florence fügte sich zuerst noch zögernd, dann mit wachsender Begeisterung, in ihre neue Rolle.

Maurice Foulds, der Chefchemiker, lauschte ihren Ausführungen und Kommentaren mit Erleichterung, nicht abweisend, wie Florence befürchtet hatte. Das Gleiche galt für das Kreativteam, denn die Besprechungen mit ihr waren nicht so kompliziert und oft demütigend wie mit Athina Farrell.

Alle bemerkten, wie viel einfacher das tägliche Leben und die Arbeit nun seien, und wie viel mehr man beides genieße. Als Cornelius eine Besprechung mit der Ankündigung beendete, dass Athina bald wieder ins Haus Farrell zurückkehren werde, wenn auch anfangs nur halbtags, war ein so deutlicher Mangel an Begeisterung zu spüren, dass man sich nur schwer vorstellen konnte, wie Athina jemals ihre Autorität zurückgewinnen würde.

Die Sache mit dem Soft-Hearted Lipstick hatte auch andere Folgen: Thea Grantly von *Sketch*, eine Journalistin mit großer Intuition, fragte telefonisch bei Florence an, ob sie sie über ihre Arbeit für Farrell befragen dürfe.

Florences erster Impuls war es, nein zu sagen, da sie wusste, wie viele Probleme ein solches Interview vermutlich aufwerfen würde, aber weil der Soft-Hearted Lipstick sich so gut verkaufte und sie immer noch eingeschnappt war wegen Athinas anfänglicher Weigerung, ihre Mitwirkung an dem Projekt anzuerkennen, lud sie Thea Grantly in den Shop ein.

Sie führte sie hinauf in ihr Boudoir, wo sie sie mit Patisserien von Fortnum and Mason und Earl-Grey-Tee verwöhnte und, als die Mittagszeit herannahte, mit einem Glas Champagner. Sie unterhielt sich über eine Stunde lang klug und amüsant mit ihr über die Marke und ihre Arbeit und erwähnte mehr als einmal, dass sie in Athinas Abwesenheit stärker in die Abläufe eingebunden sei. Thea Grantly, die Athina nicht leiden konnte, fand Florence ausgesprochen charmant und erkundigte sich, ob sie einen Fotografen in den Shop schicken dürfe. Florence, die dieser Versuchung nicht widerstehen konnte, sagte ja, bat aber, das auf den folgenden Tag zu verschieben.

Den Rest des Nachmittags verbrachte sie bei Leonard of Mayfair, wo sie sich die Haare zu einem Bubikopf im Stil der dreißiger Jahre schneiden ließ, und am Abend ging sie ihre Garderobe durch. Die Fotos, die sie lächelnd an der Tür zum Shop zeigten, mit der Bildunterschrift *Das moderne neue Gesicht des Hauses Farrell*, erschienen auf einer Doppelseite des *Sketch*, schlugen hohe Wellen in der Branche und führten zu Mutmaßungen darüber, ob Florence angesichts von Athina Farrells Krankheit ihren Platz einnehmen würde.

Cornelius, der schreckliche Angst davor hatte, dass irgendwie eine Ausgabe des *Sketch* in Athinas Krankenzimmer gelangte, suchte Florence auf und flehte sie an, keine weiteren Interviews zu geben.

»Cornelius, sei nicht albern«, entgegnete Florence mit Unschuldsmiene. »Wie könnte ein Zeitungsartikel die Wahrnehmung der Öffentlichkeit von Athina und ihrem Platz im Haus Farrell verändern? Außerdem ist das wunderbare Gratiswerbung für den Soft-Hearted Lipstick, das schlägt sich in den Verkaufszahlen nieder. Zusätzliche Propaganda kann doch nicht schlecht sein, oder?«

»Natürlich nicht«, antwortete Cornelius.

Thea Grantly war nicht die einzige Journalistin, die Florences einzigartiges Gespür für die Branche, ihren Charme und ihren unbestreitbaren Stil erkannte, was zu weiteren Interviewanfragen führte. Florence sagte freundlich, aber bestimmt nein, ließ sich aber ohne allzu große Schwierigkeiten dazu überreden, telefonisch ihre Meinung über so unterschiedliche Dinge wie das Make-up von Prinzessin Diana oder die sich seit den fünfziger Jahren wandelnde Einstellung der Frauen ihrem eigenen Körper gegenüber kundzutun. Ihre Äußerungen wirkten durchdacht, zutreffend und amüsant und erschienen oft begleitet von dem Bild aus *Sketch*. Cornelius war außer sich, und als das Ganze dann in einer Einladung Florences zu *Woman's Hour* kulminierte, suchte er Florence ein weiteres Mal auf und erklärte ihr wütend, dass dieses Treiben ein Ende haben müsse.

»Tut mir leid, Cornelius, sie haben alle diese Nummer, und ich möchte nicht unhöflich sein. Ich weiß nicht, wie ich dir deinen Wunsch erfüllen soll. Da müsstest du mich schon in einen sechsmonatigen Urlaub schicken.«

Cornelius sah sie wütend an. »Das hätte ich nicht von dir gedacht, Florence.«

»Tatsächlich? Du meinst, nach dreißig Jahren absoluter Diskretion und unerschütterlicher Loyalität nicht nur dir, sondern auch Athina gegenüber, in denen, wenn wir ehrlich sind, nicht sehr viel für mich herausgesprungen ist, soll ich nun wieder ins zweite Glied zurücktreten? Hast du dir niemals Gedanken darüber gemacht, was ich mir wünschen könnte, abgesehen von dem bisschen Tand, den man der Geliebten schenkt?«

»Vorsicht, du bewegst dich auf sehr dünnem Eis«, warnte er sie.

»Cornelius, die Wahrheit schmeckt nicht immer gut. Natürlich liebe ich dich, und ich habe auch nichts dagegen, mein ganzes Leben danach auszurichten, obwohl das manchmal ziemlich hart ist. Aber möglicherweise hätte es noch andere Dinge gegeben, die mich in meiner Einsamkeit über Athinas Arroganz und deine Überzeugung, dass ich immer verfügbar bin, wenn du mit den Fingern schnippst, hinweggetröstet hätten. Es verletzt mich sehr, dass dir das niemals in den Sinn gekommen ist. Mir haben diese letzten Wochen, in denen man meinen Wert erkannt, mir zugehört, mich sogar bewundert hat, sehr gutgetan. Und ich merke, dass ich das nicht mehr missen will. Ich finde, ich habe mehr verdient. Und ich finde, du solltest es mir zugestehen.«

»Was soll das denn heißen?«

»Dass ich mir einen besseren Status innerhalb des Hauses Farrell wünsche. Die Leute sollen wissen, dass ich nicht nur die wunderbare Dame mittleren Alters bin, die den Shop leitet. Wenn ich nicht mehr von dir als Person haben kann – und in das muss ich mich fügen –, möchte ich mehr von meinem Beruf. Es ist zwar schon ein bisschen spät, doch dir fällt bestimmt etwas ein.«

»Und wenn nicht?«

»Dann wird es weitere Artikel geben. Tut mir leid.«

»Das ist Erpressung!«, rief er aus.

Plötzlich sah Florence ihn als das, was er war: ein attraktiver, charmanter, aber schwacher Mann. Sie lächelte freundlich.

»Ja«, sagte sie. »Genau das ist es.«

Zwei Wochen später verkündete ein Rundschreiben die Berufung von Florence Hamilton in die Unternehmensleitung. Fortan würde ihr der Bereich Einzelhandel unterstehen.

Eines Abends, als alle anderen schon gegangen waren, versuchte Bianca an ihrem Schreibtisch verzweifelt, selbst die Energie zum Gehen aufzubringen, als ihr Handy klingelte. Saul. Die Mailbox erklärte ihm, dass sie im Moment nicht erreichbar sei. Fast sofort erhielt sie eine SMS von ihm: *Bianca, bitte rufen Sie mich an. Ich habe eine Idee.*

Neugierig geworden rief sie ihn an. Für seine Verhältnisse klang er ziemlich lebhaft.

»Hi, ich würde gern mit Ihnen reden. Über Ihr Projekt. Was machen Sie gerade?«

»Ich wollte nach Hause zu meinen vaterlosen Kindern.«

»Wie bitte? Ach so, Sie meinen, Patrick ist nicht da.«

»Ja, er gilt im Allgemeinen als ihr Vater.«

»Die Sache mit Hongkong tut mir leid. Wenn Sie das tröstet: Ich musste ihn nicht dazu drängen. Er hätte das genauso gut von hier aus erledigen können.«

»Ein sonderlich großer Trost ist mir das nicht«, sagte Bianca. »Eher das Gegenteil.«

Schweigen, dann: »Egal, wichtig ist jetzt jedenfalls Ihr Projekt. Ihre Idee ist super, Sie müssen sie durchziehen, Bianca.«

»Schön und gut, aber ich kriege kein Geld dafür.«

»Es gibt eine Lösung. Die ist mir heute Nachmittag eingefallen.«

»Und?«, fragte Bianca, hin und her gerissen zwischen Verärgerung und Dankbarkeit darüber, dass jemand wie Saul sich über ihr Problem Gedanken machte.

»Lizenznehmer.«

»Wie bitte?«

»Lizenznehmer. Wir sollten reden. Hätten Sie eine halbe Stunde Zeit? Ich finde meine Idee ziemlich gut. Sind Sie noch im Büro? Ich könnte zu Ihnen kommen.«

»Ja. Aber ...«

»Bin in fünfzehn Minuten da.«

Er marschierte in seiner ungeduldigen, hektischen Art herein, sagte hallo und setzte sich auf den Stuhl vor ihrem Schreibtisch.

»Sie packen es folgendermaßen an ...«

Sie musste lachen.

Er sah sie ein wenig verletzt an. »Was ist so komisch?«

»Nichts, Saul. Bitte entschuldigen Sie. Das war unhöflich von mir. Reden Sie weiter, ich bin ganz Ohr.«

»Okay. Sie sagen Ihren Investoren, dass Sie Shops in allen Einkaufshochburgen der Welt eröffnen werden, und wenn sie Ihnen das Geld nicht zur Verfügung stellen wollen, vergeben sie die Shops an Lizenznehmer.«

Sie spürte eine fast schon erotische Erregung. »Wow, das ist tatsächlich ziemlich clever.«

»Ich weiß.« Er sah aus wie ein kleiner Junge, den man gelobt hatte, weil er so artig gewesen war.

»Kann ich das denn im Rahmen meines Vertrags mit ihnen machen?«

»Ich denke schon. Ich überprüfe das für Sie. Doch wichtiger: Sie erklären ihnen, was für sie dabei rausspringt.«

»Und das wäre?«

»Geld«, antwortete Saul. »Das ist das Einzige, was die interessiert.«

Mike und Hugh wirkten verärgert.

»Bianca, wir haben es Ihnen doch schon so oft gesagt: Wir können Ihnen kein Geld mehr geben.«

»Okay. Aber ich habe einen neuen Plan.«

»Und wie sieht der aus?«

»Lizenznehmer.«

»Wie bitte?«

»Wir sollten die Shops im Franchising-System aufbauen. Dann kosten sie uns so gut wie nichts. Die Lizenznehmer investieren das Geld. Wenn Sie zustimmen, erhalten Sie fünfundzwanzig Prozent ihres Gewinns, zusätzlich zu dem natürlich, was sich durch einen Verkauf des Hauses Farrell möglicherweise ergibt.«

Mike sah Hugh an, Hugh sah Mike an, und Mike sagte: »Würden Sie uns einen Moment entschuldigen?«

Als sie auf ihre Rückkehr wartete, traf eine SMS von Saul ein.
Wie läuft's?
Bin mir nicht so sicher.
Halten Sie mich auf dem Laufenden.

Klar.

Sie hatte gerade noch Zeit, die letzte SMS abzuschicken, als Hugh und Mike sich wieder setzten und sie eine Weile schweigend musterten.

»Geniale Idee«, sagte Hugh schließlich. »Aber wir bezweifeln, dass sie funktioniert. So vieles spricht gegen sie. Glauben Sie wirklich, dass Sie in der Kürze der Zeit mehrere Locations finden, die Ihren Vorstellungen entsprechen? Und dass Sie die dann ausstatten und mit Personal bestücken können? Meinen Sie, Sie sind in der Lage, Leute aufzutreiben, die das nötige Geld für so etwas haben, und sie dazu zu bringen, das zu tun, was Sie wollen?«

»Ja«, antwortete Bianca mit fester Stimme. »Das meine ich.«

»Das kann in der Zeit, die Ihnen bleibt, nicht klappen«, widersprach Hugh. »Der Launch lässt sich nicht verschieben. Er muss mit dem diamantenen Thronjubiläum zusammenfallen, und das wird mit Sicherheit nicht verschoben.«

»Wären Sie bereit mitzumachen, wenn ich Ihnen eine Garantie geben könnte?«

»Möglich«, antwortete Hugh. »Doch das können Sie nicht. Also …«

»Hugh! Bitte! Denken Sie noch mal darüber nach.«

Mike seufzte.

»Okay. Wir denken drüber nach. Aber wenn es ein Nein wird …«

»Gebe ich trotzdem nicht auf«, sagte sie.

»Herrgott, Bianca«, meinte Mike. »Lassen Sie uns ein paar Minuten allein, ja?«

Sie verließ den Raum, nahm ihr Handy aus der Tasche und schickte Saul eine SMS.

Sie denken drüber nach.

Sie machen's.

Bin mir nicht sicher.

Doch.

Sie klopfte an der Tür des Besprechungszimmers, bevor sie eintrat. Die beiden saßen mit dem Rücken zu ihr und sahen zum Fenster hinaus. Wie gut sie diesen Blick kennen mussten, dachte sie, jedes Dach, praktisch jeden Ziegel von jedem Gebäude.

»Hi«, begrüßte sie sie.

»Hi.« Mike drehte sich zu ihr um.

Sie lächelte, er erwiderte ihr Lächeln nicht.

Hugh drehte sich mit genauso ernster Miene um. Die Atmosphäre war nicht gut.

»Bianca«, sagte Hugh, »wir haben über Ihren Vorschlag nachgedacht.«

»Und wir fragen uns, ob Sie in irgendeiner der von Ihnen anvisierten Städte Kontakte haben«, ergänzte Mike.

»Einige, ja«, antwortete sie, entschlossen, optimistisch zu klingen. »In New York und Mailand. Möglicherweise in LA.«

»Und in Sydney und Tokio?«

»Nein.«

»In Dubai?«

Sie schüttelte den Kopf.

»Das hatten wir uns schon gedacht«, erklärte Hugh.

»Aber ich treibe welche auf.«

»Das ist nicht so einfach. Ihr Name und das Haus Farrell sind dort nicht bekannt. Sie werden mörderisch viel Interesse generieren müssen, wenn Sie das erfolgreich durchziehen wollen. Sie machen sich Illusionen.«

Plötzlich wurde Bianca wütend. »Das glaube ich nicht. Und selbst wenn, möchte ich Sie daran erinnern, dass die Kosmetikbranche von Illusionen lebt. Sie verkauft eine Traumwelt. In dieser Branche muss man …«

»Bianca«, fiel Mike ihr ins Wort, »das ist Unsinn. Geld bleibt Geld, egal in welcher Welt es ausgegeben wird.«

Sie schwieg. Saul hatte sich getäuscht. Plötzlich wurde sie wütend auf ihn, auf Mike und Hugh.

»Bianca?«, fragte Mike.

Sie zwang sich zu einem Lächeln.

»Ich treibe sie auf«, sagte sie entschlossen. »Daran können Sie mich nicht hindern.«

»Das wollen wir auch gar nicht«, versicherte ihr Hugh. »Aber das schaffen Sie nicht allein. Aus diesem Grund haben wir beschlossen, Ihnen zu helfen.«

»Ach.« Sie verstand nicht gleich, was er meinte.

»Ein bisschen mehr Begeisterung, bitte.«

»Sorry. Ich …« Da begriff sie, und sie sah die beiden mit großen Augen an.

»Sie wollen mir helfen?«

»Ja. Es dürfte Sie nicht überraschen, dass wir an vielen dieser Orte Kontakte haben. Offen gestanden erwarten wir keine große Resonanz, aber wir sind bereit, ein paar E-Mails loszuschicken und abzuwarten, was sich tut. Wie wäre das?«

»Das wäre toll! Danke. Vielen herzlichen Dank!«

Und dann machte sie etwas, das sie in ihrem gesamten Berufsleben noch nicht getan hatte. Sie trat zu ihnen, umarmte zuerst den einen, dann den anderen, wischte sich die Tränen weg, lachte und weinte gleichzeitig.

Als sie ihre schockierten Mienen sah, entschuldigte sie sich. »Sorry, das war unprofessionell …«

»Bianca«, sagte Hugh, und nun lächelten er und Mike, »machen Sie sich darüber mal keine Gedanken. Das Ganze ist auch unsererseits keine sonderlich professionelle Entscheidung!«

Mach schon, geh ran, bitte, *bitte*.

Es meldete sich der Anrufbeantworter.

»Hallo, Jonjo, ich bin's, Susie. Ich muss mit dir reden. Das, was du gestern Morgen gehört hast, war nicht das, wofür du es hältst. Bitte ruf mich an, damit ich es dir erklären kann. Es tut mir leid, bitte sei nicht wütend. Ich würde mich gern mit dir treffen. Ich …«

Sie zögerte. Sie konnte nicht »Ich liebe dich« sagen, obwohl sie das gern getan hätte, aber sie wollte, dass er wusste, wie sehr sie von Gewissensbissen geplagt wurde, wie viel sie sich aus ihm machte. »Du fehlst mir«, murmelte sie schließlich in der Hoffnung, dass sich das nicht zu jämmerlich anhörte.

Jonjo reagierte den ganzen Tag nicht. Kein Anruf, keine Nachricht auf der Mailbox, keine SMS. Schweigen. Es war schrecklich. Susie begann, alle Anrufer zu hassen, die nicht Jonjo waren. Am Ende des Tages verließ sie das Büro früh und eilte nach Hause, um ihren Anrufbeantworter abzuhören. Darauf befanden sich drei Nachrichten: zwei von ihrer Mutter, eine von einer alten Freundin. Hatte sie wirklich geglaubt, dass er ihre Festnetznummer wählen würde?

Vielleicht sollte sie ihm eine SMS schicken, einfach nur schreiben: *Hoffe, du hast meinen Anruf erhalten. Lass es mich wissen, wenn nicht.* Das klang verzweifelt, aber das war sie auch. Sie sandte die SMS, bevor sie es sich anders überlegen konnte. Und schon klingelte das Telefon. So schnell! Gott sei Dank hatte sie die SMS geschickt! Vor Erleichterung bebend ging sie ran. »Hi«, sagte sie, bemüht, ruhig zu klingen. »Schön, von dir zu hören ...« Dann, viel zu spät, sah sie aufs Display.

Henk.

Dreiundvierzig

»Du kannst das Haus verkaufen«, erklärte Bertie Priscilla, die auf dem Sofa an Unterlagen für die nächste große Wohltätigkeitsveranstaltung arbeitete, mit kühlem Blick.

Sie sah ihn mit großen Augen an. »Du sagst ja?«

»Ja.«

»Das sind mal gute Nachrichten. Wenn wir schnell sind, kriegen wir die Amerikaner, die interessiert waren, vielleicht noch. Ich ruf den Makler gleich morgen früh an.«

»Gut. Was haben sie geboten?«

»Drei Millionen. Dafür sollten wir eine anständige Wohnung in London bekommen und hätten dann noch was fürs Alter übrig.«

»Ich fürchte, das wird halbe-halbe gehen müssen«, meinte Bertie.

»Was soll das denn heißen?«

»Dass ich dich verlasse. Ich will die Scheidung, Priscilla. Außerdem habe ich mir einen ziemlich interessanten neuen Job gesucht, der nichts mit dem Haus Farrell zu tun hat.«

Priscilla lachte ungläubig.

»Das ist absurd, Bertie. Du kannst Farrell nicht verlassen.«

»O doch. Durch den Vertrag bin ich drei Monate gebunden, aber ich schätze, Bianca lässt mich ziehen, sobald sie einen Nachfolger für mich gefunden hat.«

»Wo willst du hin?« Zum ersten Mal wirkte Priscilla unsicher und wurde sogar ein bisschen blass.

»In die Midlands. Ich hab die Midlands immer schon gemocht, meiner Ansicht nach sind sie unterschätzt. Auf dem Land ist es hübsch, dort kann ich mir für das Geld ein schönes Haus kaufen.«

»Und was macht das Unternehmen, für das du arbeiten wirst?«

»Es handelt sich um eine Kette von Gartenzentren. Ein Wachstumsmarkt, diese Gartenzentren, wenn du mir den Kalauer verzeihst. MD ist ein netter Typ, wir haben uns sofort verstanden. Ist eine ziemlich große Kette mit ungefähr zwanzig Läden. Einer befindet sich in der Nähe von Basingstoke, da warst du vielleicht schon mal. Heißt Gardens 4U.«

»Was für ein lächerlicher Name!« Wieder einmal verfiel Priscilla in ihr gewohntes Muster, auf Berties Entscheidungen spöttisch zu reagieren. »Und du hast keine Ahnung von Gartenzentren.«

»Ich verbringe viel Zeit in ihnen, Priscilla. Wenn du dich für das interessieren würdest, was ich in meiner Freizeit tue, wäre dir das klar. Ich liebe Gärten, weiß eine Menge darüber und warum Menschen gern im Garten arbeiten. Ich werde in der Personalabteilung tätig sein, wofür ich anscheinend ein Händchen habe. Das hat Bianca entdeckt. Bianca wird mir fehlen.«

»Aber du kannst nicht allein da hinaufziehen. Dort wirst du das erste Mal im Leben für dich selber sorgen müssen.«

»Priscilla, für mich hat noch nie jemand gesorgt. Am allerwenigsten du, falls du das meinst. Doch das ist jetzt sowieso egal. Dies ist das Ende unserer Ehe.«

»Bertie ...« Priscilla sah jetzt leicht panisch aus. »Es ist nicht richtig, dass du die Firma verlässt, du bist Teil davon, und ...«

»Ich bin nicht wirklich Teil davon«, widersprach Bertie. »Meine Mutter und meine Schwester haben mich immer spüren lassen, dass ich nur geduldet bin. Mir gefällt meine neue Rolle dort, und ich werde Bianca immer dankbar dafür sein, dass sie mein Potenzial erkannt hat. Aber ihr drei krittelt permanent an mir rum. Ich möchte weg, mir selber einen Weg suchen, so einfach ist das. Und unsere Ehe ist nicht mehr zu retten, das weiß ich schon lange. Die Vertretertagung, wo du mich bei meinen Kollegen schlecht gemacht hast, war ...«

»Vermutlich meinst du diese nuttige Frau. Ich hab gleich gesehen, dass die ein Auge auf dich hat! Sie hat dich auf die Idee gebracht, stimmt's? Wahrscheinlich hält sie dich für einen guten Fang. Teil der Familie Farrell, in der Unternehmensleitung, wohlhabend. Was wird sie zu deinem neuen Job sagen? Der ist ja deutlich weniger glanzvoll und auf keinen Fall so sicher wie der jetzige.«

»Priscilla«, sagte Bertie mit vor Wut blassem Gesicht, »red nie wieder so über Lara Clements. Sie ist mir eine gute Freundin und hat mir geholfen, mehr Selbstvertrauen zu gewinnen, was bei Gott nicht leicht war. Sie weiß nichts von meinen Plänen für die Zukunft, war aber zutiefst schockiert über das, was bei der Vertretertagung passiert ist, besonders über meine Mutter. Leider hat das ihr Verhalten mir gegenüber beeinflusst.

Ich gehe jetzt in mein Arbeitszimmer und fange an, meine Papiere zu ordnen. Ich würde vorschlagen, dass wir uns für die Scheidung einen Anwalt nehmen, ich denke, wir brauchen einen Fachmann. Wenn du möchtest, sage ich es Lucy und Rob.«

»Das tust du nicht«, entgegnete Priscilla. »Außerdem müssen wir vor der endgültigen Entscheidung noch einiges besprechen.«

»Abgesehen von der finanziellen Seite gibt es nichts zu besprechen«, erwiderte Bertie, »und das können wir über den Anwalt erledigen. Wenn du mich jetzt entschuldigen würdest ...«

»Bertie, das ist doch Irrsinn! Wir sind fast fünfundzwanzig Jahre glücklich verheiratet.«

»Bei den fünfundzwanzig Jahren muss ich dir recht geben«, sagte Bertie, »aber die Sache mit dem Glück bildest du dir ein.«

Sie war toll, irre sexy. Und scharf auf ihn. Viel besser als diese neurotische Kuh.

Sie hatten sich bei einem Casting kennengelernt, sie hatte ihn für wichtiger gehalten, als er tatsächlich war. Und dann war's ein Kinderspiel gewesen. Er hatte sie auf einen Drink eingeladen, und schon an dem Abend waren sie im Bett gelandet. Sie war fantastisch, machte alles, was er verlangte, und noch ein bisschen mehr. Wenn sie sich morgens anzog, um zum nächsten Casting abzudüsen, schaute er ihr vom Bett aus zu und dachte, dass er zum ersten Mal im Leben wirklich alles hatte, was er sich wünschte. Er konnte mit ihr Spaß haben und Susie weiter drangsalieren. Was wollte er mehr?

»Bianca? Ich bin's, Lucy Farrell.«

»Hallo, Lucy. Was kann ich für Sie tun?«

»Es geht um Milly.«

»Was ist denn mit ihr?«

»Wir haben neulich im Starbucks ziemlich lange geredet. Sie hat mir erzählt, wie sie in der Schule gemobbt wird. Klang schrecklich. Ich wurde in der Schule auch gemobbt, das war schlimm. Deswegen würde ich Milly gern helfen. Sie ist so ein nettes Mädchen. Entschuldigen Sie, wenn ich mich einmische, aber ich hätte da eine Idee, wie man ihr helfen könnte.«

»Tatsächlich?«

»Ja. Solche Mädchen kann man nur mit ihren eigenen Waffen schlagen. So zu tun, als würde einem alles gar nichts ausmachen, hilft leider nicht. Milly braucht etwas Eigenes, womit sie in der Schule angeben kann, worum die andern sie beneiden.«

»Ich wüsste nicht, wie ...«

»Susie hat mich gebeten, an Ihrem Einfall zu den neuen Looks für den Launch zu arbeiten, und das ist ohne Modell ziemlich schwierig. Die meisten Leute können sich was Prickelnderes vorstellen, als sich an den Abenden und Wochenenden stundenlang Make-up ins Gesicht kleistern zu lassen, aber Milly wäre begeistert, das weiß ich. Sie hat immer wieder gesagt, was für einen tollen Job ich habe, dass sie so etwas auch gern machen würde. Und sie hat diese Freundin Jayce ...«

»Lucy, ich weiß ja nicht, ob Sie Jayce kennen. Ich glaube nicht, dass sie sich als Modell eignen würde.«

»Das ist nicht so wichtig. Ich brauche bloß ein Gesicht, so etwas wie eine unbemalte Leinwand ...«

»Soweit ich weiß, hat Jayce Pickel«, fiel Bianca ihr ins Wort. Und schalt sich selbst: Du blöde Kuh, warum bist du so?

»Auch das spielt keine Rolle. Der Punkt ist eher, dass es glamourös klingt. Milly könnte es nebenbei in der Schule erwähnen. Vielleicht täusche ich mich, aber ich glaube, dann würden die Mädels sie mit anderen Augen sehen. Sie wissen ja, dass alle Mädchen gern Model wären ...«

»Ja, klar. Doch Milly hat, soweit ich das beurteilen kann, im Moment keine Freundinnen. Niemand redet mit ihr. Es gibt niemanden, dem sie es erzählen könnte.«

»Sie gehen auf ihre Facebook-Seite, das wissen wir. Wenn auch nur, um sie zu verhöhnen. Da könnte sie es erwähnen. Ich könnte Fotos von ihr machen, die sich posten lassen.«

»Ich glaube, das würde noch mehr Probleme bringen«, sagte Bianca hastig.

»Meinen Sie?«

»Ja. Sie könnten ihr Aussehen kritisieren.«

»Möglich, aber unwahrscheinlich.«

»Lucy, ich halte das für einen sehr riskanten Plan. Außerdem hat Milly ziemlich viele Hausaufgaben, und Sie möchten das ja am Wochenende machen, oder?«

»Ja.«

Bianca hörte, wie Lucy auf Distanz ging.

»Ich hab ja nur gedacht ... Selbst wenn es Milly nicht in der Schule hilft, brauche ich ein Modell, und es würde ihr Spaß machen und sie aufmuntern. Aber wenn Sie meinen, dass es ihr eher schadet als nützt ...«

»Ich fürchte ja. Trotzdem dankeschön. Wenn Sie mich jetzt entschuldigen würden, ich bin spät dran zu einer Besprechung.«

»Natürlich. Verstehe. Auf Wiedersehen, Bianca.«

Du bist wirklich eine blöde Kuh, dachte Bianca, nachdem sie aufgelegt hatte. Da ist dieses unheimlich nette Mädchen, das sich um

Milly sorgt und ihr helfen möchte, und was machst du? Du sagst ihr, dass sie sich verpissen soll. Möglicherweise war ihr Vorschlag wirklich die Lösung, es war jedenfalls eine gute Idee. Selbst wenn das mit Millys Klassenkameradinnen nicht funktionierte, würde es Milly immerhin ablenken. Warum also war sie so abweisend gewesen?

Bianca wusste genau, warum. Weil sie ein schlechtes Gewissen und das Gefühl hatte, als Mutter versagt zu haben. Sie selbst sollte in der Lage sein, Milly zu helfen und ihre Probleme zu lösen. Das wollte sie nicht einer Fremden überlassen. Am allerwenigsten einer Fremden, die den Namen Farrell trug und die Enkelin des Feinds war. Bianca konnte sich vorstellen, dass Lucy mit Athina darüber reden würde, und Athina würde sich auf diese neue Schwäche von Bianca stürzen und sie auslachen.

»Sie bringt nicht nur das Unternehmen nicht wieder auf die Beine«, würde Athina spotten, »sondern hat auch ihre eigene Familie nicht im Griff.« Mit ziemlicher Sicherheit würde sie das Thema auf die ihr eigene bissige Weise aufbringen, sich nach Milly erkundigen, erklären, wie besorgt Lucy um sie sei. Es wäre schrecklich, einfach schrecklich.

Aber was macht das schon, Bianca Bailey?, fragte sie sich. Und antwortete: Überhaupt nichts. Es geht hier ausschließlich um Milly, die noch immer jeden Abend in ihrem Zimmer weint, Milly, deren früher so fröhliches Gesicht jetzt düster wirkt, Milly, die keinerlei Möglichkeit besitzt, alles wieder ins Lot zu rücken, Milly, die, wie Patrick so richtig bemerkt hat, die Hilfe von Erwachsenen benötigt.

Und was tat Bianca, wenn diese Hilfe sich bot? Sie reagierte abweisend. Wieder hatte sie Milly enttäuscht, doch diesmal war es noch schlimmer als beim ersten Mal, weil sie es bewusst getan hatte. Wie sollte sie das ausbügeln? Bestimmt suchte Lucy schon andere Modelle ...

»Bianca, die Besprechung beginnt in fünf Minuten. Haben Sie alles, was Sie brauchen?«

»Ja, Jemima. Ich gehe gleich ins Konferenzzimmer.«

»Gut. Harriet hat gerade die neuen Make-ups raufgebracht. Die sind toll. Sobald Sie sie abgesegnet haben, sollten wir sie Lucy geben, damit sie sich neue Looks ausdenken kann. Sie ist echt gut, Bianca, ich glaube, sie wird's eines Tages zu was bringen als Make-up-Artist, in derselben Liga spielen wie Gucci Westman. Eine der Zeitschriften bringt einen Artikel über sie, Susie ist ganz aus dem Häuschen.«

»Ist sie wirklich so gut?«

»Ja.«

»Verstehe.« *Mach schon, Bianca, jetzt, bevor du dir's anders überlegst. Es geht um Milly, nicht um dich und deinen dummen Stolz. Mach …*

»Jemima, würden Sie bitte Lucy für mich anrufen? Gleich? Und im Besprechungszimmer Bescheid sagen, dass ich mich fünf Minuten verspäte. Danke …«

Heute nichts von Henk, seit drei Tagen Funkstille. Vielleicht würde er sich endlich in sein Schicksal fügen, vielleicht konnte sie anfangen, sich zu entspannen.

»Lara, hätten Sie fünf Minuten für mich?«

»Klar«, antwortete Lara grinsend. »Sie sind der Boss.«

»Was Sie nicht sagen«, seufzte Bianca. »Aber lassen wir das Thema. Es geht um Bertie. Wussten Sie, dass er uns verlässt?«

»Wie bitte? Nein!« Lara wurde schlagartig kalt und übel. »Wo will er hin? Was ist passiert?«

»Es ist alles ziemlich merkwürdig. Er fängt bei einer Kette von Gartenzentren an.«

»Das ist nicht merkwürdig. Er liebt Gärten und die Gartenarbeit.«

»Das weiß ich. Aber dass er das Haus Farrell verlässt, die Familie, die Branche, es auf eigene Faust versucht – das ist schon eine Riesenentscheidung.«

Lara zuckte mit den Achseln. »Meinen Sie?«

»Ja. Er sagt, es hätte auch persönliche Gründe, über die er lieber nicht reden möchte, dass er jedoch in eine Branche wechselt, in der er sich eher zu Hause fühlt als in der Kosmetikindustrie. Außerdem möchte er in die Midlands ziehen. Reden Sie bitte mit niemandem darüber. Ich habe ihm versprochen, es keinem zu erzählen, aber Sie sind ja praktisch Teil der Familie. Apropos: Was höre ich da draußen? Könnte das …? Ja, sie ist es … Guten Tag, Lady Farrell.«

Wie so oft in letzter Zeit hatte Jemima erfolglos versucht, Lady Farrell den Weg zu Biancas Büro zu versperren.

»Mrs Bailey, wir müssen reden.«

»Worüber?«, erkundigte sich Bianca höflich wie immer.

»Über das Parfüm. Und bitte unter vier Augen.«

»Lady Farrell, Mrs Clements und ich besprechen gerade etwas. Wenn Lara einverstanden ist, können wir eine kurze Pause machen, aber wirklich nur kurz. Sagen Sie mir doch, was Ihnen auf dem Herzen liegt. Lara, ist das okay für Sie?«

»Natürlich«, antwortete Lara.

»Gut.« Hin und wieder gab Athina doch tatsächlich nach. »Es geht um die Werbekampagne für das Parfüm. Ich habe bis jetzt noch überhaupt nichts dazu gesehen, keine Bilder, keine Texte. Es ist schon ziemlich spät; wenn wir in die Juli-Ausgaben der Zeitschriften wollen, müssen wir allmählich etwas vorweisen. Möglicherweise ist Ihnen das ja nicht klar.«

»Doch«, erwiderte Bianca, der es schwerfiel, weiter höflich zu lächeln.

»Wir müssen den Zeitschriften bis Anfang April Texte und Entwürfe liefern. Jetzt ist Mitte Februar, und es sind noch keinerlei Vorschläge da. Ich möchte Sie darauf hinweisen, dass Langland Dennis & Colborne schon eine Reihe von Entwürfen vorgelegt hätten. Es könnte natürlich sein, dass Ihre Leute, diese dynamischen jungen Männer, sich bereits etwas ausgedacht haben, Sie es jedoch nicht für nötig hielten, es mir zu zeigen. Das Parfüm ist mein Projekt. Ohne mich würde es nicht existieren. Vielleicht haben Sie das vergessen.«

»Lady Farrell, ich ...« Bianca schwieg kurz. »Sie haben völlig recht, sie sind tatsächlich ein wenig langsam. Ich hätte ihnen Dampf machen sollen. Herzlichen Dank dafür, dass Sie mich darauf aufmerksam machen. Ich sorge dafür, dass sie uns bis nächste Woche etwas zeigen, und achte darauf, dass der Termin Ihnen passt.«

Als Athina weg war, sagte Lara: »Sie hat recht. Ich finde auch, dass es allmählich spät wird.«

»Ja, aber im Moment ist alles in der Schwebe. Einschließlich der Finanzierung.«

»Verstehe. Wegen Ihrer Idee?«

»Ja, wegen meiner Idee. Sie stellt uns vor große Herausforderungen.«

Sie schien sich zu entspannen, zu glauben, dass sie ihn los war. Oder dass er sich zumindest beruhigte.

Was sollte er diesmal sagen? Es müsste ein bisschen anders sein, ihr wieder einen Schreck einjagen, sie aber auch einlullen, ihr ein trügerisches Gefühl der Sicherheit geben. Dann wäre es ein noch größerer Schock. Henk genoss dieses Spiel. Geschah ihr recht, wenn sie meinte, dass sie ihn fallen lassen konnte wie eine heiße Kartoffel.

Als Lara an Berties Büro vorbeikam, sah sie ihn in ein Telefongespräch vertieft. Er schenkte ihr ein halbherziges Lächeln, stand auf und schloss die Tür. Diese Geste verletzte Lara zutiefst. Bertie, den sie für ihren Freund hielt, dem sie sich so nahe gefühlt, in den sie sich sogar ein wenig verguckt hatte. Er hatte diese wichtige Entscheidung getroffen, ohne irgendetwas davon verlauten zu lassen. Und er zog aus persönlichen Gründen weg. Was hieß das? Laras Erfahrung nach konnte es nur eines bedeuten: Er hatte eine Frau kennengelernt und wollte näher bei ihr sein. Das tat weh. All die gemeinsam verbrachten Mittagspausen, die Scherze, die wachsende Nähe ... schlichtweg falsch interpretiert.

Susie schlief tief und fest, als das Telefon klingelte. Sie griff benommen danach.
»Hallo?«
»Susie, ich bin's, Henk. Mir geht's mies. Ich schaffe das nicht mehr. Susie, du musst mir helfen!«
»Henk, bitte!« Sie war noch nicht ganz wach. »Es ist zwei Uhr morgens. Was willst du?«
»Du weißt, was ich will. *Dich*. Ich muss dich morgen sehen, okay?«
»Ja, ja, okay. Sag, wo und wann.«
Um kurz nach vier rief er ein weiteres Mal an, um sich zu vergewissern, dass sie auch wirklich kommen würde.
Natürlich war sie in ihrer Panik nicht wieder eingeschlafen. Der zweite Anruf war schlimmer als der erste. Und der um fünf noch schrecklicher. Was sollte sie nur tun?

Vierundvierzig

Patrick wusste, dass er eigentlich nach London zurückfliegen sollte. Die Reise war wie aus dem Nichts gekommen, und er hatte Bianca versprochen, dass er nur zwei Tage weg sein würde. Mittlerweile waren es schon vier, aber es handelte sich auch um den faszinierendsten und potenziell wichtigsten Fall bisher. Für Saul stand jede Menge Geld auf dem Spiel.

Saul hatte gesagt, es sei nicht nötig, dass Patrick persönlich hinfahre, doch er täuschte sich. Der Mann, mit dem Patrick am ersten Vormittag zusammengekommen war, hatte ihn auf eine Spur gebracht, die er beim Durchforsten der Unterlagen niemals entdeckt hätte. Und Saul lobte ihn ausführlich für seine Bemühungen, sagte immer wieder, so gründliche Arbeit habe er noch nie erlebt. Das war ein tolles Gefühl. Ein Familienunternehmen zu führen, dafür zu sorgen, dass alles glattlief, die Mandanten zufriedenzustellen – wie konnte man das mit der fast körperlichen Erregung vergleichen, einem gewundenen, komplizierten Pfad zu folgen, von dem man nicht wusste, wohin er führte, in dem Bewusstsein, dass man etwas tat, was nur sehr wenige konnten?

Die Arbeit für Saul verschaffte Patrick eine neue Sicht bezüglich Bianca, seiner Rolle in ihrer Ehe und ihrer Ehe selbst. Hätte man ihn gefragt, ob er Bianca noch immer liebe, hätte er, ohne zu zögern, mit ja geantwortet. Doch nun erkannte er ihren Egoismus. Sie war ehrgeizig, fast schon besessen, und ihr Erfolg hing von ihm ab, in einem Maß, das ihm bisher nicht klar gewesen war. Der Preis dafür war seine eigene Zufriedenheit gewesen, und dieser Preis erschien ihm jetzt unverhältnismäßig hoch.

Er würde also noch bleiben. Bianca würde allein zurechtkommen müssen. Was er in den vergangenen mehr als zehn Jahren auch getan hatte.

Jemima hätte nicht im Traum daran gedacht, etwas zu Susie zu sagen, aber Henks Verhalten, so wie sie es beschrieb, hatte keinerlei Ähnlichkeit mit den Selbstmordfällen, die sie kannte. Irgendetwas war faul an der Sache.

Als sie Susie am folgenden Tag sah, erzählte ihr diese mit blassem Gesicht von den nächtlichen Anrufen.

»Willst du dich heute Abend mit ihm treffen?«

»Ich muss. Nach allem, was du mir erklärt hast und was ich gelesen habe, wäre es gefährlich, es nicht zu tun. Ich habe schreckliche Angst, Jemima.«

»Und was machst du, wenn er versucht, zu dir in die Wohnung zu kommen, oder dich nicht gehen lässt?«

»Jemima, ich weiß es nicht!«, antwortete Susie mit rauer Stimme.

»Ich habe heute Abend nicht weit von hier eine Vorlesung, die ist so gegen neun zu Ende. Triff dich doch etwa um die Zeit in der Nähe mit ihm. Wenn du Probleme haben solltest, schickst du mir eine SMS, und ich komme sofort.«

»Du bist ein Schatz«, sagte Susie. »Ohne dich wäre ich aufgeschmissen.«

»Das würde jedem so gehen. Wir kriegen das in den Griff, das verspreche ich dir. Hast du schon was von Jonjo gehört?«

»Nein«, antwortete Susie, »das scheint endgültig aus zu sein. Im Moment mache ich mir mehr Gedanken über Henk als über Jonjo.«

Genau das, dachte Jemima, war es vermutlich, was Henk wollte.

Lara lauschte Tod, der sein, wie er es nannte, technisches Team zu der Besprechung mit Bianca mitgebracht hatte, einen Mann namens Jules.

»Fassen wir noch einmal zusammen«, sagte Tod. »Es wird also all diese kleinen Berkeley-Arcade-Klone in den Einkaufshochburgen der Welt geben und dazu virtuelle Shops mit der Möglichkeit zum Internet-Shoppen. Die Leute können reinkommen und sich Dinge aus den Regalen aussuchen.«

»Ja.« Das schien das technische Team nicht sonderlich zu beeindrucken. »Okay. Jetzt wird die Sache ein bisschen raffinierter. Alle *realen* Shops werden exakt um die gleiche Zeit eröffnen, um zehn Uhr morgens britischer Zeit, weil das Haus Farrell ein englisches Unternehmen ist und wir auf die britische Tradition setzen. Das bedeutet elf Uhr in Paris und Mailand, sechs Uhr früh in New York, halb neun Uhr abends in Sydney und so weiter – ist der Gedanke klar?«

»Sorry, aber werden die Leute in New York wirklich um sechs Uhr morgens shoppen gehen?«

»Vermutlich nicht. Doch sie wollen das Ganze bestimmt online verfolgen. Wir sprechen von einem globalen Launch. Es wird folgendermaßen laufen: Wenn die Kundin sich einloggt, erkennt die Website das Land, in dem sie sich aufhält, und leitet sie automatisch an den zuständigen Shop weiter. Und wenn es in einem Land mehr als nur einen Shop gibt, zum Beispiel New York und LA, kann man in den nächstgelegenen gehen. Oder auch in andere Länder und Städte wie Tokio. Die geschätzte Kundin wird in Echtzeit vor dem Londoner Shop stehen. Sie kann, sobald er aufmacht, darin einkaufen, aus der ersten Reihe mitverfolgen, wie dieser globale Kosmetik-Launch läuft, sehen, wie sich die Türen aller Shops zum ersten Mal öffnen. Wir filmen das mit Webcams, sodass man es sich auf den Computer runterladen kann. Man wird beobachten können, wie die Leute in anderen Städten in den Shop gehen, sich umschauen – in Farrell-Shops auf der ganzen Welt. Ist das nicht eine Wahnsinnsidee? Man kann virtuell shoppen, und wenn man Lust drauf hat, kurz mal nach New York rüberschauen. Das wird eine ganz große Sache. So etwas ist noch nie gemacht worden. Wir personalisieren das Internet-Shopping auf eine völlig neue Weise, das wird ein PR-Coup erster Güte. Selbst die hartgesottensten Redakteurinnen und Blogger werden das toll finden.«

Das technische Team sah Bianca grinsend an.

»Das war Ihre Idee?«

»Ja.«

»Genial.«

»Danke. Na ja, nicht ganz meine eigene Idee. Jay-Z, der Rapper ...«

»Wow«, meldete sich Lara zu Wort, »heißt das, dass wir jetzt viele Shops machen?«

»Ja. Das wird möglich, weil wir mit Lizenznehmern arbeiten.«

»Sorry, dass ich Sie ein wenig bremsen muss ... Schaffen wir das in der Zeit, die uns zur Verfügung steht?«

»O ja«, meinte Bianca. »Weil wir müssen. Versagen kommt nicht infrage.« Sie sah sich lächelnd im Raum um. »Was halten Sie von der Sache?«

»Fantastisch«, schwärmte Tod und erwiderte Biancas Lächeln.

Sie war vollkommen anders als in den letzten Wochen, dachte Lara. Von der müden, niedergeschlagenen Frau der Vertretertagung hatte sie sich in die selbstbewusste Bianca mit dem sicheren Händchen zurückverwandelt.

»Wir hätten also jede Menge hübsche kleine Shops«, fasste Tod zusammen, »eine fantastische Website, aufgeregte Kundinnen – aber wie sollen alle davon erfahren?«

»Unmittelbar davor«, erklärte Susie, »von den Bloggern, aus den Tageszeitungen und dem Fernsehen. Ich finde, wir sollten ein richtiges Event daraus machen. Am Tag von dem Launch. Indem wir den gesamten Londoner Verkehr zum Erliegen bringen. Nein, im Ernst, ich lass mir was einfallen. Natürlich müssen wir online gehen, Transparente brauchen wir auch, solche Sachen. Und eine Teaser-Kampagne, die den Kundinnen den Mund wässrig macht, die ist ein Muss.«

»Wir hätten da schon einen passenden Slogan«, meinte Tod. »Etwas Schönes erwartet Sie.‹ Er wird überall dort stehen, wo sich das Farrell-Logo befindet. Am Anfang nur das, nichts weiter.«

»Gefällt mir sehr gut«, sagte Bianca.

»Nach etwa einem Monat kommt ›1. Juni‹ und was wir sonst noch für nötig halten dazu. Das macht neugierig, wenn man dem Satz überall begegnet, in Zeitschriften, online, möglicherweise sogar im Radio, auf der Website, der Facebook-Seite von Farrell und natürlich auf Twitter. Diese vier kleinen Wörter, nichts weiter.«

»Großartig«, rief Susie aus. »Absolut großartig.«

»Außerdem brauchen wir ein Gesicht für Farrell«, fuhr Tod fort, »ein Supermodel, oder besser noch eine Schauspielerin, die die Leute mit dem Haus Farrell identifizieren.«

»Das können wir uns leider nicht leisten«, wandte Bianca ein.

»Bianca«, sagte Susie, »mir gefällt die Idee. Darf ich versuchen, jemanden aufzutreiben?«

»Ja, aber es darf so gut wie nichts kosten.«

»Okay«, meinte Jules. »Es wird also mindestens ein Dutzend Shops geben?«

»*Höchstens*«, erwiderte Bianca. »Minimum zwei. Sehen Sie mich nicht so an, Tod! Ich muss Leute finden, die bereit sind, Geld in das Projekt zu investieren, und solange sie das nicht tun ...«

»Natürlich.«

»Sobald wir einen haben, reißen sich die andern drum. Der erste ist der wichtigste. Ich halte Sie auf dem Laufenden.« Zum ersten Mal an diesem Vormittag wirkte Bianca nicht mehr ganz so optimistisch.

»Eins noch«, meldete sich Tod zu Wort. »Wir hatten an eine digitale Countdown-Uhr gedacht, die vor dem Shop die Sekunden bis zum 1. Juni anzeigt. Ich weiß, das ist nicht sonderlich originell, aber wirkungsvoll. Wir müssen es irgendwie anders machen als die Uhr für die Olympischen Spiele, jedoch genauso einprägsam.«

»Wie wär's mit einem Monitor, an dem zuerst ein Punkt auftaucht, und dann immer mehr, bis am 1. Juni dann ein vollständiges Gesicht erkennbar ist?«, schlug Lara vor. »Das Gesicht der Frau würde ganz allmählich Gestalt annehmen, zuerst die Augen oder ein Teil der Wimpern.«

»Das ist genial«, schwärmte Tod. »Es könnte Teil der Teaser-Kampagne sein. Unser Supermodel. Wie wär's?«

»Ja, ja, ja!«, rief Bianca. »Wow, das war mal ein richtig gutes Brainstorming. Tolle Arbeit, alle. Danke. Doch jetzt ...«

Da trat Jemima ein. Sie wirkte für ihre Verhältnisse ziemlich hektisch.

»Entschuldigen Sie, Bianca, draußen wartet Saul Finlayson. Er will sofort mit Ihnen sprechen, es ist sehr dringend.«

»Okay«, sagte Bianca, bemüht, cool zu wirken.

Interessant, dachte Lara.

»Ich rede nebenan mit ihm.«

Jemima folgte ihr und schloss die Tür mit einem verlegenen Lächeln hinter ihnen. Die anderen versuchten, nicht zu lauschen, doch das gestaltete sich in dem Maße schwieriger, wie Biancas Stimme lauter wurde.

»Wie bitte? Was? Ich kann nicht ... O mein Gott. Das ist ja fantastisch! Ja. Ja, natürlich. Wow! Einen Moment, ja?«

Sie kehrte mit leuchtenden Augen in ihr Büro zurück.

»Ein Typ in Singapur möchte am liebsten sofort einen Farrell-Shop eröffnen. Jetzt kann uns nichts mehr aufhalten!«

Susie hatte Henk eine Kneipe auf halbem Weg zwischen den Büros des Hauses Farrell und Jemimas College vorgeschlagen, und Jemima hatte ihr versprochen, innerhalb von zehn Minuten bei ihr zu sein, falls ein SOS von ihr käme. Trotzdem geriet sie in Panik, als die Verabredung immer näher rückte.

Henk hatte schon über eine halbe Stunde Verspätung. Sie wollte gerade gehen, als er auftauchte und sich mit einem verlegenen Blick entschuldigte, er sei aufgehalten worden.

»Du hättest mich anrufen können«, sagte sie, fast ein wenig sauer, doch dann erinnerte sie sich, dass sie es nicht mit einem Menschen im Normalzustand zu tun hatte, und entschuldigte sich ihrerseits.

»Schon okay. Du hast was zu trinken?«

»Ja, danke.«

Henk sah ihre Schorle an. »Soll ich uns eine Flasche vom Hausweißen holen?«

Oje, dachte Susie, er schien sich auf einen langen Abend einzurichten.

»Das ist mir zu viel. Ich sollte eigentlich überhaupt nichts trinken, weil ich Antibiotika nehme.«

Er zuckte mit den Achseln. »Gut, dann trinke ich nur ein Bier.«

Als er sich neben sie setzte, erkundigte er sich: »Hattest du einen guten Tag?«

»Ja, danke. Und wie war der deine?«

»Scheiße. Susie, lass uns keine Spielchen spielen, dazu ist die Sache zu wichtig. Ich hab dir gesagt, wie mies es mir geht.«

»Das tut mir leid. Henk, hast du über meinen Vorschlag nachgedacht? Ich meine, über den mit dem Therapeuten? Professionelle Hilfe wäre sicher ...«

»Das bringt doch nichts. Nur eins kann mir helfen: Wenn ich wieder mit dir zusammenkomme. Das habe ich dir bereits erklärt.«

»Ja, aber du musst ...« Mach schon, Susie, sag's. »Du musst verstehen, dass ... das nicht mehr möglich ist.«

»Doch«, erwiderte er. »Es muss einfach möglich sein, wir haben so gut zusammengepasst, und ich sehe das Problem nicht. Du bist nicht mit jemand anders zusammen, und ...«

Am liebsten hätte Susie laut geschrien. Sie kam sich vor wie in dem Film *Und täglich grüßt das Murmeltier*, weil sich das Gespräch immer in einem ähnlichen Umfeld wiederholte, wie jedes Mal stand sogar eine Schorle vor ihnen auf dem Tisch. Würde sie diesem Albtraum jemals entfliehen können? Oder würde sie den Rest ihres Lebens mit Henk in einer Kneipe verbringen müssen?

»Entschuldige«, sagte sie in der Hoffnung, dass ihre Stimme nicht bebte, »ich muss mal aufs Klo.« Dort schickte sie Jemima eine SMS: *Bitte, bitte, komm, so schnell du kannst.*

Sie brauchte eine ganze Weile, bis sie sich wieder im Griff hatte. Als sie schließlich zu Henk zurückkehrte, starrte der düster vor sich hin.

»Du hast ganz schön lange gebraucht«, beklagte er sich. »Was wollen wir machen? Wollen wir hierbleiben oder was essen gehen?«

»Ich ... Ich kann nicht ...«

»Du kannst was nicht? Erzähl mir jetzt bloß nicht, dass du zu einer wichtigen Besprechung musst, Susie. Ich denke, wir sollten Zeit miteinander verbringen.«

Wieder spürte sie Panik in sich aufsteigen. Ihr wurde übel, sie zitterte, starrte ihn an, versuchte verzweifelt, Worte zu finden.

»Baby! Hallo? Ich bin hier. Komm, sag: Sollen wir noch bleiben oder lieber woanders was essen?«

»Ich bin nicht ...« Nicht hungrig, wollte sie antworten, obwohl ihr klar war, dass er das nicht als Entschuldigung akzeptieren würde. Dann ...

»Susie! Das ist aber nett, dass wir uns hier begegnen! Wie geht's?«

Jemima! Die wunderbare Jemima. Susie sprang auf, umarmte sie und rief aus: »Was für ein Zufall! Du siehst fantastisch aus. Wie geht's selber?«

»Gut, danke. Hab noch immer denselben Job als Arzthelferin.«

Wie clever, dachte Susie, eine kleine Geschichte zu präsentieren.

»Und du? Wie läuft's in der PR? Dürfte ein bisschen interessanter sein als bei mir. Hab ich das letzte Mal, als wir uns gesehen haben, noch für den Orthopäden gearbeitet?«

»Nein, ich glaube, eher für den Magenspezialisten«, antwortete Susie.

Jemima wandte sich Henk zu. »Sie halten mich jetzt bestimmt für schrecklich unhöflich, aber ich musste Susie einfach begrüßen. Wir haben uns Ewigkeiten nicht mehr gesehen – bestimmt drei Jahre, was, Susie?«

»Mindestens. Henk, das ist Jemima, Jemima Pendleton. Jemima, das ist Henk Mackie.«

»Hallo, Henk. Hoffentlich verderbe ich euch nicht den netten, ruhigen Abend. Ich weiß, wie ärgerlich das sein kann.«

»Nein, nein, schon in Ordnung.« Henk rang sich ein Lächeln ab. »Nur zu. Darf ich Ihnen was zu trinken bringen?«

»Nein, danke. Ich hab, glaube ich, schon ein Gläschen zu viel intus. Mein Mann ist geschäftlich unterwegs, und ich bin mit einer Freundin was trinken gewesen. Ich wollte gerade nach Hause.«

»Und wir wollten was essen gehen«, sagte Henk, »also ...«

»Was zu essen!«, rief Jemima begeistert aus. »Klingt verführerisch. Das würde den Alkohol aufsaugen. Störe ich wirklich nicht? Ich will mich nicht aufdrängen.«

Jemima war eine ziemlich gute Schauspielerin, dachte Susie.

»Nein, das wollte ich ...« Henk verstummte, weil er wusste, wie unhöflich der Rest des Satzes klingen würde, und sah hilfesuchend Susie an.

Susie war klar, dass sie nicht zu weit gehen durfte. »Jemima, Henk und ich, wir haben eine Menge zu bereden, und ...«

»Ich bestelle mir nur eine kleine Vorspeise und verschwinde gleich wieder. Es wäre wirklich schön, wenn wir noch ein halbes Stündchen plaudern könnten. Wollen wir griechisch oder lieber italienisch oder indisch essen?«

»Ich geh dann mal«, sagte Henk mit einem ziemlich wütenden Blick auf Jemima. »Macht ihr zwei euch einen schönen Abend. Ich muss noch arbeiten.«

»Ach, jetzt habe ich aber wirklich ein schlechtes Gewissen. Vielleicht schaut ihr lieber irgendwann diese Woche bei mir vorbei? Das wär doch schön, wir könnten uns ein bisschen besser kennenlernen, Henk. Wie wär's gleich morgen?«

»Nein, nein, danke, so ist es viel besser. Wir sehen uns morgen, Susie. Ruf mich gleich in der Früh an, damit wir was ausmachen, okay?« Das klang drohend. »Freut mich, Sie kennengelernt zu haben«, fügte er an Jemima gewandt hinzu. »Ich wünsche euch einen guten Appetit.«

Dann ging er ohne einen Abschiedskuss für Susie. Sie sah ihm voller Panik nach. »Jemima, das war ein bisschen dick aufgetragen. Armer Henk! Er ist so schlecht drauf! Soll ich ihm nachlaufen?«

»Susie«, entgegnete Jemima, »Henk ist überhaupt nicht schlecht drauf. Dem geht's genauso gut wie dir und mir.«

»Woher weißt du das?«

»Ich war schon vor deiner SMS hier und habe gesehen, wie du aufs Klo bist. Ich habe ihn von der Tür aus beobachtet. Sobald du weg warst, hat er sich umgeschaut, das Handy rausgeholt, jemanden angerufen, gelacht und geplaudert, völlig entspannt. Ich hab nicht verstanden, was er gesagt hat, aber am Ende hat er einen Kuss ins Telefon gehaucht. Als dann die Toilettentür aufgegangen ist, hat er sich schnell verabschiedet, das Handy eingesteckt, die Schultern hängen lassen und düster vor sich hingestarrt. Er ist ein Schwein, Susie. Er spielt mit dir. Du solltest die Finger von ihm lassen.«

Fünfundvierzig

»Darf ich Sie heute Abend auf einen Drink einladen? Haben Sie Zeit?«

»Warum?«

Begeistert klang das nicht gerade. Offensichtlich hatte Bianca zu viel in die Umarmung hineininterpretiert. Sie hatte gedacht, dass er doch noch ... menschlich werden würde.

»Weil ich mich bedanken möchte«, antwortete sie. »Und ich würde gern mehr über die Person erfahren, die Sie gefunden haben. Das war wirklich nett von Ihnen.«

»Ich hab die Sache nur jemandem gegenüber erwähnt, der den Gedanken interessant fand. Ich hab nicht eigens nach ihm gesucht.«

»Verstehe ... Jedenfalls bin ich dankbar, egal, wie es zustande gekommen ist, und egal, ob es nett war oder nicht. Und ich würde Ihnen gern erzählen, wie weit wir mit der Kampagne sind.«

»Ja, das würde mich interessieren. Aber lieber ein andermal. Heute Abend bin ich beschäftigt.«

»Oh.« Das hatte sie nicht erwartet. Irgendwie hatte sie gedacht, er sei immer verfügbar und nur von seinem Handy abhängig. »Verstehe. Ist es wenigstens etwas Angenehmes?«

»Nicht sonderlich.«

Sie gab auf. »Gut, dann an einem anderen Abend.«

»Ja. Wenn Ihr Mann wieder da ist, könnten wir zu dritt was unternehmen. Ich denke, das wäre das Beste.«

Was für eine Abfuhr! Glaubte er tatsächlich, dass sie ihm Avancen machte?

»Tut mir leid«, sagte er, als er ihr Schweigen bemerkte. »Das war unhöflich. War nicht so gemeint. Ich trinke keinen Alkohol.«

Sie musste laut lachen.

»Was ist daran so witzig?«

»Es ist eine seltsame Ausrede. Jemanden auf einen Drink einzuladen, hat nicht unbedingt etwas mit Alkohol zu tun. Es handelt sich um eine mitmenschliche Geste.«

»Sie wissen ja, dass ich nicht viel von mitmenschlichen Gesten halte.«

Bianca seufzte. »Schon okay. Ich wünsche Ihnen einen schönen Abend, was auch immer Sie vorhaben.«

»Es wird nicht schön«, erklärte er. »Ich muss mich mit meiner Exfrau treffen. Sie will mit mir reden. Keine Ahnung, warum. Es könnte mit Dickon zu tun haben.«

»Verstehe. Vielleicht wird's ja netter als erwartet. Ich muss jedenfalls nach Hause und an meinem Projekt weiterarbeiten.«

»An der Kampagne?«

»Nein, an einem Projekt über georgianische Architektur. Es ist für Ruby«, fügte sie erklärend hinzu.

»Ach, für die Schule?«

»Ja.«

»Solche Sachen mag ich«, stellte er fest. »Aber die übernimmt meistens meine Frau. Bei einem über Astronomie durfte ich mitmachen. Dafür interessiere ich mich. Wenn man die Sterne betrachtet, wird man selber ganz klein.«

Bianca fuhr nach Hause, plauderte kurz mit Sonia, winkte Fergie zu, der vor der Spielkonsole saß und sie mit einem kurzen Nicken begrüßte, klopfte nervös an Millys Tür und streckte den Kopf zu ihr hinein.

»Hallo, Liebes.«

»Hallo, Mum.«

Nun war sie nicht mehr Mummy, sondern Mum. In den vergangenen Wochen schien Milly um fünf Jahre älter geworden zu sein, und das machte Bianca nervös.

»Heute hat Lucy Farrell mich angerufen«, teilte sie Milly mit. »Sie hat eine Idee, die zum Teil dich betrifft. Meldest du dich bei ihr? Sie erwartet deinen Anruf.«

»Wirklich? Ich mag sie. Sie ist echt nett.«

»Sie ist supernett«, pflichtete Bianca ihr bei. »Hast du ihre Nummer?«

»Ja. Sie hat sie an dem Tag in der Telefonliste von meinem Handy gespeichert.« Milly musste nicht erklären, welchen Tag sie meinte.

»Ruf sie an. Würde mich interessieren, was du von ihrer Idee hältst. Natürlich musst du es mir nicht sagen«, fügte sie hastig hinzu. »Ich helf jetzt Ruby bei ihrem Projekt.«

»Das über georgianische Architektur? Viel Spaß!«

Bianca ging in die Küche, wo Ruby mit Karen zu Abend aß.

»Ich wär dann so weit, Ruby.«

»Okay. Mummy, wann krieg ich ein Handy? Die meisten Freundinnen von mir haben schon eins.«

»Tatsächlich? Also ...«

»Bitte sag jetzt nicht, schauen wir mal. Das bedeutet so viel wie nein. Sag lieber: erst in einem Jahr oder in fünf oder zehn Jahren.«

Oje, jetzt wurde auch noch Ruby widerspenstig!

Später, als Ruby im Bett lag, wollte Bianca ihr eine Geschichte vorlesen.

»Schon gut, Mummy.« Ruby hob ihr Tracey-Beaker-Buch hoch. »Das eignet sich nicht so gut zum Vorlesen. Aber danke«, fügte sie artig hinzu.

Das kam fast einem Rauswurf gleich, dachte Bianca.

Sie ging wieder nach unten, schenkte sich ein großes Glas Wein ein, schnitt ein Stück Käse ab und setzte sich an den Computer. Als sie die groben Entwürfe von Tod überflog, fühlte sie sich sofort besser. Das war das Schöne an der Arbeit: Sie enttäuschte einen nicht und ging immer irgendwie voran, wenn schon nicht vorhersehbar, so doch wenigstens beeinflussbar. Nicht wie die Beziehungen zu Männern oder Kindern.

In zwei Tagen würde sie mit Florence nach Mailand fliegen, um sich nach geeigneten Vierteln für den Shop umzusehen. Bianca wollte sich gerade per Internet über die Stadt informieren, als es an der Tür klingelte. Sie runzelte die Stirn. Zu spät für Millys Freunde, und sie erwartete niemanden aus dem Büro ...

Saul.

»Hi«, sagte sie, bemüht, nicht erstaunt zu klingen. »Alles in Ordnung?«

»Nein«, antwortete er. »Nichts ist in Ordnung. Meine Frau geht nach Australien und heiratet wieder. Sie will Dickon mitnehmen. Darf ich ... darf ich reinkommen?«

Beim Packen für die Mailandreise merkte Florence, dass sie sich nicht wohlfühlte. Sie hatte einen rauen Hals, und der Reizhusten, der sie bereits beim Abendessen geplagt hatte, schien sich Richtung Lunge zu verlagern. Sie runzelte die Stirn. Wie schrecklich, wenn sie ausgerechnet jetzt krank werden würde! Sie war bisher nur ein einziges Mal in Mailand gewesen und wusste, dass es Spaß machen würde, mit der offenen und großzügigen Bianca zu verreisen.

Nun, sie hatte noch achtundvierzig Stunden Zeit, konnte gleich am Morgen zum Arzt gehen und sich Antibiotika verschreiben lassen. Florence machte sich erst einmal fürs Bett fertig, bereitete sich einen steifen Grog zu und legte sich mit dem Kreuzworträtsel des *Telegraph* ins Bett.

Sie schlief ein, ohne das Licht gelöscht zu haben, und wachte zwei Stunden später fiebrig und desorientiert auf. Ohne sich wirklich darüber bewusst zu sein, was sie tat, holte sie aus der Schublade des Nachtkästchens den gerahmten Schnappschuss von ihr und Cornelius, auf dem sie Arm in Arm vor ihrem Hof standen und dem freundlichen Fremden zulächelten, der sie fotografiert hatte, betrachtete das Foto und erlebte noch einmal jenen magischen, wunderbarsten aller Tage mit Cornelius.

»Ich weiß nicht, was ich sagen soll.« Bianca war schockiert darüber, wie offen Saul seinen Kummer zeigte. Aber wie würde sie sich fühlen, wenn Patrick nach Australien ziehen und die Kinder mitnehmen wollte, wo sie zu Menschen heranwuchsen, die sie irgendwann kaum noch kennen würde?

»Es ist falsch«, sagte er nicht zum ersten Mal. »Sie hat kein Recht, das zu tun. Er ist mein Sohn, mein Ein und Alles. Sie wird einen neuen Mann haben, vielleicht sogar andere Kinder, wie kann sie Dickon dem aussetzen, dass er sie mit einer Halbschwester oder einem Halbbruder teilen muss?«

»Saul, das müssen die meisten Kinder lernen. Und es ist nicht unbedingt etwas Schlechtes.«

Er wandte sich Bianca fast ein wenig verärgert zu. »Das verstehen Sie nicht. Dickon genießt unsere ungeteilte Aufmerksamkeit. Das gibt ihm Sicherheit und gleicht die Dinge aus, die ihm fehlen. Außerdem werden das nicht seine richtigen Geschwister sein, sondern Kinder eines anderen Vaters, nicht von mir. Das lasse ich nicht zu. Ich muss sie daran hindern. Ich habe mit meinem Anwalt gesprochen. Den muss ich in zehn Minuten anrufen.«

Bianca sah auf ihre Uhr. Um halb zehn? Ja. Natürlich um halb zehn, auch um zwei morgens, wenn Saul das wollte. So war das bei mächtigen Leuten nun mal. Doch ob selbst der erfahrenste, gewiefteste Anwalt der Welt Janey Finlayson, die sich immerhin das Sorgerecht mit ihrem Mann teilte, daran hindern konnte, ihren Sohn mit sich zu nehmen, in einen Haushalt, der dem Richter möglicherweise als das bessere Umfeld erscheinen würde? Die Alternative dazu war ein alleinerziehender Vater, bekanntermaßen Einzelgänger, der zu allen Tages- und Nachtzeiten arbeitete und sich oft im Ausland aufhielt. Darauf würde der Anwalt der Gegenseite seine Argumentation aufbauen.

Bianca bekam Mitleid, nicht mit Saul, sondern mit Dickon, diesem sanften Jungen, der seinen Vater über alles liebte. »Mein Dad sagt ...«, leitete er viele seiner Sätze ein, und häufig kam ein »Das muss ich unbedingt meinem Dad erzählen!« hinzu.

»Was meinen Sie?«, fragte Saul Bianca gerade und sah sie mit diesem für ihn typischen intensiven Blick an. »Glauben Sie, sie hat das Recht, das zu tun, meinen Sie, sie kann das machen?«

»Saul, ich weiß es nicht. Ich würde Sie gern mit Allgemeinplätzen trösten, aber das wäre falsch. Ich weiß nur, dass Sie mir sehr leidtun.«

»Er ist das Einzige, was mir wichtig ist, das Einzige, was ich je geliebt habe.«

Das war interessant, fand Bianca, dass er »*das* Einzige« sagte. Ein Anwalt würde sich sofort darauf stürzen und schließen, dass Dickon für Saul nur eines seiner Besitztümer war, doch Bianca war klar, was er meinte. Für Saul war Dickon der Nabel der Welt, seines Universums, das Objekt einer verzweifelten leidenschaftlichen Liebe. Und dafür hatte sie Verständnis (ohne irgendetwas über Sauls Privatleben, seine Emotionen, seine Frauen, seine Freunde zu wissen). Vermutlich hatte er Janey einmal geliebt und begehrt und beschlossen, das Leben mit ihr zu verbringen. Hatte er wirklich nie andere Menschen gehabt, die ihm wichtig waren? Bestand sein Leben tatsächlich nur aus Dickon und seiner Arbeit? Patrick glaubte das, und auch Jonjo. Aber begriffen sie seine komplexe Psyche? Das tat sie selbst ja auch nicht, rief sie sich ins Gedächtnis. Tapp nicht in diese Falle, Bianca, zu meinen, du seist ihm nahe, das ist gefährliches Terrain.

»Was haben Sie zu Janey gesagt?«

Er sah sie mit großen Augen an. »Dass das nicht infrage kommt und sie von meinen Anwälten hört.«

Was garantiert Janeys Kooperationsbereitschaft förderte, dachte Bianca.

»Was sollte ich denn sagen? Dass wir irgendeine andere Lösung finden sollen?«

»Ich weiß es nicht«, antwortete Bianca.

»Mir ist nicht klar, ob Sie das begreifen«, erklärte er. »Aber egal, es ist halb zehn, ich muss meinen Anwalt anrufen. Wenn Sie mich entschuldigen würden. Ich muss gehen.«

»Saul, das ist absurd. Rufen Sie ihn von hier aus an. Ich mache uns in der Zwischenzeit einen Kaffee.«

»Gut.« Er wählte die Nummer.

Sie kochte den Kaffee, gönnte sich noch ein kleines Glas Wein, hätte gern ein weiteres getrunken, doch dies war eine Situation, die einen klaren Kopf erforderte. Da klingelte ihr Telefon. Patrick.

»Hallo, Schatz. Alles in Ordnung?«

»Ja, danke.«

Sie würde ihm nicht sagen, dass Saul bei ihr war, weil er dann bestimmt gleich mit ihm sprechen wollte. Außerdem gab es Gründe, nichts davon zu erwähnen, die sie sich selbst kaum eingestand.

»Freut mich zu hören. Wie du merkst, bin ich früh wach ...«

»Wie spät ist es denn bei dir?«

»Halb sechs. Es ist ein sehr schöner Morgen. Ich gehe gleich rauf zum Pool, der ist oben auf dem Dach, und um acht habe ich ein Meeting.«

»Wunderbar«, sagte sie nicht ohne Neid. »Wie läuft's?«

»Ganz gut, glaube ich. Morgen komme ich bestimmt nach Hause. Ich hab den Flug schon gebucht.«

»Wieder mal.«

»Ja, wieder mal.« Er klang verärgert. Was ihm nicht zustand, fand sie. »Egal ... Ich wollte nur hören, dass zu Hause alles okay ist.«

»Ja, danke. Uns geht's allen gut.«

»Prima. Den Kindern? Milly?«

»Patrick, ich habe doch gerade gesagt, dass bei uns alles okay ist.«

»Gut. Wir sehen uns morgen. Nein, erst übermorgen, ich vergesse immer den Zeitunterschied.«

»Ich freu mich schon auf dich. Tschüs, Patrick.«

»Tschüs, Schatz.«

Was bin ich nur für ein durchtriebenes Luder, dachte Bianca. An diesem Tag war sie schon das zweite Mal ziemlich gemein. Zuerst Lucy gegenüber, nun bei Patrick. Bei Patrick, der immer so loyal gewesen war und ihre eigenen Abwesenheiten geduldig ertragen hatte. Eigentlich wäre sie ihm ein bisschen mehr Nachsicht schuldig gewesen. Bianca seufzte.

»Bianca!«, rief Saul vom Flur aus.

»Ich bin hier. Der Kaffee ist fertig. Ich bringe ihn ins Wohnzimmer.«

Als sie das Wohnzimmer betrat, saß er auf dem Sofa, den Kopf auf der Rückenlehne, die Augen geschlossen.

Sie setzte sich neben ihn, stellte das Tablett ab.

»Was hat der Anwalt gesagt?«

»Dass wir versuchen könnten, sie aufzuhalten. Nicht, dass wir es schaffen. Dass es schwierig werden könnte. Natürlich wird es schwierig. Sie hat einfach kein Recht dazu!« Er klang jämmerlich.

»Saul ...«

Er wandte sich mit Tränen in den Augen ihr zu. »Bianca, ich halte das nicht aus.«

Saul fing laut zu schluchzen an, streckte die Arme nach ihr aus und drückte sie so fest und verzweifelt an sich, dass sie kaum noch Luft bekam. Bianca zog seinen Kopf an ihre Schulter, gerührt über seinen abgrundtiefen Kummer, murmelte Gemeinplätze, tröstenden Unsinn, dass schon alles wieder in Ordnung kommen würde. Sie strich ihm über die Haare, küsste seine Stirn. Und plötzlich küsste er sie auf den Mund, hart, fast wütend, und sie versuchte, sich dagegen zu wehren, stellte aber fest, dass sie das nicht konnte. Mit einem Mal bahnten sich all jene merkwürdigen intensiven Gefühle einen Weg, die seit jenem ersten Abend im Restaurant existierten, und sie erwiderte seinen Kuss. Sie war schockiert über sich selbst, wie sehr sie ihn begehrte.

Der Kuss dauerte ziemlich lange. Am Ende löste Saul sich von ihr, sah sie eine ganze Weile mit seinen dunklen Augen an und sagte schließlich: »Das hätte ich nicht tun sollen.«

Wie immer war sein Verhalten unerwartet. Kein großes Drumherumreden, dass es ihn übermannt habe oder wie toll sie sei. Sie wartete halb amüsiert, halb fasziniert darauf, was er als Nächstes sagen würde.

»Ich finde dich sehr attraktiv. Und ich bin gern mit dir zusammen.«

»Das freut mich zu hören.« Keine besonders einfallsreiche Äußerung, das wusste sie, aber alles andere wäre gefährlich gewesen.

»Deswegen wollte ich heute Abend nicht mit dir auf einen Drink gehen.«

»Wie meinst du das?«

»Weil Patrick nicht da ist. Ich hielt das für … unklug. Besonders nach neulich Abend.«

Sie sah ihn fragend an.

»Was für ein Abend?«

»Vor der Bar. Als ich die Arme um dich gelegt habe. Da wollte ich dich so sehr, dass es mir Angst gemacht hat. Deswegen habe ich dich ins Taxi geschoben. Ich habe mich nicht getraut, noch länger bei dir zu bleiben.«

Saul war wirklich unglaublich. Er benahm sich wie ein Teenager, der noch nie mit einer Frau zusammen gewesen war. Was hatte Patrick über ihn gesagt? Dass er ein wenig neben der Spur sei und sich nichts aus Menschen, nur aus Geld mache. Vermutlich brachte einen das aus dem Gleichgewicht.

»Aber Saul«, meinte sie, vorsichtig, um ihn nicht zu verletzen, »das war eine schöne Überraschung.«

»Was?«

»Dass du die Arme um mich gelegt hast, wie du es ausdrückst.«

Konnte sie ihn dazu bringen, es noch einmal zu tun?, fragte sie sich. Am liebsten hätte sie sich die Kleider vom Leib gerissen. Sie hatte ihn von Anfang an ziemlich sexy gefunden, merkte sie nun, dieses Gefühl jedoch unterdrückt. Jetzt sehnte sie sich nach mehr, konnte der Versuchung nicht mehr widerstehen.

Doch er machte es nicht wieder. Saul sah sie stirnrunzelnd an und rückte von ihr ab.

»Wie hättest du es denn ausgedrückt?«, fragte er, ein wenig angriffslustig.

»Ich habe es als Umarmung interpretiert.«

»Das klingt nicht sonderlich sexy.«

»Sorry.«

»Bitte nicht entschuldigen. Ich versuche nur, mir klar darüber zu werden, was da gerade geschieht.«

Was sollte das wieder heißen? »Egal«, sagte sie, »jedenfalls hat es mich überrascht. Besonders die Sache mit dem Taxi. Aber ich glaube, allmählich gewöhne ich mich an dich.«

»Was willst du damit sagen: Du gewöhnst dich an mich?«

»Du bist nicht wie andere Menschen.«

»Stimmt.« Er seufzte tief. »Das weiß ich. Ich wünschte, ich wäre es, wenigstens in mancher Hinsicht.«

»Ich nicht«, erwiderte sie schmunzelnd. »Ich mag dich, wie du bist. Es gibt genug Leute, die wie alle andern sind.«

»Dann magst du mich also?«

»Ja, Saul. Ich mag dich sogar sehr.«

»Und findest du mich attraktiv? Ich meine, sexy?«

»Natürlich! Merkst du das denn nicht?«

»O Gott«, stöhnte er. »Das macht das Ganze noch komplizierter.«

»Saul, im Moment gibt es nichts, was komplizierter werden könnte. Noch nicht«, fügte sie hinzu.

»Doch«, widersprach er. »Wenn ich dich sexy finde und du mich sexy findest, ist das angesichts der Situation kompliziert.«

»Warum kommst du dann zu mir, obwohl du weißt, dass mein Mann sich auf der anderen Seite der Welt befindet? Wo du zuvor nicht mal auf einen Drink mit mir gehen wolltest?«

»Das war was anderes«, entgegnete er fast entrüstet, schenkte ihr jedoch wieder einmal dieses kurze Lächeln.

»Inwiefern?«

»Ich habe dich gebraucht«, antwortete er. »Du warst der einzige Mensch, der mir helfen konnte.«

Zu behaupten, er sei völlig anders als alle Leute, die sie kannte, war die Untertreibung des Jahrhunderts.

Was würde nun geschehen?

Sechsundvierzig

Sie konnte sich nicht erinnern, jemals ein solches Gefühlschaos erlebt zu haben. Susie fühlte sich gefoppt, war wütend und empört. Und natürlich erleichtert.

So erleichtert. Es war wie alle Klischees auf einmal, von einer großen Last befreit, Licht am Ende des Tunnels, endlich wieder frei atmen – einfach wunderbar. Henk war gemein. Ihr fiel kein anderes Wort für ihn ein. Sein Plan war genial, das musste sie zugeben, die Ausgeburt eines Sadistengehirns.

»Hi!« Jemima begrüßte sie lächelnd an der Tür. Susie stand von ihrem Schreibtisch auf und umarmte sie.

»Jemima, du bist große Klasse!«

»Immer langsam mit den jungen Pferden. Was ist denn passiert?«

»Ich habe gerade von einer Telefonzelle aus im Studio angerufen und nach Henk gefragt. Eine junge Frau hat sich gemeldet und mir erklärt, dass er heute nicht da ist, ob sie ihm was ausrichten kann. Ich hab sie gebeten, ihm zu sagen, dass seine Freundin ihn sprechen will und er sie zurückrufen soll. Sie hat ›Zoë?‹ gefragt, und ich habe mit ja geantwortet. Da hat sie gemeint: ›Sorry, ich hab deine Stimme gar nicht erkannt, ich dachte, ihr arbeitet heute zusammen. Klar mach ich das.‹ So einfach war das.«

»Oje«, seufzte Jemima. »Dieses Schwein.«

»Ja. Ich weiß nicht, ob ich weinen oder lachen soll. Zuerst dachte ich, ich rufe ihn auf seinem Handy an, doch Rache muss man auskosten. Ich werde auf seinen nächsten Anruf warten und sagen ... Das hab ich mir noch nicht so genau überlegt. Aber ich freu mich schon drauf. Jemima, ich weiß nicht, wie ich dir danken soll.«

»Keine Ursache. Ich finde es schön, dich wieder so ... so normal zu sehen. Und das gestern Abend hat Spaß gemacht.«

»Ah, guten Morgen, Bianca.«

»Guten Morgen, Susie. Jemima, wenn Sie bitte gleich in mein Büro kommen würden. Es gibt Probleme mit der Mailand-Reise.«

»Florence«, erklärte Bianca Jemima wenig später. »Sie ist krank. Sie klang schrecklich – verwirrt, aus der Fassung, den Tränen nahe. Sie sagt, sie kriegt kaum Luft, und als sie beim Arzt angerufen hat, hieß es, sie solle in die Praxis kommen, aber dazu ist sie nicht in der Lage. Ich fahre zu ihr und sehe, was ich tun kann. Stornieren Sie in der Zwischenzeit bitte ihren Flug, ich werde allein reisen müssen. Schade.«

Bianca schenkte Jemima ein Lächeln. Irgendetwas war an diesem Vormittag merkwürdig an ihr, dachte sie. Nein, nicht merkwürdig, sondern anders.

»Soll ich Ihnen ein Taxi rufen?«

»Ja, bitte. Ich habe ihr gesagt, dass ich komme. Natürlich hat sie sich zuerst gesträubt, mir dann aber erklärt, dass der Nachbar einen Schlüssel hat. Wenn sie es nicht mal allein bis zur Wohnungstür schafft ... die arme Florence. Zu der Besprechung mit Hattie um halb zwölf bin ich wieder da.«

»Guten Morgen, Francine. Hier spricht Lady Farrell. Ich würde gern mit Miss Hamilton sprechen.«

»Miss Hamilton ist leider nicht da, Lady Farrell. Sie hat sich krankgemeldet und mich gebeten, den Shop für sie zu übernehmen. Sie hat einen schrecklichen Husten und ziemlich hohes Fieber.«

»Dann müssen wir den Arzt rufen.«

»Ich glaube, das hat sie bereits, Lady Farrell. Ihr wurde mitgeteilt, sie müsste in die Praxis kommen.«

»Das ist doch lächerlich! So darf man nicht mit ihr umspringen. Ich fahre zu ihr.«

»Florence ...«

Bianca klopfte leise an die Schlafzimmertür, bevor sie eintrat. Florence lag hustend, mit roten Wangen und fiebrigem Blick auf einem Berg Kissen.

»Sie Arme. Ich rufe Ihren Arzt an. Haben Sie seine Nummer?«

»Ja, sie ist hier ...« Florence reichte ihr ein abgegriffenes Adressbüchlein. »Dr. Roberts. Aber er wird nicht kommen.«

»Ich bringe ihn schon dazu.« Bianca schenkte ihr ein Lächeln. »Möchten Sie Tee oder warme Milch?«

»Eine heiße Zitrone mit Honig wäre schön«, antwortete Florence. »Bianca, Sie haben Wichtigeres zu tun ...«

»Sie haben es verdient, dass man sich um Sie kümmert. Lassen Sie mich nur schnell die Sachen hier wegräumen ...« Bianca nahm Taschentücher, ein Glas mit Wasser sowie ein anderes, das überraschenderweise nach Whisky roch, und ging damit in die Küche.

Es war ein ausgesprochen hübsches Häuschen in einer kleinen Reihenhaussiedlung aus der viktorianischen Zeit, komplett mit Gesimsen und Handläufen an den Stufen zum Eingang und sogar einem Kamin im kleinen Wohnzimmer. Das Haus war geschmackvoll mit mehrheitlich antiken Möbeln eingerichtet, hatte drapierte Vorhänge, Stühle mit rundem Rücken, eine Chaiselongue, einen ebenfalls runden Esstisch mit vier Stühlen im Erker und einen schäbigen indischen Teppich, der früher einmal wertvoll gewesen sein mochte. Über dem Kamin hing ein Aquarell von einem kleinen Pariser Hof, betrachtet durch ein halb offenes Tor. Auf einem niedrigen Tisch stand ein Silberrahmen mit dem Foto eines jungen Paares, sie im weißen Kleid mit einem Blumenstrauß, er in Uniform, Florence und ihr Bräutigam an ihrem Hochzeitstag im Krieg.

Bianca betrachtete das Bild fasziniert. Die beiden lächelten so fröhlich in die Kamera, dass man die Freude noch über sechzig Jahre später spürte. Florence sah adrett aus mit dem blumengeschmückten Strohhut auf den hübschen Locken, er schneidig in Uniform, und an der Offiziersmütze, die er unter dem Arm geklemmt hielt, steckte verwegen eine Blume. Wie traurig, dachte Bianca, so großes Glück und so große Liebe, beides so schnell vergangen. Das alles gehörte zu Florences einsamer Geschichte. Die Küche war mit Kiefernholzschränken eingerichtet, mit einem italienischen Fliesenboden, alles von guter Qualität und teuer – wie konnte Florence sich solche Dinge leisten?, fragte Bianca sich nicht zum ersten Mal. Sie rief bei Florences Arzt an, erklärte der mürrisch klingenden Frau am Empfang, dass sie, wenn der Arzt nicht bald bei Miss Hamilton auftauche, für nichts garantiere, und erhitzte den Zitronensaft mit dem Honig.

Als sie ihn Florence brachte, deutete diese mit einem matten Lächeln auf das Nachtkästchen.

»Wenn Sie die heiße Zitrone da draufstellen könnten ... Das ist wirklich nett von Ihnen, Bianca ...«

»Ich hoffe, es hilft. Der Arzt kommt bald. Moment, ich mache Platz für die Tasse. Ich schiebe bloß das Buch weg und dieses ...«

»Dieses Foto«, hatte sie gerade sagen wollen, als sie erkannte, was auf dem hübsch gerahmten, ziemlich alten Schwarzweißfoto zu sehen war: ein ausgesprochen attraktives junges Paar. Der Mann hatte den Arm um die Schulter der Frau gelegt, sie standen lächelnd vor einem Hof, der sich eindeutig in Paris befand – ja, das war der Hof von dem Aquarell, das Bianca gerade unten bemerkt hatte. Die hübsche Frau mit den wilden Locken und den riesigen Augen, die nicht älter als dreißig war, trug ein Kleid mit schmaler Taille und weitem Rock, ganz der Mode der späten fünfziger Jahre entsprechend. Das waren eindeutig Florence und der fesche Cornelius Farrell.

Plötzlich wurde Bianca so manches klar.

Athina marschierte zu Florences Tür und betätigte einige Male laut und vernehmlich den Messingklopfer.

Und war mehr als nur ein bisschen irritiert, als die Tür von Bianca Bailey geöffnet wurde, die genauso irritiert wirkte wie sie.

»Oh«, sagte Bianca, »Lady Farrell. Schön, Sie zu sehen. Kommen Sie doch herein.«

Bianca hatte nur einen Gedanken, als sie Athina begrüßte: das Foto, das sie kurz zuvor wieder aufs Nachtkästchen gelegt hatte. Das durfte Athina keinesfalls sehen, doch es würde ziemlich schwierig werden, sie daran zu hindern, da sie bereits auf dem Weg nach oben war, und Florence selbst würde nicht die Geistesgegenwart besitzen, es vor Athina zu verstecken.

»Lady Farrell«, rief Bianca ihr nach, »darf ich Ihnen einen Kaffee oder irgendetwas anderes anbieten? Florence schläft, und der Arzt wird bald kommen.«

Lady Farrell blieb stehen und wandte sich halb zu ihr um.

»Nein, danke. Sie wird sich freuen, mich zu sehen, und ich möchte sowieso persönlich mit dem Arzt sprechen.«

Bianca rannte hektisch in die Küche. In der Spüle stand ein leerer Wasserkrug. Sie ergriff ihn und hastete Athina hinterher, die schon fast in Florences Schlafzimmer war.

Sie folgte ihr hinein und warf einen Blick auf das Nachtkästchen. Das Foto lag noch dort. Florence, die mit halb geschlossenen Augen hustete, schien Athina nicht zu bemerken.

Athina stellte sich ans Fußende des Betts, blickte Florence an, zog ihre Handschuhe aus. »Florence!«, sagte sie. »Florence, Sie sehen schrecklich aus. Wie geht es Ihnen?«

Keine Antwort, nur Florences Wimpern zuckten.

»Ich glaube, es wäre das Beste, wenn sie ruhen könnte, bis der Arzt kommt«, meinte Bianca. »Kommen Sie doch mit nach unten und ...«

»Mrs Bailey, ich werde hier auf den Arzt warten.« Athina schaute Bianca an. »Was wollen Sie denn mit dem leeren Krug?«

»Ach, ist der leer? Oje. Florence hatte mich gerade um Wasser gebeten, als Sie gekommen sind. Ich habe wohl vergessen, ihn zu füllen. Wie dumm von mir. Sie sehen ja, dass sie nicht richtig wach ist. Wäre es nicht bequemer für Sie, wenn Sie unten warten?«

»Mrs Bailey, ich brauche es nicht bequem, wie Sie das nennen. Ich warte hier.«

Athina zog ihren Mantel aus, legte ihn über das Messingbettgestell und trat zu Florence. Gleich, dachte Bianca, gleich wird ihr Blick auf das Nachtkästchen fallen ... bitte, Florence, beweg dich, schrei, kotze, mach irgendwas! Doch abgesehen von kurzen Hustenanfällen rührte Florence sich nicht.

Da erklang von unten das Geräusch eines ankommenden Wagens. Athina richtete sich auf, drehte sich um und fragte: »Ist das der Arzt?«

»Keine Ahnung«, antwortete Bianca.

Es klingelte. Athina trat ans Fenster und schaute hinaus.

»Ja. Er kommt zum Haus. Die Ärzte heutzutage sind so schlampig gekleidet. Was für ein grässlicher Anorak. Er hat nicht mal einen ordentlichen Mantel. Wollen Sie ihn nicht reinlassen?«

»Doch, natürlich. Ich will nur kurz ...« Als Bianca an Florences Bett vorbeiging, stellte sie den leeren Krug auf das Nachtkästchen und nahm das Buch und das Foto, die darauf lagen, weg.

»Ach, hallo.« Lara lächelte unsicher. Im Lift konnte Bertie sie nicht ignorieren.

»Hallo.« Er erwiderte ihr Lächeln verlegen. »Wie geht's?«

»Gut, danke. Äh ... Bertie, ich finde es schade, dass Sie uns verlassen wollen.«

»Das ist nett, danke. Mir tut's auch leid, aber es ist das Beste so.«

»Wenn Sie meinen. Der Job klingt interessant. Bianca hat mir davon erzählt«, fügte Lara hastig hinzu.

»Ich hoffe, dass er interessant ist. Wissen Sie, dass ich von London weggehe?«

»Ja, das habe ich gehört.«

»In die Midlands. Die sind meiner Ansicht nach unterschätzt. Dort bekomme ich ein prima Haus mit großem Garten für weniger als die Hälfte des Geldes, das ich hier dafür zahlen würde.«

Sie hatten das Erdgeschoss erreicht. Bertie trat einen Schritt beiseite, um sie hinauszulassen.

»Danke. Ich muss ins West End. Wollen wir uns ein Taxi teilen? Wo müssen Sie hin?«

»Nicht in die Richtung«, antwortete er verlegen. »Danke.«

»Okay. Schön, mit Ihnen geredet zu haben, Bertie. Sie verschwinden ja hoffentlich nicht sang- und klanglos gen Norden, oder?« Sie lächelte, ein übertrieben fröhliches Lächeln.

»Keine Sorge. Natürlich verabschiede ich mich, wenn ... wenn es so weit ist. Hat mich auch gefreut, mit Ihnen zu reden, Lara. Tschüs.«

»Tschüs, Bertie.«

Sie sah ihm nach, wie er auf die Straße hinausmarschierte und sich schnellen Schrittes entfernte. Lara war den Tränen nahe. Sie hatte durchaus schon Abfuhren bekommen, aber diese war ziemlich deutlich gewesen. Sie würde es nicht noch einmal versuchen, sie hatte sich genug blamiert.

Bertie fürchtete, dass er unhöflich geklungen hatte. Er hätte sich gern mit Lara über den neuen Job unterhalten, aber sie war ihm in den vergangenen Wochen so klar aus dem Weg gegangen, dass ihm das unpassend erschien. Er hätte sich ein Taxi mit ihr teilen können, doch dann hätte er sie bitten müssen, ihn bei Lincoln's Inn herauszulassen, im Viertel der Anwälte. Mit ziemlicher Sicherheit hatte sie bereits Gerüchte über seine Scheidung gehört, er wollte sie nicht so unmissverständlich bestätigen.

Bertie machte gerade eine schreckliche Zeit durch. Seine Mutter hielt ihm regelmäßig Vorträge darüber, wie dumm seine Entscheidung war, sowohl auf privater als auch auf beruflicher Ebene, und erinnerte ihn gern daran, dass er noch nie für ein anderes Unternehmen als das Haus Farrell gearbeitet, dass er ja nicht einmal dort Erfolg gehabt habe.

»Ich weiß, dass du dich in deiner neuen Position ganz gut machst, aber das Personalwesen ist ja auch kein schwieriges Gebiet.«

Außerdem erklärte sie ihm ein ums andere Mal, wie kräftezehrend und kostspielig eine Scheidung sei und dass er keine Ahnung habe, worauf er sich einlasse.

»Dein Vater und ich, wir hatten wie jedes Paar auch unsere Probleme, doch keine Ehe ist vollkommen, und es hat seine Vorteile, bei der Stange zu bleiben. Das Alleinsein ist ziemlich traurig, das weiß ich inzwischen. Ich hoffe, du spielst nicht mit dem Gedanken, jemand anders zu finden oder noch mal neu anzufangen, denn du bist viel zu alt dafür, und ohne das Haus Farrell im Rücken nicht gerade eine gute Partie ...«

So ging das jeden Tag.

Die nette junge Frau von Cathay Pacific Airlines hatte es geschafft, Patrick auf einen zwölf Stunden früheren Flug umzubuchen, weswegen er spätabends nach Hause kam, nicht erst am folgenden Morgen.

»Ach, hallo, Mr Bailey«, begrüßte Karen ihn, »ich hatte Sie noch nicht erwartet.«

Patrick entschuldigte sich für sein frühes Auftauchen und erkundigte sich, wo alle seien. Die Kinder schliefen schon, antwortete Karen, auch Milly, die sehr müde heimgekommen sei, nachdem sie den Abend mit Lucy Farrell in Lady Farrells Wohnung verbracht habe.

»Bianca wusste Bescheid und hat sich sehr darüber gefreut.«

»Und wo ist Bianca?«

»Nach einer Besprechung mit den Leuten vom Werbeteam beim Essen. Sie hat gesagt, es könnte spät werden, und mich gebeten zu bleiben. Aber wenn Sie jetzt da sind ...«

»Ja, gehen Sie ruhig, Karen, das ist schon in Ordnung.«

Patrick machte sich ein Sandwich, sah ein bisschen fern und beschloss dann, ins Bett zu gehen, weil der Jetlag sich bemerkbar machte. Er sah auf seine Uhr – halb eins, und Bianca wollte am Morgen nach Mailand fliegen.

Er rief sie an, erreichte jedoch nur die Mailbox. Also legte er einen Zettel auf das Tischchen im Flur, dass er zu Hause sei, nahm eine Schlaftablette und ging ins Bett. Trotz der Tablette wachte er um halb drei Uhr morgens auf und war erstaunt, Bianca immer noch nicht neben sich im Bett zu sehen. Vielleicht schlief sie im Gästezimmer, um ihn nicht zu stören.

Patrick tappte leise hinüber und warf einen Blick hinein. Als er sie nicht entdeckte, wechselte er wütend und besorgt ins Wohnzimmer, um dort auf sie zu warten. Nach einer Weile kehrte er ins Bett zurück und wählte immer wieder ihre Nummer. Sie meldete sich nicht.

Endlich schlief er dann doch noch ein, allerdings erst, nachdem er sich seiner eigenen Unzufriedenheit über seine Ehe sehr bewusst geworden war, und eine neue Angst, die er sich einige Monate zuvor noch gar nicht hätte vorstellen können, ihn beschlichen hatte.

Es machte einen Riesenspaß. Wenn sie in der Phase ihrer tiefsten Verzweiflung eine solche Beschäftigung gehabt hätte, wäre alles nicht so schlimm gewesen, dachte Milly. Nicht nur war es faszinierend, Lucy bei der Arbeit zuzusehen, wie sie sie von einer Persönlichkeit in eine andere verwandelte, von hübsch zu cool, elegant zu wild, nein, es hatte auch damit zu tun, dass dies eine Erwachsenenwelt war, und zwar eine ziemlich interessante. Der Abend in der Wohnung von Lucys Großmutter war wie eine Zeitreise gewesen. Diese Wohnung, die Lady Farrell bestimmt seit ihrem Einzug nie verändert hatte, war im Art-déco-Stil eingerichtet, wie Lucy ihr erklärte, mit Spiegeln, Bronzefiguren und Fransenlampen. »Diese Kunstrichtung mag sie am liebsten. Sie behauptet, seit damals hätte es keine so prächtigen Interieurs mehr gegeben.« Auch Lady Farrell selbst hatte mit ihren weißen Haaren und einem weiten Seidenpyjama von einem ziemlich berühmten Modemacher namens Pucci ziemlich elegant gewirkt. Lady Farrell hatte Lucy bei der Arbeit beobachtet – offenbar war sie nach wie vor so sehr in das Unternehmen eingebunden, dass sie jede kleinste Kleinigkeit absegnen musste, also auch die Looks, die Lucy kreierte. Das war Milly bisher nicht klar gewesen. Sie hatte geglaubt, ihre Mutter Bianca habe im Haus Farrell das Sagen.

In der folgenden Woche kam Jayce in den Make-up-Raum des Hauses Farrell, damit Lucy Looks an ihr ausprobieren konnte. Jayce gestand Milly, sie sei zuvor so aufgeregt gewesen, dass sie weder schlafen noch essen habe können. Da sie das bei einem Big Mac und einem Erdbeershake erzählte, machte Milly sich keine allzu großen Sorgen. Es war gut, dass Jayce nicht zu Lady Farrell musste, dachte Milly.

Und es gab noch etwas Spannendes: Lucy hatte eine Freundin, die einen Beauty-Blog machte und möglicherweise anlässlich des Launchs über die neuen Looks schreiben, Fotos davon machen und ins Internet stellen würde. Das fand Milly irre aufregend.

Es half sogar gegen den Gedanken, dass sie in der folgenden Woche wieder in die Schule musste.

Carey und Co. waren merkwürdig still gewesen in den ersten Tagen ihrer Abwesenheit, sie hatten keine gemeinen Nachrichten auf Ask.fm geschickt und keine fiesen SMS. Wahrscheinlich fürchteten sie, sonst ziemlich große Probleme zu bekommen, dachte Milly. Doch nach ein paar Tagen fing es wieder an, mit SMS in dem unverfänglichen Code: *Du fehlst uns, liebe Milly, wir können's gar nicht erwarten, dass du zurückkommst.* Dazu ein paar eklige Dinge auf Ask.fm, zum Beispiel die Frage, ob sie wirklich krank sei oder nur so tue. Ob die Arzneien wirkten, und wenn nicht, dass sie das ganze Fläschchen nehmen solle.

Das war zwei Tage zuvor gewesen. Nun brachte ihr Vater – ihre Mutter war beruflich unterwegs – sie mit dem Wagen in die Schule, weil sie zu große Angst davor hatte, mit dem Bus zu fahren. Ihr Dad fragte sie mehrfach besorgt, ob er sie hineinbegleiten solle. Als sie die Schule erreichten und Milly sah, wie alle hineinströmten, wurde ihr übel. Sie ergriff die Hand ihres Vaters und bat ihn tatsächlich, mit ihr hineinzugehen. Er nickte, stellte den Wagen im absoluten Halteverbot ab, worauf sofort eine ziemlich korpulente Politesse heranwatschelte und ihn fragte, ob er wisse, dass er nicht hier stehenbleiben dürfe, sie müsse ihm einen Strafzettel geben, wenn er mehr als drei Minuten brauche. Er antwortete, das sei ihm egal. Daraufhin holte sie ihr Buch heraus, und plötzlich hatte Milly das Gefühl, dass es den ganzen Ärger nicht wert war. Sie holte tief Luft und sagte: »Ist schon in Ordnung, Daddy, ich schaffe das.« Dann stieg sie mit einem ähnlichen Gefühl wie dem aus, das sie gehabt hatte, als sie das erste Mal vom mittleren Brett in den Swimmingpool gesprungen war, und ging allein ins Schulgebäude.

Das Klassenzimmer zu betreten, war das Schlimmste. Alle verstummten, dann sagte Carey: »Mills! Schön, dass du wieder da bist. Hoffentlich geht es dir besser!« Die Mädchen kicherten. Während Milly sich an ihren Tisch setzte und ihre Schulsachen auspackte, dachte sie, wenn ihr und Lucys Plan nicht funktionierte, müsste sie tatsächlich die Waffen strecken und sich irgendwo eine andere Schule suchen, am besten in der Mongolei ...

Ihre Eltern waren ohne ihr Wissen zur Schulleiterin gegangen und hatten sie über die Vorgänge informiert. Anfangs hatte sie ihnen nicht geglaubt, dann jedoch widerwillig ihr Bedauern ausgedrückt.

»Es ist sicher schrecklich für sie, und wir hätten merken müssen, was los ist ...«

»Allerdings«, sagte Bianca. »Trotzdem hat Milly beschlossen, wieder in die Schule zu kommen. Ich halte das für sehr mutig. Sie möchte auf keinen Fall, dass die anderen Mädchen etwas von unserem Gespräch erfahren. Wir haben Milly sogar versprochen, Sie nicht aufzusuchen, fanden aber, dass Sie und die Lehrer von dieser scheußlichen Sache wissen sollten. Ich würde mir ja gern die Mädchen und ihre Eltern persönlich vornehmen, doch Milly meint, dass sie dann noch stärker gemobbt würde, sobald die Aufregung sich gelegt hätte und die Mädchen bestraft worden wären. Und ich fürchte, sie hat recht.«

»Das kann ich nicht glauben!«, rief Mrs Blackman entrüstet aus.

»Wir leider schon«, entgegnete Bianca.

Als Bianca ziemlich erschöpft von der Mailand-Reise nach Hause kam, saß Fergie mit finsterem Gesicht an der Frühstückstheke.

»Was ist los, Fergie?«

»Ich werde gemobbt, das ist los.«

Nicht noch einer, dachte Bianca.

»Von wem?«

»Von Mr Thomas«, antwortete Fergie.

»Ach. Und warum?«

»Er sagt, er nimmt mich aus der Stipendienklasse, wenn ich mich nicht auf den Hosenboden setze, und behauptet, dass ich stinkfaul bin. Aber das stimmt nicht! Er sagt, er hätte euch eine Mail geschickt. Wahrscheinlich hat er das gar nicht getan. Er lügt wie gedruckt!«

»Sehen wir mal nach ...« Bianca nahm ihr iPad aus der Aktentasche. Tatsächlich befand sich darauf eine E-Mail von Mr Thomas, dem Klassenlehrer von Fergie, Betreff »Fergies schulische Leistungen«.

Bianca überflog sie.

Lieber Mr Bailey, liebe Mrs Bailey,
bedauerlicherweise muss ich Ihnen mitteilen ... bemüht sich nicht ... muss ihn leider aus der Stipendienklasse nehmen, wenn sich das nicht nachhaltig ändert ... würde ein Treffen mit Ihnen beiden vorschlagen ...

Bianca bekam ein schlechtes Gewissen, weil sie wusste, dass sie sich in letzter Zeit nicht genug mit Fergie beschäftigt hatte. Wegen der Probleme mit Milly und Rubys Projekt über georgianische

Architektur war nur wenig Zeit für Fergie gewesen. Sie hatte angenommen, dass er sie im Moment nicht so sehr brauchte wie die anderen. Er war immer so fröhlich, hatte keine Schwierigkeiten in der Schule und musste auch nicht in diesem Jahr den Test für den Übertritt machen. Ja, sie hätte mehr tun müssen, aber Patrick war ihr keine große Hilfe gewesen, denn der hatte nur noch Saul im Kopf, den verdammten Saul ... von dem Bianca nichts mehr gehört hatte, seit ... Nein, nicht an Saul denken, Bianca, ermahnte sie sich ...

Ihr Handy klingelte. Patrick.

»Hi. Ich habe gerade eine E-Mail von Mr Thomas erhalten. Darüber sollten wir reden. Wann kommst du nach Hause?«

»Ich bin schon daheim«, antwortete Bianca.

»Gut. Wir sehen uns gleich.«

Sie beendete das Gespräch und umarmte Fergie fest. Ausnahmsweise wehrte er sich nicht.

»Keine Sorge, Fergie, wir biegen das schon wieder gerade.«

Er grinste matt. »Danke, Mum. Ab jetzt gebe ich mir Mühe. Versprochen!«

Zehn Minuten später kam Patrick nach Hause.

»Wie war die Reise?«, erkundigte er sich.

»Schön. Und ergiebig. Aber ich bin ziemlich müde«, gestand sie.

»Klar.« Patrick klang genervt.

»Und wie war's bei dir?«

»Danke, sehr gut. Aber ich würde mich gern mit dir über ein Problem unterhalten. Vielleicht beim Essen?«

»Okay. Allerdings muss ich ziemlich viele Unterlagen für die Besprechung mit den Investoren und den Anwälten morgen früh durchgehen. Die ist wirklich sehr wichtig.«

»Natürlich.«

»Also lieber morgen? Oder am Wochenende?«

»Hm.«

Er schenkte sich ein Bier ein und setzte sich.

»Bianca …«

»Ja?«

»Wir müssen über Fergie reden.«

Wie nicht anders zu erwarten verlief das Gespräch in den gewohnten Bahnen: Man gab sich gegenseitig die Schuld; die Kinder erhielten nicht genug Aufmerksamkeit; Fergie und Milly befänden sich in einem kritischen Alter; Bianca habe nicht die zusätzliche Zeit geopfert wie versprochen; hatte Patrick überhaupt Zeit geopfert?

Bianca sah ihn an. Die kühle Distanz zwischen ihnen wuchs von Tag zu Tag. Es war erschreckend, in welche Richtung sich dieser gutmütige, sanfte, witzige Mann entwickelt hatte, der er noch bis vor einem Jahr gewesen war, dieser beste denkbare Vater, verständnisvolle und großzügige Ehemann, den sie so sehr geliebt hatte und mit dem sie so glücklich verheiratet gewesen war. Was war aus ihm geworden? Was war aus ihrer Ehe geworden? Und was hatte ihn verändert? War wirklich sie schuld? Sie und ihr Job? Sie hatte immer gearbeitet. Viel. Und so etwas war noch nie zuvor geschehen. Natürlich hatte es hin und wieder einen Streit oder eine Klage gegeben. Aber keiner ihrer bisherigen Jobs war so anstrengend gewesen wie der bei Farrell; keiner hatte ihr gesamtes Leben, ihr Herz, ihr ganzes Ich beansprucht.

»Kommen wir zum Punkt, ja?«, sagte sie und versuchte ein Lächeln. »Du wolltest doch über etwas Wichtiges mit mir reden.«

»Ich wäre dir dankbar, wenn du es nicht ins Lächerliche ziehen würdest.«

»Das tue ich nicht. Wenn es für dich wichtig ist, ist es das für mich auch.«

»Das habe ich früher ebenfalls gedacht«, erwiderte er, »aber jetzt bin ich mir nicht mehr so sicher. Du hast dich verändert, Bianca, ich erkenne dich kaum wieder. Unsere Beziehung existiert praktisch nicht mehr, sehr viel länger halte ich das nicht aus. Wir reden nicht mehr miteinander, nicht mal am Telefon, du bist nie zu Hause …«

»Ach, tatsächlich? Patrick, soweit ich mich erinnere, bist du gerade weg gewesen, und in den letzten Monaten hast du viel öfter lang gearbeitet als ich. Ich komme immerhin von Reisen zurück, wie angekündigt, nicht drei Tage verspätet, und verbringe jedes Wochenende mit der Familie.«

»Das ist unfair. Ich bin nicht jedes Wochenende unterwegs.«

»Aber mindestens die Hälfte davon telefonierst du mit Saul Finlayson. Du bist schon genauso ungehobelt und von der Arbeit besessen wie er.«

»Du übertreibst. Das mag in letzter Zeit öfter passiert sein, doch möglicherweise hast du vergessen, dass ich mindestens fünfzehn von den sechzehn Jahren unserer Ehe immer verfügbar war, damit du dich voll und ganz auf den Egotrip deiner Scheißkarriere konzentrieren konntest.«

»*Das* ist jetzt unfair! Bei mir standen immer die Kinder an erster Stelle!«

»Tatsächlich? Ist Milly deswegen so zufrieden und ausgeglichen, und arbeitet Fergie deswegen so hart, und …«

»Ach, halt den Mund.«

»Nein. Warum sagst du nicht deine Besprechung morgen früh ab, wenn die Kinder dir so wichtig sind, und bringst Milly in die Schule? Damit wäre ihr im Moment wirklich geholfen.«

Er hatte recht. Doch bei der Besprechung würden neue Verträge über das Franchising-System unterzeichnet. Sie waren bereits spät dran, liefen Gefahr, Lizenznehmer zu verlieren, und …

»Das geht nicht«, sagte Bianca. »Wirklich nicht. Ich muss diese Verträge unterschreiben, mit den Investoren sprechen …«

»Es ist mir egal, mit wem du sprechen musst. Dein Platz ist hier, zu Hause. Du solltest dich um deine Tochter kümmern.«

Bianca hatte ein schlechtes Gewissen. Aber …

»Du hast dich verändert«, erklärte sie. »Seit du für Saul arbeitest.«

Es war gefährlich, Saul ins Spiel zu bringen, das wusste Bianca.

»Seit ich Freude an meiner Arbeit habe«, entgegnete Patrick.

»Und das gefällt dir nicht. Ich habe das Gefühl, dass dir meine Langeweile lieber war.«

»Das ist gemein!«

»Aber es stimmt. Solange ich immer für dich und die Kinder zur Verfügung stand, war das Leben viel leichter für dich.«

»Und jetzt tanzt du nach Sauls Pfeife, oder?«

»Hör auf damit«, meinte er müde. »Darüber wollte ich nicht reden.«

»Worüber dann?«

Er holte tief Luft. »Ich hab die Schnauze voll.«

»Das könnte ich auch sagen.«

Er achtete nicht auf ihren Einwand.

»Es geht immer so weiter, die Investoren, das Budget, die Lizenznehmer, die Scheißwerbekampagne. Wann hattest du denn Zeit für mich und meinen Job? Wann hast du dich mit *meinen* Sorgen und Problemen beschäftigt, ganz abgesehen von denen der Kinder? Bianca, bitte hör mir jetzt gut zu.«

Sie bekam es mit der Angst zu tun. So entschlossen und ruhig hatte sie ihn noch nie erlebt. Er sah sie unverwandt an, mit einem beinahe traurigen Blick.

»Ich höre«, sagte sie.

»Gut. Denn ich möchte, dass das klar ist: Entweder du verlässt das Unternehmen, oder ich verlasse dich. Offen gestanden ist es mir egal, welchen Weg du wählst. Ich habe genug.« Patrick erhob sich. »Lass es mich wissen, zu welchem Schluss du gelangt bist, damit ich planen kann.«

Er ging zur Tür, wo er sich zu ihr umwandte. »Ich erwarte deine Entscheidung innerhalb einer Woche. Außerdem, dass du zum Ende des Monats kündigst, nicht irgendwann in einer vagen Zukunft, die nie kommt.«

»Aber das wäre vor dem Launch!«

»Ach ja, dieser über die Maßen wichtige Launch. Den hatte ich glatt vergessen. Wie konnte ich nur? Der ändert nichts an den Tatsachen, Bianca. Ich finde, du solltest nicht mal drüber nachdenken müssen. Ich hoffe, ich habe mich klar genug ausgedrückt.«

Sehr leise schloss er die Tür hinter sich.

Siebenundvierzig

»Susie? Baby, wo warst du? Ich schick dir schon den ganzen Tag SMS.«

Henk klang jämmerlich. Susie konnte sich sein Gesicht vorstellen. Das würde sie jetzt auskosten.

Wie um zwei Uhr morgens, als er angerufen und sie ihm gesagt hatte, er solle sie in Ruhe lassen. Sie hatte seine Wut gespürt, befriedigt gelächelt, das Handy ausgeschaltet und war wieder eingeschlafen.

»Tut mir leid, Henk, ich war beschäftigt. Also, was kann ich für dich tun?«

»Baby, das weißt du ganz genau! Triff dich mit mir. Wir müssen reden. Mir geht's echt schlecht. Und dann noch das heute Nacht ... Wie konntest du das machen, einfach auflegen?«

»Sorry, ich war müde.«

»Noch so eine Nacht stehe ich nicht durch, Susie. Ich hab immer wieder die Schlaftabletten angeschaut und überlegt, ob ich sie einfach alle schlucke ...«

»Hattest du nicht gesagt, dass du die nicht mehr nimmst?«

»Das waren die Antidepressiva. Dir scheint nicht klar zu sein, wie verzweifelt ich bin.«

»O doch.«

»Du verhältst dich aber nicht so. Egal, darüber können wir heute Abend reden.«

»Henk, ich kann mich heute nicht mit dir treffen. Ich gehe mit einer Freundin aus.«

»Doch nicht mit dieser blöden Kuh von neulich? Der hätte ich am liebsten den Kragen umgedreht. Warum hast du ihr nicht gesagt, dass sie verschwinden soll?«

»Weil ich mit meinen Freundinnen für gewöhnlich nicht so rede.«

»Susie, ich schwör dir, wenn wir uns heute Abend nicht treffen, dann nehm ich die Schlaftabletten. Ich halte das nicht mehr aus, ich verliere den Verstand! Sag die Verabredung mit dieser Freundin ab, bitte.«

»Tut mir leid, das geht nicht.«

»Herrgott!« Sie hörte seinen Zorn. »Es ist dir also egal, was mit mir passiert ...«

Gib's ihm, Susie, den Todesstoß.

»Ich hätte da einen Vorschlag, Henk. Geh doch mit Zoë aus. Die hat bestimmt Mitleid mit dir.«

Schweigen, sehr langes Schweigen. Susies Herz schlug wie wild, plötzlich bekam sie es mit der Angst zu tun. Angenommen sie täuschte sich, Jemima täuschte sich, angenommen Zoë war nur irgendeine Freundin? Sie stellte sich das Fläschchen mit den Schlaftabletten vor, sah es in Henks Hand, wie er sie herausschüttelte, hörte den Anruf der Polizei am folgenden Tag ...

»Du Miststück«, fluchte er. »Du verdammtes Miststück. Du spielst mit mir, riskierst mein Leben ...«

Dann folgte ein ganzer Schwall von Beschimpfungen. Susie lauschte eine Weile mit einem flauen Gefühl im Magen, bevor sie sagte: »Tut mir leid, ich muss jetzt auflegen. Ich ertrage dich nicht länger. Was du mit mir angestellt hast, war grausam. Ich habe mir schreckliche Sorgen um dich gemacht, konnte an nichts anderes mehr denken. Bis ich dich durchschaut habe. Du begnügst dich nicht damit, mich zu verprügeln, du musst mich auch noch psychisch traktieren. Eine Weile ist dir das prima gelungen. Du bist ein ausgezeichneter Schauspieler, Henk. Und ein guter Fotograf. Aber leider ein lausiger Mensch. Ich bedaure, dir je begegnet zu sein.«

Sie schaltete das Handy mit zitternden Fingern aus. Ihr war schlecht, und sie merkte, dass sie weinte. Etwas Grässlicheres war ihr im Leben noch nicht passiert. Zum Glück war es nun vorbei. Endgültig vorbei.

Die Hausverwaltung, die die Mietverträge für alle Geschäfte in der Berkeley Arcade regelte, war ein altehrwürdiges Unternehmen. Gegründet im Jahr 1820, beim Bau der Arkade, beschäftigte sie eine Kanzlei angesehener Anwälte und penibler Steuerberater. Die Mieten wurden regelmäßig überprüft, die Verträge auf den neuesten Stand gebracht, obwohl die Mieter nach wie vor ihre Pferde an den Pfosten zu beiden Enden der Arkade festmachen und Kerzen statt elektrischem Licht verwenden konnten, wenn sie das wollten.

Das Haus Farrell hatte Miete und Nebenkosten immer pünktlich bezahlt, dankbar dafür, dass beides längst nicht so hoch war, wie man angesichts der Lage der Arkade hätte vermuten können.

Eines Morgens Anfang März 2012 erhielt Mark Rawlins, Farrells Finanzdirektor, einen Brief von besagter Hausverwaltung, in dem sie mitteilte, dass der gegenwärtige Mietvertrag, der bald auslaufe, überprüft worden sei. Sie schlug ein Gespräch vor, da sich die Miete beträchtlich erhöhen würde. Ob der Summe rieb sich Mark Rawlins entsetzt die Augen.

Er vereinbarte telefonisch einen Termin mit der Hausverwaltung und wandte sich dann leicht panisch einer Überprüfung der finanziellen Lage des Hauses Farrell zu. Es sah schlecht aus …

Bianca versuchte an ihrem Schreibtisch ebenfalls gerade, mit einer Panikattacke fertigzuwerden, als eine SMS von Saul eintraf.

Ich denke die ganze Zeit an dich und würde dich gern sehen, aber das geht nicht, schrieb er.

In der Kategorie »Liebesbrief« hätte die Botschaft wohl keinen Blumentopf gewonnen, aber immerhin zauberte sie ein Lächeln auf Biancas Gesicht …

Im Flugzeug dachte Bianca über die Ehe nach, im Allgemeinen und im Besonderen, was sie forderte, aber auch an Vorteilen brachte.

Patrick verlangte das Unmögliche von ihr: dass sie sich selbst verleugnete. Meinte er tatsächlich, ihr einen großen Teil des Wesens, in das er sich verliebt hatte, nehmen und sie dann immer noch lieben zu können?

Natürlich hätte sie sagen sollen, dass Ehe und Familie ihr wichtiger waren als Job und Karriere, aber als sie in sein Gesicht, dieses neue, harte, feindselige Gesicht blickte, hatte sie gewusst, dass sie das nicht konnte. Was machte das aus ihr? Ein egoistisches, hartherziges Ungeheuer?

Diese trüben Gedanken wälzte sie in jener langen Nacht, in der sie aus dem Flugzeug in die Dunkelheit hinausstarrte. Sie war gezwungen, sich mit sich selbst auseinanderzusetzen und sich darüber klar zu werden, was ihr wirklich wichtig war. Und das tat weh, richtig weh.

War Saul daran schuld? Nein, dachte sie, jedenfalls nicht im Hinblick auf ihre Beziehung. Es war ein merkwürdiger, trauriger Abend gewesen. Sie empfand tiefes Mitleid mit ihm, war fasziniert von ihm, erotisch aufgewühlt, mehr nicht. Was auch immer zwischen ihnen sein mochte, hatte nichts mit dem Scheitern ihrer Ehe zu tun. Aber Saul beanspruchte rücksichtslos Patricks Zeit und Aufmerksamkeit für sich, und die berufliche Befriedigung, die er ihm bot, hatte Patrick so sehr verändert, dass er kaum noch wiederzuerkennen war. Bianca konnte sich nicht mehr auf Patricks häusliche Unterstützung verlassen; das hatte sie beide verändert.

Nach der letzten SMS von Saul war nichts geschehen. Bianca wartete wie ein verliebter Teenager auf weitere Nachrichten, doch es herrschte komplette Funkstille.

Als sie Saul schließlich selbst eine SMS schickte, in der sie einfach nur fragte: *Alles in Ordnung?*, antwortete er ja, es sei alles okay, aber er mache sich Sorgen um Dickon, und dann: *Ich denke an dich. Danke für deine Hilfe.*

Was bei Saul Finlayson fast einem Liebesgedicht gleichkam.

Immerhin hatte sie Zeit gewonnen. Vierundzwanzig Stunden nach Patricks Ultimatum hatte sie ihm erklärt, dass ihre Ehe doch wohl mehr verdiene als eine hastige Überprüfung und Entscheidung. Sie müsse verreisen, hatte sie gesagt, es sei unumgänglich, das würde ihnen beiden Zeit zum Nachdenken geben, und zu ihrer Überraschung hatte er sich darauf eingelassen.

»Aber ich will eine Entscheidung«, hatte er wiederholt, »und ich möchte dir sagen, dass ich enttäuscht bin.«

Etwas Emotionsloseres hatte sie noch nie aus seinem Mund gehört.

Sie absolvierte eine höchst strapaziöse Achttagestour nach Sydney, Tokio, Singapur, Dubai und New York. Wie sonst hätte sie den Lizenznehmern vertrauen können, dass sie ihre Vision umsetzten, die kostbaren Duplikate des Hauses Farrell in ihrem Sinne realisierten? Wie sonst hätte sie wissen können, ob sie sich für die richtigen Gebäude in den richtigen Straßen mit der richtigen Ausstattung, dem richtigen Personal und dem richtigen Ambiente entschieden? Ihr Leben und ihr Ruf standen auf dem Spiel.

Florence lag Nacht für Nacht mit Magengrimmen und schmerzendem Kopf wach, hin- und hergerissen zwischen Panik, Furcht und Ungläubigkeit über ihre eigene Dummheit, und tagsüber war es nicht viel besser.

Sie wusste nicht, was sie tun sollte. Florence hatte niemanden, den sie fragen oder an den sie sich hilfesuchend wenden konnte.

Jedes Mal, wenn es an der Tür klingelte oder das Telefon ging, zuckte sie zusammen. Sie wusste nicht so genau, was sie erwartete. Die eine Möglichkeit war der Racheengel Athina, die andere die schockierte und feindselige Bianca.

Florence war nach wie vor körperlich geschwächt und fühlte sich von Tag zu Tag schlechter. Francine und die wunderbare Jemima schauten mit Blumen und Trauben bei ihr vorbei, aber während sie sich anfangs noch über ihren Besuch freute, empfand sie ihre Anwesenheit schon bald als ermüdend und irritierend. Sie brachte nicht die erhoffte Ablenkung. Von Athina hörte sie kein Wort. Dafür rief Christine an, um ihr zu sagen, sie hoffe, es gehe ihr besser, Lady Farrell lasse fragen, wann sie bereit sei, sie zu empfangen. Florence glaubte einen Hintersinn in ihren Worten zu entdecken. Das Schlimmste war dieses große Rätsel: Wie war das Foto aus ihrem Nachtkästchen in die Schublade ihres kleinen Sekretärs unten gelangt, sorgfältig mit ihrer Schreibunterlage zugedeckt? Sie hatte es erst am dritten Tag ihrer Krankheit gefunden, nachdem sie mit wachsender Panik an all den Orten gesucht hatte, an denen sie es normalerweise verwahrte. Wer hatte es dorthin gelegt und warum? Athina neigte nicht zu Diskretion, aber möglicherweise hatte sie sich nach der schrecklichen Entdeckung schockiert und gedemütigt in ihr Schneckenhaus zurückgezogen. Florence, die Athinas emotionale Unberechenbarkeit kannte, hielt das durchaus für möglich.

»Wo bist du?«

»In Dubai.«

»Ich muss mit dir reden.«

»Ich bin noch ungefähr eine Stunde hier.«

»Nein, richtig reden. In welchem Hotel hast du dich einquartiert?«

»Im Mirage. Das ist *fantastisch*. Das einzige Hotel in Dubai, das keine fünfzig Stockwerke hoch ist.«

»Ich könnte zu dir fliegen.«

»Saul, das geht nicht«, sagte sie und unterdrückte die körperliche Begierde, die sie unvermittelt überkam. »Das ist absurd. Morgen geht's schon wieder weiter nach Singapur.«

»Ich könnte mich dort mit dir treffen. Wahrscheinlich hast du im Raffles gebucht, oder?«

»Ja. Ist das schön?«

»Keine Ahnung. Ich übernachte immer in einem der Airport-Hotels.«

»Warum können wir nicht jetzt reden? Was ist passiert?«

»Sie wehrt sich.«

Bianca hätte sich denken können, dass er nicht über das sprechen wollte, was möglicherweise zwischen ihr selbst und ihm war.

»Der Mann, den sie heiraten möchte, ist ein richtiges Arschloch. Ich habe einen Privatdetektiv auf ihn angesetzt. Auf keinen Fall werde ich Dickon in seine Nähe lassen.«

Sie stellte sich einen Mann vor, der seine Frau verprügelte, einen Drogensüchtigen, einen Bigamisten.

»Was macht er denn?«

»Er ist in der Werbung. Du weißt ja, was das bedeutet.«

»Nicht unbedingt. Was genau?«

»Er ist Creative Director. Das sind die Schlimmsten. Er heißt Bernard French. Bernard! Was für ein Name! Natürlich ist er geschieden. Wer würde schon in Sydney leben wollen? Wahrscheinlich ist er gefeuert worden, und das war der einzige Job, den er kriegen konnte.«

Wenn es nicht so traurig gewesen wäre, hätte sie gelacht. »Saul, so schlimm klingt das auch wieder nicht.«

»Doch. Wer vorschlägt, das Kind eines anderen aus seiner Heimat zu entführen, ist schlimm.«

»Hast du mit Janey gesprochen?«

»Nein. Wir kommunizieren über unsere Anwälte.«

»Saul, das könnte aber helfen. Anwälte tragen manchmal nur zur Verwirrung bei. Je größer die Verwirrung, desto mehr ist für sie drin.«

»Auch ohne sie herrscht genug Verwirrung. Was ist dein nächstes Reiseziel?«

»Singapur«, antwortete sie. Sydney ließ sie diplomatisch aus. »Dann Tokio und New York.«

»Ich könnte nach New York kommen, damit wir uns richtig unterhalten. Ich finde das am Telefon nicht befriedigend.«

»Da bin ich erst in sechs Tagen, und in acht fliege ich zurück nach London. Es ist …« Sie verkniff sich, »verrückt« zu sagen. Saul in dieser gefährlichen Stimmung verrückt zu nennen, war unklug.

»Es wäre schön, mit dir zusammen in New York zu sein.« Das klang schwermütig.

Allerdings, dachte sie. »Mag sein, aber Patrick kennt meinen Reiseplan. Was würde er denken, wenn er wüsste, dass wir uns gleichzeitig an einem dieser Orte aufhalten?«

Langes Schweigen, dann: »Du hast recht. Ich würde ihn ungern aus der Fassung bringen. Er ist so ein guter Analyst …«

»Florence? Athina hier. Wie geht's? … Gut. Ich muss mit Ihnen reden. Es ist wichtig. Ich schaue morgen Nachmittag bei Ihnen vorbei. Sie sind ja wahrscheinlich da.«

Florence hatte zu viel Angst, um nein zu sagen. Außerdem wollte sie endlich Gewissheit haben.

»Einverstanden, Athina«, meinte sie, ihre Stimme noch immer schwach und rau. »Ich freue mich. Wie Sie sich vielleicht vorstellen können, habe ich das Alleinsein allmählich satt.«

»Das wird kein Plauderstündchen«, erklärte Athina.

Jess Cochrane hatte die Nase gestrichen voll. Es war schön und gut, wenn man als eine der vielversprechendsten Schauspielerinnen des Jahres 2011 und eines der Gesichter des Jahres 2010 galt, aber wenn man das nur mit einem einzigen wichtigen Film geschafft hatte, brauchte man etwas, um diesen Status zu festigen und sich im Bewusstsein der Öffentlichkeit zu halten.

Sie spielte eine der Hauptrollen in einem Film, zu dem die Dreharbeiten im September beginnen sollten, einem Kostümfilm, der auf einem Roman von Georgette Heyer basierte, doch der würde erst im Herbst 2014 in die Kinos kommen, und zwischen jetzt und dann klaffte eine große Lücke. Ihr Agent hatte ihr eine Rolle in einer TV-Serie vermittelt, die perfekt gewesen wäre, aber leider abgesetzt worden war. Wenn Freddie Interviews in den Hochglanzmagazinen für sie an Land zu ziehen versuchte, schüttelten die meisten Redakteurinnen den Kopf. »Lass es uns wissen, wenn's was Neues über sie zu berichten gibt«, sagten sie alle.

Jess brauchte etwas, das sie jetzt in die Schlagzeilen bringen würde, aber in einer Zeit, in der sich alles um das Diamantene Thronjubiläum drehte, hätte sie schon auf dem Hochseil über die Themse radeln müssen, um Aufmerksamkeit zu erregen.

»Athina, kommen Sie rein.«

»Danke. Sie sehen wieder ganz erholt aus. Anders als ich. Viel zu viel zu tun in letzter Zeit. Ich bin vollkommen erschöpft.«

»Das tut mir leid. Ich stelle Teewasser auf ...«

»Nur ein Tässchen. Wir müssen über ziemlich vieles reden, und ich habe nicht ewig Zeit.«

Florence griff mit zitternden Fingern nach dem Wasserkessel. Athina schlenderte in ihrem kleinen Wohnzimmer herum, nahm Dinge in die Hand und stellte sie wieder hin. Vermutlich suchte sie nach weiteren Indizien. Nun blieb sie vor dem Bild von Leonard Trentham stehen.

»Total überschätzt als Künstler, finde ich. Obwohl Cornelius seine Arbeiten mochte. Haben Sie das von ihm?«

Florence bekam ein flaues Gefühl im Magen.

»Nun ...«

»Sie erzählen mir sicher gleich, dass das ein Original ist. Oder dass er Ihnen das weisgemacht hat.«

»Naja ...«

»Natürlich kann das nicht sein. Sonst wäre es ein Vermögen wert. Holen Sie endlich den Tee, Florence, wir müssen zu Potte kommen.«

Florence ging in die Küche, kochte Tee, füllte eine Kanne mit

Milch, stellte alles auf ein Tablett, schaute zum Fenster hinaus, um nicht gleich wieder zu Athina zurückzumüssen …

»Florence! Wollen Sie dieses Gespräch hinauszögern oder was?«

Florence brachte das Tablett ins Wohnzimmer, stellte es ab und sagte: »Entschuldigung, Athina, mir wird plötzlich …« Dann hastete sie in die kleine Toilette, wo sie sich übergeben musste.

Beim Aufräumen des Schranks, in den Bianca immer ihren Mantel hängte, entdeckte Jemima das Post-it auf dem Boden.

DRINGEND, stand in Großbuchstaben darauf und: *Bitte rufen Sie Florence an und sagen Sie ihr, dass Sie sich keine Gedanken über das Foto machen muss. Und dass ich mich bei ihr melde, sobald ich zurück bin.*

Jemima starrte den Zettel entsetzt an. Er hatte mindestens zwei Tage dort gelegen, wahrscheinlich war er Bianca beim Anziehen aus der Tasche gefallen. Zwei Tage waren eine lange Zeit. Galt die Anweisung darauf noch? In der Zwischenzeit konnte sich eine Menge geändert haben. Jemima beschloss, Bianca anzurufen und sie zu fragen, was sie machen solle. Möglicherweise handelte es sich um eine delikate Angelegenheit, denn Bianca hinterließ nicht oft kryptische Botschaften …

Jemima wählte Biancas Handynummer. Die Mailbox erklärte ihr, dass Bianca das Gespräch momentan nicht annehmen könne.

Also hinterließ sie eine Nachricht, in der sie Bianca bat, sie so schnell wie möglich zurückzurufen, und wandte sich wieder ihrer Arbeit zu.

»Tut mir leid, Athina«, sagte Florence, als sie blass und zitternd aus der Toilette zurückkehrte. Athina bedachte sie mit einem ziemlich kühlen Blick.

»Ich dachte, Ihnen geht's wieder besser?«, meinte sie. »Wenn wir jetzt anfangen könnten …«

»Wenn es Ihnen nichts ausmacht, schenke ich mir noch eine Tasse Tee ein.«

»Jemima, ich bin's, Bianca.«

»Hallo! Wie ist Dubai?«

»Wie eine Mondlandung – ziemlich ungewöhnlich. Ich kann nicht lange reden, bin nur kurz aus einer Sitzung raus. Was ist los?«

»Beim Aufräumen von Ihrem Schrank habe ich auf dem Boden ein Post-it gefunden, auf dem steht, dass ich Florence anrufen und ihr sagen soll, sie müsste sich keine Gedanken über das Foto machen.«

»Oje! Das habe ich wohl verloren, weil ich furchtbar in Eile war.«

»Soll ich sie noch anrufen?«

»Nein. Das erledige ich selber. Wenn ich sie nicht erreichen sollte, melde ich mich wieder bei Ihnen und bitte Sie, es für mich zu machen.«

»Gut. Soll ich Ihnen die eingegangenen Nachrichten vorlesen?«

»Nein, dazu ist jetzt keine Zeit. Ich muss zuerst die Besprechung hinter mich bringen, und dann treffe ich mich mit der hiesigen Lizenznehmerin, um mir die Location für den Shop anzusehen, die sie vorschlägt. Rufen Sie mich morgen früh an. So gegen sieben, Dubai-Zeit.«

Das hieß, dass Jemima um vier Uhr aufstehen musste, doch sie beklagte sich nicht.

»Gut«, sagte sie nur.

»Sie können sich vermutlich vorstellen, weswegen ich hier bin«, begann Athina.

»Athina, ich ... wir wollten nie ...«

Was? Sie nie verletzen oder betrügen? Genau das hatten sie doch mehr als vierzig Jahre lang getan, in dem vollen Bewusstsein, dass es Athina schrecklich wehtun würde.

»Ich begreife das einfach nicht.«

Da klingelte glücklicherweise das Telefon.

»Nicht rangehen«, wies Athina Florence an. »Das kann Ihr Anrufbeantworter übernehmen.«

»Der ist leider kaputt.« Florence musste nicht einmal lügen. »Ich hatte Francine gebeten, mich anzurufen, wahrscheinlich ist sie das. Ich muss ihr sagen, dass ich sie später zurückrufe. Tut mir leid, Athina.«

Sie nahm den Hörer in die Hand. »Francine?«

»Nein.« Biancas Stimme. »Nicht Francine. Ich bin's, Bianca. Ich wollte Sie schon längst anrufen, sorry, aber egal, besser spät als nie. Ich erkläre Ihnen das ein andermal ausführlich. Jetzt kann ich nicht so lange reden, doch was ich Ihnen zu sagen habe, ist wichtig.«

»Ja?« Florence wurde erneut übel. Vielleicht hatten Bianca und Athina sich bereits über alles unterhalten.

»Sie brauchen sich keine Gedanken über das Foto auf Ihrem Nachtkästchen zu machen. Ich habe es weggelegt. Außer mir hat's niemand gesehen. Und jetzt muss ich los, mich mit der hiesigen Lizenznehmerin treffen. Es wäre schön, wenn Sie bei mir wären, Florence. Wir hören uns bald wieder. Tut mir leid, wenn Sie sich Gedanken gemacht haben sollten.«

»Nein, nein«, versicherte Florence ihr, der es nun erstaunlich leicht fiel, fröhlich zu klingen. »Alles bestens, danke, Bianca. Ich wäre auch gern bei Ihnen. Auf Wiedersehen.«

Florence wandte sich Athina mit einem strahlenden Lächeln zu.

»Entschuldigung. Das war Bianca Bailey.«

»Das habe ich mitgekriegt«, meinte Athina mit einem giftigen Blick. »Warum um Himmels willen ruft die hier an?«

»Es ging um den Shop in Dubai und war nicht wirklich wichtig.«

»Ich würde gern endlich zur Sache kommen. Es entsetzt mich, wie der Launch angegangen wird. Plötzlich scheint die Angelegenheit topsecret zu sein. Diese seltsamen jungen Männer treffen sich zu Besprechungen mit Miss Harding und dieser Clements-Frau, ohne dass ich hinzugezogen werde. Ich muss darauf bestehen, dass man mich einbezieht, und dafür brauche ich Ihre Hilfe. Florence, hören Sie mir überhaupt zu? Sie scheinen mit dem Kopf ganz woanders zu sein.«

»Entschuldigen Sie, Athina. Wahrscheinlich bin ich immer noch ein bisschen müde.«

»Ja, möglich. Aber Sie waren jetzt über eine Woche außer Gefecht, Sie können nicht erwarten, dass sie endlos lange wegbleiben dürfen und in Ihrer Abwesenheit andere die Arbeit erledigen.«

»Nein, natürlich nicht. Selbstverständlich sollten wir auch ein Wörtchen mitzureden haben. Allerdings war ich bei keinem der Werbemeetings dabei ...«

Achtundvierzig

»Und, wie war die Reise? War alles zu deiner Zufriedenheit?«

»Ja. Danke, dass du mich abholst.«

»Du musst müde sein«, bemerkte Patrick höflich, als spräche er mit einer oberflächlichen Bekannten. »War es den Aufwand wert?«

»Ja. Dubai ist nicht ideal, weil der Shop sich in einer Shopping Mall befinden wird, genauer gesagt in der größten Shopping Mall der Welt, aber wenn die Temperaturen draußen um die fünfzig Grad liegen, kann man verstehen, dass die Leute sich lieber in klimatisierten Räumen aufhalten. Was für ein seltsamer Ort. Alles auf Hochglanz poliert, doch am zweiten Nachmittag gab's einen Sandsturm. Man konnte nicht raus. Hinterher waren die Autos voller Sand, und es sah aus wie in einem Katastrophenfilm.«

»Und Sydney?«

»Sydney war großartig! So eine schöne Stadt – wie ein Musikstück, alles ist im Fluss. Unser Shop wird sich in einer tollen Mall befinden, der Strand Arcade. Die ist perfekt. Er wird von einer sehr netten Frau geleitet werden, die das Konzept absolut richtig begreift.«

Als Bianca spürte, wie wenig das Patrick interessierte, plapperte sie noch eifriger drauflos. »Singapur ist super, der Shop, meine ich. Er soll in einer hübschen Straße eröffnet werden, die Ann Siang Hill heißt, von einem ziemlich guten Typen, einem Mr Yang. Er hat mich zum Essen in ein fantastisches Lokal gleich neben dem Shop ausgeführt, in das Lao Pa Sat. Es sieht aus wie ein offener Markt, ist jedoch ein riesiges Open-Air-Restaurant. Tokio war grandios, die Frau dort hat Power, sie ...«

»Bianca, das ist wirklich alles sehr interessant, aber ich habe nicht den ganzen Tag Zeit. Du kannst mir später mehr erzählen.«

»Ja, natürlich. Tut mir leid. Ich finde es nur so aufregend, dass es jetzt tatsächlich läuft, dass wir all diese kleinen, hübschen Shops in diesen wunderbaren Städten haben werden.«

»Das kann ich mir vorstellen. Und New York?«

Sie sah ihn argwöhnisch an, doch seine Miene verriet nichts. »Da muss noch was geschehen. Der Shop in SoHo …«

»Hast du was von Saul gehört? Er schien der Ansicht zu sein, dass er dir helfen kann.«

O Gott … Patrick klang vollkommen neutral.

»Ja, das hat er tatsächlich. Er hat SoHo vorgeschlagen und …«

»Bianca, sorry, ich muss los. Ich hab noch jede Menge zu tun.«

»Klar. Bist du heute Abend da?«

»Ja. Da wären wir. Ich bringe nur schnell dein Gepäck rein und suche mir anschließend ein Taxi. Bis heute Abend. Dann können wir uns weiter über meinen … wie sollen wir es nennen? … Vorschlag unterhalten.«

»Ja, gern. Das wäre … gut. Danke noch mal fürs Abholen.«

Bianca war ziemlich aus der Fassung, weil er so kalt und distanziert wirkte. Vermutete er etwas? Sollte sie dem Gespräch vorgreifen? Aber was sollte sie sagen? Die Worte einer Freundin, einer notorischen Fremdgeherin, fielen ihr ein: »Wenn er euch miteinander im Bett erwischt, sag einfach, dir war kalt, er wollte dich wärmen.«

Vermutlich war das gar kein so schlechter Ratschlag, dachte Bianca.

New York hatte ihr wie immer gut gefallen. Sie hatte Freunde dort, diese jedoch nicht über ihre Reise informiert. Ihr Aufenthalt war einfach zu kurz, und sie wollte keinen der beiden wertvollen Abende für ein Treffen mit ihnen opfern.

Bianca kam spätabends an, es war nach Mitternacht, als sie ins Taxi stieg. Sie wohnte nicht im Carlyle, das mittlerweile absurd teuer geworden war, sondern im Algonquin, in dem sie in jüngeren Jahren oft genächtigt hatte. Trotz der kleinen Zimmer besaß das Haus einen gewissen Charme, den sie liebte. Das Round Table Restaurant, über dem der bissige Geist von Dorothy Parker und ihren Freunden schwebte, gab es nach wie vor, auch die Katze beziehungsweise einer ihrer Nachkommen war da, und die Lobby wirkte mit den Palmen, den schwarzen Marmorsäulen und den riesigen Lederohrensesseln auch heute noch wie ein Bühne.

New York präsentierte sich ebenfalls wie immer, egal, ob tagsüber oder um Mitternacht: Dichter Verkehr strömte in die Stadt, im Zentrum hatten sämtliche Geschäfte geöffnet, auf den Gehsteigen wimmelte es von Menschen. Bianca checkte erschöpft ein, streichelte die Katze, gab einen Weckruf für sieben Uhr morgens in Auftrag und schlief schon fast im Bad ein.

Sie hatte Lou Clarke, die New Yorker Lizenznehmerin, zum Frühstück eingeladen. Lou war eine zierliche vierzigjährige Halbchinesin mit pechschwarzen Haaren und riesigen Mandelaugen, die behauptete, das Algonquin zu lieben, wo sie es sich verkneifen müsse, bereits zum Frühstück einen Martini zu bestellen. »Ich bin keine Alkoholikerin«, versicherte sie. »Aber hier gibt's definitiv den besten in New York.«

Sie begannen im Meatpacking District. Bianca, die drei Jahre lang nicht in der Stadt gewesen war, staunte, wie sehr sich alles verändert hatte. Nun gab es teure Boutiquen in kleinen überdachten Arkaden, die sich jedoch nicht für einen Farrell-Shop eigneten, In-Cafés und kopfsteingepflasterte Straßen. »Das ist alles zu cool. Wir suchen nach Tradition und Charme, nicht nach einer hyperschicken Location.«

Lou lächelte, als wollte sie genau das hören, und erklärte, sie finde das Village weit geeigneter. Was stimmte. Die baumbestandene Bleecker Street war ausgesprochen angesagt und konnte sich mit hippen Namen wie Ralph Lauren oder Marc Jacob brüsten. »Natürlich sitzen hier auch Burberry und Jo Malone«, fügte Lou hinzu, als hätte sie höchstpersönlich die Läden eingerichtet.

Bianca wusste, dass Jo Malone sich nicht dort befunden hätte, wenn das Unternehmen noch unabhängig und nicht Teil des Estée-Lauder-Imperiums gewesen wäre, und dass ein Shop in unmittelbarer Nähe das Budget des Hauses Farrell sprengen würde. Lou und eine ziemlich penetrante Maklerin zeigten Bianca den Laden, den Lou in einer winzigen Straße bei der Bleecker Street entdeckt hatte, perfekt in jeder Hinsicht, abgesehen von der Miete. Lou meinte, sie könnten sich auf einen Deal einigen, worauf die Maklerin sagte, Chanel sei bereit, den vollen Preis zu zahlen, möglicherweise sogar mehr. Daraufhin ging Lou wütend mit ihr nach draußen und verhandelte mit gedämpfter Stimme weiter. Als sie wieder hereinkam, erklärte sie, alles scheine in Ordnung zu sein, die Maklerin rufe sie später noch einmal an, um die Sache zu bestätigen. Bianca glaubte das nicht.

»Wie fanden Sie's?«, erkundigte Lou sich, als sie später ins Taxi stiegen. »Ist die Location nicht super?«

Bianca nickte. In dem Moment kam der Anruf von der Maklerin, die ihnen mitteilte, ein neuer Schuhdesigner, der den Laden unbedingt wolle, habe soeben Chanel überboten. Aus einem Grund, den Bianca nicht festmachen konnte, war sie nicht ganz so enttäuscht, wie sie es hätte sein sollen.

»Es gibt noch andere Möglichkeiten«, meinte Lou. »Sie haben ja selbst gesehen, wie perfekt sich das Viertel eignet. Wären Sie einverstanden, wenn ich einen anderen Shop suche?«

»Ja, natürlich«, antwortete Bianca, als das Taxi vor dem Algonquin hielt. »Es war ein schöner Tag. Wenn Sie mich jetzt entschuldigen würden, Lou, ich bin hundemüde und muss mich ein Stündchen hinlegen.«

»Darf ich Sie zum Abendessen einladen?«, fragte Lou. Bianca konnte ohne zu lügen antworten, dass sie bereits mit einem Kosmetikeinkäufer verabredet sei.

In ihrem Zimmer schlief sie sofort ein, nachdem sie einen Weckruf für zwei Stunden später bestellt hatte. Am Ende weckte sie ein

Anruf der Rezeption aus dem Tiefschlaf. Man teilte ihr mit, dass ein Herr sie sprechen wolle. Da sie dachte, dass das der Kosmetikeinkäufer war, der sich im Ort geirrt hatte, ließ sie ihn an den Apparat holen.

»Sorry, ich bin aufgehalten worden«, sagte sie. »Bestellen Sie sich doch einen Drink, ich bin in zehn Minuten bei Ihnen.«

Schweigen, dann: »Bianca, wann wirst du dir endlich merken, dass ich keinen Alkohol trinke?«

Saul.

»Was machst du denn hier?«, fragte sie verwundert, als sie sich wenig später an der Rezeption zu ihm gesellte.

»Ich hatte doch gesagt, dass es schön wäre, mit dir in New York zu sein«, antwortete er und küsste sie auf die Wange.

Bianca lächelte verlegen. »Freut mich, dich zu sehen.« Sie lehnte sich auf ihrem Stuhl zurück. »Weiß Patrick, dass du hier bist?«

»Nicht, dass ich in deinem Hotel bin. Von New York schon. Ich wollte ihm nichts vormachen. Ich lüge nicht«, fügte er erklärend hinzu.

»Du sagst nie genug, um überhaupt lügen zu können«, meinte sie ein wenig verärgert.

Wieder dieses sehr kurze Lächeln. »Da hast du wahrscheinlich recht. Ich habe Patrick mitgeteilt, dass ich möglicherweise eine Location für dich weiß. Du hast noch nicht mit ihm gesprochen?«

»Nein.«

»Gut. Und, was machst du heute Abend?«

»Ich gehe mit einem Kosmetikeinkäufer essen. Und dann ins Bett.«

»Nicht mit dem Kosmetikeinkäufer, hoffe ich?«

»Nein, nicht mit dem Kosmetikeinkäufer.«

»Freut mich zu hören.«

»Warum?« Sollte das ein Flirt werden?

»Wenn du zu solchen Mitteln greifen müsstest, wäre es um dein Unternehmen sehr schlecht bestellt.«

Geschieht dir recht, Bianca, dachte sie.

»Und morgen?«

»Morgen wollte ich mir Läden anschauen, mit meiner New Yorker Lizenznehmerin potenzielle Locations begutachten.«

»Taugt irgendwas?«

»Bis jetzt nicht.«

»Dann sag ihr ab«, forderte er sie auf. »Ich habe genau das Richtige für dich. Ich zeig's dir. In SoHo. Musst du dir die Läden unbedingt ansehen? Ich muss um fünf wieder los.«

»Das könnte ich später erledigen, wenn du weg bist. Wo wohnst du?«

»Im Mercer. Angeblich bietet es seinen Gästen authentisches Loft-Feeling. Was auch immer das sein mag. Jedenfalls ist es dort sehr nett.«

»Dann komme ich am Morgen hin«, meinte Bianca. »Wenn dir das recht ist.«

»Klar. Gleich neben dem Foyer ist ein Café. Treffen wir uns um neun dort. Wenn du heute Abend keine Zeit für mich hast, kann ich jetzt auch gehen. Ich hab noch eine Menge Arbeit.«

Sie musste lachen. »Schickst du Frauen eigentlich jemals Blumen? Oder kaufst ihnen Champagner?«

»Nein. Warum sollte ich das?«

Sie gab auf. »Wir sehen uns morgen früh.«

»Okay.« Er küsste sie zum Abschied sehr kurz auf den Mund. »Ich finde es schade, dass wir den Abend nicht miteinander verbringen können.«

»Ich auch«, pflichtete sie ihm vorsichtig bei.

»Aber ich habe wirklich schrecklich viel zu tun.«

Als sie am folgenden Morgen das Mercer betrat, trank Saul Kaffee und telefonierte. Er winkte ihr zu und rief den Kellner herbei, ohne das Gespräch zu unterbrechen. Bianca bestellte seufzend ein Croissant und einen Cappuccino und musterte Saul. Er trug wie immer Jeans, dazu einen roten Kaschmirpullover über einem pink-weiß gestreiften Hemd, das Ganze unter einem grauen Tweedjackett. Als Fashion Statement funktionierte das nicht. Vermutlich nahm er morgens einfach die nächstbesten Klamotten von einem Stapel, ohne sich Gedanken darüber zu machen, wie er darin aussah. Das gefiel ihr, weil er eine willkommene Abwechslung zu jenen Männern war, die immer wirkten, als wären sie einer Modezeitschrift entsprungen.

Am Vorabend hatte sie nach dem Essen eine E-Mail von Patrick vorgefunden.

»Hier ist alles mehr oder minder in Ordnung. Hoffe, deine Reise verläuft weiterhin erfolgreich. Möglicherweise wirst du von Saul hören. Er sagt, er hätte vielleicht eine Location für dich. Patrick.«

Saul beendete gerade das Telefonat. »Wie war der Einkäufer?«

»Nicht zu gebrauchen.«

»Das hätte ich dir gleich sagen können. Bianca, in dieser Stadt läuft nichts ohne Kohle. Hier hält man nichts von putzigen kleinen Ideen.«

»Ich weiß, aber wir haben den Mythos auf unserer Seite.«

»Ein Mythos begleicht keine Rechnungen. Wollen wir gehen? Ich zeig dir die Location. Ist nicht weit.«

Der Laden war in einer Gasse bei der Wooster Street. Die hübsche Gegend hatte kopsteingepflasterte, von Bäumen gesäumte Straßen, wirkte aber nicht so cool wie der Meatpacking District. Hier würde der Shop nicht untergehen wie im Village. Momentan befand sich noch ein Büchergeschäft in dem Laden, mit kleinen Fenstern und einer massiven Holztür, die von der Straße aus über ein paar Stufen zu erreichen war. Irgendwie erinnerte das Ganze an Dickens, es hätte gut in England sein können.

»Einer meiner Kontakte meint, sie würden bald pleitegehen«, erklärte Saul. »Wenn du jetzt ein Angebot machst, kannst du den Laden vermutlich ziemlich günstig kriegen. Hol mal lieber so schnell wie möglich deine Kollegin her.«

Bianca ging hinein, sah sich um. Der Raum war zweigeteilt, die beiden Hälften durch einen Torbogen verbunden. Es gab sogar einen winzigen oberen Bereich, in den man über eine Wendeltreppe gelangte. Das erinnerte sehr an Florence und ihr Boudoir, dachte Bianca.

»Perfekt, Saul! Ich bin ganz verliebt in diesen Shop! Wie hast du ihn gefunden?«

»Ich kenne die Typen, denen das Gebäude gehört. Ist eine global agierende Kette.« Er zeigte auf das Geschäft nebenan, einen riesigen Modeladen mit großen Schaufenstern.

Bianca nickte. »Diese Location ist wunderbar. Lass mich Lou anrufen.«

Lou antwortete, sie könne um vier Uhr bei Bianca sein.

»Prima. Bis dann.« Bianca wandte sich Saul zu. »Ich kann dir gar nicht genug danken.«

»Schon gut. Was hast du jetzt vor?«

Bianca warf einen Blick auf ihre Uhr. Es war erst kurz nach elf. »Nichts, ist das zu fassen? Und du?«

»Auch nichts. Ich warte nur auf ein paar Anrufe. Ansonsten hab ich mir Zeit für dich freigeschaufelt.«

»Ich fühle mich geehrt«, sagte sie.

»Machst du das denn nicht: Zeit freischaufeln?«

Da wurde ihr bewusst, dass sie das immerzu tat. Hauptsächlich für die Kinder. »Ja, doch.«

»Möchtest du dich ein bisschen im Viertel umsehen? Ich könnte mir vorstellen, dass dich das interessiert.«

Sie schlenderten durch die sonnenhellen Straßen, und er zeigte ihr die Bar »89«, die so cool war, dass ein Schild an der Tür hing: *Keine Touristen nach zehn Uhr abends.*

»Das ist doch lächerlich!«, sagte sie.

»Da würde ich aus Prinzip nicht reingehen«, meinte er. »Aber ich bin ohnehin kein großer Kneipengänger.«

»Du solltest selber eine Kneipe aufmachen«, schlug sie lachend vor, »und ein Schild dranhängen mit der Aufschrift: *Keine Gäste*.«

Er grinste. »Vielleicht tue ich das tatsächlich. Wollen wir ins Mercer zurück, was essen?«

»Gern«, antwortete sie.

Er wählte einen kleinen Tisch in der Mitte des Raums und setzte sich ihr gegenüber. Hier würde es mit Sicherheit keine Intimitäten geben.

Beim Essen, das er hinunterschlang und sie auf ihrem Teller herumschob, erkundigte sie sich nach Dickon.

»Er ist ziemlich durcheinander. Ich kann im Moment nichts tun. Und ich möchte jetzt nicht darüber sprechen.«

»Gut. Worüber wollen wir dann reden?«

Er sah sie mit ernstem Blick an. Da klingelte sein Handy.

»Sorry«, entschuldigte er sich. »Ich muss rangehen. Und hinterher möchte ich mich mit dir über etwas unterhalten.«

Sie nippte an ihrem Mineralwasser.

Als Saul das Telefonat beendet hatte, schob er das Handy in seine Tasche. »Sorry«, sagte er noch einmal. »Das nächste Mal gehe ich nicht ran, versprochen.«

»Das glaube ich dir nicht. Gib dein Handy lieber dem Oberkellner.«

Sie hatte das als Scherz gedacht, doch nach kurzem Zögern meinte er: »Gut.«

Er stand auf und reichte dem Oberkellner das Handy.

Als er wieder bei ihr war, fragte er: »Na, wie war das?«

»Ich bin zutiefst beeindruckt.«

»Das solltest du auch sein. Das habe ich noch nie für jemanden gemacht. Außer natürlich für Dickon.«

»Jetzt fühle ich mich aber wirklich geschmeichelt.«

»Das war nicht als Schmeichelei gedacht. Es ist eine Tatsache. Ich mag Schmeicheleien nicht. Und nun würde ich mich gern ehrlich mit dir unterhalten. Ist dir das recht? Natürlich möchte ich dich nicht aus der Fassung bringen.«

»Ja ...«, antwortete sie. Was würde das wieder werden?

»Ich habe viel an dich gedacht«, hob er an. »Ich bin gern mit dir zusammen, finde dich extrem attraktiv und bin mir sicher, dass wir im Bett gut harmonieren würden. Meinst du nicht auch?«

»Äh ... ja. Vermutlich.« Sie hatte Mühe, nicht zu lachen oder alternativ dazu das Lokal zu verlassen. Was war Saul nur für ein Mensch?

»Mich würde interessieren, wie du meine Gesellschaft empfindest«, erklärte er.

»Na ja, es ist ... Ich ...«

»Du bist dir also nicht sicher. Und ich weiß, dass ich im zwischenmenschlichen Bereich nicht der Geschickteste bin.«

»Das stimmt allerdings.«

Er wirkte verletzt.

»Saul.« Sie legte eine Hand auf die seine. Er betrachtete sie, als fragte er sich, wie sie dorthin gelangt war, dann sah er Bianca an. Sein Blick war so intensiv und unmissverständlich, dass ihr fast schwindlig wurde.

»Ich bin sehr gern mit dir zusammen. Aber allzu oft habe ich deine Gesellschaft nicht genossen, das musst du zugeben.«

»Das stimmt«, pflichtete er ihr bei und entzog ihr seine Hand. »Solange dir meine Gesellschaft nicht unangenehm ist.«

»Nein.«

»Gut. Was ich sagen wollte: Ich würde gern eine Affäre mit dir beginnen.«

Das kam so plötzlich, dass sie sich verblüfft auf ihrem Stuhl zurücklehnte.

»Bianca?«

»Oh!«, rief sie aus. Etwas Intelligenteres fiel ihr nicht ein.

»Was hältst du davon? Könntest du dir das vorstellen?«

Bianca sah ihn mit großen Augen an. Er war sexy und faszinierend, aber auch irgendwie nicht … normal.

Sie lächelte stumm. Er erwiderte ihr Lächeln, ohne sie zu berühren.

»Bist du jemals fremdgegangen?«

»Nein«, antwortete sie, zu überrascht, um ihm etwas vorzumachen. »Das wollte ich nie.«

»Verstehe. Ich habe viel darüber nachgedacht. Darüber, etwas mit dir anzufangen, meine ich.«

»Wirklich?«

»Ja. Ist dir der Gedanke auch schon gekommen?«

O ja. Mindestens hundert Mal seit jenem Abend, als sie sich so sehr danach gesehnt hatte, ihn mit hinauf in ihr Bett zu nehmen oder es gleich auf dem Fußboden mit ihm zu treiben.

»Ja«, antwortete sie schließlich.

»Freut mich zu hören.«

Wieder dieses Lächeln, diesmal ein fröhliches, zufriedenes Lächeln. Er sah aus wie ein kleiner Junge, dem gerade zum ersten Mal etwas sehr Schwieriges gelungen war.

»Aber ich glaube nicht, dass das geht«, sagte er dann. »Oder?«

Gleich würde die Herzkönigin aus *Alice im Wunderland* ins Lokal stürmen und rufen: »Kopf ab, Kopf ab!«

»Äh … nein«, antwortete sie zögernd und ein wenig enttäuscht.

»Bianca, es geht nicht. Aus so vielen Gründen. Schon wegen deinem Mann. Ich mag ihn mehr als die meisten Menschen, die ich kenne. Und er mag mich. Ihr zwei passt sehr gut zusammen. Da darf ich mich nicht dazwischendrängen. Wenn ich dich mit ihm zusammen sehe, werde ich neidisch. Ich beneide dich um deine Familie, das Leben, das du mit ihm teilst, dein …«

»Wir teilen es nicht«, widersprach sie niedergeschlagen, »jedenfalls nicht im Moment. Und wir harmonieren nicht. Wir kommunizieren nicht miteinander. Wir streiten. Das haben wir früher nie getan. Bestimmt liegt es hauptsächlich an mir. Und an meiner Arbeit. Er ist eifersüchtig auf meinen Job.«

Sie hätte ihm gern von Patricks Ultimatum erzählt, wusste jedoch, dass das nicht möglich war.

»Das überrascht mich.«

Langes Schweigen, dann: »Irgendwann harmoniert ihr sicher wieder.«

»Das hoffe ich«, sagte sie. »Das hoffe ich wirklich.«

»Es ist ein Teufelskreis. Ein Missverständnis führt zum nächsten. Ich weiß das aus eigener Erfahrung. Ihr werdet aus dieser Sackgasse herausfinden. Ihr seid zu klug, um es nicht zu schaffen. Du bist sogar sehr klug«, bemerkte er und musterte sie. »Ich finde dich ziemlich attraktiv. Eine dumme Frau könnte ich niemals attraktiv finden. Wenn diese Guinevere mir splitterfasernackt Avancen machen würde, wäre ich bestimmt impotent.«

»Es wundert mich, dass dir ihre ... Vorzüge überhaupt aufgefallen sind.«

»Natürlich. Ich bin ja nicht aus Stein.«

»Aber«, sagte sie, weil die Neugierde stärker war als die Diskretion und der Stolz, »warum hast du mich vor neulich Abend niemals berührt, wenn du mich so attraktiv findest? Du hast gesagt, es wäre nur passiert, weil du so durcheinander warst.«

»Ich hätte dich wirklich gern geküsst. Und wäre von Anfang an gern mit dir ins Bett gegangen, doch mir war klar, dass ich das nicht darf.«

»Oh!«, seufzte sie noch einmal.

»Das wäre zerstörerisch gewesen. Trotzdem hätte ich es mir sehr gewünscht. Erst neulich Abend, als es mir so schlecht ging, konnte ich mich nicht mehr dagegen wehren. Es ... *Du* warst plötzlich unwiderstehlich.«

»Oh«, sagte sie zum dritten Mal.

»Aber wegen der schrecklichen Geschichte mit Dickon kann ich das einfach nicht. Ich darf nichts riskieren. Wenn Janey es herausfände, wäre das das Ende. Ich würde ihn verlieren. Und nicht einmal der beste Sex mit dir wäre das wert.«

»Oh«, sagte sie ein viertes Mal.

»Versteh mich nicht falsch«, meinte er. »Am liebsten würde ich mit dir nach oben gehen und dich durchficken, dass dir Hören und Sehen vergeht.«

Sie war verblüfft über seine Ausdrucksweise und darüber, dass er so unvermittelt wie ein ganz normaler Mann wirkte.

»Natürlich könnte es sein, dass wir nicht erwischt werden, doch das halte ich für unwahrscheinlich. Und denk nur, welchen Schaden das anrichten würde. Dann könnte ich nicht mehr mit Patrick zusammenarbeiten. Das wäre eine Tragödie. Er ist ein toller Analyst.«

»Tatsächlich?«, fiel ihr dazu nur ein.

»Der springende Punkt ist: Wir haben beide keine Zeit dafür. Das darf man nicht vergessen.«

Bianca musste lachen. Den Gedanken, dass sie zu beschäftigt waren für ein gelegentliches Schäferstündchen, fand sie witzig. Doch gleichzeitig bekam sie wieder ein schlechtes Gewissen, als ihr bewusst wurde, dass sie oft keine Zeit für Patrick hatte, nicht nur für den Sex, sondern auch für ein Gespräch mit ihm, und für die arme Milly, und für Fergie und Ruby ... die ihr alle wichtiger sein sollten als Saul Finlayson.

»Ja, du hast recht«, pflichtete sie ihm bei, als sie sich wieder gefangen hatte, »wir sind viel zu beschäftigt.«

»Genau«, meinte Saul mit einem zufriedenen Blick, »dann wäre das also geregelt. Ich wollte nur nicht, dass du denkst, ich würde dich nicht begehren. Was du nach neulich Abend merkwürdig finden könntest.«

»Äh, ja, vielleicht.«

»Ich bin froh, dass ich es dir erklärt habe und du meiner Meinung bist. Doch es ist sehr, sehr schade.«

Er sah auf seine Uhr, richtete sich kerzengerade auf und sagte etwas, das sie in hundert Jahren nicht erwartet hätte.

»Aber weißt du was? Gott, wie ich diese Wendung hasse ... die habe ich von Dickon aufgeschnappt. Es ist erst eins. Wir haben den ganzen Nachmittag.«

»Ja?« Was kam jetzt?

»Wir haben darüber geredet und wissen, wie unmöglich eine Affäre ist.«

»Ja.«

Saul ergriff lächelnd ihre Hand. »Schau nicht so erschreckt, ich versuche, romantisch zu klingen.«

»Wir haben uns doch gerade darauf geeinigt, dass in unserem Leben kein Platz für Romantik ist. Jedenfalls nicht mit uns beiden.«

»Das stimmt. Aber plötzlich öffnet sich ein Zeitfenster. Drei Stunden, bis du dich mit deiner Lizenznehmerin triffst und mich der Wagen zum Flughafen bringt ...«

»Ja?«

»Wir könnten uns ein erstes und letztes Mal gönnen, ein Hallo und Tschüs. Das wäre ... schön.«

»Möglich«, meinte sie vorsichtig, »oder aber auch nicht. Und das wäre schade. Trotzdem stimmt alles, was du gerade gesagt hast. Über das Risiko und dass wir Menschen verletzen würden, die uns vertrauen.«

»Nur dieses eine Mal ... Mein Gott, wäre das schön. Ich würde sogar behaupten, dass wir uns das verdient haben. Dafür, dass wir so artig waren.«

»Wir haben es uns verdient, uns schlecht zu benehmen, weil wir so artig waren? Das ist absurd.«

»Nein, es ist sogar sehr vernünftig. Ich ...«

»Mr Finlayson ...« Der Oberkellner hielt Saul das Handy hin. »Ihre persönliche Assistentin. Sie sagt, es ist wichtig.«

»Und das sagt sie so gut wie nie«, seufzte Saul. »Das muss Hongkong sein. Egal. Entschuldige, Bianca, bin gleich wieder da ...«

Er ging in die Lobby.

Bianca stand auf und rannte fast aus dem Restaurant auf die

Straße. Als sie hörte, wie er ihren Namen rief, drehte sie sich um. Er winkte sie von den Stufen aus zurück. Sie blieb stehen, ohne zu wissen, was sie tun würde.

Neunundvierzig

»Ich kann mir nicht vorstellen, dass Sie damit zufrieden sind. Ich hoffe sogar, dass Sie es nicht sind«, bemerkte Athina verächtlich, nachdem Tod seine Präsentation der Parfümkampagne beendet hatte. »Dieser Duft sollte einmal *Passion* heißen. Irgendwie ist daraus *Passionate* geworden, was ich weit weniger überzeugend finde. Mir ist durchaus bewusst, dass es von Elizabeth Taylor ein Parfüm mit dem Namen *Passion* gibt, aber ich vermute, Sie haben nicht alle Hebel in Bewegung gesetzt, um diesen Namen für uns verwenden zu können. Die Leute interessieren sich heute sehr viel mehr für den Schmuck der Dame als für ihr Parfüm.«

»Ich darf Ihnen versichern, dass wir es durchaus versucht haben, Lady Farrell, aber es war zwecklos. Und *Passionate* ist meiner Ansicht nach ein sehr guter Ersatz.«

Tod bedachte sie mit einem Lächeln, das Athina mit einem eisigen Blick erwiderte.

»Wenn Sie das wirklich glauben, haben Sie in der Werbebranche nichts verloren. Dieser Duft hat eine wunderbare Geschichte, einen attraktiven Flakon, einen herrlichen Namen – jedenfalls früher –, und alles zusammen bildet die Basis für eine durchschlagende Werbekampagne, doch wir sehen nur ein paar Fotos von einer jungen Frau, deren Haar im Wind weht. Wo bleibt die Andeutung einer romantischen Geschichte? Wie soll man wissen, dass es sich um etwas ganz Besonderes handelt? Wo ist die Passion, die Leidenschaft? Nirgends. Ich bin sehr enttäuscht.«

Sie saßen in der Werbeagentur. Bianca wirkte erschöpft, von Laras sonstiger Vitalität war wenig zu spüren, und Florence, auf deren Anwesenheit Athina bestanden hatte, sah ziemlich blass aus. Die Einzige, die Energie zu besitzen schien, war Athina. Sie trug ein scharlachrotes Etuikleid, noch höhere Absätze als Lara, und ihre grünen Augen funkelten gefährlich. Es war klar, dass sie die Besprechung kontrollierte.

Es war eine komplexe Angelegenheit. Bianca hatte Tod eingeschärft, die Online-Kampagne mit keinem Wort zu erwähnen. »Wir können es uns nicht leisten, dass sie Wind davon bekommt.«

Trotzdem war durchaus etwas an Athinas Argumenten dran, dachte Bianca.

»In der Kampagne muss ein Mann auftauchen«, erklärte Athina gerade. »Bitte sagen Sie jetzt nicht, dass das unmodern ist. Außerdem brauchen wir eine eindeutige Atmosphäre.«

Bianca sah Tod an. »Lady Farrell hat recht. Dieser Entwurf zeugt nicht von Leidenschaft oder Romantik. Und obwohl ich mir nicht sicher bin, ob er sich verbessern ließe, wenn ein Mann darin auftaucht, finde ich, dass wir eine echte Idee brauchen. Sie haben die Reaktion auf Lady Farrells Präsentation bei der Vertretertagung erlebt, genau das Gefühl wollen wir mit diesem Bild erzeugen. Es wird auf Werbemitteln, in der Presse und natürlich auch online zu sehen sein. Deswegen muss es eine durchschlagende Wirkung haben.«

»Ich möchte Ihnen etwas zeigen«, verkündete Athina und zog einen großen Umschlag aus ihrer Tasche.

»O nein«, dachte Bianca; »Jetzt reicht's«, dachte Tod; »Oje, das darf nicht wahr sein«, dachte Lara – doch es war wahr.

»Es ist lediglich eine Skizze, aber es steckt eine Idee dahinter. Ich teile den Entwurf aus, ich habe Kopien gemacht ...«

Sie betrachteten ihn.

»Wow, das ist richtig gut«, dachte Bianca; »Vielleicht lässt sich daraus tatsächlich was machen«, dachte Tod; »Sie versteht ihr Handwerk«, dachte Lara.

Als Florence die Reaktionen der anderen beobachtete, wurde ihr bewusst, warum sie Athina trotz allem bewunderte und warum sie schon so lange mit ihr zusammenarbeitete.

Das Bild war nur grob skizziert, aber überzeugend. Es handelte sich um die Schwarzweißzeichnung eines Mannes und einer Frau, die einander von den beiden Seiten eines ziemlich großen Kamins aus ansahen. Der Text darunter lautete: *Passion für die Ewigkeit.* (oder *Passion hält ein Leben lang. Passion hat Bestand.*)

Bianca meldete sich als Erste zu Wort. »Lady Farrell, Kompliment, der Entwurf ist toll. Finden Sie nicht auch, Tod?«

»Ja, doch.« Tod nickte. »Was meinst du, Jack?«

»Ja«, antwortete Jack. »Großartig.«

»Freut mich, dass er Ihnen gefällt. Mrs Clements, Sie haben sich noch nicht geäußert. Wollen Sie nichts dazu sagen?«

»Lady Farrell«, meinte Lara, »das ist einer der besten Werbeslogans für einen Duft, den ich kenne. Und der Kamin gefällt mir. Ich finde, er sagt alles.«

Lady Farrell sah sie an, als würde sie sie das erste Mal wahrnehmen.

»Tatsächlich?«, fragte sie, und ihre Stimme nahm fast einen freundlichen Klang an. »Das freut mich zu hören.«

Athina wandte sich an alle. »Mrs Clements ist ganz nah am Puls des Kosmetikmarketings. Sie weiß, dass wir eine verkaufsträchtige Botschaft transportieren müssen und ein hübsches Bild allein nicht reicht. Ich könnte mir meinen Vorschlag gut auf den Werbemitteln für den Verkaufsstand vorstellen. Stimmen Sie mir da zu, Mrs Clements?«

»Ja. Darf ich noch etwas dazu bemerken?«

»Natürlich.« Athina neigte gnädig das Haupt.

»Mir würde es in Schwarzweiß gefallen wie in Ihrem Entwurf. Das hat Stil und Atmosphäre.«

»Gute Idee. Mrs Bailey, was halten Sie von dem Vorschlag?«

»Ich liebe Schwarzweiß«, antwortete Bianca. »Jack, Tod, was meinen Sie?«

»Wir sollten's in beiden Versionen probieren«, sagte Jack. »Wie es wirkt, weiß man immer erst, wenn man es in Händen hält. Dann können wir die endgültige Entscheidung fällen.«

»Gut«, meinte Athina, die die Besprechung nun vollends im Griff hatte. »Sollen wir uns nächste Woche noch einmal treffen und schauen, was Sie für uns haben? Und bitte versuchen Sie, einen Mann mit Stil für das Bild zu finden. Die meisten Männer heutzutage sehen so gewöhnlich aus.«

»Spreche ich mit Freddie Alexander?«

»Ja.«

»Hallo. Mein Name ist Susie Harding. Ich bin die PR-Chefin des Kosmetikunternehmens Farrell.«

»Ja?«

Allmählich hatte sie diese Anrufe satt. Anfangs war es noch aufregend gewesen, mit Leuten zu sprechen, die persönlich mit Keira Knightley oder Carey Mulligan zu tun hatten, und anfangs hatte sie ihnen auch noch geglaubt, dass sie sie zurückrufen würden. Doch nun, nach zehn Tagen, hatte sie fast keine Lust mehr, den Telefonhörer in die Hand zu nehmen. Aber sie musste jemanden finden. Sie hatte es Bianca versprochen.

»Wir planen für diesen Juni einen spannenden Relaunch, der mit dem diamantenen Thronjubiläum zusammenfallen wird, und suchen nach einer jungen Schauspielerin, die das Gesicht der Kampagne werden soll.«

»Tut mir leid, Susie, von den Schauspielerinnen, die unsere Agentur vertritt, macht normalerweise keine so etwas. Natürlich werde ich einigen den Vorschlag unterbreiten, doch wir haben festgestellt, dass solche Aktionen fast immer ihrem Ruf als Schauspielerin schaden. Allerdings weiß ich nicht, an welchen Betrag Sie gedacht hatten.«

»Leider können wir keine allzu hohe Gage bieten«, antwortete Susie. »Aber die Publicity wäre enorm.«

»Das glaube ich Ihnen gern, doch wir vertreten wie gesagt Schauspieler, nicht Models.« Aus Freddies Mund klang das Wort fast wie »Prostituierte«.

»Keira Knightley und Kate Winslet sind beides«, widersprach Susie, obwohl sie wusste, dass sie damit bei dem hochnäsigen Freddie nicht punkten würde.

»Die repräsentieren ja auch Chanel und Lancôme, und das ist eine ganz andere Liga als ... wer, sagten Sie? Ach ja, Farrell. Aber ich versuche es.«

Susie wusste, dass sie ohne einen starken Espresso kein weiteres solches Gespräch durchstehen würde, was bedeutete, dass sie zum Coffee-Shop gehen musste. Auf dem Weg dorthin konnte sie sich weiter mit der Frage beschäftigen, ob sie Jonjo anrufen, ihm eine SMS oder eine Mail schicken sollte.

Susie war mit unterschiedlichen Männern ausgegangen, hatte sich Spaß gegönnt, war in guten Lokalen, Bars und Clubs gewesen – und hatte fast nichts davon richtig genossen. Sie hatte sich eingeredet, dass sie sich amüsiere, dass es mehr Spaß mache, wenn man sich auf nichts einließ, doch dann waren ihr jene wenigen wunderbaren Tage mit Jonjo eingefallen, und sie hatte sich gefragt, ob sie jemals wieder jemandem wie ihm begegnen würde. Es war alles so schrecklich traurig.

Jonjo überlegte immer wieder, ob er Susie anrufen, ihr eine SMS oder eine Mail schicken sollte. Die paar Tage mit ihr waren so besonders gewesen, so aufregend und zärtlich. Doch die Tatsache blieb, dass sie mit einem anderen telefoniert hatte, nicht nur von seiner Wohnung, sondern sogar von seinem Bett aus.

Also rief er sie nicht an, schickte ihr keine SMS, fest entschlossen, sie und die schöne Zeit mit ihr zu vergessen. Er ging mit hübschen, sexy, gut gelaunten Mädchen aus und redete sich ein, dass es viel mehr Spaß machte, wenn man sich auf nichts einließ, aber dann erinnerte er sich an die Tage mit Susie, merkte, dass es so nicht besser war, und fragte sich, ob er jemals wieder eine Frau wie sie finden würde. Es war alles so schrecklich traurig.

Mark Rawlins hatte erwartet, dass sein Treffen mit den Verwaltern kurz und zielgerichtet, möglicherweise auch unangenehm sein würde, aber bewältigbar. Doch es verlief so grässlich, dass er beschloss, direkt zu Mike und Hugh zu gehen, ohne Bianca vorher zu informieren ...

»Sind die nicht toll?«

Milly zeigte ihrer Mutter die Fotos auf ihrem Handy.

»Die sind sogar supertoll, Liebes. Du siehst klasse aus. Und auf jedem anders. Lucy kann wirklich was.«

»Ja. Ganz ist sie noch nicht zufrieden, sagt sie, und ihre Großmutter muss die Looks noch absegnen.«

»Ach. Hat Lucy was davon erwähnt, dass ich sie auch absegnen muss?«

»Ja. Sie meint, Lady Farrell würde sie dir zeigen, wenn sie damit zufrieden ist.«

»Darauf freue ich mich«, erklärte Bianca.

»Lucy möchte Fotos davon schießen, wie das Make-up Schritt für Schritt aufgetragen wird, vielleicht gibt's sogar einen kurzen Film. Natürlich wird sie dich selber noch fragen, aber ich dachte mir, ich rede zuerst mit dir, ob du einverstanden bist, wenn sie mich als Modell verwendet. Nicht für die endgültigen Fotos, die werden professionell mit einem richtigen Model aufgenommen, aber eine Freundin von ihr macht einen Beauty-Blog, der scheint ziemlich bekannt zu sein, und die hat versprochen, die Bilder in ihren Blog zu setzen. Sie findet, der Relaunch würde eine gute Story abgeben. Sie weiß, wie wichtig das Timing ist.«

»Genau.«

»Lucy hat auch mit Jayce gearbeitet.«

»Und?«

»Super. Plötzlich wirkt ihr Gesicht viel schmaler, und ihre Augen sind riesig. Lucy hat ihre Pickel verdeckt und Jayce gesagt, wie hübsch sie ist. Wenn sie dafür sorgt, dass ihre Haut besser wird, und ein bisschen abnimmt, könnte sie wirklich toll aussehen. Jayce meint, niemand hätte sich je um ihr Aussehen geschert, sie wär bloß immer ausgelacht worden. Wir wollen eine Diät für sie ausarbeiten. Lucy sagt, wenn sie bloß die Pommes, die Burger und die Donuts weglässt, verbessern sich ihre Figur und ihre Haut. Das habe ich auch schon gedacht, mich aber nicht auszusprechen getraut, weil ich sie nicht aus der Fassung bringen wollte, doch Lucy darf das …«

»Klar. Und wie war die Schule heute?«

»Gar nicht so übel. Niemand redet mit mir, aber sie haben aufgehört mit diesen scheußlichen SMS.«

»Das ist ja schon mal ein Anfang. Milly, du bist unheimlich tapfer. Viel tapferer, als ich es je sein könnte. Ich bewundere dich, echt.«

»Danke.« Milly lächelte unsicher. Seit ihre Mutter von ihrem Welttrip, wie sie es nannte, zurück war, verhielt sie sich irgendwie merkwürdig. Ein bisschen überdreht, und wenn Dad dabei war, redete sie auch viel mehr als sonst. Aber egal, es freute Milly, dass ihr Lucys Looks gefielen und sie mit dem Blog einverstanden zu sein schien.

Inzwischen war Lara zweimal mit Chris Williams ausgegangen, für den vieles sprach. Er sah gut aus, kleidete sich modisch, war großzügig, witzig und machte ihr Komplimente. Letztlich, erklärte Lara Susie, war er zu gut, um wahr zu sein. Doch er hatte einen großen Nachteil, über den sie mit niemandem sprach: Er war nicht Bertie. Der, so wenig, wie sie ihn noch sah, gut und gern nach Birmingham abgedampft hätte sein können. Lara fehlten die Gespräche mit ihm und seine zurückhaltende Art. Fast freute sie sich schon darauf, dass er tatsächlich ging. Sobald er weg wäre, könnte sie ihn endlich vergessen. Das redete sie sich zumindest ein, als sie sich vor dem Spiegel der Damentoilette für ihr drittes Date mit Chris Williams schminkte.

»Guten Abend, Mrs Clements.« Athina. Sie schenkte Lara ein Lächeln, ein ziemlich distanziertes Lächeln zwar, aber immerhin war das nicht mehr der eisige Blick, mit dem sie sie sonst begrüßte.

»Guten Abend, Lady Farrell.«

Athinas Blick wanderte zu Laras Schminktäschchen.

»Warum verwenden Sie dieses Parfüm, wenn Sie *Passionate* tragen könnten? Wir sollten es so oft wie möglich benutzen, um zu sehen, wie die Leute darauf reagieren. Nicht, dass ich irgendetwas daran ändern möchte, doch es wäre trotzdem interessant.«

»Ich habe es regelmäßig getragen, aber mein Vorrat ist erschöpft, und das Labor gibt mir kein neues.«

»Ach. Ich rede mit den Leuten. Daran ist bestimmt das komplizierte System von Mrs Bailey schuld. Heutzutage scheint man Formulare in dreifacher Ausfertigung ausfüllen zu müssen, um auch nur ein paar Kuverts aus dem Schreibmittellager zu bekommen.«

Das war ausgesprochen ungerecht, weil Bianca sämtliche Vorschriften auf ein Minimum beschränkte, doch Lara wusste, dass es keinen Sinn hatte, Athina zu widersprechen.

»Haben die Menschen, wenn Sie den Duft trugen, denn positiv darauf reagiert?«

»Ja, sogar sehr.«

»Männer?«

»Wie bitte?«

»Haben Männer positiv darauf reagiert? Das wollen wir. Darauf deutet ja der Name hin.«

»Ja, ich denke schon.«

»Das hoffe ich. Gehen Sie heute Abend aus? Mit einem Mann? Es sieht ganz so aus.«

»Äh ... ja.« Diese Frau war wirklich unglaublich.

»Was macht er beruflich? Wir wollen die richtige Klientel. Ist er Geschäftsmann?«

»Das könnte man so sagen, ja«, antwortete Lara und holte tief Luft. »Er organisiert Konferenzen, hat auch die unsere auf die Beine gestellt.«

»Ach, tatsächlich? Die Agentur ist ein ziemlich bunter Haufen, aber sie hat ihre Arbeit gut gemacht. Ich besorge ein Fläschchen von unserem *Passionate*, damit Sie den Duft tragen können. Übrigens hat es mich bei der grässlichen Präsentation dieser Werbeleute neulich sehr gefreut, dass Sie meinen Vorschlag gut fanden. Danke. In Zukunft sollten wir enger zusammenarbeiten. Sie können mich jederzeit anrufen oder in meinem Büro vorbeikommen. Es ist sehr angenehm, eine moderne junge Frau zu kennen, die Geschmack besitzt.«

Lara blieb der Mund offen stehen.

»Kluge Frau, diese Mrs Clements«, bemerkte Athina, als sie den Kopf zu Berties Büro hineinstreckte, nachdem sie Lara ein Fläschchen *Passionate* gebracht hatte. »Ein bisschen nuttig, aber sie beherrscht ihr Handwerk, und erstaunlicherweise hat sie Geschmack.«

»Freut mich zu hören«, sagte Bertie müde, »und sie würde es bestimmt auch freuen.«

»Von Christine weiß ich, dass sie einen Nachfolger für dich gefunden haben. Lang hat das nicht gedauert. Na ja, diesen Posten neu zu besetzen, dürfte auch nicht sonderlich schwierig sein. Wann ... Wann hast du vor, uns zu verlassen?« Schwang da ein leichtes Beben in ihrer Stimme mit?

»In vier Wochen. Der Neue kann praktisch sofort anfangen.«

»Ach. Ist nicht gerade ein gutes Zeichen, wenn sein altes Unternehmen ihn so schnell ziehen lässt.«

Bertie schwieg, weil er wusste, dass es wenig Sinn hatte, etwas zu erwidern.

»Hast du da oben schon eine Bleibe gefunden?«

»Ein sehr hübsches Haus mit einem weitläufigen Garten. Mir

geht es hauptsächlich um den. Das Haus selbst ist eigentlich zu groß für mich, doch ich hoffe, dass Lucy und Rob mich oft besuchen werden.«

»Das hoffe ich auch, aber verlassen würde ich mich nicht darauf, Bertie. Mrs Clements geht übrigens mit dem jungen Mann, der die Vertretertagung organisiert hat, aus. Ich habe ihr ein Fläschchen von unserem *Passionate* gegeben, damit sie es bei der Verabredung mit ihm ausprobiert.«

»Aha.«

»Sie scheint ihn beeindrucken zu wollen, hat für meinen Geschmack ein bisschen viel Make-up aufgelegt, aber was soll's.«

Bertie hatte das Gefühl, als würden ihm alle Zähne einzeln gezogen. Das tat weh.

»Mutter, wenn du mich entschuldigen würdest ...«, sagte er und stand auf. »Ich bin auch verabredet. Mit meiner Tochter. Sie hat mich zum Essen eingeladen.«

»Das ist aber nett von ihr. Sag ihr schöne Grüße, und viel Spaß mit ihr, Bertie. Bald wirst du sie nicht mehr so oft sehen.«

Bertie widersprach, er glaube schon, und verabschiedete sich. Dabei versuchte er, nicht an Lara zu denken und daran, wie ihr verdammter Freund auf *Passionate* reagieren würde.

»Fantastisch!«

»Sie ist noch nicht ganz fertig. Aber es freut mich, dass sie Ihnen gefällt.«

»Sogar sehr! Das ist die ultimative Website. Sieht klasse aus!« Bianca strahlte. »Sie wirkt so lebendig und einladend, man bekommt schon vom Anschauen gute Laune.«

»Der Teil war Jacks Idee.«

»Wo steckt er?«

»Seine Frau kriegt ein Kind.«

»Was ... jetzt?«

»Ja. Heute Vormittag, hoffe ich, damit er nachmittags wieder hier sein kann. Sie besteht darauf, dass er bei der Geburt dabei ist. Also, wie unprofessionell ist das denn.«

»Soll das ein Scherz sein?«

»Klar, sehen Sie mich nicht so an! Jedenfalls ist das hier seine Idee, und ich finde sie toll. Wir haben uns gedacht, wir könnten filmen, wie beim Launch jeder Ladeninhaber die Tür zu seinem Shop öffnet. Dabei könnten alle in der jeweiligen Landessprache so etwas wie ›Willkommen im Haus Farrell‹ sagen. Ich habe das mit unseren Computerleuten besprochen. Am einfachsten wäre es, das Ganze vorneweg zu filmen.«

»Sie meinen, Florence könnte die Tür zu dem Shop in der Berkeley Arcade aufmachen?«

»Ja, und genau das wird sie tun. Wie die andern in New York, Sydney und ...«

»Wow«, schwärmte Bianca. »Sie sind echte Genies.«

»Danke fürs Kompliment, aber die Ursprungsidee stammt von Ihnen, vergessen Sie das nicht.«

Bianca lachte. »Keine Sorge, das vergesse ich nicht. Doch jetzt muss ich los, mich mit Mike und Hugh treffen. Die werden Augen machen! Berichten Sie mir, wie's mit dem Baby gelaufen ist, und sagen Sie Jack liebe Grüße.«

»Susie Harding? Ich bin's, Freddie Alexander. Wir haben eine junge Schauspielerin in unserer Kartei, die Interesse an Ihrem Projekt hätte und sich gern mit Ihnen treffen würde. Sie heißt Jess Cochrane. Bestimmt kennen Sie sie. Sie hat die Hauptrolle in *Ein bisschen verheiratet* gespielt. Der Film war ein Riesenerfolg. Dafür hat sie eine Nominierung des *Evening Standard* bekommen.«

»Ja, die kenne ich«, sagte Susie. »Sie ist toll.« War das zu fassen? Jess Cochrane, die Nachwuchsschauspielerin des Jahres 2011; ihr Gesicht war überall zu sehen gewesen. Seitdem leider kaum noch.

»Im Herbst dreht sie einen neuen Film, doch im Moment hätte sie Zeit.«

»Verstehe.« Mit anderen Worten: Sie pausierte gerade.

»Was halten Sie von einem Treffen? Dabei könnten Sie ihr Ihren Vorschlag unterbreiten. Würde Ihnen morgen Mittag passen? Ich komme natürlich auch mit.«

Für ein Treffen mit Jess Cochrance hätte Susie selbst ein Lunch mit der Duchess of Cambridge abgesagt.

»Ja, gern.«

»Gut. Jess mag das Le Caprice. Sagen wir um halb eins?«

»Klar. Ich freu mich drauf, Sie beide kennenzulernen.«

Fünfzig

Er lag im Sterben, und natürlich konnte sie nicht bei ihm sein. Cornelius hatte urplötzlich einen Herzinfarkt erlitten.

Gott sei Dank war er zu Hause gewesen, nicht im Auto oder im Zug. Er hatte gerade beim Essen eine Flasche Rotwein geöffnet. Athina, die bei ihm war, hatte den Notarzt gerufen, sodass er schnellstmöglich ins Krankenhaus gebracht werden konnte.

Zum Glück war Cornelius nicht bei ihr zu Hause gewesen, dachte Florence, oder gar in ihrem Bett.

Florence hatte erst sechsunddreißig Stunden später von dem Herzinfarkt erfahren. Athina hatte es vor der endgültigen Diagnose nicht für nötig befunden, Florence zu informieren. Als bloße Freundin und Kollegin hatte sie nicht wie seine Kinder und Enkel, die sich um sein Krankenbett scharten, ein Recht darauf, bei ihm zu sein.

Am Ende hatte Bertie, der nette, sanfte Bertie, Florence zu Hause angerufen, ihr erzählt, was passiert war, und sie gefragt, ob alles in Ordnung sei, denn egal, wie sehr sie sich auch bemühte, es zu verbergen: Sie war hörbar aus der Fassung.

»Ja, ja, alles in Ordnung. Machen Sie sich um mich keine Sorgen, Bertie. Natürlich ist es ein Schock, wir standen uns so viele Jahre lang nahe ...« Hastig hatte sie ein »wir alle« hinzugefügt, weil sie sogar in ihrer Benommenheit und ihrem Kummer auf jedes Wort, jede Reaktion achtete.

»Allerdings.«

»Wie geht es Ihrer Mutter, Bertie?«

»Gut. Sie hat den Ärzten gesagt, dass sie ihn bei sich haben möchte. Sie hielten das für unklug, aber sie hat sich durchgesetzt, und er wird morgen früh nach Hause gebracht.«

»Gott sei Dank. Dort wird er sich wohler fühlen.«

Als Athina sie dann später selbst anrief, hatte sie sich kurz mit ihr unterhalten und ihr gesagt, dass sie Cornelius gern besuchen würde, vorausgesetzt, sein Zustand erlaube es.

»Selbstverständlich liegt das in Ihrem Ermessen.«

»Ja, und ich finde es unsinnig, Florence. Er ist sehr schwach, nur selten bei Bewusstsein. Ich kann mir nicht vorstellen, dass ein Besuch von Ihnen ihm nutzen würde.«

»Ich würde mich gern ... verabschieden. Wir sind schon so lange befreundet.«

»Ja, aber wenn alle seine langjährigen Freunde herkommen würden, gäbe es eine Schlange um den ganzen Häuserblock. Besucher ermüden ihn, sogar die Kinder.«

»Verstehe.« Die Verzweiflung hatte Florence noch einen Versuch wagen lassen. »Trotzdem ...«

»Florence, bitte! Wenn und falls Cornelius Sie sehen möchte, lasse ich es Sie wissen. Er wollte, dass Leonard Trentham vorbeischaut, warum, weiß ich wirklich nicht ... Ich hatte große Probleme, ihn zu finden.«

Entsetzliche Eifersucht war in Florence aufgestiegen. Leonard Trentham! Wie konnte Cornelius nach ihm fragen, seine schwindende Kraft und Zeit auf ihn verwenden, wenn er Florence noch einmal hätte sehen können?

»Er ist wie ich lange mit ihm befreundet«, hatte sie schließlich matt hervorgepresst.

»Das mag der Grund sein. Ich muss jetzt los, Florence, es gibt eine Menge zu tun. Die Pflegerin, die ich eingestellt habe, kommandiert mich herum wie eine Dienstbotin.«

Bravo, hatte Florence gedacht und aufgelegt. Niemandem sonst war das je gelungen.

Florence fühlte sich von der Realität abgespalten, sie konnte nur noch an Cornelius und die vielen Jahre der Freude und des Kummers denken, die sie miteinander verbracht hatten. Nun musste sie hilflos zusehen, wie er und ihre Liebe ihr sang- und klanglos entglitten.

Sie döste vor dem Fernseher, als der Anruf endlich kam. Es war sechs Uhr abends. Athinas Stimme klang herrisch wie immer.

»Machen Sie sich auf den Weg. Er verlangt nach Ihnen.«

Als Athina die Tür öffnete, wirkte sie müde und abgespannt, aber gepflegt wie immer. Ihre Haare saßen perfekt, ihr Make-up war makellos.

»Kommen Sie rein«, forderte sie Florence auf. »Ich bringe Sie zu ihm. Er ist sehr müde, Sie können also nicht lange bleiben.«

»Nein, natürlich nicht.«

Plötzlich bekam Florence Angst davor, einen stark veränderten Cornelius zu sehen, weil es dann vielleicht besser gewesen wäre, ihn so im Gedächtnis zu behalten, wie sie ihn gekannt hatte: attraktiv, lachend, charmant.

»Miss Hamilton möchte meinen Mann besuchen«, teilte Athina der Pflegerin mit, als sie die Tür zum ehelichen Schlafzimmer öffnete, in dem sich nun das Krankenlager befand. Auf dem Tischchen beim Bett lagen ein Stethoskop, ein Fieberthermometer, ein Blutdruckmessgerät und eine Sauerstoffmaske. Außerdem bemerkte Florence, die verlegen den Blick abwandte, etwas, das sehr nach einer Bettpfanne aussah.

Die Pflegerin, die Schwesterntracht trug, musterte Florence argwöhnisch.

»Es geht ihm schlecht«, sagte sie streng, »bitte ermüden Sie ihn nicht.«

Was erwartete die Frau?, fragte sich Florence: Dass sie ihn bat, Witze zu erzählen oder zu tanzen?

»Das habe ich Miss Hamilton bereits erklärt«, mischte sich Athina ein. »Sie ist eine sehr alte Freundin von uns.«

»Na schön. Aber sein Puls ist schwach. Ich …«

»Schwester Billings, bitte lassen Sie uns allein«, wies Athina sie an.

Die Pflegerin entfernte sich. Florence richtete den Blick auf ihren Geliebten, den sie nun vermutlich zum letzten Mal sah.

Er wirkte gar nicht so verändert, wahrscheinlich, weil er noch nicht lange genug krank war, um viel Gewicht verloren zu haben. Sein Gesicht war nach wie vor voll und sein weißes Haar dicht. Doch seine Haut hatte etwas Fahles, fast Graues, sein Blick schimmerte matt, und seine Finger lagen schlaff und mit hervortretenden Adern auf der Bettdecke. Es gelang ihm, die Hand nach ihr auszustrecken, die ihre zu ergreifen, ihr den Kopf zuzuwenden.

»Florence«, begrüßte er sie, »wie schön, dass Sie gekommen sind.«

»Keine Ursache.«

Er lächelte, nur kurz, als würde ihn das schmerzen.

»Setzen Sie sich doch«, forderte er sie auf und zeigte auf einen Stuhl beim Bett. Florence nahm Platz. »Wie geht es Ihnen?«

»Danke, gut. Und Sie …?«

»Ich bin müde«, antwortete er. »Ich kann nicht sonderlich gut schlafen.«

»Unsinn, Cornelius«, mischte sich Athina ein, »letzte Nacht hast du zwölf Stunden geschlafen.«

»Tatsächlich? Das weiß ich gar nicht mehr.«

»Doch, das kannst du mir ruhig glauben«, meinte Athina. »Ich habe dich richtiggehend beneidet. Ich habe Probleme mit dem Schlafen«, fügte sie fast ein wenig vorwurfsvoll an Florence gewandt hinzu. »Ich musste ins Gästezimmer umziehen. Das Bett dort ist längst nicht so bequem wie das hier.«

»Das tut mir leid«, sagte Cornelius, und dabei blitzte sein alter Spott auf, »vielleicht sollten wir tauschen.«

»Das ist doch absurd!«, rief Athina aus.

Unter großen Mühe fragte Cornelius: »Athina, könnte ich eine Tasse Tee haben? Florence hätte sicher auch gern eine.«

»Ja, natürlich. Ich sage es der Pflegerin.«

»Bitte nicht. Ihr Tee ist grässlich. Würdest du ihn bitte selbst machen?«

»Na schön.« Athina erhob sich widerwillig. Als sie an der Tür war, klingelte das Telefon.

»Das verdammte Ding läutet die ganze Zeit«, sagte Cornelius. »Und sie geht jedes Mal ran. Aber egal, so haben wir ein bisschen mehr Zeit für uns. Bitte mach die Tür zu, Florence.«

Florence, die ihn erstaunt ansah, nahm ein kurzes Funkeln in seinem trüben Blick und ein kleines Lächeln auf seinen fahlen Lippen wahr.

»Es freut mich so, dich zu sehen«, flüsterte er. »Du bist wunderschön. Dieses Kleid habe ich immer sehr gemocht.«

»Ich weiß«, sagte Florence. »Deswegen habe ich es gern getragen.« Sie erwiderte sein Lächeln, beugte sich über ihn und küsste ihn auf die Wange.

»Hör zu, wir haben nicht lange. Ich habe Athina gesagt, Leonard Trentham soll herkommen, damit sie nicht das Gefühl hat, dass ich nur dich sehen möchte. Aber ich will dir ein paar Dinge sagen. Würdest du bitte meine Hand halten? Offen gestanden habe ich Angst. Anders als Peter Pan begreife ich das Sterben nicht als schreckliches großes Abenteuer. Ich würde lieber noch ein wenig langweilig weiterleben. Jedenfalls möchte ich dir das Versprechen abnehmen, dass du mein Geschenk tatsächlich nutzt. Ich will sicher sein, dass du nicht in Armut lebst.«

»Cornelius, das würde große Probleme verursachen und Athina sehr verletzen.«

»Unsinn. Vergiss nicht, wie oft wir beide gelogen haben, ohne dass sie es gemerkt hätte. Das ist nur eine weitere Lüge.«

Er zuckte zusammen und hielt sich die Brust.

Florence sah ihn besorgt an. »Hast du Schmerzen?«

»Jetzt nicht mehr.« Seine Stimme klang rau und schwach. »Nicht mehr so wie vor ein paar Tagen. Es war, als hätte mir ein ziemlich großer Gaul gegen die Brust getreten. Also, versprichst du's? Du weißt, was du tun musst? Meine Anwälte regeln alles für dich.«

»Ja«, antwortete sie, weil sie fürchtete, dass er sich zu sehr aufregte, »ja, ich verspreche es.«

»Gut. Noch ein paar Dinge. Das Wichtigste zuerst: Ich liebe dich, Florence. Ich habe dich all die Jahre geliebt und werde es immer tun. Auch oben im Himmel oder unten in der Hölle.« Er hob lächelnd ihre Hand an seine Lippen. »Meine geliebte Kleine Flo ...«

Florence schloss kurz die Augen, weil sie sonst laut hätte aufschluchzen müssen. Dann hörte sie sich selbst ruhig und sanft sagen: »Danke für all die Jahre, Cornelius. Ich liebe dich auch. Sogar sehr. Wir hatten eine schöne Zeit miteinander. Eine glückliche Zeit. Dieses Glück wird mich weiter begleiten.«

Immerhin das konnte sie ihm noch geben, dachte sie, nicht nur ihre Liebe, sondern auch Mut und ein Gefühl der Freude.

»Das freut mich.« Er sank lächelnd in die Kissen zurück. »Du bist so schön, Florence. Was für ein Bild, das ich in die Ewigkeit mitnehmen darf. Ich kann mich wirklich glücklich schätzen, dich ein Leben lang bei mir gehabt zu haben ... O Gott!« Wieder verzog er das Gesicht. »Mir ist schrecklich kalt. Und übel ... Vielleicht holst du lieber diese grässliche Pflegerin rein. Gütiger Himmel!«

Florence sprang auf. Cornelius griff nach ihrer Hand und zog sie wieder zu sich heran.

»Wenn ... Wenn es das war, liebste Kleine Flo, dann auf Wiedersehen. Danke ...« Die raue Stimme wurde schwächer.

Sie sah ihn erschreckt an und hastete zur Tür.

»Athina! Schwester! Kommen Sie schnell!«

Zwei Stunden später starb Cornelius. Wieder war es Bertie, der Florence anrief.

»Ich habe gehört, dass Sie hier waren, als er den zweiten Herzinfarkt erlitten hat. Sie möchten sicher Bescheid wissen. Er ist friedlich eingeschlafen.«

»Gott sei Dank.«

Fast, dachte sie dankbar, war sie in seinen letzten Minuten bei ihm gewesen.

In jener Nacht erinnerte sie sich an alle Seiten von Cornelius, nicht nur an den charmanten, großzügigen Cornelius, der viel riskierte, damit sie einen Abend oder Tag miteinander verbringen konnten, der sie von der anderen Seite eines Raums oder Tischs oder Betts aus anlächelte, ihr sagte, wie schön sie sei und wie sehr er sie liebe, sondern auch an den oft gereizten, manchmal wichtigtuerischen, missmutigen Cornelius, der sich über das Geschäft, eheliche und außereheliche Probleme aufregte, an den Cornelius, der in einer solchen Stimmung durchaus auch Florence die Schuld dafür gab.

Dabei wurde ihr klar, dass sie Glück gehabt hatte. So viele Frauen waren mit Männern verheiratet, die sie nicht wirklich liebten, oder mit brutalen, langweiligen oder impotenten Kerlen. Cornelius hatte die besten Jahre ihres Lebens reicher und aufregender gemacht. Sie hatte das Gefühl gehabt, geliebt und geschätzt zu werden. Das war sein Geschenk an sie gewesen, das ihr niemand nehmen konnte. Selbst jetzt, da der schreckliche, kalte Kummer sie zu überrollen begann, wusste sie, dass sie keinen Augenblick mit ihm missen wollte.

Einundfünfzig

Sie würden perfekt zusammenpassen, Jess Cochrane und das Haus Farrell. Das erkannte Susie, als sie zu Jess' Tisch geführt wurde, schon an ihrer Kleidung: Jeans, dazu eine altrosafarbene Crêpe-Bluse mit weiten Ärmeln und hochhackige Schuhe. Jess hatte eine blonde Mähne, die ihr bis über die Schultern reichte, das, was man früher einen Rosenmund genannt hätte, Grübchen, wenn sie lächelte, und riesige grüne Augen mit extrem langen Wimpern, die erstaunlicherweise echt waren.

Obwohl alle Gäste im Lokal sie anstarrten, stellte sie sich ganz bescheiden vor: »Hi, Susie. Ich bin Jess.« Und als Susie sich setzte, fügte sie hinzu: »Ich bin schon sehr gespannt auf das Projekt.«

Jess war nicht nur attraktiv, sondern auch nett und ungemein intelligent. Sie platzte schier vor Ideen.

Zwei Tage später kam sie zu Bianca ins Büro.

»Hi«, sagte sie, »freut mich, Sie kennenzulernen. Susie hat Ihnen erzählt, wie aufregend ich die Sache mit dem Relaunch finde?«

»Ja«, antwortete Bianca. »Und ich freue mich auf die Zusammenarbeit.«

»Das wird Spaß machen. Toller Einfall, ein Bild von mir an die Fassade des Unternehmensgebäudes zu projizieren, aber ich hätte da noch eine Idee.«

»Und zwar?«

»Wie wär's mit einem Gewinnspiel? Dass die Leute raten, wessen Gesicht da von Tag zu Tag enthüllt und dann am Tag des Launchs ganz zu sehen sein wird. Wie finden Sie das?«

Susie und Bianca erklärten unisono: »Super.«

»Außerdem müsste ich im Profil aufgenommen sein, dazu vielleicht ein Teil von meinem Körper, damit es nicht zu einfach wird. Was halten Sie davon?«

Susie und Bianca waren begeistert.

Es war alles zu schön, um wahr zu sein.

So wurde aus der Idee Realität. Teile von Jess' hübschem Gesicht, im Profil aufgenommen, wie von ihr vorgeschlagen, wurden nach und nach gezeigt. Sie stand mit dem Rücken zur Kamera, war bekleidet mit einem langen, paillettenbesetzten Etuikleid und hatte die Haare über die Schulter drapiert. Die Teile formten sich allmählich, während die Uhr die Sekunden herunter tickte, zu einem Ganzen. Dazu die Botschaft auf der Website, in der Presse und in unzähligen Tweets, dass etwas Schönes die Farrell-Kundinnen erwarte. Gleichzeitig die Anregung, zum Farrell-Haus zu gehen, wo das Bild auf der Fassade Schritt für Schritt zum Leben erwachen würde. Dann noch Pressemitteilungen und Flyer, die für das Gewinnspiel warben, an allen Farrell-Ständen. Die glückliche Gewinnerin wäre zum Launch eingeladen und würde die Frau, der das neue Gesicht von Farrell gehörte, persönlich kennenlernen. Susie kontaktierte alle ihre Lieblingsjournalistinnen und Blogger und riet ihnen, sich auf die Uhr zu konzentrieren. »Das ist erst der erste Teil unseres aufregenden Launchs. Farrell wird völlig neu aus der Taufe gehoben.« Sie twitterte unermüdlich Tag für Tag: »Schon die Farrell-Uhr gesehen?«, oder: »Schon von unserem Supergewinnspiel gehört?«

Dutzende von Baufirmen und Inneneinrichtern arbeiteten weltweit an den Shops. The Collection wurde in großer Stückzahl produziert und wartete elegant verpackt in den Lagern auf den großen Tag. In den Juli-Ausgaben der Hochglanzmagazine war Raum für die Werbung reserviert. ... Einfach sensationell, dachte Bianca an jenem sonnigen Märzmorgen in Holborn auf dem Weg zu ihrer Besprechung mit Mike und Hugh. Und all die Qualen und Leiden, den Stress und die Müdigkeit wert.

»Hi«, begrüßte sie die beiden grinsend, »ich kann Ihnen gar nicht sagen, wie gut alles ... Ist irgendwas?«, fragte sie, als sie Mikes und Hughs grimmigen Blick bemerkte.

»Sorry, Bianca«, sagte Mike, »ziemlich schlechte Nachrichten ...«

Zwei Millionen hatte die Hausverwaltung für Sanierungsrückstellungen gefordert, und zwar sofort, wenn der Mietvertrag verlängert werden sollte.

»Das ist schrecklich. Sie haben uns am Wickel. Aber was bleibt uns anderes übrig, als ja zu sagen?«

»Wir könnten zum Beispiel nicht zahlen.«

»Wir müssen, sonst verklagen sie uns.«

»Ja, das stimmt«, meinte Mike.

Hugh nickte.

»Es gibt nur eine Lösung: Wir müssen das Geld auftreiben.«

»Darum müssten Sie sich selbst kümmern«, erklärte Hugh mit harter Stimme. »Von uns wird es nicht kommen.«

»Wie bitte? Ich verstehe Sie nicht. Haben wir denn eine Alternative?«

»Ich denke schon«, antwortete Mike. »Wir müssen so schnell wie möglich aus der Arkade raus. Noch einmal zwei Millionen, das kommt nicht infrage.«

»Wir können jetzt nicht alles hinschmeißen! Was ist mit der globalen Werbekampagne, der tickenden Uhr? Farrell ist in aller Munde!«

»Stoppen Sie die Kampagne oder verändern Sie sie. Weitere zwei Millionen sind nicht drin. Tut mir leid, Bianca, das ist unser letztes Wort. Es gibt kein Geld mehr.«

Bianca wusste nur einen einzigen Menschen, mit dem sie darüber reden wollte und der ihr möglicherweise helfen konnte, doch eine Kontaktaufnahme mit ihm wäre hochriskant. An jenem außergewöhnlichen Nachmittag in New York hatten sie einander etwas versprochen, und dieses Versprechen durfte sie nicht brechen.

Natürlich war sie umgekehrt und Saul ins Hotel gefolgt. Hätte sie sich nicht umgedreht und ihn nicht winken gesehen, wäre es vielleicht anders gelaufen, aber so hatte sie plötzlich genau gewusst, was sie tun würde.

Und es war tatsächlich atemberaubend gewesen, nicht nur der Sex, sein Mund auf dem ihren, ihre Haut auf der seinen, sondern auch diese absolute innere Ruhe hinterher.

Erstaunlicherweise hatten sie keinerlei Schuldgefühle geplagt. Und noch erstaunlicher: Sie hatte nicht geweint ...

Doch an diesem schrecklichen Morgen, an dem sie im Taxi zum Haus Farrell zurückfuhr, weinte sie. Sie konnte sich nicht erinnern, sich jemals so allein und hilflos gefühlt zu haben.

In jenem Frühjahr wurde das gesamte Land vom Thronjubiläums- und Olympiafieber ergriffen. Man plante Feste auf den Straßen, auf der Themse und den Grünflächen, große Konzerte (im Buckingham Palast) und bescheidenere (in Stadthallen), Freudenfeuer, Lieder und Sinfonien. Die zusätzlichen Feiertage waren beschlossen, und die königliche Familie genoss öffentliche Zuneigung wie seit der Hochzeit von Charles und Diana nicht mehr.

Vor diesem Hintergrund allgemeiner Euphorie um Patriotismus und Tradition sowie des weltweiten Interesses an allem Britischen hätte Bianca Bailey eigentlich ihre Pläne für den Relaunch des Hauses Farrell in die Tat umsetzen müssen.

Doch sie tat es nicht. Weil sie es nicht konnte. Weil ihr zwei Millionen Pfund fehlten.

Hugh und Mike hatten ihr eine Woche Zeit gegeben. Danach, hatten sie erklärt, würden sie den Geldhahn zudrehen.

Bianca hatte versucht, ein Darlehen von der Bank zu erhalten, und als Sicherheit ihre Anteile am Unternehmen angeboten. Die Bank hatte bei den Investoren nachgefragt, die natürlich nicht zustimmten, weil Biancas Vertrag ihr untersagte, sich an andere Kapitalgeber zu wenden.

Bianca dachte an all die harte Arbeit, die in das Projekt geflossen war, an Leute wie Susie, die achtzehn Stunden täglich arbeitete und verführerisch langsam Informationen an ausgewählte Journalisten durchsickern ließ. An Lara, die nur darauf wartete, landesweit Minikonferenzen abzuhalten, an die Launch-Woche, an Jonathan Tucker, der die Vertreter neugierig machte. An Hattie Richards und Tamsin Brownley, die eines Tages beiläufig erwähnt hatte, ihr Vater sei Lord Brownley, was niemanden außer Athina sonderlich interessierte, weil sie Tamsins Großmutter aus Debütantinnentagen kannte. Hattie und Tamsin, die sie aufsuchten, um ihr zu sagen, wie dankbar sie seien, an dem Launch teilhaben zu dürfen. An Tod und Jack, die das Projekt mittlerweile rund um die Uhr vorantrieben, und an die wunderbare Lucy, die einen atemberaubenden Look nach dem anderen kreierte.

Und natürlich an Athina, die nach wie vor keine Ahnung von dem globalen Launch hatte, aber höchst aufgeregt war wegen der Werbekampagne für den Duft, die tatsächlich ihrem Vorschlag beachtlich ähnelte. Ihre Wut und ihr Spott, wenn sie nicht zustande käme, würden schrecklich ausfallen.

Zwei Tage vor Ablauf der Frist suchte Bianca Florence im Shop auf. Sie würde es als Erste erfahren müssen.

Florence hängte das *Geschlossen*-Schild an die Tür und ging mit Bianca hinauf in ihr Boudoir.

»Wir müssen reden«, sagte sie, »und dabei dürfen wir nicht gestört werden. Tee, Bianca?«

»Ja, gern. Sie müssen mir nichts erklären, Florence.«

»Mir wäre wohler, wenn ich es täte. Ich weiß, dass ich mich auf Ihre Diskretion verlassen kann, und bin Ihnen sehr dankbar für neulich.«

»Keine Ursache.«

»Das war sehr wichtig für mich und ausgesprochen großzügig von Ihnen. Das wollte ich Ihnen sagen.«

Bianca schwieg.

»Ich habe nicht vor, ins Detail zu gehen«, erklärte Florence, »aber ich möchte nicht, dass Sie glauben, es hätte sich um einen schäbigen One-Night-Stand gehandelt.«

»Ich würde nie etwas Schäbiges mit Ihnen in Verbindung bringen«, versicherte Bianca ihr. »Der Name Florence Hamilton steht für Stil und Eleganz.« Bianca sah Florence schmunzelnd an. »Wie könnte es bei einer Beziehung, die mit Chanel-Jäckchen besiegelt wurde, auch anders sein?«

Florence errötete. »Sie wurde auch durch andere Dinge besiegelt. Zum Beispiel durch Liebe, wahre Liebe. Das möchte ich betonen. Und durch Zufriedenheit und Treue«, fügte sie hinzu. »Merkwürdig, so etwas über eine außereheliche Beziehung zu sagen, aber wir waren einander fast fünfzig Jahre lang treu.«

»Sie hat nie davon erfahren?«

»Nein. Und das darf sie auch nicht. Für sie würde eine Welt zusammenbrechen.«

»Sie sind ihr gegenüber sehr loyal, obwohl sie nicht gerade nett zu Ihnen ist.«

»So ist sie nun mal. Eigentlich mag sie mich. Und *Sie* auch. Sie achtet Sie, sie bewundert Ihren Mut, und erst neulich hat sie bemerkt, Sie hätten Stil.«

»Aber meistens ist sie ziemlich grob zu mir.«

»Das ist sie bei allen«, erklärte Florence. »Sie hätten sie mit Cornelius erleben sollen.«

Bianca sah sie erstaunt an. »Wie war er?«, erkundigte sie sich.

»Charmant. Clever. Großzügig. Galant. Das waren seine guten Eigenschaften. Dazu kamen ein paar schlechte. Er war ein ausgesprochener Egoist, stur und jähzornig.«

»Tatsächlich?«

»Ja. Und wahnsinnig attraktiv und somit ein wenig eitel. Er hat sich manchmal furchtbar mit Athina gestritten. Sie hat ihn oft runtergemacht.«

»Ihre Ehe hat trotzdem gehalten?«, fragte Bianca.

»Ja. Ich glaube, das war auch mein Verdienst. Für uns drei hat das Ganze … wie soll ich es ausdrücken? … einfach funktioniert. Die beiden haben einander in vielerlei Hinsicht gebraucht. Er hätte sie nie verlassen, und ich hätte ihm das auch nie gestattet.«

»Für Sie muss das ganz schön hart gewesen sein«, bemerkte Bianca voller Bewunderung.

»Ja, aber ein Leben ohne ihn wäre sehr, sehr trist gewesen.«

»Haben Sie denn in all der Zeit, die Sie mit Cornelius zusammen waren, nie einen anderen kennengelernt?«

»Nur einmal, und das war tatsächlich eine Versuchung. Er wollte mich heiraten. Doch es hat nicht gereicht, mich von Cornelius zu trennen.«

»Was für eine unglaubliche Geschichte, Florence«, sagte Bianca mit leicht bebender Stimme. »Entschuldigen Sie. Ich dachte auch noch bis vor Kurzem, meine Ehe sei perfekt. Jetzt bin ich mir nicht mehr so sicher. Plötzlich ist alles anders.«

»Weil jemand in Ihr Leben getreten ist?«

»Nein«, antwortete Bianca, ein wenig zu hastig, fürchtete sie. »Wegen der Arbeit. Unser beider Arbeit. Im Moment ist allerdings das Haus Farrell das größere Problem. Und deswegen bin ich hier. Es gibt schreckliche Neuigkeiten, von denen noch fast niemand weiß.« Sie brach in Tränen aus.

Florence legte die Arme um sie, und Bianca erzählte ihr schluchzend die grässliche Geschichte mit dem Mietvertrag, dass sie zwei Millionen Pfund benötigten und der Launch, der wunderbare Launch, nun abgesagt werden müsste. Als Bianca fertig war, sich die Augen abwischte und die Nase putzte, meinte Florence mit leiser Stimme: »Möglicherweise kann ich helfen.«

»Hallo!« Gott, war sie toll. Das hatte er fast vergessen …

»Hallo. Schön, dich zu sehen.« Gott, war er toll. Das hatte sie fast vergessen … »Ähm, was machst du hier?« Hatte er am Ende nach ihr gesucht?

»Ich warte auf Bianca.« Also hatte er sie *nicht* gesucht. »Sie und Patrick haben mich zum Essen eingeladen«, antwortete er. »Heute ist mein Geburtstag.«

»Ach, du liebe Güte. Alles Gute, Jonjo.«

War es ein gutes Zeichen, dass er seinen Geburtstag mit Bianca und Patrick verbrachte, nicht mit einer heißen Blondine?

»Danke. Ich werde vierzig. Eigentlich wollte ich ein Fest geben, aber dann habe ich es mir anders überlegt. Die beiden hatten Mitleid mit mir und führen mich heute aus.«

Da kam durch die Drehtür eine sehr hübsche junge Blondine mit großen Augen, wohlgeformten Beinen und kurzem Rock, schlang die Arme um seinen Hals und begrüßte ihn: »Jonjo, tut mir leid, dass ich so spät dran bin. Alles Gute zum Geburtstag!«

»Danke. Du siehst toll aus. Freut mich, dass du kommen konntest. Susie, das ist …«

Da trat ein groß gewachsener, dunkler, attraktiver Typ durch die Drehtür ein.

»Hi, Darling«, begrüßte er Susie und gab ihr einen Kuss auf die Wange. »Wie geht's?«

»Gut, danke. Wollen wir in das Weinlokal in der Nähe gehen? Ich könnte einen Drink vertragen!«

»Klar. Nach gestern Abend bin ich ziemlich kaputt, das war toll, was?«

»Ja. Wenn ihr uns entschuldigen würdet, Jonjo. War schön, dich wieder mal zu sehen.«

Mit diesen Worten verschwanden Susie und der coole Typ. Am liebsten wäre Jonjo ihnen nachgerannt und hätte dem Kerl einen Magenschwinger verpasst.

Und Susie entfernte sich froh darüber, dass sie der jungen Frau nicht lächelnd die Hand hatte schütteln müssen, der sie am liebsten das Gesicht zerkratzt hätte.

»Tschuldige.« Jonjo wirkte verlegen.

»Wer war das? Hübsche Frau. Aber ein bisschen seltsam.«

»Ich war kurz mit ihr zusammen. Unschöne Trennung. Wahrscheinlich war ihr die Situation unangenehm.«

»Verstehe. Du und deine Exfreundinnen, Jonjo. Wird Zeit, dass du endlich die Richtige findest.«

»Das würde ich mir auch wünschen. Ich dachte, ich hätte sie gefunden.«

»Sie?«

»Ja.«

»Oje. Hallo, Bianca, schön, dich zu sehen. Danke, dass ich mitkommen darf.«

»Keine Ursache. Ich gehe gern zu viert aus. Du siehst fantastisch aus, Pippa. Findest du nicht, Jonjo?«

»Ja. Äh ... Wir sind gerade Susie begegnet. Mit einem coolen Typen in dunkler Lederjacke. Ist das ihr neuer Freund?«

»Nein, nein. Das muss Tod Marchant von unserer Werbeagentur gewesen sein. Netter Kerl. Wir waren gestern Abend alle auf einem Werbe-Event.«

»Verstehe.« Jonjo war erleichtert. »Wer ist dann ihr neuer Freund?«

»Sie hat keinen neuen. Und auch keinen alten. Patrick hat einen Tisch für acht Uhr reserviert. Wir können uns einen schnellen Drink hier in der Gegend genehmigen, und dann treffen wir uns im Orrery in der Marylebone Street mit ihm – Jonjo, hey! Wo willst du hin?«

Jonjo wusste, wie wichtig das Timing war, weil ein Großteil seiner Arbeit sich darum drehte. Nur eine Sekunde Zögern bei einem Deal konnte buchstäblich Millionen kosten.

Er hastete auf die Straße hinaus und schaute hektisch nach links und rechts. Keine Spur von ihr. Scheiße! Wenn er sich für die falsche Richtung entschied, würde er Minuten, nicht nur Sekunden, verlieren.

»Tschuldigung.« Jonjo hielt einen Passanten auf. »Wissen Sie, wo hier das nächste Weinlokal ist?«

Der Mann grinste. »Klingt dringend. Eins ist da drüben, aber das taugt nichts. Vier oder fünf Minuten weg, in der anderen Richtung, ist ein anderes, ein gutes.«

»Danke.«

Jonjo rannte. Und betete, dass es sich um das richtige Lokal handelte. Susie würde doch bestimmt nicht in ein schlechtes gehen, oder?

»Einen Weißwein, bitte, Tod. Ich bin noch ein bisschen verkatert.«

»Ich auch. Man muss den Teufel mit dem Beelzebub austreiben, das funktioniert immer. Ich hab den Wodka mit meinem Morgenkaffee in die Knie gezwungen. Sorry, Suze, aber der Hit ist dieses Lokal nicht grade.«

»Stimmt. Ich wollte weg von diesem Typen vorhin.«

»Der war doch ganz in Ordnung. Ist der irgendwie pervers oder was?«

»Nein, wir waren mal kurz zusammen, und die Sache hat kein schönes Ende gefunden.«

»Ach so. Dann nehmen wir einen Drink hier und gehen danach zurück ins Büro. Ich hatte sowieso gedacht, dass wir uns dort treffen.«

»Ja, war auch so ausgemacht. Tschuldigung.«

Sie waren nicht in dem guten Weinlokal. Scheiße, Scheiße, Scheiße! Vielleicht saßen sie in dem anderen. Jonjo rannte wieder auf die Straße hinaus, am Farrell-Haus vorbei und weiter. Susie, Susie, ich darf dich jetzt nicht verlieren…

Das Weinlokal war leer. Noch mal Scheiße. Ein Albtraum …

»Jonjo, was soll das werden?« Pippa holte ihn auf der Straße ein. »Wie kannst du nur so unhöflich sein? Bianca wartet, und du läufst einfach raus, ohne ein Wort zu sagen.«

»Sorry.« Er hob die Hände. »Sorry, sorry, sorry. Ich wollte nur … Egal, ist nicht wichtig.«

Sie gingen zum Farrell-Haus zurück. Bianca wirkte belustigt.

»Ist schon in Ordnung, Jonjo. Solche Dinge passieren. Aber schenken wir uns den Drink und gehen gleich ins Orrery, okay?«

»Ja. Klingt gut.« Eigentlich, dachte Jonjo, klang es schrecklich.

Schweigen, dann bemerkte Bianca mit Unschuldsmiene: »Susie ist übrigens wieder zurückgekommen. Falls du nach ihr gesucht hast …«

»Sie ist *zurückgekommen*?«

»Ja, vor ungefähr zwei Minuten. Sie sind bestimmt in ihrem Büro. Du könntest …«

»Jonjo! Wo willst du hin?«

Bianca legte Pippa eine Hand auf den Arm. »Schon gut. Es ist sehr, sehr wichtig.«

Susie und Tod betrachteten mit dem Rücken zur Tür Entwürfe, als Jonjo das Büro erreichte.

Jonjo starrte sie schweigend an, ihre gesträhnten blonden Haare, ihre schlanke Figur mit dem sexy Hintern, die tollen Beine, die Wahnsinnsabsätze. Erst nach einer Weile sagte er: »Susie?«

Sie drehte sich mit großen Augen um.

»Susie, bitte hör mir zu. Du fehlst mir. Echt. Ich glaube, ich liebe dich. Die junge Frau von vorhin ist meine Schwester; ihr Mann macht den Babysitter für Bianca und Patrick. Deswegen begleitet sie uns. Susie, könnten wir nicht wieder zusammen sein? Bitte?«

Es war der richtige Moment, das wusste er. Er hatte ihn genau getroffen, den Jackpot geknackt. Susie blieb einen Augenblick lang bewegungslos stehen, bevor sie einen Schritt auf ihn zu machte und noch einen, und dann schlang sie die Arme um seinen Hals, küsste sein Gesicht wieder und wieder und lachte und weinte gleichzeitig.

Tod Marchant nahm grinsend seine Sachen. Auf dem Weg zur Tür tätschelte er leicht Jonjos Arm.

»Ich lass euch mal lieber allein, Kumpel. Bin nicht gern das fünfte Rad am Wagen. Ich melde mich morgen, Suze.«

Zweiundfünfzig

Bianca sah Mike und Hugh über den Konferenztisch hinweg an.

»Könnten Sie mir nicht noch ein paar Tage geben? Etwas wirklich Außergewöhnliches hat sich ergeben, möglicherweise habe ich eine Lösung.«

»Was für eine Lösung?«

»Das kann ich Ihnen leider nicht sagen.«

»Bianca«, meinte Mike, »wenn Sie glauben, wir riskieren Hunderttausende von Pfund, um dieses Unternehmen weiter am Leben zu erhalten, ohne dass Sie uns einen triftigen wirtschaftlichen Grund dafür nennen, drängt sich uns der Eindruck auf, dass Sie keine Ahnung mehr haben, was Sie tun.«

»Stimmt«, pflichtete Hugh ihm bei. »Die Antwort lautet nein. Samstag, Mitternacht ist die Deadline.«

»Aber es könnte gut sein, dass ich es bis dahin nicht schaffe!«

»Ihr Pech. Treffen wir uns am Freitag noch mal, dann können wir sehen, wo wir ... *Sie* ... stehen.«

Im Taxi nahm Bianca ihr Handy heraus, um Florence anzurufen.

»Lässt sich die Sache irgendwie beschleunigen?«

»Nein. Der Anwalt ist bis Sonntag weg, und ich habe seine Handynummer nicht. Sonst weiß niemand Bescheid. Tut mir leid, Bianca.«

»Das ist nicht Ihre Schuld. Sie ...« – Bianca zögerte – »sie haben gesagt, wenn ich ihnen verrate, worum es geht, würden sie vielleicht ein paar Tage zugeben. Ich habe ihnen geantwortet, dass das nicht möglich ist. Und ich werde ihnen auch nichts sagen. Es sei denn, Sie geben mir grünes Licht. Glauben Sie nicht …?«

»Nein, Bianca. Tut mir leid. Zu viel steht auf dem Spiel, auf menschlicher Ebene. Ich habe Sie eingeweiht, weil ich Ihnen vertraue. Und dieses Vertrauen können und dürfen Sie nicht missbrauchen.« Florence klang besorgt.

»Das werde ich auch nicht. Natürlich nicht! Doch es fällt mir schwer. Wir könnten … wir werden das Haus Farrell verlieren.«

»Meine Liebe«, entgegnete Florence, »im Leben gibt es Wichtigeres als das Haus Farrell.«

Bianca kam früh nach Hause, weil es sie nicht länger im Büro hielt. Zum ersten Mal in ihrem Berufsleben hatte sie Krankheit vorgeschoben und Jemima gesagt, sie habe das Gefühl, eine Grippe auszubrüten.

Patrick kam mit düsterer Miene herein.

»Was hast du denn für eine Laune?«, begrüßte Bianca ihn. »Möchtest du was trinken?«

»Nein, danke. Ich brauche einen klaren Kopf. Du scheinst dir schon ein Glas genehmigt zu haben«, fügte er mit einem Blick auf ihren Wein hinzu.

»Ja, ich habe einen grässlichen Tag hinter mir.«

»Wie ungewöhnlich.«

Sie ignorierte seinen Sarkasmus. »Und du?«

»Gut. Ich zieh mich nur schnell um. Vielleicht könntest du uns in der Zwischenzeit einen starken Kaffee machen.«

Während der Kaffee durchlief, überprüfte Bianca ihre E-Mails und SMS in der absurden Hoffnung, dass eine Nachricht von Florence dabei sein würde. Oder von den Investoren. Oder von …

Sie hatte eine SMS von Jack erhalten. Er und sein Kollege wollten ihr unbedingt die fertige Website zeigen und fragten, ob sie in etwa einer Stunde in ihr Büro kommen könnten.

Bianca schickte eine SMS zurück, froh darüber, nicht persönlich mit ihnen sprechen zu müssen, weil sie fürchtete, dass ihrer Stimme etwas anzuhören wäre. Sie schrieb, es tue ihr leid, sie sei zu Hause und wolle nicht gestört werden. Danach klappte sie ihr iPad zu.

Auf ihrem Handy traf eine E-Mail von Florence ein. Könnten sie sich unterhalten? Sie mache sich große Sorgen über die Entwicklung der Dinge und bedaure bereits, etwas von »einer möglichen Lösung« erwähnt zu haben.

»Oje«, murmelte Bianca und scrollte ihre Telefonliste nach der Nummer von Florence durch, als Patrick mit eisiger Stimme sagte: »Ich wäre dir dankbar, wenn du das Handy weglegen würdest, während wir reden.«

»Patrick, bitte erspar mir den herablassenden Tonfall«, entgegnete Bianca. »Ich muss Florence anrufen, es ist sehr wichtig.«

»Wird's lange dauern?«

»Möglich.«

»Dann verschieb's auf später.«

»Warum? Wir haben noch den ganzen Abend.«

»Ich muss nachher Saul anrufen.«

»Immer dieser verdammte Saul mit seinen verdammten Anrufen!«, rief sie aus, obwohl sie wusste, wie ungerecht es war, Patrick die Schuld für Sauls Verhalten zu geben, wenn ... »Gut. Lass mich wenigstens eine Mail an Florence schreiben, damit sie weiß, dass ich mich später bei ihr melde.«

»Okay. Möchtest du noch ein Glas?«

»Ja, bitte. Das heißt ...« Es war tatsächlich besser, wenn sie einen klaren Kopf hatte. »Nein, lieber einen Kaffee.«

Bianca schickte Florence eine E-Mail und lehnte sich nervös lächelnd auf dem Sofa zurück.

»Kannst du dich jetzt auf mich konzentrieren?«

»Ja.«

Die Tür ging auf, Milly streckte den Kopf herein.

»Hi, Mum. Hi, Dad. Ich will euch was zeigen. Die sollen nächste Woche auf dem Blog von diesem Mädchen erscheinen. Das ist übrigens Jayce. Sieht sie nicht toll aus?«

»Ja, allerdings!«, rief Bianca aus. Sie hatte etwas völlig anderes erwartet als dieses interessante Wesen mit den Glutaugen, den hohen Wangenknochen und den nach hinten gekämmten kurzen blonden Haaren.

»Zuvor hatte sie lange Haare mit Pferdeschwanz. Lucy hat ihr gesagt, sie soll sie sich schneiden lassen, und sie hat schon vier Kilo abgenommen. Lucy meint, das macht sich immer zuerst am Gesicht bemerkbar. Schaut, da sind die verschiedenen Schritte …«

Bianca und Patrick betrachteten die Fotos, vorübergehend vereint in ihrer Verwunderung über die allmähliche Verwandlung ihrer Tochter von dem fast noch Kind, das sie so gut kannten, in eine völlig neue Person.

»Die sind wirklich toll, Milly«, bemerkte Bianca.

»Finde ich auch«, pflichtete Patrick ihr bei. »Und deine Freundin Jayce sieht super aus.«

»Ja, nicht? Ich wollte fragen, ob sie mal bei uns übernachten darf. Ich glaube, jetzt, wo sie so viel hübscher ist, verkraftet sie das besser.«

»Klar.«

Milly strahlte. Endlich war sie wieder fast so wie früher, dachte Bianca. Wenigstens etwas – etwas sehr Wichtiges – entwickelte sich in die richtige Richtung.

Als Milly den Raum verlassen hatte, sah Patrick Bianca an.

»Es ist Folgendes …«

Biancas Handy vibrierte. Sie warf einen Blick aufs Display.

Florence.

»Patrick, ich muss rangehen. Tut mir leid, dauert nicht lange.«

Florence klang aufgeregt, ein wenig außer Atem. »Ich kann gleich morgen früh mit dem Anwalt sprechen. Er hat meine Nachricht erhalten. Irgendeine Sekretärin hatte Mitleid mit mir, es ist ihr gelungen, ihn zu kontaktieren. Er hat ihr gesagt, sie soll mich anrufen, und ...«

»Wirklich? Florence, das ist ja ... wow! Einen Moment bitte.«

Bianca sah Patrick an. Er wirkte merkwürdig resigniert.

»Patrick, ich muss mich jetzt darum kümmern, und es wird eine Weile dauern. Es ist sehr, sehr wichtig. Du wirst es verstehen, wenn ich es dir erklärt habe ... Florence, hallo? Bitte nicht auflegen ...«

»Schon gut«, sagte Patrick und stand auf. »Ich habe Besseres zu tun, als hier rumzusitzen und dir beim Telefonieren zuzuhören. Wenn ich das richtig verstehe, habe ich meine Antwort, Bianca. Lass dich von mir nicht länger von deiner wahnsinnig wichtigen Arbeit abhalten.«

Als Bertie aufwachte, überkam ihn schreckliche Angst, weil er nun tatsächlich das Haus Farrell, seinen Job und seine Familie verließ.

Plötzlich erschien es ihm wie ein unverhältnismäßig großer Schritt, obwohl er sich nach wie vor sicher war, das Richtige getan zu haben.

Als Lara aufwachte, fühlte sie sich niedergeschlagen. Sie starrte in den langsam heller werdenden Himmel, dachte an Bertie und daran, wie sehr er ihr fehlen würde. Dabei fragte sie sich wohl schon zum hundertsten Mal, was schiefgelaufen war zwischen ihnen. Und wie sie die Abschiedsfeier überstehen würde, ohne zu weinen und sich komplett zum Narren zu machen.

Als Bianca aufwachte, war ihr übel. Sie wusste keine eindeutige Antwort auf das Ultimatum, das Patrick ihr gestellt hatte. Egal, wie sehr sie ihn liebte und um ihre Ehe fürchtete – sie konnte das Unternehmen weder aus privaten noch aus beruflichen Gründen ausgerechnet in der Woche im Stich lassen, in der es schlimmstenfalls bankrottgehen und bestenfalls als nicht mehr zu retten dastehen würde. Was sollte sie ihrem loyalen, fleißigen Team sagen? Tut mir leid, Leute, aber ich bin dann mal weg? Ich kündige, um mehr Zeit für die Familie zu haben, und übrigens gibt's auch kein Geld mehr, weswegen der globale Launch und die Werbekampagne nicht stattfinden und das Unternehmen eingehen wird. Ich hoffe, das macht euch nichts aus.

Selbst wenn das Unternehmen wie durch ein Wunder nicht unterginge und der Relaunch tatsächlich stattfände, war Bianca der Dreh- und Angelpunkt des Ganzen, sein Gesicht.

Sie hatte versucht, Patrick das begreiflich zu machen, ihn angefleht, ihr mehr Zeit zu geben, doch er hatte sie nur mit diesem neuen, distanzierten Blick angesehen und gesagt, wenn sie immer noch zögere, kenne er ihre Antwort.

Bianca war verwirrt und schockiert über sich selbst, weil sie nicht ihre Ehe als das Wichtigste in ihrem Leben sah. Gleichzeitig war sie wegen der emotionalen Erpressung wütend auf Patrick und wurde schrecklich traurig, dass es so weit gekommen war. Und sie machte sich Sorgen um die Kinder.

Verdiente sie Patrick überhaupt noch nach allem, was in New York passiert war? Den neuen, kalten, distanzierten, harten vielleicht schon. Aber auf den alten, loyalen, geduldigen Patrick, der sie unterstützte, hatte sie kein Recht mehr, auf den Patrick, der sechzehn Jahre oder länger der Mittelpunkt ihres Lebens gewesen war. Was war mit ihnen?, fragte sie sich in diesen schrecklichen Tagen wieder und wieder. Wo hatten sie einander verloren, und wie? Nicht einmal wenn sie sich ihre sämtlichen Fehler vor Augen führte – und da kannte sie keine Gnade –, konnte sie glauben, dass das wirklich passiert war.

Als Athina aufwachte, war sie ungewöhnlich nervös. Es war der Tag, an dem Bertie sich verabschieden würde, der Tag, an dem diese lächerliche Feier stattfinden sollte, und sie hatte keine Ahnung, wie sie damit zurechtkommen würde. Natürlich musste sie daran teilnehmen, es wäre ein eklatanter Verstoß gegen die Familien- und Berufsehre, wenn sie es nicht tat, aber am liebsten wäre sie der Feier ferngeblieben. Athina erachtete Berties Kündigung nach wie vor als grässlichen Beweis für seinen Mangel an Loyalität und seine Arroganz. Er schien zu glauben, dass er in einem anderen Unternehmen ohne den Rückhalt der Familie mehr Erfolg haben würde.

Nun musste sie am Abend mit allen anderen so tun, als hätte er sich beim Haus Farrell durch besondere Leistungen ausgezeichnet und als wäre sein Abschied ein großer Verlust. Christine war mit der Bitte um einen Beitrag zu dem Geschenk für ihn auf sie zugekommen, doch sie hatte abgewunken und ihr erklärt, dass sie es für sich als Berties Mutter unangemessen finde, sich an einem solchen Geschenk zu beteiligen.

»Was würden die Leute denn denken?«, hatte sie gefragt. »Da könnte ich ja gleich Geld für mein eigenes Abschiedsgeschenk geben.«

Ihr fiel nicht auf, dass Christine, die ihr sonst immer sofort bei allem zustimmte, stumm blieb.

»Guten Morgen, Miss Hamilton. Simon Smythe von der Anwaltskanzlei Smythe Tarrant.«

»Guten Morgen, Mr Smythe. Es ist ausgesprochen nett von Ihnen, dass Sie Ihren Urlaub für mich unterbrechen.«

»Keine Ursache. Es war ohnehin kein richtiger Urlaub, sondern eher eine kurze Auszeit. Außerdem handelt es sich um eine wichtige Angelegenheit. Seit ich die Schenkung für Sir Cornelius geregelt habe, sind gewisse Veränderungen eingetreten, und mit diesen Veränderungen muss ich Sie vertraut machen. Ich wollte mich schon mit Ihnen in Verbindung setzen, aber Sir Cornelius hat immer wieder betont, dass die Initiative von Ihnen ausgehen müsste. Wir haben einen oder zwei Tage vor seinem Tod miteinander gesprochen, und bei dieser Gelegenheit hat er das noch einmal gesagt. Wann können wir uns treffen?«

»Bitte so bald wie möglich«, antwortete Florence. »Ich hatte einen triftigen Grund, Sie zu kontaktieren.«

»Verstehe. Ich hätte morgen für Sie Zeit, in unserer Kanzlei in Guildford. Könnten Sie zu uns kommen?«

»Ja, natürlich.«

»Wunderbar. Sagen wir zehn Uhr? Ich wäre Ihnen dankbar, wenn Sie pünktlich sein könnten. Am ersten Tag im Büro habe ich einen ziemlich vollen Terminkalender ...«

»Guten Morgen, Bertie. Heute ist also der große Tag!«, begrüßte Lara ihn betont fröhlich.

»Ja.« Er wich ihrem Blick aus.

»Ich freue mich schon auf die Feier. Möglicherweise werde ich nicht lange bleiben können, aber ...«

»Es wird sowieso nicht lange dauern. Ein paar Drinks und ...«

»Ansprachen?«

»Ansprachen? Gütiger Himmel, nein!«

»Bertie, Sie müssen eine Rede halten«, sagte Lara, »ich weiß, dass Bianca sprechen wird.«

»O nein!«

»Alle werden da sein, wirklich alle. Sie erwarten das.«

»Was meinen Sie mit ›alle‹? Ich dachte, wir hätten uns auf eine kleine Zusammenkunft geeinigt ...?«

»Alle, Bertie.«

Er sah sie voller Verzweiflung an.

»Was um Himmels willen soll ich sagen?«

»Einfach nur, dass Sie sich verabschieden wollen und alle Ihnen fehlen werden. Angenommen es gibt ein Geschenk, und das, zwitschert mir ein Vögelchen, wird der Fall sein ... Dafür müssen Sie sich doch bedanken.«

»Oje ...« Er wirkte so erschüttert, dass Lara völlig vergaß, weiter kühl und distanziert zu bleiben. »Armer Bertie, keine Angst. Soll ich Ihnen helfen?«

»Würden Sie das wirklich machen?« Er schenkte ihr ein Lächeln, und plötzlich saß ihr wieder der alte Bertie gegenüber. »Lara, die Retterin in der Not. Zum Glück wird es das letzte Mal sein. Nach heute haben Sie mich los.«

»Ich will nicht ...« Sie verkniff es sich gerade noch, ihm zu erklären, dass sie ihn keinesfalls los sein wolle. »Das macht mir wirklich nichts aus.« Lara zog einen Stuhl heran. »Also: Das Wichtigste ist es, sich für das Geschenk zu bedanken, was es auch immer ist. Zu sagen, wie sehr Sie sich darüber freuen. Wie sehr Ihnen alle fehlen werden ...«

Jemima, die kurz hereinschaute, um einige Punkte für das Catering am Abend abzuklären, sah sie zusammensitzen, die Köpfe beieinander, den Blick lächelnd auf den Monitor gerichtet, und dachte, wie schön es doch war, sie wieder so wie früher zu beobachten. Schade, dass es irgendwie schiefgelaufen war. Denn sonst würde Bertie nicht gehen, da war sie sich sicher.

Im Konferenzzimmer standen die Menschen dicht gedrängt. Alle hereinkommen zu sehen überraschte Bertie, und es schnürte ihm die Kehle zu. Nicht nur die Wichtigen, mit denen hatte er gerechnet, nein, alle bis hinunter zu den ganz jungen IT-Leuten und Marketingassistenten und der lieben Mrs Foster, die für das Catering sorgte und ein Büffet für diesen Abend organisiert hatte, sowie den Verkäuferinnen und Marjorie und Francine. Der Strom der Leute schien kein Ende nehmen zu wollen. Seine Mutter war da, die in Rot ziemlich ehrfurchtgebietend wirkte, Caro, Lucy natürlich, die besonders lebhaft aussah, die Frauen vom Empfang – es war einfach zu viel. Sie sagten ihm alle, wie sehr er ihnen fehlen würde und wie sehr sie sich über die Einladung zu dieser Feier freuten.

Um sieben Uhr war es dann so eng, dass die Anwesenden sich kaum noch rühren konnten. Bianca erhob sich und klopfte gegen ihr Glas. Bertie fiel auf, wie müde sie wirkte. Sie arbeitete einfach zu viel.

Bianca winkte ihn zu sich. »Bertie«, hob sie an, »ich wollte so vieles sagen, habe aber das Gefühl, dass diese Feier und die Leute, die gekommen sind, für sich sprechen. Wir alle, die wir Sie bewundern und mögen, wünschen Ihnen das Beste für die Zukunft, hätten Sie jedoch noch lieber bei uns behalten. Wir beneiden Ihr neues Unternehmen um das Vergnügen, Sie beschäftigen zu dürfen: Gardens 4U kann sich glücklich schätzen, Sie für sich gewonnen zu haben.

Die meisten in diesem Raum schulden Ihnen etwas, besonders die Leute, die Sie ins Unternehmen gebracht haben, aber auch die vielen anderen, die sich einfach nur von Ihnen verabschieden möchten. Sie werden uns fehlen, weil Sie die seltene Begabung besitzen, Menschen ein Gefühl der Sicherheit zu geben. Wenn ich in Ihrem Büro etwas mit Ihnen besprochen habe, wurden wir oft von Leuten unterbrochen, die ebenfalls etwas mit Ihnen diskutieren wollten. Das soll keine Kritik sein, Bertie, ich sehe es als wesentlichen Teil Ihrer Tätigkeit, so verfügbar zu sein. Vielleicht hat es mich manchmal geärgert, doch irgendwann ist mir klar geworden, dass man nicht alles haben kann ...«

Lachen.

»Natürlich haben auch Sie Ihre Fehler.« Kurze Pause, dann: »Auf Ihrem Schreibtisch herrscht Chaos.« Wieder Lachen. »Außerdem verbringen Sie viel zu viel Zeit an besagtem Schreibtisch, arbeiten von früh bis spät, essen sogar dort. Sie sollten wenigstens einmal im Jahr mittags zum Essen hinausgehen. Personaler sind dafür bekannt, dass sie lange Mittagessen und Klatsch mögen. Warum ist das bei Ihnen nicht so?« Noch mehr Gelächter. »Und ... nein, jetzt fallen mir keine Fehler mehr ein. Ich möchte noch kurz ernst werden und mit einem persönlichen Wort enden. Ich bin gerne hier, die Arbeit in diesem Unternehmen macht mich glücklich. Am schönsten ist es, neue Leute ins Boot zu holen, Leute, von denen ich weiß, dass sie ins Team passen, mit denen die Arbeit Spaß macht, die begreifen, was gebraucht wird, und die ihre ganze Energie investieren. Ihnen Ihre neue Stelle zu übertragen, in der

Sie sich so hervorragend bewährt haben, und mit Ihnen das Team aufzubauen, hat mir großes Vergnügen bereitet.

Sie werden mir und uns fehlen. Trotzdem wünschen wir Ihnen alles Gute und hoffen, dass Sie uns von Zeit zu Zeit besuchen werden – soweit ich weiß, haben Sie Verbindungen hierher.« Wieder Lachen. Bianca ließ sich eine ziemlich schicke Einkaufstüte von Jemima geben. »Bertie, ich möchte Ihnen gern dieses kleine Zeichen unserer Wertschätzung und Zuneigung überreichen und Sie bitten, es an Ihrem ersten Arbeitstag in Ihrer neuen Wirkungsstätte auf Ihren Schreibtisch zu stellen. Damit Sie uns nicht vergessen. Wie Sie sehen, handelt es sich um etwas Tragbares. Es kann mit Ihnen von Büro zu Büro, von Unternehmen zu Unternehmen, wandern.«

Sie reichte ihm die Tüte mit einem Kuss auf die Wange.

Bertie nahm mit hochrotem Gesicht einen Karton aus der Tüte, in dem sich eine hübsche Silberstanduhr mit dem eingravierten Text »Bertram Farrell arbeitet hier« auf dem Sockel befand.

Das perfekte Geschenk, dachte Lara und blinzelte ein paar Tränen weg. Ein großzügiges Geschenk mit Stil und Humor.

Bertie, der ihre gemeinsam erarbeiteten Notizen in der Hand hielt, sah Lara an. Dann blickte er sich im Raum um und räusperte sich. Langes Schweigen, bevor er begann: »Danke, vielen herzlichen Dank, Bianca, für Ihre freundlichen Worte. Ihre viel zu freundlichen Worte.« Worauf sofort Protest erscholl: »Nein, nein. Unsinn.«

»Danke Ihnen allen für das Geschenk. Es ist ... wunderschön. Und danke, dass Sie so zahlreich erschienen sind. Auch das ist wunderschön. Ich hatte so viel Freude an meiner neuen Tätigkeit, Bianca. Danke dafür. Es war sehr aufmerksam von Ihnen zu erkennen, dass ich dafür geeignet bin. Anders als für die vorhergehende.«

»Das stimmt«, rief Mark Rawlins aus. Weil es nicht böse gemeint war, lachten alle.

Bertie fuhr grinsend fort: »Es hat mir großen Spaß gemacht, mit

Ihnen zu arbeiten, Sie waren alle sehr nett zu mir, und auch dafür danke ich Ihnen.«

Es war nicht ganz das, was sie am Vormittag miteinander ausgearbeitet hatten, dachte Lara, aber rührend. Wie Bertie selbst. Hör auf damit, Lara!, ermahnte sie sich, sonst fängst du wieder zu heulen an.

»Ein paar Leute waren besonders nett. Ich nenne sie nicht beim Namen, weil sie es selbst wissen, doch ich möchte, dass allen, wirklich allen in diesem Raum klar ist, wie sehr Sie mir fehlen werden. Danke.«

Das war geschickt, dachte Bianca, die sich gefragt hatte, wie er sich bedanken könnte, ohne seine Mutter auszuschließen oder zu verärgern. Er war eben sehr viel cleverer, als er tat, und er würde Bianca fehlen. Immer vorausgesetzt sie wäre selbst weiter im Unternehmen.

Plötzlich wurde ihr bang, nicht nur wegen Bertie, sondern wegen der gesamten Situation, und sie merkte, dass sie nicht mehr in diesem Raum voll fröhlich plaudernder Menschen bleiben wollte. Doch sie konnte sich nicht einfach wegstehlen ...

Also klopfte sie noch einmal gegen ihr Glas. Es wurde still.

»Ich muss jetzt gehen«, verkündete sie, »bitte entschuldigen Sie mich, Sie alle, aber besonders Sie, Bertie. Ich hoffe, das ist okay.« Sie küsste ihn ein zweites Mal auf die Wange. »Auf Wiedersehen, Bertie. Viel Spaß noch.«

Mit diesen Worten verabschiedete sie sich.

Lara und Athina bemerkten die Tränen der jeweils anderen, gegen die sie beide ankämpften. Ihre Blicke trafen sich, sie erkannten ihren jeweiligen Kummer an, und ihnen gelang ein verwaschenes Lächeln. Dann verließ Athina ziemlich schnell und unvermittelt den Raum, und Lara ging wenig später.

Das fiel auch Bertie auf.

Plötzlich wurde ihm komisch zumute. Er löste sich aus einem

Gespräch mit Jemima und Lucy und trat hinaus auf den Flur, wo er weder Athina noch Lara sah. Das Büro seiner Mutter lag näher, die Tür war verschlossen.

Bertie klopfte; keine Reaktion. Er drückte die Klinke herunter.

Bertie sah sich in dem Büro um, in dem er so viele scheußliche Stunden verbracht hatte, und entdeckte sie, fast verborgen, in dem großen Drehstuhl, der früher einmal seinem Vater gehört hatte, mit dem Rücken zur Tür, wie sie über die Dächer hinausblickte.

»Mutter?«, fragte er vorsichtig.

»Ja? Was ist?«

»Ich wollte nur sehen, ob alles in Ordnung ist.«

»Natürlich. Warum sollte nicht alles in Ordnung sein?«

»Ich hatte den Eindruck, dass du ein bisschen ... aus der Fassung warst.«

»Aus der Fassung? Wie kommst du denn auf die Idee? In dem Zimmer war es furchtbar stickig. Ich habe frische Luft gebraucht.«

»Verstehe. Dann hat dir die Feier nicht gefallen?«

»Doch, doch, die war ganz in Ordnung. Mrs Bailey hat eine sehr schöne Rede gehalten.«

»Das finde ich auch.«

»Sie scheint Begabungen in dir entdeckt zu haben, die mir offenbar entgangen sind, Bertie. Es hat mich sehr ... gerührt zu sehen, wie viele in diesem Haus dich anscheinend mögen.«

Als sie den Blick hob, glänzten ihre grünen Augen verdächtig. Eine Träne rollte ihre Wange herunter. Sie wischte sie unwirsch weg.

»Ja.« Bertie tat, als hätte er die Träne nicht bemerkt. »Mich hat das ebenfalls überrascht.«

»Ich möchte dir sagen, dass ich deinen Abschied auch bedaure«, erklärte sie. »Mir tut es leid, dass du gehst.«

Ein deutlicheres Geständnis, dass sie sich in ihm getäuscht hatte, dass ihr Urteil zu hart und ihr Blick verstellt gewesen war, würde er wohl nie wieder aus ihrem Mund hören.

»Danke. Es ist ... nett, dass du das sagst.«

»Außerdem würde ich mir wünschen, dass du uns hin und wieder besuchst. Ich meine das Unternehmen.« Nach einer langen Pause fügte sie hinzu: »Und ... und vielleicht auch mich.«

»Selbstverständlich«, versprach er. »Dachtest du denn, dass ich das nicht tun würde?«

»Gut. Bertie, da wäre noch etwas anderes, etwas Wichtiges. Mrs Clements.«

»Mrs Clements? Was ist mit ihr?«

»Ich glaube, ich habe mich in ihr getäuscht. Natürlich finde ich die Art und Weise, wie sie sich kleidet, nach wie vor ziemlich unglücklich, aber sie hat ein gutes Herz. Sie mag dich wirklich, Bertie, und ist nicht nur hinter deinem Geld und deiner gesellschaftlichen Stellung her, wie ich angenommen hatte.«

Das erstaunte Bertie nun aber doch. Nicht nur, dass seine Mutter gesagt hatte, Lara möge ihn, sondern auch, dass sie innerhalb von fünf Minuten zwei Fehler zugab.

»Ich weiß schon seit einiger Zeit, dass du sie ... attraktiv findest. Und dass ihr gern zusammen seid. Wenn auch in den letzten Wochen nicht mehr so häufig.«

»Das ist dir aufgefallen?«, fragte Bertie.

»Wieso überrascht dich das? Ich bekomme *alles* mit.«

»Ja.« Was sollte er sonst sagen?

»Jedenfalls war sie nach den Reden ziemlich durcheinander. Ich finde, du solltest zu ihr gehen. Sie ist in ihrem Büro. Oder war zumindest dort. Beeil dich, vielleicht will sie bald nach Hause.«

»Aber ...«

»Bertie!« Athina stand auf, drehte ihn in Richtung Tür und schob ihn sanft hinaus. »Im Leben bietet sich nicht oft die Gelegenheit, Dinge ins Lot zu rücken oder es zumindest zu versuchen. Geh zu ihr.«

Lara saß an ihrem Schreibtisch, den Kopf auf die Unterarme gestützt, und weinte nicht nur deshalb, weil Bertie wegging und sie ihn nicht mehr wiedersehen würde. Mit einem Mal war ihr noch klarer, was sie verloren hatte: einen Mann, wie er ihr zuvor noch nie begegnet war, einen sanften, geduldigen und loyalen Menschen mit unerschütterlichen Werten. Er war ein seltenes Geschöpf, dieser Bertram Farrell. Wie seine Familie jemanden wie ihn hervorbringen hatte können, war ihr ein Rätsel. Natürlich hatte Lara Cornelius nie kennengelernt, aber vermutlich hatte der nicht allzu viel Ähnlichkeit mit Bertie gehabt. Und erst seine Mutter!

Nun war es also vorbei. Was auch immer sie vielleicht hätte haben können oder gehabt hatte. Bertie würde weggehen, Hunderte von Kilometern entfernt leben, und sie konnte ihn nicht daran hindern. Sie konnte nur noch versuchen, ihn zu vergessen, sich auf die Zukunft zu konzentrieren, die Sache mit dem für sie weitaus geeigneteren Chris voranzutreiben. Und natürlich im Beruf voranzukommen. Immerhin lief es da gut.

Es klopfte an der Tür, und bevor sie Zeit hatte, sich die Tränen aus dem Gesicht zu wischen, ging sie auf, und Bertie stand davor.

»Hallo«, sagte er.

Dreiundfünfzig

»Guten Morgen, Miss Hamilton. Bitte setzen Sie sich doch. Ich habe Kaffee für uns bestellt. Lassen Sie uns sofort zur Sache kommen. Ich hatte Sie früher bei uns erwartet, seit Sir Cornelius' Tod sind schon einige Jahre verstrichen.«

»Das stimmt. Aber bisher hatte ich keine Hilfe nötig.«

»Verstehe. Als Erstes muss ich Ihnen erklären, was Sie von ihm erhalten haben. Was ein wenig komplexer ist, als Sie möglicherweise annehmen. Oder als auch Sir Cornelius selbst oder sein Vater vor ihm gedacht haben mag. Sir Cornelius war ein hochintelligenter Mann, hat sich jedoch nicht um Details gekümmert.«

»Auch das stimmt«, pflichtete Florence ihm bei, die diese Seite von Cornelius nur zu gut kannte.

»Ich erläutere Ihnen nun genau, was es mit dieser Schenkung auf sich hat«, sagte Mr Smythe.

»Soweit ich weiß, geht es dabei um das Eigentumsrecht an The Shop«, meinte Florence.

»Aha. Die Dinge sind also, wie ich es mir schon gedacht habe, *nicht* klar. Die Berkeley Arcade ist als Tontine konzipiert. Wissen Sie, was das ist?«

Florence schüttelte den Kopf.

»Das habe ich mir ebenfalls gedacht. Eine Tontine ist im Wesentlichen etwas, an dem sich eine Gruppe beteiligt; die Anteile gehören den Gründern. Es kann sich um ein öffentliches Gebäude, ein Privathaus, sogar um Rennställe handeln. Die juristische Konstruktion ist nach Lorenzo de Tonti benannt, einem neapolitanischen Bankier des siebzehnten Jahrhunderts.

Die Berkeley-Arcade-Tontine wurde 1820 von einhundert jungen Männern ins Leben gerufen. Sie zahlten damals alle dreißig Guineas für den Erwerb des Grundes ein. Man kann sie sich fast vorstellen, wie sie in einem Kaffeehaus oder in ihrem Club darüber debattierten, nicht wahr?«

»Ja.«

»Bei einer Tontine fallen die Anteile nach dem Tod eines Eigners an die ursprünglichen Gründer zurück.«

»Was genau bedeutet das? Was geschieht mit den Anteilen?«

»Das letzte verbliebene Mitglied der Tontine erbt alle Anteile.«

»Aha.«

»Und die hier vorliegende Tontine wird von einer Charter Company verwaltet, in die sämtliche Gewinne zurückfließen müssen.«

Florence verstand immer weniger.

»Bianca«, sagte Hugh, »wir müssen zu einem Ende kommen. Ich möchte betonen, dass unsere Ursprungsinvestition bestehen bleibt. Wir ziehen uns nicht völlig aus dem Projekt zurück, sondern halten an unserem Anfangsplan fest. Ich hoffe, das ist klar.«

»Ja«, antwortete Bianca, »aber ...«

Sie sah sie an. Die beiden erwiderten ihren Blick mit ausdruckloseren Mienen als sonst. Waren dieser Gesichtsausdruck und die Fähigkeit, ihn nach Bedarf einzuschalten, etwas, was Investoren entwickelten, oder waren sie zuerst da, sozusagen als Voraussetzung für den Beruf?

»Die Sache funktioniert ohne die Idee vom globalen Launch nicht, ohne die Lizenznehmer, ohne ...«

»Wirklich?«, fragte Mike verwundert. »Bis vor ein paar Wochen haben Sie uns doch noch versichert, dass sie funktionieren würde. Hat sich etwas geändert?«

»In gewisser Hinsicht, ja. Die Lizenznehmer sind an Bord, Nachbildungen unseres Shop werden auf der ganzen Welt eingerichtet. Das gesamte Werbebudget, ausgenommen das für das Parfüm, richtet sich danach aus. Die Planungen sind viel zu weit fortgeschritten, um noch eine Alternative zu entwickeln. Der Gedanke mit der Tradition, der Bezug zum diamantenen Thronjubiläum, die gesamte Basis des Relaunchs benötigen den globalen Ansatz.«

»Aber warum? Zugegebenermaßen war Ihre neue Idee bedeutend ambitionierter und aufregender, doch auch für das Original sprach vieles. Und es war um einiges billiger ...«

»Nein«, widersprach Bianca, »das Werbebudget ist unverändert, wir wollen es nur anders, weit wirkungsvoller, ausgeben. Wir haben von Anfang an gesagt, dass wir nicht mit den Lauders und L'Oréals konkurrieren können.«

»Daran erinnere ich mich nicht mehr so genau«, meinte Hugh. »Nur daran, dass Sie uns eine schlagkräftige Kampagne versprochen haben.«

»Ich weiß, aber ...«

»Aber ...?«

»Das war, bevor ich diesen Geistesblitz hatte, dessen Umsetzung von den Shops abhängt. Ohne geht es nicht.«

»Trotzdem können wir keine weiteren zwei Millionen Pfund herzaubern, Bianca. Tut mir leid.«

Sie schwieg.

»Wir müssen aus dem Londoner Shop heraus, schnellstmöglich«, beharrte Hugh. »Jeder zusätzliche Tag dort kostet ein irres Geld, und das müssen wir aus dem Budget finanzieren.«

»Hm.«

»Allmählich beginne ich mich zu fragen, was aus Ihrem wirtschaftlichen Denken geworden ist, Bianca.«

Wieder schwieg sie.

»Welche Vorschläge hätten Sie also?«

»Ich weiß es nicht. Eigentlich keinen. Alles hängt mit allem zusammen. Die neue Produktpalette, die Verpackung, das Konzept, die PR, die Werbung ... Alles dreht sich um den Shop in der Arkade. Und die anderen Shops. Ich sehe keine Möglichkeit, ohne auszukommen.«

»Sie werden es versuchen müssen. Es sei denn natürlich, Sie wollen ganz aus dem Projekt aussteigen. Dann blasen wir die Sache ab. So schreiben wir immerhin nicht weiter rote Zahlen ...«

»Das können Sie nicht machen!«, rief Bianca entsetzt aus. »Das können Sie nicht.«

»O doch, das können wir. Wie Ihnen plötzlich aufgegangen zu sein scheint, funktioniert Ihr Plan ja nicht.«

»Das ist nicht fair. Damit es funktioniert, brauchen wir den Shop.«

»Leider müssen wir auf den Shop verzichten. Denken Sie noch einmal über alles nach und kommen Sie in einer Stunde wieder. Fragen Sie Mark Rawlins, wenn Sie wollen. Mark ist der Einzige, der über diese Sache Bescheid weiß. Er ist ausgesprochen diskret und kennt sich aus.«

»Vielleicht mache ich das tatsächlich«, sagte sie, obwohl sie wusste, dass sie es nicht tun würde. Was würde Mark schon von interaktiven Werbekampagnen, kreativen Konzepten, PR-Planung und Kundenbewusstsein verstehen? Plötzlich war sie schrecklich müde und traurig. Sie musste hier weg, bevor sie zu weinen begann. Das wäre nicht nur ihr eigenes, sondern auch das Ende des Hauses Farrell.

»Ich bin in einer Stunde wieder da«, versprach sie. »Danke.«

»Was Sir Cornelius also nicht klar war«, erklärte Mr Smythe, »und auch seinem Vater vor ihm nicht ... Er war ganz anders als Cornelius, scheint als Akademiker nicht ganz von dieser Welt gewesen zu sein, lebte allein, nachdem seine Frau, die Mutter von Cornelius, ihn verlassen hatte, und schrieb an einem Buch über mittelalterliche Kartografie, das, unter uns gesagt, vermutlich unveröffentlichbar gewesen wäre.«

»Was war dem Vater von Cornelius nicht klar?«, hakte Florence nach.

»Ich dachte, das hätte ich erklärt«, antwortete Mr Smythe.

»Nein, nicht so richtig.«

»Nun, sein Vater war das letzte verbliebene Mitglied der Tontine.«

Florence wurde ziemlich merkwürdig zumute; ihre Haut fühlte sich kalt an, fast klamm, und das Atmen fiel ihr schwer.

Das bedeutete doch nicht etwa …? Nein, das konnte nicht sein.

»Wieso war ihm das nicht klar?«

»Aus einem einfachen Grund: Er hat nicht darauf geachtet.« Mr Smythe klang gereizt; anscheinend hielt er Florence für ein wenig schwer von Begriff. »Sein Vater, der Großvater von Cornelius, ist plötzlich gestorben, und in seinem Testament stand lediglich, dass er seinen gesamten Besitz seinem einzigen Sohn vermacht. Für Gespräche auf dem Sterbebett oder Ähnliches war keine Zeit. Der Vater von Cornelius hat seinerseits alle seine Besitztümer Cornelius hinterlassen, sein Testament war in identischem Wortlaut verfasst. Keiner von beiden interessierte sich sonderlich für die Berkeley Arcade, weil diese kein echtes Einkommen generierte. Die Gewinne mussten ja wieder in die Arkade zurückfließen. Erst kürzlich hat die Charter Company die Mieten in den Shops dem ortsüblichen Niveau angepasst, um Rückstellungen für notwendige Sanierungsmaßnahmen an der gesamten Arkade zu bilden. Das wollte ich Ihnen schon länger mitteilen, doch da es den Anweisungen von Sir Cornelius widersprach …«

»Ich begreife immer noch nicht, was das alles bedeutet.«

Mr Smythe seufzte.

»Es bedeutet, dass Cornelius nicht nur das Eigentumsrecht von Nummer 62 geerbt hat, sondern das der gesamten Arkade. Und das hat er wiederum Ihnen geschenkt.«

»Oh«, sagte Florence. »Oh, ich … Könnte ich bitte ein Glas Wasser haben?«

Bianca brauchte deutlich weniger als eine Stunde, um sich über ihr weiteres Vorgehen klar zu werden. Soweit sie das sah, gab es letztlich nichts mehr, worüber sie nachdenken musste. Das Haus Farrell war dem Untergang geweiht, was hieß, dass man es genauso gut mit Würde schließen konnte, statt es mit viel Mühe weitere sechs Monate über Wasser zu halten. Wenn sie nicht irgendwoher zwei Millionen Pfund bekam, würden sie auf den Shop verzichten müssen, und wenn es den Shop nicht mehr gab, erübrigte sich die gesamte Kampagne. Kurz überlegte sie, ob sich die globale Linie der Shops ohne den in der Arkade verwirklichen ließ, da er aber der Dreh- und Angelpunkt war, würde alles unecht wirken. Schließlich sollten die Shops zum Krönungsjubiläum der Königin eröffnet werden und die Damen der Gesellschaft und die berühmten Models von damals dort einkaufen gehen. Susie hatte wunderbare Interviews mit einigen von ihnen. Plötzlich wurde Bianca wütend; es war alles so ungerecht. Von Florence hatte sie nichts gehört. Offenbar konnte sie ihnen doch nicht helfen. Bianca fragte sich, was Cornelius sich dabei gedacht hatte, seiner Geliebten etwas zu schenken, das sie eher finanziell belasten als ihr Geld bringen würde. Je mehr Bianca über Cornelius erfuhr, desto mehr ärgerte sie sich über ihn.

Mike und Hugh hielten sich in ihren jeweiligen Büros auf, als Bianca zu Porter Bingham zurückkehrte. Sie schlugen vor, ins Besprechungszimmer zu gehen, doch sie erklärte, das, was sie zu sagen habe, würde nicht lange dauern. Danach würde sie es ihnen überlassen, der Verwaltung mitzuteilen, dass Farrell den Mietvertrag nicht verlängern werde.

»Auch das wird vermutlich nicht viel Zeit in Anspruch nehmen.«
»Wahrscheinlich nicht«, pflichtete Mike ihr bei und sah sie an. »Sie wollen aus dem Projekt raus? Oder soll das Projekt beendet werden?«
»Das will ich nicht, aber darauf läuft es wohl hinaus. Eine andere

Möglichkeit bleibt uns, denke ich, nicht. Wie genau es ablaufen soll, ist Ihre Entscheidung.«

»Natürlich. Aber ich denke, es ist richtig so.«

»Könnten Sie das Unternehmen verkaufen? Zum Beipiel einem großen Konzern? Allerdings frage ich mich, welchem. Allzu viele Interessenten dürfte es nicht geben. Die Lauders wollen es mit Sicherheit nicht.«

»Vielleicht doch.«

»Ach, Hugh. Eine Marke auf dem absteigenden Ast, die nur Geld kostet, wie Sie so gern sagen. Was hätten die davon?«

»Denen würde vielleicht genau wie Ihnen die englische Tradition gefallen«, meinte Mike.

»Möglich. Aber ich bezweifle es.«

»Mit Ihrer Kampagne ...«

»Die gehört *mir*. Und ich verkaufe sie nicht.«

»Wirklich? Für Ideen gibt es kein Copyright, Bianca.«

»Tatsächlich? Dann suchen Sie sich mal einen richtig guten Urheberrechtsanwalt, der das überprüfen soll. Nicht zu glauben, dass Sie sich meine Kampagne unter den Nagel reißen wollen. Diese Diskussion bringt nichts. Fahren wir fort, ja? Muss ich irgendwas unterschreiben? Anschließend würde ich gern nach Hause gehen. Es war ein höllisch anstrengender Tag.«

Hugh schien sich in seiner Haut nicht sonderlich wohlzufühlen. »Es besteht kein Grund zur Eile, Bianca. Wir können auch erst nächste Woche mit dem Auflösungsprozess beginnen. Solange wir diesen Mietvertrag loswerden. Den können wir uns keinen weiteren Tag leisten. Und dafür brauche ich tatsächlich eine Unterschrift. Bianca, ich finde das Ende dieses ganz besonderen Projekts auch sehr traurig. Aber immerhin hatten wir Spaß miteinander. Und werden hoffentlich in Zukunft wieder zusammenkommen.«

Bianca war klar, dass das nicht geschehen würde. Sie hatte sie enttäuscht, und das wurde nicht so leicht verziehen.

Sie hatte alle enttäuscht, dachte sie niedergeschlagen, sowohl beruflich als auch privat. Ihre Kollegen, die Investoren, ihre Kinder … und ihren Mann.

Da klingelte ihr Handy. Sie nahm es aus ihrer Tasche.

»Entschuldigung«, sagte sie, »ich schalte es nur schnell aus …« Dann sah sie, wer anrief. Florence. Bestimmt wollte diese ihr mitteilen, dass sie ihr doch nicht helfen könne. Fast hätte Bianca beschlossen, nicht ranzugehen und sich später bei ihr zu melden, aber das wäre unhöflich gewesen. Florence war so aufgeregt gewesen ob der Aussicht, das Haus Farrell möglicherweise retten zu können. Sie musste ihr gegenüber wenigstens Höflichkeit beweisen.

»Hallo, Florence«, begrüßte sie sie.

»Hallo, Bianca. Es ist einfach unglaublich. Ich …«

»Einen Moment bitte, ich gehe raus auf den Flur. Jetzt bin ich draußen. Was ist unglaublich?«

»Wo sind Sie?«

»Bei Mike und Hugh von Porter Bingham.«

»Und wie sieht's aus?«

»Schlecht.«

»Ich glaube, ich kann die Aussichten beträchtlich verbessern!«

»Wirklich? Sind Sie sicher?«

»Absolut sicher.«

»Aber wie kann das sein? Cornelius hat Ihnen doch keine zwei Millionen Pfund hinterlassen, oder? Sonst fällt mir nämlich nichts ein, was …«

»Es ist fast so gut. Bianca, sitzen Sie?«

»Nein, ich lehne mit dem Rücken an einer Wand.«

»Das ist auch okay. Hören Sie zu …«

Weniger als fünf Minuten später kehrte Bianca strahlend in Mikes Büro zurück. Den Gesichtern von Mike und Hugh war anzusehen, dass sie ihre veränderte Stimmung bemerkten. Interessant war dabei ihre Körpersprache: Die beiden rückten unwillkürlich näher zusammen.

»Ich habe Neuigkeiten«, verkündete Bianca.

»Ja?«, fragte Mike argwöhnisch.

»Mike, schauen Sie nicht so erschreckt. Gute Nachrichten. Wirtschaftlich vernünftige. Sie ... *Wir* ... haben die Möglichkeit, uns diese zwei Millionen Pfund zu leihen.«

»Bianca, bitte! Nicht wieder das. Mit welchen Sicherheiten?«

»Ich weiß ja nicht, wie Sie das sehen, aber ich finde, wir haben gute Sicherheiten, nämlich das Eigentumsrecht an der gesamten Berkeley Arcade. Wie klingt das? Das eine verspreche ich Ihnen: Wenn Sie es nicht machen, mache ich es.«

Vierundfünfzig

»Hier ist es unheimlich gemütlich.«
»Hier in meiner Wohnung oder hier in meinem Bett?«
»Beides. Natürlich hat das Bett das gewisse Etwas, aber ...«
»Ich kann's immer noch nicht glauben.«
»*Du* kannst es immer noch nicht glauben? Ich hab all die Monate geglaubt, dass du unerreichbar für mich bist und dir was Glamouröseres als mich wünschst und ...«
»Und dass ich hinter deinem Geld und deiner gesellschaftlichen Stellung her bin«, führte Lara den Satz für Bertie zu Ende und küsste ihn.
»Welches Geld?, könntest du jetzt gut und gern fragen«, meinte er seufzend. »Was für eine gesellschaftliche Stellung? So, wie's aussieht, hast du einen verarmten Geschiedenen mit einem zweitklassigen Job in Birmingham an der Backe. Was für eine Enttäuschung.«
»Überhaupt nicht«, entgegnete Lara, »in keiner Hinsicht.«
»Nicht einmal ...?«
»Ganz bestimmt nicht auf diesem Gebiet.«
»Ich hatte schreckliche Angst davor. Bist du sicher?«
»Ja, absolut. Es war wunderschön.«
»Hmm. Klingt langweilig, dieses ›wunderschön‹.«
»Es war alles andere als langweilig, Bertie.«
Es war sanft und angenehm gewesen, dachte Lara, ein wenig überraschend und irgendwie hektisch, liebevoll und rücksichtsvoll und am Ende ziemlich gut, eben wunderschön.
Natürlich auch schwierig. Er hatte in der Tat schreckliche Angst

gehabt, das war ihr gleich aufgefallen, und sie hatte Mitleid mit ihm bekommen. Weil sie ihn genauso sehr begehrte wie er sie, war ihr nichts übriggeblieben, als die Sache ein wenig zu beschleunigen und ihn zum Handeln zu zwingen. Dieser Wahnsinnsabend hatte sich hingezogen, sie hatten immer wieder gesagt: »Du warst einfach unglaublich« und »Ich habe mir so sehr gewünscht, dass du mich magst« und »Bei dir hab ich mich sofort wohlgefühlt« und »Ich konnte gar nicht glauben, dass du mit mir zusammen sein willst«. Dazwischen hatten sie sich auf Laras Sofa in ihrer tatsächlich sehr gemütlichen Wohnung geküsst und eine Flasche Sekt geleert.

»Ich habe immer ein Fläschchen im Kühlschrank«, hatte sie erklärt. »Für den Fall, dass …«

»Dass was?«

»Dass es was zu feiern gibt. Heute Abend könnten wir sechs Flaschen gebrauchen!«

Seit er in ihrem Büro ihr tränenüberströmtes Gesicht, die zerknüllten Papiertaschentücher auf dem Schreibtisch, ihre zerzausten Haare und ihre verschmierte Wimperntusche gesehen hatte, lächelte sie. Er hatte die Tür hinter sich geschlossen und erklärt: »Meine Mutter meint, dass du nicht hinter meinem Geld und meiner gesellschaftlichen Stellung her bist, sondern mich wirklich magst.«

Und sie hatte gefragt: »Woher will sie das wissen?«

»Sie sagt, sie kriegt alles mit.«

»Das glaube ich inzwischen auch.«

Er hatte ihr dieses wunderbare Lächeln geschenkt, und sie war aufgestanden, um den Schreibtisch herumgegangen und hatte die Arme um seinen Hals gelegt. »Ich mag dich sogar sehr. Magst du mich auch?«

»Wahnsinnig gern.«

Mehr Worte waren nicht nötig gewesen.

Lara hatte Bertie geraten, noch ein Stündchen bei der Feier zu bleiben, weil er nicht sofort, nachdem er das Geschenk erhalten hatte, verschwinden konnte. Was würden die Leute denken? Dann hatte sie ihm ihre Adresse gegeben, um sich später dort mit ihm zu treffen. Daraufhin war er ins Besprechungszimmer zurückgetrottet, und sie war in die Damentoilette gegangen, um ihr Gesicht in einen vorzeigbaren Zustand zu bringen. Anschließend war auch sie zu der Feier zurückgekehrt, die sich allmählich aufzulösen begann, und hatte sich benommen vor Glück mit Lucy und Tamsin unterhalten, die gerade dabei war, sich an einen jungen Verkäufer heranzumachen, in den sie sich bei der Vertretertagung verguckt hatte. Lara hatte mit Marge und Trina und Hattie geredet, ihren Lieblingen, und gemerkt, dass das genau die Leute waren, mit denen auch Bertie viel Zeit verbrachte.

Dann war Bertie auf einen Stuhl gestiegen, hatte verkündet, dass er nun gehen müsse, und sich noch einmal bei allen fürs Kommen bedankt. Einige Zeit später hatte auch Lara sich verabschiedet und sich ein Taxi bestellt. Bertie hatte sie mit ratlosem, bangem, aber glücklichem Gesichtsausdruck vor ihrer Haustür erwartet.

Und danach war es immer besser geworden ...

»Wow«, rief Bianca aus, als sie die Website sah, »das ist ja unglaublich.«

»Nicht wahr?« Tod hatte sichtlich Mühe, bescheiden zu bleiben. »Wir finden sie auch ziemlich gelungen. Und das hier ist das Tüpfelchen auf dem I: Wählen Sie Ihren Shop. Da ist die Liste, unter ›Outlets‹, dann runterscrollen ... ja, genau, Paris, New York, Mailand ... Jetzt klicken, und schon sind Sie dort. Ist das nicht toll? Die Lizenznehmer haben rasend schnell gearbeitet.« Die Nachbildung von Nummer 62 in der hübschen kopfsteingepflasterten Straße in SoHo mit den hohen Bäumen und den beiden Stufen zu dem Eingang mit der Glastür war großartig ... Bianca erinnerte sich versonnen an die Straße und den Tag dort, bevor sie zu Sydney weiterklickte.

»Ein Stück weiter unten sieht man das Innere und die Einladung zum Shoppen. Gefällt's Ihnen?«

»Und wie, Tod. Super. Ich bin begeistert. Es ist viel besser geworden, als ich es mir erhofft hatte. Singapur? Wie schön! Die Straße ist einfach perfekt, wir hatten großes Glück, den Laden zu kriegen. Gott, ist das alles aufregend.«

»Ja. Und wenn wir uns erst global zuschalten …«

Bianca musste an die vergangenen Tage denken und wie es fast nicht mehr zu dem Relaunch, den Shops und der gesamten Kampagne gekommen wäre. Sie stellte sich vor, wie enttäuscht Tod und alle anderen gewesen wären, und schickte ein Dankgebet für Florence und die Tatsache zum Himmel, dass Cornelius Farrell sie so sehr geliebt und ihr dieses unglaubliche Geschenk gemacht hatte. Unglaublicher noch, als ihm selbst klar gewesen war.

Florence hatte Bianca erklärt, dass sie das Geld oder eher die Möglichkeit, das Geld zu leihen, als reine Unternehmensangelegenheit betrachten solle. Ein Leben ohne das Haus Farrell bedeute ihr nur sehr wenig, und für sie gebe es kaum etwas, wozu ein großer oder auch nur kleiner Kredit nötig sei.

»Außer vielleicht zwei neue Chanel-Jacken«, hatte sie lächelnd hinzugefügt.

»Wissen Sie was?«, hatte Bianca gesagt. »Wenn der globale Launch wirklich der Erfolg wird, den wir uns erhoffen, werde ich persönlich dafür sorgen, dass Sie eine ordentliche Gehaltserhöhung bekommen …«

»Nicht *wenn* … Er *wird* ein Erfolg«, hatte Florence entgegnet.

»Dann gehen wir in Paris zusammen zu Chanel, und wenn ich darf, helfe ich Ihnen, die beiden schönsten Jacken der Kollektion auszuwählen.«

»Natürlich dürfen Sie. Etwas Schöneres fällt mir nicht ein … Es sei denn natürlich, Cornelius selbst wäre wieder da. Ich würde mich freuen, wenn Sie mitkommen, Bianca. Cornelius hätte Sie gemocht und bewundert.«

»Meinen Sie?«

»Ja. Er hat immer gesagt, ein Beruf verleihe Frauen eine dritte Dimension. Nicht-Berufstätige blieben zweidimensional.«

»Gefällt mir. Ich weiß zwar nicht, ob Patrick ihm da zustimmen würde. Im Moment wäre ich ihm, glaube ich, zweidimensional lieber.«

»Unsinn«, hatte Florence widersprochen. »Ein paar Wochen so, und Sie würden ihn langweilen.«

»Hmm, vielleicht. Meine liebste, großzügige Florence, ich muss jetzt gehen. Es ist noch so viel zu tun.«

»Eins noch: Athina darf von alledem nichts mitkriegen. Das ist meine einzige Bedingung. Uns fällt bestimmt irgendeine Geschichte ein, wie wir an das Geld gekommen sind, oder?«

»Florence, nur fünf Menschen – sechs, wenn wir Ihren Mr Smythe dazuzählen, der beruflich der Schweigepflicht unterliegt, nur sechs Menschen wussten jemals von dem Problem. Athina hat davon nichts erfahren. Weswegen wir ihr auch nichts erklären müssen, oder?«

»Nein«, hatte Florence erleichtert gesagt. »Daran hatte ich gar nicht gedacht. Danke, Bianca.«

Bianca hatte sich mit einem Wangenküsschen von ihr verabschiedet, bevor Florence in ein Taxi stieg, das sie nach Hause brachte, und Bianca selbst sich auf den Weg in die Cavendish Street machte.

Was für ein angenehmer Mensch Florence doch war, hatte Bianca gedacht, dass sie nichts von ihrer Beziehung mit Cornelius nach außen, vor allen Dingen nicht zu Athina, dringen lassen wollte. Athina, die so viel Energie darauf verwendete, Florence schlecht und sich selbst auf Florences Kosten wichtigzumachen.

Aber dann beschlich sie der leicht zynische Gedanke, dass alle Florence möglicherweise nicht mehr so toll fänden, wenn bekannt würde, dass sie über ein halbes Jahrhundert lang vor Athinas Nase eine Beziehung mit Cornelius geführt hatte.

Und dass Florence davor Angst hatte, machte sie Bianca noch sympathischer.

Bianca schwebte auf Wolke sieben und begrüßte alle, die hereinkamen, mit einem freundlichen Lächeln. Sie beschränkte sich auf banale Tätigkeiten, weil ihr klar war, dass sie, wenn irgendjemand sie um eine Gehaltserhöhung, eine Aufstockung des Budgets oder eine Veränderung der Verpackung gebeten hätte, vermutlich ohne zu zögern zugestimmt hätte. Erst als alle nach Hause gegangen waren, gestattete sie sich den Luxus, sich ganz der Freude, dem Gefühl des Triumphs und dem Wissen hinzugeben, dass das Projekt nun tatsächlich laufen würde, dass das Haus Farrell in Sicherheit war, dass die Kampagne stattfinden würde, und schob die Schrecken der vergangenen Woche, diesen Albtraum, beiseite.

Noch etwas anderes wurde ihr klar, etwas, das sie letztlich schon immer gewusst hatte, nämlich wie wichtig ihr die Arbeit ganz allgemein, aber besonders die für das Haus Farrell war, dass es sich um einen wesentlichen Teil von ihr selbst handelte und sie aufzugeben dem Verlust ihrer Gliedmaßen oder ihrer Stimme gleichkäme. Sie wusste nicht, wozu sie das machte, bestimmt zu einer Rabenmutter und einer grässlichen Ehefrau. Ihr war bewusst, dass sie, sobald das Haus Farrell in einen sicheren Hafen eingelaufen wäre, dort aufhören und sich eine weniger aufreibende Tätigkeit suchen musste. Doch im Moment war sie dafür noch genauso verantwortlich wie für ihre Kinder. Sie musste das Projekt bis zum Ende begleiten: Jetzt alle zu enttäuschen, die daran arbeiteten, wäre unverantwortlich gewesen. Vielleicht hätte sie die Aufgabe gar nicht übernehmen sollen und die Gefahren für ihr Leben erkennen müssen, aber am Anfang hatte sie noch nicht geahnt, dass Patrick ihr zu Hause den Rücken nicht mehr so freihalten würde wie früher. Nein, diese Überlegungen waren falsch; sie hätte ihn stärker in ihre Erwägungen einbeziehen sollen. Aber es war nun mal so, wie es war, das sagte Patrick gerne, und daran ließ sich unter den gegebenen Umständen nichts ändern.

Davor, ihm das erklären zu müssen, hatte sie Angst. Bis jetzt, bis zu diesem Tag mit all seinen außergewöhnlichen Entwicklungen, hatte sie die Dinge nicht mit der nötigen Klarheit gesehen. Doch nun hatte sie Patrick gesagt, dass sie zu einer Entscheidung gelangt sei, über die sie mit ihm am Abend sprechen wolle ...

Um sich abzulenken, wandte sie sich wieder dem neuen Glück des Hauses Farrell zu. Sie loggte sich auf der magischen Website ein und machte einen Ausflug durch ihre wunderbaren Shops, ihre persönliche Welttour. Für den Schluss sparte sie sich den Laden in SoHo, New York, in der kopfsteingepflasterten Straße auf, der immer ihr erklärter Liebling sein würde, und verharrte eine Weile dort. Bei der Erinnerung an jenen erstaunlichen Nachmittag wurde ihr klar, dass er keinerlei Einfluss auf ihre Entscheidung hatte.

Als an jenem ganz besonderen Tag in New York alles vorüber gewesen war, hatte Saul gelächelt und zum ersten Mal, seit sie ins Zimmer gekommen waren, etwas gesagt.

»Ich wusste, dass es so sein würde.«

Hinterher hatte Bianca eigentlich kein schlechtes Gewissen gehabt. Es war eine einzigartige Erfahrung gewesen, weit weg von der Realität, von beiden als nicht wiederholbar und diskutierbar anerkannt. Sie hatte nichts mit dem Kern ihrer Ehe zu tun, brachte keinerlei Verpflichtungen, keine Versprechen, keine Liebe, nur körperliches Vergnügen der außergewöhnlichsten Art mit sich. Sie ließ sich nicht mit der lebenslangen Beziehung von Florence und Cornelius vergleichen, die so voller Liebe und Loyalität gewesen war, praktisch eine Ehe für sich. Sie war aber auch nicht irgendein x-beliebiger One-night-stand ohne Humor, Charme und emotionale Nähe. Sie würde sich nicht wiederholen, war gewesen wie ein Komet, der durch ihr Leben raste und von dem nur eine wunderbare Erinnerung blieb. Letztlich, stellte Bianca belustigt fest, hatte sie nur deswegen ein schlechtes Gewissen, weil sie keine Schuldgefühle plagten.

Milly betrachtete den Blog, den Lucys Freundin Fay tagtäglich für ihre zahlreichen Fans ins Netz stellte, und musste sich selbst kneifen, um sich zu vergewissern, dass sie nicht träumte. Denn diese riesigen Augen mit den langen Wimpern gehörten genauso ihr wie die weich glänzenden Lippen. Und die Glutaugen und dunklen Lippen waren die von Jayce. Fay hatte diese Bilder gerade deshalb verwendet, weil es sich nicht um professionelle Schritt-für-Schritt-Aufnahmen handelte. Fenella, eine andere Freundin von Lucy, hatte einfach drauflos geknipst, als Milly, Jayce und Lucy lachend und mit Mordsspaß neue Looks ausprobierten. Lucy hatte Jayce mit Eyeliner geschminkt, und Fay hatte über ihre Freundin Lucy, Make-up-Artist beim Haus Farrell und Enkelin der Gründerin, geschrieben, die mit jungen Freundinnen, ihren Models, neue Looks für den Relaunch der Marke im Juni kreierte.

»Coole Story«, hieß es in dem Blog. »Die Marke kam im Krönungsjahr der Queen auf den Markt und wird nun, fast sechzig Jahre später, beim diamantenen Thronjubiläum, erneuert. Mehr will ich im Moment nicht verraten, aber glaubt mir, diese neuen Looks sind heiß. Bleibt dran ... euch erwartet eine absolut aufregende Geschichte.«

Der Blog würde am folgenden Tag online gehen. Höchstwahrscheinlich würde jemand in der Schule, vielleicht über die große Schwester oder die Mutter, darauf aufmerksam werden, sagte Lucy. »Und dann schauen wir mal, was passiert.«

Milly hörte, wie ihre Mutter die Treppe hochlief. Wenig später klopfte es an der Tür.

»Hallo, Liebes. Darf ich reinkommen?«

»Ja, klar. Mum, schau mal. Ist das nicht toll?«

Bianca betrachtete den Blog und lächelte. »Ja. Du und Jayce, ihr seht wirklich fantastisch aus. Obendrein ist es eine wunderbare Werbung für das Haus Farrell.«

»Wenn der Launch ein Erfolg wird, erwarte ich mehr Taschengeld.«

»*Falls* er ein Erfolg wird.«

»Mum, sei nicht albern. Wenn du es machst, wird er das, sagt Lucy.«

»Ich fühle mich geschmeichelt.« Bianca strich Milly über die Wange.

»Für Lucy bist du der absolute Superstar.«

»Ach.«

»Ja. Und sie behauptet, ihre Großmutter bewundert dich. Sie meint, das passiert nicht allzu oft.«

Bianca seufzte. »Lady Farrell hat nur eine merkwürdige Art, das zu zeigen.«

»Sie ist eben ziemlich wichtig. Ich bin echt stolz auf dich. Da kommt Dad. Soll ich's ihm auch zeigen?«

»Klar. Aber vielleicht nicht jetzt. Wir müssen über ein paar Dinge reden.«

Bianca gab Milly einen Kuss und ging nach unten zu einem der wichtigsten Gespräche ihres Lebens.

Fünfundfünfzig

»Mrs Bailey?«

»Ja.«

»Athina Farrell. Ich würde mich gern mit Ihnen unterhalten.«

Angst und Schuldgefühle überkamen Bianca. Hatte Athina von der Online-Kampagne Wind bekommen? Hatte sie Florence zur Rede gestellt? Hatte sie mit den Investoren gesprochen?

Wie konnte die alte Hexe wissen, dass dies der denkbar schlechteste Zeitpunkt war, kurz nachdem Patrick wütend und traurig das Haus verlassen hatte? Bianca war nur ans Telefon gegangen, weil sie auf einen Anruf von ihm hoffte, auch wenn der unwahrscheinlich war. Aber vielleicht war es ja die Polizei oder das Krankenhaus oder …

»Im Moment passt es gerade nicht so gut.«

»Für mich auch nicht, Mrs Bailey. Ich habe es, obwohl ich sehr beschäftigt war, mehrfach bei Ihnen versucht, Sie jedoch nicht in Ihrem Büro angetroffen.«

»Über Handy hätten Sie mich erreichen können.«

»Mrs Bailey, ich hasse Handys. Bei Handytelefonaten achtet man nicht auf das, was man sagt, und platzt in die wichtigsten Situationen hinein.«

So wie du, dachte Bianca. Ausgerechnet jetzt, da mein Mann mich verlassen hat und meine Ehe gescheitert ist.

»Verstehe. Wenn Sie sich kurz fassen würden. Ich habe Probleme mit den Kindern, und …«

»Kann sich darum nicht Ihr Mann kümmern? Ich dachte, das machen Männer heutzutage.«

Bianca schnürte es die Kehle zu, und das Sprechen fiel ihr schwer. Sie riss sich zusammen, so gut es ging.

»Er ... Er ist gerade nicht da.«

»Aha. Gut, ich fasse mich kurz. Ich wollte Ihnen nur sagen, wie sehr mir Ihre Rede bei Berties Abschiedsfeier gefallen hat. Sie hat ihm gutgetan.«

Nur wenn Patrick ins Zimmer gekommen wäre und sie um Verzeihung gebeten hätte, wäre Bianca erstaunter gewesen. Sie schwieg.

»Er ... Bertie war immer eine Enttäuschung für uns. Vermutlich lag das zum Teil auch an uns. Wir haben nicht immer erkannt, wo seine Stärken lagen. Ihnen scheint das klarer gewesen zu sein.«

»Ja, äh ... Ich ... *wir* ... mögen Bertie alle sehr. Und wir bedauern es, dass er uns verlässt.«

»Deswegen rufe ich Sie an. Ich wollte fragen, ob Sie ihn zum Bleiben zu bewegen versucht haben.«

»Natürlich. Aber er wollte nicht. Aus vielen Gründen.«

»Jetzt will er vielleicht doch«, entgegnete Athina. »Ich finde, Sie sollten es noch einmal versuchen.«

»Lady Farrell, ich glaube nicht, dass das richtig wäre. Bertie hat einen neuen Arbeitsvertrag unterschrieben, ein Haus gekauft und – Sie müssen entschuldigen, wenn ich das erwähne – die Scheidung eingereicht. Aus all diesen Gründen halte ich es für besser, seine Entscheidung zu respektieren. Tut mir leid, Lady Farrell ...«

Genau das waren Patricks Abschiedsworte gewesen: Er respektiere ihre Entscheidung, auch wenn das bedeute, dass ihre Ehe gescheitert sei ...

»Mrs Bailey, sind Sie noch dran?«

»Ja.« Bianca schluckte. »Entschuldigung.«

»Sie klingen ... merkwürdig.«

»Sorry. Ich denke, ich lege jetzt besser auf.«

»Sie weinen, stimmt's?« Athina klang vorwurfsvoll. »Ist irgendetwas?«

Nein, du alte Hexe! Ich weine gern grundlos! Dann fiel ihr ein, wie sie jedes Mal nach dem Sex mit Patrick weinte. Obwohl sie schon so lange nicht mehr miteinander geschlafen hatten, dass sie sich kaum noch daran erinnerte. Und zu ihrer eigenen Verwunderung antwortete sie: »Ja. Mein Mann und ich ... wir haben uns gerade furchtbar gestritten.«

»Das tut mir leid«, sagte Athina alles andere als mitfühlend. »Das kommt doch sicher häufiger vor, oder?«

»Nein, eher nicht.«

»Wie ungewöhnlich. Cornelius und ich haben uns immerzu gestritten.«

»Tatsächlich?« Bianca erachtete die Ehe der Farrells nicht gerade als Vorbild.

»O ja. Das ist ein gutes Zeichen. Es beweist, dass man sich genug auseinander macht, um sich zu einem Streit aufzuraffen. Obwohl solche Auseinandersetzungen eine grässliche Vergeudung von Zeit und Energie sind. Ich habe sie immer gehasst.«

Sie hatte recht, dachte Bianca: Im Moment wäre so vieles zu erledigen gewesen. Bianca hätte E-Mails schreiben, sich mit einem letzten Plan für die Medien beschäftigen und diesen abzeichnen müssen, aber sie hatte einfach keine Kraft dazu. Plötzlich fragte Bianca sich, wieso sie ihre Ehe mit einer Person diskutierte, die mehr als ein Jahr lang alles in ihrer Kraft Stehende getan hatte, ihr das Leben zur Hölle zu machen. Bestimmt würde sie ihr gleich auch noch verraten, dass Patrick sie verlassen hatte.

»Stimmt«, pflichtete Bianca Athina bei. »Ich bin tatsächlich erschöpft. Und eigentlich kann ich mir das wegen dem Launch nicht leisten.«

»Genau. Ich rate Ihnen, sich auf die Arbeit zu konzentrieren. Bestimmt hat er sich nicht endgültig von Ihnen getrennt, oder?«

Allmählich nahm diese Unterhaltung surreale Züge an.

»Selbst wenn«, fuhr Athina fort, die Biancas Schweigen richtig interpretierte, »kommt er zu Ihnen zurück. Er berappelt sich schon wieder, das tun die Männer immer. Es ist nicht ganz leicht, das kann ich nachvollziehen ...«

»Für wen?«

»Für die Männer. Zweite Geige zu spielen bei Frauen, die erfolgreicher sind als sie. Natürlich ist das erbärmlich, aber vermutlich liegt es in ihrer Natur.«

»Patrick ist ... ausgesprochen erfolgreich«, widersprach Bianca matt.

»In seiner eigenen Welt. Doch Sie sind der Star. Und zu Recht, denn allzu durchsetzungsfähig scheint er mir nicht zu sein, wenn ich das bemerken darf. Das ist nicht böse gemeint.«

»Äh ...«

Es hatte nicht viel Sinn, über diesen Punkt mit ihr zu sprechen.

»Aber Sie und Ihr Mann waren doch sicher gleichberechtigt, oder?«, fragte Bianca, wider Willen fasziniert von diesem Einblick in die Ehe der Farrells.

»In gewisser Hinsicht schon, doch ihm war klar, dass ich die treibende Kraft bin, die Person, an der niemand vorbeikommt. Und ich war das Gesicht des Unternehmens. Jedenfalls finde ich es schade, dass Sie meinen, Bertie nicht zum Bleiben überreden zu können.«

»Leider kann ich das tatsächlich nicht.«

»Sie waren meine letzte Hoffnung. Wahrscheinlich muss ich mich geschlagen geben. Schließlich ist er erwachsen.«

»Das stimmt allerdings«, sagte Bianca. »Wenn Sie mich jetzt entschuldigen würden, Lady Farrell, ich werde Ihrem Rat folgen und mich der Arbeit widmen.«

»Ja. Machen Sie sich wegen Ihrem Mann keine Gedanken, Mrs Bailey. Er kommt zurück, so oder so. Gute Nacht.«

Bianca dachte lange über Patricks Gründe für die Trennung nach. Sie waren schwer zu greifen. Er hatte ihr nicht wirklich Vorwürfe gemacht, abgesehen von dem, dass ihre Arbeit Vorrang vor ihm hatte. Was nichts Neues war. Seine Reaktion verwunderte sie.

»Wenn du mich wirklich lieben würdest, müssten wir dieses Gespräch nicht führen«, hatte er ein ums andere Mal erklärt. »Dann würdest du nicht darüber reden, wann du kündigst, sondern es einfach machen.«

»Patrick, das geht nicht. Nicht jetzt. Ich trage *enorme* Verantwortung. Allerdings denke ich gern darüber nach, diesen Job aufzugeben, sobald der Launch vorbei ist ...«

»Das höre ich nicht zum ersten Mal«, hatte er mit Verbitterung in der Stimme gesagt. »Es gibt immer wieder ein ›wenn das vorbei ist‹. Und ein neues Projekt und einen neuen Job in einem anderen Unternehmen.«

»Du hast doch stets behauptet, du würdest keine Nurhausfrau wollen, Patrick.«

»Aber es gibt einen Unterschied zwischen deiner Arbeit bisher, egal, wie aufreibend sie gewesen sein mag, und dem, was in letzter Zeit geschieht.«

»Was denn?«

»Darüber möchte ich nicht sprechen«, hatte er geantwortet. »Wenn du mich wirklich lieben würdest, wüsstest du, was ich meine.«

»Ich weiß es aber nicht. Und ich liebe dich wirklich.«

»Die beiden Dinge schließen sich gegenseitig aus«, hatte er entgegnet. »Leider. Aber egal. Es ist deine Entscheidung, und ich muss sie akzeptieren.«

»Ich habe doch noch gar keine Entscheidung getroffen!«

»Doch, Bianca, das hast du.« Er hatte sie mit unendlich traurigem Gesicht angesehen. »Und ich gehe.«

»Susie, was ich möchte, ist ein Update von einem Update. Wir haben noch vier Wochen, stimmt's? Ich will genau wissen, wie am Ende alles zusammenkommt.«

Susie musterte Bianca verstohlen, als diese ihren iPad hervorholte. Sie wusste, dass das nicht unbedingt nötig war. Sie hatte alles unzählige Male mit Bianca besprochen, und abgesehen von einigen Kleinigkeiten hatte sich nichts geändert. Natürlich machte Bianca sich Gedanken über den Launch und war deswegen gestresst, das war nur natürlich, aber sie wirkte irgendwie nicht wie sie selbst, delegierte anders als sonst nicht, konzentrierte sich zu sehr auf Details und berief Besprechungen zu nichtigen Themen ein. Sie sah erschöpft aus und nicht sonderlich glücklich.

Jonjo hatte kursierende Gerüchte bestätigt. Patrick hatte seinem ältesten Freund Jonjo niedergeschlagen erzählt, dass er und Bianca momentan nicht gut miteinander zurechtkämen und sich darauf geeinigt hätten, in der Zeit, in der sie mit dem Launch beschäftigt war, getrennt voneinander zu leben. Er würde in einigen Tagen zu Saul nach Sydney fliegen. Patrick war gerade dabei, ein dortiges Unternehmen zu überprüfen, und Saul informierte sich über Immobilien in Sydney, für den Fall, dass Janey Finlayson sich tatsächlich dort niederließ und Dickon mitnahm.

Patrick verbrachte die Wochenenden in ihrem Domizil auf dem Land und schlief während der Woche in einem lausigen Hotel – lausig nach Jonjos Maßstäben bedeutete vermutlich lediglich, dass es sich nicht um ein Fünf-Sterne-Haus handelte. Jonjo hatte Patrick selbstverständlich angeboten, dass er bei ihm bleiben könne, wann immer er wolle, doch Patrick hatte ihm geantwortet, er wolle lieber allein sein.

Die Angelegenheit brachte Jonjo ziemlich aus dem Gleichgewicht, weil er die Beziehung von Patrick und Bianca immer als lebenden Beweis dafür erachtet hatte, dass es so etwas wie die perfekte Ehe tatsächlich gab. Susie, die so verliebt und glücklich war, dass sie sich in ihrem Glück permanent wie auf Wolke sieben fühlte, versuchte, ihn zu beruhigen.

»Bestimmt kommt alles wieder in Ordnung. Die beiden haben einen solchen Megastress, dass sich das irgendwann bemerkbar machen muss. Bianca ist mit ihren Kräften am Ende und scheint die meiste Zeit nicht mal mehr zu wissen, welchen Wochentag wir haben, so viel hängt von diesem Launch ab. Sobald der vorbei ist und sie wieder Zeit füreinander haben, renkt sich schon alles ein. Zerbrich dir nicht weiter den Kopf darüber.«

»Nein«, widersprach Jonjo, »dahinter steckt mehr, das weiß ich. Am besten, ich lade ihn zum Essen ein, bevor er nach Sydney fliegt, und versuche, ihn zum Reden zu bringen. Ich schulde ihm viel. Zum Beispiel, dass wir uns kennengelernt haben. Und dann hat er mir geraten, dranzubleiben und rauszufinden, was mit uns schiefgelaufen ist.«

»Echt? Aber du hast seinen Rat nicht gerade befolgt«, meinte Susie und küsste ihn. »Sondern stattdessen zwei Monate lang einen weiten Bogen um mich gemacht.«

»Was sollte ich machen, nachdem ich dich mit Henk gesehen hatte? Patrick hat sich um mich gekümmert, als es mir schlecht ging. Wenn's dir nichts ausmacht, versuche ich, Anfang nächster Woche mehr aus ihm rauszukitzeln.«

»Was sollte ich dagegen haben? Ich werde selber ziemlich im Stress sein. Hoffentlich macht dieser Launch uns nicht genauso fertig wie die beiden.«

»Keine Sorge«, versicherte Jonjo ihr. »Nichts könnte das. Ich liebe dich, Susie Harding. Ich möchte dich heiraten und Kinder mit dir haben ...«

»Und ich will dich heiraten und Kinder von dir«, wiederholte Susie ganz automatisch. Dann verstummte sie und sah ihn mit großen Augen an. »Was hast du gerade gesagt?«

»Dass ich dich liebe, dich heiraten möchte und Kinder mit dir will.«

»O mein Gott!«, rief Susie aus. »Aber ... aber ... Jonjo, warum hast du mir das nicht gesagt?«

»Hab ich doch gerade.«

»Ich weiß, aber *richtig*, auf den Knien!«

»Ja, und am besten oben auf dem Empire State Building oder dem Londoner Shard oder auf einer Insel irgendwo in der Karibik mit hundert Geigen im Hintergrund. Das ist nicht mein Ding. Ich bin für klare Sachen. Im richtigen Moment. Der gerade eben war.«

»Wie konntest du wissen, dass es der richtige Moment ist? Früh am Morgen, wenn wir ins Fitnessstudio wollen?«

»Es scheint der richtige gewesen zu sein. Du hast meinen Heiratsantrag doch angenommen, oder?«

»Habe ich das?«

»Ja. Also ist alles gut, und wir gehen ins Fitnessstudio.«

»Jonjo Bartlett, ich kann's noch nicht glauben, dass du mir gerade einen Heiratsantrag gemacht hast.«

»Doch, das habe ich. Und du kannst es glauben, weil du ... Ach, das wird mir jetzt zu kompliziert. Gib mir lieber einen Kuss. Und vielleicht noch was anderes ...«

Später sagte sie, noch ein wenig euphorischer als zuvor: »Hast du auch das andere, was zu einer Verlobung nötig ist? Ich meine, abgesehen von den beiden Menschen, die sich darauf geeinigt haben?«

»Und was wäre das?«

»Der Ring natürlich!«

»Ja. Den hab ich schon eine ganze Weile.«

»Wie bitte? Wo?«

»In meiner Sockenschublade.«

»Jonjo, das ist absurd!«

»Nein. Da liegt er gut. Du solltest ihn nicht finden ...«

»Vielleicht hätte ich das doch getan.«

»Susie, wann schaust du schon in meine Sockenschublade? In dieser Hinsicht bist du eine große Enttäuschung, das muss ich wirklich sagen. Ich dachte immer, Frauen waschen und bügeln die Socken und Hemden und Unterhosen von uns Typen. Du bringst meine Unterhosen nur durcheinander.«

»Tut mir leid, ich bin berufstätig, ich habe keine Zeit zum Waschen. Kann ich den Ring sehen?«

»Nein.«

»Bitte, Jonjo!«

»Warum ist dir das so wichtig?«

»So halt.«

»Du bist wie alle andern, weißt du das? Bestimmt sagst du gleich, hoffentlich ist es ein riesiger Brillant.«

»Keine Sorge.«

»Ist es aber.«

»Was? Bitte, Jonjo, lass ihn mich sehen. *Bitte* …«

»Erst wenn du meine Sockenschublade aufgeräumt hast. Wo willst du denn hin?«

»Zum Wäschekorb.« Sie kehrte mit einem Arm voll schmutziger Wäsche zurück.

»Er ist nicht im Wäschekorb, sondern in der Schublade.«

»Weiß ich, aber du hast mir ein so schlechtes Gewissen gemacht, dass ich jetzt deine Socken in die Waschmaschine stecke. Dann gibst du mir den Ring vielleicht.«

»Wie opportunistisch. Keine Ahnung, warum ich dich heiraten will. Lass die Wäsche, schau lieber in die Schublade. Sieh nach, ob er dir gefällt. Er müsste passen. Beim Kauf hab ich einen von deinen Ringen mitgenommen.«

»Jonjo«, sagte Susie, plötzlich ganz leise. »Ich liebe dich und brauche keinen Scheißring. Nur dich. Was lachst du?«

»Über dich. Wie du splitterfasernackt dastehst, den Arm voll stinkiger Socken. Schade, dass ich so deinen Busen nicht sehen kann. Holen wir mal den Ring, den du ja nicht willst …«

»Mein Gott«, rief Jemima am folgenden Tag aus, »was für ein Ring! Wo hast du den denn her, Susie Harding?«

»Den habe ich ganz unten in einer Sockenschublade gefunden«, antwortete Susie schmunzelnd.

Susie ging mit Bianca peu à peu die einzelnen Punkte des Launchs durch und versuchte, so beruhigend wie möglich zu klingen. Dieser Launch war die schwierigste Aufgabe, die sie je zu bewältigen hatte. Die Kombination aus absoluter Geheimhaltung bis zur letzten Minute und sorgfältig aufgebauter Spannung war der Albtraum einer jeden PR.

Dann war da noch der schwierige Balanceakt zwischen Bloggern und Beauty-Redakteurinnen, die einander voller Eifersucht und Argwohn begegneten. In der Modewelt saßen nun die Topblogger neben den Moderedakteurinnen in der ersten Reihe. Und den Redakteurinnen der Modezeitschriften gefiel das nicht besonders …

Obwohl Twitter ein wertvolles Mittel der Werbung war, machte es sie auch unnötig schwierig. Ein großes Unternehmen hatte eine der wichtigen Beauty-Redakteurinnen für die Sneak-Preview eines Produkts in den Eurostar nach Paris gesetzt, und sie hatte dann darüber getwittert. Davon hatten die Bloggerinnen Wind bekommen und waren tagelang furchtbar eingeschnappt gewesen.

Man konnte sich nicht mehr auf Diskretion verlassen. Wie schön waren die Zeiten der Exklusivberichte und Verschwiegenheitserklärungen gewesen: Heutzutage wurde schon die leiseste Andeutung von etwas Berichtenswertem innerhalb von Sekunden per Twitter rund um den Globus geschickt. Mac hatte eine Weile Blogger Verschwiegenheitserklärungen unterzeichnen lassen, das jedoch bald aufgegeben, weil sich niemand daran hielt.

Einzelheiten über ein neues Produkt herauszugeben gestaltete sich unglaublich komplex: Es hatte immer schon Konkurrenz zwischen Wochen- und Monatszeitschriften gegeben, doch nun waren da auch noch die wöchentlich erscheinenden Hochglanzmagazine und die Blogger. Es war wirklich schrecklich kompliziert. Susie verschickte natürlich Pressemitteilungen und Präsentationen von The Collection auf die klassische Weise, aber das war's auch schon; sie wusste, dass das Parfüm und die Geschichte dahinter gut ankamen, alles zusammen jedoch nicht sonderlich prickelnd war.

Natürlich würde sich das ändern, wenn der globale Launch erst einmal begann, und Susie konnte es kaum noch erwarten, die Story freizugeben, aber momentan durfte sie sich nicht einmal einen Hinweis darauf erlauben. Es war schrecklich frustrierend.

Twitter machte ihr Angst, weil in dem Medium bereits der kleinste Ausrutscher fatal sein konnte. Nichts lockte die Leute schneller ans Handy als ein langweiliger Veranstaltungsort, zweitklassige Kanapees oder schlechter Service. Es gab sogar schon Tweets, in denen darüber geklagt wurde, dass in der Presseabteilung niemand ans Telefon ging.

Doch bis jetzt lief alles ordentlich, und die Spannung baute sich langsam, aber stetig auf.

Nach einer Reihe von hektischen Besprechungen und Brainstormings hatten sie den gesamten Launch um eine Woche vorverlegt. Eines Morgens war Bianca mit fahlem, angespanntem Gesicht hereingekommen und hatte gesagt, sie mache sich große Sorgen wegen des Timings. Susie, die glaubte, sie zerbreche sich lediglich den Kopf wegen des engen Zeitplans, hatte sie beruhigt, dass alles klappen würde, die Einladungen gedruckt und die Veranstaltungsorte gebucht seien, dass sie alles regelmäßig überprüfe. Woraufhin Bianca sie mit dunklen Ringen unter den Augen angesehen und gesagt hatte, das meine sie nicht. Sie sei morgens um vier Uhr mit der Erkenntnis aufgewacht, dass die Woche nach dem Wochenende mit den Feiern zum diamantenen Thronjubiläum ein Fehler sei.

»Alle werden nach dem Thronjubiläum in den Seilen hängen und nur noch von den Olympischen Spielen reden, wogegen wir in der Woche davor den Schwung der Jubiläumsstimmung nutzen können. Hinterher geht das nicht mehr. Da sind wir nur noch der Nachklapp.«

Susie, die ähnliche Gedanken gewälzt und beiseitegeschoben hatte, weil sie glaubte, dass Bianca und die Jungs von der Werbung schon wussten, was sie taten, ahnte, dass sich die Termine und Veranstaltungsorte nicht ändern ließen, und hatte entsetzt »Aber Bianca!« ausgerufen.

»Susie, bitte keine Diskussionen«, hatte Bianca erwidert, »ich habe mit Tod darüber gesprochen, er ist ganz meiner Meinung. Er sagt, viele Leute werden sich nach dem viertägigen Wochenende gleich die ganze Woche freinehmen. Auch Lara und Jonathan pflichten mir bei. Wir müssen das irgendwie schaffen.«

Susie, die Tod, Lara und Jonathan am liebsten vor dem Gebäude des Hauses Farrell geteert und gefedert hätte, hatte nichts gesagt. Es hätte keinen Sinn gehabt, und außerdem brauchte sie jede Sekunde, um die Kampagne neu zu organisieren. Sie hatte lediglich genickt, versprochen, alles in ihrer Macht Stehende zu tun, war in ihr Büro zurückgekehrt und hatte nur auf dem Weg dorthin kurz den Kopf zu Lara hineingestreckt und gezischt: »Herzlichen Dank!«

Doch irgendwie hatte sie es geschafft. Fast wäre sie dabei draufgegangen, aber sie hatte es hingekriegt. Sie alle hatten es hingekriegt. Die Einladungen neu drucken zu lassen, war noch das geringste Problem gewesen; viel schwieriger war es da schon, dass der Ballsaal des South Bank Palace Hotels eine Woche vorher nicht zur Verfügung stand. Der Geschäftsführer hatte nicht lächelnd gesagt, ja, natürlich, Miss Harding, kein Problem. Verständlicherweise hatte er ihr mit juristischen Schritten und hohen Stornogebühren gedroht, worauf Susie an jenem Abend in einen doppelten Brandy geheult hatte, den ihr Lara mit dem Versprechen ins Büro brachte, zum Palace Hotel zu gehen und sich den Geschäftsführer persönlich vorzunehmen.

»Das ist nicht das Einzige«, hatte Susie gejammert und die Tränen weggewischt, »wo sollen wir es jetzt machen? Wer hat denn so kurzfristig noch einen halbwegs geeigneten Veranstaltungsort? Ich hab's überall versucht ...«

»Kein Hotel, so viel steht fest«, hatte Lara gesagt, »und auch kein öffentlicher Raum. Wir müssen lateral denken, Susie. Tut mir leid, aber es ist wirklich die richtige Entscheidung. Wenn wir nur alle früher den Mund aufgemacht hätten ... Na ja, Bianca hätte sowieso nicht auf uns gehört. ... Tamsin, Liebes, bitte nicht jetzt.«

Eine Stunde später hatte Susie Tamsin zufällig in der Toilette getroffen. Tamsin hatte sich dafür entschuldigt, dass sie zu einem ungünstigen Zeitpunkt hereingeplatzt war, gestanden, sie habe Susies Klagen mitbekommen, und gesagt, sie wolle einen Vorschlag machen. Sie wisse nicht, ob er etwas tauge, doch im Haus ihrer Eltern in Knightsbridge befinde sich ein großer Empfangsraum. »Sie nennen ihn den Ballsaal. Der Debütantinnenball für meine Cousine hat dort stattgefunden. Ich könnte fragen, ob sie den Raum zur Verfügung stellen würden. Meinem Dad würde das bestimmt gefallen, und Mum würde vor Begeisterung einen Luftsprung machen. Sie liebt solche Sachen. Solange sie selbst eingeladen ist«, hatte Tamsin hinzugefügt.

Lara hatte geantwortet, das könne sie ihr versprechen.

Am Ende waren die Brownleys nicht nur mit von der Partie, sondern erschienen auf den Einladungen (auf ihren ausdrücklichen Wunsch hin) als Mitgastgeber des Hauses Farrell. Wie viel schöner war es doch, dachte Susie mit einem zufriedenen Blick auf die korrekturgelesene Einladung, den Launch »im Haus von Lord und Lady Brownley in der Sloane Lane 1, London SW3« abzuhalten als im Ballsaal eines schnieken Hotels. Das wirkte doch gleich viel interessanter. Als Susie die Brownleys mit Tamsin aufgesucht hatte, um ihnen persönlich zu danken und den wunderschönen Raum mit den hohen Bogenfenstern und dem prächtigen Parkettboden zu begutachten, gaben sie ihr das Gefühl, ihnen einen Riesengefallen getan zu haben und nicht umgekehrt. Lord Brownley begeisterte sich als Technikfan sofort für die Idee von einem globalen Online-Event in seinem Haus. (In einen Teil der Pläne musste man ihn einweihen.)

»Keine Sorge, er verrät niemandem etwas«, beruhigte Tamsin Susie. »Er ist keine Klatschbase.« Und Lady Brownley, ein ehemaliges Model, wie sie selbst Susie erklärte (»Ehemalig ist das wichtige Wort«, sagte Tamsin später zu Susie), war angetan von der Idee, an einem so glanzvollen Abend teilzuhaben.

»Ich bin schon ganz aufgeregt«, gestand sie Susie. »Das wird alles wahnsinnig aufregend. Wird Athina auch da sein? Sie und meine Mutter haben sich einmal furchtbar gestritten. Sie waren beide Patentante für dasselbe Baby, und anscheinend wollte Athina unbedingt das Geschenk von Mummy für das Kleine übertrumpfen. Bei der Taufe hat sie das von Mummy schlechtgemacht. Können Sie sich das vorstellen?«

Nur zu gut, dachte Susie.

Seitdem waren die Dinge wunderbar gelaufen, und der Tag des Launchs war für Mittwoch, den 30. Mai festgesetzt.

»Juni wäre psychologisch noch besser, aber der Erste ist ein Freitag, und da hält es die Leute nicht mehr in London«, erklärte Bianca Mike und Hugh. »Der große Moment wird um zwölf Uhr mittags sein. Natürlich ist es ein Kompromiss, aber so müssen die meisten Shops wenigstens nicht mitten in der Nacht aufmachen. In New York sind die Leute immerhin schon wach, für Europa ist es perfekt, in Sydney ist es halb elf Uhr abends, und in Singapur acht – alles nicht schlecht.«

Die Einladungen waren für elf Uhr ausgestellt, mit Champagner und Kanapees. Um halb zwölf würde Bianca das Podium betreten, neben der auf eine Leinwand projizierten Countdown-Uhr. Im großen Moment würde sie auf einen Knopf drücken, die Leinwand würde sich drehen, und dahinter würde Jess in ihrem Paillettenkleid zum Vorschein kommen.

»Alle werden völlig aus dem Häuschen sein«, schwärmte Susie.

Danach gäbe es eine Pause für eine kurze Pressekonferenz mit Jess, und anschließend würde die globale Zuschaltung beginnen.

Praktisch alle Angeschriebenen hatten die Einladung angenommen. »Aber das will nichts heißen«, warnte Susie Bianca. »Wenn es regnet oder irgendjemand Sienna Miller oder Cara Delevingne bei seiner Veranstaltung präsentiert, zeigt man uns die kalte Schulter.«

Bianca erwiderte ein wenig spitz, sie sei durchaus vertraut mit der Unzuverlässigkeit der Presseleute.

Die Kampagne mit dem Slogan »Etwas Schönes erwartet Sie« funktionierte bestens. Susie bekam permanent Anrufe, worum es bei dem Launch gehe und ob er global laufen würde, doch sie weigerte sich, mehr als nur Andeutungen zu machen. Sie würden schon sehen.

Auch die Countdown-Uhr und das Gewinnspiel waren ein Riesenerfolg. Mutmaßungen über die Identität des Models machten die Runde. Da bisher lediglich Jess' Haare, ein Auge, eine Augenbraue und ihr Hals sowie das Kleid enthüllt waren, gingen sie alle in die falsche Richtung. Eine besonders mutige Person glaubte sogar, Marilyn Monroe zu erkennen.

Susie wurde mit Fragen bombardiert: Wer war dieses neue Gesicht des Hauses Farrell, war sie ein Model, eine Schauspielerin, eine der ganz Großen, und wie passte sie zu dem Launch? Susie antwortete stets mit der Aufforderung, dem aufregenden Event beizuwohnen, so etwas habe es noch niemals zuvor gegeben. »Wenn Sie nicht kommen, werden Sie's bereuen, mehr kann ich dazu nicht sagen!«

Eine Woche vor dem Event sollten einige wenige ausgewählte Nachrichtencrews mit dem Versprechen eingeladen werden, es nicht nur mit einer Berühmtheit, sondern auch mit einem Launch zu tun zu haben, der online völlig neue Dimensionen eröffne. Susie wusste, dass die Antworten unverbindlich ausfallen würden. Trotzdem war sie zuversichtlich, es sei denn natürlich, Williams Frau Kate würde zum gleichen Zeitpunkt eine Pressekonferenz geben, bei der sie ihre Garderobe für das gesamte Wochenende vorstellte. »Toll, dass wir als Veranstaltungsort das Haus der Brownleys bieten können – das interessiert die Leute.«

Im Mai kamen weitere Glücksfälle hinzu. Die Produzenten von Jess' neuem Film hatten einen Schauspieler für die männliche Hauptrolle gefunden. Dan Fleming war nicht nur wahnsinnig attraktiv und der aktuelle Schwarm aller, sondern obendrein ein hervorragender Mime, der im Jahr zuvor eine Nominierung für den Golden Globe geschafft hatte. Sein Agent war ganz versessen darauf, das gesamte Paket, den Film, die Stars sowie die Location (Regency London) zu präsentieren, und angesichts der Aufregung über alles, was sich gerade im London des einundzwanzigsten Jahrhunderts tat, erschien es lächerlich, es nicht zu machen. Also fand eine Pressekonferenz im Savoy statt, und am folgenden Tag waren die Gesichter von Dan und Jess in sämtlichen Zeitungen und am Abend in den Fernsehnachrichten zu sehen.

»Perfekt!«, rief Bianca aus. »Endlich machen unsere Schutzengel Überstunden.«

Das musste sofort auf Twitter, dachte Susie, noch am Abend in die Spätausgaben des *Standard*, in die wichtigsten Blogs und die Online-Presse und am folgenden Tag in die Printmedien. Wenn alles ausreichend hohe Wellen schlug, würde die Story es in die Wochenzeitungen schaffen.

Das einzige noch nicht gelöste Problem war, wie man Athina, einen ihrer größten Aktivposten, in das Ganze integrieren sollte. Da sie nach wie vor nichts ahnte (Bianca würde eine Woche zuvor mit ihr essen gehen und ihr alles präsentieren), war das nicht leicht. Nicht nur Florence wusste, dass Athinas Reaktion, egal, wie penibel sie planten, unvorhersehbar war und sehr gefährlich sein konnte.

Es wurde definitiv besser. Das Klassenzimmer zu betreten fühlte sich nicht mehr länger an, als müsste sie gegen eisigen Wind ankämpfen, nun handelte es sich eher um eine sanfte Brise. Ein paar Mädchen lächelten Milly sogar unsicher zu. Sie bedachte sie mit einem eisigen Blick. Darauf würde sie nicht hereinfallen. An dem Tag, an dem jemand den Blog mit den Bildern bemerkt hatte, schob Carey ihr einen Zettel zu. Milly hätte ihn am liebsten sofort zerrissen, doch das konnte sie nicht. Sie ahnte, was darauf stand. Wenn sie recht hatte, war das der Augenblick, von dem sie in den endlosen Monaten der Qual geträumt hatte, ihre Rache. Sie entfaltete den Zettel.

Hi, Mills,
ich glaube, es ist Zeit für eine Versöhnung. Wollen wir nach der Schule auf eine heiße Schokolade gehen? Diesmal ohne Tricks, versprochen.
    Carey xxxxxxxxxxxxxx

Milly blinzelte die Tränen weg, die ihr in die Augen traten. Diese Tränen durfte Carey nicht sehen. Milly erwiderte Careys geziertes Lächeln kühl, riss eine Seite aus ihrem Heft und schrieb darauf:

Danke, aber ich hab zu viel zu tun.

Und schob ihn Carey hin. Die zuerst verblüfft wirkte und dann merkwürdig nervös. Vielleicht hatte sie nun doch Angst vor Strafe. Egal, dachte Milly, die wusste, dass sie gewonnen hatte.

Jonjo hatte Patrick in das Lokal eingeladen, in dem er über ein Jahr zuvor in seine neue Karriere gestolpert war. Alles war wie damals, die schwarz-weiße Einrichtung, die sexy Musik, die riesigen Sofas, die Designerdrinks. Nur *er* fühlte sich anders. Nicht aufgeregt oder nervös, sondern niedergeschlagen.
    »Prost«, sagte Jonjo ein wenig zu fröhlich.
    »Prost«, presste Patrick hervor.
    »Alles in Ordnung?«
    »Jonjo, du weißt doch, dass nichts in Ordnung ist. Also lass den Quatsch, ja?«
    »Okay.«
    »Wenn du erwartest, dass ich dir mein Herz ausschütte, muss ich dich leider enttäuschen.«
    »Du möchtest nicht über dich und Bianca reden?«
    »Nein. Das hat nichts mit dir zu tun. Mir kann nur ein Mensch helfen – Bianca. Ich weiß deine Einladung zu schätzen, aber du solltest dir einen angenehmeren Gast suchen.«

»Ich dachte, ich könnte ... du weißt schon.«

»Du könntest was?«

»Dir helfen. Zuhören. Das hast du bei mir auch gemacht, als die Sache mit Susie schieflief.«

»Jonjo, bitte sei mir nicht böse, aber zu dem Zeitpunkt hast du Susie grade mal eine Woche gekannt. Ich hingegen bin seit sechzehn Jahren mit Bianca verheiratet, und wir haben drei Kinder. Die Sachlage ist ein bisschen komplexer.«

»Klar. Sorry. Ich finde nur, dass ihr zwei ein tolles Paar seid. Ich hab immer bewundert, wie gut ihr als Team funktioniert, wie ihr euch den Papierkram und alles, was mit den Kindern zu tun hat, teilt. Hoffentlich kriege ich das mal genauso gut hin.«

»Ist nicht einfach«, meinte Patrick mit düsterem Blick. »Das kann ich dir flüstern.«

»Dachte ich mir schon. Aber egal, ich scheine dir nicht helfen zu können. Ich wollte nur nicht, dass du glaubst, ich würde mir keine Gedanken machen.«

»Das würde ich niemals glauben, und ich bin dir echt dankbar. Leider kann wirklich niemand etwas tun. Außer Bianca. Und die hat beschlossen, sich zurückzuziehen. Nach diesem Drink würde ich gern nach Hause gehen, wenn dir das recht ist.«

»Ja, klar. Wo wohnst du denn im Moment?«

»Ich hatte schon befürchtet, dass du mich das fragen würdest. Immer noch in dem Hotel in der Nähe der Tower Bridge, in einem Travelodge. Es ist sauber und funktional und hat einen schönen Blick auf die Themse. Und sag jetzt nicht, ich soll mich in irgendeinem Luxusschuppen einquartieren. Das möchte ich nicht. Meine gegenwärtige Stimmung hat nichts mit dem Hotel zu tun, in dem ich schlafe.«

»Willst du nicht zu mir kommen? Wenigstens eine Weile? Ich hab ein Gästezimmer ...«

»Jonjo, auch dieses Angebot weiß ich zu schätzen, aber nein, danke. Du hast doch eine Mitbewohnerin, die Frau, mit der du dich gerade verlobt hast. Gratuliere. Sie ist wirklich ein Schatz. Bestimmt würde ich mich bei dir wohlfühlen, aber das ist es nicht, was ich brauche. Außerdem werde ich bald mindestens eine Woche in Sydney verbringen, wo ich mich mit Saul treffe. Die Sache mit dem Travelodge wird also nicht lange dauern. Übrigens gefällt es mir dort gar nicht schlecht. Ich mag die Anonymität. Und die Wochenenden verbringe ich auf dem Land. Ich komme schon zurecht.«

»Prima«, meinte Jonjo.

Sechsundfünfzig

Athina las gerade eine ihrer Lieblingsgeschichten von Sherlock Holmes, »Silberstern«, als es sie wie ein Blitz traf. Wie seinerzeit Cornelius mochte sie sämtliche Storys um den Detektiv, doch diese mit dem berühmten Hinweis auf den Hund war ihr erklärter Favorit. Seit etwa einer Woche war sie verunsichert, ohne sagen zu können, warum. Alles schien in Ordnung zu sein; der neue Leiter der Personalabteilung bewies ausreichend Respekt (er war von Bianca gebrieft worden); Athina kam besser mit Bianca zurecht, die offenbar ihren Rat beherzigte und fieberhaft zu allen Tages- und Nachtzeiten arbeitete; die Werbekampagne für das Parfüm lief wunderbar, und …

Bei dem Gedanken an das Parfüm und die Sherlock-Holmes-Story, in der Holmes dem Scotland Yard Detective Gregory gegenüber bemerkt, das Merkwürdige an dem nächtlichen Zwischenfall mit dem Hund sei, dass der Hund nicht angeschlagen habe, fiel Athina etwas sehr Seltsames an der Kampagne für den Relaunch auf. Nämlich, dass es keine solche Kampagne gab.

Das ließ ihr keine Ruhe. Warum gab es keine? Wie konnte das sein, wenn das Haus Farrell einen Marken-Relaunch mit der größtmöglichen Aufmerksamkeit und Aufregung vorhatte? Warum war dieser leicht vergammelte, aber auch irgendwie attraktive junge Mann in den vergangenen beiden Monaten nicht permanent mit Entwürfen, Vorschlägen für die Medienpräsentation und Korrekturfahnen im Haus Farrell gewesen? Das Einzige, was Athina zu Gesicht bekommen hatte, waren ihre Werbeanzeigen für den Duft. Wollten sie die übrige Kampagne am Ende ohne ihre Zustimmung durchwinken? Wenn ja, würden sie eine Erklärung liefern müssen. Und wenn nicht: Was machten sie eigentlich alle? Glaubten sie tatsächlich, dass sie den Relaunch einer Kosmetikmarke ohne teure Promotion durchziehen konnten? Sie legte die Sherlock-Holmes-Geschichte beiseite und ging ihren Kalender durch. Wann – abgesehen von den Werbeanzeigen für *Passionate* – hatten sie ihr irgendetwas vorgelegt? Ihr Kalender bestätigte ihre Vermutungen. Dem musste sie sofort nachgehen ...

Zu behaupten, dass die Wochen, die auf das Gespräch mit Bianca folgten, die grässlichsten in Patricks Leben gewesen seien, war die Untertreibung des Jahrhunderts. Er fühlte sich betrogen und am Boden zerstört, sechzehn Jahre Glück, Liebe und Familie in einer einzigen schrecklichen Stunde ausgelöscht. Wie konnte sie das tun? Wie konnte sie so egoistisch, brutal und blind gegenüber dem sein, was wirklich wichtig war?

An ihrem Job konnte es nicht liegen. Sie hatte schon andere, genauso anspruchsvolle Aufgaben bewältigt. Patrick wurde immer klarer, dass eine Affäre dahintersteckte.

Je länger er darüber nachdachte, desto mehr Sinn ergab es. Bianca war wie er selbst von jeher sehr unabhängig gewesen, und sie hatten einander stets vertraut – doch plötzlich fühlte es sich anders an.

Offenbar lief es schon eine ganze Weile. Häufigere abendliche Abwesenheiten, detaillierte Erklärungen dafür, die letztlich unnötig erschienen, lange, mysteriöse Telefonate, zu denen sie jedes Mal das Zimmer verließ ... Was sonst sollte das alles bedeuten? Dieser in der Zeit von Computer, Google, Skype und Telefonkonferenzen überflüssige, völlig absurde Welttrip. Und dann dieses eine Mal, als sie fast die gesamte Nacht weg gewesen war, mit der fadenscheinigen Erklärung, sie habe noch mit den Jungs von der Werbung zusammengesessen.

Aber was machte das noch, wenn die Ehe ohnehin gescheitert

war, wenn sie sich weigerte, ihren Job für ihn aufzugeben? Obwohl sie nach wie vor behauptete, dass dies kein Nein sei, dass sie einfach noch Zeit brauche für eine Entscheidung, Zeit, das Haus Farrell ohne allzu viel Unruhe zu verlassen. Was Unsinn war. Das hatte sie nicht nötig. Oder sollte es zumindest nicht nötig haben. Zwischen Ehe und Arbeit sollte es keine Konflikte geben: Sie spielten sich auf unterschiedlichen Ebenen ab. Je länger sie die Entscheidung hinauszögerte, desto sicherer wusste er, wie ihre Antwort ausfallen würde. Genau aus diesem Grund war er ihr zuvorgekommen.

Andererseits hatte ihre Ehe früher die Belastungen, die die Arbeit mit sich brachte, immer gut überstanden. Sie hatten sich gestritten und versöhnt, ihre Wunden waren verheilt. Sie hatte sich ein paar Monate frei genommen, sich ganz ihm und den Kindern gewidmet, und sie hatten wieder zueinandergefunden. Doch diesmal ging es um eine Affäre: Ihre Untreue, die Tatsache, dass sie jemand anders liebte, Zeit für diesen anderen hatte, für den Sex mit ihm, aber keine für ihn, das war das wirklich Schlimme an der Sache.

Patricks Gedanken kreisten um die Frage, wer dieser Jemand sein konnte. Er hatte den glatten, attraktiven Typen von der Werbeagentur im Verdacht, oder den neuen Finanzdirektor, mit dem sie so viel Zeit verbrachte. Vielleicht war es sogar einer der Investoren oder ein Mann, den er nicht kannte, der sich in ihr Leben geschlichen hatte, der seine geliebte Frau verführte und von ihm weglockte.

Patrick war ein sanfter Mensch, geduldig, vertrauensselig und gleichmütig, aber wenn er diesem anderen jemals begegnen sollte, der ihm die Frau, die Kinder, sein ganzes Leben raubte, wäre er in der Lage, ihn kaltblütig mit nackten Händen umzubringen, das wusste er.

Bianca, der es ähnlich schlecht ging wie Patrick und die schreckliche Schuldgefühle plagten, tat, was sie in Krisenzeiten immer tat: Sie arbeitete. Drei Wochen vor dem Launch war sie in ihrer Angst vor dem Versagen permanent in den Büros des Hauses Farrell, forderte, stritt und beklagte sich. Sie fürchtete, dass der globale Launch nicht wahrgenommen werden würde, stellte sich den großen Saal im Haus von Lord Brownley ohne Journalisten, Blogger und Fernsehkameras vor, während die Vertreter von Farrell und Flynn Marchant auf Leinwände starrten, auf denen weltweit nur leere Straßen, Arkaden und Türen von Nachbildungen der Berkeley Arcade zu sehen waren. Worauf in der Presse kurz über den bevorstehenden Bankrott des Hauses Farrell und über das unangebrachte Vertrauen in seine CEO Bianca Bailey berichtet wurde.

Abends fühlte sie sich im Regelfalle noch schlechter. Sie konnte weder essen noch schlafen, machte sich Sorgen um Patrick, der ihr schrecklich fehlte, und saß bis in die frühen Morgenstunden an ihrem Schreibtisch, wo sie zu arbeiten versuchte und alle paar Minuten ihr Telefon überprüfte, weil sie immer noch hoffte, dass er endlich auf ihre unzähligen SMS, Anrufe und E-Mails reagieren würde. Doch das tat er nicht. Er liebte sie nicht mehr.

Allmählich begann sie sich zu fragen, ob sie selbst ihn noch liebte.

Als Biancas SMS eintraf, genoss Saul gerade in seinem Zimmer im Langham Hotel, Sydney – früher unter dem deutlich romantischeren Namen Observatory bekannt, ein charmantes, im Vergleich zu den riesigen Glasmonstern daneben eher niedriges Gebäude –, bei einer Tasse Tee die Aussicht. Das einzige Hotel, dessen Ausblick sich seines Wissens mit diesem vergleichen ließ, war das Crillon in Paris mit dem Place de la Concorde davor. Von seinem Zimmer aus entdeckte Saul sowohl die Oper als auch die Sydney Harbour Bridge. Die eine hob sich strahlend weiß, die andere dunkel vor dem leuchtend blauen Himmel ab, und dahinter war das offene Meer zu sehen, auf dem sich Fähren, Wassertaxis und zahllose Boote mit weißen Segeln tummelten.

Saul war schon öfter in Sydney gewesen, allerdings jeweils nur kurz, weswegen er nie Zeit gehabt hatte, die Stadt wirklich wahrzunehmen. Wenn Dickon in Zukunft hier leben würde, und das wurde immer wahrscheinlicher, musste Saul den Ort besser kennenlernen. Nicht nur die grundlegenden Dinge, wo die besten Viertel lagen, wo Dickon möglicherweise wohnen, welche Schule er vielleicht besuchen würde, die Immobilienpreise, nicht nur, wie die Stadt aussah, sondern auch die Atmosphäre, kurzum: ihre Seele.

Die SMS lenkte ihn von Sydneys Seele ab. Saul hatte nicht erwartet, Biancas Namen jemals wieder auf dem Display seines Handys zu sehen. Seit jenem Tag in New York hatte er oft an sie gedacht. Was für eine außergewöhnliche Frau! Sauls Einstellung war grundsätzlich frauenfeindlich. Er hatte wenig Vertrauen in den weiblichen Verstand, die Fähigkeiten und den Ehrgeiz der Frauen, wie eindrucksvoll diese auch daherkommen mochten, denn seiner Erfahrung nach waren sie Sklavinnen ihrer Biologie. Saul Finlayson hätte niemals geleugnet, dass es eine gläserne Decke gab; er wusste, dass diese keine Ausgeburt weiblicher Gehirne war. Sie existierte, weil Männer berechtigtes Misstrauen den Frauen und ihrer Bereitschaft gegenüber hatten, den Beruf an die erste Stelle zu setzen.

Für die meisten Frauen kam die Arbeit nach den Kindern. Was völlig in Ordnung war, hätte er gesagt. Kinder mussten an erster Stelle stehen, weil sie die Zukunft waren, man musste sie unter allen Umständen fördern. Und diese Förderung durfte nicht an einen notwendigerweise weniger guten Ersatz, zum Beispiel ein Kindermädchen oder die Großmutter, delegiert werden, damit der Job, das Unternehmen, der Deal, der Patient in allen Situationen Priorität hatte. Egal, wie wortreich ihm potenzielle künftige Beschäftigte auch versichern mochten, die Arbeit stehe an erster Stelle: Er wusste, dass die Krankheit eines Kindes oder der Ausfall des Babysitters diesem Kind unweigerlich Vorrang verlieh. Mütter konnten am Arbeitsplatz nie vollkommen zuverlässig sein. Aber genau das forderte Saul: absolute Zuverlässigkeit, mit weniger gab er sich nicht zufrieden. Deshalb stellte er keine Mütter ein, egal, was die Rechtsprechung besagte.

Und tatsächlich waren ihm mehr als einmal juristische Schritte angedroht worden. Woraufhin er nur mit den Achseln gezuckt und gesagt hatte, in diesem ganz speziellen Punkt würde er es mit dem Gesetz aufnehmen, dagegen kämpfen, wenn nötig, bis zum bitteren Ende. Bisher war er nicht gezwungen gewesen, das tatsächlich zu machen; er hatte es tunlichst vermieden. Saul bat potenzielle Arbeitnehmer nur selten und potenzielle weibliche Arbeitnehmer im gebärfähigen Alter überhaupt nicht zum Bewerbungsgespräch. Sein Personalchef beherrschte es meisterhaft, gehobene Positionen von vornherein unbewältigbar klingen zu lassen, indem er voller Bedauern darauf hinwies, dass sich häusliche Unruhe, Überstunden und Stress leider nicht vermeiden ließen. Frauen, die bereit seien, sich so etwas aufzuhalsen, seien im Allgemeinen jung und kinderlos. Bianca hingegen hatte ihn durch ihre Fähigkeit, diese gläserne Decke trotz ihrer drei Kinder zu durchdringen, fasziniert. Immerhin besaß sie den enormen Vorteil, die einzige Person zur Verfügung zu haben, die in der Lage war, die Mutter der Kinder befriedigend zu ersetzen: ihren Vater. Und Saul hatte ihr genau diesen Vorteil genommen, indem er diesen Vater von ihr weglockte, weswegen ihre Welt nun Kopf stand. Das bedauerte Saul durchaus, obwohl Patrick sich freiwillig entschlossen hatte, für ihn zu arbeiten. Und weil er sich zudem bewusst war, dass er die Anforderungen des Jobs ein wenig untertrieben hatte, gesellten sich zu seinem Bedauern Schuldgefühle hinzu.

Saul las die SMS zweimal: *Hallo. Ich hoffe, dein Besuch verläuft wie erwartet erfolgreich. Gestern Abend habe ich Dickon vom Judo abgeholt, er wirkte sehr fröhlich. Wie du bestimmt weißt, kommt Patrick nach Sydney. Er hat mich verlassen, was du vielleicht nicht weißt, und will die Scheidung. Bitte sei nett zu ihm und schenk ihm dein Ohr. Und halt mich auf dem Laufenden. XX*

Saul hatte Patrick ebenfalls im Langham einquartiert. Sie hatten ein erfolgreiches Unternehmen im Blick, eine Zinnmine in der Nähe von Darwin, deren Börsenwert von Tag zu Tag stieg. Der Chef des Unternehmens, der den absurden Namen Doug Douglas trug – wie konnte Saul die Zukunft seines Kindes einem Volk anvertrauen, das sich solche Namen ausdachte? –, würde sich in Sydney mit Patrick treffen und dann mit ihm nach Darwin fliegen, um ihm zu zeigen, was sie verpassten, wenn Patrick Saul von der Investition abriet.

Doch das würde erst in vierundzwanzig Stunden geschehen. In der Zwischenzeit konnte Patrick Saul briefen.

Patrick würde spätabends am Kingsford-Smith-Flughafen ankommen. Saul hatte organisiert, dass ein Wagen ihn abhole, und wollte selbst schon im Bett sein, wenn Patrick eintraf. Er hatte ihm einen Zettel ins Zimmer gelegt, auf dem er ihn zum Brunch mit Doug Douglas bat, nicht zum Frühstück. Dann hätte Patrick einen klaren Kopf für mögliche Diskussionen, nicht nur mit Doug Douglas über die Zinnminen, sondern auch mit Saul über Patricks Ehe.

Ein solches Gespräch widersprach Sauls Neigungen, und er fürchtete sich ein wenig davor, doch er wusste, was er den Baileys schuldig war. Etwas musste geschehen; er musste es versuchen.

»Also«, fragte Patrick Saul, als der ziemlich grässliche Mr Douglas in sein eigenes Hotel gebracht worden war, das sich glücklicherweise auf der anderen Seite des Hafens befand, »wie lange wollen Sie noch hierbleiben?«

Wonach er eigentlich fragte, in einem Code, den Saul, wie er wusste, sofort knacken würde, war, wie es in Sachen Dickon stand. Patrick war klar, dass Saul darüber reden wollte und er selbst aus unerfindlichen Gründen zu den wenigen Menschen gehörte, mit denen Saul überhaupt zu reden bereit war.

Er hatte keine Ahnung, warum, denn er war nicht gerade der Typ Mann, dem man solche Dinge sofort anvertraute, aber vielleicht lag es ja auch genau daran. Möglicherweise fand Saul Patricks zurückhaltende Art beruhigend.

»Noch ein paar Tage«, antwortete Saul und warf einen Blick auf das Essen, das Patrick kaum angerührt hatte. Sein eigener Teller war wie immer bereits leer. »Ich möchte mir die Schule ansehen, die Janey und dieser Bernard French vorgeschlagen haben. Und ich überprüfe das Viertel, in dem er mit den beiden wohnen möchte.«

»Das klingt ... « Patrick korrigierte sich: »Bedeutet das, dass es wahrscheinlicher geworden ist?«

»Es ist eine Möglichkeit, mit der ich mich befassen muss. Natürlich habe ich immer noch vor, dagegen zu kämpfen, und je mehr ich weiß, desto besser bin ich für diesen Kampf gerüstet. Wenn die Gegend schlecht ist, habe ich mehr Munition.«

Was Patrick für unwahrscheinlich hielt, denn Bernard French war ein wohlhabender, erfolgreicher Mann aus der Werbebranche, der sich bestimmt nicht für eine unsichere Gegend entschied.

»Haben Sie eine Ahnung, welches Viertel?«

»Mossman.«

»In Mossman ist es sehr schön«, erklärte Patrick. »Große, teure Häuser, Superstrände.«

»Tatsächlich? Trotzdem muss ich es mir ansehen. Woher kennen Sie die Stadt so gut?«

»Wir haben vor vier Jahren hier Familienurlaub gemacht. Bianca hat eine Tante in Sydney, bei der sind wir untergekommen. Es war ... eine sehr schöne Reise«, sagte Patrick. Die Erinnerung an diese Ferien war ausgesprochen lebhaft: lange Tage an sonnigen Beaches, Bodyboarding mit den Kindern, Fisch-Barbecues an fast allen Stränden, Surfer auf den riesigen Wellen von Bondi Beach, ein Rockkonzert im Olympiastadion, ein Kinderkonzert in der Oper, oben auf der Harbour Bridge mit Bianca – das war toll gewesen –, Whalewatching weit draußen auf dem Meer vor den Northern Beaches ... Im Nachhinein erschien es Patrick wie eine durchweg sonnige, sorgenfreie Zeit des Glücks. Als der gerade siebenjährige

Fergie ihn angebettelt hatte, nach Sydney zu ziehen, hatte er tatsächlich mit dem Gedanken geliebäugelt. Auch Bianca hatte, angeregt durch mehrere Gläser köstlichen Ozzie-Chardonnay, gesagt, warum nicht? Sie könnten es ja zwei Jahre lang probieren, die Zeit ausnutzen, solange die Kinder noch klein seien.

Doch am Ende hatte der gesunde Menschenverstand gesiegt, und sie waren zu ihren jeweiligen Jobs, zu Schule und Pflicht zurückgekehrt, zu Biancas Karriere und Patricks sicherer goldener Zukunft. Jetzt allerdings verfluchte er den gesunden Menschenverstand, der sie in die traurige Gegenwart geführt hatte.

Als Patrick bewusst wurde, dass er ziemlich lange geschwiegen hatte, sah er Saul an. »Sorry.«

»Schon okay.«

Wieder Schweigen, dann fragte Patrick zu seiner eigenen Überraschung: »Wie schlimm ist eine Scheidung?«

»Ziemlich schlimm«, antwortete Saul.

»Ich spiele mit dem Gedanken.«

»Weil?«

Es war ... beruhigend, mit Saul zu reden. Kein Mitleid, keine Überraschungen. Deswegen arbeitete Patrick so gern für ihn. Er kam immer gleich zur Sache und schob alles Irrelevante beiseite. Außerdem war bekannt, dass er niemals log ...

»Weil meine Ehe nicht mehr funktioniert.«

»Der wahrscheinlich einzig vernünftige Grund für eine Scheidung. Aber es überrascht mich auch ein bisschen. Ihre Ehe wirkt so harmonisch.«

»Das war sie bis vor Kurzem auch noch«, sagte Patrick. »Aber Bianca hat sich verändert.«

Schweigen, während Saul nachdachte.

»Liegt's an ihrem Job? Der fordert sie ziemlich. Ich weiß nicht, ob ich das schaffen würde, was sie gerade macht.«

»Damit hat es zu tun.«

»Sie ist doch bestimmt schon immer so gewesen.«

»Ja. Aber diesmal ist es anders. Es ist schwierig zu erklären. Ich habe das Gefühl, dass sie der Arbeit uneingeschränkt oberste Priorität einräumt, statt Familie und Job auf eine Ebene zu stellen.«

»Vielleicht ist dieser Job anders als die bisherigen?«

»Job ist Job«, erwiderte Patrick.

»Tatsächlich? Auch der bei mir?«

Patrick sah Saul entsetzt an. Hatte er etwas Falsches gesagt, hatte Saul das Gefühl, dass er die Arbeit für ihn nicht zu schätzen wusste?

»Nein, natürlich nicht!«

»Gut«, meinte Saul.

Langes Schweigen, während Patrick mehrere große Schlucke von dem ausgezeichneten Shiraz trank, den Saul bestellt hatte.

»Ist noch etwas anderes?«

»Ich glaube, sie könnte ... nein, sie *geht* fremd«, gestand Patrick unvermittelt. Seine Stimme klang sehr flach und hart, war fast nicht mehr zu erkennen.

»Verstehe«, meinte Saul ruhig. »Tja, das merkt man immer irgendwie.«

»Ja? Mir ist das noch nie passiert.«

»Glück gehabt. Wissen Sie, mit wem?«

»Nein, obwohl ich einen Verdacht habe.«

»Hmm«, seufzte Saul. »Es ist folgendermaßen, Patrick ... Gott, ist das schwierig ... Ich weiß, dass sie nicht ...«

Als Saul wieder in seinem Zimmer war, rief er Bianca an.

»Hallo«, sagte er.

»Hallo. Alles okay?«

»Ja, danke. Ich habe nicht viel Zeit. Hab gerade mit Patrick geredet.«

»Ich auch nicht. Ist ... Ist mit ihm alles in Ordnung? Was ist passiert?«

»Ziemlich viel«, antwortete Saul. »Hör zu. Wir müssen uns eingehender unterhalten, wenn ich wieder in London bin. Es ist ... kompliziert.«

Wenn es nicht von Saul gekommen wäre, hätte Patrick es nicht geglaubt. Er hätte es für den sinnlosen Versuch gehalten, ihn zu trösten, oder für den ziemlich unbeholfenen Versuch, etwas zu kaschieren. Doch es war allgemein bekannt, dass Saul niemals log. Es gab zu viele Geschichten über diese legendäre Unfähigkeit, Geschichten von potenziellen Kunden, die bei der ersten Begegnung abgewiesen wurden, von flirtenden Frauen, die sich einen Korb eingehandelt hatten, von Auseinandersetzungen mit Angestellten, von abgebrochenen Interviews mit Journalisten, alles eine abrupte Reaktion auf das, was andere als vernünftige Fragen oder unerlässlichen zwischenmenschlichen Austausch erachtet hätten.

Das wusste Patrick von Jonjo, und Patrick hatte es selbst wieder und wieder erlebt.

Wenn Saul also sagte, Bianca gehe nicht fremd, dann war es auch so. Natürlich konnte Bianca Saul angelogen haben, doch angesichts des intimen Charakters ihres Gesprächs mit ihm war das höchst unwahrscheinlich. Ihre Bemerkung, dass sie keine Zeit für so etwas habe und es auch gar nicht wolle, machte die Geschichte glaubwürdig. Sie war so typisch für ihre Grundeinstellung.

Patrick hätte nicht erwartet, dass Bianca mit Saul über ihre Ehe sprechen würde, und er hätte auch nicht gedacht, dass Saul sie fragen würde, ob sie eine Affäre habe. Das zeugte von einer Vertrautheit zwischen den beiden, die durchaus beunruhigend hätte sein können. Aber egal, Bianca hatte keine Affäre. Sie mochte sich all der anderen Dinge schuldig gemacht haben, die er ihr vorwarf, doch in diesem Punkt traf sie keine Schuld. Im Flugzeug zurück nach England wusste Patrick nicht so recht, was er für sie empfinden sollte, ob er sie tatsächlich immer noch liebte. Oder was er tun sollte.

An jenem Morgen genehmigte sich Tod Marchant einen seltenen Tag Auszeit von dem immer hektischer werdenden globalen Launch des Hauses Farrell. Er hatte bereits viel zu viel Zeit in das Projekt investiert, weil er wusste, wie sehr der Erfolg dieser Aktion seiner Agentur nützen würde, viel mehr als ein sklavisches Festhalten an Budgets und Zeitvorgaben für andere Kunden. Allerdings begann einer dieser anderen Kunden, der eine Kette kleiner Supermärkte vertrat, immer lauter über die Medienpräsentation von Flynn Marchant zu murren. Weswegen der Leiter der Kette, ein gewisser Neil Fullerton, Tod erklärte, wenn er seinen Arsch nicht hochkriege und nach Leicester fahre, wo sich sein Hauptquartier befinde, würde er möglicherweise bald einen Kunden weniger haben.

Tod versprach, zwei Tage später nach Leicester zu kommen, und instruierte seine persönliche Assistentin, eine zupackende junge Frau namens Paddy Logan, ihn in seiner Abwesenheit zu vertreten und sich, falls irgendetwas auch nur ansatzweise Wichtiges auftauche, an Jack Flynn zu wenden.

Da jedoch irgendwie alles mit allem zusammenhing, begann in jener Nacht nicht nur das Baby von Jack zu zahnen, nein, die Mutter zog sich auch noch eine extrem unangenehme Magenverstimmung zu, sodass sie sich außerstande sah, sich die folgenden vierundzwanzig Stunden um das Kleine zu kümmern. Was bedeutete, dass Jack ausnahmsweise die Familie an die erste Stelle setzen und sich seiner häuslichen Verantwortung stellen musste. Jack erklärte sich, erschöpft von der unruhigen Nacht, dazu bereit, weil er das für die einfachste Lösung hielt.

Da Tod und Jack die einzigen Personen in der Agentur waren, die Einblick in die komplexen Abläufe des globalen Farrell-Launchs hatten und wussten, was man wem sagen durfte, überraschte es nicht, dass Paddy Logan Lady Farrells Fragen nach Einzelheiten der Werbekampagne artig beantwortete, weil diese so pompös und einschüchternd klang und offenbar enorme Autorität im Haus Farrell besaß.

»Ich möchte diese Informationen nicht übers Netz oder irgendein anderes lächerliches Medium, sondern auf Papier und auf der Stelle von einem Boten überbracht bekommen, ist das klar?«

Paddy Logan sagte, es sei klar.

Der Bote traf kurz vor elf im Haus Farrell ein. Christine holte das Päckchen vom Empfang und reichte es Athina.

»Danke, Christine. Vielleicht schafft das Klarheit. Gütiger Himmel, was ist das denn?«

Das, was sie in Händen hielt, ergab keinerlei Sinn für sie. Abgesehen vom Parfüm schien der gesamte Medienplan für den Farrell-Launch aus einer Online-Präsentation zu bestehen, die am 30. Mai mittags beginnen und mit offenem Ende fortgeführt werden sollte ...

Einiges ließ sich zweifellos durch die Countdown-Uhr erklären, von der Athina natürlich wusste und deren Sinn sie auch begriff, aber das andere? Ein Mysterium.

Warum hatte sich niemand die Mühe gemacht, es mit ihr zu besprechen? Athina schmerzte und erzürnte das gleichermaßen. Sie fühlte sich übergangen und vor allem unterschätzt.

Sie wählte die Nummer von Susie Harding, doch die war nicht da. Die PR-Assistentin Vicki Philips, die ein abgeschlossenes Studium in Englisch vorzuweisen hatte und ihren gegenwärtigen Job als unter ihrer Würde erachtete, teilte Athina mit, sie komme in einer Stunde wieder.

»Ich bitte sie, Sie anzurufen, Lady Farrell.«

»Sagen Sie ihr, dass sie in mein Büro kommen soll. Allerdings nicht später als elf, weil ich zum Lunch mit Lord Fearon verabredet bin. Er ist der einflussreiche Inhaber einer Zeitung, wie Sie sicher wissen.«

»Natürlich«, erklärte Vicki, die davon keine Ahnung hatte. »Aber ich weiß nicht, ob sie bis dahin zurück sein wird.«

»Dann sorgen Sie dafür. Könnte sein, dass sie sonst ihren Job verliert. Würden Sie mir in der Zwischenzeit die Einzelheiten des

PR-Launchs zusammenfassen? In meiner Zeit wäre eine solche Zusammenfassung längst an alle ausgehändigt worden.«

»Natürlich. Aber weil dieser Launch so vollkommen anders ist alle bisherigen …«

»Anders? In welcher Hinsicht?«

»Der Zeitrahmen ist begrenzt, und die Blogger spielen eine wichtige Rolle …« Vicki verstummte. Sie wusste selbst nur wenig über die Kampagne für den Launch, außer der Tatsache, dass sie vollständig online stattfinden und erst in einer Woche beginnen würde und streng vertraulich war. Es ärgerte sie sehr, dass Susie sie als nicht wichtig genug erachtete, um sie mit den Einzelheiten vertraut zu machen.

Aber Lady Farrell musste doch wissen, um was es ging? Schließlich stand sie nach wie vor an der Spitze des Unternehmens, egal, was Leute wie Jemima sagten. Vicki gehörte zu den wenigen Personen bei Farrell, die keine Ehrfurcht vor Jemima hatten. Sie fühlte sich ihr vielmehr intellektuell überlegen. Jemimas Abschluss in Psychologie von der Universität Nottingham konnte sich kaum mit Vickis Oxforder Abschluss in Englisch vergleichen lassen. Und ihre Behauptung, Bianca sei die Nummer eins im Haus Farrell, nicht seine Gründerin Lady Farrell, eine lebende Legende in der Branche, schien ihr ein wenig arrogant zu sein.

»Wenn Sie mich kurz entschuldigen würden, Lady Farrell. Ich weiß, dass Jemima eine detaillierte Auflistung der Kampagne hat. Ich frage sie, ob sie sich zu uns gesellen und Sie vollständig ins Bild setzen kann. Bestimmt liegt ein Versehen vor.«

»Miss Philips«, sagte Athina in eisigem Tonfall, »ich bin es nicht gewöhnt, übergangen zu werden. Und ich werde das auch künftig nicht tolerieren. Außerdem habe ich keine Lust, mich von zwei Sekretärinnen ins Bild setzen zu lassen, wie Sie das ausdrücken. Ich werde warten, bis Miss Harding zurück ist. Bitte schicken Sie sie umgehend in mein Büro. Danke.«

An jenem Morgen dachte Lara auf dem Weg zum Haus Farrell über ihr Glück nach. Wie Bertie kannte sie sich nicht allzu gut aus mit richtigem, erstklassigem Fünfsterneglück, doch es war einfach nur toll. Es begleitete sie überallhin. Beim Aufwachen, bei der Arbeit, bei Besprechungen, beim Einkaufen, auf dem Nachhauseweg, beim Kochen für sich und Bertie, beim Einschlafen. Es war, als würde sie einen großen, unendlich wertvollen Schatz mit sich herumtragen. Und das erstaunte sie nach wie vor.

Natürlich hatten sie noch einen langen Weg vor sich. Seine Scheidung war längst nicht durch, Priscilla warf ihm so viele Knüppel wie möglich zwischen die Beine. Und fürs Erste waren sie während der Woche getrennt. Lara hatte Bertie erfolglos dazu zu überreden versucht, dass er in London blieb. Er hatte geantwortet, zum ersten Mal würde er einen Job aufgrund seiner Fähigkeiten ausüben, nicht nur deshalb, weil er einer einflussreichen Familie angehöre, und deshalb sei er ihm sehr wichtig. Das konnte Lara nachvollziehen.

Natürlich konnte es durchaus sein, dass sie einander irgendwann nicht mehr so toll finden würden wie jetzt. Irgendwann wären die Flitterwochen vorbei. Aber das konnte sie sich momentan nicht vorstellen.

An richtige Flitterwochen wagte sie nicht zu denken. Bertie Farrell würde sie nicht heiraten. Das ging einfach nicht. Wie würde Lady Farrell darauf reagieren? Sie wäre bestimmt entsetzt und würde intervenieren. Caro wäre mit Sicherheit auch nicht begeistert. Genauso wenig wie ihr überheblicher Ehemann.

Lara riss sich zusammen. Nein, sie würden nicht heiraten. Sie wollte es nicht einmal. Es war unnötig und undenkbar. Das Ganze hatte sie schon einmal durchexerziert.

Sie betrat das Haus Farrell, ging in ihr Büro, fuhr ihren Computer hoch … In dem Moment hastete mit aschfahlem Gesicht Susie herein.

»Gott sei Dank, Lara. Etwas Schreckliches ist passiert, und ich weiß nicht, was ich tun soll.«

Lara stellte sich die schlimmsten Szenarien vor: Die Fabrik und die neue Produktpalette waren in Rauch aufgegangen, die globale Website war abgestürzt und konnte nicht rekonstruiert werden, die Beauty-Redakteurinnen boykottierten allesamt das Haus Farrell ... Und tatsächlich konnte das, was Susie ihr mitteilte, durchaus mit ihren schlimmsten Befürchtungen mithalten.

»Sie ist völlig außer sich«, berichtete Susie, die vor Aufregung kaum Luft bekam. »Ich weiß nicht, was ich machen soll. Sie führt sich total unmöglich auf.«

»Ist das etwas Neues?«, fragte Lara.

»Nein, aber das macht die Sache nicht leichter.«

»Was sagt Bianca?«

»Sie weiß nichts davon. Sie ist unterwegs, ich erreiche sie nicht. Sie geht nicht ans Telefon ... Das sieht ihr überhaupt nicht ähnlich. Jemima erhält nicht mal über ihr Notsignal eine Reaktion von ihr.«

»Wie sieht das aus?«, erkundigte sich Lara.

»Sie erklärt ihr, dass sie am Abend einen richtig guten Film gesehen hat. Das ist so was wie ein Geheimcode. Wir treffen uns heute mit Lord und Lady Brownley, Jess Cochrane und Tamsin im Ritz zum Lunch. Was absolut fatal ist: Lady Farrell geht mit Lord Fearon auch zum Mittagessen ins Ritz! Das ist echt zu verrückt, um wahr zu sein!«

»O mein Gott«, jammerte Lara. »Aber warum? Warum isst sie mit ihm?«

»Sie sind alte Freunde. Ich wette, dass sie ihm alles brühwarm erzählt, nicht nur die Kampagne, sondern auch, wie man sie übergangen hat, dass sie wie ein Mensch zweiter Klasse behandelt wird, dass niemand mehr ihre Meinung respektiert ... Man kann sich vorstellen, was für eine Story das wäre. In der wir ziemlich schlecht wegkämen.«

»Scheiße!«, rief Lara aus. »Wie hat sie's rausgefunden?«

»Sie hat die Festung gestürmt, zuerst die Werbeagentur, anschließend hat sie hier den Assistentinnen und Sekretärinnen Feuer unterm Hintern gemacht. Ich war zu der Zeit nicht im Haus. Als ich zurückgekommen bin, musste ich ihr alles beichten.«

»Was hat sie gesagt?«

»Nichts. Sie ist einfach nur rausmarschiert. Lara, das ist der reinste Albtraum. Wenn wir nur irgendwie Bianca erreichen könnten! Keine Ahnung, wo sie sich rumtreibt. Hoffentlich hatte sie keinen Autounfall.«

»O nein!«, rief Lara aus.

»Jemima meint, bestimmt ist etwas mit den Kindern.«

Wie immer hatte Jemima recht.

An jenem aufregenden Morgen hatte Bianca beschlossen, Milly zur Schule zu bringen, wo ihr Jahrgang für den Tag der offenen Tür und seine Gestaltung verantwortlich war.

»Ich weiß, wie viel du in der Woche vor dem Launch zu tun hast«, hatte Milly gesagt, »aber es wäre schön, wenn du kommen könntest.«

»Liebes, natürlich komme ich. Jetzt kann nichts mehr schiefgehen, und wenn, bin ich machtlos. Außerdem möchte ich bei eurem großen Tag dabei sein. Führst du auch was auf?«

»Thema ist natürlich das diamantene Thronjubiläum, es gibt Songs und so. Ich lese etwas vor, den berühmten Abschnitt über England aus Shakespeares *Richard II*. Der ist wunderschön. Eigentlich wollte ich mich noch im Hintergrund halten, aber alle haben für mich gestimmt. Komisch«, hatte sie hinzugefügt.

Bianca hatte sie angesehen. Milly war nicht mehr das unschuldige, glückliche Kind von einem Jahr zuvor. Sie war tougher, sogar zynisch geworden, und wirkte immer ein wenig argwöhnisch. Über diese schreckliche Erfahrung würde sie niemals hinwegkommen. Auch Bianca würde ihre eigenen Schuldgefühle darüber, dass sie nicht nachgehakt und zu helfen versucht hatte, nicht loswerden. Andererseits hatte Milly immerhin gelernt, wie sie sich selbst schützen konnte, und alle waren sich einig, dass sie bemerkenswerten Mut besaß.

Bianca ließ Milly vor dem Schultor heraus, stellte den Wagen ab und ging dann selbst hinein. Sie schaltete ihr Handy aus. An diesem Vormittag würde ihre Aufmerksamkeit voll und ganz Milly gehören.

Als sie den Eingang erreichte, hörte sie, wie jemand hinter ihr ihren Namen rief: Nicky Mapleton.

»Bianca! Wie schön, Sie zu sehen.«

»Ich freue mich auch«, sagte Bianca ziemlich kühl.

»Schade, dass die Mädchen in letzter Zeit nicht viel Kontakt hatten«, meinte Nicky, »aber schüchterne Phasen, wie Milly sie gerade durchmacht, sind weit verbreitet.«

»Schüchterne Phasen?«

»Ja. Carey meint, Milly hätte sich völlig zurückgezogen.«

»*Das* erzählt Carey?«, fragte Bianca. »Interessant. Nein, Milly geht's gut, danke. Sie ist kein bisschen schüchtern.«

»Wunderbar«, sagte Nicky Mapleton verunsichert. »Wie ich höre, hat sie ein bisschen gemodelt. Wie aufregend.«

»Nur für eine Freundin der Familie«, erklärte Bianca, »zum Spaß. Ich möchte nicht, dass sie in dieser Richtung weitermacht. Ist ein richtiges Haifischbecken, diese Branche«, fügte sie mit einem zuckersüßen Lächeln für Nicky Mapleton, das frühere Supermodel, hinzu. »Mit schrecklichen Leuten.«

»Ein paar sind tatsächlich nicht so angenehm. Wie bestimmt auch in Ihrer Welt. Egal, ich muss los, Bekannte begrüßen. Wenn Sie mich entschuldigen würden ... Wir sehen uns später. Wenn Milly sich wirklich wieder besser fühlt, muss sie unbedingt mal zu uns kommen. Wir fanden es so schade, dass sie an Careys Geburtstag nicht nach Paris fahren konnte.«

»Ja. Das wäre bestimmt interessant gewesen, aber leider hatte sie an dem Wochenende schon etwas vor ...«

Milly gelang ihre Lesung des Shakespeare-Textes so gut, dass Bianca die Tränen kamen. Es gab die üblichen Lieder, Tableaus und kurzen Gebete, dann verließen die Schülerinnen die Bühne. Bianca konnte kaum glauben, dass diese lächelnden Mädchen mit den hübschen Gesichtern Milly das Leben zur Hölle gemacht hatten.

Es war fast elf Uhr, als sie sich schließlich, nachdem sie mehrere Einladungen für Milly ausgeschlagen hatte, entfernte. Sie wollte noch nicht gleich ins Büro zurück, weil sie fürchtete, dass dort gleich wieder die nächste lächerliche Panik ausbrechen würde, und das ertrug sie momentan nicht. Sie hatte so lange unter so starkem Stress gearbeitet, dass sie der Versuchung, noch ein bisschen in ihrer friedlichen Blase zu verharren, nicht widerstehen konnte.

Außerdem musste sie über vieles nachdenken, nicht zuletzt über Patrick und die außergewöhnliche Aktion von Saul. War das wirklich erst vierundzwanzig Stunden her? Bianca überraschte sich selbst mit einem Umweg über Peter Jones, wo sie Vorhangstoffe begutachtete, und noch mehr, indem sie sich einen Fruchtsaft in einem Café gönnte. Dort hatte sie dann das Gefühl, ihr Handy wieder einschalten zu müssen, und wurde mit einer ganzen Flut von SMS und Nachrichten auf der Mailbox konfrontiert. Die alarmierendste stammte von Jemima, die ihr mitteilte, sie habe am Vorabend einen fantastischen Film gesehen. Eine andere kam von der ziemlich aufgeregten Susie, die sie bat, sie sofort anzurufen.

»Was für ein grässlicher Vormittag«, sagte Jemima zu Bianca, als sie sie endlich an der Strippe hatte.

Florence war gerade dabei, letzte Hand an den Schaufensterschmuck anlässlich des Diamantenen Thronjubiläums zu legen, als Athina anrief.

»Florence, ich muss mit Ihnen reden. Es ist sehr wichtig. Ich bin ziemlich aus der Fassung. Bestimmt wird es Ihnen genauso ergehen, wenn Sie erfahren, was los ist. Ich komme gleich zu Ihnen. Ich würde Sie ja zu mir bitten, aber ich bin mit Lord Fearon zum Mittagessen im Ritz verabredet, also liegt der Shop für mich günstiger.«

Wieder einmal schlug die lebenslange Angst, die Florence seit jenem ersten Kuss von Cornelius im Taxi vor so vielen Jahren verfolgte, mit unverminderter Kraft zu. Jemand hatte Athina verraten, dass Cornelius und sie eine Beziehung gehabt hatten. Oder Athina hatte erfahren, dass die Berkeley Arcade nun Florence gehörte ...

»Gut, Athina«, sagte Florence, »wir können uns im Boudoir unterhalten. Ich hänge das *Geschlossen*-Schild an die Tür. Auch wenn Bianca das sicher nicht gut findet.«

»Dann hängen Sie am besten gleich mehrere hin!«, rief Athina aus.

Florence wartete bereits oben, als Athina eintraf.

»Nehmen Sie Platz, Athina. Tee?«

»Was? Nein. Oder doch. Danke«, fügte sie, um Höflichkeit bemüht, hinzu.

Plötzlich hatte Florence, die ihr eine Tasse reichte, nicht mehr so viel Angst vor dem, was Athina mit ihr besprechen wollte.

»Was ist los, Athina? Wieso sind Sie so durcheinander?«

»Ich bringe es kaum über die Lippen! Florence, Sie haben Zucker in meinen Tee gegeben. Sie wissen doch, dass ich das nicht mag.«

»Tut mir leid. Hier, nehmen Sie meinen.«

»Schon besser. Allerdings ist der Tee ein bisschen schwach. Ich habe gerade herausgefunden, dass eine bombastische Werbekampagne für den Relaunch geplant ist, die ausschließlich im Netz oder wie dieses absurde Ding heißt, stattfinden wird. Unsummen werden in dieses Projekt investiert. Und wissen Sie, was das Schockierendste ist? Mir hat man davon nichts gesagt, und man hat mich auch nicht dazu befragt.«

»Aha«, meinte Florence. »Verstehe.«

»Das glaube ich nicht. Sie hatten ja immer schon Probleme mit der geschäftlichen Seite der Dinge. Das ist eine sehr ernste Angelegenheit, Florence. Es bedeutet, dass meine Meinung ihnen nichts wert ist. Ich habe mir von diesen Leuten schon eine Menge gefallen lassen müssen, aber das schlägt dem Fass den Boden aus. Begreifen die denn nicht, dass es ohne mich kein Haus Farrell gäbe? Ich kann mich nicht erinnern, jemals mit so großer Verachtung behandelt worden zu sein. Natürlich haben sie versucht, es kleinzureden. Sie behaupten, nur einige wenige Leute in Schlüsselpositionen wüssten Bescheid. Leute in Schlüsselpositionen! Wer könnte eine eindeutigere Schlüsselposition bekleiden als ich? Nicht auszudenken, was Cornelius davon gehalten hätte ...«

»Ich kann verstehen, dass Sie das aus der Fassung bringt, Athina, aber bestimmt wissen sie, was sie tun. Sie erachten es vermutlich als notwendig, die Sache unter Verschluss zu halten ...«

»Also wirklich, Florence!«, sagte Athina und stellte ihre Tasse ab. »Als ob die wüssten, was sie tun! Denken Sie bloß mal an das Chaos, das sie anfangs mit dem Parfüm angerichtet haben. Was wäre ohne mich wohl daraus und aus der gesamten Vertretertagung geworden? Und wer hat sich den Namen ›The Collection‹ ausgedacht? Ich sehe schon, dass ich meine Zeit bei Ihnen vergeude. Manchmal frage ich mich, ob Sie irgendetwas anderes von diesem Geschäft verstehen als die Lagerbestände von The Shop und die Schaufenstergestaltung, Florence.«

»Athina, das ist unfair. Ich verstehe eine ganze Menge vom Geschäft. Ich arbeite praktisch von Anfang an für das Haus Farrell. Es ist genauso sehr Teil von mir wie von Ihnen.«

»Oje«, stöhnte Athina, »Sie scheinen eine ziemlich verzerrte Sicht von sich und Ihrer Rolle im Haus Farrell zu haben. Bestimmt teilen Sie mir gleich mit, dass Sie alles über diese absurde Kampagne wissen.«

»Ja, das tue ich«, erklärte Florence.

In dem Moment spürte Florence, wie über fünfzig Jahre Kränkungen, Beleidigungen und Eifersucht durch diese vier kleinen, unscheinbaren Wörter ein wenig gemildert wurden.

Siebenundfünfzig

»Florence, ist sie noch bei Ihnen?«, fragte Bianca hektisch am Telefon.

»Nein. Sie ist auf dem Weg zum Ritz. Bianca, es tut mir so leid ...«

»Florence, es ist nicht Ihre Schuld. Wie üblich habe ich sie unterschätzt.«

»Ja, aber ich glaube, ich habe alles noch schlimmer gemacht. Ich hätte so tun sollen, als wüsste ich von nichts. Sie war außer sich vor Wut.«

»Egal. Hinterher ist man immer schlauer. Wird sie es ihm sagen?«

»Die Sache mit der Kampagne? Bestimmt. Uns könnte nur noch retten, dass sie sie nicht so ganz versteht.«

»Jetzt unterschätzen *Sie* sie.«

»Mag sein. Jedenfalls wird sie sich darüber beklagen, dass sie schlecht behandelt und übergangen wurde, und wieder einmal herausstreichen, dass das Haus Farrell ihre Schöpfung ist, dass es das Unternehmen ohne sie nicht geben würde und ... Den Rest können Sie sich denken.«

»Wir werden nicht sonderlich gut dastehen. Das ist wunderbarer Stoff für eine von Lord Fearons Kolumnistinnen, schon allein wegen Lady Farrells Hang zur Dramatik. Ich muss versuchen, an sie ranzukommen. Zufällig bin ich ebenfalls zum Lunch im Ritz, mit den Brownleys. Bestimmt schlägt sie auch daraus Kapital.«

»Ich könnte mir vorstellen, dass sie sehr früh dort sein wird«, sagte Florence. »Athina ist fuchsteufelswild abgedampft. Sie wollte zu Fuß hingehen, es ist ja nur ein paar Minuten von hier weg. Mit ziemlicher Sicherheit wird sie in der Zwischenzeit nicht shoppen oder einen Kaffee bei Starbucks trinken. Ich schätze mal, dass sie im Palm Court ist oder sich in der Damentoilette zurechtlegt, was sie sagen wird.«

»Danke für den Hinweis, Florence. Und zerbrechen Sie sich nicht weiter den Kopf. Sie hätten schon eine Heilige sein müssen, um ihr nicht zu verraten, dass Sie Bescheid wissen. Vermutlich hat Ihnen das ein tiefes Gefühl der Befriedigung verschafft«, fügte sie hinzu.

Florence, die wusste, dass sie sich bis an ihr Lebensende an Athinas Gesicht in jenem Moment erinnern würde, entgegnete, natürlich nicht.

»Das glaube Ihnen, wer will«, meinte Bianca.

Vor dem Seiteneingang des Ritz wartete eine kleine Schar Fotografen. Wahrscheinlich, dachte Bianca, hatten sie Wind davon bekommen, dass Jess dort sein würde. Seit der Ankündigung des neuen Films war ihr Marktwert beträchtlich gestiegen. Bestimmt würde Athina versuchen, auch die Fotografen für sich zu nutzen. Bianca musste sie so schnell wie möglich finden ...

Sie war weder im Palm Court noch im Restaurant. Also die Damentoilette. Bianca holte tief Luft, ging die wenigen Stufen hinunter und öffnete vorsichtig die Tür. Athina saß an einem der Frisiertische und legte frisches Make-up auf. Sie schien geweint zu haben.

»Ach«, meinte Bianca, »Lady Farrell. Wie geht es Ihnen?«

»Ihnen habe ich nichts zu sagen«, erklärte Athina.

»Schade ...«

»Lord Fearon allerdings schon.«

»Worüber?«

»Darüber, wie grässlich man mich behandelt. Über Ihre Arroganz. Darüber, dass Sie mir das Gefühl geben, abgeschrieben zu sein. Dass Sie meinem Wissen und meiner Erfahrung keinerlei Beachtung schenken, mich ausbooten, mich dumm dastehen lassen ...«

»Lady Farrell, das war wirklich nicht meine Absicht.«

»Es fällt mir schwer, das zu glauben. Mrs Bailey, Sie machen einen großen Fehler, wenn Sie sich auf die Vergangenheit und die Tradition des Hauses Farrell berufen und ausgerechnet die Person ignorieren, die dafür steht. Und dann noch diese lächerliche Werbekampagne ... Dafür interessiert Lord Fearon sich bestimmt. Er freut sich, wenn seine Leser als Erste davon erfahren. Obwohl sie mir für einen Kosmetik-Launch nicht gerade geeignet erscheint, ist mir durchaus klar, dass es sich um etwas Innovatives handelt.«

»Lady Farrell«, sagte Bianca, die ihre Worte nie zuvor mit so viel Sorgfalt gewählt hatte, »es tut mir ausgesprochen leid, dass Sie die Sache so sehen.«

»Wie sollte ich sie denn Ihrer Ansicht nach sonst sehen? Wenn ich mir vorstelle, wie mein Mann reagiert hätte, wie wütend er gewesen wäre, weil ich reduziert werde auf ...« Sie suchte nach dem passenden Ausdruck. »Das. Eine solche Behandlung hätte er nicht hingenommen, das kann ich Ihnen versichern. Und wenn Lord Fearon davon hört, der eng mit uns beiden befreundet war, wird er genauso bestürzt sein. Glauben Sie ja nicht, dass Sie mich davon abbringen können, mit ihm darüber zu reden.«

Athina wandte sich dem Spiegel zu und begann, Rouge aufzutragen. Sie sah toll aus, dachte Bianca, ganz in Weiß, mit ihren silbergrauen Haaren, den blitzenden Brillanten, überhaupt nicht wie eine kummergebeugte Frau, der Unrecht getan worden war. Wenn sie selbst so alt war, dachte Bianca weiter, wollte sie wie sie wirken, schick, schön, selbstbewusst. Da wurde Bianca klar, was sie tun musste.

»Lady Farrell, entschuldigen Sie bitte, aber ...«

In dem Moment tauchte die Toilettenfrau auf, räusperte sich und sammelte freundlich lächelnd die wenigen Pfund-Münzen, die auf dem Trinkgeldteller lagen, ein.

»Einen schönen Tag noch«, sagte sie.

Bianca erwiderte ihr Lächeln, während Athina die Frau mit einem Blick bedachte, der selbst die Euphorie bei der Last Night of the Proms gedämpft hätte, und wandte sich wieder dem Spiegel zu. Bianca schaute auf ihre Uhr. Zwanzig vor eins; ihr blieb nicht mehr viel Zeit.

Zwei Frauen mit Lederjacken und gegelten Haaren kamen herein, sahen Bianca und Athina an und gingen durch zu den Toilettenkabinen.

»Ich würde mir das nicht gefallen lassen«, erklärte die eine der anderen.

»Leider brauche ich ihn«, entgegnete die andere. »Ohne ihn komme ich nicht aus.«

Wer dieser Er wohl war?, fragte sich Bianca. Der Koch? Der Chauffeur? Der Ehemann? Egal, sie durfte keine Zeit verlieren ...

»Lady Farrell«, sagte sie, »bitte versuchen Sie, die Dinge aus meiner Perspektiven zu sehen. Ich habe mich bemüht, mit Ihnen zusammenzuarbeiten, bin Ihnen ausgesprochen dankbar für *Passionate* und ... und Ihre Werbekampagne dafür. Und ich hätte Sie gern als Verbündete gehabt.«

Athina reagierte mit einem vernichtenden Blick. »Verbündete?«, fragte sie. »*Sie* und ich?«

»Ja. Ich bewundere Sie wirklich sehr. Ihren Stil, Ihre Fähigkeiten, Ihre ... Sie sind eine Legende. Als ich erfahren habe, dass ich mit Ihnen zusammenarbeiten würde, konnte ich es kaum erwarten, Sie kennenzulernen. Und ich werde nie vergessen, wie wir uns das erste Mal persönlich begegnet sind, wie fantastisch Sie in Ihrer roten Jacke aussahen ...« Bianca hoffte, dass die Jacke tatsächlich rot gewesen war, weil sie sich nicht mehr an die Farbe erinnerte. »Und ich dachte mir, eines Tages wäre ich gern wie Sie, in einer Position wie der Ihren.«

»Das halte ich für höchst unwahrscheinlich«, erklärte Athina.

»Vermutlich haben Sie recht. Aber Sie freut es doch bestimmt, dass Sie die Galionsfigur des Unternehmens sind.«

Die beiden Frauen kehrten zurück, warfen einen verärgerten

Blick auf die von Bianca und Athina besetzten Hocker und zogen sich vor dem verbliebenen Spiegel stehend die Lippen nach. Beim Verlassen des Raums legten sie jeweils eine fünfzig-Pence-Münze in den Teller für die Toilettenfrau, die diese sofort einsteckte, damit niemand sonst auf die Idee kam, ein so mickriges Trinkgeld zu geben.

Dann setzte sie sich wieder und holte ihr Strickzeug heraus.

»Für meine kleine Enkelin«, erklärte sie, »meine erste …«

»Lassen Sie uns bitte allein«, forderte Athina sie auf.

Die Frau rührte sich nicht von der Stelle. Fast hätte Bianca gelacht.

»Ich habe Sie gebeten zu gehen«, wiederholte Athina. »Meine Kollegin und ich müssen etwas besprechen.«

»Aber Madam …«

»Herrgott. Muss ich wirklich den Geschäftsführer rufen? Ich bitte Sie lediglich um fünf Minuten Ruhe.«

Die Frau verließ den Raum mit erstauntem Blick. Athina sah Bianca an. »Was hatten Sie gerade gesagt?«

Immerhin hatte sie zugehört, dachte Bianca. Das war ja schon etwas.

»Ich an Ihrer Stelle würde nicht wollen, dass die Leute mich als jemanden betrachten, dessen Uhr abgelaufen ist, als jemanden, der keinen Bezug mehr zur Gegenwart hat.«

»Wie bitte?«

»Lady Farrell, natürlich ist das bei Ihnen nicht der Fall. Erinnern Sie sich nur, wie bei der Tagung alle an Ihren Lippen hingen, wie toll alle Sie fanden. Aber angenommen dieser Artikel in der Zeitung von Lord Fearon, von dem Sie sprechen, würde falsch aufgefasst. Die Leute könnten einen falschen Eindruck bekommen. Dass man Sie aus gutem Grund schlecht behandelt. So etwas wäre durchaus möglich. Plötzlich würden Sie nicht mehr als treibende Kraft des Hauses Farrell und der gesamten Kosmetikbranche dastehen, als jemand, der auf der Höhe der Zeit ist und den die Menschen beneiden und bewundern. Am Ende würde man sie bemitleiden.«

Langes Schweigen. Als Athina Bianca nun ansah, erkannte diese in ihren Augen den Ausdruck, an den sie sich von ihrer ersten Begegnung im Haus Farrell erinnerte. Es war der einer Frau, die die Macht der anderen anerkennt und bestätigt, dass sie einander brauchen.

»Was für ein Unsinn!«, sagte Athina schließlich.

Erst als Athina um halb drei Uhr unter den Blicken sämtlicher Anwesender an Biancas Tisch trat und sagte: »Lord Fearon, das ist Bianca Bailey, unsere CEO. Wir arbeiten eng zusammen bei der Kampagne, von der ich Ihnen erzählt habe ...«, wusste Bianca, dass sie gewonnen hatte.

Patrick war nach Hause zurückgekehrt. Ihm fehlten die Kinder, er hatte die Hotels satt, sogar das Fünf-Sterne-Etablissement mit Blick auf den Hafen von Sydney und das Travelodge in der Nähe der Tower Bridge.

Beide Quartiere waren unpersönlich. Solche Möbel, egal, ob die der luxuriösen oder die der einfachen Variante, hätte er niemals gekauft. Man konnte kein Fenster öffnen, um frische Luft hereinzulassen, und Servilität, so schön sie anfangs auch war, ging einem irgendwann auf die Nerven.

Außerdem hatte er genug vom Alleinsein. Abgesehen von der Zeit mit Saul, die nicht immer prickelnd gewesen war, und Doug Douglas war er über eine Woche lang allein gewesen. Am ersten Abend hatte er den Zimmerservice noch genossen (was konnte schöner sein als ein Club-Sandwich, eine halbe Flasche Bordeaux und so viele Folgen von *Mad Men* und *Borgen*, wie man wollte?), doch bereits am vierten empfand er das Ganze als monoton. Und was waren Flüge schon anderes als Zimmerservice in luftiger Verpackung? Noch mehr Filme, noch mehr Bordeaux, noch mehr Servilität ... und noch mehr Fenster, die sich nicht öffnen ließen.

Zum ersten Mal empfand Patrick die Einsamkeit, die sein Job mit sich brachte, als Problem ...

Er kam kurz vor Mittag nach Hause. Sonia tat so, als wäre sie nicht überrascht, ihn zu sehen, und erbot sich, ihm ein Omelett zu machen. Die Kinder seien alle in der Schule, teilte sie ihm mit. Milly und Ruby wollten bei Freundinnen übernachten, Fergie würde mit einem Freund ins Kino gehen und Bianca erst spät nach Hause kommen. Also würde er auch daheim keine Gesellschaft haben ...

Patrick schlug das Angebot mit dem Omelett aus, kochte sich einen Kaffee, ging in sein Arbeitszimmer und öffnete die Fenster, so weit es ging, bevor er sich aufs Sofa legte. Nach einem Langstreckenflug war das genau das Falsche, das wusste er. Eigentlich hätte er einen strammen Spaziergang machen sollen, aber es schien nicht viel zu geben, wofür es sich lohnte, wach zu bleiben. Er konnte lesen oder fernsehen oder ... Schon nach fünf Minuten war er tief und fest eingeschlafen.

»Ich kann ihn nicht länger beschäftigen«, sagte Saul und knüllte die leere Verpackung zusammen, in der sich noch weniger als eine Minute zuvor ein Sandwich von Marks & Spencer befunden hatte, bevor er sich seiner Coladose zuwandte. Sie saßen an der South Bank vor dem National Theatre. Saul hatte Bianca um das Gespräch gebeten, und sie waren sich einig gewesen, dass dieser Ort größtmögliche Anonymität für ein Treffen bot.

»Obwohl ich nicht weiß, wieso Anonymität wichtig ist«, sagte Bianca ein wenig gereizt. »Schließlich haben wir keine Affäre.«

»Stimmt. Allerdings wünsche ich mir das manchmal«, erwiderte Saul.

»Saul!«

»Du etwa nicht?«

»Soll ich ehrlich sein? Nein.«

»Sehr schmeichelhaft.«

»Es ist die Wahrheit. Außerdem haben wir nicht die Zeit dafür.«

»Das war mein Spruch«, meinte er grinsend.

»Ein guter Spruch.«

»Stimmt.«

»Und ein wahrer. Aber ich begreife nicht, warum du ihn nicht weiter beschäftigen kannst. Er arbeitet gern für dich, du behauptest, er sei der beste Analyst, den du je hattest ...«

»Und ich habe mit seiner Frau geschlafen und deswegen gelogen.«

»Ja.«

Und Bianca hatte mit Patricks Chef geschlafen. Was ihr kaum Kopfzerbrechen bereitete. Weswegen sie ein schlechter Mensch sein musste, kalt, treulos, falsch. Irgendwie, vielleicht weil es in New York geschehen war, vielleicht auch weil sie so viel zu tun hatte, war die Angelegenheit sehr weit vom wirklichen Leben entfernt gewesen. Etwa eine Stunde völliger Abkoppelung von der Realität, als würde man einen faszinierenden Film ansehen, ein interessantes Buch lesen, emotional unwichtig. Es war erschreckend leicht gewesen, sich auf den Deal einzulassen, hinterher einen Schlussstrich zu ziehen und einfach wegzugehen. Das hieß nicht, dass Saul ihr nichts bedeutete, denn das tat er. Sie schätzte ihn als Freund und Verbündeten, mochte ihn sehr, war gern in seiner Gesellschaft, bewunderte seinen scharfen Verstand. Aber er war nicht ihr Geliebter, war es nur an jenem einen berauschenden Nachmittag gewesen. Dann hatten sie das Buch zugeklappt, den Computer heruntergefahren, und sie hatten sich körperlich und emotional voneinander entfernt.

Sie traf sich nie mit Saul, und Patrick hatte in der Zeit, in der sie noch zusammen gewesen waren, gelernt, Saul nur zu erwähnen, wenn es gar nicht anders ging. Die Grenze hatte sich leicht ziehen lassen. Doch Saul sah Patrick fast jeden Tag und redete täglich mit ihm.

»Ich hatte das nicht zu Ende gedacht«, gab Saul zu. »Das sieht mir nicht ähnlich.«

Bianca wartete ohne große Hoffnung darauf, dass Saul erklären würde, sie sei unwiderstehlich gewesen, er bedaure nichts ...

»Es war ein entsetzlicher Fehler«, verkündete er.

»Herzlichen Dank!«, rief Bianca aus.

»Ich kann ihn nicht einfach feuern. Und ich kann ihm auch nicht sagen, dass ich noch jemanden einstelle, der ihm zur Hand geht ...«

»Warum nicht?«

»Weil ich keinen anderen brauche. Ich würde mir vorkommen wie ein Schwein, er wäre schrecklich verletzt.«

Nicht so verletzt, wie wenn du ihm gestehen würdest, dass du mit seiner Frau geschlafen hast, dachte Bianca.

»Aber irgendetwas muss geschehen.«

»Es sei denn, Patrick verlässt mich für immer.«

»Die Möglichkeit hatte ich gar nicht bedacht. Ja, das würde das Problem lösen. Bitte lass es mich wissen, wenn dir etwas einfallen sollte, ja?«

»Natürlich, Saul«, antwortete sie forsch. »Soll ich die Scheidung einreichen?«

»Nein, das wäre unfair.« Wie immer bemerkte er die Ironie nicht. »Das müsste schon von ihm kommen.«

»Ja, klar. Ich muss jetzt los. Falls du nicht noch über etwas anderes sprechen möchtest. Gibt's was Neues über Dickon?«

»Nein. Sie sitzt es aus.«

»Redet Dickon darüber?«

»Manchmal.« Saul wechselte abrupt das Thema. »Wie fühlst du dich im Hinblick auf den Launch?«

»Ich habe schreckliche Angst, kann weder schlafen noch essen, mir ist die ganze Zeit übel. Bestimmt wird es ein Flop.«

»Nein, wird es nicht. Es wird ein Riesenerfolg. Ein Welterfolg. Für dich und das Haus Farrell. Und wie läuft's mit Patrick?«

»Keine Ahnung«, antwortete Bianca seufzend. »Ich weiß nicht, was ich machen oder denken soll. Ich weiß nicht mal mehr, was ich für ihn empfinde.«

»Ich schon«, sagte Saul und bedachte sie mit einem Blick, in dem Zuneigung und Bedauern lagen. Ein Blick, den sie noch nicht kannte. »Du liebst ihn.«

»Saul, das glaube ich nicht.«

»O doch. Daran besteht kein Zweifel. Lass dir das von deinem Einmalliebhaber sagen. Und jetzt muss ich los.«

Als Patrick mit grässlichen Kopfschmerzen aufwachte, sah er auf seine Uhr. Sieben. Im Haus war es still. Er ging in die Küche hinunter, wo er einen Zettel von Sonia fand.

Habe versucht, Sie zu wecken, ohne Erfolg. Fergie übernachtet nach dem Kino bei Giles. Anschließend gehen die beiden zum Fußballtraining, und Giles' Dad bringt Fergie nach Hause. Bis Montag.

Patrick stellte seufzend eine Fertigsuppe in die Mikrowelle. Dazu trank er ein Bier und anschließend noch eines. Sein Kopf wurde davon nicht besser.

Er brach zu einem Spaziergang auf, kehrte aber, als er merkte, dass er sich nicht wohlfühlte, zum Haus zurück, wo er im Wohnzimmer aufs Sofa sank und sich eine Stunde lang einen absurden Film ansah, um nicht wieder ins Bett zurückkehren zu müssen. Er spielte mit dem Gedanken, Bianca anzurufen, verwarf ihn aber, weil er sich keine Entschuldigungen anhören wollte, warum sie nicht nach Hause kommen könne.

Der Film verschlimmerte seine Kopfschmerzen. Er musste etwas einnehmen, dann wäre er vielleicht in der Lage, aufzubleiben oder wieder einzuschlafen.

Patrick ging nach oben, kramte in seiner Reisetasche. Genau: Paracetamol. Eigentlich hätte er Codein gebraucht, aber damit hielt er sich zurück, weil das angeblich süchtig machte. Er selbst glaubte das zwar nicht, doch Bianca war in solchen Dingen strikt. Patrick schluckte zwei Paracetamol und zehn Minuten später, als sich der

Schmerz weiter verschlimmerte, noch einmal zwei. Nun war das kleine braune Fläschchen – er füllte Tabletten für die Reise immer um, weil sie so weniger Platz einnahmen – leer. Ihm wurde noch seltsamer zumute. Er wankte aus dem Bad ins Schlafzimmer. Kurz überlegte er, ins Gästezimmer zu gehen, doch dort würde er sich wieder wie im Hotel vorkommen. Außerdem verschwamm ihm alles vor den Augen, und er war sich nicht sicher, ob er es bis dahin schaffen würde. Er sank, das Tablettenfläschchen in der Hand, aufs Bett und beschloss, Bianca anzurufen, um ihr zu sagen, dass er zu Hause sei und in ihrem Ehebett liege. In ihrem Ehebett? Nein, in *Biancas* Bett. Gott, es war alles so traurig.

»Hallo, Sie haben die Nummer von Bianca Bailey gewählt. Bitte hinterlassen Sie eine Nachricht nach dem Piepston.«

Patrick räusperte sich. »Bianca, ich bin's. Ich bin zu Hause. Ich will dir nur ...«

Dann fielen ihm die Augen zu, und er stürzte in ein riesiges schwarzes Loch ...

Bianca arbeitete mit Tod und Jack an der Präsentation für den Launch. Man hatte sich darauf geeinigt, dass sie über das Gesamtkonzept, die kleinen Shops weltweit, die winzigen Juwelen in der Farrell-Krone, reden und dann an Tod und Jack übergeben würde. Die beiden würden erklären, was alle (alle? Vermutlich einer oder zwei Journalisten ...) sehen würden, dass es sich um etwas noch nie Dagewesenes, etwas Einzigartiges handle. Bianca würde die abschließenden Sätze sprechen, worauf vermutlich die Website abstürzte oder der Strom ausfiel. Oder die Journalisten verabschiedeten sich, oder ...

Sie hörte das Telefon nicht.

Nach drei Versuchen, bei denen sie ihren Text nie richtig gesagt hatte, stellte sie fest, dass die gewählte Musik ihr nicht gefiel und der Shop in Singapur Scheiße war – »Der sieht doch dem in der Arkade überhaupt nicht ähnlich!« –, und Tod schickte sie nach Hause.

»Sie sind erschöpft, das bringt nichts. Wir versuchen's morgen früh noch mal. Die Shops und die Musik können Sie jetzt nicht mehr verändern, okay? Bianca ... alles in Ordnung?«

Als sie der Nachricht auf ihrer Mailbox lauschte, trat ein bestürzter Ausdruck auf ihr Gesicht.

»Nein, leider nicht. Das ist Patrick. Er klingt komisch. Ich muss sofort nach Hause.«

Tod hörte sich die Nachricht ebenfalls an. »Er klingt tatsächlich ein bisschen ... merkwürdig. Vielleicht liegt's am Jetlag. Gehen Sie. Sollen wir Ihnen ein Taxi rufen?«

»Nein, danke, ich bin mit dem Wagen da. Ich wusste nicht mal, dass er daheim ist. Ich ...«

»Soll einer von uns Sie begleiten?«

»Ach was. Ich lasse es Sie wissen, wenn ich Sie tatsächlich brauchen sollte. Wie spät ist es? O Gott! Das hat er schon vor zwei Stunden draufgesprochen. *Scheiße*. Ich muss los. Tschüs, danke.«

»Sind Sie sicher, dass Sie in dem Zustand fahren können?«

»Ja, danke.«

Sie brauste mit besorgniserregender Geschwindigkeit durch die Straßen. Der Tacho zeigte einhundertzwanzig, einhundertdreißig, einhundertvierzig Stundenkilometer an. Verdammt, was war das für ein Licht hinter ihr? Scheiße, die Polizei. Scheiße, Scheiße, Scheiße!

Als sie am Straßenrand hielt, streckte ein Polizist, der kaum älter als Fergie aussah, den Kopf zum Fenster herein, ein zweiter blieb neben dem Wagen stehen.

»Guten Abend, Madam. Ist Ihnen klar, wie schnell Sie gefahren sind?«

»Ja.«

»Und würden Sie mir sagen, wie schnell?«

Sadist.

»Einhundertvierzig.«

»Sie wissen, dass Sie sich in einem Wohngebiet aufhalten?«

»Ja. Aber ...«

»Haben Sie getrunken, Madam?«

»Nein. Nur Kaffee. Hören Sie, ich muss nach Hause. Es ist dringend. Mein Mann ist ... ist ...« Was sollte sie sagen, damit sie sie nicht weiter aufhielten? »... gerade von einer Geschäftsreise heimgekommen«, beendete sie den Satz.

»Sie scheinen ihn ja sehr vermisst zu haben«, bemerkte der andere Polizist und wechselte einen Blick mit dem ersten. Bianca wusste, was das heißen sollte. Sie glaubten, sie sei mit ihrem Geliebten zusammen gewesen ...

»Könnte ich bitte weiterfahren?«, fragte sie. »Tut mir leid, dass ich zu schnell unterwegs war. Natürlich gebe ich Ihnen meine Personalien ...«

»Wir müssen einen Alkoholtest machen, Madam«, stellte der erste Polizist fest.

»Aber ich hab doch nur Kaffee getrunken.«

»Trotzdem müssen wir, Madam. Wenn Sie aussteigen würden.«

Sie fügte sich.

Als sie endlich zu Hause eintraf, war es fast drei. Sie sperrte die Tür auf, rief Patricks Namen, rannte von Raum zu Raum. Im Wohnzimmer stand ein leeres Bierglas, auf der Anrichte in der Küche fand sie eine leere Suppenpackung. Wenn er sich unbeobachtet fühlte, erhitzte er sich gelegentlich eine Fertigsuppe und aß sie direkt aus der Packung.

Bianca hastete nach oben, den Flur entlang, schaute zuerst ins Gäste- und dann in ihr Schlafzimmer. Dort lag er auf dem Bett ausgestreckt, wie es schien, bewusstlos.

Sie eilte zu ihm, schüttelte ihn, versuchte erfolglos, ihn zu wecken.

»Patrick, Patrick, bitte wach auf! Bitte!«

Dann merkte sie, dass er ein Fläschchen mit der Aufschrift – o Gott, nein, nein – *Schlaftabletten* in der Hand hielt. Und es war leer, absolut leer ...

Warum? War er so unglücklich? Warum auf ihrem Ehebett? Warum voll bekleidet? Wie viele hatte er geschluckt? Das Fläschchen war eindeutig leer. Was sollte sie tun? Den Arzt oder den Notarzt rufen? Sie rüttelte ihn, gab ihm eine Ohrfeige, rief seinen Namen.

Reue überkam sie. Reue und Panik. Hatte sie ihn wirklich so unglücklich gemacht, dass er sterben wollte? Hatte ihm ihre Weigerung, bei Farrell zu kündigen, das Herz gebrochen? Wieso nur hatte sie ihre Karriere und das Unternehmen wichtiger gefunden als ihn und das Glück ihrer Kinder? Was für ein kalter, berechnender Mensch tat so etwas? Ein Mensch wie sie, dachte sie, Bianca Bailey, die Egoistin. Mit Tränen in den Augen betrachtete sie Patrick, wie er auf ihrem Ehebett lag, auf dem Bett, das Zeuge von so viel Freude und Nähe, so viel Lachen und so vielen Tränen nach dem Sex geworden war. Sie hatte ihn aus diesem Bett und ihrer Ehe vertrieben, ihm den Lebenswillen genommen.

Schluchzend griff sie nach ihrem Telefon, um die Notrufnummer zu wählen. Selbstvorwürfe konnte sie sich jetzt nicht mehr leisten, die Zeit drängte, möglicherweise war es bereits zu spät ... Da bewegte sich Patrick wie durch ein Wunder, schlug die Augen auf, sah sie an, lächelte kurz, sagte »Hallo«, sank in die Kissen zurück und fing an zu schnarchen. Bianca ließ das Handy fallen, zog ihn hoch, nahm ein Glas mit Wasser vom Nachtkästchen und versuchte, es ihm einzuflößen.

»Patrick, Patrick, nicht wieder einschlafen! Bitte nicht! Hier, trink das, mach schon!«

»Lass mich ... «, brummte er mit undeutlicher Stimme. »Lass mich ... schlafen.«

»Patrick, wie viele hast du geschluckt?«

»Was?«

»Wie viele Schlaftabletten? Es ist wichtig. Wie viele?«

»Keine ...« Erneut schlug er die Augen auf, versuchte, sie anzusehen, und presste schließlich hervor: »Keine Schlaftabletten.«

»Was? Was dann? Patrick, nicht einschlafen. Was hast du genommen?«

»Para... Para...«

Sie lehnte sich zurück. Paracetamol? War das besser oder schlechter als Schlaftabletten? Sie wusste, dass größere Mengen des Mittels Schädigungen der Leber verursachen konnten, wenn sie nicht vollständig aus dem Körper ausgeschwemmt wurden. Daran konnte er genauso leicht sterben wie an Schlaftabletten ...

»Patrick, bist du sicher, dass es Paracetamol war?«

»Ja, in dem Fläschchen. Bianca ...« Er sackte wieder weg.

»Wie viele?«

»Vier. Schlimme Kopfschmerzen.«

Sie ahnte, was geschehen war. Auf Reisen hatte er immer diese kleinen braunen Tablettenfläschchen dabei, die er selbst mit Etiketten versah. Hatte er das falsche aus seiner Tasche genommen, die Pillen darin irrtümlich für Paracetamol gehalten? Er hatte zwei Bier getrunken, im Flieger vermutlich ebenfalls Alkohol, litt unter Jetlag, war mit Sicherheit erschöpft und möglicherweise verwirrt gewesen. Bianca sah sich um. Seine Reisetasche lag auf dem Boden des Badezimmers. Sie kramte hektisch darin. Nichts. Sie griff in seinen Kulturbeutel, und da war es! Ein weiteres braunes Fläschchen mit der Aufschrift – ja, Gott sei Dank, Paracetamol. Sie hatte also recht. Er hatte sie verwechselt. Bianca setzte sich zu ihm aufs Bett, rüttelte ihn noch einmal. Diesmal tauchte er ein wenig schneller auf.

»Bist du dir ganz sicher, dass du nur vier Tabletten geschluckt hast? Es ist wichtig, Patrick.«

»Vier, ja. Schreckliches Kopf. Sorry. Wusste, dass du sauer bist.«

»Patrick, liebster Patrick!« Sie legte die Arme um ihn, ließ seinen Kopf aufs Kissen zurücksinken, weinte und lachte gleichzeitig. »O Patrick, ich bin nicht sauer. Ich liebe dich, ich liebe dich so sehr.«

»Ich ...« Aber er schlief schon wieder, hörte sie nicht, und sie sah ihn an, strich ihm die Haare aus der Stirn, küsste sein Gesicht und seine Hände. Tränen rollten ihr über die Wangen, vor Erleichterung wurde sie ganz schwach.

Ihr Handy klingelte. Bitte, bitte nicht die Polizei. Es war Tod.

»Bianca, alles in Ordnung?«

»Ja, Tod, danke«, antwortete sie mit bebender Stimme. »Es war eine dumme Verwechslung.« Dann kam ihr ein Gedanke. »Tod, wissen Sie, ob vier Schlaftabletten schädlich sein können? Ich meine, wenn man sie alle auf einmal schluckt.«

Tods Vater war Arzt, weswegen Tod sich in medizinischen Dingen auskannte.

»Vier? Nein, glaube ich nicht. Aber wenn Sie wollen, frage ich meinen Dad.«

»Ihren Vater? Es ist fast vier Uhr morgens!«

»Ach, als Hausarzt der alten Schule ist er es gewöhnt, mitten in der Nacht aufgeweckt zu werden. Könnte gut sein, dass er im Pyjama, Mantel drüber, Arzttasche in der Hand, bei Ihnen auftaucht.«

»Aber ...«

»Ich rufe Sie gleich wieder an.«

Fünf Minuten später meldete er sich zurück.

»Nein, vier sind kein Problem. Er sagt, morgen wird Patrick üble Kopfschmerzen haben, jedoch nichts Schlimmeres. Bringen Sie ihn dazu, viel Wasser zu trinken. Es waren wirklich nur vier?«

»Ja. Ich frage ihn noch mal, um ganz sicher zu sein. Danke, Tod, vielen herzlichen Dank. Sie sind der beste Werbemann der Welt.«

»Das finde ich auch«, meinte er. »Gute Nacht, Bianca.«

»Gute Nacht, Tod.«

Bianca rüttelte Patrick und fragte ihn erneut, ob er wirklich nur vier Tabletten genommen habe.

»Ja«, antwortete er, ein wenig gereizt. »Zwei, dann noch mal zwei. Kann ich jetzt schlafen?«

»Ja, Schatz«, antwortete sie, ging nach unten, füllte einen Krug mit Wasser, stellte ihn neben dem Bett ab und legte sich neben Patrick. Sie wagte kaum, den Blick von ihm zu wenden, von ihrem geliebten Patrick, den sie fast verloren hätte. Und ließ vor ihrem geistigen Auge die schönen Erinnerungen an Dinge, die sie mit ihm erlebt hatte, Revue passieren. Das erste Mal, als sie miteinander geschlafen hatten und sie geweint hatte, der Sonntagnachmittag, als er sie bei einem Spaziergang am Embankment ohne romantisches Brimborium gefragt hatte, ob sie seine Frau werden wolle. »Weil ich mir nicht mehr vorstellen kann, ohne dich zu leben.« Dann die Hochzeit, als er vor allen Gästen erklärt hatte, wie sehr er sie liebe. Wie er ihrem Vater später versprochen hatte, immer auf sie aufzupassen. Die Geburt von Milly, ihrem ersten Kind, all die Highlights, eingebettet in den Alltag, der genauso wichtig war.

Und sie dachte drei Dinge: Erstens, dass er am Morgen übles Kopfweh und ziemlich schlechte Laune haben würde und sie sehr verständnisvoll sein müsste. Zweitens, wie sie nur hatte glauben können, dass das Haus Farrell ihr wichtiger sei als er. Und drittens, dass sie gleich am nächsten Tag kündigen müsste.

Nein, nicht am nächsten Tag, eher am Tag nach dem Launch ...

Achtundfünfzig

Heute war der große Tag, der Tag des Launchs. Athina hatte sich nach wie vor nicht entschieden, wie sie vorgehen würde. Es machte ihr großen Spaß, sich bedeckt zu halten, zu beobachten, wie sie versuchten, ihr etwas zu entlocken. Sie fragte sich, ob sie es ihnen verraten hätte, wenn sie es selbst gewusst hätte. Wahrscheinlich nicht. So war es bedeutend vergnüglicher.

Bianca Bailey wollte, dass sie sich bei ihrer ersten Präsentation zu ihr auf die Bühne gesellte und einige Worte sagte. Begeistert war Athina über Biancas Vorschlag nicht gerade. »Irgendetwas darüber, wie viel Freude Ihnen die Zusammenarbeit mit dem neuen Team macht, wie glücklich Sie über den Relaunch sind und vielleicht noch etwas über die Gründung des Unternehmens im Krönungsjahr sowie Ihre Erinnerungen daran«, hatte Bianca gemeint

Natürlich hoffte Bianca darauf, dass Athina Euphorie, Überschwang und Vertrauen in die Zukunft des Hauses Farrell ausstrahlte, doch den Gefallen würde sie ihr nicht tun.

Athina hatte ihr Versprechen nach dem Lunch mit Lord Fearon (der Bianca absolute Diskretion und vollständige Unterstützung durch seine Zeitungen zugesichert hatte, wenn es so weit wäre) gehalten und seitdem mit niemandem über den Online-Launch gesprochen, nicht einmal mit Caro oder Florence. Am allerwenigsten mit Florence. Sie war nach wie vor schrecklich wütend auf Florence, nicht nur, weil diese ihr Informationen vorenthalten hatte, sondern vor allen Dingen deshalb, weil sie im Gegensatz zu ihr eingeweiht worden war. Letztlich überraschte das Athina nicht, denn Florence hatte sich von Anfang an bei Bianca eingeschmeichelt und war zum Dank in ihren inneren Kreis aufgenommen worden. Und hatte dabei eine lebenslange Freundin verloren. Ihre beste, vielleicht sogar wichtigste. Die arme Florence. Bianca Bailey würde irgendwann das Pferd wechseln, und Florence würde mit leeren Händen dastehen. Dafür würde Athina höchstpersönlich sorgen.

Aber was sollte sie jetzt tun? Athina hatte tags zuvor bei der Generalprobe im Haus der Brownleys den Eindruck gewonnen, dass ihr nicht allzu viel Handlungsspielraum blieb. Sollte sie tatsächlich die langweilige kleine Rede halten, auf die Bianca Bailey hoffte? Große Lust dazu hatte sie nicht. Sollte sie sich für eine euphorische Ansprache entscheiden, in der sie die Anerkennung für den globalen Launch für sich selbst reklamierte? Das gefiel Athina besser, doch sie war sich immer noch nicht im Klaren über die technischen Details; es konnte sein, dass sie sich bei Fragen in dieser Richtung blamierte.

Sie hätte sich eine Wiederauflage ihres Auftritts von der Vertretertagung gewünscht, wäre gern ins Rampenlicht getreten und im Mittelpunkt gestanden. Das würde Spaß machen, dachte sie, aber sie wusste nicht so recht, wie das gehen sollte. Eine kurze, bissige Rede im richtigen Moment würde wohl genügen, doch ihr schwebte etwas Dramatischeres vor. Nun, ihr blieben noch ein paar Stunden; der Zeitpunkt und die Methode würden sich ergeben.

Athina trug Rot. Das machte sich gut im Fernsehen. Ein leuchtend rotes Crêpe-Kleid von Valentino, das sie schon mindestens zwanzig Jahre hatte, dazu alle ihre Brillanten, sogar Clips im Haar, die ihre Friseurin ihr schon bald feststecken würde. Sie warf einen Blick auf die Uhr: nur noch eine Stunde. Bertie, der selbstverständlich eingeladen worden war und ihr angeboten hatte, sie zu dem Empfang zu begleiten, würde sie um halb elf abholen.

Plötzlich wusste sie, wie sie es angehen würde. Ja, das würde die gesamte Veranstaltung auf den Kopf stellen und auf elegante Weise Bianca Baileys Triumph schmälern.

Athina setzte sich mit Papier und Bleistift an ihren Frisiertisch. Die Rede musste spontan wirken, aber einige Notizen waren unerlässlich ...

Florence sah dem Launch ziemlich nervös entgegen. Sie würde übers Internet weltweit vor der Tür von The Shop zu sehen sein. Und davor hatte sie schreckliche Angst. Angenommen sie stolperte oder musste niesen, oder ihr wurde übel? Sie hatte Bianca gefragt, was sie anziehen solle, und die hatte ohne zu zögern geantwortet: »Das marineblaue Chanel-Jäckchen mit der weißen Kamelie. Das vermittelt genau den richtigen Eindruck, wirkt klassisch und hat Stil. Der Himmel allein weiß, was Athina tragen wird«, hatte sie seufzend hinzugefügt. »Vermutlich eine Krone.«

»Ganz ausschließen würde ich das nicht«, hatte Florence gesagt. »Hat sie sich mit Ihnen abgesprochen, was sie tun wird?«

»Nein, noch nicht. Hoffentlich nicht viel. Florence, versuchen Sie, sich keine Gedanken zu machen. Sie müssen nicht länger als fünf Minuten vor der Tür stehen. Dann wenden wir uns den virtuellen Shopping-Möglichkeiten zu, und Sie kommen zu uns herüber und hören sich meine Begrüßungsrede an. Am Ende der Arkade wird ein Wagen auf Sie warten. Mit dem Auto sind es fünf, höchstens zehn Minuten.«

»Wissen Sie was? Ich kann's gar nicht erwarten, in diesem Wagen zu sitzen«, gestand Florence Bianca.

Als Susie um neun Uhr bei den Brownleys eintraf, ging sie gleich in den Ballsaal. Dort waren die Techniker bereits damit beschäftigt, die riesigen Leinwände und die Lautsprecher aufzubauen. An den Wänden des Ballsaals hingen Fotos von The Shop im Wandel der Zeit. Das Erste zeigte Athina und Cornelius in Lebensgröße, wie sie das Band bei der offiziellen Eröffnung durchschnitten. Cornelius wirkte darauf sehr attraktiv, Athina atemberaubend schön, beide lachten in die Kamera. Am Ende des Saals war ein Podium mit

Rednerpult errichtet, daneben stand eine Drehvorrichtung mit der Uhr auf der einen und dem Bild von Jess auf der anderen Seite.

Die Caterer richteten alles in einem Nebenraum her, Floristen füllten Vasen … Man sah gleich, dass das große Ereignis unmittelbar bevorstand. Was, wenn es schiefging?, fragte sich Susie. Dann würde ihr wohl nichts anderes übrigbleiben, als sich umzubringen.

»Aufregend, was?«, sagte Lord Brownley, der hinter sie getreten war. Susie lächelte tapfer. Er war wirklich reizend, dachte sie, und eher klein geraten – Lady Brownley war mindestens einen Kopf größer als er. Trotzdem fand Susie ihn mit seinen leuchtend blauen Augen und der Hakennase ausgesprochen gutaussehend.

»Entschuldigen Sie bitte die legere Kleidung«, meinte er. »Später ziehe ich mich natürlich um, ich will Sie ja nicht enttäuschen.«

»Als könnten Sie das«, entgegnete Susie mit einem lächelnden Blick auf seinen angeblich legeren Blazer und die graue Flanellhose mit der scharfen Bügelfalte. »Wenn Sie nicht gewesen wären, müssten wir den Launch auf offener Straße abhalten.«

»Unsinn. Mir macht das einen Riesenspaß. Janet ist noch beim Friseur. Sie können sich gar nicht vorstellen, wie aufgeregt sie ist. Sie überlegt schon seit Tagen, was sie anziehen soll, und hat gedroht, ihr Diadem aufzusetzen, aber ich habe ihr gesagt, das wäre ein bisschen übertrieben.«

»Ja, vielleicht einen Tick«, meinte Susie.

Fast hoffte sie, dass Lady Brownley ihr Diadem tatsächlich tragen und damit Lady Farrells Brillanten ausstechen würde.

Susie hatte in den vergangenen Nächten kaum geschlafen, weil sie ähnlich wie Bianca Albträume von weißen Leinwänden, leeren Gehsteigen vor den Shops und abwesenden Journalisten plagten. Obwohl es gar nicht schlecht aussah. Ihr Rundruf vom Vortag war vielversprechend gewesen, fast alle hatten zugesagt. Sogar Filmteams wurden erwartet. Und es regnete nicht. Noch nicht.

Mit Bianca hatte sie eine kurze Auseinandersetzung darüber gehabt, wen sie vom Unternehmen einladen sollte. Bianca meinte, sie solle sich auf die Direktoren beschränken: »Das verhindert Streitereien über Belanglosigkeiten, und ich hasse Veranstaltungen, bei denen mehr Gastgeber als Gäste da sind.«

Doch Susie hatte widersprochen: »Tamsin muss dabei sein, und ohne Hattie geht es nicht, weil sie für die gesamte Produktpalette verantwortlich ist. Außerdem kommen Caro und Bertie, die beide keine Direktoren mehr sind ...«

»Ja, aber sie gehören zur Familie«, hatte Bianca entgegnet.

»Okay. Und Lady Farrell sagt, sie muss Christine mitbringen, der Himmel allein weiß, warum. Dann wären da noch Mike und Hugh ...«

»Na schön«, hatte Bianca schließlich zugestimmt. »Wenn sonst niemand kommen sollte, haben wir wenigstens genug Leute, die den Champagner trinken.«

Jess traf mit ihrem Paillettenkleid in einer Kleiderhülle ein; Lucy würde sie schminken.

»Ist das alles aufregend«, seufzte Lucy. »Sie sieht einfach toll aus. Freddie wollte auch kommen, aber ich hab ihm gesagt, das geht nicht.«

»Ich bin richtiggehend verliebt in Jess Cochrane«, sagte Susie zu Lucy, als Jess Lord Brownley am anderen Ende des Raums entdeckte und zu ihm ging. Bei dem Lunch im Ritz hatten sie sich wunderbar unterhalten, und Jess hatte sich bereit erklärt, bei dem Wohltätigkeitsball, den die Brownleys einige Wochen später geben wollten, die Gewinner der Tombola zu ziehen.

»Hallo, Mutter, du siehst fantastisch aus«, begrüßte Bertie Athina.

»Danke, Bertie. Ich will Bianca nicht enttäuschen. Es ist so ein wichtiger Tag für sie.«

Bertie sah seine Mutter verwundert an. Wann hatte sie Bianca je etwas Gutes gewünscht?

»Haben wir Zeit für einen Kaffee?«, fragte er. »Ich habe schrecklichen Durst. War eine lange Fahrt von Birmingham.«

»Ja. Zwei Milchkaffee, bitte«, sagte Athina zu ihrer polnischen Reinmachefrau, als säße sie im Restaurant. »Ich bin noch nicht ganz fertig, Bertie, muss noch an meiner Rede feilen. Du bist zu früh dran, du hättest mir Bescheid geben sollen.«

»Tut mir leid«, entschuldigte sich Bertie und fügte hinzu: »Ich denke, wir nehmen ein Taxi. In Knightsbridge finden wir sowieso keinen Parkplatz.«

»Das stimmt. Außerdem würde ich nicht in deinem Wagen vorfahren wollen. In dem halten die uns ja für Personal.«

»Mag sein«, meinte Bertie. »Ich bestelle uns ein Taxi, ja?«

»Tu, was du willst. Ich bitte dich lediglich um ein paar Minuten Ruhe.«

»Gut«, sagte Bertie.

Nicht das erste Mal dachte er, wie froh er war, nicht mehr für das Haus Farrell zu arbeiten. Obwohl ...

Obwohl ihm der Glamour doch ein wenig fehlte, merkte er, als er kurz nach elf den Ballsaal betrat. Gardens 4U war ruhig und nett, und er arbeitete gern dort, aber die Tage ähnelten sich alle irgendwie, und seinen Kollegen fehlte das gewisse Etwas. Außerdem kam er bei seinem neuen Arbeitgeber nicht in Kontakt mit Leuten wie Susie, Jemima oder Bianca, und schon gar nicht mit welchen wie Lara.

Lara, die blass und angespannt wirkte, umarmte ihn kurz und sagte, sie würde sich später mit ihm unterhalten.

»Bertie! Wie schön, Sie zu sehen.« Bianca begrüßte ihn mit einem Wangenküsschen. »Lady Farrell, Sie sehen fantastisch aus. Dieses Kleid ist unglaublich. Darf ich Ihnen etwas bringen? Kaffee oder auch einen Champagnercocktail? Ist noch ein bisschen früh dafür, aber ich hätte selbst gute Lust darauf, wenn ich nicht in der nächsten Stunde meine fünf Sinne beisammen haben müsste.«

»Glauben Sie, dass das bei mir nicht so ist?«, entgegnete Athina. »Ich nehme … Ich denke, ich nehme ein Glas Wasser.«

Das war untypisch für Athina. Bianca musterte sie. Unter ihrem makellosen Make-up wirkte Athina blass.

»Alles in Ordnung, Lady Farrell?«

»Ja, danke. Warum nicht?«

»Gut. Haben Sie schon entschieden, wann Sie sprechen wollen? Bevor wir das Bild von Jess enthüllen oder nach dem Leinwand-Launch?«

»Ich bin unentschlossen, weil ich noch an meiner kleinen Ansprache feile«, antwortete Athina. »Doch das spielt keine Rolle. Mir wird ja sowieso keiner zuhören.«

»Lady Farrell, natürlich wird man Ihnen zuhören. Mehr denn je. Sagen Sie es mir bitte nur, bevor ich ans Rednerpult trete. Aber jetzt muss ich los und Jess in Position bringen. Bald treffen die ersten Gäste ein.«

»Alles gut, meine Liebe?«, erkundigte sich Lord Brownley, der inzwischen einen ausgesprochen schicken Anzug trug. Seine Frau war in ein smaragdgrünes Seidenkleid gewandet, das so elegant aussah, dass man sich das Diadem dazu fast denken konnte. Bianca war schwer beeindruckt, wie aristokratisch die beiden wirkten.

»Danke, ja.«

Natürlich fühlte Bianca sich alles andere als gut; sie hatte weiche Knie. Sie konnte es noch gar nicht glauben, dass es nun tatsächlich so weit war, nicht mehr länger nur eine geniale Idee, ein toller Plan, etwas Wunderbares, das irgendwann einmal geschehen würde, sondern Realität. In einer Stunde würde sich herausstellen, ob das Ganze ein Riesenerfolg oder ein gigantischer Flop wäre. Egal, in welche Richtung es sich entwickelte: Es würde sich vor Millionen von Zuschauern abspielen, die Bianca anders als die etwa hundert kritischen Gäste direkt vor ihr immerhin innerlich ausblenden konnte. Nicht zum ersten Mal wünschte sie sich, jemand anders, an einem anderen Ort und in einer anderen Zeit zu sein.

Doch sie sagte lächelnd, ja, alles gut, ob er einen Drink habe und ob er sie jetzt entschuldigen würde? Mit diesen Worten machte sie sich daran, Jess über ihre Position auf dem Podium zu instruieren.

Bald darauf trafen die ersten Gäste ein, die Leute aus der zweiten Reihe, wie Susie sie nannte, die weniger glamourösen Redakteurinnen und Bloggerinnen (obwohl auch die einen ziemlich hohen Glamourfaktor hatten), die auf keinen Fall zu spät kommen wollten. Danach folgten die Beauty-Redakteurinnen der wichtigen Hochglanzmagazine, die es bewusst darauf anlegten, zu spät zu kommen ...

»Wow, da drüben ist Elise Jordan!«, flüsterte Susie. »Ich hätte nie gedacht, dass sie wirklich auftaucht.« Sie schienen *alle* da zu sein, die Beauty-Redakteurinnen der großen Hochglanzmagazine, die einflussreichen Bloggerinnen, unter ihnen natürlich Fay Banks, die Bianca überschwänglich begrüßte und sich nach Milly erkundigte. Dazu eine Handvoll bekannte Klatschkolumnistinnen, Jane Moore von der *Sun*, Christina Odone vom *Telegraph* und die spitzzüngige Carol Midgley von der *Times*. Und natürlich die beiden Vorzeigekolumnistinnen von Lord Fearons Zeitungen, Rathbone von der *News* und Cathy York vom *Sketch*.

»Mein Gott«, sagte Bianca zu Susie, als die Gäste einer nach dem anderen mit gezückten Handys eintrudelten. (»Das nennt man Tweet and Greet«, erklärte Susie respektlos.) »Immerhin war eine unserer Ängste unbegründet, Susie.«

»Womit es nur noch zwei wären«, meinte Susie. »Da drüben ist Sky News mit der netten Kay Burley! Die muss ich begrüßen ... Bianca, viel Glück.«

Als Athina beobachtete, wie Bianca ruhig und selbstsicher lächelnd die Bühne betrat, musste sie an ihre erste Begegnung denken, die mittlerweile fast zwei Jahre her war. Jetzt stand sie ihr ein wenig wohlwollender gegenüber als damals, doch Biancas augenscheinliche Überzeugung, dass sie nach dem Lunch im Ritz keine Feinde mehr waren, ärgerte und amüsierte Athina gleichermaßen. Bianca Bailey kleidete sich geschmackvoll, und das kam bei Athina immer gut an. Sie trug ein bedrucktes Seidenwickelkleid in Blau- und Rottönen, mit ziemlicher Sicherheit von Diane von Fürstenberg, dazu schwindelnd hohe Louboutins, und ihr dichtes dunkles Haar fiel ihr offen über die Schultern. Sie war eine attraktive Frau, dachte Athina, nur eben arrogant, sich ihrer Selbst zu sicher. Man musste sie ein wenig zurechtstutzen. Hoffentlich würde ihr das gelingen. Athina wich Biancas Blick bewusst aus, als diese zum Podium schritt. Dann hörte sie Susies vorsichtiges »Lady Farrell, wollen Sie ...?«

Athina schüttelte den Kopf, zeigte ihnen klar die kalte Schulter. Sie würde den Zeitpunkt selbst wählen.

Gleichzeitig hoffte sie, dass alles nicht zu lange dauern würde, denn in ihrem Alter bereitete ihr das Stehen mehr Mühe als früher.

Als hätte sie ihre Gedanken erraten, schob Jemima ihr einen goldverzierten Stuhl hin.

Sie war einfach toll, dachte Lara und sah Bianca bewundernd an, die sich gerade bei den Brownleys dafür bedankte, dass sie den Ballsaal in ihrem Haus nutzen durften. »Ich erachte es als großen Glücksfall, dass es mir vergönnt gewesen ist, an dem neuen Image des Hauses Farrell zu arbeiten, das wir Ihnen heute präsentieren.« Dann sprach sie von der Marke, wie sie sie vorgefunden, und anschließend von der, die sie kreiert hatte und die an jenem Tag vorgestellt werden sollte. Aus ihrem Mund, dachte Lara, hätte diese Rede zu überschwänglich geklungen. Doch Bianca blieb wie immer zurückhaltend und selbstbewusst. Sie lieferte einen kurzen Abriss der Geschichte des Hauses Farrell und betonte, dass es ihr größter Wunsch sei, genau jene Geschichte englischer Tradition so unberührt zu belassen, wie sie war, und sie lediglich mit einem neuen, moderneren Gesicht in die Zukunft zu führen.

»Wir können uns glücklich schätzen, Lady Farrell bei uns zu haben, die das Haus Farrell mit ihrem Gatten Sir Cornelius im

Krönungsjahr begründet hat. Sie ist unsere wichtigste Inspiration, unsere Mentorin, an deren hohen Maßstäben wir uns orientieren. Lady Farrell, wollen Sie ein paar Worte sagen?«

Auf Biancas charmantes Lächeln und den freundlichen Applaus der Gäste reagierte Lady Farrell, indem sie sich von ihrem Stuhl erhob und den Kopf schüttelte. »Nein, nicht jetzt. Ich bin die Vergangenheit, und Sie sind die Zukunft.« Mit diesen Worten setzte sie sich wieder, und plötzlich fühlte sie sich seltsam müde.

»Heute ist die Vergangenheit auch die Zukunft, Lady Farrell, und dafür bedanken wir uns herzlich«, entgegnete Bianca. »Aber jetzt wenden wir uns ganz der Zukunft zu. Sie haben vermutlich unsere Countdown-Uhr bemerkt, die gleichzeitig mit der Enthüllung unseres neuen Gesichts für das Haus Farrell abläuft. Bevor wir die Identität der Schönen offenbaren, möchte ich Lucy Farrell, der Enkelin von Lady Athina, danken, die die Familientradition fortführt und auf die alle im Haus Farrell stolz sind. Sie hat unseren neuen Look kreiert. Lucy, dieser Applaus gehört Ihnen.«

Als Bertie sah, wie seine geliebte Tochter sich lächelnd vor den Anwesenden verbeugte, empfand er zwei Dinge: erstens ungeheuren Stolz und tiefste Befriedigung, und zweitens ein merkwürdiges Gefühl des Verlusts und des Bedauerns, dass er der Familie und dem Unternehmen, die nun keinen Vertreter seiner Generation mehr besaß, nur noch Lucy aus der folgenden, so entschlossen den Rücken zugekehrt hatte. Vielleicht hatte seine Mutter recht gehabt: Der Glamour lag ihm im Blut, er war das Vermächtnis der Familie, und so etwas durfte man nicht einfach wegwerfen. Aber ...

Bianca sprach weiter. »Nun wollen wir Ihnen zeigen, wem unser Gesicht, das bisher nur in Teilen zu sehen war, gehört. Ich denke, Sie werden nicht enttäuscht sein.«

Sie drehte die Leinwand herum, auf der die Countdown-Uhr vor sich hin tickte, und hervor trat Jess, die lachend Kusshände warf. Tosender Applaus und Jubel. Jess ging zu Bianca, küsste sie auf die Wange und sprang, so gut es die hochhackigen Schuhe und das lange, eng geschnittene Kleid zuließen, von der Bühne, um die Gäste zu begrüßen, die sie alle zu kennen schien. Kameras blitzten, Smartphones wurden gezückt.

Bianca meldete sich erneut zu Wort.

»Wenn ich kurz um Ihre Aufmerksamkeit bitten dürfte: Wir sind noch nicht fertig. Es ist eigentlich erst der Anfang. Jetzt bieten wir Ihnen etwas ganz Besonderes, etwas, das Sie noch nie gesehen haben. Unser Shop in der Berkeley Arcade ist schon immer unser Aushängeschild gewesen, das Juwel in unserer Krone sozusagen, und im Rahmen unseres Relaunchs haben wir viele andere wie ihn, Geschwister des Originals, in den wichtigsten Einkaufsmekkas der Welt eingerichtet, weitere kleine Farrell-Juwelen, die uns global repräsentieren. Ich kann Ihnen gar nicht sagen, wie wild mein Herz in diesem Moment schlägt, denn das alles ist tatsächlich noch nie da gewesen. Deshalb übergebe ich jetzt auch an Tod Marchant und Jack Flynn, die beiden Genies aus unserer Werbeagentur … Tod, Jack …«

Tod übernahm lächelnd das Mikrofon. »Falls es tatsächlich schiefgehen sollte, müssen Sie ihr die Schuld geben, nicht uns, denn diese absolut originelle Idee stammt von ihr. Sie ist das Genie, nicht wir. Es war eine große Ehre für uns, mit ihr zusammenzuarbeiten. Konzentrieren Sie sich nun auf diese Leinwand, da haben wir London, da Paris, dort New York und dann Sydney … Wo ist das, Jack?«

»Mailand«, antwortete Jack. »Sie können zusehen, wie sie eröffnet werden, live und in Echtzeit. Wer würde wohl ein Geschäft um elf Uhr abends aufmachen wie wir? Wir wissen, dass vor allen Kunden warten. Jetzt also ein weiterer Countdown …« Da erklang die Titelmelodie von *2001 im Weltraum*, und Jack begann, rückwärtszuzählen: »Zehn … neun … acht«. Bei »null« betätigte er einen Knopf, und lange war nichts außer einer blanken Leinwand zu sehen. »Scheiße«, dachte Bianca; »Fuck«, dachte Tod; »Oje«, dachte Lara; »Nein, nein, nein!«, dachte Susie; und sogar Athina dachte: »Schade.«

Im Raum war es mucksmäuschenstill, alle warteten darauf, dass sich etwas tat. Dann plötzlich erschienen Bilder auf der Leinwand, von der lächelnden Florence vor der Berkeley Arcade 62, von dem Shop in Saint-Germain, anschließend Mailand, und alle öffneten ihre Türen, und vor den meisten warteten Kundinnen.

»Das ist zu schön, um wahr zu sein«, dachte Bianca. »Bestimmt passiert gleich etwas Schreckliches.«

Doch sie machte sich völlig umsonst Sorgen. Nun war SoHo, Biancas Favorit, an der Reihe. Sie gestattete sich lächelnd einen längeren Blick darauf. Dann war da die hübsche Strand Arcade in Sydney und die von Ann Siang Hill in Singapur. Mit einem Mal wurde es laut im Raum, die Anwesenden jubelten, diese coolen Leute, die schon alles gesehen und erlebt hatten, sie jubelten und klatschten. Das war zu viel für Bianca, sie fing zu weinen an. Sie hatte es geschafft. Es war die Mühe wert gewesen. Susie umarmte sie ebenfalls weinend, Lara, Jess und Tamsin machten vor Begeisterung Luftsprünge, und Lord Brownley reckte in Siegerpose die Faust.

Sogar Athina konnte sich ein Lächeln nicht verkneifen, obwohl sie das Gefühl hatte, dringend zur Toilette zu müssen. Sie fühlte sich seltsam, war ein wenig verwirrt. Vermutlich lag das an dem Druck, unter dem sie vor ihrem großen Auftritt stand. Sie musste einen Blick auf ihre Notizen werfen, sich die wichtigsten Punkte dessen, worüber sie sprechen wollte, einprägen. Als Athina sich durch die Menge bewegte, zog sie unweigerlich die Aufmerksamkeit aller auf sich. Die Leute lächelten ihr zu, schüttelten ihr die Hand, sagten »Gut gemacht« und »Was für ein Triumph«, und kurz geriet Athina ins Wanken und fragte sich, ob sie ihren Plan wirklich realisieren sollte … Doch, natürlich würde sie es machen. Es war die richtige Entscheidung. Cornelius hätte das auch so gesehen. Nachdem sie ein paar Minuten lang im Sitzen ihre Notizen durchgegangen war, fühlte sie sich besser und kehrte in den Saal zurück. Bianca hatte gerade angefangen, wieder zu reden, als sie sie entdeckte.

»Lady Farrell, kommen Sie doch zu mir herauf. Dies ist auch Ihr Tag«, lud sie sie ein.

Susie half Athina auf die Bühne.

Jess sagte, deutlich hörbar aus der ersten Reihe der Anwesenden: »Was für eine fantastische Frau!«

Dann stand Athina einfach nur da, nutzte ihr untrügliches Gefühl für Timing, wartete auf die völlige Stille, die sie brauchte, ruhig und kontrolliert, doch sie hätte sich gewünscht, dass es nicht ganz so heiß und stickig gewesen wäre in dem Raum ...

Bertie merkte es kurz vor den anderen, weil er sie so gut kannte. Im einen Moment stand sie noch kerzengerade da in ihrem roten Kleid mit den glitzernden Brillanten, hob die Hand und bat um Ruhe, im nächsten beobachtete er eine winzige Bewegung, eher eine Nicht-Bewegung, ein Erschlaffen ihrer aufrechten Haltung. Dann sackte sie in sich zusammen, und sie stürzte auf die Bühne, wo sie bewegungslos liegen blieb. Ihr Herz, das Herz der Löwin, mit dem Athina ihr ganzes Leben lang so furchtlos und entschlossen für alles gekämpft hatte, woran sie glaubte, das sämtliche Angriffe abgewehrt, das geliebt und gehasst hatte, ohne es zu verhehlen, schlug zuerst langsamer und blieb schließlich ganz stehen.

Die unbezwingbare Athina Farrell war bezwungen, ihr Herz schlug nicht mehr. Sie starb, wie sie es sich gewünscht hätte, im Rampenlicht, gekleidet in Rot, mit funkelnden Brillanten, was sich im Fernsehen tatsächlich sehr gut machte. Am Ende war es Bertie, der Sohn, den sie sein Leben lang verachtet und als unfähig abgetan hatte, der aufs Podium kletterte, sie sanft mit seiner Jacke zudeckte und ihr die Augen schloss, und dessen Tränen dabei auf sie fielen.

Epilog

Genau so hätte sie es sich gewünscht, das sagten alle.

Ein grässliches Klischee (auch darüber waren sich alle einig), aber zutreffend.

Sie hätte es selbst nicht besser planen können. Keine Hinfälligkeit, kein langsames Dahinsiechen, sondern ein letzter öffentlicher Auftritt mit ihr als bewundertem Mittelpunkt.

Susie Harding, die Tränen echter Trauer wegwischte, fragte voller Ehrfurcht: »Wie hat sie das bloß hingekriegt?«

Es war ein schwerer Schlaganfall gewesen, gefolgt von einem Herzinfarkt, innerhalb weniger Sekunden vorbei, offenbar ohne schlimmes Leiden. Man hatte den Notarzt gerufen, der Athina ins Krankenhaus brachte, doch das war nur noch eine Formsache gewesen.

Was sie sich für diesen Tag vorgenommen hatte, war ihr gelungen: Sie hatte Bianca die Schau gestohlen.

Eigentlich hatte sie es anders angehen wollen, das wusste Florence, der man Athinas Handtasche und ihren Schmuck anvertraut hatte, bevor Bertie und Caro ins Krankenhaus fuhren. Florence fand darin Notizen für eine Rede, in der Athina ihren Rückzug aus dem Haus Farrell verkündete – eine kleine, gemeine Geste bei diesem Anlass, ihrer letztlich unwürdig, wenn auch bestimmt wirkungsvoll. Die Leute hätten gesagt, wie bedauerlich es sei, dass sie sich verabschiede, dass die Welt der Kosmetik mit ihr eine der letzten Grandes Dames verliere. Vielleicht hätten sie sich gefragt, ob sie von den neuen Herren des Hauses Farrell vertrieben worden war, denen vor allen Dingen die Finanzen und der Wert des Unternehmens am Herzen lagen, weniger seine Produkte und Werbekampagnen.

Florence zerriss die Notizen in winzige Teile und steckte sie in ihre Papiertonne; das schien ihr die einzig richtige Lösung zu sein. Dann weinte sie ziemlich lange, nicht so sehr aus echter Trauer, sondern eher aus Bedauern über den Verlust einer lebenslangen Gefährtin.

Natürlich war ihr Verhältnis zu Athina nie einfach gewesen – dazu hatte Florence sich zu lange zu viel von ihr gefallen lassen müssen –, doch sie hatte sie immer bewundert und irgendwie auch gemocht, soweit das bei einer Persönlichkeit wie der ihren überhaupt möglich war. Und sie konnte sich ein Leben ohne sie schwer vorstellen. Denn Athina und das Haus Farrell gehörten für Florence untrennbar zusammen, selbst wenn Athina in den letzten Jahren nicht mehr ganz auf der Höhe der Zeit gewesen war. Sie hatte das Unternehmen geschaffen, ihm Leben eingehaucht und es mit großer Entschlossenheit durch die Jahrzehnte geführt. Obwohl es ein wenig altmodisch sein mochte, hatte es sich Qualität und einen gewissen Ruf bewahrt, und das hatte Bianca erkannt und dank der von Athina aufgebauten Tradition genutzt. Florence war klar, dass nun auf sie selbst innerhalb des Unternehmens, das irgendwann aufhören würde, sie wertzuschätzen, ein einsames Leben wartete. Sobald der Relaunch abgeschlossen wäre – und Florence hatte ihre Geschichten aus den Anfängen bereits zahllosen Journalisten erzählt –, würde sie, zuerst noch langsam, dann immer schneller, in den Hintergrund treten, eine alte Dame, Athina Farrells Schützling, Teil der alten Zeit, die definitiv vorüber war.

Florence musste rechtzeitig den Absprung schaffen.

»Wahrscheinlich wird sie ein Staatsbegräbnis kriegen«, bemerkte Lara, als sie nach der Party im Ballsaal der Brownleys mit Bianca zusammensaß. Sie wussten beide nicht so recht, ob sie lachen oder weinen sollten.

Bianca schmunzelte. »Ja. Das war wirklich unglaublich. Was für ein Timing! Diese clevere alte Hexe. Und es macht mich auch traurig. Das ist das Ende einer Ära. Frauen wie sie gibt es heute nicht mehr. Ohne sie wird es nicht mehr so sein wie früher, das steht fest.«

Lara nickte.

»Die arme kleine Lucy hat Rotz und Wasser geheult. Wie geht's Bertie, haben Sie etwas von ihm gehört?«

»Nur kurz. Er ist ziemlich durcheinander. Ist das nicht verrückt? Wo sie ihm das Leben so zur Hölle gemacht hat. Der arme Bertie.«

»Ja, der arme Bertie. Er hat ein weiches Herz.«

»Allerdings«, pflichtete Lara ihr bei, und Tränen traten ihr in die Augen. »Und ...«

Sie wurde von Susie unterbrochen, die sich, das Handy am Ohr, zu ihnen gesellte. »Ja, ja, sicher. Jetzt? Geben Sie ihr eine Stunde. In ihrem Büro, ja. Um vier Uhr, im Farrell-Haus. Tschüs. Das war die *News*«, teilte Susie Bianca mit. »Sie wollen ein Interview machen, aber das haben Sie ja gehört. Dann wären da noch *Woman's Hour* und ...«

Bianca stand auf. »Ich komme schon. Hoffentlich wollen sie nicht alle bloß über Lady Farrell reden.«

»Das glaube ich nicht«, meinte Susie. »Der globale Launch scheint gut angekommen zu sein.«

»Ich bedanke mich nur kurz bei Lord und Lady Brownley und mache mich dann ein bisschen frisch. Ich sehe bestimmt schrecklich aus.«

»Ach was«, meinte Lara.

»Sie sehen klasse aus«, beruhigte auch Susie sie.

Und das stimmte. Trotz des enormen Drucks, der sich als noch stärker erwiesen hatte als erwartet, wirkte Bianca wieder glücklich, selbstbewusst und fast, so weit das unter den gegebenen Umständen möglich war, entspannt.

Susie kannte den Grund, und Lara glaubte, ihn zu kennen.

Biancas Handy klingelte. Sie warf einen Blick aufs Display und strahlte. »Hallo. Ja, es war toll, danke. Jedenfalls der größte Teil. Es hat super geklappt. Alles. Was? Woher weißt du das? Klar, du hast das Ganze online mitverfolgt. Mit Saul? Du liebe Güte. Aber es ist noch was anderes passiert, was ziemlich Dramatisches und Trauriges. Das erzähle ich dir später. Oder schau dir die Sechs-Uhr-Nachrichten an. Da kannst du mich übrigens auch sehen. Okay, ich erzähl's dir jetzt ...«

Am darauffolgenden langen Wochenende, an dem sich Patriotismus und Royalismus auf beeindruckende Weise verbanden, leuchtete das gesamte Land rot, weiß und blau. Straßen, Bäume und Blumenampeln waren mit Flaggen, Wimpeln und Ballons geschmückt. An jedem der vier Tage fand ein besonderes Ereignis statt, das Hauptstadt und Grafschaften in Feierlaune versetzte.

Das Pferderennen am Samstag war trotz des kalten Wetters ein Mordsspaß, das musste selbst Saul zugeben. Und gerade als die Königin eintraf, verzogen sich die Wolken. Gott oder wer auch immer dafür zuständig sein mochte, wollte ganz offensichtlich, dass das diamantene Thronjubiläum im Sonnenlicht erstrahlte. Die hundertfünfzigtausend Menschen, die sich eingefunden hatten, waren bester Stimmung, die Musikkapelle der Royal Marines spielte auf, die Red Arrows landeten, rot-weiß-blauen Rauch hinter sich herziehend, mit ihren Fallschirmen und breiteten beim Ziel einen riesigen Union Jack auf der Rennbahn aus. Die walisische Mezzosopranistin Katherine Jenkins, die ein langes, hautenges, trägerloses Kleid trug, in dem sie vermutlich fror, sang die Nationalhymne, als die Queen, zum Schutz gegen die Kälte mit einem blauen Mantel bekleidet, mit Prinz Philip im Bentley vorfuhr.

Pferde rannten, gewannen (und verloren), Zuschauer setzten Unsummen auf sie, gewannen (und verloren), und als die Queen dem siegreichen neunzehnjährigen Joseph O'Brien den Diamond Jubilee Cup überreichte, schworen Dickon und Fergie, dass sie eines Tages im Derby gegeneinander antreten würden.

»Hoffentlich werde ich auch dabei sein«, bemerkte Saul, und Dickon meinte, natürlich, schließlich würden sie auf seinen Pferden reiten.

»Und Sie müssen ja auch den Anhänger mit den Pferden herbringen«, fügte Fergie hinzu.

»Na toll«, sagte Saul. »Freut mich, dass für mich eine so wichtige Rolle vorgesehen ist.«

Die Jungen verdrehten die Augen.

Der ursprünglich geplante Ausflug zu McDonald's erwies sich als überflüssig. Saul wurde, obwohl er sich mit Händen und Füßen wehrte, zum Volksfest geschleppt, wo die Jungen sich die Bäuche mit Hamburgern und Hot Dogs vollschlugen und in alle Fahrgeschäfte einfielen, an denen sie vorbeikamen. Saul ließ sich lediglich zu einer Fahrt mit einem altmodischen Karussell überreden. Dort saß er dann bei Jahrmarktsmusik in strahlendem Sonnenschein auf einem rot-goldenen Pferd mit geblähten Nüstern und drehte sich grinsend zu Fergie und Dickon um. Und plötzlich empfand er so etwas wie ungetrübtes Glück.

Saul war Emotionen nicht gewöhnt, am allerwenigsten positive. Das letzte Mal hatte er in New York mit Bianca welche gehabt. Weswegen er nun versuchte, dieses Glücksgefühl zu genießen. Vielleicht, dachte er, war es ein gutes Omen für die Zukunft. Und für Janeys Besuch am Abend.

Doch leider täuschte er sich.

Sie traf ziemlich atemlos ein, schlug sein Angebot, ihr ein Glas Wein einzuschenken, zuerst aus und nahm es dann doch an. Er genehmigte sich ein Bier.

»Du willst mit mir über Australien sprechen, stimmt's?«

»Ja, Saul.«

»Du wirst also tatsächlich hinziehen?«

»Ja. Vorausgesetzt, du bist einverstanden.«

»Natürlich nicht«, antwortete er. »Damit reißt du Dickon aus seiner gewohnten Umgebung, und für mich wird es schrecklich. Ich werde mit Zähnen und Klauen dagegen kämpfen …«

»Mein Anwalt sagt, du kannst nicht gewinnen.«

»Ach. Der meine behauptet genau das Gegenteil.«

Das stimmte zwar nicht so ganz, aber er wollte sie verunsichern.

»Ich finde, es wäre leichter für Dickon, wenn wir mit deinem Segen gingen, statt uns vor Gericht eine Schlammschlacht zu liefern.«

»So kann man das auch sehen.«

Sie blickte ihn schweigend an.

»Janey, ich habe mir Gedanken gemacht«, erklärte er schließlich.

»Aha.«

»Ich verspreche dir, nicht vor Gericht zu ziehen, weil das tatsächlich schlecht für Dickon wäre. Aber ich habe einen Plan.«

»Und wie sieht der aus?«

»Ich werde ein Büro in Sydney eröffnen.«

»Wie bitte?«, fragte sie entsetzt.

»Freut mich, dass dir die Idee gefällt. Ich mag die Stadt und auch die Australier, die ich kennengelernt habe. Mit einer Ausnahme. Bestimmt wird dein neuer Ehemann Ausnahme Nummer zwei. Er scheint ja ein Australier zu sein, den es wieder nach Hause zieht.«

»Saul, deine berufliche Basis ist in London. All deine Kontakte, deine Mitarbeiter – du musst hier sein.«

»Nicht die ganze Zeit. Ich hab mir das gründlich überlegt. Der lange Flug, über den so viele Leute sich beklagen, stört mich nicht. Ich kann gut im Flugzeug arbeiten und kenne keinen Jetlag. Natürlich werde ich mein hiesiges Büro behalten und viel Zeit in London verbringen, aber ich möchte meine Basis in der Nähe von Dickon. Er würde mir zu sehr fehlen …« Seine Stimme begann zu beben, weswegen er kurz schwieg und einen Schluck Bier trank, bevor er weiterredete: »Wie kannst du ihn nur von seinen Freunden, von seiner Schule und mir fortreißen?«

Janey blieb stumm.

»So würde ich ihn nicht ganz verlieren. Wir könnten nach wie vor viel Zeit miteinander verbringen, alle Schulferien und jede Menge Wochenenden. Von Sydney aus kann man toll segeln ... Mein Beschluss ist gefasst.«

Kurz darauf verabschiedete Janey sich sichtlich erschüttert von ihm. Saul gesellte sich zu den Jungen, die an der Spielkonsole saßen. Er schaltete sie aus.

»Ach, Dad!«

»Nein, davon kriegt ihr Albträume. Wollt ihr nicht lieber eine Runde Snooker spielen?«

Als die beiden im Bett waren, ging er nach unten und schenkte sich ein weiteres Bier ein. Janeys Reaktion belustigte ihn. Sie schien ihn wirklich zu hassen. Nun, er hatte ihr das Leben nicht gerade leicht gemacht, und bestimmt begriff sie seine Entscheidung, weiter in ihrer Nähe zu bleiben, als Fortsetzung der Qualen. Hatte sie sich mit ihrem Beschluss, nach Australien zu gehen, von ihm befreien wollen? Falls ja, würde es ihr nicht gelingen.

Saul war klar, dass es seine Sache schwächen und die ihre stärken würde, wenn die Anwälte von seinem Plan erfuhren, doch das war ihm egal. Solange er in Dickons Leben präsent blieb ... Außerdem würde ihm der Umzug nicht schwerfallen, weil das, was er gesagt hatte, stimmte: Australien gefiel ihm. Obendrein ließe sich so ein weiteres seiner Probleme ziemlich elegant lösen.

Die Party in einer Wohnung direkt an der Themse, ein Stückchen flussaufwärts von der Waterloo Bridge, die einem stinkreichen Kumpel von Jonjo und dessen Frau Hester gehörte, war toll. Hier konnten sie im Trocknen den Beginn des Festzugs am Chelsea Harbour Pier mitverfolgen, wie die Royals, von der königlichen Jacht *Britannia* hinausgebracht, an Bord der Barkasse gingen. Die Queen strahlte in Weiß, begleitet von ihrem immer noch sehr ansehnlichen Prinzgemahl in der Paradeuniform der Marine und den ebenfalls uniformierten Prinzen. (Harrys blaues Béret kam allgemein nicht sonderlich gut an). Die Frauen bewunderten Kates rotes Kleid, die Männer bewunderten Kate. Hesters Mutter, die ebenfalls mit von der Partie war, bewunderte Prinz Charles, und alle verfolgten mit offenem Mund, wie die ganz in Rot und Gold gehaltene königliche Barkasse ablegte und die Prozession der tausend großen und kleinen Boote anführte. Wenn sie unter einer Brücke hindurchfuhr, begannen unter lautem Jubel sämtliche Kirchenglocken in dem jeweiligen Viertel zu läuten. Als sich Susie, die vor dem Fernseher saß, verstohlen die Tränen aus den Augen wischte, merkte sie, dass die supercoole Hester das Gleiche tat.

»Gott sei Dank musst du auch weinen«, sagte Hester.

»Heute hab ich ziemlich nah am Wasser gebaut«, gab Susie zu.

»Ich auch. Du arbeitest doch für das Haus Farrell, oder?«

»Ja.«

»Hattest du irgendwas mit diesem irren Event neulich zu tun? Ich hab mich eingeloggt, weil ich über Facebook davon wusste und hin und wieder etwas von der Firma kaufe. Ich hab mir diesen globalen Launch angesehen. Der Wahnsinn …«

Susie gestand bescheiden, dass sie durchaus damit zu tun gehabt habe. »Aber ich bin nur für die PR zuständig.«

»Das macht sicher Spaß. Ich werde jedenfalls nächste Woche in den Shop in der Berkeley Arcade gehen, und am Wochenende sind wir in Paris, da möchte ich mir auch den dortigen anschauen. Was für eine tolle Idee.«

Die Kampagne schien eingeschlagen zu haben, dachte Susie stolz.

Kurz darauf setzte Jonjo sich neben sie.

»Alles gut?«

»Ja, danke. Bei solchen Anlässen muss ich immer weinen. Es ist so emotional, alle mögen die Queen und wünschen ihr nur das Beste ...« Susie lächelte trotz ihrer Tränen.

»Oje«, stöhnte Jonjo. »Ich scheine eine Verrückte zu lieben. Aber eigentlich wollte ich über was ganz anderes mit dir reden.«

»Dann gehe ich mal«, sagte Hester.

»Nicht nötig.«

Doch Hester winkte ab und entfernte sich.

Jonjo nahm Susies Hand und betrachtete den Ring. »Gefällt dir der immer noch?«

»Nein«, antwortete sie, »ich spiele mit dem Gedanken, ihn zurückzugeben. Klar gefällt er mir, du Dummkopf! Ich finde ihn supertoll.«

»Gut. Bei diesen ganzen Feierlichkeiten musste ich unwillkürlich an Hochzeiten denken.«

»Ach.«

»Ja. Ich möchte nicht so lange mit der unsern warten, Susie. Vielleicht Anfang Herbst, wie wär's?«

»Jonjo, das sind bloß noch drei Monate!«

»Ich weiß. Ist das ein Problem?«

»Na ja, es gäbe eine Menge zu organisieren.«

»Wirklich?«

»Ja. Denk doch nur an die Hochzeit, auf der wir neulich waren.« Eine ziemlich unpersönliche Feier mit über dreihundert Gästen in einem riesigen Anwesen auf dem Land.

»Ich hab mir schon gedacht, dass du dir so was auch wünschst. War ziemlich beeindruckend, oder? Würde das viel Organisation erfordern?«

»Ich fürchte ja. Ich kenne mich aus mit Großereignissen, die sind Teil von meinem Job. Veranstaltungsorte, Termine, Catering, Blumen ...«

»Okay. Dann heiraten wir eben später.«

Susie holte tief Luft. Obwohl sie Jonjo nicht enttäuschen wollte, musste sie ihm sagen, wie sie sich die Sache vorstellte. »Offen gestanden würde ich mir etwas anderes wünschen.«

Er sah sie mit großen Augen an.

»Aber das wird dein großer Tag, an den du dich dein Leben lang erinnern sollst ...«

»Es wird mein großer Tag, weil ich *dich* heirate«, erklärte sie. »Ich könnte auch ganz ohne Gäste auskommen.«

»Sicher?«

»Ja«, antwortete sie lächelnd. »Absolut sicher.«

»Gütiger Himmel! Dann muss ich dir was sagen.«

»Was?«

»Patrick und Bianca haben uns ihr Haus auf dem Land für unsere Hochzeit angeboten, aber ich habe ihr Angebot ausgeschlagen.«

»Warum?«, fragte Susie. »Ich habe Fotos davon gesehen, es ist sehr hübsch.«

»Es ist nicht sonderlich groß und auch nicht imposant.«

»Und?«

»Tja ...« Er schien wie aus einem tiefen Traum zu erwachen. »Ja, es ist tatsächlich hübsch. Wir könnten ein Zelt auf der Pferdekoppel aufstellen, meint Patrick.«

»Klingt doch wunderbar.«

»Echt? Fand ich auch.«

»Warum hast du mich dann nicht wenigstens gefragt?«

»Hab ich dir doch gerade erklärt. Ich dachte, du willst das ganz große Event.«

»Willst *du* das denn?«

»Nein. Nein. Das will ich nicht. Ehrlich gesagt fand ich die Hochzeit neulich ziemlich schrecklich. Ich hätte gern Familie dabei, meine Schwester und ihren Mann und ihre Kinder und meine Mum ...«

»Deinen Dad musst du auch einladen.«

»Findest du?«

»Ja.«

»Und meine Stiefmutter?«

»Ich fürchte, ja.«

»Wenn du meinst.«

»Ja.«

»Also gut, die Familie. Und dazu Freunde. Sagen wir fünfzig für jeden. Oder doch lieber insgesamt. So würde ich mir unsere Hochzeit vorstellen. Ich wollte dich nur nicht enttäuschen.«

»Jonjo ...« Susie legte die Arme um ihn und küsste ihn. »Ich werde nicht enttäuscht sein. Aber das ist kein gutes Omen für unsere Ehe«, fügte sie ernst hinzu.

»Warum?«, fragte er entsetzt.

»Du solltest Dinge nicht einfach blind voraussetzen.«

»Hast du doch auch gemacht.«

»Stimmt. Entschuldige. Könnten wir die Hochzeit immer noch in dem Haus auf dem Land feiern?«

»Klar. Patrick und Bianca freuen sich sicher.«

»Wunderbar. Dann machen wir's so.«

Er küsste sie, lehnte sich zurück, musterte sie. »O Gott«, sagte er schließlich.

»Was ist? Ist meine Wimperntusche verschmiert?«

»Ein bisschen. Aber das ist es nicht. Ich liebe dich so sehr, Susie Harding.«

»Und ich liebe dich, Jonjo Bartlett.«

In diesem Augenblick erreichte der Festzug sie, und sie traten Hand in Hand ans Fenster.

Susie ging trotz des strömenden Regens auf den Balkon, wo sie winkte und rief und bis auf die Haut nass wurde. Die anderen, auch Jonjo, lachten sie aus und gesellten sich dann doch zu ihr. Es war wirklich ein beeindruckender Anblick: große und kleine Boote, Schleppkähne, Barkassen, Ruderer, die Armada der Seekadetten mit ihren im Wind flatternden Fahnen, Maori-Kanus und eine Gruppe alter Fischtrawler.

»Die sind nach Dünkirchen hinübergefahren, um unsere Truppen zu retten«, sagte Hesters Großmutter und wischte sich die Tränen weg, »manche noch kleiner als die.«

»Wow, schaut nur«, rief Susie aus, als die letzte Barkasse mit einem Teil des Royal Philharmonic Orchestra und Sängern vom Royal College of Music vorbeifuhr, deren Stimmen durch den Regen zu ihnen heraufdrangen. Susie sah zu Jonjo hinüber und bemerkte, dass sein Gesicht nass war.

»Du weinst ja!«, rief sie verwundert aus.

»Nein, tu ich nicht«, erwiderte er. »Das ist der Regen.«

Doch Susie wusste es besser.

Bertie und Lara verfolgten den Festzug eine Weile im Fernsehen mit und gingen dann zu einem der Straßenfeste hinaus. Fahnen hingen in fast jedem Fenster, Blumenampeln mit roten, weißen und blauen Blüten baumelten an sämtlichen Laternenpfählen, und entlang der Straße waren Tische und Bänke für die Kinder aufgestellt. Irgendein umtriebiger Mensch hatte Regenschutz organisiert. Lara, die Hinz und Kunz zu kennen schien, hatte Dutzende von Wurstbrötchen und einen Kuchen zu dem Fest mitgebracht. Sie plauderte mit allen, auch mit den Kindern, und holte sich hin und wieder eine Handvoll Chips oder eines ihrer Wurstbrötchen. Die meisten Erwachsenen taten es ihr gleich und sprachen dem Alkohol ausgiebig zu.

Bertie, der noch nie eine solche Feier erlebt hatte, weil sowohl seine Mutter als auch Priscilla Nachbarschaftsfeste als unter ihrer Würde erachteten, war begeistert. Er hätte endlos dort bleiben, Bier trinken, Laras Wurstbrötchen essen, die Kinder necken, Ballons aufblasen und sich mit den Müttern unterhalten können. Erst als eine von ihnen, die einen ziemlich üppigen Busen hatte und reichlich Make-up trug, sich mit ihm »ins Warme« zurückziehen wollte, floh er verschreckt zu Lara. Diese entschuldigte sich bei ihm, dass sie ihn nicht gewarnt hatte. »Mit Sasha Timpson unterhält man sich auf eigene Gefahr. Sie versteht schon ein ›Hallo‹ als Einladung ins Bett.«

»Himmel, ich dachte schon, ich komme nicht mehr lebend weg!«

Lara lachte. »Ich glaube, wir sollten dich nicht länger solchen Gefahren aussetzen. Gehen wir wieder rein. Mir ist kalt, und allmählich löst sich das Ganze sowieso auf. Ich hätte übrigens nichts dagegen, wenn du mit mir ins Warme kommst. Natürlich nur, wenn du Lust hast …«

Bertie erklärte, er habe sogar große Lust. Hinterher kochte er Tee und brachte ihn ihr ans Bett.

»Ich möchte was mit dir besprechen.«

Lara schob die absurde Hoffnung, die in solchen Momenten in ihr aufflackerte, beiseite und fragte vorsichtig: »Was?«

»Seit letzter Woche habe ich viel nachgedacht.«

»Worüber?«

»Über das Haus Farrell.«

Ihre Hoffnungen verflogen. »Ach so, ja. Das kann ich mir vorstellen.«

»Ich habe das Gefühl, dass sich vieles verändert hat.«

»Allerdings.«

»Jetzt, wo meine Mutter nicht mehr ist, gibt es abgesehen von Lucy keine Familie mehr. Und die ist noch sehr jung und eignet sich nicht als Galionsfigur.«

»Nein.«

»Ich bin der festen Überzeugung, dass die Familie weiter ein Wörtchen mitzureden haben sollte. So ist dieses Unternehmen nun mal gestrickt. Nach dem Relaunch mehr als zuvor.«

»Ja.«

»Findest du wirklich? Du klingst irgendwie unsicher.«

»Ja, doch, Bertie.«

»Aber ich weiß nicht, wie es aufgenommen würde, wenn ich zurückkäme. Vielleicht will Bianca mich nicht mehr.«

»Alle würden sich freuen, wenn du zurückkämst«, entgegnete Lara. »*Besonders* Bianca. Du fehlst ihr.«

»Echt?«

»Ja. Das hat sie mir mehrmals gesagt.«

»Gütiger Himmel.« Er nahm einen Schluck Tee. »Was sollte ich deiner Meinung nach tun? Die Personalabteilung böte sich an, aber die ist nicht …«

»Nicht glanzvoll genug für eine Galionsfigur?«

»Das habe ich nicht gesagt.«

»Aber gemeint. Oder?«

»Wahrscheinlich. Ich bin nun mal kein sonderlich glanzvoller Mensch.«

»Mag sein, doch glaubst du nicht, dass deine Rolle als Vertreter der Familie dich dazu machen würde?«

»Ich weiß es nicht.«

»Natürlich täte es das, Bertie«, versicherte Lara ihm. »Keine falsche Bescheidenheit.«

»Darin habe ich Übung«, meinte Bertie traurig.

»Ich weiß. Aber jetzt kann Athina dich nicht mehr runtermachen.«

»Nein«, pflichtete er Lara bei und schnäuzte sich ziemlich laut. »Nein, das kann sie nicht. Sie wird mir fehlen. Trotz allem hab ich sie geliebt.«

Lara schwieg.

»Und … Es ist komisch, wenn ich das sage, aber ich war stolz auf sie. Sie war so mutig und selbstsicher. Caro und ich wollen irgendwann später im Jahr einen großen Gedenkgottesdient abhalten. So ähnlich wie bei meinem Vater. Der war sehr schön. Was hältst du von der Idee?«

»Klingt wunderbar«, antwortete Lara.

»Gut. Dann rede ich mal mit Bianca, wenn du wirklich meinst, dass sie nichts dagegenhätte.«

»Bertie, ich habe dir doch gesagt, dass sie begeistert wäre.«

»Und du?«

»Ich natürlich auch. Das habe ich dir ebenfalls schon oft genug gesagt.«

»Ich weiß. Ich liebe dich, Lara, wirklich.« Bertie sah sie an, bevor er hinzufügte: »Ich wollte noch über etwas anderes mit dir sprechen ...«

»Worüber?« Hoffnung, rasender Puls. Nein, lass diese Gedanken, Lara ...

»Ich dachte mir, wir, ich meine das Haus Farrell, könnten eine Wohltätigkeitsorganisation gründen. Wie findest du das?«

»Prima Idee.«

»Gut. Viele große Kosmetikunternehmen mit langer Geschichte machen das. Das würde unser Image auf sehr positive Weise beeinflussen.«

»Das stimmt.« Lara war zum Weinen. »Und was schwebt dir vor?«

»Irgendetwas mit Gärten.«

»Gärten?«

»Ja. Gärten sind gut für Menschen. Sie machen zufrieden. Und was ist so ein wichtiger Teil dieses Thronjubiläums? Blumen. Blumen überall. Stell dir diese Straße, die meisten Straßen in diesem Land, ohne die Blumenampeln und die Barkasse der Königin ohne Blumenschmuck vor. Ich finde, jede innerstädtische Schule sollte ihren eigenen Garten haben, in dem die Kinder Dinge anpflanzen können, nicht nur Blumen, sondern auch Gemüse. Wir könnten einen jährlich zu vergebenden Preis ausschreiben.«

»Du könntest eine Farrell-Rose züchten«, schlug Lara vor, die vorübergehend ihre Enttäuschung vergaß, »und sie bei der Chelsea Flower Show zeigen.«

»Tolle Idee. Gefällt dir der Gedanke auch wirklich?«

»Ja, sogar sehr.«

»Dann rede ich mit Bianca darüber.«

»Ja, mach das. Sie wird begeistert sein. Dieser Wohltätigkeitsorganisation könntest du als Galionsfigur der Familie vorstehen.«

»Ja, warum nicht?« Er dachte eine Weile darüber nach, bevor er sich aufrichtete. »Lass uns aufstehen. Wir können nicht den ganzen Abend hier verbummeln.«

Als er die Bettdecke zurückschlug, betrachtete Lara traurig seinen Rücken.

Er wandte sich mit einem verlegenen Blick wieder ihr zu.

»Da wäre noch etwas anderes«, sagte er.

Nun regte sich keine Hoffnung mehr in Lara, sie schien sich endgültig verabschiedet zu haben.

»Was? Kann ich zuerst duschen?«

»Klar. Aber ... Aber ich habe mich gefragt ...«

»Ja, Bertie?«

»Ich habe überlegt ... Oje, ich weiß nicht, was du dazu sagen wirst ...«

Wahrscheinlich hat er eine neue Marketingchefin gefunden, dachte Lara.

»Ich habe mich gefragt ...« Langes Schweigen. »... was du davon halten würdest ... wenn du deinen Namen änderst?«

»Wenn ich meinen Namen ändere?«

»Ja.«

Was sollte das nun wieder? »Warum sollte ich das tun? Was passt dir nicht an meinem Namen?«

»Ich hatte schon befürchtet, dass du das sagen würdest. Egal. Geh du mal unter die Dusche. Ich koche uns in der Zwischenzeit frischen Tee.«

»Bertie, tut mir leid, ich weiß nicht, wovon du sprichst.«

»Nicht? Na ja ... Ich hab mir gedacht, weil du so erfolgreich bist und so viel darstellst, wirst du das vermutlich nicht wollen. Viele Frauen machen das heutzutage nicht mehr. Ich ...«

»Viele Frauen ändern ihren Namen nicht? Bertie, jetzt blicke ich echt nicht mehr durch. Wann ändern sie ihren Namen nicht?«

»Wenn ... Na ja, wenn sie heiraten.«

»Heiraten!« Ihre Hoffnungen erwachten zu neuem Leben. »Bertie, soll das ein Heiratsantrag sein?«

»Ja, natürlich. Ich dachte, das wäre dir klar ...«

»Wie sollte mir das klar sein, du alberner, absurder, unglaublicher Mann? Selbstverständlich ändere ich meinen Namen. In was auch immer. Am liebsten in Farrell. Wenn du mich heiraten willst, musst du allerdings formvollendet um meine Hand anhalten. Und zwar gleich!«

»Gut.« Er holte tief Luft. »Lara, ich liebe dich. Willst du mich heiraten, sobald ich frei bin, und deinen Namen ändern, am besten in Farrell? Bitte sag ja.«

»Oh, Bertie!«, rief Lara, gleichzeitig lachend und weinend aus, »Bertie Farrell, natürlich heirate ich dich. Liebend gern. Danke!« Sie küsste ihn ein ums andere Mal. »Und jetzt geh und mach uns einen frischen Tee. Außerdem sehe ich keinen Grund, warum wir nicht den ganzen Abend im Bett bleiben können.«

»Weißt du was?«, fragte Bertie. »Ich auch nicht!«

Timothy Benning besuchte ebenfalls ein Straßenfest oder besser gesagt ein Fest auf der Dorfwiese.

Als großer alter Mann des Orts spielte er sogar eine ziemlich wichtige Rolle, denn er hatte den Maibaum auf besagter Dorfwiese, um den die Kinder in elisabethanischer Tracht tanzten, gestiftet. Hinterher zogen sie alle zu Mr B., wie man ihn dort nannte, und überreichten ihm eine Blume.

»Weil ein Strauß aus lauter Blumen besteht«, erklärte das älteste Mädchen und machte einen Knicks.

Am Ende kam ein ziemlich bunter Strauß aus Rosen und Hahnenfuß und allerlei anderen Blumen heraus, den Timothy Benning zu Hause aufteilte und schmunzelnd in eine große und eine kleine Vase stellte.

Dann legte er sich, um sich vor dem abendlichen Konzert im Gemeindesaal noch ein wenig auszuruhen, aufs Bett und schlug den *Telegraph* wie immer zuerst bei der Seite mit den Geburts- und Todesanzeigen auf.

> Farrell, Lady Athina, geb. 1927, Witwe von Sir Cornelius Farrell, gest. 2006. Lady Farrell, die nach wie vor eine wichtige Rolle in der Leitung des Kosmetikunternehmens spielte, das sie und ihr Mann 1953 gegründet hatten, erlag am Mittwoch, dem 30. Mai unvermittelt einem Herzinfarkt. Sie hinterlässt ihre beiden Kinder Bertram und Caroline sowie ihre Enkelin Lucy. Die Beisetzung findet am 8. Juni im engsten Familien- und Freundeskreis statt.

Eine seltsam kühle Bekanntmachung. Darin stand nicht, ob sie zu Hause gestorben war.

Timothy Benning fragte sich, wie so oft in den vergangenen Jahren, wie es Florence ging, ob sie überhaupt noch lebte, denn immer mehr von seinen alten Freunden segneten das Zeitliche. Das gehörte mit zu den schlimmsten Dingen im Alter, dass kaum noch Freunde übrigblieben. Timothy dachte nach wie vor häufig an Florence und die schöne Zeit, die sie miteinander verbracht hatten. Sie war ein sehr ungewöhnlicher Mensch, und seit damals hatte er niemals mehr damit geliebäugelt, sein Leben mit jemandem zu teilen. Er hatte auch nie versucht, mit ihr in Kontakt zu treten, weil sie ihn so rigoros aus ihrem Leben verbannt hatte. Doch nun überlegte er plötzlich, ob er den Mut dazu aufbringen könnte. Inzwischen wäre sie achtzig und konnte nichts mehr dagegen haben, wenn er ihr als alter Freund, der ihr wegen des Verlusts ihrer engsten Freundin sein Beileid aussprechen wollte, schrieb. Vermutlich arbeitete sie nicht mehr. Aber wohnte sie noch in ihrem hübschen Häuschen? Ihn interessierte sehr, wie es ihr ging, was aus ihr geworden war ...

Doch das hatte keine Eile. Er würde erst einmal ein oder zwei Tage lang nichts unternehmen und sehen, wie sich die Idee weiterentwickelte. Timothy Benning glaubte fest an die positive Kraft sich entwickelnder Gedanken und hielt das für eine ausgezeichnete Methode, Entscheidungen zu treffen.

Die Baileys waren bis zum Samstagabend in London geblieben. Auch sie hatten sich den Festzug auf der Themse angeschaut und ein Gartenfest mit einem großen Zelt besucht, doch sie wollten den Sonntag in Oxfordshire verbringen, wo es auf der Dorfwiese weitere Feierlichkeiten geben würde. Außerdem sollte am Abend auf einem Hügel über dem Ort ein Leuchtfeuer entzündet werden. Bianca freute sich schon darauf zu beobachten, wie das Licht, bestehend aus insgesamt zweitausend Leuchtfeuern, sich übers ganze Land bewegte, von einem Hügel zum nächsten, nach einem strengen Zeitplan, beginnend um 21.30 Uhr in der Mall. Das ihre war für 23.16 Uhr vorgesehen, weswegen sie sich bis 22 Uhr auf der Wiese einfinden sollten.

Bianca war überglücklich, denn der Launch lag hinter ihr, sie hatte die Entscheidung getroffen, beim Haus Farrell zu kündigen, und mit Patrick darüber gesprochen. Patrick hatte verblüfft reagiert, als sie ihm mitteilte, sie habe vor, sich ganz aus dem Berufsleben zurückzuziehen.

»Schatz, wird dir das nicht zu langweilig? Du brauchst doch irgendeine Beschäftigung.«

»Nein, Patrick«, erwiderte sie. »So ticke ich einfach nicht. Bei mir heißt es alles oder nichts, das solltest du inzwischen wissen. Entweder ich arbeite Tag und Nacht oder überhaupt nicht. Dazwischen gibt es für mich nichts.«

»Ich bin mir nicht sicher, ob das so klug ist«, entgegnete er. »Natürlich wäre es für mich und die Kinder toll, aber bist du nicht noch ein bisschen jung fürs Altenteil? Du bist noch keine vierzig, und ...«

»Patrick, es wird Zeit, dass ich lerne, anders zu leben. Ich kann, abgesehen von Omeletts und Eintöpfen, nicht mal anständig kochen. Ich will eine Meisterköchin werden und das Haus neu einrichten. Mir hat's neulich echt Spaß gemacht, bei Peter Jones Stoffe anzuschauen. Außerdem möchte ich Reitstunden nehmen und sämtliche Werke von Anthony Trollope lesen und mich endlich richtig um dich kümmern. Würde dir das nicht gefallen?«

Patrick, der Angst hatte, dass sie es sich anders überlegte, sagte ja, und danach fand das Gespräch ohnehin ein Ende, weil Milly ihnen mitteilte, dass Jayce am folgenden Wochenende bei ihnen in London übernachten würde. Lucy wolle neue Looks an ihnen ausprobieren, und Jayce habe wieder ein Kilo abgenommen. Ob sie das nicht auch super fänden?

Sie nickten und pflichteten ihr außerdem bei, dass die Feierlichkeiten im Ort cool seien. Das Wetter hatte sich deutlich gebessert, der Himmel strahlte wolkenlos blau, und die Spiele für die Kinder, Gummistiefelwerfen und ein Staffellauf rund um die Dorfwiese, waren gut besucht. Das Gleiche galt für die Hundeschau, bei der das Tier ausgezeichnet wurde, das seinem Besitzer am ähnlichsten sah, und später am Tag für das Kricketmatch.

»Ich hätte auch gern einen Hund«, stellte Ruby mit einem sehnsuchtsvollen Blick auf einen Neufundländer fest. »So einen. Ist der nicht schön?«

»Okay, wir schaffen uns einen Hund an«, meinte Bianca. »Vielleicht keinen ganz so großen, eher einen Cockerspaniel oder einen Labrador.«

Alle sahen sie erstaunt an. Ein Hund war bisher aufgrund des ziemlich komplizierten Familienlebens nie zur Debatte gestanden.

»Hast du gerade gesagt, wir schaffen uns einen Hund an?«, hakte Ruby nach.

»Ja.«

»Du hast doch immer behauptet, dass das nicht geht, weil ihr beide so beschäftigt seid«, meinte Fergie.

»Und jetzt sage ich eben ja«, erwiderte Bianca.

»Warum so plötzlich?«, erkundigte sich Milly.

»Weil's so ist. Das erkläre ich euch später. Patrick, sie kommen aus dem Pavillon, wird Zeit, dass du zu ihnen gehst. Hast du deinen Schläger?«

»Er braucht einen neuen«, merkte Ruby an. »Seiner ist uralt, den hatte er schon in der Schule.«

»Wir könnten ihm einen zum Geburtstag schenken«, schlug Bianca vor.

»Das hilft ihm aber heute nicht.«

Bianca, die Patricks Fähigkeiten auf dem Kricketfeld kannte, wusste, dass ihm letztlich kein Schläger der Welt helfen würde, und erklärte, am besten könne man Daddy unterstützen, indem man ihn anfeure. Und genau das taten sie.

Auch das Entzünden der Leuchtfeuer erwies sich als großes Vergnügen: Auf der schlammigen Wiese wimmelte es von Menschen, die Dorfband spielte abwechselnd Melodien von Rodgers und Hammerstein und »Land of Hope and Glory« beziehungsweise »Rule Britannia«, an der Bar gab es warmes Bier und wässrigen Wein, und Akrobaten sprangen ziemlich ungelenk durch Feuerreifen.

»Das könnte ich auch«, prahlte Fergie.

»Nein, könntest du nicht«, widersprach Milly.

»Doch.«

»Kinder«, mischte sich Patrick ein, »wenn ich einen von euch bei so was erwischen sollte, werden sämtliche elektronischen Geräte einschließlich eurer Handys drei Monate lang konfisziert. Das meine ich ernst.«

»Ich hab gar kein Handy«, erklärte Ruby. »Mummy, kann ich bitte, bitte ein Handy kriegen? Ich hab als Einzige in unserer Klasse keins.«

»Das wage ich zu bezweifeln«, widersprach Bianca, »aber ich verspreche dir, dass wir deinen Wunsch für deinen nächsten Geburtstag im Hinterkopf behalten.«

»Ich weiß schon, was das heißt«, jammerte Ruby. »Dass ich keins kriege.«

»Nicht unbedingt ...«

»O doch!«

»Hör auf, Ruby«, sagte Fergie, »sonst wird der Hund gestrichen!«

»Schaut mal«, meldete sich Patrick erneut zu Wort, »sie kommen näher.«

Er hatte recht. Von den Hügeln leuchteten bereits Feuer herüber. Wieder spielte die Band »Land of Hope and Glory«, und dann kletterte die Person, die ausgewählt worden war – »der Glückliche«, dachte Fergie neidisch –, auf das Podium, hielt die Fackel hoch und entzündete unter lautem Jubel das Leuchtfeuer. Nun spielte die Band die Nationalhymne, alle stimmten ein, und Bianca brach in Tränen aus.

»Nicht hier«, meinte Patrick grinsend, »nicht vor den Kindern!«

»Wie meinst du das?«

»Schatz, wenn du weinst, muss ich unwillkürlich an andere Dinge denken.«

Sie wischte sich lachend die Augen trocken. »Es ist nur alles so schön. Trotzdem könntest du mir einen Kuss geben.«

Er tat ihr den Gefallen.

»O mein Gott«, stöhnte Milly.

»Igitt!«, rief Fergie aus.

Sie kamen nach Mitternacht nach Hause, wo sie Tomatensuppe und Knoblauchbrot aßen.

Nach einer Weile verkündete Bianca: »Ich muss euch etwas sagen. Nein, Daddy und ich müssen euch etwas sagen.«

Die Kinder sahen sie erwartungsvoll an.

»Ihr wollt euch doch hoffentlich nicht scheiden lassen?«, fragte Milly besorgt. »Bei der Hälfte von meiner Klasse sind die Eltern geschieden.«

»Hat das eben so ausgeschaut?«, meinte Fergie.

»Nein, wir lassen uns nicht scheiden«, versicherte Bianca ihnen. »Aber ich habe vor, die Arbeit aufzugeben, zu Hause zu bleiben und euch eine richtige Mutter zu sein.«

Langes Schweigen, dann: »Ach.« Fergie klang entsetzt.

»Das geht doch nicht!«, rief Milly aus.

»Das geht echt nicht!«, pflichtete Fergie ihr bei.

»Absolut nicht«, sagte Milly.

»Oh«, seufzte Bianca unsicher, »ich dachte, ihr würdet euch freuen!«

»Seid nicht so fies zu Mummy«, sprang Ruby ihr bei.

»Danke, Ruby.«

»Was würdest du denn den ganzen Tag zu Hause machen?«, erkundigte sich Milly.

»Na ja … kochen und …«

»Du kannst nicht kochen«, wandte Fergie ein.

»Fergie!«, ermahnte Patrick ihn.

»Stimmt aber. Ihre Käsesauce klumpt, und …«

»Danke«, sagte Bianca noch einmal.

»Und sonst?«, fragte Milly.

»Ich wollte das Haus neu einrichten. Es ist ziemlich abgewohnt.«

»Das ist schnell gemacht.«

Bianca sah Patrick an. »Bitte sag was Nettes zu mir«, forderte sie ihn auf.

»Würdet ihr's denn nicht schön finden, dass Mummy daheim ist, wenn ihr von der Schule nach Hause kommt?«

»Hm«, antwortete Milly. »Die Mädchen, bei denen die Mutter nicht arbeitet, sagen, es ist schrecklich, sie müssen immer alles haarklein erzählen, welche Noten sie geschrieben haben und so.«

»Milly, genau das ist es doch. Wenn ich zu Hause gewesen wäre, hätten die dich vielleicht gar nicht gemobbt.«

»Das hätte keinen Unterschied gemacht«, entgegnete Milly. »Das ist mir inzwischen klar. Außerdem *liebst* du deine Arbeit. Du arbeitest gern.«

»Ja«, pflichtete Fergie ihr bei. »Zu Hause gehst du ein.«

»Und du langweilst dich«, fügte Milly hinzu.

»Vielleicht nicht«, versuchte Ruby erneut, Bianca zu unterstützen.

»Du bist zu klein, du verstehst das noch nicht«, stellte Fergie fest.

»Nein!«

»Doch.«

»Egal«, meinte Milly, »wir sind stolz auf dich. Auf das, was du machst.«

»Ja«, pflichtete Fergie ihr bei, »das stimmt.«

Patrick bewunderte die Kinder, die seine eigenen Bedenken laut aussprachen.

»Es war besser, als Dad noch für seine alte Firma gearbeitet hat«, bemerkte Fergie.

»Da kann er aber nicht wieder hin«, erklärte Milly.

»Doch. Uncle Ian hat mir neulich, als er und Tante Babs zum Mittagessen bei uns waren, gesagt, dass er Dad liebend gern zurück hätte. Er fehlt allen. Er meint, sie haben noch keinen passenden Nachfolger gefunden.«

Plötzlich überkam Patrick so etwas wie Sehnsucht nach den alten Zeiten. Ja, oft war es langweilig gewesen, aber immerhin hatte er Sozialkontakte gehabt. Als er die beiden Alternativen verglich, kam er trotzdem zu dem Schluss, dass die Arbeit für Saul letztlich interessanter war.

Da klingelte sein Handy. Er warf einen Blick aufs Display. »Saul«, teilte er Bianca mit.

»Ach. Was will der denn um ein Uhr morgens? Sorry«, fügte sie hastig hinzu.

Patrick ging in die Küche, und Bianca brachte die Kinder – erschüttert über deren Reaktion auf ihre Eröffnung – nach oben.

Kurz darauf gesellte Patrick sich wieder zu ihr.

»Was war?«

»Er ... Er hat mich sozusagen gerade auf die Straße gesetzt.«

»Wie bitte? Aber warum und wie?«

»Janey geht definitiv nach Australien. Und er auch.«

»Er auch? Die arme Frau. Und was ist mit seinem Unternehmen?«

»Saul will ein Büro in Sydney eröffnen, und ich soll nicht nur hier verfügbar sein, sondern auch dort. Mehr oder minder rund um die

Uhr. Keine Ahnung, wie er sich das vorstellt. Das ist unmöglich. Komplett unmöglich.«

»Vielleicht wäre es nicht allzu oft«, wandte sie ein.

»Bianca, nun mach dir doch nichts vor! Du kennst ihn. Ich würde permanent im Flieger sitzen. Darauf kann ich mich nicht einlassen.«

»Schatz, das tut mir sehr leid. Aber wenn ich zu Hause bin ...«

»Bianca, ich finde, du solltest nicht zu Hause bleiben. Das war nie meine Absicht. Die Kinder haben recht. Du würdest dich zu Tode langweilen und eingehen wie eine Primel.«

»Ich scheine hier ja sehr erwünscht zu sein«, seufzte sie.

»Schatz, sie schätzen, was du bist, nicht das, was du glaubst, sein zu können.«

Bianca schwieg. Plötzlich wurde ihr klar, dass sie sich selbst zur häuslichen Göttin hochstilisiert hatte: Sie würde ihre Zeit mit Dingen verbringen, die sie nicht konnte. Es stimmte, sie war eine miserable Köchin. Und schon der zweite Ausflug zu Peter Jones war längst nicht mehr so vergnüglich gewesen wie der erste. Auch Lesen langweilte sie nach einer gewissen Zeit entsetzlich. Und ... Es gab noch viel zu tun beim Haus Farrell. Das neue Image musste gefestigt werden, und wenn Athina ihr nicht mehr permanent Knüppel zwischen die Beine warf, würde sich alles bedeutend weniger hektisch gestalten. Vermutlich würde sie an den meisten Tagen zu halbwegs zivilen Zeiten nach Hause kommen, und ...

»Das Schicksal und unsere Kinder scheinen uns etwas mitteilen zu wollen«, sagte Bianca schließlich. »Aber ich möchte wirklich nicht, dass du glaubst, meinetwegen zu BCB zurückzumüssen, Patrick. Es gibt sicher jede Menge andere Jobs in deiner Branche.«

»Ich will nicht nach einem neuen Job suchen. Nach der Arbeit für Saul geht das nicht. Und für eine andere Steuerkanzlei möchte ich auch nicht tätig sein, also ...«

»Schatz«, sagte Bianca, »du solltest nichts überstürzen. Schlaf drüber.«

Doch Bianca konnte selbst nicht schlafen, weil sie beschäftigte, was beim Haus Farrell noch zu erledigen war. Sie wusste zum Beispiel nicht, wie sie alte Produkte auslaufen lassen und welche neuen sie zu der *Passionate*-Palette gesellen könnte oder wie sie die erhöhte Nachfrage nach The Collection bewältigen würde. Und sie dachte, wie clever Saul alles eingefädelt hatte.

Florence, die gerade ihrer Lieblingssinfonie von Mozart, der vielgelobten Vierzigsten, lauschte, fragte sich, wie man die grässliche Veranstaltung, die gerade im Palast stattfand, guten Gewissens ein Konzert nennen konnte, und kam zu dem Schluss, dass mehrere Feiertage für Alleinstehende noch schlimmer waren als einzelne. Da klingelte das Telefon. Fast wäre sie nicht rangegangen, weil sie einen Moment lang dachte, es sei Athina, die sich wieder einmal über irgendetwas beklagen wollte. Doch dann fiel ihr ein, dass Athina nie wieder anrufen würde. Es würde wohl eine Weile dauern, bis Florence das verinnerlicht hätte …

»Hallo?«, meldete sie sich, als sie den Hörer schließlich in die Hand nahm.

»Florence?«, fragte eine Männerstimme am anderen Ende der Leitung vorsichtig. Eine Stimme, von der sie geglaubt hatte, sie würde sie nie wieder hören.

»Timothy?« Diese Stimme, dachte sie, hatte sich kein bisschen verändert, und dann: Das konnte nicht er sein, bestimmt war es jemand, der nur so ähnlich klang wie er.

»Ja«, antwortete er erfreut. »Entschuldige bitte, dass ich anrufe, eigentlich wollte ich dir schreiben, aber dann habe ich mich doch fürs Telefon entschieden. Im *Telegraph* habe ich von Lady Farrells Tod gelesen. Ich möchte dir mein Beileid aussprechen. Du musst sehr traurig sein; für dich bedeutet das ja das Ende einer lebenslangen Verbindung.«

»Allerdings«, bestätigte sie.

»Als ihr Mann vor sechs Jahren gestorben ist, habe ich mit dem

Gedanken gespielt, dich anzurufen, aber dann nicht den Mut dazu aufgebracht.«

»Den Mut?«

»Ja. Ich hatte Angst, dass du dich nicht an mich erinnerst oder einfach auflegst.«

»Timothy, wie sollte ich dich je vergessen?«, entgegnete Florence. »Wir haben eine so schöne Zeit miteinander verlebt. Außerdem habe ich eine viel zu gute Kinderstube genossen, um einfach aufzulegen.«

»Natürlich. Und, wie geht es dir, meine Liebe?«

»Gut, danke. Ich muss zugeben, dass die letzten Tage anstrengend waren, aber ansonsten ist alles in Ordnung. Und bei dir?«

»Ach, man darf nicht klagen.« Das war einer seiner Lieblingssprüche, und er hielt sich daran.

»Ist lange her, dass wir uns das letzte Mal gesehen haben.«

»Ja, fast dreißig Jahre. Du ... Du hast nicht mehr geheiratet?«

»Nein. Und du?«

»Nein. Die Gelegenheit hat sich nie ergeben.«

Langes Schweigen, dann wagte Timothy Benning einen Vorstoß: »Meinst du, wir könnten uns sehen? Vielleicht in der Stadt oder ...«

»Nein«, antwortete Florence schärfer als beabsichtigt. Der Abschied von ihm war schmerzhaft und endgültig gewesen, und sie hatte sich vollständig davon erholt. Was für einen Sinn hätte es gehabt, sich noch einmal mit ihm zu treffen? Das konnte nur zu Verlegenheit und peinlichem Schweigen führen. Sie erinnerte sich lebhaft an jenes letzte Wochenende, an dem sie noch so jung und fit in den Downs gewandert waren. Alles, was jetzt war, wäre nur ein trauriges Echo von damals: zwei gebrechliche alte Menschen, die sich an ihren Erinnerungen festhielten. »Ich glaube, es ist besser, wenn wir das nicht tun, Timothy. Aber vielen, vielen Dank für deinen Anruf. Ich habe mich sehr gefreut, von dir zu hören. Auf Wiedersehen.«

Timothy legte traurig auf. Hätte er einer anderen Generation angehört, wären vielleicht Tränen geflossen. Doch Männer seines Alters weinten nicht, sie schüttelten sich und machten weiter. Er hatte mit sich gerungen, ob er sie überhaupt anrufen sollte, hatte den Telefonhörer mehrmals in die Hand genommen, wieder aufgelegt und schließlich tief Luft geholt und ihre Nummer gewählt. Ihrer Stimme zu lauschen war eine ganz besondere Erfahrung gewesen. Sie hatte unverändert geklungen, immer noch ziemlich tief, melodisch und ruhig. Als er ihr zuhörte, waren die Jahre einfach verschwunden. Es war gewesen, als würde ein Film rückwärts ablaufen. Timothy hatte sie wie damals in seinem Wohnzimmer sitzen und ihm zuprosten gesehen.

Vermutlich hatte sie recht, und ein Treffen würde die Erinnerungen verderben. Florence war immer schon sehr vernünftig gewesen. Viel vernünftiger als er. Timothy trat seufzend ans Sideboard, schenkte sich einen großen Whisky ein und legte seine Lieblingssinfonie von Mozart auf, die Vierzigste …

Auch Florence war traurig. Natürlich hätte es nie funktioniert, sie hätten lediglich verzweifelt versucht, der Vergangenheit neues Leben einzuhauchen, und es nicht geschafft. Da war es doch besser, alles so zu lassen, wie es war. Sie ging in die Küche und schenkte sich ein großes Glas Rotwein ein. Es war schön gewesen, seine Stimme zu hören, sehr schön. Wenn sie vielleicht … Nein, Florence, lass die Finger davon, wie Bertie und Bianca und all die anderen jungen Leute sagen würden. Du hast dein Leben und deine Arbeit … Plötzlich musste sie an Athina denken, sie sah ihr missbilligendes Gesicht, hörte ihren herablassenden Tonfall, konnte sie fast im Raum spüren: »Florence, nun treffen Sie sich schon mit diesem Mann, wenn er das möchte. Sehr viel länger werden Sie Ihren Job nicht mehr haben, das steht fest, ohne mich werden sie Sie sicher nicht auf Dauer behalten, und irgendwelche anderen Männer werden Ihnen nicht den Hof machen, also greifen Sie zu. Aber erwarten Sie sich nicht zu viel.«

Florence zögerte kurz, bevor sie aufstand und zum Telefon ging.

»Du hast recht, Athina«, sagte sie laut. »Danke.« Dann nahm sie den Hörer von der Gabel und wählte Timothys Nummer, die sie nach wie vor auswendig wusste.

»Hallo?«, meldete er sich.

»Hallo, Timothy. Ich bin's, Florence. Tut mir leid, ich glaube, ich habe übereilt reagiert. Vielleicht sollten wir uns doch treffen. Was? So bald wie möglich, würde ich sagen. *Carpe diem* und so. Ja, Donnerstag passt mir. Tee im Savoy? Wunderbar. Um vier Uhr, gut. Allerdings wäre da noch etwas. Wenn wir den Faden wieder aufgreifen, muss ich dir ein paar Dinge erklären. Was? Über mich. Dinge, von denen du nichts ahnst ... Aber warten wir ab, wie sich am Donnerstag alles entwickelt, ja? Ja, ich freue mich auch. Ist das Mozarts Vierzigste, die ich da im Hintergrund höre? Hab ich's mir doch gedacht. Vielleicht ist das ein gutes Omen.«

»Sogar ein sehr gutes«, sagte Timothy Benning. »Dann fürs Erste auf Wiedersehen, meine Liebe. Ich kann's kaum erwarten zu hören, was du mir erzählen willst. Klingt ziemlich spannend.«

»Ach, na ja«, meinte Florence. »Das sind nur ein paar – wie soll ich das ausdrücken? – ein paar Kapitel aus meinem Leben. Das manchmal allerdings doch ganz interessant war ...«

Personenverzeichnis

Athina Farrell, die Matriarchin
Cornelius Farrell, ihr Ehemann und Mitbegründer des Hauses Farrell
Bertram Farrell, ihr Sohn
Caroline Johnson, ihre Tochter
Priscilla Farrell, Berties Ehefrau
Lucy und Rob, Bertis und Priscillas Kinder

Hugh Bradford und Mike Russell, Risikokapitalgeber
Bianca Bailey, Firmenretterin und neue CEO im Haus Farrell
Patrick Bailey, ihr Ehemann
Emily (Milly), Fergie und Ruby, ihre Kinder
Guy Bailey, Patricks Vater
Sonia, ihre Haushälterin
Karen, ihr Kindermädchen

Florence Hamilton, Mitglied der Geschäftsleitung im Haus Farrell
Duncan, ihr verstorbener Ehemann

Lawrence Ford, Marketing Manager im Haus Farrell
Annie Ford, seine Ehefrau

Lara Clements, Leiterin der Marketingabteilung im Haus Farrell
Mark Rawlins, Finanzdirektor im Haus Farrell
Susie Harding, PR-Agentin im Haus Farrell
Jemima Pendleton, Biancas persönliche Assistentin

Peter Warren, Mitglied der Unternehmensleitung im Haus Farrell mit beratender Funktion
Francine la Croix, Kosmetikerin im Haus Farell
Tod Marchant und Jade Flynn von der Werbeagentur Flynn Marchant
Christine, Athinas Sekretärin

Marjorie Dawson, Kosmetikberaterin für das Haus Farrell bei Rolfe's
Terry, ihr Ehemann

Jonjo Bartlett, Devisenhändler, Freund von Patrick Bailey
Pippa, seine Schwester
Guinevere Bloch, Bildhauerin, Jonjos Freundin

Walter Pemberton und Bob Rushworth, Anwälte der Familie Farrell
Bernard Whittle von Whittle and Sons, Steuerberater des Hauses Farrell

Saul Finlayson, Manager eines Hedgefonds
Janey, seine Exfrau
Dickon, sein Sohn

Fenella und Fay, Freundinen von Lucy

Carey Mapleton, eine neue Freudin von Milly
Sir Andrew und Nicky Mapleton, Careys Eltern
Gillian Sutherland, ihre Klassenlehrerin
Mrs Wharton, ihre Musiklehrerin
Mrs Blackman, die Direktorin ihrer Schule
Sarajane, Annabel und Grace, Millys Freundinnen

Hattie Richards, Chemikerin im Haus Farrell, Nachfolgerin von Maurice Foulds
Ralph Goodwin, Parfümeur

Daniel Chagard, Parfümeur
Claude Chagard, sein Sohn

Elise Jordan, Beauty-Redakteurin
Sadie Bishop, ihre Assistentin
Flo Brown, Journalistin
Thea Grantly, Journalistin

Jacqueline Wentworth, Gynäkologin

Leonard Trentham, Maler
Jasper Stuart, Kunsthändler
Joseph Saunders, Kunstkritiker

Jayce, Freundin von Milly

Tamsin Brownley, Designerin im Haus Farrell
Lord und Lady Brownley, ihre Eltern

Henk Mackie, Fotograf und Susies Freund

Jess Cochrane, Schauspielerin
Freddie Alexander, Agent

Lou Clarke, New Yorker Geschäftsfrau, Lizenznehmerin

Simon Smythe, Anwalt

Chris Williams, Freund von Lara

Bernard French, Freund von Janey

Doug Douglas, ein australischer Geschäftsmann

Vicki Philips, Susie Hardings Assistentin

Timothy Benning, Witwer und früherer Anwalt

Unsere Leseempfehlung

608 Seiten
Auch als E-Book
und Hörbuch
erhältlich

Viele Jahre sind vergangen, seit Helena Beaumont einen wunderbaren Sommer auf Zypern verbracht und dort ihre erste große Liebe erlebt hat. Nun kehrt sie zum ersten Mal, um dort mit ihrer Familie die Ferien zu verbringen. Unbeschwerte Tage sollen es werden, doch schon bei ihrer Ankunft empfindet Helena ein vages Unbehagen. Sie allein weiß, dass die Idylle bedroht ist – denn es gibt Ereignisse in ihrer Vergangenheit, über die sie stets eisern geschwiegen hat. Als sie dann plötzlich ihrer Jugendliebe Alexis gegenübersteht, ahnt sie, dass diese Begegnung erst der Anfang einer Verkettung von Ereignissen ist, die ihrer aller Leben auf eine harte Bewährungsprobe stellt ...

www.goldmann-verlag.de
www.facebook.com/goldmannverlag

Unsere Leseempfehlung

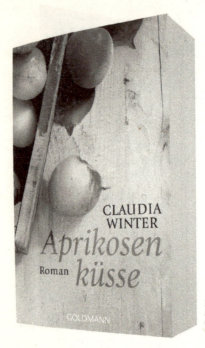

340 Seiten
Auch als E-Book
erhältlich

Hannas Leben könnte so wunderbar sein. Hätte sie nur nicht diese Restaurantkritik geschrieben, wegen der eine italienische Gutsherrin einen Herzinfarkt erlitten hat! Als sie dann auch noch versehentlich in den Besitz der Urne gelangt, reist Hanna nach Italien – und wird zum unfreiwilligen Opfer eines Testaments, das es in sich hat. Denn selbst über ihren Tod hinaus verfolgt Giuseppa Camini nur ein Ziel: ihren Enkel Fabrizio endlich zu verheiraten. Eine Aufgabe, die ein toskanisches Dorf in Atem hält, ein Familiendrama heraufbeschwört und Hannas Gefühlswelt komplett durcheinanderwirbelt!

www.goldmann-verlag.de
www.facebook.com/goldmannverlag